HEYNE BÜCHER

NORA ROBERTS

SEHNSUCHT DER UNSCHULDIGEN

Roman

Aus dem Englischen von
Peter Pfaffinger

Deutsche Erstausgabe

WILHELM HEYNE VERLAG
MÜNCHEN

HEYNE ALLGEMEINE REIHE
Nr. 01/12039

Titel der Originalausgabe
CARNAL INNOCENCE

Umwelthinweis:
Dieses Buch wurde auf
chlor- und säurefreiem Papier gedruckt.

Printed in Germany 1999
Umschlaggestaltung: Atelier Ingrid Schütz, München
Gesamtherstellung: Elsnerdruck, Berlin

ISBN: 3-453-15378-2

http:\\www.heyne.de

Dem Colonel und seinen Yankee gewidmet

Prolog

An einem eisigen Februarmorgen fand Bobby Lee Fuller die erste Leiche. Zumindest hieß es, er habe sie gefunden, wenngleich er in Wirklichkeit über die verstümmelten Reste von Arnette Gantrey geradezu gestolpert war. Im Endeffekt lief es natürlich auf das gleiche hinaus, und noch lange Zeit sollte ihr weißes Gesicht Bobby Lee bis in seine Träume verfolgen.

Hätte er sich am Abend davor nicht wieder einmal endgültig mit Marvella Truesdale zerstritten, dann wäre er brav zur Schule gegangen und hätte sich mit Shakespeares *Macbeth* herumgeplagt. Statt dessen aber war er zum Gooseneck-Fluß hinunter gelaufen. Weil ihn der letzte Streit in seiner anderthalbjährigen krisengeschüttelten Romanze mit Marvella ziemlich mitgenommen hatte, hatte er beschlossen, mal einen Tag gar nichts zu lernen, um wieder etwas zu sich zu kommen. Vor allem wollte er dieser spitzzüngigen Marvella zeigen, daß er ein echter Mann war und kein Waschlappen.

In seiner Familie hatten die Männer ja immer das Zepter fest in der Hand gehabt – oder wenigstens so getan als ob. Einer wie er wollte doch mit so einer Tradition nicht einfach brechen!

Mit neunzehn Jahren war Bobby Lee eine Bohnenstange von über einsachtzig, der freilich das Wachstum in die Breite noch bevorstand. Aber immerhin baumelten an seinen dürren Ärmchen große Hände, die bei der Arbeit gut zupacken konnten. Die hatte er von seinem Vater geerbt. Von seiner Mutter hatte er das volle schwarze Haar und die dichten Wimpern. Das Haar kämmte er sich gern nach hinten, ganz so wie sein großes Vorbild James Dean.

Dean war für ihn ein Mann von echtem Schrot und

Korn. So einer gab sich gewiß nicht mit Büchern und Lernen ab. Wäre es nach Bobby Lee gegangen, würde er auch nicht mehr die Schulbank drücken, sondern vierzig Stunden die Woche in Sonny Talbots Autowerkstatt arbeiten. Aber leider hatte seine Mama andere Pläne mit ihm, und niemand in Innocence, Mississippi, legte sich freiwillig mit Happy Fuller an. Daß ihr Ältester nun auch im zweiten Anlauf mit Pauken und Trompeten durch die Abschlußprüfung gefallen war, das hatte Happy ihrem Sohn noch immer nicht verziehen. Und wäre er nicht so niedergeschlagen gewesen, hätte sich Bobby Lee garantiert mehr dahintergeklemmmt, doch Marvella gehörte zu den Mädchen, bei denen ein Mann – zumal einer von echtem Schrot und Korn – sich zu Unüberlegtheiten hinreißen ließ.

So schwänzte Bobby Lee wider bessere Einsicht die Schule, hockte sich trotz klirrender Kälte an das Ufer des Gooseneck und ließ die Angelleine im trüben, braunen Flußwasser treiben. Sein Daddy sagte immer, wenn ein Mann große Probleme wälze, dann solle er sich irgendwo ans Wasser setzen und einfach mal sehen, was so anbiß. Es komme auch gar nicht darauf an, ob man etwas fange, Hauptsache, man sei draußen.

»Scheißweiber!« schimpfte Bobby Lee und verzog die Lippen zu einem in langen Stunden vor dem Spiegel geübten höhnischen Grinsen. »Die können mich doch alle kreuzweise, die dämlichen Zicken!«

Er konnte gut ohne die Schmerzen leben, die Marvella ihm mit ihren hübschen Händen zufügte. Seit sie es zum ersten Mal auf dem Rücksitz seines Cutlass miteinander getrieben hatten, hatte sie ihn ständig auseinandergenommen und nach ihrer Fasson wieder zusammengesetzt.

Irgendwie gefiel das alles Bobby Lee Fuller überhaupt nicht. Selbst dann nicht, wenn sie sich mal nicht stritten und sie ihn mit ihrer Liebe überschüttete. Oder sie ihm auf dem Gang der Jefferson Davis High School mit ihren blauen Kulleraugen nur für ihn bestimmte Geheimnisse zuzuflüstern schien. Und auch dann nicht, wenn sie ganz nackt war und ihn zur Ekstase trieb.

Vielleicht liebte er sie ja doch, und vielleicht war sie wirklich intelligenter als er, aber der Teufel sollte ihn holen, wenn sie ihm weiter auf der Nase herumtanzte!

Bobby Lee ließ sich ins Schilf zurücksinken. In der Ferne hörte er das einsame Pfeifen eines Güterzugs und über sich das Flüstern des naßkalten Winterwinds. Die Angelleine dümpelte träge im Wasser. Kein Fisch wollte anbeißen.

Warum ging er nicht einfach nach Jackson und streifte endlich den Staub von Innocence von seinen Schuhen ab? Er war ja ein guter Automechaniker – ein verdammt guter sogar – und konnte in der Stadt sicher auch ohne Abschlußzeugnis einen passablen Job finden. Verdammter Mist, man brauchte doch nichts über so einen obskuren Macbeth oder stumpfwinklige Dreiecke zu wissen, um einen kaputten Vergaser wieder hinzukriegen! In Jackson würde er den anderen schon zeigen, wie man Autos repariert. Über kurz oder lang, würde er sich auch selbständig machen, und dann konnte sich Marvella Truesdale in Innocence ihre blauen Kulleraugen nach ihm ausheulen.

Eines Tages würde er dann zurückkommen. Ein Lächeln huschte bei diesem Gedanken über sein markantes Männergesicht, und seine schokoladenbraunen Augen leuchteten, daß Marvella Herzklopfen bekommen hätte. Jawohl, er würde zurückkommen! Und die Zwanzigdollarscheine würden nur so aus den Taschen seines maßgeschneiderten italienischen Anzugs quellen. Aus seinem Fuhrpark würde er sich seinen klassischen Cadillac herauspicken und durch die Stadt rauschen. Mit soviel Reichtum würden selbst die Longstreets nicht mehr mithalten können.

Marvella aber würde sich nach ihm verzehren. Vor Larssons Laden würde sie stehen und ihre knochigen Hände vor den großen Brüsten ineinander verkrallen. Dicke Tränen würden bei seinem Anblick ihre Wangen hinunterkullern.

Und wenn sie sich schluchzend vor ihm auf die Knie warf und beteuerte, wie leid ihr all ihr Nörgeln tat, würde er ihr vielleicht – aber wirklich nur vielleicht – verzeihen.

In seinem Wunschdenken vergaß Bobby Lee ganz seinen Zorn. Während die Sonnenstrahlen langsam die schneidend kalte Luft erwärmten, ging er zu den fleischlichen Aspekten ihrer Aussöhnung über.

Er wollte mit ihr nach Sweetwater fahren. Diese herrliche alte Plantage hätte er bis dahin längst den Longstreets abgekauft. Marvella würde vor lauter Ehrfurcht nach Luft schnappen. Und er, der romantische Gentleman, würde sie die breiten, geschwungenen Treppen zur Veranda hinaufführen.

Obwohl – oder vielmehr weil – er in Sweetwater gerade mal das Erdgeschoß gesehen hatte, ging seine Phantasie mit ihm durch. Das Schlafzimmer, in das er die zitternde Marvella tragen würde, ähnelte einer Hotelsuite in Las Vegas – sein gegenwärtiger Inbegriff alles Luxus'.

Schwere rote Vorhänge, ein herzförmiges Bett, so groß wie eine Wiese, ein Teppich, so dick und weich, daß man darin waten konnte. Dazu spielte Musik. Irgend etwas mit Klasse Bruce Springsteen oder Phil Collins schwebten ihm vor. Genau, bei Phil Collins wurde Marvella immer ganz geil.

Und dann würde er sie auf das Bett legen. Sobald er sie küßte, würde sie nasse Augen bekommen. Sie würde ihm sagen, wie dumm sie doch gewesen sei, daß sie nur ihn liebe und den Rest ihres Lebens an seiner Seite verbringen wolle, um ihn glücklich zu machen.

Dann würde er mit den Händen über ihre unglaublich

weißen Brüste mit den rosa Spitzen streichen und sie ein kleines bißchen drücken, so wie sie es gern hatte.

Langsam würde sie die Schenkel spreizen, ihre Finger würden sich in seine Schultern bohren und tief aus ihrer Kehle würde dieses Schnurren kommen. Und dann …

Die Leine wurde straff. Mit einem Blinzeln setzte Bobby Lee sich auf. Es tat weh, denn die Jeans spannte sich um sein geschwollenes Glied. Er holte die Leine mit einem wütend zappelnden, dicken Fisch ans fahle Morgenlicht. Weil er sich aber vorstellte, Marvella wäre da und er würde ihn ihr zuwerfen, zog er zu schwungvoll, und seine Beute verfing sich mitsamt der Schnur im Schilf. Fluchend sprang er auf und watete ins Wasser, denn eine gute Angelleine ist mindestens ebenso wertvoll wie die Beute am Haken.

Das Tier versuchte sich noch immer zu befreien. Er hörte es mit dem Schwanz auf das Wasser klatschen. Grinsend riß Bobby Lee an der Leine. Sie blieb hängen. Erbost trat er gegen eine verrostete Dose und drang weiter in das hohe Schilf vor. Plötzlich glitt er aus und landete auf beiden Knien. Und starrte Arnette Gantrey genau in die Augen.

Ihre erstaunte Miene spiegelte die seine wider – geweitete Augen, ein aufgerissener Mund und unnatürlich weiße Wangen. Der Fisch lag zappelnd zwischen ihren verstümmelten nackten Brüsten.

Bobby Lee sah auf den ersten Blick, daß das Mädchen tot war. Aber das war noch gar nicht das Schlimmste. Den entsetzlichsten Anblick bot das Blut. Es war aus einer Unmenge von zerklüfteten Löchern in ihrem Fleisch gequollen, war im Boden um die Leiche herum versikkert, hatte ihre wasserstoffblonden Haare in eine rote, verkrustete Masse verwandelt und bildete um den tiefen Riß in ihrer Kehle ein rotes Halsband. Auf allen Vieren wich er zurück. Doch das bemerkte er genausowenig wie die rauhen Tierlaute, die aus seiner Kehle drangen. Nur daß er in Blut kniete, nahm er halb bewußt war.

Bobby Lee rappelte sich auf. Im nächsten Augenblick kam ihm schon das Frühstück hoch und ergoß sich über seinen neuen schwarzen Anorak. Aber darauf achtete er nicht mehr. So schnell ihn die Beine trugen, rannte er zurück nach Innocence.

Seine Rute, Leine und ein Gutteil seiner Kindheit blieben im blutgetränkten Schilf zurück.

1

Der Sommer, das bösartige grüne Vieh, spielte mit den Muskeln und legte ganz Innocence, Mississippi, lahm. Einer großen Anstrengung bedurfte es dazu freilich nicht. Schon vor dem Bürgerkrieg war Innocence kaum mehr als ein Fliegendreck auf der Landkarte gewesen. Obwohl sein Boden sich vorzüglich für Ackerbau eignete – vorausgesetzt, man hielt die dampfige Hitze und den Wechsel von Überschwemmungen und Dürreperioden aus –, blieb der Wohlstand Innocence vorenthalten.

Daran hatte auch der Bau der Eisenbahnstrecke nichts geändert. Die Züge fuhren zwar so nahe an Innocence vorbei, daß ihr Pfeifen zu vernehmen war, doch abgesehen von seinem überaus lästigen Widerhall ließ der Fortschritt Innocence links liegen. Knapp ein Jahrhundert nach der Eisenbahn hatte sich der Interstate durch das Mississippi-Delta gegraben und Memphis und Jackson miteinander verbunden, und wieder bekam Innocence außer Staub nichts davon ab.

Es gab hier weder berühmte Schlachtfelder noch Wunder der Natur, die Touristen mit ihren Kameras und Geldscheinen hätten anziehen können. So war auch nie ein Hotel entstanden, das solche Leute verwöhnt hätte. Nur eine kleine, von den Konsens in peinlicher Ordnung gehaltene Pension stand mitten im Ort. Etwas außerhalb lag Sweetwater, die einzige historische Plantage aus der Zeit vor dem Bürgerkrieg und seit über zwei Jahrhunderten Eigentum der Longstreets. Interessiert hatte sich dafür bislang noch niemand. Im *Southern Homes* hatte einmal ein Artikel über Sweetwater gestanden, aber das war in den frühen Achtzigern gewesen, als Madeline Longstreet noch gelebt hatte. Inzwischen lagen sie und ihr Trunkenbold von Gemahl längst unter der Erde, und das Haus wurde von ihren drei Kindern bewohnt und geführt. Den dreien gehörte so ziemlich die halbe Stadt, aber das nützten sie nie aus.

Man konnte sagen – und tat das auch –, daß die Longstreets die herbe Schönheit ihrer Eltern geerbt hatten, aber nichts von ihrem Ehrgeiz. Es fiel schwer, die charmanten, schwarzhaarigen jungen Leute mit den goldenen Augen nicht zu mögen – sofern die Bewohner des verschlafenen Nests im Delta überhaupt soviel Energie aufgebracht hätten. So verübelte niemand Dwayne, daß er in die Fußspuren seines Daddys trat und ebenfalls kräftig soff. Auch wenn er gelegentlich einen Wagen zu Schrott fuhr oder in McGreedys Kneipe ein paar Tische demolierte, so ließ er sich nie lumpen und bezahlte großzügig den Schaden, sobald er seinen Rausch ausgeschlafen hatte. Allerdings wurde es im Laufe der Jahre immer schwerer, ihn nüchtern anzutreffen. Es wurde gemunkelt, in seinem Leben wäre bestimmt alles ganz anders gekommen, wenn er in dem exklusiven Internat, in das ihn seine Eltern als Kind gesteckt hatten, nicht so unglücklich gewesen wäre. Oder wenn er neben der Vorliebe seines Vaters für Sour Mash auch etwas Liebe zum Land geerbt hätte.

Weniger freundliche Zungen behaupteten, daß er dem vielen Geld zwar das tolle Haus und seine rasanten Luxuslimousinen zu verdanken hatte, daß er sich davon aber nie so etwas wie ein Rückgrat würde kaufen können.

Nachdem Dwayne 1984 Sissy Koons in andere Umstände gebracht hatte, hatte er sie ohne viel Federlesens geheiratet. Genausowenig hatte er dann zwei Kinder und unzählige Flaschen Sour Mash später gemurrt, als Sissy die Scheidung verlangte. Zu keinem Zeitpunkt hatte es böses Blut gegeben. Warum auch? Gefühle waren ja nie im Spiel gewesen. Sissy war unbehelligt mit den Kindern zu einem Schuhvertreter nach Nashville gezogen, der schon auf sie wartete.

Josie Longstreet, die jüngste im Haus und die einzige Tochter, hatte mit einunddreißig Jahren bereits zwei Ehen hinter sich, die trotz ihrer Kurzlebigkeit die Bewohner von Innocence mit Stoff für endlosen Klatsch versorgt hatten. Diese beiden Erfahrungen hatten ihr in etwa soviel ausgemacht wie anderen Frauen die Entdeckung der ersten grauen Haare. Ganz ohne Wut, Verbitterung und Angst war es also auch bei ihr nicht abgegangen, aber danach war alles schnell vorbei gewesen. Aus den Augen, aus dem Sinn.

Eine Frau denkt genausowenig an graue Haare wie an die Trennung, wenn sie ›bis daß der Tod uns scheide‹ geschworen hat. Aber im Leben kommt es nun mal anders, als man denkt, wie Josie ihrer Busenfreundin Crystal, der Besitzerin des Schönheitssalons, gerne philosophisch erklärte. Ansonsten ging es in ihren Gesprächen vornehmlich um die Männer zwischen Innocence und Tennessee, die Josie der Reihe nach ausprobierte, um sich für ihre zwei Mesalliancen zu entschädigen.

Josie wußte, daß genügend schmallippige alte Schachteln hinter vorgehaltener Hand tuschelten, Josie Longstreet sei um keinen Deut besser als unbedingt notwendig. Über solche Behauptungen lächelten andererseits genügend Männer insgeheim, denn sie hatten erlebt, wie gut Josie sein konnte.

Tucker Longstreet vergnügte sich gern mit Frauen. Zwar nicht in dem Ausmaß wie seine kleine Schwester mit Männern, aber er konnte nicht klagen. Daß er darüber hinaus auch einiges vertrug, war bekannt. Freilich schaute er nie so tief ins Glas wie sein älterer Bruder.

Für Tucker war das Leben eine breite, bequeme Straße. Er hatte nichts gegen das Laufen, vorausgesetzt, er durfte das Tempo selber bestimmen. Umwege störten ihn nicht, allerdings verlor er das eigentliche Ziel nie aus den Augen. Die Reise zum Traualtar hatte er sich bislang erfolgreich erspart. Die Erfahrungen seiner Geschwister hatten ihre abschreckende Wirkung nicht verfehlt. Viel lieber ging er unbeschwert seiner eigenen Wege.

Tucker war ein lockerer, allgemein beliebter Bursche, der es trotz seiner Großzügigkeit nicht nötig hatte, mit dem geerbten Reichtum zu protzen. Wer in Schwierigkeiten steckte und Geld brauchte, wandte sich nie vergebens an den guten Tuck. Zudem tat er nicht gnädig herum, sondern verlieh die Dollars ohne großes Aufhebens. Neider gab es natürlich auch in Innocence. Mochten sie auch behaupten, wer Geld im Überfluß habe, könne leicht etwas abgeben, so änderte das nichts an der Farbe der Scheine.

Anders als sein Vater war Tucker nicht auf Wucherzinsen aus und sperrte auch kein Lederbüchlein mit den Namen seiner Schuldner in die Schreibtischschublade. Er verlangte nie mehr als bescheidene zehn Prozent. Und für die Namen und Zahlen genügte sein scharfer, oft unterschätzter Verstand.

Sein Motiv war niemals Profitdenken, wie er dem Geld zuliebe ohnehin kaum je einen Finger rührte. Kredite bereiteten ihm erstens keine Mühe, und zweitens schlug in seinem trägen Körper ein großzügiges Herz, an dem allerdings hin und wieder sein schlechtes Gewissen nagte. Er hatte im ganzen Leben nichts getan, womit er das immense Vermögen verdient hätte. So war auch nichts leichter, als es mit vollen Händen auszugeben. Daß dem so war, nahm Tucker gähnend als die selbstverständlichste Sache der Welt hin. Gegen seine gelegentlichen Gewissensbisse wußte er im übrigen ein probates Heilmittel. Er legte sich im Schatten der großen Eiche in die Hängematte, zog den Hut übers Gesicht und schlürfte ein kaltes Bier, bis das Unwohlsein sich wieder verzog.

Und genau das tat er gerade wieder einmal, als Della Duncan, seit gut dreißig Jahren Haushälterin bei den Longstreets, den Kopf aus dem Fenster steckte und rief: »Tucker Longstreet!«

Tucker blieb mit geschlossenen Augen liegen und schaukelte friedlich weiter. Auf dem flachen nackten Bauch balancierte er eine Flasche Dixie-Bier. Damit sie nicht kippte, stützte er sie mit der linken Hand.

»Tucker Longstreet!« Dellas gellende Stimme schreckte die Vögel auf dem Baum über ihm auf. Kreischend flatterten sie davon. Eine Schande, dachte Tucker, hatte er doch zu ihrem fröhlichen Gezwitscher zusammen mit dem Brummen der Bienen so herrlich geträumt. »Ich meine dich, Tucker Longstreet!«

Seufzend schlug Tucker die Augen auf. Zwar war er der Arbeitgeber, aber wenn eine Frau einen schon als Kind gewickelt hatte, war es mit der Autorität nicht weit her. Widerwillig schob Tucker den Hut aus dem Gesicht und blinzelte in die Richtung, aus der ihre Stimme kam.

Richtig, im ersten Stock erblickte er Dellas nur zum Teil von einem Kopftuch bedecktes feuerrotes Haar und darunter ein sorgfältig geschminktes, mißbilligend dreinschauendes Gesicht. Drei weiße Perlenketten klimperten gegen das Fensterbrett.

Tucker setzte sein unschuldigstes Lächeln auf. »Was ist?«

»Du wolltest doch in die Stadt fahren und mir eine Packung Reis und eine Kiste Cola besorgen.«

»Tja, ähh ...« Tucker rieb sich mit der noch immer kühlenden Flasche den Bauch, ehe er sie an die Lippen führte. Nach einem langen Schluck fuhr er fort: »So was in der Richtung hab ich dir wohl versprochen, Della. Wenn es ein bißchen abgekühlt hat, fahre ich los, okay?«

»Raff dich mal lieber sofort auf. Sonst kriegst du heute abend einen leeren Teller vorgesetzt.«

»Bei der Hitze kann man sowieso nichts essen«, brummte Tucker, aber Della hatte ein feines Gehör.

»Was soll denn das schon wieder?«

»Ich fahr ja schon.« Anmutig wie ein Ballettänzer glitt er aus der Matte und trank im Gehen sein Bier aus. Als er sie dann von unten angrinste, rutschte der Hut nach hinten, und beim Anblick seiner strahlenden Augen schmolz Della sofort dahin. Sie mußte sich förmlich zwingen, ihre Lippen weiterhin streng zu schürzen.

»Auf der Hängematte schlägst du eines Tages noch Wurzeln. Man könnte glatt meinen, du wärst schwer krank und könntest nur noch liegen.«

»Im Liegen kann ein Mann aber auch eine Menge schöne Dinge tun, Della.«

Unwillkürlich lachte sie auf. »Aber sieh nur zu, daß dich nicht eine wie diese Schlampe von Sissy angelt und du vor dem Traualtar endest wie mein armer Dwayne.«

»Aber ich doch nicht!«

»Und bring unbedingt Toilettenpapier mit.«

»Okay, aber wirf mir bitte den Geldbeutel und die Autoschlüssel runter.«

Dellas Kopf verschwand für einen kurzen Augenblick. Kurz darauf erschienen ihre roten Haare wieder im Fenster, und sie warf ihm nacheinander das Verlangte zu. Mit zwei geschickten Handbewegungen fing Tucker alles auf. Einmal mehr erkannte Della, daß der Junge bei weitem nicht so langsam war, wie er immer tat.

»Zieh dir das Hemd an und steck es ordentlich unter den Gürtel«, befahl sie ihm, als wäre er ein Kind.

Im Gehen zwängte Tucker sich in sein Hemd. Sein Porsche wartete vor dem Haus, von dessen Veranda zwölf schlanke Säulen emporragten und die mit einem filigranen Schmiedeeisengeländer eingefaßte Loggia im ersten Stock abstützten.

Noch ehe er in das Gefährt stieg, ein spontaner Kauf von vor einem halben Jahr, klebte ihm das Hemd auf der schweißnassen Haut. Kurz wägte Tucker die Vorteile der Klimaanlage gegen die des Fahrtwinds im Gesicht ab. Er entschied sich dafür, das Dach offen zu lassen.

Tucker ließ sich gern Zeit. Nur beim Fahren konnte es ihm nie schnell genug gehen. Kieselsteine spritzten davon, und er brauste im ersten Gang die lange, gewundene Auffahrt hinunter. Elegant umkurvte er das Beet mit den noch von seiner Mutter gepflanzten Pfingstrosen, Hibiskus und knallroten Geranien. Alte Magnolienbäume säumten zu beiden Seiten die Auffahrt. Ihr schwerer Geruch stieg ihm angenehm in die Nase. Im nächsten Augenblick schoß er an dem seinem Ururgroßonkel Tyrone gewidmeten Kreuz vorbei. Der war mit sechzehn von einer bösartigen Stute abgeworfen worden und hatte sich das Genick gebrochen. Das Kreuz erinnerte aber auch daran, daß Tuckers Ururgroßvater diese Plantage nie geerbt hätte, wenn nicht sein älterer Bruder seinen Dickschädel unbedingt an dieser Stute hätte durchsetzen wollen. Womöglich hätte Tucker dann in einem Wohnblock in Jackson sein Dasein fristen müssen. So wußte er nie so recht, ob er beim Anblick dieses Kreuzes Trauer oder Dankbarkeit empfinden sollte.

Dann hatte Tucker das hohe, breite Tor schon hinter sich gelassen. In der Luft hing der Geruch von Teer, der in der Gluthitze weich geworden war, und von brackigem Wasser aus dem Teich hinter dem Wäldchen. Laut Kalender sollte der Sommer ja erst in einer Woche anfangen, aber die Bäume und das Delta wußten es besser.

Tucker setzte sich die Sonnenbrille auf, griff dann blind in den Stapel Kassetten und schob eine in den Recorder. Weil er die Musik der fünfziger Jahre über alles liebte, besaß er bis auf einige Elvis-Presley-Aufnahmen nichts, was jüngeren Datums als 1962 war. Im nächsten Augenblick dröhnte Jerry Lee Lewis' mit Whiskey getränkte Stimme aus den Lautsprechern und verhieß, begleitet von rasanten Klavierakkorden, eine heiße Fahrt.

Als die Nadel um die Achtzig-Meilen-Marke tanzte, stimmte Tucker in den Gesang mit ein. Er verfügte über eine ausgezeichnete Stimme. Dazu trommelten seine Finger den Takt auf dem Lenkrad.

Hinter der nächsten Anhöhe mußte er weit nach links ausweichen, sonst hätte er einen schnittigen BMW gerammt. Er drückte kurz auf die Hupe, nicht aus Verärgerung, sondern um die Fahrerin zu grüßen, und fuhr ohne vom Gas zu gehen weiter. Ein Blick in den Rückspiegel verriet ihm, daß der andere Wagen halb auf der Straße und halb auf der Auffahrt zu Edith McNairs Haus stand.

Während Jerry Lee Lewis mit rauher Stimme sein ›Breathless‹ sang, dachte Tucker über die Fahrerin des BMW nach.

Miss Edith war vor zwei Monaten gestorben. Im April war das gewesen, genau zu der Zeit, als die zweite verstümmelte Leiche im Wasser gefunden worden war. Man hatte Suchtrupps organisiert, weil Francie Alice Logan bereits seit zwei Tagen vermißt worden war. Bei der Erinnerung an das mühselige Durchkämmen des Schilfs biß Tucker unwillkürlich die Zähne aufeinander. Er hatte sich damals weiß Gott kein Bein ausgerissen, in der Hoffnung, daß andere auf sie stoßen würden. Und dann war doch er zusammen mit Burke Truesdale über die Leiche gestolpert.

Es war wahrlich kein schöner Anblick gewesen, zu sehen, was das Wasser und die Fische der ehedem so knackigen Francie angetan hatten, mit der er sich ein paarmal getroffen hatte, ohne allerdings mit ihr im Bett zu landen.

Da sein Magen sich umzudrehen drohte, stellte er Jerry Lee Lewis lauter. Er konnte, er durfte nicht an Francie denken. Besser, er beschäftigte sich mit Miss

Edith, die im Alter von fast neunzig Jahren sanft entschlafen war.

Nun wußte Tucker aber, daß im Umkreis von fünfzig Meilen niemand einen BMW besaß. Andererseits hatte er von einer Enkelin aus dem Norden gehört, die sich hier nie hatte blicken lassen, die aber wohl allem Anschein nach das Haus geerbt hatte. So konnte die Fahrerin nur diese ominöse Yankee sein, die sich nach dem Tod der Oma mal die Erbschaft ansehen wollte.

Mit dieser Invasion aus dem Norden wollte sich Tucker aber auch nicht beschäftigen. Er zündete sich eine Zigarette an, nicht ohne vorher ein Stück von der Spitze abzubrechen.

Eine halbe Meile hinter ihm klammerte sich Caroline Waverly immer noch an das Lenkrad und wartete, bis ihr das Herz nicht mehr bis zum Halse klopfte.

Idiot! Schwachkopf! Rücksichtsloser Trottel!

Erst jetzt merkte sie, daß sie immer noch auf der Bremse stand. Langsam trat sie wieder aufs Gas und fuhr ganz in den überwachsenen Feldweg hinein.

Ein paar Zentimeter näher, und er hätte sie voll erwischt. Und dann drückte der unverschämte Kerl auch noch auf die Hupe! Oh, hätte er doch angehalten! Dem hätte sie aber ihre Meinung gegeigt!

Dann hätte sie sich bestimmt gleich viel besser gefühlt. Inzwischen schaffte sie es ganz gut, ihre Wut gleich abzureagieren – seit Dr. Palamo ihr erklärt hatte, daß sie ihre Gefühle immer unterdrücke und deshalb ständig Magengeschwüre und Kopfschmerzen bekam. Die natürlich auch eine Folge von permanentem Streß waren.

Nun, in beide Richtungen hatte sie ja jetzt etwas geändert. Caroline nahm ihre schweißnassen Hände vom Steuer und wischte sie an ihrer Hose ab. Hier am Delta des Mississippi, wo sich die Füchse und Hasen gute

Nacht sagten, wollte sie einmal richtig Urlaub machen. Nach ein paar Monaten Ruhe würde sie sich dann wieder auf die nächste Tournee vorbereiten können, vorausgesetzt, sie kam in dieser sengenden Hitze nicht um.

Was die Unterdrückung ihrer Gefühle betraf, so hatte sie sich endlich von allen inneren Fesseln befreit. Bei ihrem häßlichen und endgültigen Bruch mit Luis hatte sie sich so herrlich ausgetobt, daß sie sich fast wünschte, sie könnte nach Baltimore zurückgehen und dasselbe noch einmal tun.

Fast.

Aber das war jetzt vorbei. Luis mit seinem schnellen Mundwerk und seiner brillanten Intelligenz lag ein für alle Mal hinter ihr. Die Zukunft interessierte sie nicht die Bohne, solange sie nicht richtig ausgespannt hatte. Zum ersten Mal in ihrem Leben wollte Caroline Waverly, Wunderkind, Musikerin aus Leidenschaft und emotionaler Krüppel, ausschließlich ans Hier und Jetzt denken.

Dafür war dieses Nest der ideale Ort. Hier machte ihr keiner Vorschriften. Endlich rannte sie auch nicht mehr vor den eigenen Problemen davon. Mit dem Ja und Amen zu den Wünschen und Erwartungen ihrer Mutter war es vorbei. Sie strampelte sich nicht mehr ab, nur um dem gerecht zu werden, was die anderen in sie hineinprojizierten.

Am Ende dieses Sommers, dessen war sie sicher, würde sie genau wissen, wer Caroline Waverly nun wirklich war.

Nachdem sie sich beruhigt hatte, fuhr sie langsam weiter. Sie konnte sich vage daran erinnern, diesen Weg schon einmal entlanggelaufen zu sein. Es war bei einem Besuch bei ihren Großeltern gewesen. Einem kurzen natürlich. Carolines Mutter hatte nach Kräften die Bindungen zu ihrer Heimat abgeschnitten. Aber den Großvater hatte Caroline trotzdem nie vergessen. Er war groß und kräftig gewesen, hatte ein rotes Gesicht gehabt und hatte sie einmal früh am Morgen zum Angeln mitgenommen. Erst hatte sie den Köder nicht am Haken aufspießen wollen, doch dann hatte er ihr erklärt, der alte Wurm könne es gar nicht erwarten, einen großen Fisch zu fangen.

Als sich die Leine dann endlich gespannt hatte, hatte sie vor Aufregung gezittert. Voller Ehrfurcht und Stolz war sie schließlich mit drei Welsen zurückgekehrt.

Ihre Großmutter, eine große, schlanke Frau mit stahlgrauen Haaren, hatte die Beute in einer schweren schwarzen Pfanne gebraten. Ihre Mutter hatte sich geweigert, auch nur einen Bissen davon zu essen, aber Caroline, damals eine dürre, flachsblonde Sechsjährige mit langen, schmalen Fingern und grünen Augen hatte den Fisch mit wahrem Heißhunger verzehrt.

Das Haus tauchte nun vor ihr auf. Sie lächelte. Es hatte sich so gut wie gar nicht verändert. Die Farbe blätterte von den Fensterläden ab, und das Gras davor stand knöchelhoch, aber es war immer noch das schmucke einstökkige Gebäude mit der überdachten Veranda und dem Kamin auf der linken Seite.

Etwas brannte ihr in den Augen. Sie versuchte, ihre Tränen wegzublinzeln. Trauer war doch wirklich nicht angebracht. Ihre Großeltern hatten beide ein langes, erfülltes Leben geführt. Warum sollte sie sich da schuldig fühlen? Als ihr Großvater vor zwei Jahren gestorben war, hatte sie sich gerade in Madrid aufgehalten. Sie hatte mitten in einer Europatournee gesteckt, und ein Termin hatte den anderen gejagt. Da hatte sie unmöglich zur Beerdigung heimfliegen können.

Und was hatte sie nicht alles versucht, um ihre Großmutter in die Stadt zu locken? Zwischen zwei Konzerten hätte sie da immer wieder mal heimdüsen und sie besuchen können.

Aber Edith war mit ihrem Haus verwachsen gewesen,

in das sie siebzig Jahre zuvor als Braut gekommen war, in dem ihre Kinder geboren und aufgewachsen waren und in dem sie praktisch ihr ganzes Leben verbracht hatte.

Von ihrem Tod hatte Caroline erst zwei Wochen nach der Beerdigung erfahren. Wegen totaler Erschöpfung hatte sie zu der Zeit in einem Krankenhaus in Toronto gelegen.

Schuldgefühle waren also wirklich fehl am Platze …

Doch während sie noch im Wagen saß und die Klimaanlage ihr sanft einen kühlenden Luftzug ins Gesicht blies, wurde Caroline von ihren Gefühlen überwältigt.

»Es tut mir leid, daß ich nicht da war«, flüsterte sie in die Stille hinein. »Daß ich nie da war.«

Seufzend fuhr sie sich mit ihren grazilen Fingern durch das geschmeidige honigblonde Haar. Es half ihr auch nicht weiter, wenn sie im Wagen blieb und vor sich hinbrütete. Höchste Zeit, daß sie ihre Sachen reinschaffte und sich einrichtete. Das Haus gehörte jetzt ihr, und sie beabsichtigte, es auch für sich zu nutzen.

Kaum hatte sie die Wagentür geöffnet, verschlug es ihr den Atem, so heiß war es. Keuchend nahm sie den Geigenkasten vom Rücksitz. Bis sie das Instrument und die schwere Kiste mit den Notenblättern auf der Veranda absetzte, lief ihr der Schweiß in Strömen herunter.

Noch dreimal mußte sie zum Wagen zurück und sich mit zwei Koffern, zwei Einkaufstüten von einem Supermarkt, in dem sie sich mit Lebensmitteln eingedeckt hatte, und zum Schluß mit ihrer Tonbandmaschine abmühen, bis endlich alles in einer Reihe vor der Haustür stand und sie den Schlüsselbund aus der Tasche ziehen konnte. Jeder, egal ob der für den Eingang, den Keller, die Hintertür oder die Garage, war mit einem Schildchen versehen. Triangeln gleich klimperten sie gegeneinander, als sie nach dem richtigen suchte.

Mit einem lauten Knarzen, wie es sich für ein altes

Haus gehörte, öffnete sich die Tür. Ein dunkler, verstaubter Flur wurde sichtbar.

Ein Gefühl von Einsamkeit überschwemmte Caroline. Sie nahm die Geige auf, das wichtigste Stück von allen, und trat ein.

Der Flur endete hinten bei der Küche. Zur Linken führte eine steile Treppe in den ersten Stock. Auf dem Geländer aus echter Eiche lag eine dicke Staubschicht. Direkt unter der Treppe stand neben einer leeren Vase ein schweres schwarzes Telefon. Dort stellte Caroline ihr Instrument ab und machte sich an die Arbeit.

Als erstes schaffte sie die Einkaufstüten in die Küche, die mit ihren gelben Wänden und den weißen Glasvitrinen noch genauso aussah wie damals in ihrer Kindheit. Weil im Haus eine Hitze wie in einem Backofen herrschte, räumte sie die Lebensmittel gleich in den Kühlschrank. Erleichtert stellte sie fest, daß er blitzblank geputzt war.

Ihr war gesagt worden, daß die Frauen aus der Nachbarschaft nach der Beerdigung zum Putzen gekommen waren. Bislang hatte Caroline das Wort von der Nachbarschaftshilfe auf dem Land nie so recht geglaubt. Jetzt konnte sie sich von seiner Richtigkeit überzeugen. Trotz des zwei Monate alten Staubs und der Spinnweben in sämtlichen Ecken hing noch überall ein schwacher Geruch von Bohnerwachs.

Mit auf dem Holzboden klappernden Absätzen ging sie zum Flur zurück und warf einen Blick ins Wohnzimmer. Den alten Fernseher und die Musiktruhe, die aussah wie ein Kunstwerk aus vergangenen Zeiten, gab es immer noch. Auch hier hatte sich dichter Staub auf die Möbel gesenkt. Es herrschte eine gespenstische Atmosphäre im Zimmer. Die nächste Station war das Büro ihres Großvaters mit seiner Jagdgewehr- und Scheibenpistolensammlung und seinem gewaltigen, unter den Lehnen inzwischen etwas ausgefransten Ohrensessel.

Caroline wuchtete beide Koffer hoch und erklomm die Treppe zum ersten Stock, um sich ein Zimmer auszusuchen.

Aus Sentimentalität, aber auch aus praktischen Erwägungen entschied sie sich für das Schlafzimmer ihrer Großeltern. Das massive Ehebett und die darauf ausgebreitete Steppdecke mit dem in der Mitte aufgestickten Ehering versprachen Komfort. Vielleicht barg die Zedernholztruhe an seinem Fußende sogar ein paar ungeahnte Geheimnisse. Die mit winzigen Rosen und Veilchen gemusterte Tapete wirkte auf alle Fälle anheimelnd auf sie.

Caroline stellte die Koffer ab und trat auf den Balkon. Die Tür hatte die ganze Zeit offengestanden. Unter ihr führten die Gartenrosen einen nicht sehr aussichtsreichen Kampf gegen das Unkraut. Hinter einem Grüppchen Eichen plätscherte ein Bach gegen einen Steinbrocken oder versunkenen Holzblock, und in der Ferne konnte sie im Dunst ein breites braunes Band sehen, den mächtigen Mississippi.

Vögel, vor allem Spatzen, Amseln, Lerchen und Eichelhäher und vielleicht auch ein Puter mit seinem rauhen Gurgeln, schmetterten eine Symphonie in den heißen Himmel hinauf.

Die anmutige, zarte, möglicherweise eine Spur zu dünne Frau mit grazilen Händen und grünen Augen blieb einen Moment träumend stehen. Der Ausblick, die Geräusche und die Düfte lösten sich auf. Sie war wieder bei ihrer Mutter im Zimmer, in dem es immer nach Chanel roch und die Wanduhr leise tickte. Bald mußte sie wieder zur Probe.

»Wir erwarten von dir nur das Beste, Caroline.« Der Tonfall ihrer Mutter ließ keine Widerrede zu. »Alles andere wäre eine Enttäuschung, ist dir das klar?«

Carolines Zehen krümmten sich in ihren Schuhen. Sie war erst fünf Jahre alt. »Jawohl, Ma'am.«

Sie sah sich im Salon. Die Arme taten ihr weh vom zweistündigen Üben. Draußen schien die Sonne so herrlich. Vor dem Fenster erblickte sie ein Rotkehlchen. Es hockte so komisch auf seinem Ast, daß sie in Kichern ausbrach und die Geige absetzte.

»Caroline!« gellte die Stimme ihrer Mutter durch den Raum. »Du bist noch lange nicht fertig. Ohne Disziplin wirst du nie auf Tournee gehen. Fang bitte noch mal von vorne an.«

»Es tut mir leid, Mutter.« Seufzend legte die zwölfjährige Caroline die Geige wieder auf die Schulter. Sie hatte das Gefühl, sich Blei aufzuladen.

Sie wartete auf ihren Auftritt und kämpfte gegen das flaue Gefühl im Magen an. Vom Üben, den endlosen Proben und den vielen Reisen war sie schrecklich müde. Wie lange steckte sie nun schon in dieser Tretmühle? War sie achtzehn oder schon zwanzig?

»Caroline, trag um Himmels Willen mehr Rouge auf. Du siehst ja aus wie eine wandelnde Leiche.« Schon wieder die ungeduldige, zänkische Stimme ihrer Mutter. »Kannst du denn nicht mit etwas Begeisterung bei der Sache sein? Begreifst du nicht, wie dein Vater und ich uns abgerackert haben, nur um dich dahin zu bringen, wo du jetzt stehst? Und was machst du? Zehn Minuten vor dem Konzert trödelst du vor dem Spiegel herum!«

»Es tut mir leid.«

Es hatte ihr immer leid getan.

Auch als sie in Toronto im Krankenhausbett gelegen und sich ihrer Erschöpfung wegen geschämt hatte.

»Was soll das heißen, du hast den Rest der Tournee abgesagt?« Das angespannte, erregte Gesicht ihrer Mutter hing direkt über ihr.

»Es geht einfach nicht mehr. Es tut mir leid.«

»Es tut dir leid? Davon kann sich keiner was kaufen. Du machst nicht nur deine Karriere kaputt, es ist auch einfach unverzeihlich, wie du Luis im Stich gelassen hast.«

»Er war doch mit einer anderen zusammen«, protestierte Caroline kleinlaut. »Ich habe sie vor dem Auftritt erwischt – in der Garderobe.«

»Unsinn! Und selbst wenn, dann hast du das alles nur dir allein zuzuschreiben. So wie du dich in der letzten Zeit hast gehen lassen! Läufst herum wie ein Gespenst, sagst wichtige Interviews ab und gehst plötzlich auf keine Partys mehr. Was habe ich nicht alles für dich getan – und das ist der Dank! Du hinterläßt einen Scherbenhaufen nach dem anderen, und ich soll das bei der Presse für dich in Ordnung bringen! Wie stellst du dir das eigentlich vor?«

»Keine Ahnung.« Es tat gut, die Augen zu schließen und das alles einfach auszusperren. »Es tut mir leid, aber ich kann einfach nicht mehr.«

Nein, dachte Caroline und schlug die Augen wieder auf. So konnte es nicht mehr weitergehen. Sie konnte nicht mehr erfüllen, was alle von ihr erwarteten. Jetzt nicht. Und auch in Zukunft nie wieder. War sie nun egoistisch, undankbar und total verwöhnt, wie ihre Mutter es ihr ins Gesicht geschleudert hatte? Aber all das schien nun nichts mehr zu bedeuten. Hauptsache, sie war jetzt hier. Alleine das zählte.

In diesem Augenblick wirbelte Tucker Longstreet im zehn Meilen entfernten Innocence eine gehörige Staubwolke auf und jagte Jed Larssons fettem Beagle Nuisance, der im Schatten der Markise über der Tür zum Gemischtwarenladen auf der Straße gedöst hatte, einen gewaltigen Schrecken ein. Winselnd rappelte sich der alte Hund auf und trottete an einen sichereren Ort.

Tucker stieg aus und ließ den Autoschlüssel in der Tasche verschwinden. Er wollte die Einkäufe für Della so schnell wie möglich erledigen, heimbrausen und sich gleich wieder auf der Hängematte ausstrecken. Etwas anderes konnte er sich an einem heißen Tag wie diesem gar nicht vorstellen. Er erspähte den Wagen seiner Schwester, der schräg vor dem Chat 'N Chew stand und gleich zwei Parkplätze belegte.

Eigentlich, so sagte er sich, war gegen ein Glas eisgekühlte Limonade nichts einzuwenden. Bei der Gelegenheit konnte er vielleicht auch ein Stück Blaubeertorte mit Eis verdrücken.

Später sollte Tucker seinen kleinen Umweg noch schwer bereuen.

Das Chat 'N Chew war Eigentum der Longstreets. Nicht anders verhielt es sich mit dem Waschsalon, der Pension, dem Supermarkt, dem Jagd- und Waffengeschäft und einem guten Dutzend Wohnhäuser. Die Geschwister waren so klug – oder faul – gewesen und hatten jeweils Geschäftsführer eingesetzt. Dwayne, der sich um die Mietshäuser kümmerte, ließ sich an jedem Monatsersten blicken, sammelte die Schecks ein oder hörte sich die Ausreden an und schrieb die Schadensmeldungen und Reparaturwünsche auf.

Tucker war für die Buchführung zuständig, ob es ihm paßte oder nicht. Einmal hatte er so laut gejammert, daß Josie sich seiner erbarmt hatte. Aber binnen kurzer Zeit hatte sie alles so gründlich durcheinander gebracht, daß Tucker Tage gebraucht hatte, um die Bilanzen wieder zu korrigieren.

Im Grunde störte ihn diese Arbeit gar nicht übermäßig. Um die Buchhaltung konnte man sich in aller Ruhe am Abend kümmern, wenn es kühler war und man einen kalten Drink neben sich stehen hatte. Es war eine zwar lästige, aber bei seinem Zahlengedächtnis alles andere als schwierige Aufgabe.

Ins Chat 'N Chew ging Tucker für sein Leben gern. Die Imbißstube fiel schon von außen durch die breite Fensterfront auf, die von jeher mit Bekanntmachungen für Flohmärkte, Versteigerungen und Theateraufführungen an der hiesigen Schule zugeklebt war.

Drinnen stachen als erstes die im Laufe der Jahre vergilbten, mit Brandflecken übersäten Bodenfliesen ins Auge. Die roten Resopaltische und -stühle hatte Tucker erst vor einem halben Jahr angeschafft, doch die Farbe verblaßte bereits und wirkte nun eher rosa.

Jede Nische hatte ihre eigene Jukebox. Für einen Vierteldollar konnten sich die Kunden drei Lieder vorprogrammieren. Weil Earleen Volksmusik bevorzugte, bot die Box ein recht einseitiges Programm an. Glücklicherweise war es Tucker gelungen, ein paar Rock'n Roll-Stükke aus den fünfziger Jahren hineinzuschmuggeln.

Vor der Theke reihte sich ein Dutzend Barhocker auf, alle mit derselben blaßroten Sitzfläche wie die Stühle. Und an der Wand hinter der Theke hing eine Tafel mit den Angeboten des jeweiligen Tages. Entzückt stellte Tucker fest, daß es heute wirklich Blaubeerkuchen gab.

Der Handvoll Gäste freundlich zunickend, ging Tukker durch den verrauchten Raum schnurstracks zur Theke, wo Josie in ein Gespräch mit ihrer Freundin Earleen vertieft war. Sie tätschelte ihm nur zerstreut den Arm und ließ sich in ihrem Redefluß nicht stören.

»Und da hab ich gesagt, Justine, hab ich gesagt, wenn du einen Mann wie Will Shiver heiratest und glücklich werden willst, gibt es nur eins: Du kaufst ein Vorhängeschloß für seinen Hosenschlitz und behältst die Schlüssel. Dann macht er sich vielleicht hin und wieder mal in die Hose, aber das ist auch schon alles.«

Kichernd wischte Earleen die Theke mit einem feuchten Tuch ab. »Warum sie ausgerechnet so einen Schwerenöter wie Will heiraten muß, werde ich nie verstehen.«

»Der Mann ist ein regelrechter Tiger im Bett – hab ich mir sagen lassen –«, meinte Josie zwinkernd. »Hi, Tukker.« Erst jetzt wandte sie sich ihrem Bruder zu und drückte ihm einen schmatzenden Kuß auf die Wange. Dann wedelte sie mit den Fingern vor seiner Nase herum. »Ich habe mir gerade die Nägel machen lassen. Knallrot. Na, was sagst du?«

Pflichtschuldigst nahm er sie in Augenschein. »Siehst aus, als hättest du gerade jemand die Augen ausgekratzt. Earleen, gib mir doch bitte eine Limo und einen Blaubeerkuchen mit viel Vanilleeis.«

»Das hätte wohl Justine ganz gerne mit mir getan.« Angetan von Tuckers galantem Lob, strich sich Josie über ihre schwarzen Haare. Grinsend nahm sie ihre Cola Light und sog an dem dicken Strohhalm. »Sie war vorhin im Schönheitssalon drüben und hat fürchterlich mit der Glasperle angegeben, die sie für einen Diamanten hält. Ein Geschenk von Will. Wahrscheinlich hat er sie auf dem Jahrmarkt gewonnen.«

»Bist du etwa eifersüchtig, Josie?« Der Schalk blitzte in Tuckers Augen auf.

Sie richtete sich auf. Für einen kurzen Moment schob sie die Unterlippe vor. Trotzig warf sie ihre schwarzen Haare nach hinten. »Wenn ich ihn haben wollte, würde ich ihn auch kriegen. Aber abgesehen vom Bett ist die Type stinklangweilig.« Sie rührte mit dem Strohhalm in ihrem fast leeren Glas herum und warf einen Schlafzimmerblick zur Tür, durch die soeben zwei Jungen eingetreten waren. Beide liefen sofort rot an. »Wir zwei haben dasselbe Schicksal, Tucker: Wir wirken nun mal unwiderstehlich auf das andere Geschlecht.«

»Es ist schon ein Kreuz«, versetzte Tucker mit einem Lächeln in Richtung Earleen und biß herzhaft in den Blaubeerkuchen.

Josie trommelte mit den Fingern auf der Theke herum. Seit Wochen plagte sie wieder dieselbe Rastlosigkeit, die sie innerhalb von fünf Jahren in zwei gescheiterte Ehen getrieben hatte. Zeit zum Weiterziehen, dachte sie bei sich. Nach ein paar Monaten in Innocence sehnte sie sich immer nach der großen, weiten Welt. War sie jedoch eine Zeitlang irgend woanders, zog es sie wieder zum beschaulichen Leben in ihrer Heimatstadt zurück.

Jemand hatte eine Münze in den Musikautomaten geworfen. Randy Trevor schmachtete von Liebesleid. Ungeduldig trommelte Josie den Takt dazu und warf einen schrägen Blick auf Tucker. »Wie kannst du so etwas am hellichten Tag in dich hineinschaufeln?«

Tucker schob sich gerade wieder einen großen Bissen zwischen die Zähne. »Ich mache den Mund auf und kaue.«

»Und nimmst nicht ein Gramm zu! Ich dagegen muß bei jedem Bissen höllisch aufpassen, sonst werde ich um die Hüften so breit wie Mamie Gantrey.« Trotzdem konnte sie es sich nicht verkneifen, etwas von Tuckers Eis zu stiebitzen. »Bist du nur zum Naschen in die Stadt gefahren?«

»Ich soll was für Della kaufen. Übrigens, unterwegs habe ich ein Auto zum Haus der McNairs fahren sehen.«

»Hmmm.« Wahrscheinlich hätte Josie sich etwas mehr für die Neuigkeit interessiert, wenn nicht in diesem Moment Burke Truesdale hereingekommen wäre. Sogleich setzte sie sich auf, schlug ihre hübschen, langen Beine übereinander und schenkte ihm ein honigsüßes Lächeln. »Hallöchen, Burke.«

»Josie. Tuck. Was treibt ihr denn hier?«

»Ach, wir vertreiben uns nur die Zeit«, erwiderte Josie. Burke war ein Kraftpaket von einsachtzig mit Schultern wie ein Möbelpacker und Augen wie ein Bernhardiner in einem quadratischen Gesicht. Er war Tuckers bester Freund und gehörte zu den wenigen Männern, die Josie gern gehabt hätte, doch nie bekommen hatte.

»Ist ja auch brutal heiß.« Burke setzte sich halb auf einen Hocker. Seine vielen Schlüssel klimperten bei jeder Bewegung. Im Sonnenlicht blitzte sein Sheriffstern. Earleen stellte ihm ein Glas eisgekühlten Tee hin. Er trank es in einem Zug leer.

Beim Anblick seines auf und ab hüpfenden Adamsapfels leckte Josie sich unwillkürlich die Lippen.

»Miss Ediths Enkelin ist heute in das leere Haus eingezogen«, verkündete der Sheriff. »Caroline Waverly heißt sie. Soll eine berühmte Musikerin aus Philadelphia sein. Sie hat vorhin angerufen, damit ihr das Telefon und der Strom wieder angeschlossen werden.«

»Wie lange bleibt sie?« fragte Earleen, die jede Neuigkeit begierig aufnahm. Als Geschäftsführerin des Chat 'N Chew gehörte das gewissermaßen zu ihren Pflichten.

»Keine Ahnung. Miss Edith hat ja nie viel von ihrer Familie erzählt. Ich weiß nur, daß sie mal von einer Enkelin gesprochen hat, die mit einem Orchester oder so was in der Weltgeschichte herumzieht.«

»Muß ein gutbezahlter Job sein«, meinte Tucker. »Ich hab sie vor einer Viertelstunde mit einem nagelneuen BMW zum Haus fahren sehen.«

Burke wartete, bis Earleen sich um andere Gäste kümmerte. »Tuck, ich muß mich mit dir unterhalten. Wegen Dwayne.«

Tuckers Gesicht blieb nach außen hin freundlich, aber in ihm schrillten sämtliche Alarmglocken. »Weswegen denn?«

»Er hat sich gestern abend wieder vollaufen lassen und bei McGreedy drüben zu randalieren angefangen.«

Tuckers Züge spannten sich nun doch an. »Bekommt er jetzt Schwierigkeiten mit dir?«

»Reg dich ab, Tuck. Er hat sich nur mordsmäßig aufgeführt, und ich wollte nicht, daß er in seinem Zustand heimfährt. Da habe ich ihn eben für die Nacht in die Ausnüchterungszelle gesteckt. Als ich ihn das letzte Mal heimgebracht habe, hat Miss Della einen halben Tobsuchtsanfall bekommen.«

»Ja, stimmt.« Tucker beruhigte sich wieder. Er hatte

Freunde, er hatte seine Familie, und er hatte Burke, eine Mischung aus beidem. »Wo ist er denn jetzt?«

»Noch in der Zelle. Er hat einen Mordskater. Da du gerade in der Stadt bist, kannst du ihn ja sicher heimfahren. Seinen Wagen könnt ihr später holen.«

»Vielen Dank, Burke.« Die Worte sagten nichts über Tuckers maßlose Enttäuschung aus. Dwayne war zwei Wochen lang trocken gewesen. Aber soviel stand bereits fest: Nach einem Rückfall war es ein langer, steiniger Weg, bis Dwayne sich wieder erholte.

Tucker erhob sich und zückte die Geldbörse. In diesem Moment fiel die Tür mit einem derartigen Krach ins Schloß, daß die Gläser auf dem Regal klirrten. Tucker erkannte mit einem Blick, daß Ärger ins Haus stand.

»Du Hurenbock! Du Dreckskerl!« spuckte ihm Edda Lou Hatinger ins Gesicht und stürzte sich auf ihn. Hätte Burke nicht blitzschnell reagiert, Edda Lou hätte seinem Freund das Gesicht zerkratzt.

»Hey, hey«, rief Burke, während Edda Lou trotz seines Griffs wild um sich schlug.

»Du bildest dir wohl ein, du kannst so mit mir umspringen, was?«

»Edda Lou.« Seine Erfahrungen hatten Tucker gelehrt, nicht die Ruhe zu verlieren. »Jetzt hol mal tief Luft. Du tust dir ja noch weh.«

»Ich tu *dir* weh, du Schuft!«

Nur widerwillig schlüpfte Burke in die Rolle des Sheriffs. »Jetzt reiß dich gefälligst zusammen, Mädchen, oder ich stecke dich ins Gefängnis. Was meinst du, wie sich dein Daddy darüber freuen würde?«

»Ich krümme dem Scheißkerl schon kein Härchen«, zischte sie, woraufhin Burke sie losließ und sie sich wirklich nur das Kleid glattstrich.

»Wenn du mit mir über die eine Sache da reden willst ...«, setzte Tucker an.

»Genau, darüber werden wir uns unterhalten«, fuhr

sie ihn an. »Und zwar hier und sofort!« Sie wirbelte zu den anderen Gästen herum, die betreten wegsahen oder wenigstens so taten. Auf ihrem Hals glänzten Schweißperlen. »Hört mal alle her! Ich muß euch was über diesen edlen Mister Longstreet erzählen.«

»Edda Lou ...« Tucker legte begütigend eine Hand auf ihren Arm. Sie fuhr herum und versetzte ihm mit dem Handrücken einen Schlag über den Mund.

»Laß sie reden«, bat Tucker Burke mit einer beschwichtigenden Geste und wischte sich den Mund ab.

»Und wie ich reden werde! Du hast mir geschworen, daß du mich liebst!«

»Das habe ich nie getan!« protestierte Tucker, der selbst in Augenblicken der größten Leidenschaft sorgsam auf seine Worte achtete. Ja, vor allem dann.

»Aber du hast alles getan, damit ich es glaube!« schrie Edda Lou. Der Geruch ihres billigen Parfums mischte sich mit ihrem Schweiß zu einem betäubenden Gestank. Irgendwie fühlte Tucker sich an eine frische Leiche erinnert. »In mein Bett hast du dich geschlichen und mir gesagt, ich sei die Frau, auf die du gewartet hättest. Du hast gesagt ...« – Tränen schossen nun aus ihren Augen und liefen mit der Schminke über ihr verschmiertes Gesicht – »Du hast mir gesagt, du willst mich heiraten!«

»O nein!« Tucker packte nun doch die Wut, obwohl er sich vorgenommen hatte, ruhig zu bleiben. »Das war deine Idee, meine Liebe. Ich habe dir von Anfang an gesagt, daß du das vergessen kannst.«

»Was soll eine Frau denn anderes denken, wenn ein Mann mit Blumen daherkommt und Champagner kauft? Du hast mir gesagt, ich würde dir mehr bedeuten als jede andere!«

»Du hast mir ja auch etwas bedeutet.« Es stimmte. Tucker hatte sie alle gern gemocht.

»Ach was! Für dich zählt doch nur ein einziger Mensch – und das ist Tucker Longstreet.«

Sie hatte sich dicht vor ihm aufgebaut und funkelte ihn bitterböse an. Wie er sie so keifen und schäumen sah, begriff er selbst nicht mehr, was er je an ihr hatte finden können. Und es paßte ihm überhaupt nicht, daß die Jungen von vorhin einander feixend anstießen.

»Dann hast du es ja ohne mich viel besser.« Er legte zwei Dollar auf die Theke.

Sie verkrallte sich in seinem Arm. »Du meinst wohl, du kommst so billig davon, was? Du meinst wohl, du kannst mich wegwerfen wie alle anderen.« Aber da biß er auf Granit. Mit ihr nicht! Das hatte sie sich fest vorgenommen. Schließlich hatte sie vor all ihren Freundinnen von der Hochzeit geredet und war auch schon nach Greenville gefahren und hatte die schönsten Brautkleider anprobiert. Ihr war klar, daß sie sich unsterblich blamieren würde, wenn sie ihn jetzt nicht bekam. »Du kannst nicht mehr zurück. Du hast mir Versprechungen gemacht.«

»Nenn mir doch eine.« Wütend riß er sich los.

»Ich bin schwanger!« Es war ihr letzter Trumpf. Zufrieden registrierte sie das sofort einsetzende Gemurmel an den Tischen.

Tucker erbleichte. »Was hast du gesagt?«

Ihre Lippen kräuselten sich zu einem hämischen Grinsen. »Du hast dich nicht verhört, Tuck. Denk mal scharf nach, was das bedeutet.«

Mit in die Höhe gerecktem Kinn stürmte sie hinaus. Tucker blieb wie ein begossener Pudel zurück. Den Schlag mußte er erst noch verdauen.

»Na so was«, meinte Josie grinsend an die gaffenden Gäste gewandt. Sie legte die Hand auf die ihres Bruders. »Jede Wette, daß sie lügt!«

Tucker starrte sie benommen an. »Was?«

»Ich habe gesagt, sie ist genausowenig schwanger wie du. So alt er ist, der Trick zieht fast immer. Laß dich damit nicht einfangen.«

Tucker wollte zuallererst nachdenken. Dazu brauchte er unbedingt Ruhe. »Hol doch bitte du Gwayne aus dem Gefängnis. Und kannst du die Sachen für Della besorgen?«

»Warum ...«

Aber er stapfte schon zur Tür hinaus. Josie gab einen resignierten Seufzer von sich. Er hatte ihr nicht gesagt, was Della haben wollte.

2

Dwayne Longstreet hockte, die Hände gegen die Schläfen gepreßt, auf seiner Gefängnispritsche und stöhnte wie ein verwundeter Hund. Vorhin hatte er drei Aspirin geschluckt. Bis sie wirkten, mußte er noch eine Weile mit den Kettensägen in seinem Kopf leben, die sich immer näher ans Zentrum heranfraßen. Kurz nahm er seine Hand von der Schläfe, schlürfte einen Schluck schwarzen Kaffee und klemmte gleich wieder den Kopf fest. Halb fürchtete er, halb hoffte er, er würde ihm abfallen.

Nach dem Erwachen aus einem Vollrausch verachtete er sich jedesmal aufs neue. So auch heute. Daß er es einfach nicht lassen konnte und immer wieder sehenden Auges in dieselbe Falle trottete!

Das Trinken selber war es gar nicht einmal. Nein, Dwayne trank für sein Leben gern. Er liebte den Geschmack von Whiskey auf der Zunge. Wie er so angenehm in der Kehle brannte und dann in den Magen rutschte – ein Gefühl wie beim Kuß einer tollen Frau! Nach dem zweiten Drink schließlich breitete sich in seinem Kopf ein so herrliches leichtes Gefühl aus.

Und auf das alles sollte er verzichten?

Gegen die Räusche selbst hatte er eigentlich auch nichts einzuwenden. Hatte man erst einmal fünf, sechs Drinks hinuntergekippt, dann schwamm alles so wunderbar angenehm im Kopf, dann wirkte alles so leicht und lustig. Dann vergaß er endlich, daß in seinem Leben so vieles schiefgelaufen war, daß er zum Beispiel seine Frau und zwei Kinder an so einen dämlichen Schuhvertreter verloren hatte, auch wenn er die Frau nie wirklich gewollt hatte, und daß er in einem elenden Drecksloch festsaß, nur weil ihm nichts Besseres einfiel.

Da tat es doch gut, wenn er so richtig losließ und vergaß!

Nur das, was danach geschah, das war ihm nicht so recht. Wenn die Hand automatisch nach der Flasche griff, wenn er gar nichts mehr schmeckte, aber trotzdem weitersoff, weil der Whiskey da war und weil er, Dwayne, da war.

Genausowenig paßte es ihm, daß er im Suff manchmal aggressiv wurde und Streit suchte, sich sogar prügelte. Dabei war er weiß Gott ein friedfertiger Mensch – ganz im Gegensatz zu seinem Vater. Nur in Ausnahmefällen machte ihn der Whiskey zu einem Beau Longstreet, was ihm im Nachhinein immer leid tat.

Das alles mochte zur Not noch angehen. Richtig unheimlich jedoch waren ihm die Zustände, in denen er am Ende nicht wußte, ob er randaliert hatte oder still und leise weggetreten war. In beiden Fällen wachte er mit schöner Regelmäßigkeit in der Ausnüchterungszelle auf und wurde von einem mörderischen Kater geplagt.

Behutsam, weil er leidgeprüft aus Erfahrung wußte, daß die Holzfäller in seinem Kopf sich jederzeit in einen bösen Bienenschwarm verwandeln konnten, stand er auf. Durch das Fenster fiel grelles Sonnenlicht herein. Dwayne schirmte mit einer Hand seine Augen ab und tastete sich langsam zur Tür. Burke sperrte ihn nie ein.

Als erstes schleppte er sich aufs Klo, denn die Blase drückte bereits gewaltig. Danach spritzte er sich über dem Waschbecken etwas kaltes Wasser ins Gesicht, bis seine Augen nicht mehr ganz so brannten. Voller Sehnsucht dachte er an sein Bett.

Draußen knallte jemand die Eingangstür zu. Mit schmerzverzerrter Miene sog er die Luft zwischen zusammengebissenen Zähnen ein. Und stöhnte auf, als Josie fröhlich nach ihm rief.

»Dwayne? Bist du da? Dein Schwesterchen ist gekommen, um dich heimzubringen!«

Als er in der Tür erschien und sich erschöpft gegen den Pfosten lehnte, zog Josie die Augenbrauen hoch. »Ach du lieber Himmel, du siehst ja aus, als wärst du unter eine Dampfwalze geraten! Sag mal, wie kannst du denn mit dem vielen Blut in den Augen überhaupt noch sehen?«

»Habe ich ...« Seine Stimme klang wie ein Reibeisen. Er hustete und unternahm einen zweiten Anlauf. »Habe ich wieder einen Wagen kaputtgefahren?«

»Soviel ich weiß, nicht. Aber jetzt komm mal schön brav mit Tante Josie mit.« Sie griff nach seinem Arm, prallte jedoch zurück. »Junge, Junge! Für die Fahne brauchst du ja einen Waffenschein! Da, nimm das.« Aus ihrer Handtasche zog sie eine Schachtel Tictacs und schob ihm gleich ein paar Pillen in den Mund. »Du willst doch nicht, daß ich umkippe, oder?«

Dwayne ließ sich anstandslos zur Tür führen. »Della wird toben, was?« murmelte er.

»Das nehme ich an. Aber wenn sie erst das mit Tucker hört, wird sie deine Eskapaden schnell vergessen.«

»Tucker? Ach, Scheiße!« Dwayne prallte zurück vor dem strahlenden Sonnenschein draußen.

Kopfschüttelnd reichte ihm Josie ihre Sonnenbrille, ein flottes Ding, dessen Fassung mit Rheinsteinen besetzt war. »Tucker hat Ärger. Zumindest behauptet Edda Lou, daß er sie in Schwierigkeiten gebracht hat. Aber wir werden ja noch sehen, ob das stimmt.«

»Heiliges Kanonenrohr!« Einen Moment vergaß Dwayne ganz die eigenen Probleme. »Hat er sie geschwängert?«

Josie öffnete für ihn die Beifahrertür. »Sie hat ihm drüben im Chat 'N Chew eine Szene gemacht. Jetzt wird wohl die ganze Stadt wissen wollen, ob er ihr was angehängt hat.«

»Allmächtiger!«

»Aber eins kann ich dir jetzt schon sagen. Ob er sie

nun dick gemacht hat oder nicht, das sollte er sich zehnmal überlegen, ob er das hysterische Weibsstück zu uns ins Haus holt.«

Dwayne hätte ihr nur zu gerne von ganzem Herzen zugestimmt, doch er hatte vollauf damit zu tun, sich die Hände gegen die pochenden Schläfen zu pressen.

Tucker fuhr aus gutem Grunde nicht nach Hause. Dort hätte sich nur eine wutentbrannte Della auf ihn gestürzt. Nein, er brauchte Ruhe zum Nachdenken.

Einem Impuls folgend, trat er auf die Bremse und blieb mit quietschenden Reifen am Straßenrand stehen. Nach Hause war es noch gut eine Meile. Ächzend stieg er aus und suchte Zuflucht in einem schattigen Wäldchen. Die grünen Blätter milderten die brütende Hitze gleich um ein paar Grad, doch er suchte Abkühlung nicht für seine Haut, sondern für seinen Verstand.

Vorhin, im Restaurant, hatte ihn für einen kurzen Augenblick ein unbändiges Verlangen gepackt, Edda Lou an die Gurgel zu gehen und so lange zuzudrücken, bis sie garantiert nie wieder keifen konnte. Den Impuls bedauerte er keineswegs, ja er hatte die Vorstellung regelrecht genossen. Die Hälfte von ihren Anschuldigungen bestand ohnehin aus Lügen. Das hieß freilich auch, daß die andere Hälfte die Wahrheit war.

Gereizt stieß er einen tiefhängenden Zweig beiseite und lief in gebückter Haltung durch das Dickicht zum Teich. Aufgeschreckt klappte ein Reiher sein Bein zusammen und glitt tiefer ins Wasser. Nachdem er sich vergewissert hatte, daß keine Schlange darunter lag, ließ Tukker sich auf einem umgestürzten Baum nieder. Seufzend zog er eine Zigarette aus der Tasche, schnitt die Spitze ab und zündete sie an.

Er hatte das Wasser schon immer geliebt, nicht so sehr die tosende Brandung des Ozeans, sondern vielmehr die Dunkelheit und Stille der schattigen Teiche, das Murmeln der Bäche und das stetige Rauschen der Flüsse. Schon als Junge hatten ihn solche Gewässer angezogen. Unter dem Vorwand, angeln zu gehen, hatte er sich stundenlang an ihre Ufer verzogen und einfach sinniert oder gedöst und die ganze Zeit dem ewig gleichen Zirpen der Grillen gelauscht.

Damals hatten ihn nur kleine kindliche Probleme geplagt. Ob ihm die Eltern wegen einer schlechten Note in Erdkunde den Kopf abreißen würden, mit welchem Trick er sie dazu bringen könnte, ihm zu Weihnachten ein neues Fahrrad zu schenken, und später, ob er am Valentinstag Arnette oder Carolanne zum Tanzen auffordern sollte.

Mit zunehmendem Alter waren die Probleme größer geworden. Die tiefe Trauer, in die ihn die Nachricht vom Tod seines alten Herrn versetzt hatte, als dessen Cessna auf dem Weg nach Jackson abgestürzt war, würde er bestimmt nie vergessen. Aber das war noch gar nichts gewesen im Vergleich zu seiner Verzweiflung, als er seine Mutter zusammengesackt im Garten gefunden hatte. Der sofort herbeigeholte Arzt hatte nur noch Tod durch Herzversagen feststellen können.

Damals hatte er oft an dieser Stelle Linderung für seinen Schmerz gesucht, und letztendlich auch gefunden. Nur gelegentlich brach die Trauer in den unerwartetsten Momenten wieder in ihm auf, wenn er zum Beispiel zum Fenster hinaus sah und eigentlich damit rechnete, daß seine Mutter halb versteckt unter ihrem Strohhut und dem roten Chiffontuch gerade die verblühten Rosen abschnitt.

Madeline Longstreet hätte Edda Lou abgelehnt. Sie hätte sie für primitiv, billig und verschlagen gehalten. Während Tucker den Rauch inhalierte und langsam wieder ausstieß, überlegte er, daß sie ihre Abneigung wahrscheinlich in diese gequälte Höflichkeit gekleidet hätte, die die vornehmen Südstaatendamen so vorzüglich als ihre schärfte Waffe einsetzten.

Und seine Mutter war eine echte Landaristokratin gewesen.

Edda Lou dagegen hatte andere Vorzüge, wenn auch nur körperliche. Große Brüste, breite Hüften und eine Haut, die sie morgens und abends mit Schönheitscreme geschmeidig hielt. Ihre Lippen waren stets zu allem bereit und ihre Hände ungemein geschickt. Bei Gott, mit ihr hatte es wirklich Spaß gemacht!

Geliebt hatte er sie allerdings nicht. Und er hatte auch nie dergleichen behauptet. Liebesschwüre waren in Tuckers Augen ein billiges Mittel, eine Frau ins Bett zu locken. Er hatte sich nicht nur im Bett um sie bemüht. Männer wie er hörten auch dann nicht damit auf, um eine Frau zu werben, wenn sie ihre Beine für ihn gespreizt hatten.

Aber kaum war sie ihm mit Andeutungen aufs Heiraten gekommen, hatte er einen Rückzieher gemacht. Fortan war er nur noch einmal pro Woche mit ihr ausgegangen, und auf Sex hatte er ganz verzichtet. Unverblümt hatte er ihr erklärt, daß er mit der Ehe nichts am Hut habe. Selbst zu diesem Zeitpunkt hätte alles noch gut ausgehen können, aber sie hatte ihn einfach nicht ernst genommen. Der selbstgefällige Ausdruck in ihren Augen hatte sie verraten. So hatte er Schluß gemacht. Es war nicht ganz ohne Tränen, aber doch wenigstens zivilisiert abgegangen. Jetzt freilich begriff Tucker, daß sie ihre Hochzeitspläne nie hatte fallenlassen.

Ihm war nun auch klar, daß sie von dem Gerücht, er hätte schon wieder eine andere, Wind bekommen hatte.

All das war wichtig, und unwichtig zugleich. Wenn Edda Lou wirklich schwanger war, dann konnte er getrost davon ausgehen, daß trotz aller Vorsicht er der Vater war. Dann mußte er sich eben eine Lösung einfallen lassen.

Eigentlich erstaunte ihn bei all dem, daß Austin Hatinger nicht schon längst mit geladenem Gewehr bei ihm aufgetaucht war. Austin gehörte nicht ungedingt zu den Feinfühligsten, und die Longstreets hatte er seit jeher auf dem Kieker. Er haßte sie genaugenommen seit dem Tag, als Madeline LaRue sich für Beau Longstreet entschieden und damit Austins Träumen von einer Ehe mit ihr ein jähes Ende bereitet hatte.

So war aus Austin ein verbitterter Eigenbrötler geworden. Jedermann wußte, daß er seine Frau regelmäßig schlug. Genauso brutal verfuhr er mit seinen fünf Kindern, deren ältester derzeit wegen wiederholten Autodiebstahls in Jackson einsaß.

Austin hatte ebenfalls schon ein paar Nächte hinter Gittern verbracht. Körperverletzung, Erregung öffentlichen Ärgernisses – und immer hatte er dabei Bibelzitate ausgespuckt oder sich sonstwie auf seinen Schöpfer berufen. Tucker ging davon aus, daß es nur eine Frage der Zeit war, bis Austin mit seinem Gewehr oder seinen gewaltigen Fäusten auf ihn losging.

Über kurz oder lang würde er sich noch etwas einfallen lassen müssen.

Mit Edda Lou konnte es auch nicht weitergehen wie bisher. Da hatte er sich Verantwortung aufgehalst. Aber er würde einen Teufel tun und diese Verantwortung heiraten. Im Bett mochte sie ja ganz gut sein, aber bei Gesprächen mit ihr brauchte man schon Zündhölzer, damit einem die Augen nicht zufielen. Doch obwohl sie alles andere als Geist versprühte, war sie gerissen wie eine Füchsin. Einer solchen Frau wollte er wirklich nicht für den Rest seines Lebens jeden Morgen beim Frühstück gegenübersitzen.

Er wollte das für sie tun, was er konnte und was er für richtig hielt. Geld hatte er ja zur Genüge. Und wenn seine Wut verraucht war, konnte er vielleicht auch ein bißchen Zuneigung für das Kind, wenn schon nicht für die Mutter, empfinden. Er hoffte wenigstens, es würde Zuneigung sein, und nicht dieses flaue Gefühl in der Magengrube.

Tucker massierte sich die Schläfen und wünschte sich, Edda Lou möge einfach verschwinden. Recht würde es ihr ja geschehen für die häßliche Szene vorhin im Restaurant. Wenn ihm nur etwas einfiele ...

Ein Rascheln im Gebüsch ließ ihn herumfahren. Wieder stieg Wut in ihm auf. Wenn Edda Lou ihm tatsächlich gefolgt war, sollte sie jetzt aber ihr blaues Wunder erleben ...

Caroline trat aus dem Wald und unterdrückte einen Schrei. Dort im Schatten am Teich, wo sie einst mit ihrem Großvater geangelt hatte, stand mit weit aufgerissenen, goldenen Augen, geballten Fäusten und wutverzerrtem Gesicht ein Mann.

Unsicher spähte sie nach irgendeiner Waffe, doch dann bemerkte sie, daß der Fremde sich entspannte.

»Was suchen Sie hier?«

»Ich schaue einfach so ins Wasser.« Mit einem verlegenen Lächeln versuchte Tucker sie von seiner Harmlosigkeit zu überzeugen. »Ich hätte nie damit gerechnet, daß hier jemand vorbeikommt.«

Caroline traute dem Frieden noch nicht ganz. So angenehm seine Stimme mit dem typischen Singsang der Südstaaten auch klang, sie war sich nicht sicher, ob er sich nicht doch nur über sie lustig machte. Daß er mit seinen Augen lächelte, erkannte sie durchaus. Zugleich lag in seinem Gebaren eine gewinnende Sinnlichkeit.

»Wer sind Sie?«

»Tucker Longstreet. Ich wohne eine Meile weiter unten. Mir ist schon klar, daß ich auf Ihrem Grund nichts verloren habe.« Schon wieder blitzte ihr dieses gewinnende Lächeln entgegen. »Tut mir leid, wenn ich hier einfach so eingedrungen bin. Miss Edith hatte nie was dagegen, wenn ich mich hier ans Wasser gesetzt habe, und darum hielt ich es nicht für nötig, um Erlaubnis zu bitten. Sie sind doch Caroline Waverly, nicht wahr?«

»Richtig.« Ihr abwehrender Tonfall kam ihr angesichts seines rustikalen Charmes plötzlich allzu rüde vor. Um ihn abzumildern, versuchte sie es mit einem Lächeln, beließ es ansonsten aber bei ihrer kühlen Haltung. »Sie haben mich ganz schön erschreckt, Mr. Longstreet.«

»Ach, nennen Sie mich einfach Tucker.« Lächelnd nahm er sie etwas genauer in Augenschein. Ein bißchen zu dünn für seinen Geschmack, aber ihr Gesicht war so blaß und elegant wie die Kameebrosche, die seine Mutter so gerne auf einem schwarzem Samtband getragen hatte. Obwohl er sonst lange Haare bevorzugte, gefiel ihm ihr kurzer Schnitt. Er betonte ihren anmutigen Hals und ihre großen Augen. Tucker steckte die Hände in die Taschen. »Immerhin sind wir jetzt Nachbarn. In Innocence legt man Wert auf gute Nachbarschaft.«

Der Kerl würde mit seinem Charme noch die Fische zum Singen bringen. Einen von dieser Sorte kannte Caroline recht gut. Ob nun seine Worte im Südstaatensingsang oder im trällernden spanischen Tonfall daherkamen, sie waren tödlich.

Sie nickte – huldvoll, wie er dachte. »Ich bin dabei, mir das Grundstück anzusehen. Ich wußte nicht, daß sich auch Fremde hier herumtreiben.«

»Es ist nun mal ein schönes Fleckchen Erde. Haben Sie sich schon eingelebt? Wenn Sie was brauchen – ein Anruf genügt.«

»Ich weiß Ihr Angebot zu schätzen, aber ich komme schon allein zurecht. Ich bin erst seit einer Stunde da.«

»Ich weiß. Ich bin auf dem Weg in die Stadt an Ihnen vorbeigefahren.«

Caroline setzte schon zu einer nichtssagenden Antwort an. Plötzlich verengten sich ihre Augen zu Schlitzen. »In einem roten Porsche vielleicht?«

Er antwortete mit einem breiten Grinsen. »Ein schönes Gefährt, was?«

»Dann waren Sie dieser verantwortungslose Idiot! Sie sind mit mindestens hundert Sachen auf mich zugebraust.«

Ihre Zerbrechlichkeit war wie weggewischt. Mit ihren zorngeröteten Wangen wirkte sie umwerfend schön. Tucker dachte nicht daran, die Hände aus den Taschen zu ziehen. Er hatte es schon immer so gehalten, daß er die Wut einer Frau, wenn sie ihn schon traf, wenigstens genoß.

»Aber nicht doch. Soweit ich mich erinnere, bin ich höchstens achtzig gefahren. Auf einer schön geraden Strecke jage ich ihn vielleicht schon mal auf hundertzwanzig Meilen hoch, aber ...«

»Sie hätten mich fast gerammt!«

Tucker schien diese Möglichkeit zu erwägen, schüttelte dann jedoch bedächtig den Kopf. »Das stimmt nicht. Ich hatte genügend Zeit, Ihnen auszuweichen. Von Ihrem Standpunkt aus sah das vielleicht gefährlicher aus, als es tatsächlich war. Allerdings tut es mir schrecklich leid, daß ich Sie an ein und demselben Tag gleich zweimal erschreckt habe.« Das schalkhafte Funkeln in seinen Augen freilich warb nicht unbedingt nur um Verzeihung. »Wo ich doch normalerweise ganz anders auf eine schöne Frau wirken will.«

Wenn Carolines Mutter ihrer Tochter eins eingetrichtert hatte, dann war es Stolz. Ehe Tucker sich versah, hatte sie ihn schon wieder angefaucht: »Sie haben hier überhaupt nichts zu suchen! So einer wie Sie gehört angezeigt!«

Die Empörung der Nordstaatlerin reizte ihn. Spöttisch erwiderte er: »Sie können gern zur Polizei gehen, Ma'am. Fragen Sie einfach nach Burke. Burke Truesdale ist der Sheriff hier.«

»Und ganz bestimmt ein Cousin von Ihnen«, stieß sie zwischen den Zähnen hervor.

»Das nicht, Ma'am. Aber seine kleine Schwester hat einen Cousin von mir geheiratet. Sie haben es nicht schlecht getroffen.«

»Da bin ich aber froh.«

»Das nenne ich gutnachbarliche Beziehungen«, meinte Tucker mit einem breiten Grinsen. »Aber wenn Sie zu Burke gehen, grüßen Sie ihn doch bitte recht herzlich von mir.«

Caroline bedachte ihn mit einem verächtlichen Blick. »Wir beide sind uns wohl im klaren darüber, daß das nichts bringen würde. Wenn Sie jetzt nur so freundlich wären und unverzüglich von meinem Grund verschwinden würden, wäre ich Ihnen unendlich dankbar. Ich denke, es gibt tausend andere Orte, an denen sie sitzen und ins Wasser schauen können.«

Sie machte auf dem Absatz kehrt und wollte schon davonstürmen, als Tucker ihr noch eine letzte Spritze nachsandte: »Übrigens, Miss Waverly! Herzlich willkommen in Innocence. Und einen angenehmen Tag noch!«

Ohne sich umzudrehen, hastete Caroline weiter. Da Tucker nicht allzu unhöflich sein wollte, wartete er mit dem Losprusten, bis sie außer Hörweite war. Wären ihm seine Probleme nicht bis zum Hals gestanden, hätte er sich sicher noch einige andere Späße auf Kosten der hübschen Großstädterin erlaubt. Aber auch so fühlte er sich jetzt wieder um einiges besser.

Edda Lou schwamm wieder ganz obenauf. Nachdem sie von Tuckers Ausflug mit Chrissy Fuller nach Greenwich gehört hatte, war sie sehr wütend gewesen und hatte nun schon befürchtet, sie hätte sich mit dieser Szene im Restaurant alles vermasselt. Aber im Gegenteil – vor allen Leuten war es ihr gelungen, Tucker zu demütigen. Einen Bären mit einem Ring durch die Nase hätte sie nicht besser vorführen können.

Natürlich konnte er ihr immer noch mit süßen Worten kommen. Tucker Longstreet konnte Süßholz raspeln wie kein zweiter weit und breit. Aber diesmal hatte sie ihn am Haken und gab ihn bestimmt nicht mehr frei. In Null Komma nichts würde sie den Ring am Finger und den Ehevertrag in der Hand haben. Keiner würde sie mehr schief ansehen, sobald sie erst einmal in sein großes Haus eingezogen war.

Und sie, Edda Lou Hatinger, die auf einer Schmuddelfarm mit ein paar gackernden Hühnern im Vorhof und dem ewigen Gestank nach Schweinefett in der Küche aufgewachsen war, würde Kleider tragen wie die feinen Leute, in einem französischen Bett schlafen und zum Frühstück Champagner trinken.

Tucker gefiel ihr zwar ausnehmend gut, aber den weit größeren Platz in ihrem hungrigen Herzen nahmen sein Haus, sein Name und sein Bankkonto ein. In Innocence würde sie dann nur noch in einem riesigen rosa Cadillac vorfahren. Bei Larsson sollten dann andere an der Kasse sitzen. Und nie mehr würde sie mühsam die letzten Cents zusammenkratzen müssen, um mit Ach und Krach die Pension zu bezahlen, weil ihr Daddy sie hochkantig rausgeschmissen hatte und sie windelweich schlagen würde, falls sie sich noch einmal daheim blicken ließ. Sie würde eine Longstreet sein.

So vor sich hinträumend, lenkte Edda Lou ihren winzigen Ford an den Straßenrand. Es wunderte sie keineswegs, daß Tucker sie mit seinem Briefchen ausgerechnet für Mitternacht an den kleinen Teich bestellt hatte. Sie fand die Idee süß. Eben wegen Tuckers ausgesprochenem Sinn fürs Romantische hatte Edda Lou sich ja in ihn verliebt – soweit ihr gieriges Herz Liebe zuließ. Tucker betatschte sie nicht ständig und griff ihr nicht bei der ersten Gelegenheit unters Höschen, wie die anderen, mit denen sie ausging.

Nein, Tucker unterhielt sich gern mit ihr. Auch wenn

sie bestenfalls die Hälfte von seinen Phantastereien verstand, so wußte sie seine Zurückhaltung doch zu schätzen.

Und seine großzügigen Geschenke – Parfum, soviel das Herz begehrte, und immer wieder Blumensträuße. Einmal hatte sie bei einem Streit eine bühnenreife Heulnummer hingelegt, und das hatte ihr ein Nachthemdchen aus reiner Seide eingebracht.

Da Vollmond war, zog Edda Lou ohne Taschenlampe los. Sie wollte die Stimmung nicht kaputtmachen. Folglich ließ sie das Haar in voller Länge über ihre Schultern fallen und zupfte an ihrem knappen Top, aus dem die üppigen Brüste fast herausquollen. Die hautengen Hot Pants kniffen sie ein wenig, aber Schönheit muß eben leiden, wie sie sich gerne sagte.

Wenn sie ihre Karten richtig ausspielte, würde Tucker sie in Null Komma nichts ausgezogen haben. Allein beim Gedanken daran wurde ihr heiß zwischen den Beinen. Keiner war so gut wie Tucker. Manchmal vergaß sie in ihrer Erregung sogar fast das viele Geld. Heute nacht wollte sie ihn unbedingt in sich spüren. Nicht nur, weil es in der freien Natur etwas Besonderes war, sondern weil das Timing ideal paßte. Mit etwas Glück war sie morgen dann tatsächlich schwanger.

Mit traumwandlerischer Sicherheit schritt Edda Lou durch die Geißblattsträucher mit ihrem betörenden Duft, während das Mondlicht in stetig wechselnden Mustern auf das Laub fiel. Da sie auf dem Land geboren und aufgewachsen war, machten ihr die vielen verschiedenen Geräusche der Nacht keine Angst. Das Quaken der Frösche, das Rascheln der Gräser, das Zirpen der Grillen oder das Rufen der Eulen nahm sie schon gar nicht mehr wahr.

Zwei gelbe Augen blitzten Edda Lou im Mondlicht an. Sie mochten einem Fuchs oder einem Waschbär gehören, verschwanden aber, als sie näher herantrat. Ein kleines

Tier, ein junger Vogel wahrscheinlich, quietschte verzweifelt. Edda Lou schenkte dem Tod des Tieres ungefähr soviel Beachtung wie ein New Yorker dem Schrillen einer Sirene. Hier jagten nun einmal in der Nacht der Fuchs und die Eule ihre Beute.

Auf dem weichen Boden verursachten Edda Lous Schritte keinerlei Geräusch. Im Mondlicht wirkte ihre Haut beinahe so glatt und vornehm wie Marmor. Und ihr siegesgewisses Lächeln verlieh ihrem Gesicht eine Art von wilder Schönheit.

»Tucker?« Sie rief ihren Freund mit der Kleinmädchenstimme, mit der sie ihn gern umschmeichelte. »Tut mir ja so leid, daß ich zu spät komme, Liebling.«

Keine Antwort. Sie blieb am Ufer stehen und kniff die Lippen zusammen. Und schon war die Schönheit von vorhin verschwunden. Absichtlich war sie zehn Minuten zu spät gekommen, weil er ruhig Blut und Wasser schwitzen sollte.

Wütend setzte sie sich auf den Baumstamm, auf dem Tucker wenige Stunden zuvor gehockt hatte. Das sollte er ihr noch büßen! Da war sie doch tatsächlich zu ihm gerannt, kaum hatte er mit dem kleinen Finger gewunken. Noch nicht einmal das! Einen windigen zerknitterten Zettel hatte er ihr geschrieben:

Komm um Mitternacht zum Teich der McNairs. Dort regeln wir alles wieder. Ich möchte nur ein kleines bißchen mit dir allein sein.

War das nicht wieder typisch für ihn? Erst kochte er sie weich mit seinem Gesäusel, und dann ließ er sie in der Nacht warten! Fünf Minuten wollte sie ihm noch geben. Wenn er sich bis dahin nicht blicken ließ, würde sie eben mit dem Auto vor dem großen Haus vorfahren. Tucker Longstreet würde schon noch begreifen, daß er mit ihren Gefühlen nicht spielen durfte.

Hinter ihr raschelte es im Laub. Sie drehte sich um und klimperte vorsichtshalber schon einmal mit den Wimpern. Ein Schlag auf dem Hinterkopf ließ sie vornüber zu Boden stürzen.

Das eigene Stöhnen klang gedämpft in Edda Lous Ohren. Der Schädel tat ihr weh, als hätte ihn eine Axt gespalten. Vorsichtig reckte sie den Hals. Oh, das tat weh! Sie wollte die Hände gegen die Schläfen pressen und stellte fest, daß sie hinter ihrem Rücken festgebunden waren.

Plötzlich waren die Schmerzen vergessen. Angst packte sie. Sie riß die Augen auf und öffnete den Mund zu einem Schrei. Aber der war zugestopft. Sie hatte den Geschmack eines mit Eau de Cologne betupften Tuchs auf der Zunge. Verzweifelt zerrte sie an den Fesseln.

Nun erst bemerkte sie, daß sie splitternackt war. Sie scheuerte sich den Rücken und den Po an einer Baumrinde wund. Jemand hatte sie mit Händen und Füßen an eine Eiche gefesselt und dabei ihre Beine so geschickt gespreizt, daß ihr Dreieck in seiner ganzen Verwundbarkeit offen stand. Schreckensvisionen von Vergewaltigungen schossen ihr durch den Kopf.

»Edda Lou. Edda Lou.« Von irgendwoher kam ein heiseres Flüstern. Sie verdrehte entsetzt die Augen. Nirgendwo war die Person auszumachen, von der die Stimme ausging.

Wieder wollte sie schreien und meinte, an dem Tuch zu ersticken.

»Edda Lou, ich habe schon lange ein Auge auf dich geworfen. Endlich ist es soweit. So ganz nackt im Mondschein, romantisch was? Und wir sind ganz allein, du und ich. Wolln wir es miteinander machen?«

In namenlosem Entsetzen sah Edda Lou eine Gestalt aus dem Dickicht treten, sah nackte Haut im Mondlicht schimmern, sah ganz kurz eine lange Messerklinge aufblitzen.

Gräßliche Angst und Ekel packten sie, denn sie begriff, was nun auf sie wartete. Ihr Bauch zog sich zusammen und hob sich. Der Geschmack von Erbrochenem stieg in ihr hoch. Die Gestalt kam immer näher. Ihre schweißnasse Haut schimmerte im Mondlicht. Von ihr strömte der Geruch von Wahnsinn aus.

Das Tuch erstickte Edda Lous Flehen im Keim. Blut rann in dünnen Bächen ihren Rücken und ihre Schenkel hinunter. Die Hände erreichten ihre Haut, fingen an zu streicheln und zu drücken. Nun kam auch der Mund hinzu. Heiße Tränen der Angst strömten über ihre Wangen, als die Lippen sich gierig um ihre schutzlosen Brustwarzen schlossen.

Mit dem ganzen schweißnassen Körper rieb sich die Gestalt an ihr und stellte Dinge mit ihr an, die sie nie für möglich gehalten hatte. Bei jedem Kuß dieser Lippen, bei jedem neuen Körperkontakt, bei jeder Berührung durch die kalte, flache Klinge erschauerte sie am ganzen Leib.

Nur zu genau erfuhr sie jetzt, was mit Arnette und Francie geschehen war. Sie mußte dasselbe namenlose Grauen, derselbe Ekel in ihrem letzten Moment gepackt haben.

»Du willst es doch! Und wie du es willst!« Der geflüsterte Sprechgesang übertönte das Pochen in Eddas Kopf. »Hure!« Das Messer drehte sich. Sorgfältig, fast ohne ihr Schmerzen zu bereiten, fuhr es an Edda Lous Arm hinab. Als sich der Mund gierig über die klaffende Wunde beugte, fiel Edda Lou in Ohnmacht.

»Nichts da!« Eine Hand weckte sie mit mehreren verspielten Ohrfeigen wieder auf. »Huren dürfen bei der Arbeit nicht schlafen.« Es folgte ein kurzes, schrilles Lachen, ein sich überschlagendes Kichern vielmehr. Blutverschmierte Lippen öffneten sich zu einem Grinsen. Edda Lous glasige Augen richteten sich auf ihren Peiniger. »So ist es gut. Du sollst alles genau sehen. Bist du fertig?«

»Bitte, bitte!« wimmerte sie in sich hinein. »Bitte bring

mich nicht um. Ich verrate auch keinem was!« Edda Lou roch die eigene Angst, das eigene Blut.

»Nein!« Die Stimme bebte vor Erregung. Und dann näherte sich ihr das Gesicht bis auf wenige Zentimeter. Aus den Augen, die sie doch so gut gekannt hatte, leuchtete der pure Wahnsinn. »Du bist es nicht wert, daß man dich fickt!«

Eine Hand riß den Knebel aus ihrem Mund. Zum Vergnügen gehörte anscheinend auch der letzte schrille Schrei. Er wurde jäh unterbrochen. Die Hand, die das Messer führte, durchschnitt Edda Lou die Kehle.

Caroline setzte sich abrupt in ihrem Bett auf. Ihr Herz pochte zum Zerspringen. Sie schlug die Hände vor die Brust. In ihrer Panik hätte sie fast das Nachthemd zerfetzt.

Da schreit jemand, dachte sie, und ihr Keuchen hallte im Zimmer wider. War da etwa ein Unglück geschehen?

Mit einem Satz war sie aus dem Bett und tastete nach dem Lichtschalter. Erst jetzt begriff sie, wo sie war und ließ sich zurück aufs Kissen plumpsen. Das hier war eben nicht Philadelphia. Nicht Baltimore. Nicht New York. Nicht Paris. Sie war im tiefsten Mississippi und schlief im Bett ihrer verstorbenen Großeltern.

Die Geräusche der Nacht drangen ins Zimmer. Frösche, Grillen, Zikaden. Und Eulen. Und noch einmal durchbrach ein gellender Schrei die Nacht. Unheimlich. Das klang wie die Stimme einer Frau. Jetzt fiel es ihr wieder ein. Schreiende Eulen wurden sie hier genannt. Ihre Großmutter hatte sie einmal vor vielen Jahren beruhigen müssen, weil dasselbe Kreischen sie aus dem Schlaf gerissen hatte.

Das war doch nur eine Schreiende Eule, mein Goldschatz. Dir kann gar nichts geschehen. Bei uns bist du so sicher wie ein Bär in seiner Höhle.

Caroline schloß die Augen und lauschte dem gedehnten Buuuu-huuu einer anderen Eule mit ungleich besseren Manieren. So geht es eben zu auf dem Land, hielt sie sich vor und versuchte, nicht mehr auf das Ächzen und Knarzen überall in diesem alten Haus zu achten. Bald würden diese Geräusche ihr genauso vertraut sein wie die vorbeifahrenden Autos auf den Straßen und das Heulen einer Sirene in der Ferne.

Ihre Großmutter hatte bestimmt recht gehabt: Sie war hier so sicher wie ein Bär in seiner Höhle.

3

Tucker saß auf der Terrasse. In seinem Rücken rankten sich violette Klematis an der weißen Pergola empor. Der Duft lockte einen Kolibri an. Mit in allen Farben leuchtenden, schwirrenden Flügeln schwebte er über dem Kelch einer der zarten Blüten und saugte den süßen Nektar. Aus dem Haus kam das geschäftige Summen von Dellas Staubsauger und mischte sich mit dem der Bienen draußen.

Unter dem Glastisch hatte sich Buster, der hochbetagte Wachhund, ein behagliches Plätzchen eingerichtet. Hin und wieder hob er unter Aufbietung sämtlicher Energien schwanzwedelnd den Kopf und blickte voller Hoffnung auf Tuckers Frühstück.

Tucker schenkte all den Lauten und Gerüchen des Morgens kaum Aufmerksamkeit. Er registrierte sie mit derselben Zerstreutheit, mit der er seinen eisgekühlten Fruchtsaft, den schwarzen Kaffee und Toast zu sich nahm.

Er widmete sich seinem morgendlichen Lieblingsritual, der Lektüre der Post. Wie immer war ein Stapel von Modezeitschriften für Josie dabei. Sobald er eine zwischen die Finger bekam, warf er sie auf den gepolsterten Stuhl neben ihm. Bei jedem Aufprall verdrehte Buster die Augen freudig nach oben, um sogleich ein enttäuschtes Grunzen von sich zu geben.

Auch ein Brief für Dwayne aus Nashville war diesmal dabei. Tucker erkannte Sissys überkorrekte, kindliche Handschrift. Stirnrunzelnd hielt er den Umschlag gegen die Sonne, dann legte er ihn beiseite. Um eine Mahnung wegen ausgebliebener Unterhaltszahlungen für die Kinder konnte es sich nicht handeln. Als Buchhalter der Familie hatte er erst vor zwei Wochen den monatlichen Scheck ausgefüllt und abgeschickt.

Sein Ablagesystem sah so aus: Rechnungen landeten auf wieder einem anderen Stuhl, persönliche Post wurde auf den Tisch hinter die Kaffeekanne gelegt, und Bettelbriefe von allen möglichen gemeinnützigen Organisationen steckte er in eine Papiertüte.

Für ihre Erledigung hatte sich Tucker ein eigenes Verfahren ausgedacht. Einmal jeden Monat griff er blind in die Tüte und zog willkürlich zwei Umschläge heraus. Das waren dann die Adressen, an die die nächste großzügige Spende ging, egal ob es sich um das Rote Kreuz, den World Wildlife Fond oder irgendeine Gesellschaft für die Erhaltung von Wandhaken ging. Damit, so sagte sich Tucker, genügten die Longstreets ihren Wohltätigkeitsverpflichtungen. Und wenn die Organisationen sich wundern sollten, daß sie einen Monat einen Scheck über mehrere tausend Dollar erhielten und dann jahrelang gar nichts mehr, dann war das in Tuckers Augen allein ihr Problem.

Das mechanische Aussortieren der Post half ihm, dringendere Sorgen zumindest einstweilig zu verdrängen. Im Grunde wußte er nicht, wie er sich Edda Lou gegenüber verhalten sollte. Sie redete ja nicht einmal mehr mit ihm. In den zwei Tagen seit der gräßlichen Szene vor aller Leute Augen hatte sie sich kein einziges Mal gerührt. Ja, sie ging nicht einmal ans Telefon.

Das war alles zutiefst beunruhigend, zumal sie äußerst nachtragend war und heimtückisch wie eine Schlange zubeißen konnte. Die lange Wartezeit auf den längst fälligen Angriff machte Tucker mehr als nervös.

Er stapelte die Umschläge mit Sonderbriefmarken für Dwayne, weil er sie gerne an seine Kinder weiterschickte, und stieß auf einen fliederfarbenen und dezent parfümierten Umschlag, der nur von einem Menschen stammen konnte.

»Tante Lulu!« Er grinste von einem Ohr zum anderen. Seine trüben Gedanken waren wie weggeblasen.

Lulu Boyston Longstreet, eine Cousine von Tuckers Großvater, gehörte dem in Georgia lebenden Zweig der Familie an. Über ihr Alter ließ sie die Leute gern spekulieren. Allgemein wurde sie für Mitte siebzig gehalten, behauptete jedoch seit Jahr und Tag, sie sei fünfundsechzig. Sie war steinreich, maß in ihren Schuhen mit stets großzügigen Absätzen kümmerliche einsfünfzig und war das verrückteste Huhn im ganzen Land.

Tucker betete sie an. Auch wenn der Brief ›an meine Lieben Longstreets‹ adressiert war, riß Tucker ihn sofort auf. Er wollte nicht warten, bis seine Geschwister sich irgendwann wieder einmal blicken ließen.

Er überflog den ersten Absatz des mit rosa Tinte vollgekritzelten Bogens und stieß einen Jubelschrei aus. Tante Lulu wollte ihnen einen Besuch abstatten.

Sie drückte es immer so aus, ließ dabei aber offen, ob sie nur zum Essen vorbeischauen oder einen ganzen Monat bleiben wollte. Tucker hoffte inbrünstig, letzteres würde der Fall sein. Etwas Abwechslung hatte er dringend nötig.

Bei ihrem letzten Besuch hatte Lulu einen Riesenkarton voller Eistörtchen mitgebracht. Dazu hatte sie einen Papierhut mit einer Straußenfeder getragen. Eine ganze Woche lang hatte sie das lächerliche Ding nicht abgenommen, nicht einmal in der Nacht. Sie feiere ein paar Geburtstage, hatte sie zur Erklärung verkündet. Irgend jemand werde schon Geburtstag haben.

Tucker leckte sich die Erdbeermarmelade von den Fingern und warf den Rest seines Toastbrots für Buster auf den Boden. Die übrige Post wollte er später sichten. Zuallererst mußte er jetzt Della mitteilen, daß sie das Gästezimmer für Tante Lulu herrichten solle.

Doch in dem Moment, in dem er die Tür aufstieß, vernahm er den Motor von Austin Hatingers Laster. In ganz

Innocence gab es nur ein Fahrzeug, das ein derart obszönes Knallen von sich gab. Tucker widerstand dem ersten Impuls, sich im Haus zu verbarrikadieren, und drehte sich wieder um. Freilich machte er sich schon jetzt auf einiges gefaßt.

Inzwischen sah er schwarze Auspuffgase zwischen den Magnolien aufsteigen. Seufzend zog Tucker eine Zigarette aus der Tasche, brach die Spitze ab und wartete.

Er war noch nicht einmal zum ersten Zug gekommen, da hielt der Laster schon vor dem Haus, und Austin zwängte sich aus der Kabine. Als erstes spuckte der Mann auf den Kiesweg. Zu seinen Füßen bildete sich eine widerwärtige gelbe Lache. Austin war so sperrig und verwittert wie sein alter Ford. Allerdings hielten ihn nicht Bindfaden und Spucke zusammen, sondern Muskeln und Sehnen. Unter dem speckigen Pflanzerhut saß ein Gesicht, das so durchfurcht war wie die Rinde eines Baums. Tiefe Linien gingen von seinen walnußbraunen Augen aus, gruben sich in wettergegerbte Wangen und umrahmten seinen harten, nie lächelnden Mund.

Kein einziges Härchen lugte unter dem Hut hervor. Austin fuhr jeden Monat zum Friseur und ließ sich einen Bürstenschnitt verpassen. Vielleicht, so spekulierte Tukker des öfteren, stellte das eine Art nostalgische Erinnerung an seine Zeit bei der Armee dar. Den Namen seines Corps, *Semper Fi,* hatte er unter die amerikanische Fahne auf den bei jeder Bewegung hervorquellenden Bizeps tätowieren lassen. Austin, der einen bei jeder Gelegenheit darauf aufmerksam machte, daß er ein gottesfürchtiger Christ war, hatte sich zeitlebens nie mit frivolen Dingen wie nackten Mädchen abgegeben.

Tucker stellte erleichtert fest, daß Austin sein Gewehr auf dem Beifahrersitz hatte liegen lassen. Er hoffte, dieses kleine Zeichen der Höflichkeit bedeutete ein gutes Omen.

»Austin.« Tucker stieg eine Stufe hinab – er wollte schließlich nicht unfreundlich wirken.

»Longstreet!« Die Stimme erinnerte an einen über Beton rollenden rostigen Nagel. »Wo zum Teufel steckt mein Mädchen?«

Tucker hatte mit allem gerechnet, nur nicht mit dieser Frage. »Wie bitte?«

»Du gottloser Scheißkerl! Wo zum Teufel ist meine Edda Lou?«

Diese Charakterisierung seiner Person entsprach schon eher dem, worauf Tucker sich eingestellt hatte. Er richtete sich auf. »Ich habe Edda Lou seit der Szene, die sie mir vorgestern im Restaurant gemacht hat, nicht mehr gesehen.«

Austin setzte schon zur nächsten Tirade an, doch Tukker unterbrach ihn mit erhobener Hand. »Du kannst von mir aus gern auf mich sauer sein, Austin. Und weil ich mit deiner Tochter geschlafen habe, kann ich mir gut vorstellen, daß du einen gewaltigen Haß auf mich schiebst.« Er machte einen tiefen, langen Zug und stieß den Rauch genüßlich aus. »Wahrscheinlich hast du vorher schon längst geahnt, daß wir was miteinander haben, und angetan warst du davon bestimmt nicht. Das kann ich dir auch gar nicht verübeln.«

Austins Lippen entblößten schiefe, gelbe Zähne. Kein Mensch hätte seine Grimasse mit einem Lächeln verwechselt. »Dir Scheißkerl hätte ich die wertlose Haut sofort über den Kopf ziehen sollen, als du dich an sie rangemacht hast.«

»Schon möglich. Aber Edda ist keine Minderjährige mehr. Da kann ihr keiner mehr dreinreden.« Tucker zog noch einmal an seiner Zigarette, betrachtete den Stummel und schnippte ihn davon. »An den Tatsachen läßt sich nun auch nicht mehr rütteln, Austin.«

»Du hast leicht reden. Aber meine Tochter muß deinen Bastard austragen.«

»Bei dessen Produktion sie sich mit vollem Engagement beteiligt hat«, versetzte Tucker und versenkte beide

Hände in den Hosentaschen. »Ich werde dafür sorgen, daß es ihr während der Schwangerschaft an nichts fehlt. Und die Unterhaltszahlungen danach werden auch nicht knapp bemessen sein.«

»Große Worte!« Austin spuckte wieder aus. »Eitles Geschwätz, sag ich. Süßholz raspeln war ja schon immer deine Stärke, Tucker. Aber jetzt laß dir mal was gesagt sein. Ich kümmere mich schon selber um mein eigen Fleisch und Blut. Und jetzt will ich auf der Stelle mein Mädchen wiederhaben!«

Tucker zog eine Augenbraue hoch. »Du glaubst doch nicht etwa, daß Edda Lou hier ist?«

»Lügner! Hurenbock! Deine Seele ist so schwarz wie deine Sünden!«

»Da will ich nicht mit dir streiten«, erwiderte Tucker so ruhig wie möglich. »Trotzdem ist Edda Lou nicht bei mir. Du kannst dich gern umsehen, aber ich versichere dir noch einmal, daß ich seit ihrer großen Szene nichts mehr von ihr gesehen oder gehört habe.«

Austin überlegte kurz, ob er ins Haus eindringen sollte. Aber vor einem Longstreet wollte er sich gewiß nicht lächerlich machen. »Na gut, hier ist sie wohl nicht. In der Stadt ist sie aber auch nicht zu finden. Soll ich dir sagen, was ich glaube? Du Dreckskerl hast den Teufel an die Wand gemalt, und jetzt ist sie bestimmt in eine Engelmacherklinik gegangen.«

»Edda Lou und ich haben über nichts gesprochen. Wenn sie sich für so etwas entschieden hat, dann war es allein ihre Idee.«

Tucker hatte vergessen, wie behende dieser Mann trotz seiner massiven Statur sein konnte. Das letzte Wort war noch nicht heraus, da war Austin schon nach vorne gesprungen, packte ihn am Hemd und zog ihn einfach zu sich herunter.

»So sprichst du nicht über mein Mädchen. Bevor sie sich mit dir einließ, war sie eine gottesfürchtige Christin.

Schau dich doch nur an, du mieses, kleines Schwein! Hast den ganzen Tag nichts zu tun und lebst mit einem versoffenen Bruder und einer Hure als Schwester in einem großen, feinen Haus! Aber ihr werdet alle noch in der Hölle schmoren, wie euer der Sünde verfallener Vater!« Sein Gesicht war puterrot angelaufen. Speichel lief aus seinen Mundwinkeln.

Tucker zog in der Regel gütliche Gespräche jeder Auseinandersetzung vor. Aber irgendwo waren auch seiner Geduld Grenzen gesetzt, und zwar genau dort, wo der andere zu weit ging.

Mit einem Magenschwinger überraschte er den Älteren derart, daß er ihn loßließ. »Jetzt hör mir mal gut zu, du frömmelnder Misthaufen! Meine Familie ziehst du nicht in den Dreck! Die Geschichte geht nur Edda Lou und mich etwas an. Ich habe es dir vorhin schon gesagt und sage es dir jetzt noch einmal. Ich werde alles für Edda Lous Unterhalt tun. Wenn du aber glaubst, ich hätte sie als erster flachgelegt, dann bist du noch dämlicher, als ich dachte. »Tucker steigerte sich nun seinerseits in seinen Zorn hinein. Die Beleidigungen und der Ärger ließen ihn alle Klugheit vergessen. »Und halte mich ja nicht für blöd. Ich hab gleich kapiert, was sie mit mir vorhat. Wenn ihr zwei jetzt glaubt, ihr kriegt mich mit euren Drohungen vor den Altar, dann habt ihr euch gewaltig getäuscht!«

Austins Kinnmuskeln zitterten. »Zum Ficken ist sie dir also gut genug, aber nicht zum Heiraten!«

»Sehr richtig!«

Dem ersten Fausthieb konnte Tucker noch ausweichen, der zweite jedoch landete mit voller Wucht in seinem Magen. Ihm blieb die Luft weg, und er kippte langsam nach vorne. Noch ehe er reagieren konnte, hagelte es Treffer ins Gesicht und gegen den Hals.

Plötzlich schmeckte und roch Tucker sein eigenes Blut. Ihn packte eine gräßliche Wut. Ohne auf die Schmerzen in seinen Knöcheln zu achten, drosch er Austin die Faust mit solcher Wucht gegen das Kinn, daß er selbst dabei zurückprallte.

Das tat gut! Verdammt gut!

Ein Teil von ihm dachte messerscharf. Er mußte auf den Füßen bleiben. Von seiner Schnelligkeit hing alles ab, denn an Körperkraft war er dem bulligen Austin in keiner Weise gewachsen. Wenn er einmal auf dem Boden landete, würde er – wenn überhaupt – bestenfalls mit mehreren Knochenbrüchen und einem zu Brei geschlagenen Gesicht davonkommen.

Keuchend standen sie einander gegenüber und schenkten sich nichts. Fäuste hämmerten gegen Knochen. Blut und Schweiß flossen in Strömen. Tucker dämmerte, daß er gar nicht mehr um die Ehre seiner Familie kämpfte, sondern nur noch um sein nacktes Leben. In Austins Augen schimmerte der unverhüllte Wahnsinn. Panik schnürte Tucker die Kehle zu.

Seine schlimmsten Ängste wurden bestätigt, als Austin mit eingezogenem Kopf wie ein Rhinozeros auf ihn losging. Im nächsten Augenblick wurden Tucker die Füße weggerissen, und er landete rücklings in den Pfingstrosen. Austin stieß ein gräßliches Triumphgeheul aus.

Tucker hatte keine Kraft mehr. Sein Atem ging rasselnd und stoßweise. Aber noch hatte er seine Wut – und die Angst. Als er sich eben mühsam aufrappeln wollte, stürzte sich Austin auf ihn. Eine fleischige Pranke schloß sich um seine Kehle, die andere verpaßte ihm harte Treffer in die Nieren.

Er versuchte Austins Kinn wegzudrücken, aber sein Gesichtsfeld verschwamm bereits. Er sah nur noch diese Augen, in denen die blanke Lust am Töten funkelte.

»Zur Hölle mit dir!« kreischte Austin. »Ich hätte dich schon viel früher umbringen sollen, Beau!«

In seiner Todesangst griff Tucker ihm in die Augen.

Austin heulte auf wie ein verwunderter Koyote und

ließ von Tuckers Kehle ab. Gierig sog Tucker die Luft wieder ein. Es brannte und tat höllisch weh, doch seine Lebensgeister kehrten zurück.

»Du bist ja total verrückt! Ich bin nicht mein Vater!« Wütend und keuchend richtete Tucker sich auf, bis er sich auf allen Vieren halten konnte. Komischerweise bekam er ausgerechnet jetzt Angst, er müsse sich übergeben, mitten in die zertretenen Blumen.

Beim Anblick von Austins blutüberströmten Gesicht stellte Tucker voller Genugtuung fest, daß er ihm eine ordentliche Abreibung verpaßt hatte. Was wollte er jetzt noch mehr außer einem kalten Duschbad, einem Eisbeutel und einer Packung Schmerztabletten? Er versuchte, sich ganz aufzurichten, doch blitzschnell hatte Austin einen von den Steinen gepackt, die das Beet umrandeten und zielte damit auf Tuckers Kopf.

»Gott im Himmel!« krächzte Tucker. Er wußte, daß der andere zu einem tödlichen Schlag ansetzte.

Ein Schuß ließ sie beide zusammenfahren.

»Ich hab noch eine volle Ladung für dich, du Rabenaas!« schrie Della, die plötzlich auf der Veranda erschienen war. »Und die ist genau auf deinen widerwärtigen Schwanz gerichtet. Leg den Stein dahin zurück, wo du ihn her hast, und zwar dalli. Mich juckt's schon gewaltig in den Fingern.«

Der Wahnsinn verglomm in Austins Augen. Ein Ausdruck heftigen, aber wenigstens nicht irren Zorns trat an seine Stelle.

»Umbringen würde dich das wahrscheinlich nicht«, meinte Della in einem fast schon freundlichen Ton. Die Schrotflinte ruhte fest auf ihrer Schulter. Sie fixierte Austin durch das Visier. Auf ihren Lippen spielte ein grimmiges Lächeln. »Aber du müßtest die restlichen zwanzig Jahre in eine Plastiktüte pinkeln.«

Austin ließ den Stein fallen. Als er dumpf auf den Boden schlug, drehte sich Tucker plötzlich der Magen um.

»Ich bin gekommen, um Gericht zu halten!« schrie Austin. »Der wird schon noch dafür zahlen, was er meinem Mädchen angetan hat!«

»Zahlen wird er!« rief Della. »Wenn das Mädchen sein Kind auf die Welt bringt, wird Tucker dafür sorgen, daß es ihr an nichts fehlt. Aber ich bin nicht so leichtgläubig wie er, Austin. Erst wollen wir Beweise sehen, ehe er seine Unterschrift unter irgendwelche Papiere setzt.«

Austin erhob sich mit geballten Fäusten. »Soll das etwa heißen, daß mein Mädchen lügt?«

Della hielt die Flinte nach wie vor auf seinen Unterleib gerichtet. »Ich sage lediglich, daß Edda Lou von jeher gerade so gut war, wie sie sein mußte, und daß ich ihr das auch überhaupt nicht verüble. Aber wenn du noch einen Funken Verstand im Leib hast, dann gehst du mit ihr zum Doktor Shays. Der wird schnell feststellen, ob sie was im Bauch hat. So, und jetzt zieh Leine, oder ich pumpe dich mit Schrot voll.«

In ohnmächtiger Wut ballte Austin die Fäuste. Blut lief ihm wie Tränen die Wangen herunter. Er achtete nicht darauf. Noch einmal spuckte er vor Tucker aus. »Ich komme wieder. Aber dann wird dich keine Frau mehr schützen können.«

Er stolzierte zu seinem Laster zurück, kletterte hinein, wendete und holperte die Auffahrt hinunter. Eine schwarze Rauchwolke stieg hinter ihm auf.

Tucker blieb im verwüsteten Blumenbeet sitzen und ließ den Kopf auf die Knie sinken. Oh nein, er wollte noch nicht aufstehen. In den Blumen hatte er es doch so gut …

Mit einem langen Seufzer setzte Della die Flinte ab. Sorgfältig lehnte sie sie gegen das Geländer, dann lief sie die Stufen hinunter und stieg neben Tucker in das Beet. Er sah zu ihr auf. Gerade wollte er sich bedanken, da verpaßte sie ihm eine Backpfeife, daß ihm die Ohren dröhnten.

»Um Himmels willen, Della!«

»Dafür, daß du mit den Eiern denkst.« Sie knallte ihm noch eine. »Und die ist dafür, daß du mir diesen Wahnsinnigen ins Haus schleppst.« Ein dritter Hieb landete auf seinem Kopf. »Und das ist dafür, daß du die schönen Blumen deiner Mama kaputtgemacht hast.« Mit einem zufriedenen Lächeln verschränkte sie die Hände vor die Brust. »So, und wenn du jetzt die Beine entknotest, kannst du mit ins Haus kommen. Dann mache ich dich sauber.«

Tucker wischte sich mit dem Handrücken den Mund ab. Geistesabwesend betrachtete er die Blutspuren. »Jawohl, Ma'am.«

Da sich Della jetzt einigermaßen sicher war, daß ihr die Hände nicht mehr zitterten, hob sie ihm mit dem Zeigefinger das Kinn an. »Er hat dir ja anständig was verpaßt. Aber er sieht auch nicht besser aus.«

»Na, hoffentlich.« Mühsam rappelte Tucker sich auf. Sein Atem ging noch ganz flach. Er hatte ein Gefühl, als sei eine Herde Mustangs über seine Brust hinweggaloppiert. »Ich werde nachher zusehen, ob ich die Blumen wieder hinkriegen kann.«

»Das will ich auch hoffen.« Della legte einen Arm um seinen schmerzenden Rücken und führte ihn ins Haus.

Auch wenn er sich wegen Edda Lou bestimmt keine grauen Haare wachsen lassen wollte, so nagte an Tucker doch ein gewisses Unbehagen. Wahrscheinlich war sie nur für ein paar Tage untergetaucht, um dem Zorn ihres Vaters zu entgehen. Und bestimmt rechnete sie auch damit, daß Tucker deshalb um so heftiger von Gewissensbissen geplagt wurde. Andererseits konnte er den Anblick der im Wasser treibenden süßen kleinen Francie nicht vergessen.

Und was unternahm Tucker gegen all die unangenehmen Gedanken? Er setzte seine Sonnenbrille auf, um die schlimmsten blauen Flecken über dem linken Auge zu verbergen, schluckte zwei Schmerztabletten und machte sich auf den Weg in die Stadt.

Die Sonne brannte gnadenlos hernieder. Am liebsten wäre Tucker sofort wieder mit Eisumschlägen und einem Whiskey ins Bett gekrochen. Nun, nach seinem Gespräch mit Burke sollte ihn niemand daran hindern.

Mit etwas Glück traf er ja auch Edda Lou hinter der Theke von Larssons Laden an, wo sie Tabak, Eis am Stiel und Grillkohle verkaufte. Doch im Vorbeifahren verriet ihm ein Blick durch das Schaufenster, daß der nicht besonders helle Kirk Larsson an ihrer Stelle bediente.

Vor dem Büro des Sheriffs hielt Tucker an. Ächzend zwang er sich aus dem Wagen und stieß die Tür zu Burkes kleinem Reich auf. Es war nicht viel mehr als eine verrauchte Schuhschachtel mit einem Schreibtisch aus Restbeständen der Armee, zwei Drehstühlen, einem ramponierten Schaukelstuhl aus Holz und einem Gewehrschrank, dessen Schlüssel an Burkes dickem Bund hing, sowie einem neuen Kaffeeautomaten, ein Weihnachtsgeschenk von Burkes Frau. Der Holzboden war übersät mit weißen Farbklecksern aus der Zeit, als die Wände zum letzten Mal gestrichen worden waren.

Am hinteren Ende führte eine Tür in ein winziges Klo, von dem man in einen kaum größeren Vorratsraum gelangte.

Tucker hatte nie so recht verstanden, wie Burke, immerhin Sohn eines ehemals wohlhabenden Farmers, sich damit zufriedengeben konnte, Bußzettel zu verteilen, bei Schlägereien zu schlichten und gelegentlich auf Betrunkene aufzupassen.

Aber Burke war ganz zufrieden mit sich und seinem Leben. So wie er auch seit siebzehn Jahren eine glückliche Ehe mit der Frau führte, die er seinerzeit als Schuljunge geschwängert und sofort geheiratet hatte. Seinen Stern trug er mit einigem Stolz zur Schau, und er erfreute sich in einer Stadt, deren Einwohner sich ungern von anderen etwas vorschreiben ließen, großer Beliebtheit.

Bei Tuckers Eintreten saß Burke stirnrunzelnd über einen Haufen Akten gebeugt am Schreibtisch. Über ihm wirbelte ein Ventilator ein wenig den abgestandenen Rauch und die heiße Luft durcheinander.

»Burke.«

»Hi, Tuck. Was führt dich ...« Er verstummte beim Anblick von Tuckers geschwollenem Gesicht. »Mensch, wo bist denn du reingelaufen?«

Tucker schnitt eine Grimasse, was ihm gehörige Schmerzen verursachte. »Austins Fäuste.«

Burke grinste zurück. »Und wie sieht er aus?«

»Noch schlimmer, sagt Della. Ich konnte nicht drauf achten, weil ich meine Knochen zusammenhalten mußte.«

»Wahrscheinlich wollte sie deine Gefühle nicht verletzen.«

Tucker ließ sich auf dem ausgefransten Drehstuhl nieder. »Da könntest du recht haben. Aber das ganze Blut auf meinem Hemd stammt sicher nicht bloß von mir.«

»Edda Lou?«

»Yeah. So wie er es sieht, habe ich eine blütenreine Jungfrau verführt, die im ganzen Leben noch keinen Schwanz gesehen hat.«

»So ein Blödsinn.«

»Das sage ich auch. Aber er kapiert nicht, daß sie fünfundzwanzig ist und mit mir geschlafen hat und nicht mit meinem alten Herrn.«

»Na, hoffentlich.«

Tucker verzog die geschwollenen Lippen zu einem schmerzhaften Grinsen. »Edda Lous Mama wird wohl jedesmal ein Stoßgebet in den Himmel schicken, wenn er sie anfaßt.« Er wurde sofort wieder ernst. Er wollte nicht daran denken, wie Austin auf seine arme zartgliedrige Frau einprügelte. »Die Sache ist die, Burke: Ich will fair sein, verstehst du?« Ihm fiel wieder ein, daß er seinen Freund aus mehr als einem Grund aufgesucht hatte. Bislang tastete er sich noch an sein erstes Anliegen heran. »Mit dir und Susie läuft es ja ganz gut …«

»Wie am ersten Tag, und das obwohl uns damals alle gewarnt haben. Marvella kam ja noch vor der Abschlußprüfung auf die Welt, und dann mußten wir zwei Jahre bei meiner Familie leben, bis wir uns was Eigenes leisten konnten. Da war Tommy schon unterwegs. Dann Parker. Dann Sam. Vier Babys in fünf Jahren.«

»Warum hast du dir die Hose nicht zunähen lassen?«

»Und du?«

»Die Sache ist ganz einfach: Ich liebe Edda Lou einfach nicht. Ob mit oder ohne Bauch. Okay, die Verantwortung habe ich trotzdem. Aber heiraten kann ich sie nicht. Ich kann einfach nicht, Burke.«

Burke räusperte sich. »Alles andere wäre auch eine Riesendummheit. Susie hat mir erzählt, daß Edda Lou schon seit Wochen damit angibt, wie sie nach der Hochzeit auf Sweetwater leben will. Susie hat ja selber nie darauf geachtet, aber die anderen dafür um so mehr. Klingt ganz so, als hätte es das Mädchen auf deine Farm abgesehen.«

Das verletzte Tucker einerseits in seiner Eitelkeit und verschaffte ihm zugleich Erleichterung. Edda Lou war also auf seinen Namen und sein Geld ausgewesen. Er schüttelte den Kopf. Sie hätte sich doch denken müssen, daß er früher oder später davon Wind bekommen würde.

»Eigentlich bin ich ja nur gekommen, um dir zu sagen, daß ich seit der Szene im Restaurant nichts mehr von ihr gehört habe. Austin hat sich eingebildet, sie würde sich bei mir verstecken. Er weiß also auch nicht, wo sie ist. Hast du vielleicht eine Ahnung?«

»Genausowenig wie du.«

»Na ja, vielleicht ist sie bei einer Freundin untergeschlüpft. Trotzdem, seit der Sache mit Francie …«

»Mhmm.« Burke bekam beim bloßen Gedanken daran ein flaues Gefühl in der Magengrube.

»Bist du da oder bei Arnette schon weitergekommen?«

»Keinen Zentimeter. Der Sheriff vom County hat den Fall übernommen. Ich habe dem Gerichtsmediziner geholfen, und den Kollegen habe ich meine Unterlagen gezeigt, aber die tappen allesamt im dunkeln. In Nashville haben sie vor einem Monat auch eine Frau aufgeschlitzt. Wenn es Parallelen gibt, schaltet sich das FBI ein.«

»Ehrlich?«

Burke nickte stumm. Es paßte ihm nicht, wenn Bundesbeamte sich in seine Arbeit einmischten. Womöglich behandelten sie ihn noch von oben herab, weil sie meinten, so ein Provinzler könne nicht einmal einen Betrunkenen hinter Schloß und Riegel bringen.

»Na ja, und weil ich eben an Francie gedacht habe, mache ich mir jetzt Sorgen«, fuhr Tucker fort.

»Ich werde mich umhören«, versprach sein Freund und erhob sich. »Wie du gesagt hast, bestimmt ist sie bei einer Freundin unterschlüpft und denkt sich, sie muß dich nur lange genug schwitzen lassen, dann machst du ihr schon noch einen Antrag.«

»Yeah.« Erleichtert, die Bürde weitergereicht zu haben, stand Tucker ebenfalls auf und humpelte zur Tür. »Du gibst mir Bescheid, ja?«

»Aber klar doch.« Burke begleitete ihn nach draußen und warf einen nachdenklichen Blick auf die Stadt, in der er aufgewachsen war, in der nun seine Kinder die Straßen unsicher machten. In der er alle kannte und von jedermann gegrüßt und respektiert wurde.

»Schau dir das an!« Tucker pfiff durch die Zähne. Gegenüber stieg Caroline Waverly aus ihrem BMW und ging zu Larssons Laden. »Die Frau ist erste Sahne! Da kriegt man schon vom Hinsehen Appetit.«

»Edith McNairs Enkelin?«

»Richtig. Hatte neulich mit ihr zu tun. Tritt auf wie

eine Fürstin und hat die größten grünen Augen, die mir je untergekommen sind.«

»Du hast auch ohne sie schon genug Probleme am Hals«, schmunzelte Burke, der solche Anzeichen zu deuten wußte.

»Eine Schwäche von mir«, gab Tucker zu und hinkte zu seinem Wagen. Auf halbem Weg wechselte er die Richtung. »Ich hab ja ganz vergessen, daß ich noch Zigaretten brauche.«

Burke ging zurück in sein Büro. Sein Grinsen erstarb. Francie war ihm wieder eingefallen. Edda Lou hätte Tukker doch bestimmt Tag und Nacht zugesetzt, bis sie endlich sein Jawort gehabt hätte. Daß sie darauf verzichtet haben sollte, hinterließ einen ganz schlechten Beigeschmack.

Im Grunde fand sie sich schon prima zurecht, sagte sich Caroline, als sie hinüber zum schattigen Wäldchen auf ihrem Grundstück schlenderte. Die Damen in Larssons Laden mochten vielleicht etwas schrullig gewesen sein, aber einen so warmherzigen Empfang hatte sie selten erlebt. Es tat gut zu wissen, daß sie nur in die Stadt zu fahren brauchte, wenn sie sich einsam fühlte.

Besonders sympathisch hatte sie Susie Truesdale gefunden. Sie hatte eigentlich nur eine Geburtstagskarte für ihre Schwester kaufen wollen, hatte sich dann aber festgeplaudert und war über zwanzig Minuten geblieben.

Natürlich hatte sich auch dieser Schwerenöter namens Longstreet eingefunden. Außer Flirten hatte der Kerl wohl nichts im Kopf. Trotz seiner dunklen Sonnenbrille hatte man gleich erkennen können, daß er sich geprügelt hatte. Darauf angesprochen, hatte er gleich vor allen Frauen im Laden die Mitleidstour abgezogen. Das taten ja alle von dieser Sorte. Luis war da um keinen Deut besser. Beim geringsten Kratzer wollten ihm sämtliche Frauen gleich Blut spenden.

Gott sei Dank war sie fertig mit den Männern. Und mit seinem umwerfenden Charme war Tucker bei ihr gerade an die Richtige geraten. Diese Abfuhr würde er so schnell nicht vergessen.

Mit einem verkniffenen Lächeln dachte sie an seinen südlichen Tonfall. »Miss Caroline«, hatte er sie genannt und dabei das ›ss‹ in der für die Südstaatler typischen Weise gesummt. Bestimmt hatten seine Augen hinter der dunklen Sonnenbrille dazu gelacht.

Ein Jammer nur um die schönen Hände mit den langen Fingern und breiten Handflächen, dachte sie und bückte sich unter den tiefhängenden Zweigen. Wie hatte er sich nur die Knöchel so aufschlagen können? Die Haut war ja völlig abgeschürft!

Sie ärgerte sich schon wieder über ihr idiotisches Mitgefühl. Kaum war er leicht hinkend eingetreten, waren sämtliche Frauen schon um ihn herumgeschwirrt, und eine hatte den Namen Edda Lou genannt. Caroline sog den Duft von frischem Grün tief in sich ein und lächelte vor sich hin.

Es sah ganz danach aus, als hätte sich dieser aalglatte Charmeur ganz schön was eingebrockt. Seine Freundin war schwanger und hatte offensichtlich verlangt, daß er sie heiratet. Und dem Stadtklatsch zufolge gehörte ihr Vater zu den Zeitgenossen, die schnell zum Gewehr griffen.

Jetzt, während sie innehielt und einen Zweig zwischen die Finger nahm, roch sie endlich das Wasser. Gott, wie weit sie von Philadelphia weg war!

Der kurze Ausflug in die Stadt hatte Caroline Spaß gemacht. Das Gespräch der Frauen hatte sich um die ewig gleichen Themen gedreht: Kinder, Kochrezepte, Männer, Sex. Egal, ob im Norden oder Süden, kaum waren Frauen untereinander, wurde Sex das Thema Nummer eins. Und hier unten nahmen sie sich dabei kein Blatt vor den Mund. Man war sofort im Bilde darüber, wer mit wem schlief.

Muß an der Hitze liegen, dachte Caroline und setzte sich auf einen Baumstamm, um ins Wasser zu schauen und sich die Musik des Frühabends anzuhören.

Sie war froh, daß sie trotz allem nach Innocence gekommen war. Jeden Tag fühlte sie sich ein Stück gesünder. Die Stille, die Sonne, die gnadenlos den letzten Rest Energie aus einem herausbrannte, die friedliche Idylle an diesem Teich im Schatten von mit Moos überwachsenen Bäumen. Sie gewöhnte sich allmählich sogar an die Geräusche der Nacht, die auf dem Land so schwarz war, daß man die Hand nicht vor den Augen sah.

Letzte Nacht hatte sie zum ersten Mal seit Wochen acht Stunden durchgeschlafen. Und war ohne diese quälenden Kopfschmerzen aufgewacht. Das Alleinsein, die Heiterkeit der Kleinstadt und ihrer ländlichen Rituale verfehlten ihre Wirkung nicht.

Ihre Wurzeln, die sie so lange nicht hatte spüren dürfen, deren Daseinsberechtigung ihre Mutter immer wütend abgestritten hatte, waren jetzt fest im Erdreich verankert. Nichts und niemand sollte sie herausreißen.

Sie konnte sich sogar wieder einmal als Anglerin versuchen. Schon beim Gedanken daran brach Caroline in Lachen aus. Ob ihr Wels überhaupt noch schmecken würde? Sie hob einen Kieselstein auf und warf ihn ins Wasser. Beim Aufprall gab es ein so lustiges Geräusch, daß sie gleich den nächsten hinterherschickte. Es sah herrlich aus, wie sich immer größere Kreise um das Zentrum bildeten. Sie stand auf und suchte nach flachen Steinen. Warum sollte sie sie nicht über das Wasser schlittern lassen und zählen, wie oft sie hüpften? Auch das war ein fast vergessenes Bild aus ihrer Kindheit. Ihr Großvater hatte neben ihr gestanden und ihr erklärt, wie man den Arm am besten anwinkelte.

Voller Freude über diese willkommene Erinnerung nahm sie einen besonders flachen Stein zwischen die Finger. Komisch nur, daß sie das Gefühl nicht los wurde, jemand beobachte sie. Ein kleiner Schauer lief ihr plötzlich über den Rücken, als sie etwas Weißes aus den Augenwinkeln registrierte. Sie sah genauer hin – und erstarrte. Ein Schrei blieb in ihrer Kehle stecken.

Jemand starrte sie an, doch die aufgerissenen Augen sahen nichts. Direkt an der dunklen Wasseroberfläche schaukelte ein Gesicht sanft auf und nieder. Verfilztes blondes Haar quoll hervor, das sich in der Wurzel eines alten Baums verfangen hatte.

Caroline wich zurück. Ihr Atem kam stoßweise, begleitet von einem angsterfüllten Wimmern. Doch sie konnte den Blick nicht von diesem Gesicht wenden, über dessen Kinn die Wellen immer wieder hinwegschwappten und dessen leblose Augen von einem Sonnenstrahl beleuchtet wurden.

Erst als sie die Hände vor die Augen schlug und so das Bild aussperrte, war sie imstande loszuschreien. Der Laut brach sich im Dickicht und hallte über das Wasser. Erschrocken flatterten die Vögel von ihren Ruheplätzen auf den Bäumen in die Luft.

4

Obwohl sie sich mehrfach übergeben hatte, stieg immer noch schubweise saure Magenflüssigkeit in ihr hoch. Wenigstens gelang es Caroline aber wieder ruhig zu atmen. Burke Truesdale hatte sie erst gar nicht gebeten, ihn zum Teich zu begleiten. Ein Blick auf ihr kreidebleiches Gesicht hatte genügt. Obwohl sie nun auf der Veranda saß und ihr die Hände kaum noch zitterten, war es ihr ein Rätsel, wie sie den Weg vom Teich zum Haus allein bewältigt hatte.

Caroline ballte die Fäuste und kämpfte den Mageninhalt mit aller Kraft zurück. Ihr war übel, schwindlig, und sie hatte Angst. Aber woher nahm sie sich das Recht dazu? War *sie* etwa tot? Sie war völlig unversehrt und in Sicherheit. Anders als diese arme Frau. Dennoch ließ sie den Kopf auf die Knie sinken und wagte nicht aufzusehen, solange ihr Magen sich nicht beruhigt hatte und es in ihren Ohren so dröhnte.

Oh, wie sie diese Symptome haßte! Sie verabscheute sie mit einer Leidenschaft, die nur Leute nachvollziehen können, die selbst vor kurzem wegen einer langwierigen Krankheit hilflos zusehen mußten, wie andere über sie verfügten.

Ein Knattern riß Caroline aus ihren Gedanken. Erschöpft hob sie nun doch den Kopf. Unter dem tiefhängenden Wein über der Auffahrt holperte ein klapperiger Kombi heran. Teilnahmslos sah sie zu, wie er neben dem Straßenkreuzer des Sheriffs anhielt. Ein korpulenter Mann mit einem um den Hals geknoteten roten Halstuch und einem weißen Hemd kletterte heraus. Unter seinem weißen Hut quollen dichte, pechschwarz gefärbte Haare hervor, die er sich mit sehr viel Pomade nach hinten gebürstet hatte. Tränensäcke unter den Augen und ein Doppelkinn ergänzten sein Gesicht. Knallrote Hosenträger sorgten dafür, daß ihm die schwarze Freizeithose nicht zwischen den Knien herumschlabberte. Beim Anblick seiner festen, auf Hochglanz polierten schwarzen Schuhe mußte Caroline unwillkürlich ans Militär denken, auch wenn die große Tasche aus brüchigem Leder in seiner Hand sofort seinen Beruf verriet.

»Sie sind bestimmt Miss Caroline.«

An jedem anderen Tag und Ort hätte sie über seine Fistelstimme grinsen müssen. Im Fernsehen gestern abend hatte ein Gebrauchtwagenverkäufer ganz genauso gesprochen. Fast unheimlich, diese Ähnlichkeit.

Der Mann trat näher und blieb auf der untersten Stufe zur Veranda stehen. »Ich bin Doc Shays und war fast fünfundzwanzig Jahre lang der Hausarzt Ihrer Großeltern.«

Caroline antwortete mit einem vorsichtigen Nicken. »Guten Tag.«

Der erfahrene Arzt mußte sie nicht lange mustern, um einen schweren Schock zu konstatieren. »Burke hat mich hierher bestellt.« Mit einem großen weißen Taschentuch wischte er sich dicke Schweißperlen aus dem Gesicht. Wenn es sein mußte, konnte er schon schnell sein, aber man sah ihm sofort an, daß er eine langsame Gangart bei weitem bevorzugte. »Verflucht heißer Tag, was?«

»Ja.«

»Gehen wir doch lieber rein. Da ist es kühler.«

»Ich weiß nicht …« Sie blickte hilflos zum Wäldchen hinüber. »Ich soll hier nämlich warten. Er ist da rübergegangen und will nachsehen … Ich hab Steinchen ins Wasser geworfen und da hab ich ihr Gesicht gesehen.« Shays setzte sich neben sie und fühlte ihr mit sicheren Fingern den Puls. »Wessen Gesicht, meine Liebe?«

»Keine Ahnung.«

Als er in seine Tasche griff, erstarrte sie. Monatelange

Erfahrungen mit aufmerksamen Ärzten, die immer schnell mit der Spritze zur Hand gewesen waren, hatten Caroline in ständige Alarmbereitschaft versetzt. »Ich will nichts! Ich brauche nichts!« Sie sprang auf. Obwohl sie sich um einen normalen Tonfall bemühte, überschlug sich ihre Stimme. »Ich hab doch nichts! Kümmern Sie sich lieber um die andere. Sie haben doch sicher was für sie dabei.«

»Alles zu seiner Zeit, mein Mädchen.« Damit sie sich wieder beruhigte, klappte er die Tasche zu. »Setzen Sie sich doch wieder hin und erzählen mir schön der Reihe nach, was passiert ist. Dann sehen wir weiter.«

Caroline setzte sich zwar nicht, aber nach einigen Atemzügen gewann sie ihre Selbstbeherrschung zurück. Auf keinen Fall wollte, durfte sie noch einmal im Krankenhaus landen. »Es tut mir leid. Ich rede wahrscheinlich recht zusammenhangloses Zeug daher.«

»Alles halb so schlimm. Die meisten Leute sagen nur die Hälfte der Zeit vernünftige Sachen, und die andere Hälfte trainieren sie ihre Kiefer. Sagen Sie mir einfach, was Sie gesehen haben.«

»Ich meine, daß sie ertrunken ist«, antwortete Caroline zögernd. »Im Teich. Ich habe nur das Gesicht gesehen …« Ihre Stimme erstarb. Sie hatte wieder das Bild von vorhin vor Augen, und schon wurde sie fast wieder hysterisch. »Sie war wohl schon tot!«

Ehe Shays zur nächsten Frage ansetzen konnte, trat Deputy Carl Johnson aus dem Wäldchen. Seine sonst makellose Uniform war nicht mehr ganz trocken und starrte stellenweise vor Schmutz. Trotzdem marschierte er fast schon im Stechschritt über den von der Sonne ausgebleichten Rasen. Er war eine imposante Erscheinung von einem Meter neunzig. Unter der kastanienbraunen Haut spannten sich gewaltige Muskeln. Man sah ihm an, daß er seine Machtposition genoß und auf seinen gestählten Körper ungeheuer stolz war. Im Augenblick aber kämpfte er um Fassung und suchte nichts dringender als ein stilles Plätzchen, wo er sich unbeachtet übergeben konnte.

»Doc.«

»Carl.«

Mehr Worte waren nicht vonnöten. Fluchend tupfte Shays sich wieder das Gesicht ab.

»Miss Waverly. Dürfte ich bitte ihr Telefon benützen?«

»Aber natürlich. Können Sie mir sagen ...« Ihr Blick wanderte zum Wäldchen hinüber. In Gedanken war sie bei dem Anblick dahinter. »Ist sie tot?«

Carl zögerte nur kurz. Er schob die Dienstmütze zurück, so daß seine dichten schwarzen Locken zum Vorschein kamen und sagte: »Jawohl, Ma'am. Der Sheriff würde Sie gern sprechen, Doc.«

Shays erhob sich mit einem müden Nicken.

»Im Flur steht ein Telefon«, murmelte Caroline und eilte dem Polizisten nach. »Deputy ...«

»Johnson, Ma'am, Carl Johnson.«

»Deputy Johnson, ist sie ertrunken?«

Er warf ihr einen schnellen Blick zu. »Nein, Ma'am. Das ist sie nicht.«

Burke kauerte, den Kopf von der Leiche abgewandt, auf dem Baumstamm. Neben ihm lag eine Polaroidkamera. Er brauchte noch ein wenig Zeit, bis er wieder seine Haltung als Hüter des Gesetzes annehmen konnte. Bis er wieder einen klaren Kopf bekam und sein Magen sich beruhigte.

Mit dem Tod war er bereits des öfteren konfrontiert gewesen. Er hatte sein Aussehen, seinen Geruch schon als Junge kennengelernt, als er mit seinem Vater auf die Jagd gegangen war. Am Anfang hatten sie aus reiner Freude am Sport geschossen. Später dann, nach einer Mißernte, hatten sie es getan, damit wenigstens Fleisch auf den Tisch kam.

Er hatte auch den Tod von Mitmenschen erlebt. Angefangen hatte es mit dem Selbstmord seines Vaters nach dem Verlust der Farm. Und hatte ihn nicht die Tragödie seines Vaters direkt zu dieser Toten hier geführt? Ohne Farm, aber mit einer Frau und zwei Kindern, die auf ihn angewiesen waren, hatte er sich als Deputy und später als Sheriff verdingt. Der Sohn eines reichen Farmers hatte zwar zunächst nach dessen sinnlosen Selbstmord das Land, das ihm erst alles gegeben und später alles genommen hatte, gehaßt, hatte das Leben geradezu verabscheut, hatte dann aber doch seine Talente in die richtige Bahn gelenkt: Er sorgte für Recht und Ordnung.

Doch selbst der grausame Fund in der Scheune damals, als sein Vater unter dem Dachsparren gebaumelt hatte und nur das leise Knarzen bei der Reibung am Holz zu hören gewesen war, hatte ihn nicht auf diese sadistisch zugerichtete Tote im Teich der McNairs vorbereitet.

Komisch, dachte Burke, während er gierig an einer Zigarette sog, wie wenig er Edda Lou doch gemocht hatte. Sie hatte etwas Ordinäre an sich gehabt, einen verschlagenen Ausdruck in den Augen, bei dem ihm jedes Mitgefühl vergangen war, und das, obwohl sie mit diesem brutalen Austin Hatinger als Vater mehr als geschlagen war.

Aber dann erinnerte er sich an das Weihnachtsfest vor vielen Jahren, als er und Susie sie auf der Straße gesehen hatten. Sie war damals allenfalls zehn gewesen. Ihr Haar war in einem strengen Knoten hinten zusammengebunden gewesen, und der Saum des mehrfach geflickten Kleidchens war an den Seiten viel zu kurz gewesen. Sie hatte die Nase gegen Larssons Schaufenster gepreßt und eine Puppe mit blauem Umhang und einem Diadem aus Rheinsteinen angestarrt.

Sie war noch ein kleines Mädchen gewesen, das so gern ans Christkind geglaubt hätte. Und hatte bereits gewußt, daß es keins gab.

Hinter sich hörte Burke ein Rascheln. Er wandte sich um. »Doc?« Dann stieß er den Rauch aus und sagte nur: »Oh, mein Gott!«

Shays legte die Hand auf seine Schulter, drückte sie kurz und beugte sich über die Leiche. Der Tod war auch für ihn kein Fremder. Und seine Erfahrung hatte ihn gelehrt, daß er nicht nur zu den Alten kam. Diese Form der blindwütigen Zerstümmelung freilich überstieg sein Fassungsvermögen.

Sanft hob er die schlaffe Hand der Toten hoch und begutachtete das kreisrund aufgeschlitzte Gelenk. Die Knöchel wiesen dasselbe Merkmal auf. Der Anblick bereitete ihm physische Schmerzen. Was für eine Hoffnungslosigkeit darin doch zum Ausdruck kam! Diese Ringe in der zerfetzten Haut bedrückten ihn fast mehr als die brutalen Einschnitte am Rest des Körpers.

»Sie war eins der ersten Babys, das ich nach meiner Rückkehr nach Innocence entbunden habe.« Mit einem Seufzer tat er das, was Burke nicht vermocht hatte: Er schloß der Toten die Augen. »Schlimm, wenn Eltern die eigenen Kinder beerdigen müssen. Aber bei Gott, für Ärzte ist es nicht minder traurig.«

»Er hat sie gräßlich zugerichtet«, würgte Burke hervor. »Genauso wie die anderen.«

Er nahm die Kamera. Die Aufnahmen würden sie noch brauchen. Und irgend etwas mußte er ja bis zum Eintreffen des Untersuchungsrichters noch tun. Das Entsetzen schnürte ihm die Kehle zu. Er schluckte. »Sie wurde an den Baum dort drüben gefesselt. Getrocknetes Blut klebt noch daran. Wo sie mit dem Rücken an der Rinde gescheuert hat, ist die Haut total aufgeschürft. Der Mörder hat eine Wäscheleine benutzt. Ein paar Teile davon liegen noch herum.« Er ließ die Kamera sinken. Zorn loderte in seinen Augen auf. »Was zum Teufel hatte sie hier nur zu suchen?«

»Das kann ich dir auch nicht verraten, Burke. Ich kapier selber viel zuwenig. Sie hat einen Schlag auf den Hinterkopf abbekommen.« Shays' Finger glitten sanft über die Tote, als wäre sie eine Patientin, die es zu schonen galt. »Vielleicht hat er sie hierher verfrachtet. Vielleicht ist sie auch von selber gekommen und hat sich mit ihm gestritten.«

Burke nickte stumm. Er, wie alle anderen in der Stadt wußte, mit wem Edda Lou sich gestritten hatte.

Caroline lief auf der Veranda auf und ab. Einerseits hielt sie die Ungewißheit kaum noch aus, andererseits wurde ihre Angst vor dem Anblick im Schilf eher noch größer.

Ein Sedan kroch die Auffahrt entlang. Ihm folgte ein Kombi mit getönten Fenstern. Der Untersuchungsrichter, sagte sie sich. Aus dem Kombi kletterten zwei Männer mit einer Bahre und einer großen schwarzen Plastikplane. Caroline wandte sich ab. Die Plane erinnerte sie mit brutalem Nachdruck an die Frau im Teich, die kein Mensch, keine Frau mehr war, sondern nur noch eine Leiche, die unter dem würdelosen Verpacktwerden nicht mehr leiden würde. Das Leiden blieb den Lebenden vorbehalten. Caroline fragte sich, ob und welche Hinterbliebenen nun wohl trauern und mit dem Schicksal hadern würden.

Das Herz tat ihr weh, so sehr drängte es sie, Geige zu spielen. Mit der Leidenschaft ihrer Musik, das wußte sie, würde sie alles andere vertreiben. Diese Zuflucht stand ihr wenigstens immer offen, wenn ihr alle anderen Wege versperrt waren.

Sie lehnte sich gegen einen Pfosten und spielte mit geschlossenen Augen im Geiste eine Melodie. Von den vollen, reichen Tönen in ihrem Kopf war sie derart durchdrungen, daß sie den nächsten Wagen gar nicht kommen hörte.

»Hallo!« Josie knallte die Wagentür zu und lief gleich zur Veranda. Im Gehen schleckte sie ein Kirscheneis.

»Hey!« rief sie und begrüßte Caroline, die erst jetzt aufsah, mit einem freundlichen, neugierigen Lächeln. Hier geht's ja zu wie auf dem Jahrmarkt!« Sie leckte genüßlich die letzten Reste Eis vom Stiel und fügte erklärend hinzu: »Ich hab die ganzen Wagen hier abbiegen sehen, und da wollte ich einfach wissen, ob hier was Besonderes los ist.«

Caroline stierte sie verständnislos an. Das war schon komisch, ja obszön, daß jemand soviel Leben versprühte, wo doch der Tod über diesem Ort schwebte. »Ich verstehe nicht.«

»Ist auch nicht so tragisch.« Immer noch lächelnd stieg Josie die Stufen hinauf. »Ich bin bloß furchtbar neugierig, das ist alles. Ich bin Josie Longstreet.« Sie streckte ihr ihre vom Eis klebrige Hand entgegen.

»Caroline. Caroline Waverly.« Beim Händeschütteln schoß es Caroline in den Kopf, wie mechanisch man doch die Etikette befolgte. Wenn das nicht absurd war ...

Josie legte den Stiel auf das Geländer. »Gibt's Ärger hier draußen, Caroline? Ich sehe Burkes Wagen. Aufregender Mann, was? Ist jetzt siebzehn Jahre verheiratet und hat seine Frau kein einziges Mal betrogen. Mir ist noch kein anderer untergekommen, der die Ehe so verdammt ernst nimmt. Aber so ist es nun mal. Ach, Doc Shays ist auch da! Ich erkenne seinen Wagen. Der Mann ist vielleicht ein Original! Hat Haare so schwarz wie Schuhwichse und knallt sie sich nach hinten wie die Rok-k'n Roll-Stars in den fünfzigern. Aber reden tut er mit einer richtigen Mickey-Mouse-Stimme, finden Sie nicht auch?«

Caroline brachte fast ein Lächeln zustande. »Ja. Ach, es tut mir leid, setzen Sie sich doch bitte.«

Josie zog eine Zigarette aus der Handtasche und zündete sie sich mit einem goldenen Feuerzeug an. »Machen Sie sich um mich mal keine Gedanken. Komisch, Sie haben lauter Besucher hier, aber ich sehe keine Menschenseele.«

»Sie sind …« Caroline sah zu den Bäumen hinüber. Sie schluckte. »Da kommt der Sheriff.«

Josie richtete sich fast unmerklich auf. Sie schenkte Burke ein gewinnendes Lächeln, das erstarb, als sie plötzlich den Ausdruck in seinen Augen bemerkte. An ihrem fröhlichen Tonfall änderte sich jedoch nichts. »Also wirklich, Burke. Jetzt bin ich aber eifersüchtig. Bei uns auf Sweetwater läßt du dich kaum je blicken, und hier machst du gleich deine Aufwartung.«

»Ich bin von Berufs wegen hier, Josie.«

»Ach so?«

»Miss Waverly. Ich muß Sie sprechen. Können wir hineingehen?«

»Natürlich.«

Josie ergriff seinen Arm. Ihre Miene war nun ganz ernst. »Burke?«

»Ich habe jetzt keine Zeit, Josie.« Er wußte, daß er sie eigentlich zum Gehen auffordern müßte, aber ihm war klar, daß Caroline weibliche Gesellschaft heute dringend nötig hatte. So sagte er nur: »Bitte warte. Kannst du ein bißchen bei ihr bleiben, wenn ich weg bin?«

Die Hand auf seinem Arm fing an zu zittern. »Wie schlimm ist es?«

»Schlimmer geht's nicht. Geh doch in die Küche und mach uns irgendwas Kaltes zum Trinken. Ich rufe dich dann.«

Caroline führte ihn in den Salon, wo er sich auf die gestreifte Couch setzte. Die kleine Kuckucksuhr, die sie seit dem Tag ihrer Ankunft täglich aufzog, tickte fröhlich vor sich hin. Sie konnte ihren eigenen Schweiß riechen und die Möbelpolitur, mit der sie den Kaffeetisch erst an diesem Morgen behandelt hatte.

»Miss Waverly. Es tut mir unendlich leid, daß ich Sie gerade jetzt mit meinen Fragen belästigen muß, aber ich halte es für das Beste, wir bringen es schnell hinter uns.«

»Ich verstehe.« Nichts hatte sie verstanden, sagte sie sich. Wie konnte sie auch, hatte sie doch nie zuvor eine Leiche entdeckt. »Wissen Sie … wissen Sie, wer es ist?«

»Ja, Ma'am.«

»Und ihr Deputy … Johnson?« Unbewußt rieb sie sich die Kehle, als würden ihr die Worte steckenbleiben. »Er sagt, sie sei nicht ertrunken.«

»Nein, Ma'am.« Burke zog einen Notizblock und einen Stift aus der Tasche. »Es tut mir leid, aber ich muß Ihnen mitteilen, daß sie ermordet wurde.«

Caroline nickte stumm. Einen Schock bedeutete das nicht mehr. Ein Teil von ihr hatte es gewußt, seit sie in die aufgerissenen leblosen Augen geschaut hatte. »Was soll ich jetzt tun?«

»Erzählen Sie mir bitte alles, was Ihnen in den letzten achtundvierzig Stunden aufgefallen ist.«

»Aber da war ja gar nichts los. Ich bin doch erst angekommen und versuche, mich hier einzuleben … und bin in einem einzigen Putzen.«

»Ich verstehe.« Er schob den Hut zurück und wischte sich mit dem Unterarm den Schweiß von der Stirn. »Aber denken Sie doch noch einmal nach. Haben Sie vielleicht einen Wagen auf Ihrem Grundstück gehört oder sonst etwas Ungewöhnliches bemerkt?«

»Nein … Das heißt, ich bin ja nur die Geräusche aus der Großstadt gewohnt, und darum kam mir eigentlich alles ungewöhnlich vor. Die Stille hier draußen wirkt so entsetzlich laut, wenn Sie verstehen, was ich meine. Und dann die Vögel und die Insekten. Die Eulen.« Sie hielt inne. Das letzte bißchen Farbe wich aus ihrem Gesicht. »Neulich … das war gleich in der ersten Nacht – da habe ich … o Gott …«

»Lassen Sie sich ruhig Zeit, Ma'am.«

»Erst dachte ich, eine Frau würde kreischen. Ich hatte schon geschlafen, und der Lärm hat mich geweckt. Ich bekam schreckliche Angst. Dann fiel mir wieder ein, wo ich war, und daß es ja diese Eulen gibt – Schreiende Eule werden Sie bei Ihnen, glaube ich, genannt.« Schuldgefühle schwappten in ihr hoch. Caroline schloß die Augen. »Ich bin gleich wieder eingeschlafen. Vielleicht war es auch diese Frau. Dann hat sie um Hilfe gerufen – und ich habe mich einfach umgedreht!«

»Vielleicht war es auch wirklich eine Eule. Und selbst wenn, Miss Waverly, niemand hätte ihr mehr helfen können. Können Sie mir die Uhrzeit sagen, wann Sie aufgewacht sind?«

»Nein, es tut mir leid. Ich habe nicht auf die Uhr gesehen.«

»Gehen Sie oft zu diesem Teich?«

»Zweimal bis jetzt. Mein Großvater ist früher dort mit mir angeln gegangen.«

»Ich habe dort auch schon einige dicke Welse gefangen«, erwiderte Burke in seinem jovialsten Ton. »Rauchen Sie?«

»Nein. Aber lassen Sie sich deshalb nicht stören.«

Burke zündete sich zerstreut eine Zigarette an. In Gedanken war er bei dem Stummel, den er neben dem Baumstamm gefunden hatte. Edda Lou war Nichtraucherin gewesen. »Also, niemand hat sich auf Ihrem Grundstück zu schaffen gemacht? Und besucht hat Sie auch noch niemand?«

»Wie gesagt, ich bin ja erst angekommen. Aber jetzt fällt's mir wieder ein. Am ersten Tag ist mir jemand über den Weg gelaufen. Er hat behauptet, meine Großmutter hätte ihm erlaubt, sich an den Teich zu setzen.«

Burkes Miene verriet keine Regung, doch sein Herz setzte einen Schlag aus. »Wissen Sie den Namen?«

»Er nannte sich Longstreet. Tucker Longstreet.«

Tucker lag in seiner Hängematte, drückte sich ein kaltes Bierglas auf das geschwollene Auge und litt vor sich hin. Sein Körper fühlte sich nicht mehr an, als wäre eine Herde Pferde darüber hinweggetrampelt, nein, er kam ihm so vor, als wäre er meilenweit durch die Landschaft geschleift worden. Inzwischen ärgerte er sich über seinen Stolz. War seine Ehre wirklich ein blaugeschlagenes Auge wert?

Außerdem war Edda Lou bestimmt weggefahren und lachte sich in ihrem Versteck ins Fäustchen über das ganze Trara. Je länger er darüber nachdachte, desto mehr war Tucker davon überzeugt, daß er sich mit Austin für nichts und wieder nichts geprügelt hatte.

Wenn Edda Lou nun aber wirklich schwanger war, würde sie das Baby garantiert nicht abtreiben lassen. Damit hätte sie ja ein ideales Druckmittel gegen ihn. Ein Druckmittel, so schwante ihm, von dem er zeitlebens nicht loskommen würde.

Nichts nahm einen so in Beschlag wie eine Familie, überlegte er sich. Und im Blut des Babys würde sich das seine mit dem von Edda Lou mischen. Aber ihre guten und schlechten Anlagen würden neu vermengt werden, und von Gott oder dem Schicksal oder vielleicht nur der Zeit würde es abhängen, welche Züge sich letztendlich durchsetzten.

Tucker tat einen tiefen Schluck und drückte die Flasche gleich wieder gegen sein Auge. Es hatte ja doch keinen Sinn, über die Zukunft zu spekulieren. Die allmächtige Gegenwart bot schon genug Probleme – besser, er dachte an etwas Schönes. An Caroline Waverly zum Beispiel. Er mußte grinsen bei der Erinnerung an ihre hochnäsige Miene in Larssons Laden neulich. Da bekam er richtig Lust, sie flachzulegen. Nicht, daß er im Augenblick etwas mit Frauen vorgehabt hätte. Erstens taten ihm noch sämtliche Knochen weh, und zweitens glaubte er, im Augenblick eine Pechsträhne erwischt zu haben. Aber die Vorstellung war ja ganz nett. Ihm gefiel der Klang ihrer Stimme – die so weich war und so ganz anders als der kühle, abweisende Blick. Was er wohl tun müßte, damit sie ihn an sich heran ließ? Mit einem Lächeln auf den Lippen schlief Tucker ein.

»Tuck!«

Er murmelte etwas Unverständliches und versuchte, die Hand, die da an seiner Schulter rüttelte, wegzuschubsen. Die plötzliche Bewegung brachte mit einem Schlag die vergessen geglaubten Schmerzen zurück. Er schlug mit einem lauten Fluch die Augen auf. »Kreuzdonnerwetter, darf man denn gar nicht mehr seine Ruhe haben?« Er blinzelte Burke ins Gesicht. »Burke? Du hier? Ich bin noch nicht ganz wach, aber du kannst dir schon mal ein Bier holen. Du weißt ja, wo es ist.«

»Ich bin dienstlich hier, Tucker. Ich muß mit dir sprechen.«

»Bei einem Bier spricht sich's leichter.« Er grinste seinen Freund an. Aber als er dessen Miene bemerkte, wurde er mit einem Schlag ernst. »Was ist los?«

»Eine schlimme Sache, Tuck.«

Er wußte es, noch ehe es ausgesprochen wurde. Mit einem Satz sprang er aus der Hängematte. »Es ist wegen Edda Lou, nicht wahr?«

»Tuck …«

»Laß mir eine Minute Zeit, ja?« In hilfloser Wut trommelte Tucker gegen den Baum. »Bist du dir auch ganz sicher?«

»Ja. Es war wie bei Arnette und Francie.«

»O Gott!« Er preßte den Kopf gegen den Baumstamm, versuchte, die gräßlichen Bilder zu verscheuchen. Gut, er hatte sie nicht geliebt und hatte sogar einen Punkt erreicht, an dem er sie nicht einmal mehr gemocht hatte. Aber er hatte sie berührt, hatte ihre Zunge geschmeckt, war in sie eingedrungen. Und deswegen wurde er von einem Gefühl der Trauer ergriffen, nicht nur ihretwegen, sondern auch um das kleine Kind, obwohl er es nie gewollt hatte.

»Jetzt setz dich doch wieder hin.«

»Nein!« Tucker wandte sich abrupt um. Sein Gesicht

war nun nicht mehr dasselbe. Aus seinen Augen blitzte der harte, gefährliche Blick, den nur wenige sehen durften. »Wo hast du sie gefunden.«

»Im Teich der McNairs. Vor zwei Stunden.«

»Das ist ja ganz in der Nähe.« Seine Schwester fiel ihm ein. Sie und Della mußten doch irgendwie geschützt werden. »Sie ... Caroline sollte da draußen nicht allein bleiben.«

»Josie und Carl sind bei ihr. Josie hat ihr ein paar Gläser von Miss Ediths Apfelbrandy aufgeschwatzt. Caroline hat übrigens die Leiche gefunden.«

»Scheiße!« Er setzte sich wieder auf die Hängematte und verbarg das Gesicht in den Händen. »Was zum Teufel sollen wir nur tun, Burke? Was wird hier gespielt, verflucht noch mal?«

»Ich muß dir ein paar Fragen stellen, Tucker. Aber zuvor will ich dich vor Austin warnen. Ich mußte ihm vorhin die Nachricht überbringen. Paß auf deinen Arsch auf, Tuck.«

Tucker zündete ein Streichholz an, vergaß aber, daß er keine Zigarette im Mund hatte und verbrannte sich den Finger. »Du glaubst doch nicht etwa ...« Er warf das Zündholz zu Boden und sprang auf. »Verflucht noch mal, Burke! Du kennst mich doch!«

Burke wünschte sich, er hätte das Bier angenommen. Dann hätte er sich den bitteren Geschmack aus dem Mund spülen können. Tucker war sein bester Freund. Und ausgerechnet er stand unter Verdacht. »Das hat damit überhaupt nichts zu tun, versteh mich doch.«

Panische Angst schnürte Tucker die Kehle zu. »Ach, komm mir doch nicht mit so einem Blödsinn!«

»Es ist mein Job, Tucker. Ich muß es hinter mich bringen.« Obwohl es ihm von Herzen weh tat, zog Burke schließlich sein Notizbuch aus der Tasche. »Vor zwei Tagen hattest du in aller Öffentlichkeit einen Streit mit Edda Lou. Seitdem wird sie vermißt.«

Tucker zündete ein weiteres Streichholz an. Diesmal hatte er auch an die Zigarette gedacht. Er sog den Rauch tief ein und ließ ihn langsam nach draußen strömen. »Was soll das denn? Willst du mir jetzt Handschellen anlegen und mir meine Rechte vorlesen oder was?«

»Verflucht noch mal, Tucker! Ich habe mir gerade zwei geschlagene Stunden lang angeschaut, was der Mörder mit dem Mädchen angestellt hat. Wenn du mir Vorwürfe machen willst, such dir bitte einen anderen Zeitpunkt aus.«

»Also gut, erledige deine dämliche Pflicht.«

»Ich möchte wissen, ob du Edda nach der Szene im Restaurant gesehen hast oder mit ihr gesprochen hast.«

»Bin ich nicht am Tag drauf zu dir ins Büro gekommen, um dir zu sagen, daß ich sie nirgendwo erreicht hatte?«

»Wohin bist du nach eurem Streit gegangen?«

»Ich bin zum ...« Tucker wurde leichenblaß und verstummte. »Menschenskinder, ich bin zum Teich der McNairs gegangen.« Er führte die Zigarette an den Mund, hielt aber jäh inne. In seine Augen trat ein Funkeln. »Aber das hast du vorher schon gewußt, nicht wahr?«

»Ja. Aber ich bin froh, daß du es mir von selber gesagt hast.«

»Leck mich doch.«

Burke packte ihn wütend vorne am Hemd. »Jetzt hör mir mal gut zu. Mir gefällt das genausowenig wie dir. Aber es ist meine Pflicht und ist nichts, aber absolut nichts im Vergleich zu dem, was das FBI mit dir anstellen wird. Wir haben hier drei tote Frauen. Sie wurden alle aufgeschlitzt wie Fische. Edda Lou hat dir in aller Öffentlichkeit gedroht, und keine zwei Tage später wird sie tot aufgefunden.«

»Aber du weißt doch, daß ich Hunderte von Male am Teich war. Du übrigens auch. Und nur, weil ich mich über Edda Lou geärgert habe, bin ich noch lange kein

Mörder. Was habe ich denn bei Arnette und Francie ausgefressen?«

In Burkes Gesicht arbeitete es. »Du bist mit allen dreien ausgegangen.«

Das saß. Benommen tastete Tucker sich rückwärts zur Hängematte. »Mensch, Burke, das kannst du doch nicht glauben!«

»Was ich glaube, hat damit nichts zu tun. Verstehst du nicht, ich muß dir diese Fragen stellen. Ich muß wissen, wo du vorgestern abend warst!«

»Soll ich's dir sagen? Er hat beim Kartenspielen sein letztes Hemd an mich verloren.« Josie war unbemerkt zu ihnen getreten. In ihren Augen lag ein eigenartig hartes Funkeln. »Verhörst du wirklich meinen Bruder, Burke? Ich muß schon sagen, du erstaunst mich.«

»Es ist meine Pflicht, Josie.«

»Dann tu sie auch gefälligst. Aber du suchst doch einen Frauenhasser. Was willst du da bei dem armen Tuck, wo du doch genau weißt, wie magisch ihn die Damen anziehen.«

»Wolltest du nicht bei Caroline bleiben?« fragte Tukker.

»Susie und Marvella sind auch noch gekommen«, meinte Josie achselzuckend. »Das waren mir dann doch zu viele Frauen auf einmal. Außerdem hat sie es sowieso recht gut verkraftet. Kann sein, daß dein Typ daheim verlangt wird, Burke. An deiner Stelle würde ich lieber darauf achten, daß deine Jungen nicht das Haus auf den Kopf stellen.«

»Du hast mit Tucker Karten gespielt?« fragte Burke ohne auf den unverhohlenen Rauswurf zu achten.

»Das ist in unserem Land doch noch kein Verbrechen, oder?« Josie nahm Tucker die Zigarette aus dem Mund und machte einen tiefen Zug. »Wir sind bis zwei, halb drei aufgeblieben. Tucker hat ein bißchen zuviel getrunken, und ich habe achtunddreißig Dollar gewonnen.«

»Das ist gut!« rief Burke mit vor Erleichterung belegter Stimme. »Seid mir nicht böse, wenn ich euch befrage. Ich dachte mir nur, es würde euch leichter fallen, wenn ich euch verhöre und nicht das FBI.«

»Tut es nicht.« Tucker stand auf. »Was wird nun aus ihr?«

»Ich habe sie in die Leichenhalle gebracht. Wenn das FBI kommt, sehen wir weiter.« Burke verstaute sein Notizbuch in der Tasche und wandte sich zum Gehen. »Geh Austin nach Möglichkeit aus dem Weg.«

Mit einem säuerlichen Grinsen strich Tucker sich über die geprellten Rippen. »Mach dir da mal keine Sorgen.«

Burke wich verlegen seinem Blick aus. Drei Rhododendronbüsche schienen plötzlich sein ganzes Interesse zu wecken. »Na gut, dann gehe ich mal. Willst du morgen im Büro vorbeischauen? Wäre nicht schlecht, wenn die vom FBI einen guten Eindruck von dir bekämen.«

»Einverstanden.« Tucker atmete auf, als sein Freund davontrottete, aber dann rief er ihn noch einmal zurück: »Hey, das Bier wartet noch immer auf dich.«

»Danke für die Einladung, aber ich seh doch mal lieber daheim nach dem rechten.«

»Ich muß krank sein, Tucker«, seufzte Josie. »Du kannst dir gar nicht vorstellen, wie sauer ich auf den Kerl bin, aber trotzdem möchte ich nichts lieber als unter seine Hose.«

Lachend tätschelte Tucker ihr die Wange. »Das ist nur der Longstreet-Reflex. Josie, ich will ja nicht an deiner Aufrichtigkeit zweifeln, aber wir haben doch seit Wochen nicht mehr Karten gespielt.«

»Na und? Irgendwie verschmelzen die Tage miteinander. Aber findest du nicht auch, daß es so einfacher ist?«

Behutsam nahm Tucker ihr Kinn zwischen die Finger und sah ihr ernst in die Augen. Das war seine Art, Leute anzusehen, wenn etwas ihm sehr wichtig war. »Kann schon sein. Aber jetzt mal ganz ehrlich. Du glaubst doch nicht, daß ich der Mörder bin?«

»Ach, mein Schatz. Wir sind doch zusammen aufgewachsen. Und du bist eben ein Gemütsmensch – selbst wenn du dich mal aufregst. Ich weiß, daß du keiner Fliege etwas zuleide tun könntest. Was ist schon dabei, wenn wir die ganze Nacht Karten gespielt haben?«

Tucker zögerte. Irgendwie erschien es ihm nicht richtig. Aber andererseits erleichterten kleine Notlügen einem hin und wieder das Leben. Was zum Beispiel würden die Jungs im Chat 'N Chew sagen, wenn sie erführen, daß er den ganzen Abend Gedichte gelesen hatte?

Und wer würde es ihm glauben?

5

In dieser Nacht wurden in ganz Innocence die Häuser verrammelt und die Gewehre geladen, und trotzdem stellte sich der Schlaf nur schwer ein.

Auch am nächsten Morgen galt überall der erste Gedanke Edda Lou.

Bei Darleen Fuller Talbot, Happy Fullers drittem Kind und ersten großen Enttäuschung, war die Trauer gemischt mit Apathie. Als Teenager war sie in Edda Lous Schlepptau überallhin mitgegangen. Es war eine aufregende Zeit gewesen. Gemeinsam waren sie nach Greenville getrampt, hatten in Larssons Laden Schminkzeug gestohlen, hatten Schule geschwänzt und in Spook Hollow die ersten Abenteuer mit Jungen erlebt. Zusammen hatten sie auch Ängste ausgestanden, wenn die Periode sich verspätet einstellte, hatten freimütig ihre sexuellen Erfahrungen ausgetauscht und waren zahllose Male mit wechselnden Verehrern zu viert ausgegangen. Bei ihrer Hochzeit war Edda Lou die Ehrenjungfrau gewesen, und umgekehrt hätte auch sie ihre Freundin zum Traualtar begleiten sollen, sobald Tukker Longstreet endgültig an der Angel gezappelt hätte.

Nun lebte sie nicht mehr, und Darleens Augen waren vom vielen Weinen verquollen. Sie brachte kaum noch die Energie auf, den kleinen Scooter in sein Laufgitter zu setzen, ihrem Mann auf dem Weg in die Arbeit nachzuwinken und gleich danach zur Hintertür zu schlurfen, um ihren Liebhaber Billy T. Bonny hereinzulassen, der in seinem verschwitzten T-Shirt und seiner zerrissenen Bluejeans bereits gewartet hatte.

Er nahm sie gleich in seine mit Tätowierungen übersäten Arme. »Du darfst dich nicht so grämen, mein Zuckerbaby. Ich kann dich nicht weinen sehen.«

»Ich kann noch gar nicht glauben, daß sie tot sein soll«, schluchzte Darleen in seine Schulter. »Sie war meine allerliebste und engste Freundin, Billy.«

»Ich weiß.« Voller Mitgefühl drückte er seine breiten Lippen auf ihren Mund und fuhr sogleich liebkosend mit der Zunge darum herum. »Sie war ein prächtiges Mädchen, und wir alle werden sie sehr vermissen.«

»Sie war für mich mehr als jede Schwester.« Darleen löste sich etwas von ihm, so daß er unter ihr Nachthemdchen greifen konnte. »Belle und Starita haben mir nie soviel bedeutet.«

»Die waren bloß neidisch, weil keine so schön ist wie du.« Er streichelte ihre bereits harten Brustwarzen und bewegte sich mit ihr zum Tisch.

Mit tränenglänzenden Augen knöpfte sie ihm die Hose auf. »Ich würde ihr Leben sofort gegen das von Edda Lou tauschen! Ist mir doch egal, ob sie Blutverwandte sind oder nicht. Mit Edda Lou konnte ich über alles reden, selbst über uns zwei. Sie hat sich auch immer für mich gefreut. Nur als ich Junior geheiratet und Scooter gekriegt habe, da ist sie ein bißchen neidisch geworden, aber das ist ja nur natürlich, findest du nicht auch?«

»Mmmm.« Er zog ihr das Nachthemdchen aus und küßte ihr die Brüste.

Darleen fing zu seufzen an und zog ihm die Boxershorts herunter. »Ich sollte doch bei ihrer Hochzeit mit Tucker die Ehrenjungfer abgeben. Und dann wurde sie so brutal zugerichtet!«

»Denk einfach nicht dran, Schatz.« Sein Atem kam stoßweise. Mit den Händen schob er ihre Schenkel auseinander. »Laß deinen Billy T. nur machen, und du wirst das alles schnell vergessen. Das wäre sicher auch in Edda Lous Sinn.«

»Ja. In meinem Herzen wird immer ein Platz für sie reserviert sein.« Stöhnend drückte sie sich fester gegen seine Hand. Ein Schauer überlief sie. Sie schob ein Marmeladeglas beiseite und legte sich auf den Tisch. Ihre Finger schlossen sich um seinen Rücken. Noch einmal klappte sie die Augen auf. Er hatte sein Kondom schon vorher übergezogen. Sie strahlte ihn selig an. »Du bist ja so gut zu mir, Schatz.« Sie führte sein Glied in sich hinein, und er fing an zu stoßen. »Mit dir macht es ja soviel mehr Spaß als mit Junior. Der tut es immer nur im Bett.«

Angestachelt von ihrer Schmeichelei, schob Billy T. sie ein Stückchen höher. Weil sie bereits kam, merkte sie gar nicht, daß sie sich den Kopf am Hängeschrank angestoßen hatte.

Beim Aufwachen stellte Caroline überrascht fest, daß sie wunderbar geschlafen hatte. Vielleicht war es die Kraft des Unterbewußten, sinnierte sie. Dann hätte sie sich den schlimmen Erfahrungen einfach durch Flucht entzogen. Es konnte aber auch an der wohltuenden Gegenwart von Susie Truesdale und ihrer Tochter gelegen haben, die sie im Zimmer nebenan untergebracht hatte. Vielleicht war es aber auch nur das Bett ihrer Großeltern, in dem sie sich einfach gut aufgehoben fühlte. Wie dem auch sei, als sie erwachte, schien die Sonne ins Zimmer herein und der Duft von frischem Kaffee kitzelte ihr die Nase.

Zuerst war sie peinlich davon berührt, daß ihre Gäste das Frühstück bereiteten, während sie noch schlief. Das Argument erschien ihr dann aber doch recht fadenscheinig, nach dem grauenhaften Erlebnis von gestern. Fast hätte sie sich noch einmal umgedreht, entschloß sich dann aber doch zum Aufstehen und stellte sich als erstes unter die Dusche.

Als sie frisch gewaschen und angezogen unten erschien, saßen Susie und Marvella bereits am Tisch und unterhielten sich bei Kaffee und Rührei mit gedämpfter Stimme.

Mutter und Tochter sahen einander verblüffend ähnlich. Sie waren beide hübsche Frauen mit hellblondem Haar und blauen Augen. Sie hatten den gleichen geschwungenen Mund, der sich zu einem Lächeln formte, als sie Caroline erblickten. Zwischen ihnen herrschten eine Vertrautheit, eine Nähe und gegenseitige Achtung, wie Caroline sie mit ihrer Mutter nie erlebt hatte.

»Wir hatten gehofft, du würdest noch ein bißchen länger schlafen.« Susie schenkte ihr gleich eine Tasse Kaffee ein.

»Ich komme mir vor, als hätte ich eine ganze Woche geschlafen. Danke. Es war wirklich nett von euch, daß ihr über Nacht geblieben seid. Ich ...«

»Aber dazu sind Nachbarn ja da. Marvella, servier Caroline doch das Frühstück.«

»Also wirklich, ich ...«

Susie drückte sie sanft auf einen Stuhl. »Du mußt jetzt erst was essen. Nach so einem Schock braucht man einfach Brennstoff.«

»Moms Rührei ist unschlagbar! Wenn man ißt, geht es einem immer gleich besser. Nach meinem großen Streit mit Bobby Lee haben Mom und ich einen Riesenbecher Schokoladeneis verdrückt.«

Es kostete Marvella einige Mühe, Caroline nicht anzustarren. Nur zu gerne hätte sie sie gefragt, wo sie sich die Haare hatte schneiden lassen. Bobby Lee hätte allerdings einen Anfall bekommen, wenn sie sich solche Locken in ihr schulterlanges Haar hätte drehen lassen.

»Mit viel Schokolade im Bauch läßt sich so manches leichter ertragen«, meinte Susie lächelnd und reichte Caroline eine Scheibe Toastbrot. »Ich habe ein bißchen von der Himbeermarmelade deiner Großmutter genommen. Du hast doch hoffentlich nichts dagegen.«

»Im Gegenteil!« Fasziniert betrachtete Caroline das handbeschriftete Etikett. »Ich wußte gar nicht, daß so etwas im Haus ist.«

»Ach, Miss Edith hat jedes Jahr Unmengen eingemacht. Und hat damit in den letzten sechs Jahren immer den ersten Preis beim Volksfest gewonnen.« Mit diesen Worten öffnete Susie den Schrank und deutete auf zwei Regale voller Marmeladegläser. »Mit diesem Vorrat dürftest du auf Jahre hinaus eingedeckt sein.«

So viele bunt beschriftete Gläser, und so liebevoll angeordnet! Das plötzliche Bewußtsein des Verlusts und die Scham schnürten Caroline die Kehle zu. »Ich konnte sie nicht sehr oft besuchen.«

»Sie war sehr stolz auf dich. Immer hat sie von ihrer kleinen Caro erzählt, daß du in der ganzen Welt herumgekommen bist und sogar vor Präsidenten und Königen gespielt hast. Deine Postkarten hat sie alle aufgehoben und bei jeder Gelegenheit hergezeigt.«

»Eine davon kam aus Paris«, schaltete Marvella sich ein. »Mit dem Eiffelturm vorne drauf. Miss Edith hat sie mir für ein Referat geliehen.«

»Marvella hat nämlich zwei Jahre Französisch gelernt.« Susies Augen ruhten voller Stolz auf Marvella. Sie selbst hatte wegen des Kindes zwei Monate vor dem Abschluß die Schule verlassen müssen. Um so mehr entzückte es sie, daß ihre Tochter die Hochschulreife erlangt hatte. Sie warf einen Blick auf die Uhr. »Honey, mußt du nicht in die Arbeit?«

Marvella sprang auf. »O Gott, ich muß los!«

»Marvella arbeitet in einer Anwaltskanzlei als Sekretärin. Wegen der Sache gestern haben sie ihr erlaubt, heute auszuschlafen. Nimm meinen Wagen, Liebling. Daddy wird mich schon abholen. Und halte unterwegs nicht an und nimm niemanden mit, hast du verstanden?«

»Ich bin doch nicht dämlich.«

»Das nicht. Aber du bist meine einzige Tochter. Und bitte ruf mich an, wenn du später heimkommst.«

»Aber klar.«

»Und sag Bobby Lee, daß es mit euren Rendezvous im

Wagen vorbei ist. Wenn ihr zwei schon romantisch werden müßt, dann bitte daheim im Wohnzimmer.«

Marvella lief dunkelrot an. »Mom …«

»Wenn du's ihm nicht sagst, muß ich es tun. Jetzt aber nichts wie los!« Sie stand auf und gab ihrer Tochter einen Abschiedskuß.

»Jawohl, Ma'am.«

»Kaum zu glauben, daß sie mir über den Kopf wächst«, schmunzelte Susie, nachdem die Tür ins Schloß gefallen war.

»Ein entzückendes Mädchen.«

»Ja, das ist sie. Aber auch ein unverbesserlicher Dickkopf, der genau weiß, was er will. Seit zwei Jahren ist sie ganz versessen auf Bobby Lee Fuller. Und darum wird sie ihn wohl auch heiraten. Na ja, als ich mich damals in Burke verguckte, war die Hochzeit eigentlich auch schon besiegelt. Man sorgt sich halt, wenn sie so jung anfangen, aber bei uns war es ja auch nicht anders.« Sie sah stirnrunzelnd auf Carolines Teller hinunter. »Viel hast du ja nicht gegessen.«

»Es tut mir leid.« Caroline zwang sich noch zu einem Bissen, dann legte sie resigniert die Gabel beiseite. »Ich kannte das Mädchen ja gar nicht, aber es ist alles so schrecklich … Vor Marvella wollte ich dir vorhin nicht so viele Fragen stellen, aber stimmt es denn, daß dieses Mädchen schon das dritte Opfer ist?«

Susie nickte. »Im Februar hat es angefangen. Und alle drei wurden erstochen.«

»Mein Gott!«

»Burke spricht nicht viel darüber, aber ich weiß, daß es entsetzlich schlimm sein muß. Sie werden irgendwie verstümmelt.« Susie stand auf und machte sich daran, den Tisch abzuräumen. »Als Mutter – als Frau – habe ich Angst. Und ich sorge mich auch um Burke. Er nimmt sich das alles zu sehr zu Herzen, als ob es seine Schuld wäre. Er meint, er hätte das alles vielleicht verhindern können.«

Caroline ließ heißes Wasser in die Spüle laufen. »Gibt es keine Verdächtigen?«

»Wenn Burke etwas weiß, äußert er sich nicht darüber. Bei Arnette haben alle noch an einen Landstreicher geglaubt. In einer so kleinen Stadt mit acht-, neunhundert Einwohnern kann man sich schwer vorstellen, daß es einer von uns gewesen sein soll. Aber als dann auch Francie ermordet wurde, sind die Leute schon etwas vorsichtiger geworden. Dem eigenen Nachbarn hätte es trotzdem immer noch niemand zugetraut. Aber jetzt ...«

»Jetzt traut keiner mehr dem anderen, wie?«

»Das stimmt.« Da Caroline das Geschirr spülte, fing Susie an, die sauberen Teller abzutrocknen. »Trotzdem halte ich es immer noch für das Wahrscheinlichste, daß ein Wahnsinniger draußen in den Sümpfen sein Unwesen treibt.«

Carolines Blick wanderte zum Fenster hinaus zu den Bäumen, die ihr bedrohlich nah erschienen. »Wie tröstlich.«

»Ich wollte dich nicht erschrecken. Aber so allein hier draußen mußt du dich unbedingt in acht nehmen.«

Caroline kniff die Lippen zusammen. »Dieser Tucker Longstreet und Edda Lou sollen einen Streit gehabt haben. Stimmt es, daß sie ihn zum Heiraten zwingen wollte?«

»Sie hat es mehr oder weniger versucht.« Susie brach in schallendes Gelächter aus. »Du kennst Tucker Longstreet nicht, sonst hättest du eben nicht so dreingeschaut. Die Vorstellung, er könnte jemanden töten, ist einfach lachhaft. Es würde ihn viel zuviel Anstrengung und Gefühle kosten. Auf beiden Gebieten scheint es bei Tucker zu hapern.«

Caroline mußte wieder an Tuckers Miene bei ihrer Begegnung am Teich denken. An Gefühlen hatte er es da eigentlich nicht fehlen lassen – und zwar gefährlichen.

»Burke wird sich wohl eingehend mit ihm unterhalten

müssen«, fuhr Susie beim Wegräumen des Geschirrs fort. »Leicht wird es ihm nicht fallen, denn die zwei sind wie Brüder. Drum kann ich dir auch eines sagen: Tucker ist ein herzensguter Mensch. Er könnte keiner Fliege was zuleide tun. Wenn er eine Frau sieht, denkt er bestimmt an kein Messer. Das einzige, was ihn beschäftigt, ist, wie er unter ihr Höschen kommt.«

»Die Sorte kenne ich«, blaffte Caroline.

»Glaub's mir ruhig, bei einem wie Tuck ist keine Frau sicher. Wenn ich nicht glücklich verheiratet wäre, würde er mir vielleicht auch ganz gut gefallen. Er hat das gewisse Etwas. Ich trau mich wetten, daß er über kurz oder lang auch bei dir aufkreuzen wird.«

»Dann holt er sich aber eine blutige Nase.«

Lachend räumte Susie die letzten Teller weg. »Da möchte ich dabeisein. So, jetzt müssen wir aber ran an die Arbeit.«

»Arbeit?«

»Ich kann dich doch nicht so ohne Schutz allein lassen.« Sie trocknete sich die Hände ab und ging zu ihrer Handtasche hinüber. Daraus zog sie einen Revolver, einen tödlich aussehenden 38er.

»Um Himmels Willen!« entfuhr es Caroline.

»Das ist ein Smith & Wessen. Revolver liegen mir irgendwie besser in der Hand als automatische Pistolen.«

»Ist er ... geladen?«

»Aber natürlich! Leer würde er mir ja nichts nützen. Ich habe damit beim Scheibenschießen den ersten Preis gewonnen – noch vor Burke. Er weiß nicht so recht, ob er sich deswegen schämen oder ob er stolz auf mich sein soll.«

»Und du trägst das Ding einfach so in der Tasche herum?« ächzte Caroline.

»Seit Februar. Hast du schon mal geschossen?«

»Nein!« rief Caroline. Sie verschränkte unwillkürlich die Hände hinter dem Rücken.

»Und du traust es dir wohl auch nicht zu. Aber bei mir lernst du schon noch, dich zu wehren, wenn ein Mann auf dich losgeht. Warte, dein Großvater hatte doch eine Waffensammlung. Das wäre ja gelacht, wenn wir da nichts Passendes finden würden.«

Susie legte ihren 38er auf den Küchentisch und lief ins Wohnzimmer.

»Susie!« rief Caroline verwirrt und folgte ihr. »Ich kann mir doch eine Waffe nicht so wie ein ... ein Kleid aussuchen!«

»Es ist aber beides gleich interessant.« Susie blieb vor dem Waffenschrank stehen. Den Zeigefinger nachdenklich auf den Lippen musterte sie die Sammlung. »Wir fangen am besten mit etwas Kleinem an. Aber das Laden üben wir mit einer Flinte. Da kriegt man am schnellsten ein Gefühl dafür ... Wenn so ein Bursche dich belästigen will, legst du einfach an und sagst dem Dreckskerl, daß du direkt auf seinen Bauch zielst. Was meinst du, wie schnell der Leine zieht! Und wenn nicht, kriegt er eine Ladung Schrot auf den Pelz.«

»Ist das dein Ernst?«

»In dieser Gegend wissen wir uns schon zu helfen. Na, ist das kein Prachtstück?« Susie öffnete die Vitrine und nahm einen alten Armeecolt heraus. Mit einem gekonnten Griff klappte sie die Trommel auf. Sie war leer. Caroline sah mit offenem Mund zu, wie Susie sie wieder zuklappte, auf die Wand zielte und abdrückte. »Gut. Jetzt werden wir mal sehen, wo er die Munition hatte.« Gleich bei der ersten Schublade hatte sie Glück. Sie wählte die passenden Kugeln aus und wandte sich grinsend zu Caroline um.

»So, und jetzt zerteppern wir ein paar Dosen.«

Freudensprünge hatte Special Agent Matthew Burns nicht gerade vollführt, als man ihn in ein verstaubtes Provinzkaff im Mississippi-Delta geschickt hatte. Er war ein

Großstadtmensch, der gern mal in die Oper ging, durch die Nationalgalerie bummelte und gegen ein Gläschen Châteauneuf nichts einzuwenden hatte. Gerade auf dieses Wochenende hatte er sich besonders gefreut. Er hatte Karten fürs Ballett besorgt, hatte einen Tisch im Watergate-Restaurant reserviert und hätte zwischendrin bestimmt Zeit für ein Schäferstündchen mit seiner neuesten Eroberung gefunden.

So aber hieß es Reisetasche und ein paar belegte Brötchen auf den Rücksitz eines Mietwagens mit defekter Klimaanlage werfen und ab nach Innocence düsen.

Burns wußte, daß der Fall einigen Staub aufwirbeln würde, und ging bei aller Bescheidenheit davon aus, daß keiner besser für den Job geeignet war als er. Serienmörder waren seine Spezialität.

Trotzdem war er stinksauer wegen des verpatzten Wochenendes. Sein Zorn stieg noch, denn die Luft wurde immer unerträglicher. Wenigstens enttäuschte ihn das Kaff nicht. Es war genauso erbärmlich, wie er erwartet hatte – ein paar verschwitzte Fußgänger, ein, zwei streunende Köter, verstaubte Ladenfenster. Ein Kino gab es natürlich nicht. Mit einem Schauder entzifferte er die ausgebleichten Buchstaben, die auf das einzige Restaurant im Ort hinwiesen: Chat 'N Chew. Gott sei Dank hatte er seine Kaffeemaschine mitgenommen.

Aber auch der beste Job war nun mal kein Zuckerschlecken, tröstete er sich, als er vor dem Sheriffsbüro vorfuhr. Er nahm nur seine Aktentasche mit, sperrte sorgfältig ab und trat beim Sheriff ein.

Burke saß an seinem Schreibtisch und telefonierte gerade. Weil er Notizen auf seinen Block kritzelte, hatte er den Hörer zwischen Kinn und Schulter festgeklemmt. »Jawohl, Sir. Sobald er kommt. Ich …« Er sah auf und erkannte sofort, daß es sich um den FBI-Mann aus dem Norden handeln mußte. »Sekunde bitte … Sind Sie Special Agent Burns?«

»Richtig. Vorschriftsgemäß ließ Burns seine Dienstmarke aufblitzen.«

»Er ist soeben eingetroffen«, rief Burke in den Hörer und reichte ihn dem Mann vom FBI. »Ihr Boß.«

»Chief Hadley? Jawohl, Sir ... In Greenville hatte ich Probleme mit dem Auto ... Dr. Rubinstein dürfte gegen drei Uhr eintreffen ... Jawohl, ich werde mich darum kümmern. Die haben hier anscheinend nur einen Apparat.« Er drückte die Hand auf die Muschel und fragte Burke: »Haben Sie ein Faxgerät?«

»Ein Faxgerät? Nein, warum?«

»Dann schicken Sie uns auch unbedingt ein Faxgerät, Boß. Ich melde mich wieder, sobald ich mich einigermaßen auskenne. Jawohl, Sir.«

Er legte auf. Bevor er sich auf dem Drehstuhl niederließ, überprüfte er mißtrauisch die Sitzfläche. »Also gut. Sie sind Sheriff ...«

»Truesdale. Burke Truesdale.« Es folgte ein kurzer, steifer Händedruck, der etwas Babycreme auf Burkes Hand hinterließ. »Tja, wir haben hier ein ganz schönes Schlamassel, Agent Burns.«

»Das ist mir gesagt worden. Drei Verstümmelungen in viereinhalb Monaten. Irgendwelche Verdächtigte?«

Eine Entschuldigung lag Burke auf der Zunge. Er verkniff sie sich gerade noch. »Nein, keine. Erst dachten wir an einen Landstreicher. Aber die Möglichkeit kommt ja jetzt kaum noch in Frage, zumal es in Nashville einen praktisch identischen Mord gegeben hat.«

»Ich nehme an, Sie haben eine Akte angelegt.«

»Natürlich.« Burke erhob sich.

»Warten Sie noch. Vorläufig genügt ein mündlicher Bericht. Erst will ich das Opfer sehen.«

»Wir haben sie in der Leichenhalle aufgebahrt.«

»Wie sinnig«, meinte Burns trocken. »Schauen wir sie uns an. Danach gehen wir an den Tatort. Haben sie ihn abgesichert.?«

Langsam lief Burke die Galle über. »Versuchen Sie mal, ein mit Schilf bewachsenes Ufer abzusichern!«

»Ich verlasse mich auf Ihr Wort.«

Caroline sog die Luft ein, biß die Zähne aufeinander und drückte ab. Der Rückstoß riß ihr den Arm weg, und in ihren Ohren dröhnte es. Eine Dose kippte um – allerdings nicht die, auf die sie gezielt hatte.

»Es wird ja schon«, ermutigte sie Susie. »Aber du darfst die Augen nicht zumachen.« Sie führte es ihr mit drei Schüssen vor. Nacheinander flogen drei Dosen davon.

»Sollte ich es nicht lieber mit Steinen versuchen!« rief Caroline ihr zu, als Susie die Dosen wieder hinstellte.

»Du wirst nach der ersten Geigenstunde ja auch nicht gleich eine Symphonie gespielt haben. So, entspann dich noch mal. Laß dir ruhig Zeit. Na, wie fühlt sich das Ding in der Hand an?«

»Es fühlt sich richtig ...« Mit einem verlegenen Lächeln sah Caroline auf den Revolver hinunter.

»Sexy, nicht wahr? Aber denk dir nichts. Ich bin ja deine Freundin. Weißt du, mit dem Ding hast du Macht in der Hand. Macht, Kontrolle und Verantwortung. Genau wie beim Sex. Meinen Kindern sage ich so was natürlich nicht. Probier's noch mal. Konzentrier dich auf die erste Dose links. Stell dir irgend jemand vor. Hast du einen Ex-Mann?«

»Nein danke.«

»Oder einen früheren Freund, einen der dich wirklich genervt hat?«

»Den Luis!« zischte Caroline.

»Wow! War das ein Spanier oder so was?«

»Oder so was. Er war eine aalglatte mexikanische Ratte.« Sie drückte ab – und sah mit offenem Mund die Dose runterfallen. »Ich habe getroffen!«

»Dir hat eben nur der richtige Anreiz gefehlt. Los, auf die nächste.«

»Wären Nähnadeln nicht was Passenderes für Damen?« rief Burke ihnen plötzlich von der Auffahrt her zu.

Lächelnd senkte Susie den Revolver. »Beim nächsten Preisschießen mußt du mit einer Konkurrentin mehr rechnen, Liebling. Aber sag mal, was ist mit dir denn los? Du siehst so müde aus.«

»Ich bin auch müde. Darf ich vorstellen? Agent Burns, das ist meine Frau Susie, und das ist Caroline Waverly. Miss Waverly hat gestern die Leiche gefunden.«

»Caroline Waverly?« rief Burns ehrfürchtig. »Ich kann's nicht fassen!« Er ergriff Carolines Hand und führte sie an seine Lippen. Susie verdrehte hinter seinem Rücken die Augen und stieß Burke an. »Ich habe Sie erst vor ein paar Monaten im Konzert erlebt und besitze mehrere Platten von Ihnen.«

Caroline blinzelte ihn verständnislos an. Das alles schien ja so weit weg zu sein. Fast glaubte sie, er habe sie mit einer anderen verwechselt.

»Danke schön.«

»Oh nein. Ich danke Ihnen! Ich kann Ihnen gar nicht sagen, wie oft Sie mich durch Ihr herrliches Spiel vor dem Wahnsinn gerettet haben.« Sollte sich die Fahrt in die Provinz für ihn doch noch gelohnt haben? Er hatte ihre Hand immer noch nicht losgelassen, und seine Wangen waren vor Aufregung gerötet. »Daß ich die Königin der Konzertsäle ausgerechnet hier antreffe ...«

»Das hier war das Haus meiner Großmutter. Ich bin erst vor wenigen Tagen angekommen.«

»Das alles muß einfach schrecklich für Sie gewesen sein, Miss Waverly. Aber seien Sie versichert, daß ich alles in meiner Macht Stehende tun werde, um den Fall schnellstmöglich zu klären.«

»Das ist sehr beruhigend, Agent Burns.« Caroline mied Susies Blick. Sie wußte, daß sie sonst losgeprustet hätte.

»Aber das ist doch selbstverständlich.« Er wandte sich zu Burke um. »Sehen wir uns den Tatort an, Sheriff.«

»Ganz süß«, kommentierte Susie, sobald sie außer Hörweite waren. »Wenn man auf Typen mit Anzug und Krawatte steht.«

»Glücklicherweise stehe ich im Moment auf überhaupt keinen Typ.«

»So was kann sich schnell ändern. So, jetzt bringe ich dir bei, wie man eine Waffe putzt, und dann mixen wir den Männern einen kalten Drink. Sag mal, ich wußte gar nicht, daß du so berühmt bist. Ich dachte immer, Miss Edith trug mit ihrer Enkelin ein bißchen arg dick auf.«

»Hängt Ruhm nicht vom Boden ab, auf dem man steht?«

»Da hast du wohl recht.« Susie wandte sich zum Haus um. Und weil sie zu Caroline schnell Zuneigung gefaßt hatte und weil sie glaubte, ein bißchen Wärme würde ihr gerade jetzt guttun, legte sie ihr einfach den Arm um die Schulter. »Sag, kannst du auch das ›Orange Blossom Special‹ spielen?«

Zum erstenmal seit Tagen lachte Caroline befreit auf. »Ich wüßte nicht, was dagegen spräche.«

6

Tucker legte die Füße auf Burkes Schreibtisch, schlug sie übereinander und wartete. Nicht daß ihm das Warten etwas ausmachte – im Gegenteil! Er war darin sogar ein ausgesprochener Meister, was ihm häufig als Faulheit ausgelegt wurde. Zu Unrecht, denn im Grunde zeichnete er sich durch grenzenlose Geduld aus, und die entsprang einem Gemüt, das mit sich und der Welt in Einklang stand.

Im Augenblick war es freilich mit dem inneren Frieden nicht weit her. Und weil er die ganze Nacht so gut wie kein Auge zugetan hatte, erschien ihm bis zu Burkes Eintreffen ein kleines Nickerchen durchaus angebracht.

Die Nachricht von der Ankunft des FBI-Mannes hatte sich in Windeseile auch bis nach Sweetwater verbreitet. Ohne ihn gesehen zu haben, wußte Tucker bereits, daß Special Agent Burns sich wie ein Leichenbestatter kleidete und einen schicken Mercury fuhr. Und daß er zusammen mit Burke zum Teich der McNairs gegangen war und das tat, was die Burschen vom FBI an Tatorten eben so tun, war ihm ebenfalls bekannt.

Mord. Seufzend schloß Tucker die Augen. Wenn man so entspannt dasaß und dem Surren des Ventilators lauschte, kam einem die Vorstellung, im Leichenschauhaus um die Ecke könnten die Überreste von Edda Lou Hatinger liegen, fast schon unwirklich vor.

Mit einem unwirschen Ächzen versuchte er die Erinnerung an seine Rachsucht zu verscheuchen. Er hatte sich richtig darauf gefreut, ihr ordentlich seine Meinung zu geigen und sie aufheulen zu hören, wenn endlich bis in die letzten Windungen ihres verschlagenen Gehirns durchgedrungen war, daß sie sich das mit ihrem Einzug in Sweetwater abschminken konnte.

Nur weil er in seiner Dummheit die Kassiererin von Larssons Laden sexy gefunden hatte, ein paarmal mit ihr das Bett geteilt und an ihrer sanften Haut genuckelt hatte, mußte er sich jetzt ein Alibi aus den Fingern saugen, damit sie ihn nicht wegen Mordverdachts einsperrten.

Vorwürfe hatte er sich ja schon einige anhören müssen. Faulheit, was in Tuckers Augen keine Sünde war. Leichtsinn im Umgang mit Geld, was er bereitwillig zugab. Feigheit, was Tucker lieber als Diskretion bezeichnete. Ehebruch, wogegen er sich auf das Schärfste verwahrte. Mit verheirateten Frauen hatte er außer vor einigen Jahren mit Sally Guilford nie geschlafen – und die hatte in Scheidung gelebt.

Aber Mord? Zum Totlachen, wenn es nicht so schrecklich gewesen wäre! Sein Vater hätte keine Hemmungen gehabt und sich schiefgelacht. Er war der einzige Mensch gewesen, den Tucker wirklich gefürchtet hatte. Und selbst er hatte es Tucker bei den ihm verhaßten Jagden nicht austreiben können, absichtlich danebenzuschießen.

Aber Edda Lou war natürlich nicht erschossen worden. Er hatte Francies verstümmelten Körper allzugut in Erinnerung, um nicht zu wissen, was mit Edda Lous sanfter, weißer Haut geschehen war.

Tucker zog eine Zigarette aus der Tasche und schnitt die Spitze ab – mittlerweile verzichtete er schon auf fast einen ganzen Zentimeter Rauchgenuß. Er zündete sie sich gerade an, als Burke in Begleitung eines mürrisch dreinblickenden, verschwitzten Mannes in einem schwarzen Anzug hereinkam.

Die ständige Gesellschaft des FBI-Manns hatte Burke auch nicht gerade in die beste Laune versetzt. »Fühl dich nur wie zu Hause«, knurrte er mit einem Blick auf Tuckers Füße und knallte die Tür zu.

»Ich tue mein Bestes.« Tucker setzte sein lässigstes

Grinsen auf, obwohl ihm eigentlich das Herz in die Hose rutschte. »Du solltest dir endlich mal ein paar Zeitschriften anschaffen, Burke. Jagdblätter und Waffenkataloge stillen meinen Bildungshunger ja nicht unbedingt.«

»Mal sehen, ob ich für das nächste Mal ein paar Nummern vom *Playboy* auftreiben kann.«

»Wäre nicht schlecht.« Tucker blies Rauchkringel in die Luft und musterte Burkes Begleiter. Trotz der Hitze hatte der Bursche die Krawatte nicht einmal gelockert. Allein deswegen schon war er Tucker auf Anhieb zuwider. »Tja, ich habe mir gedacht, ich schaue einfach mal vorbei und stehe euch Rede und Antwort.«

Burke nickte. Er stelzte majestätisch hinter seinen Schreibtisch und stellte in seinem amtlichsten Ton vor: »Tucker Longstreet. Special Agent Burns.«

»Willkommen in Innocence.« Tucker hielt es nicht für der Mühe wert, sich zu erheben. Er reichte ihm nur träge die Hand. Voller Schadenfreude stellte er fest, daß Burns sichtlich unter der schwülen Luft litt. »Was macht Sie zum Special Agent Burns?«

»Mein Rang.« Burns maß den in seinen abgewetzten Schuhen und der legeren, doch teuren Baumwollhose auf dem Stuhl fläzenden Tucker mit einem verächtlichen Blick. Die Antipathie war beiderseitig. »Was wollten Sie zu Protokoll geben, Mr. Longstreet?«

»Tja, wir könnten mit dem Wetter anfangen. Sieht ganz so aus ...«

»Tucker war ein ... äh ... Freund des Opfers«, schaltete Burke sich mit einem warnenden Blick auf seinen Freund ein. Er wußte, daß Tucker sich auf Kosten des FBI-Agenten aus dem Norden lustig machen wollte.

»*Ein intimer Freund,* lag dir wohl auf der Zunge«, meinte Tucker. Weil er schon wieder ein flaues Gefühl in der Magengrube bekam, drückte er die Zigarette aus.

Burns ließ sich auf dem letzten freien Stuhl nieder und zog einen Minirecorder und einen Notizblock aus der Tasche. »Sie möchten also eine Aussage zu Protokoll geben?«

»Das eigentlich nicht unbedingt. Burke hat mir nur gesagt, Sie würden mir ein paar Fragen stellen wollen. Und weil ich ein netter Kerl bin, stehe ich Ihnen eben zur Verfügung.«

Ungerührt schaltete Burns das Gerät ein. »Sie und die Verstorbene standen in engem Kontakt zueinander, wie ich gehört habe?«

»In hautengem Kontakt, sonst war nichts.«

»Mensch, Tuck!«

»Es stimmt aber. Edda Lou und ich haben uns ein paarmal getroffen, hatten Spaß miteinander und haben ein paar Laken zerwühlt. Vor kurzem habe ich die Beziehung abgebrochen, weil sie mir plötzlich mit Heiratsabsichten daherkam.«

»Haben Sie sich in aller Freundschaft getrennt?«

Tuckers Augen nahmen einen harten Ausdruck an. »Das kann ich nicht behaupten. Sie werden ja schon gehört haben, was für eine Szene sie mir im Restaurant gemacht hat. Mit einigem Recht kann ich davon ausgehen, daß Edda Lou die Schnauze voll hatte.«

»Das haben Sie so gesagt, Mr. Longstreet.« Burns deutete auf den Recorder. »Sie war also hochgradig erregt.«

»Stinksauer.«

»Sie behauptete, Sie hätten ihr Versprechungen gemacht …«

Tucker setzte träge die Füße auf den Boden. »Das wäre nicht meine Art. Ich mache nie Versprechungen, weil ich sie sowieso nicht halten würde.«

»Sie hat in aller Öffentlichkeit erklärt, sie sei schwanger.«

»Richtig, ja.«

»Und danach haben Sie das … Chat 'N Chew abrupt verlassen? Könnte man nicht auch mit einigem Recht davon ausgehen«, – er musterte Tucker mit einem verkniffenen Lächeln – »daß Sie ... die Schnauze voll hatten, Mr. Longstreet?«

»So wie die auf mich losgegangen ist und mir eröffnet hat – und das vor einem guten Dutzend Unbeteiligter –, daß sie schwanger ist, und mir mit Konsequenzen gedroht hat? Unbedingt.« Und mit einem trägen Nicken fügte er hinzu: »Davon kann man mit einigem Recht ausgehen.«

»Aber Sie hegten nicht die Absicht, sie zu ehelichen?«

»Absolut nicht.«

»Und weil Sie über die Demütigung empört waren und sich in einer Falle wähnten, hatten Sie ein Mordmotiv.«

Tucker benetzte sich hastig die Zunge. »Nicht solange ich ein Scheckheft habe. Lassen Sie mich eins bitte klarstellen, mein Bester. Edda Lou war geldgierig und durchtrieben. Vielleicht bildete sie sich tatsächlich ein, sie könnte mich mit ihrer Strategie zum Ringetauschen bringen, aber am Ende hätte sie sich garantiert mit einem Scheck zufriedengegeben. Vorausgesetzt, es hätten genügend Nullen draufgestanden. Ich hatte sie gern. Vielleicht nicht mehr so wie am Anfang, aber immerhin. Ich schlafe nicht heute mit einer Frau und schlitze sie morgen auf.«

»Das ist aber geschehen.«

Tuckers Augen blitzten gefährlich auf. »Aber nicht durch meine Hand.«

»Sie waren auch mit Arnette Gantrey und Frances Alice Logan bekannt.«

»Wie praktisch ganz Innocence.«

»Unterhielten Sie auch eine Beziehung mit ihnen?«

»Ich bin mit beiden ausgegangen. Aber im Bett war ich mit keiner. Wobei es bei Arnette allerdings nicht an Versuchen meinerseits gefehlt hat.«

»Sie hat sie abblitzen lassen?«

»Verflucht noch mal! Wir waren Freunde. Sie hatte eigentlich ein Auge auf meinen Bruder Dwayne geworfen, aber der hat das nie mitgekriegt. Die Francie war schon eine tolle Frau … Aber ich will nicht über sie sprechen.«

»Ach so?«

»Finden Sie mal die Leiche einer Freundin!« brauste Tucker auf. »Sie mögen so was ja gewohnt sein, ich bin es jedenfalls nicht.«

»Interessanterweise pflegten Sie Beziehungen zu allen drei Opfern«, bemerkte Burns in einem sanften Ton. »Wurde Miss Logan nicht in Spook Hollow gefunden? Das ist immerhin in der Nähe Ihrer Farm. Und den Teich auf dem Grundstück der McNairs haben Sie am Tag der Ermordung von Miss Hatinger aufgesucht.«

»Richtig. Und zigmal davor auch schon.«

»Laut Miss Waverlys Aussage wirkten sie angespannt, um nicht zu sagen erregt.«

»Hatten wir uns nicht darauf geeinigt, daß ich die Schnauze voll hatte? Darum bin ich auch an den Teich gegangen. Dort ist es so friedlich.«

»Und eine abgelegene Stelle ist es auch. Können Sie mir sagen, was Sie an diesem Abend sonst noch getan haben, Mr. Longstreet?«

Tucker log, ohne mit der Wimper zu zucken: »Ich habe mit meiner Schwester Karten gespielt. Da ich nicht ganz bei der Sache war, hat sie mir so dreißig, vierzig Dollar abgeknöpft. Zum Schluß haben wir noch ein Gläschen getrunken und sind ins Bett gegangen.«

»Um wieviel Uhr war das?«

»So gegen zwei, halb drei.«

»Agent Burns«, schaltete Burke sich ein. »Ich möchte hinzufügen, daß Tucker am Tag nach dem Mord zu mir kam und sich besorgt nach Miss Hatinger erkundigte. Er hatte sie weder bei ihren Eltern noch in ihrer Unterkunft erreicht.«

Burns zog ironisch eine Augenbraue hoch. »Alles notiert, Sheriff. Wie kommen Sie denn zu diesem blauen Auge, Mr. Longstreet?«

»Das verdanke ich Edda Lous Vater. Von ihm erfuhr ich auch, daß sie verschollen war. Erst wollte er mir nicht glauben, daß ich sie nicht bei mir versteckt hielt, und dann meinte er, ich hätte sie in eine Abtreibungsklinik gefahren.

»Haben Sie denn mit der Verstorbenen über Abtreibung gesprochen?«

»Sie verstarb, ehe wir das Thema anschneiden konnten.« Tucker stand auf. »Mehr habe ich nicht zu sagen. Wenn Sie noch Fragen haben, können Sie ja nach Sweetwater kommen. Tschüs, Burke.«

Burke wartete, bis die Tür ins Schloß fiel. »Agent Burns, ich bin mit Tucker zusammen praktisch aufgewachsen und kann Ihnen versichern, daß er Edda Lou nie hätte töten können, egal, wie wütend er war.«

Burns schaltete den Kassettenrecorder aus. »Ist es nicht ein Glück, daß wenigstens ich ein objektives Auge habe? Jetzt ist es wohl an der Zeit für einen Besuch in der Leichenhalle, Sheriff. Der Gerichtsmediziner dürfte ja inzwischen eingetroffen sein.«

Tucker verstand die Welt nicht mehr. Niemandem hatte er etwas getan. Stets hatte er sich nur um seinen eigenen Kram gekümmert – und was brachte es ihm ein? Rippenprellungen, ein geschwollenes Auge und neuerdings auch noch einen Mordverdacht.

Mit achtzig Sachen raste er am Ortsschild von Innocence vorbei.

Schuld an dem ganzen Schlamassel waren ja ohnehin nur die Frauen. Wenn Edda Lou ihn nicht bei jedem Einkauf in Larssons Laden wie rein zufällig gestreift hätte, wäre er nie mit ihr ausgegangen. Wenn Della ihn an jenem Tag nicht zum Einkaufen in die Stadt geschickt hätte, hätte sich Edda Lou nicht auf ihn stürzen können. Und wenn diese Waverly nicht ins Schilf gegangen wäre, hätte ihn auch niemand verdächtig wütend dreinblicken sehen können.

Ja, hätte er vor Freude in die Luft springen sollen?

So sehr ihn Edda Lou auch angekotzt hatte, den Tod hatte sie doch nicht verdient. Andererseits sah er überhaupt nicht ein, warum er das alles ausbaden sollte. Dieser Scheißyankee hatte ihn mit Fragen bombardiert und ihn dazu angeglotzt, als wäre er ein Schwerverbrecher. Und immer von oben herab. Was bildete sich dieser Schnösel denn eigentlich ein?

Caroline Waverly hatte genau denselben Blick aufgesetzt. Wahrscheinlich war sie händereibend zu ihrem Landsmann gelaufen und hatte ihm brühwarm von ihrem Verdacht gegen den Südstaatler erzählt!

Knapp hinter dem Weg zum Haus der McNairs sprang Tucker auf die Bremse, riß das Lenkrad herum, daß die Reifen quietschten, und brauste nach einem halsbrecherischen Wendemanöver den Kiesweg hinunter. Die gnädige Frau wollte er persönlich zur Rede stellen.

Der Laster hinter ihm war Tucker nicht aufgefallen. Austins blaugeschlagene Augen dagegen verengten sich beim Anblick des roten Flitzers zu Schlitzen. Grinsend bog er nun ebenfalls in die Auffahrt ein. Sein Karabiner lag griffbereit auf dem Sitz neben ihm. Er vergewisserte sich, daß er geladen war, setzte einen Tarnhut auf und stieg aus.

Die Jagd zu Ehren Gottes konnte beginnen.

Caroline hatte nichts gegen das Alleinsein. Auch konnte sie sich nicht vorstellen, daß jemand in ihr Haus einsteigen und sie im Schlaf ermorden könnte. Sie war doch eine Fremde hier, und da konnte ihr keiner Böses wünschen. Den Revolver hatte sie längst wieder in den Schrank gelegt. Und dort sollte er auch bleiben.

Wenn sie sich eine Freude machen wollte, dann mit der Geige. Seit ihrer Ankunft hier hatte sie sie gerade einmal gestimmt. Sie nahm das Instrument aus dem Koffer und strich über das edle Holz. Üben hatte sie nicht mehr nötig, sagte sie sich. Nein, es war einfach der Drang in ihr, nur für sich selbst zu spielen.

Mit geschlossenen Augen legte sie das Instrument auf ihre Schulter, und klemmte es automatisch mit dem Kinn fest. Es war wie bei einer Frau, die ihren Geliebten empfängt.

Sie entschied sich für Chopin wegen seiner Heiterkeit, die nie ganz frei war von Melancholie.

Wie immer durchdrang sie die Musik ganz und gar.

Sie dachte nicht mehr an Tod oder Angst. Luis, der sie betrogen hatte, und ihre Familie, die sie wohl verloren hatte, waren weit weg. Sie dachte auch nicht über die Musik nach – sie fühlte sie in sich.

Carolines Chopin hörte sich an wie Tränen. So empfand es Tucker beim Betreten der Veranda. Keine heißen Tränen der Leidenschaft, sondern langsame, schmerzende. Solche, die aus der Seele bluten. Die Töne rührten an sein Herz, krochen ihm gleich Schauern über die Haut.

Er klopfte, aber so sachte, daß er es selbst kaum vernahm. Dann drückte er die Klinke vorsichtig herunter, öffnete die Tür und trat ein. Lautlos huschte er in die Richtung, aus der die Töne kamen, und trat in den Salon.

Sie stand in der Mitte des Raums. Ihr Blick war auf das offene Fenster gerichtet, so daß er sie nur vom Profil sehen konnte. Ihre Augen waren geschlossen, und um ihre Lippen spielte ein Lächeln, das so schön und wehmütig war wie die Musik.

Tucker spürte, daß diese Töne, diese Stimmung nur aus ihrem Herzen fließen konnten und sich so nie wiederholen lassen würden. Sie hingen in der Luft wie eine geflüsterte Frage.

Er ließ die Hände in die Taschen gleiten, lehnte sich gegen den Türrahmen und ließ sich einfach mit den Klängen treiben. Es war für ihn eine völlig neue Erfahrung, bei einer Frau eine solch weihevolle Stille zu erleben, sich so hingezogen zu ihr zu fühlen und doch in keinem Moment an Sex zu denken.

Irgendwann verhallte die Musik, und Stille senkte sich über den Raum. Tucker empfand das Ende fast wie körperlichen Entzug. Wäre er klug gewesen, er wäre lautlos zur Tür hinausgeschlüpft und hätte anschließend geklopft. Statt dessen gab er seinem ersten Impuls nach und klatschte.

Sie fuhr zusammen. Angst trat jäh in die soeben noch verzauberten Augen, und als sie ihn erkannte, Verärgerung.

»Was wollen Sie hier?«

»Ich habe geklopft.« Er bedachte sie mit demselben lässigen Grinsen wie bei ihrer Begegnung am Teich. »Sie werden mich nicht gehört haben.«

Caroline setzte die Geige ab, hielt jedoch den Bogen hoch in die Luft, als gelte es, einen Angriff abzuwehren. »Vielleicht wollte ich auch einfach nicht gestört werden.«

»Kann schon sein. Aber die Musik hat mir so gut gefallen. Ich spiele ja auch ein bißchen Jazz, so aus Spaß an der Freude. Aber bei Ihnen ... da hört man, daß Sie davon leben können.«

»Was für ein faszinierendes Kompliment.« Sie legte ihr Instrument mitsamt Bogen beiseite.

»Nur eine ehrlich gemeinte Feststellung. Ich mußte an ein Kleinod denken, das meiner Mutter gehörte, eine Perle in einem Bernsteinklumpen. Sie war wunderschön, aber sie machte mich immer unheimlich traurig, weil sie nie raus konnte. Daran haben Sie mich vorhin erinnert. Sagen Sie, spielen Sie immer so traurige Stücke?«

»Ich spiele, was mir gefällt. Hatten Sie einen besonderen Grund, einfach so ungebeten in mein Haus zu spazieren, Mr. Longstreet?«

»Nennen Sie mich ruhig Tucker«, entgegnete er grinsend. »Ich nenne Sie ja auch Caroline. Oder Caro. Für Miss Edith waren Sie ja immer die Caro. Das gefällt mir.«

»Sie haben meine Frage noch nicht beantwortet.«

Bei uns schaut man gern aufs Geratewohl bei seinen Nachbarn vorbei. Aber zufälligerweise hatte ich einen besonderen Grund. Wollen Sie mir keinen Stuhl anbieten?«

Sie warf den Kopf zurück. »Nein.«

»Menschenskinder, Sie wissen gar nicht, wie gut Sie mir gefallen, wenn Sie die Spröde rauskehren. In der Hinsicht bin ich ein bißchen pervers.«

»Und in anderer Hinsicht?«

Tucker setzte sich schmunzelnd auf die Sofalehne. »Da müssen wir uns erst besser kennenlernen. Dann würden Sie auch rausfinden, daß ich recht locker bin. Aber ich habe gewisse Standards.«

»Wie herrlich. Also, warum sind Sie gekommen?«

»Ihre Art zu sprechen gefällt mir. So sanft und kalt wie Pfirsicheis. Pfirsicheis ist eine meiner Leidenschaften.«

Caroline ertappte sich bei einem Lächeln. Hastig drückte sie die Lippen aufeinander. »Wenn Sie meinen, daß Ihre Leidenschaften mich interessieren, haben Sie sich getäuscht. Außerdem bin ich nicht in Stimmung, Gäste zu empfangen. Ob Sie es glauben oder nicht, ich habe zwei anstrengende Tage hinter mir.«

Er wurde wieder ernst. »Das mit Edda Lou muß schlimm für Sie gewesen sein.«

»Für sie war es wohl schlimmer.«

Tucker hielt es im Sitzen nicht mehr aus. Erregt lief er im Zimmer auf und ab. »Nach ein paar Tagen hier in der Gegend werden Sie ja schon einiges von dem Klatsch mitgekriegt haben.«

Sie konnte sich eines Anflugs von Mitgefühl nicht erwehren. Sie wußte nur zu gut, wie unangenehm es sein konnte, wenn andere wild über einen spekulierten. »Wenn Sie sagen, der Klatsch hier ist so drückend wie die Luft, widerspreche ich Ihnen ausnahmsweise nicht.«

»Ich kann Sie ja nicht daran hindern zu denken, was

Sie wollen, aber vorher möchte ich wenigstens Stellung nehmen.«

Sie zog eine Augenbraue hoch. »Ich kann mir nicht vorstellen, daß meine Meinung für Sie maßgeblich sein sollte.«

»Dem Yankee mit den Lackschuhen haben Sie sie ja brühwarm aufgetischt.«

Caroline wartete. Gefährlich kam er ihr nicht mehr vor, sondern eher bedrückt. »Wenn Sie Agent Burns meinen, so habe ich ihm lediglich mitgeteilt, was ich gesehen habe. Oder waren Sie etwa nicht am Teich?«

»Verflucht noch mal! Natürlich war ich dort! Aber habe ich denn wie einer ausgesehen, der einen Mord plant?«

»Sie sahen wütend aus. Woher soll ich wissen, was in Ihrem Kopf vor sich geht?«

»Wenn Sie mir so einen Mord zutrauen, sollten Sie lieber die Beine in die Hand nehmen und um Ihr Leben rennen.«

»Wollen Sie mir etwa drohen?« Bebend vor Empörung baute Caroline sich unmittelbar vor ihm auf. »Männer von Ihrer Sorte kenne ich zur Genüge, Tucker. Nichts ist für Sie schlimmer, als wenn eine Frau sich nicht gleich für Sie zerreißt. Das kratzt an Ihrem Stolz als Mann. Und wenn eine auf Sie hereinfällt wie diese Edda Lou, dann können Sie sie gar nicht schnell genug los werden. Ob so oder so.«

Das saß. »Honey, Frauen kommen, Frauen gehen. Ich verzehre mich nach keiner. Aber daß ich sie umbringe, das glauben Sie ja selber nicht. Mensch …«

Er riß sie plötzlich zu Boden. Carolines spitzer Schrei wurde von Tuckers Gewicht erstickt. Im nächsten Augenblick detonierte eine Explosion über ihrem Kopf. Sie meinte, der Krach käme vom Aufprall. »Was bilden Sie sich ein, Sie …«

»Bleiben Sie unten, verdammt!«

»Wenn Sie nicht sofort von mir ...«

Was immer sie auch sagen wollte, es ging unter im nächsten Schuß, der das Couchkissen knapp über ihren Köpfen zerfetzte. Ihre Finger verkrallten sich in seinen Armen. »Um Himmels Willen! Jemand will uns erschießen!«

»Erraten, Schätzchen.«

»Was sollen wir nur tun?«

Wir können natürlich liegen bleiben und hoffen, daß er von selber weggeht. Aber den Gefallen wird er uns wahrscheinlich nicht tun.« Sein Kopf lag so nahe über dem ihren, daß ein Beobachter die beiden für ein Liebespaar hätte halten müssen. Und in einer weniger bedrohlichen Situation hätte Tucker mehr getan, als ihre vollen, sinnlichen Lippen lediglich zu registrieren. »Verdammter Mist, der Kerl ist so verrückt, daß er Sie mit abknallt – und hält das für den Willen Gottes.«

»Wer denn?« Sie hämmerte verzweifelt auf seinen Rücken.

»Edda Lous Pappi.«

»Die Frau, die ermordet wurde? Und ihr Vater schießt auf uns?«

»Auf mich in erster Linie. Aber wenn Sie mit draufgingen, würde es in auch nicht stören. Ich habe das Gewehr im Gebüsch aufblitzen sehen.«

»Das ist doch verrückt. Man kann doch nicht einfach in die Häuser wildfremder Menschen schießen!«

»Ich werde es ihm bei Gelegenheit sagen. Haben Sie eine Waffe im Haus?«

»Ja. Im Büro meines Großvaters.«

»Gut. Dann tun Sie bitte folgendes. Bleiben Sie unten und halten Sie sich still.«

Sie nickte. »Das wird mir nicht schwerfallen. Sagen Sie, wollen Sie ihn erschießen?«

»Hoffentlich bleibt es mir erspart.« Tucker kroch als erstes hinter die Couch. Dort atmete er tief durch. Dann wagte er sich aus der Deckung und krabbelte zum Türrahmen. Wenn er sich hier zu erkennen gab, würde wohl kein Blindgänger Caroline treffen. »Mensch Austin, du Idiot! Im Haus ist eine Frau!«

»Edda Lou war auch eine Frau.« Eine dritte Kugel durchschlug das Fenster. »Jetzt bist du fällig, Longstreet. Denn die Rache ist mein, sprach der Herr. Danach werde ich dich in Streifen schneiden, so wie du es mit Edda Lou getan hast.«

»Du willst doch nicht auch eine unschuldige Dame umbringen?«

»Wer sagt mir denn, daß sie keine von deinen Huren ist? Der Herr führt meine Hand. Auge um Auge, Zahn um Zahn, denn der Sold der Sünde ist der Tod.«

Während Austin weiter aus der Bibel zitierte, robbte Tucker über den Flur. Im Büro konnte er sich endlich aufrichten. Mit schweißfeuchten Fingern schnappte er sich eine Remington und lud sie hastig. Ein schwerer Druck lastete plötzlich auf seiner Brust – womöglich würde er die Waffe benutzen müssen. Er huschte zum Fenster an der Rückseite des Hauses und kroch auf die Terrasse. Im nächsten Augenblick verschwand er in den Büschen.

Austin hatte keine fünf Meter vor der Veranda unter einem Ahorn Stellung genommen. Der Schweiß floß in Strömen an ihm herunter. Immer noch Bibelsprüche brabbelnd und wüste Drohungen ausstoßend, zielte er weiter auf die Fensterfront. Sämtliche Scheiben waren bereits zerborsten.

Er hätte ins Haus stürmen und sie beide erschießen können. Aber er wollte, mußte Gewißheit haben, daß Tucker quälende Angst litt. Mehr als dreißig Jahre lang hatte er darauf gewartet, es den Longstreets heimzuzahlen. Jetzt war sein großer Tag gekommen.

»Dir schieß ich die Eier weg, Tucker. Und den Schwanz auch, auf den du so stolz bist. Das ist die gerechte Strafe für einen Wüstling. Schwanzlos wirst du in der Hölle braten. So will es Gott. Hörst du mich, du verfluchter Heide?«

Tucker stieß seine Flinte gegen Austins linkes Ohr. Er konnte nur hoffen, daß der Verrückte nicht merkte, wie sehr seine Hand zitterte. »Natürlich höre ich dich. Du brauchst gar nicht so zu schreien. Leg dein Gewehr weg, Austin, oder ich jage dir eine Kugel in den Kopf.«

»Dich bringe ich um!« Austin versuchte den Kopf zu heben, doch Tucker stieß ihn nach unten.

»Heute aber nicht. Jetzt wirf dein Gewehr weit weg. Und den Patronengürtel bitte nicht vergessen. Aber schön langsam! Ich weiß selber, daß ich kein guter Schütze bin, aber auf die Entfernung würde ich keine Fisimatenten riskieren.«

Er atmete auf, als Austin ihm zögernd Folge leistete. »Caroline!« rief er ins Haus. »Ruf doch Burke an und sag ihm, er soll sich schleunigst hierher bemühen. Und dann bräuchte ich ein Seil.«

Der Patronengürtel fiel nun auf den Boden. Tucker stieß ihn mit dem Fuß beiseite. »Also, wie war das mit meinem Schwanz, Austin?«

Zwei Minuten später näherte sich Caroline mit einer Wäscheleine. »Er ist schon unterwegs. Ich habe nur ...« Der Anblick des auf dem Boden liegenden Mannes ließ sie jäh verstummen. Schweiß und zerlaufende Tarnfarbe entstellten sein zerfurchtes Gesicht. Obwohl Tucker über ihm stand und das Gewehr gegen seine Schläfe drückte, wirkte er plötzlich ängstlich und vergleichsweise verletzlich auf sie.

»Da ist das Seil«, rief sie mit unnatürlich hoher Stimme.

»Gut. Kannst du dich vielleicht hinter ihn stellen?«

Caroline benetzte sich hastig die Lippen und beschrieb einen großen Bogen um den Muskelprotz. »Wie hast du ... er ist doch so groß ...«

»Vor allem ist er ein Großmaul. Er hat so laut gezetert, daß er den Sünder hinter sich gar nicht gehört hat. Kannst du mit dem Ding umgehen?«

»So ungefähr.«

»So ungefähr ist gut. Stimmt doch, Austin, oder? Sie schießt dir garantiert was weg, wenn du dich zu hastig bewegst. Nichts ist gefährlicher als eine Frau mit geladenem Gewehr. So, drück es ihm einfach gegen den Kopf, während ich ihn hinten festbinde.« Er gab ihr die Flinte. Ihre Blicke begegneten sich. Unendliche Erleichterung lag darin. Für einen kurzen Moment waren sie enge Freunde.

»So ist es gut. Aber nicht auf mich richten. Wenn er sich rührt, drückst du einfach ab. Aber mach die Augen zu, denn sein Kopf sieht dann ziemlich übel aus.«

Mit einem Augenzwinkern gab er ihr zu verstehen, daß die Drohung nur für Austins Ohren bestimmt war. Sie ging auf das Spiel ein: »Alles klar. Das Dumme ist nur, mir zittern die Hände so. Hoffentlich drücke ich nicht aus Versehen ab.«

»Tu, was du kannst, Caro. Keiner wird dir was anhängen.« Grinsend knüpfte Tucker Austin die Hände und Füße fest. »Ich finde es nicht nett von dir, daß du die schönen Fenster zerschossen hast. Und Miss Ediths Couch hast du auch kaputtgemacht. Wo sie sie doch so gemocht hat ...«

Tucker richtete sich auf und ließ sich die Flinte zurückgeben. »So, mein Schatz, ich denke, ein Bier habe ich mir jetzt redlich verdient.«

Sie hätte am liebsten wie eine Irre losgekichert. »Ich habe aber kein ... Bier im Haus. Aber geht Wein zur Not auch? Ich habe einen Chardonnay.«

»Aber klar ... Hauptsache, es fließt die Kehle runter.«

Caroline lief zur Veranda hinauf. Oben drehte sie sich noch einmal um. Tucker hatte eine Zigarette aus der Tasche gezogen und brach gerade die Spitze ab. »Warum tust du das?«

»Hmmm?« Er blinzelte sie verständnislos an.

»Daß du die Spitze abbrichst.«

Er sog den Rauch genüßlich ein. »Ach, ich versuche aufzuhören. So rauche ich immer weniger. In zwei Wochen rauche ich nur noch halbe Zigaretten und irgendwann gar nicht mehr. Gibst du den Chardonney auch in ein schönes großes Glas?« Er schenkte ihr sein charmantestes Lächeln. Sein Gesicht war noch immer kreidebleich.

»Klar.« Sirenenheulen kam näher. Sie stieß einen wenn auch zittrigen Seufzer aus. Noch stand sie nahe genug bei Tucker, um zu hören, daß er nicht minder erleichtert aufatmete. »Das größte, das ich finden kann.«

7

Donnergrollen im Osten kündigte ein Gewitter an. Eine Brise, die erste seit Carolines Eintreffen hier in Mississippi, erhob sich und bewegte die Blätter des Ahornbaumes, unter dem noch vor einer halben Stunde ein Mann mit geladenem Gewehr gestanden hatte.

Es erschien ihr abwegig, ja unmöglich, während Caroline auf der Veranda saß und Chardonney aus einem Wasserglas trank. Die fast leere Flasche stand festgeklemmt zwischen ihrer und Tuckers Hüfte.

Ihr Leben, so entschied sie nach einem weiteren tiefen Schluck, hatte in den letzten zwei Tagen einige interessante Wendungen genommen.

»Nicht schlecht, das Zeug«, meinte Tucker und schwappte den Wein in seinem Glas hin und her. Allmählich fühlte er sich leicht beschwipst – ein Zustand, der ihm immer sehr behagte.

»Es ist meine Lieblingssorte.«

»Meine auch – seit heute.« Er lächelte sie an. »Angenehme Brise, was?«

»Sehr angenehm.«

»Der Regen ist ja auch überfällig.«

»Das stimmt wohl.«

Tucker lehnte sich zurück und ließ den Wind über sein Gesicht streichen. »Ostwind. Da regnet es nicht bei dir herein.«

Caroline warf einen zerstreuten Blick auf die zerschossenen Fensterscheiben. »Zur Abwechslung mal eine gute Nachricht. Da wird die Couch wenigstens nicht naß. Das eine Einschußloch wird sie schon verkraften.«

Er gab ihr einen freundschaftlichen Klaps auf den Rükken. »Du bist ja ganz schön hart im Nehmen, Caro. Genügend Frauen wären heute durchgedreht, aber du hast dich wacker geschlagen.«

»Nicht der Rede wert.« Sie füllte ihr Glas neu. »Darf ich dir eine Frage stellen, Tucker? Sie hat mit eurer Gegend zu tun.«

»Nur zu.« Er streckte ihr sein Glas entgegen, damit sie ihm ebenfalls nachschenkte. »Heute darfst du mich so ziemlich alles fragen.«

»Ich würde zu gerne wissen, ob Morde und Schießereien bei euch in Mississippi an der Tagesordnung sind.«

»Tja, richtig kompetente Auskunft kann ich dir natürlich nur über Innocence und die Zeit, seit der meine Familie hier lebt, geben.«

»Natürlich.«

»Nun, da muß ich sagen, daß die Art von Mord, die du meinst, ziemlich neuartig für diese Gegend ist. Ansonsten ist mir nur ein Fall geläufig. Und da war ich noch ein kleiner Junge. Damals hat Whiteford Talbot dem guten Cal Beauford ein hübsches Loch in den Rücken verpaßt. Er hat ihn dabei ertappt, wie er aus seinem Schlafzimmerfenster geklettert ist. Und seine Frau, die Ruby, war splitternackt.«

»Das ist wirklich etwas ganz anderes«, gab Caroline zu.

»Eben. Und ansonsten haben sich vor nicht ganz fünf Jahren die Bonny-Jungs gegenseitig eine Ladung Schrot in den Pelz gebrannt. Aber das war wegen einer Sau. Außerdem nimmt sie sowieso keiner ernst, weil sie Brüder sind und etwas verrückt.«

»Ich verstehe.«

Komisch, dachte Tucker. Er mochte sie wirklich gern. Nicht nur, weil sie ihm gefiel, sondern auch, weil man Pferde mit ihr stehlen konnte.

»Aber in der Regel geht es friedlich in Innocence zu.«

Caroline sah ihn über das Glas hinweg stirnrunzelnd an. »Sag mal, ist das immer deine Masche?«

»Was?«

»Das Gehabe vom lockeren Kumpel.«

»Nur wenn ich es für angemessen halte«, grinste er.

Sie seufzte. Der Himmel über ihnen wurde zusehends dunkler. Das Donnergrollen rückte bedrohlich näher, und die ersten Blitze zuckten auf. Trotzdem fühlte Caroline sich verdammt wohl hier draußen.

»Machst du dir eigentlich Sorgen? Als der Sheriff diesen Mann da abgeführt hat, hat er gedroht, er würde dich schon noch kriegen.«

»Ach, der Wirrkopf bringt mich nicht um den Schlaf.« Er legte den Arm um sie. »Zerbrech dir meinetwegen nur nicht dein hübsches Köpfchen. Es wäre schade drum.«

Sie wandte sich abrupt ab. »Tickst du noch ganz richtig oder willst du wirklich eine solche Extremsituation benutzen, um mich zu verführen?«

»Aua!« Er war gutmütig genug, um über diese Abfuhr zu lachen, und erfahren genug, um den Arm nicht wegzuziehen. »Bist du immer so abweisend?«

»Bei bestimmten Männern, ja.« Sie schob seine Hand fort.

»Du bist zu hart, Caro. Wo wir doch soviel zusammen durchgemacht haben. Zumindest zum Essen könntest du mich einladen.«

»Dazu habe ich eigentlich keine Lust.«

»Willst du mir nicht noch ein Stück vorspielen.«

Caroline schüttelte ernst den Kopf. »Eine Zeitlang will ich für niemanden mehr spielen.«

»Das ist ein Jammer! Weißt du was? Dann spiele ich dir eben was vor.«

Sie zog erstaunt die Augenbrauen hoch. »Spielst du etwa auch Geige?«

»Das nicht. Aber das Radio kann ich anmachen.« Tucker sprang auf, schlenderte, um einen geraden Gang bemüht, zu seinem Wagen und schob eine seiner Kassetten in den Recorder.

»Fats Domino. ›Blueberry Hill‹!« rief er und kam mit ausgestreckten Armen zu ihr zurück. Bevor Caroline ablehnen konnte, hatte er sie hochgezogen. »Bei dem Stück juckt's mich immer in den Füßen. Da kann ich keine schöne Frau sitzen sehen.«

Caroline hätte sich immer noch losreißen können, aber die Situation war ja harmlos. Und nach der Aufregung in den letzten Tagen war gegen ein bißchen Ablenkung auch nichts einzuwenden. So ließ sie sich lachend von Tucker zum Rasen führen. Er war ein geübter Tänzer, und sie genoß die flüssigen Bewegungen.

»Angenehm?« raunte er.

»Mm-hmm. Du bist vielleicht ein bißchen zu angenehm, Tucker. Aber das ist mir immer noch lieber, als ein Heckenschütze vor dem Haus.«

»So sehe ich das auch.« Er drückte die Wange gegen ihr Haar, das sich so sanft wie Seide anfühlte. Auch er hatte nicht das geringste gegen den Druck ihrer langen, schlanken Schenkel an den seinen. Und freiwillig hätte er die Hand bestimmt nicht von ihrem Rücken genommen.

Das erotische Knistern überraschte ihn nicht. Das war ja so selbstverständlich wie das Atmen. Allerdings erstaunte ihn seine unbändige Lust, sie über die Schulter zu werfen und nach oben in ihr Schlafzimmer zu tragen. Sonst ließ er sich doch immer Zeit und genoß auch das Werben. Jetzt, im Zwielicht kurz vor dem Sturm dagegen, juckte es ihn in allen Gliedern. Wahrscheinlich, so sagte er sich, lag es am Alkohol.

»Es regnet ja«, flüsterte Caroline. Ihre Augen waren geschlossen, und sie wiegten sich eng aneinandergeschmiegt im Takt der Musik.

»Mm-hmm.« Er konnte die Regentropfen auf ihren Haaren und ihrer Haut riechen, was seine Lust noch steigerte.

Sie lächelte. Es war ein herrliches Gefühl, wie die dikken, schweren Tropfen ihre Kleider durchnäßten. In ihrem ganzen Leben hatte sie noch nie mit Schußwaffen zu tun gehabt, schoß es ihr durch den Kopf. Aber im Regen getanzt hatte sie auch noch nie. »Ach, das ist so angenehm kühl!«

Tucker erstaunte, daß die Tropfen auf seiner Haut nicht zu zischen anfingen, so heiß fühlte sie sich an. Sein Mund glitt über ihr Ohr. Er spürte, wie ein Schauer sie durchlief, als er zärtlich ihr Ohrläppchen zwischen die Zähne nahm.

Ihre Augen klappten auf. Einen kurzen Augenblick erstarrte sie. Sein Mund wanderte weiter zu ihrem Kinn hinunter. Ein angenehmes Kribbeln machte sich in ihrer Magengrube bemerkbar, doch als er ihre Lippen erreichte, gab sie ihm plötzlich einen Stoß in die Brust.

»Was bildest du dir überhaupt ein?«

»Na, ich will dich küssen.«

»Nein!«

Er starrte sie verblüfft an. Mit tropfnassen Haaren stand sie dicht vor ihm. In ihren Augen funkelte neben Leidenschaft mindestens genausoviel feste Entschlossenheit. Am liebsten hätte er sich trotz ihrer Weigerung das genommen, wonach es ihn drängte. »Caroline, du bist zu hart«, seufzte er.

Die Alarmglocken in ihrem Kopf verhallten. Er drängte sie also nicht. »Das höre ich nicht zum ersten Mal.«

»Trotzdem gebe ich nicht auf. Vielleicht überlegst du es dir ja noch anders.«

»Das glaube ich nicht.«

Seine Augen lachten sie an. Noch einmal glitten seine Hände über ihren Rücken, dann ließ er sie los. »Na, wenn das keine Herausforderung für mich ist … Aber du hast einen schweren Tag hinter dir. Da warte ich eben noch ein bißchen.«

»Heißen Dank.«

Er nahm ihre Hand und streichelte die Knöchel mit

seinem Daumen. »Aber du wirst an mich denken, wenn du dich heute ins Bett legst, Caro.«

»Ich werde wohl eher an die Fenster denken, und wie ich sie am schnellstens reparieren lassen kann.«

Tuckers Blick wanderte hinüber zu den Glaszacken in den verwitterten Holzrahmen. »Tja, da schulde ich dir noch was«, sagte er. In seine Augen trat plötzlich ein entschlossener Ausdruck, der sie wieder an die Ereignisse vor ihrem Tanz im Regen erinnerte.

»Ich finde, daß mir da eher Austin Hatinger was schuldet«, widersprach sie. »Aber das macht mir die Fenster auch nicht ganz.«

»Ich kümmere mich schon darum.« Tucker sah ihr noch einmal in die Augen. »Naß siehst du wirklich verdammt gut aus. Wenn ich noch länger bleibe, muß ich dich wieder küssen.«

»Dann solltest du lieber gehen.« Sie wollte ihm die Hand entziehen, da fiel ihr Blick auf seinen Wagen. Caroline brach in Kichern aus. »Hey, Tucker, wußtest du, daß dein Dach offen ist?«

»Scheiße!« Er fuhr herum. Tatsächlich trommelte der Regen auf die Polstersitze. »Das ist eben das Dumme an den Frauen. Sie lenken einen von allem ab.« Er beugte sich über ihre Hand und drückte die Lippen zu einem langen Kuß auf ihre Finger. »Ich komme wieder, Caroline.«

»Aber dann bring bitte Fensterglas und einen Hammer mit«, sagte sie lächelnd.

Tucker glitt in den Wagen, warf ihr noch eine Kußhand zu und fuhr los, ohne das Dach zuzukurbeln. Im Rückspiegel sah er noch, wie sie im Regen stand und ihm nachblickte. Ihr Haar erinnerte ihn an ein nasses Weizenfeld, und ihre Kleider schmiegten sich eng an ihre Rundungen. ›Ain't it a Shame?‹ schmetterte Fats Domino aus dem Lautsprecher. Tucker fand auch, daß es ein einziger Jammer war.

Caroline ging erst zum Haus zurück, als der Wagen verschwunden war. Noch einmal setzte sie sich auf die Verandastufen, um den vom Regen verwässerten Wein auszutrinken. Susie hatte recht gehabt, dachte sie sich. Tucker war nicht mehr zu einem Mord fähig als sie selbst. Und er hatte wirklich etwas Besonderes an sich. Sie rieb die Hand, die er geküßt hatte, an ihrer Wange und stieß einen langen, zittrigen Seufzer aus.

Ein Glück nur, daß sie nichts von ihm wollte. Mit geschlossenen Augen reckte sie das Gesicht dem Regen entgegen. Ein wahres Glück!

Am nächsten Morgen wachte Caroline furchtbar schlecht gelaunt auf. Sie hatte kaum geschlafen, und dieser Tucker war ihr die ganze Zeit nicht aus dem Sinn gegangen. Im Morgengrauen hatte sie eine von Dr. Palamos Schlaftabletten eingenommen.

Aber sie hatte sich nicht rumkriegen lassen. Irgendwie war sie sich diesen Beweis schuldig gewesen. Doch was war die Folge davon? Sie wurde von höllischen Kopfschmerzen geplagt.

Beim Duschen wurde ihr dann sonnenklar, wem sie den Ärger zu verdanken hatte. Es lag an Tucker, daß sie soviel Wein getrunken hatte. Tucker war schuld, daß sie kaum ein Auge zugetan hatte und von sexuellem Verlangen geplagt worden war. Und wäre Tucker nicht gewesen, müßte sie sich heute nicht um die Reparatur der Fensterfront kümmern. Was wußte sie, wie viele Moskitos und sonstiges unerwünschtes Getier bis dahin ungehindert in ihre Wohnung schwirrten.

Das also sollte die Ruhe und Beschaulichkeit auf dem Land sein – tote Frauen und übergeschnappte Männer mit Schießgewehren? Wütend stieg sie aus der Dusche und trocknete sich ab. Warum war sie nicht zum Sonnenbaden nach Südfrankreich geflogen? Sie gab sich die Antwort sogleich selber. Weil sie nach Hause hatte kommen wollen. Weil sie die Sonnenuntergangsstimmung auf ihrer Veranda hatte erleben wollen. Weil dieses Haus ihr Inbegriff von Heimat war, obwohl sie als Kind nur so wenige, doch dafür um so wertvollere Tage in ihm hatte verbringen dürfen. Nichts und niemand sollte ihr das kaputt machen.

Caroline reckte entschlossen das Kinn, zog den Morgenrock über, rauschte die Treppe hinunter und – stieß einen Schrei aus.

Ein bulliger Schwarzer mit Schultern wie ein Ringkämpfer stand vor einem der zerborstenen Fenster. In seiner Hand glänzte etwas Metallenes. Caroline überlegte fieberhaft. Sollte sie zum Telefon stürzen? Sollte sie zum Wagen rennen und hoffen, daß der Schlüssel steckte? Oder sollte sie einfach schreien wie am Spieß?

»Miss Waverly, Ma'am?«

»Ich habe den Sheriff alarmiert«, krächzte sie.

»Tuck hat mir schon gesagt, daß Sie Ärger hatten.«

»Ich … wie bitte?«

»Machen Sie sich keine Sorgen. Hatinger sitzt hinter Schloß und Riegel, und das andere krieg ich schnell hin.«

»Was kriegen Sie hin?«

Er machte eine Geste. Sie wollte loskreischen, doch dann erkannte sie, daß der metallisch glänzende Gegenstand nichts als ein Metermaß war. Er legte es an das kaputte Fenster an.

»Ach, Sie wollen die Fenster neu verglasen!«

»Richtig, Ma'am. Tuck hat mich gestern abend noch angerufen. Aber Ihnen hat er anscheinend nicht Bescheid gesagt. Typisch für ihn.« Er schmunzelte.

»Nein, er hat es mit keinem Wort erwähnt.« Caroline wußte nicht so recht, ob sie verärgert oder erleichtert sein sollte.

Der Mann sah sie aus haselnußbraunen Augen freundlich an. »Tja, da hab ich Ihnen wohl einen schönen Schrecken eingejagt.«

»Ach, das ist nicht so schlimm.« Sie brachte ein Lächeln zustande. »So langsam gewöhne ich mich hier an alles. Sie haben mir Ihren Namen noch nicht genannt.«

»Toby March. Ich erledige hier alle Arten von Handwerksarbeiten.«

»Freut mich, Mr. March.«

Nach kurzem Zögern ergriff er die ausgestreckte Hand. »Ach nennen Sie mich einfach Toby. Das tun hier alle.«

»Schön, Toby. Ich bin Ihnen dankbar, daß Sie so schnell kommen konnten.«

»Ich bin dankbar für jeden Job. Wenn Sie mir einen Besen bringen, räume ich die Scherben weg.«

»Schön. Darf ich Ihnen einen Kaffee anbieten?«

»Machen Sie sich meinetwegen keine Umstände.«

»Wo denken Sie hin? Ich wollte sowieso einen machen.«

»Dann hätte ich natürlich nichts gegen ein Täßchen.«

»Ich bringe ihn gleich raus. Entschuldigen Sie mich bitte einen Moment.« Das Telefon schrillte.

Caroline eilte in den Gang. »Hallo?«

»Guten Morgen. Na, du führst aber ein aufregendes Leben.«

»Susie! Hat denn jemand behauptet, Kleinstädte seien langweilig?«

»Bestimmt keiner, der aus einer kommt. Burke hat mir alles erzählt. Ich wollte ja zu dir fahren, aber die Jungen lassen einem keine ruhige Minute! Wie geht's dir jetzt?«

»Wenn man mal von einem Kater, strapazierten Nerven und sexuellem Frust absieht ... nur ein kleines bißchen durcheinander.«

»Wer könnte es dir verdenken? Was anderes. Hast du Lust, zu unserem Barbecue zu kommen? Da kannst du im Schatten sitzen, plaudern, essen, bis du dich nicht mehr rühren kannst und einfach den ganzen Ärger vergessen.«

»Das klingt ja großartig!«

»Also bis fünf. Unser Haus ist das letzte am Marktplatz. Das gelbe mit den weißen Fensterläden. Wenn du uns nicht findest, dann folge einfach dem Geruch von Gegrilltem.«

»Prima. Um fünf bin ich da. Vielen Dank, Susie.«

Caroline legte auf und eilte in die Küche zurück. Bald mischten sich die Düfte von frischem Kaffee, getoastetem Brot und Himbeermarmelade. Draußen klopfte ein Buntspecht gegen einen Baumstamm, und auf der Veranda sang Toby mit vollem, warm klingenden Bariton einen Gospel Song über die Suche nach Frieden.

Caroline stellte plötzlich fest, daß ihre Kopfschmerzen wie weggeblasen waren. Es war doch schön, zu Hause zu sein.

In nicht allzu großer Entfernung lag jemand in durchgeschwitzten Laken und stöhnte im Schlaf. Träume strömten wie ein tiefer, dunkler Fluß durch das Unterbewußtsein. Träume von Sex, Blut und Macht, die meistens schnell in Vergessenheit gerieten, jedoch beim Aufwachen noch einmal gleich Schmetterlingen mit rasierklingenscharfen Flügeln durch die Hirnwindungen taumelten und brennende Wunden hinterließen.

Frauen. Immer ging es um Frauen. Diese brutalen Schlampen mit ihrem widerwärtigen Gegrinse. Und trotzdem ließ sich die Gier nach ihnen nicht leugnen! Die Sehnsucht nach ihrer sanften Haut, ihrem dezenten Geruch, der Hitze, die von ihnen ausströmte. Wie gräßlich! Tage-, wochen-, ja monatelang ging es ohne sie. Während dieser Zeit fielen Freundlichkeit, Wärme und Respekt nicht schwer. Doch dann stellte eine wieder etwas an. Und das schrie nach Bestrafung!

Damit gingen die Schmerzen von vorne los. Die Gier wuchs, und nichts außer Blut konnte sie stillen. Aber trotz aller Schmerzen und sogar allen Hungers ging die

Hinterlist nicht verloren. Das Wissen, daß, egal wie intensiv auch gesucht wurde, niemand dem Geheimnis auf die Spur kommen würde, verschuf stets aufs neue wilde Triumphgefühle.

Der Wahnsinn wirkte fort in Innocence, doch er wußte sich geschickt zu verbergen. Während der Sommer immer heißer wurde, schwärte er fort in der Seele, die ihn wider Willen beherbergte. Und grinste.

8

Der Lärm von nebenan drang durch das Schlafzimmerfenster an Darleen Fuller Talbots Ohren und brachte sie in Wallung. Lud diese hochnäsige Susie Truesdale doch glatt ihre Nachbarin nicht zum Barbecue ein! Eine einzige Unverschämtheit! Dabei hätte Darleen etwas Abwechslung dringend nötig gehabt.

Okay, Susie traf sich nie mit Darleen. Die Longstreets, die Shays' und selbst die arroganten Cunninghams waren ihr anscheinend lieber. Die hatten es gerade nötig! Wußte sie doch, daß der ach so tolle John Cunningham seine schnippische Alte mit Josie Longstreet betrogen hatte.

Und anscheinend hatte Susie ganz vergessen, daß sie heiraten hatte müssen. Ihr Bauch war schon ganz dick gewesen, aber sie war als Kellnerin im Chat 'N Chew noch hin und her geflitzt. Na gut, Burke Truesdale stammte aus einem reichen Haus, aber sein Daddy hatte alles verloren und sich aufgehängt und außer haufenweise Schulden nichts hinterlassen.

Weder die Truesdales noch die Longstreets waren etwas Besseres als sie. Konnte ihr Daddy denn etwas dafür, daß er nur in einer Baumwollfabrik arbeitete. Dafür trank er nicht – und er lebte.

In Darleens Augen war es die reinste Provokation, daß Susie sie all das gegrillte Fleisch und die scharfen Saucen schnuppern ließ und sie nicht aus ihrer Einsamkeit erlöste. Sogar ihren Bruder hatte sie eingeladen. Aber Bobby Lee hatte ja auch noch nie auf ihre Gefühle Rücksicht genommen.

Zum Teufel mit ihm und den bescheuerten Truesdales und allen anderen! Sie wäre ja sowieso nicht auf die

Scheißparty gegangen – ob mit oder ohne Junior, der diese Woche Spätschicht an der Tankstelle schob und erst um Mitternacht heimkam. Und wie hätte sie schließlich lachen und sich den Magen vollschlagen können, wo doch ihre beste Freundin am Dienstag beerdigt werden sollte?

Sie seufzte – was Billy T., der nach Leibeskräften an ihrer rosigen Brust saugte, als ein Anzeichen dafür mißverstand, daß sie sich ein bißchen mehr ins Zeug legen wollte.

Er richtete sich etwas auf und steckte die Zunge in ihr Ohr. »Weißt du was, Baby? Du oben, ich unten.«

Das riß sie aus ihrer Lethargie. Junior machte es dieser Tage nur im Bett und ständig in ein und derselben Stellung.

Als sie fertig waren, drehte sich Billy T. mit einem zufriedenen Grunzen zur Seite und zündete sich eine Zigarette an. Darleen stierte zur Decke und lauschte der Musik von nebenan.

Sie zog einen Schmollmund. »Sag mal, Billy, findest du das nicht auch gemein, daß sie eine Party geben und ihre nächste Nachbarin nicht einladen?«

»Ach was, Darleen, mach dir doch wegen solchen Leuten keine Gedanken.«

»Aber so was gehört sich einfach nicht!« Wütend, weil er kein Verständnis zeigte, sprang Darleen auf und holte sich ihr Talkpuder mit dem Rosenduft. Das vertrieb den Geruch nach Schweiß und Sex am schnellsten. Schließlich mußte sie bald Scooter bei ihrer Mutter abholen. »Verstehst du nicht? Sie hält sich für was Besseres. Und ihre Marvella ist genauso eingebildet. Als ob man was Besonderes wäre, bloß weil man mit den Longstreets befreundet ist!« Darleen zwängte sich in ihr ausgebleichtes T-Shirt mit dem Konterfei von Elvis. Auf so etwas wie Unterwäsche verzichtete sie bei dieser Hitze. »Soll ich dir sagen, was dieser Tucker Longstreet im Augenblick treibt? Er macht sich an die Neue, die Waverly, ran. Und das, obwohl Edda Lou noch nicht einmal unter der Erde ist!«

»Ach, der Tucker war doch schon immer der letzte Idiot.«

»Aber Edda Lou hat ihn nun mal leidenschaftlich geliebt. Einmal hat er ihr sogar Parfum geschenkt.« Sie sah Billy T. auffordernd an, doch der war viel zu sehr damit beschäftigt, Kringel in die Luft zu blasen. Darleen wandte sich enttäuscht ab. »Wie ich sie alle hasse! Und wenn Burke und Tucker nicht solche Busenfreunde wären, säße Tucker längst hinter Gittern.«

»Ach was. Tucker ist ein Blödmann, aber nie und nimmer ein Mörder. Das weiß doch jeder, daß es ein Schwarzer war. Weiße Frauen aufschlitzen – zu so was sind nur Nigger in der Lage.«

»Trotzdem … Er hat sie fallen lassen wie eine heiße Kartoffel. Ich finde es nur gerecht, wenn er dafür auch büßt.« Sie drehte sich wieder zu Billy um. In ihrem Auge glänzte eine Träne. »Jemand sollte ihm mal ans Leder gehen, damit er kapiert, was es heißt, eine Frau so kurz vor ihrem Tod unglücklich zu machen.« Von drüben erscholl Gelächter. Darleen zwinkerte erbost die Träne weg. »Weißt du, ich würde so ziemlich alles für einen tun, der den Mumm hat und es Tucker ordentlich heimzahlt.«

Billy T. drückte bedächtig seine Zigarette aus. »Soll ich dir was sagen, Schätzchen? Wenn du zu mir rüberrutschst und mir zeigst, wie wichtig es dir ist, dann lasse ich mir vielleicht was einfallen.«

»Ach, Honey!« rief Darleen, zwängte sich wieder aus dem T-Shirt mit dem Konterfei von Elvis und kniete sich zwischen Billys Schenkel. »Du bist ja so lieb!«

Während Darleen Billy T. auf Hochtouren brachte, brutzelten im Garten nebenan die Spareribs. Am Grill stand Burke. In der einen Hand hielt er eine Flasche Bier, mit der anderen streute er großzügig Gewürze über das Fleisch.

Susie rannte mit Schüsseln und Tellern beladen zwischen der Küche und dem Picknicktisch hin und her und gab zwischendurch ihren Kindern Anweisungen, sie sollten sich um den Kartoffelsalat kümmern, mehr Eis holen und gefälligst die Finger von den gefüllten Eiern lassen.

Caroline bewunderte die perfekte Organisation. Die Küchentür ging in einem fort auf und zu, aber keiner stand dem anderen im Weg. Nur der Jüngste, Sam, half nicht, sondern zeigte Tucker stolz seine Karten mit den berühmtesten Baseballspielern. Die beiden fläzten sich auf dem Rasen und alberten herum.

Der FBI-Mann hatte sich neben Caroline gesetzt und langweilte sie mit Fachsimpeleien über das letzte Promenadenkonzert. Sie hörte nur mit halbem Ohr hin, nickte hin und wieder, murmelte ihre Zustimmung und ließ ihren Blick schweifen. Die anderen Gäste waren weitaus interessanter als Burns' Geschwätz.

Unmittelbar vor ihr klatschten die Inhaberin des Schönheitssalons, Crystal irgendwas – den Nachnamen hatte sie vergessen – und Birdie Shays über die allerneuesten Affären.

Im Schatten der mächtigen Eiche hatte sich eine Traube um den inzwischen ebenfalls eingetroffenen Gerichtsmediziner gebildet, einen hageren, dunkelhaarigen Burschen, über dessen flapsige Bemerkungen vor allem die jüngeren Damen ein ums andere Mal in Kichern ausbrachen. Caroline verstand nicht so recht, wie einer Tag für Tag Autopsien durchführen und trotzdem Witze reißen konnte.

Josie hatte sich auf eine Schaukel gesetzt und flirtete mit ihm und allen anderen Männern in ihrer Reichweite. Etwas abseits auf der Terrasse saßen Dwayne Longstreet und Doc Shays und nippten an ihrem Bier. Noch weiter hinten tauschten Marvella Truesdale und Bobby Lee Fuller verliebte Blicke aus.

Eine Vielzahl von Gerüchen stieg Caroline in die Nase – das Bier, das saftige Fleisch, die von der Nachmittagssonne angestrahlten Blumen. Eins von den Kindern hatte eine neue Kassette in den Ghettoblaster geschoben, und ein bittersüßer, langsamer Blues von Herzensweh erhob sich über die anderen Geräusche. Caroline kannte zwar Bonnie Raite nicht, aber sie wußte, was gute Musik war.

Sie wollte den Blues hören. Sie wollte Sam lachen und kreischen hören, denn inzwischen lieferten er und Tucker sich einen fröhlichen Ringkampf. Sie wollte den Klatsch der Frauen hören.

Sie wollte zur Musik tanzen, durch den rauchverhangenen Dunst vor dem Grill lugen und Burke und Susie beim Küssen zusehen. Die zwei wirkten noch genauso wie Teenager, die sich heimlich Augenblicke der Liebe ergattern. Sie wollte empfinden, was Marvella empfand. Bobby Lee hatte sie gerade bei der Hand genommen und zog sie durch die Küchentür.

An all dem wollte sie teilhaben, anstatt eine Tirade über Rachmaninow über sich ergehen lassen zu müssen.

»Wenn Sie mich bitte entschuldigen, Matthew …«, murmelte Caroline mit einem zerstreuten Lächeln. »Ich glaube, Susie braucht meine Hilfe.«

Während Sam Tuckers Rücken mit den Fäusten bearbeitete, hatte Tucker nur Augen für Carolines Beine, die unter den weißen Shorts vorzüglich zur Geltung kamen. Seufzend schüttelte er Sam ab und stand auf.

»Mann, du hast mich ganz schön aufgearbeitet. Jetzt hab ich ein Bier dringend nötig.«

Caroline blieb vor dem Grill stehen. »Riecht ja großartig, Burke.«

»Fünf Minuten noch, dann können wir zuschlagen.«

»Immer diese leeren Versprechungen«, lachte Susie. »Was möchtest du trinken, Caroline?«

»Im Moment nichts, danke. Braucht ihr noch Hilfe?«

»Honey, wozu, meinst du, habe ich vier Kinder? Setz dich einfach hin und laß dich verwöhnen.«

»Ich, ähh …« Sie warf einen ängstlichen Blick auf

Burns, der gerade ein Glas Chardonnay an den Mund führte und nicht im entferntesten daran dachte, mit anderen Leuten das Gespräch zu suchen.

»Ach so.« Susie war ihrem Blick gefolgt. »Zu tun gibt es genug. Kannst du vielleicht die Essiggurken holen? Sie sind im Hängeschrank neben dem Kühlschrank.«

Caroline zog dankbar los. Auf der Terrasse tippte Doc Shays freundlich an seinen Hut. Dwayne, der schon einen sitzen hatte, bedachte sie mit einem liebenswürdigen, doch etwas geistesabwesenden Lächeln.

Caroline lief weiter in die Küche und prallte zurück. Vor dem Kühlschrank standen Bobby Lee und Marvella in einer innigen Umarmung vereint. Beim Knallen der Tür sprangen sie jäh auseinander. Marvella lief knallrot an und nestelte an ihrer Bluse herum. Bobby Lee brachte ein halb stolzes, halb belämmertes Lächeln zuwege.

»Es tut mir schrecklich leid ...« setzte Caroline an. Sie wußte nicht, wer von den dreien am verlegensten war. »Ich wollte nur etwas für Susie holen, aber ich kann ja später noch mal kommen.« Sie wich zurück zur Tür, die in diesem Moment von Tucker aufgerissen wurde.

»Du kannst die zwei doch nicht allein lassen, Caro! Weißt du nicht, was für gefährliche Orte Küchen sein können?« Er zwinkerte Bobby Lee zu. »Geht mal lieber in den Garten, wo eure Mamas euch im Auge haben.«

»Wir sind achtzehn und volljährig!« rief Marvella mit einem erbosten Funkeln in den Augen.

»Eben darum.« Grinsend kniff Tucker sie am Kinn.

»Außerdem heiraten wir bald«, versetzte Marvella.

Bobby Lee bekam glühende Ohren. »Marvella! Ich habe doch noch nicht mit deinem Vater gesprochen!«

»Aber wir beide wissen doch, was wir wollen, oder?«

»Äh, klar. Aber trotzdem muß ich erst mit ihm sprechen, ehe wir es den anderen sagen.«

Sie hakte sich bei ihm ein und zerrte ihn zur Tür. »Dann schieb's aber nicht länger auf.«

Tucker starrte den beiden verblüfft nach. »Menschenskinder. Die hat doch neulich noch an meiner Schulter gesabbert, und jetzt redet sie vom Heiraten.«

»Ihren Blicken nach zu urteilen, war das mehr als Gerede.«

»Wie konnte sie nur so schnell achtzehn werden?« rief Tucker! »Vor einer Minute war ich selber noch achtzehn!«

Mit einem belustigten Lächeln tätschelte Caroline ihm den Arm. »Mach dir mal nicht zu viele Gedanken, Tucker. In kürzester Frist sabbert dir das nächste Baby das Hemd voll.«

»Heiliger Bimbam! Dann wäre ich ja so was wie ein Opa! Und dabei bin ich gerade erst dreiunddreißig! In dem Alter wird man doch nicht Großvater!«

»Es wäre ja nur ein Ehrentitel«, tröstete sie ihn.

»Ja und? Besser, ich denke gar nicht an so was.«

»Ein weiser Beschluß.« Sie öffnete den Hängeschrank. »Sag mal, weißt du, wo die Essiggurken sind?«

»Im Schrank ganz oben.« Du mußt dich nur strecken.

Tucker sah zu, wie Caroline sich auf die Zehenspitzen stellte und vergaß beim Anblick der weit nach oben rutschenden Shorts ganz den Gedanken ans Alter. Sie hatte wirklich tolle Schenkel und einen entzückenden runden Hintern.

Carolines Finger streiften das Glas, als sie seinen Blick bemerkte. »Ist dir noch zu helfen, Tucker?«

»Tja, gegen so ein Fieber bin ich machtlos. Aber ich helfe dir mal lieber.« Grinsend schlenderte er zu ihr hinüber. Als er nach dem Glas griff, berührten sich ihre Körper. »Du riechst gut, Caro. Zu so einem Duft würde ich nur zu gern jeden Morgen aufwachen.«

»Und dir Kaffee und Schinken machen lassen?«

Er streifte mit den Lippen sachte ihren Hals. »Ich denke da eher an eine schöne, lange Nummer im Bett.«

In ihr passierte zuviel auf einmal. Und viel zu schnell. Es juckte sie am ganzen Körper, und ihre Beine wurden ganz schwach. So war es ihr seit ... Luis nicht mehr gegangen.

Sie fing sich wieder. »Du bedrängst mich, Tucker.«

»Ich versuche mein Bestes.« Er nahm das Glas herunter und stellte es auf den Tisch. Dann umfaßte er ihre Hüften und drehte sie langsam zu sich herum. »Ist es dir auch schon mal so gegangen, daß du etwas ständig im Kopf hattest, eine Melodie zum Beispiel, und du erst sehr viel später gemerkt hast, wie herrlich sie ist?«

Seine Hände glitten langsam nach oben. Dabei streifte er mit den Daumen ihre Brüste. Das Blut hämmerte in ihren Schläfen. »Doch, ich denke schon«, murmelte sie.

»Und das ist eben mein Problem mit dir, Caroline. Du gehst mir nicht mehr aus dem Kopf. Man kann fast schon sagen, ich bin fixiert.«

Sie standen so nahe beieinander, daß ihr eine blasse, faszinierende grüne Schattierung um seine Pupillen auffiel. »Vielleicht solltest du dann mal an ein anderes Stück denken, Tucker.«

Er drückte sie fester an sich. Da sie in seinen Armen steif wurde, begnügte er sich mit einem Küßchen auf ihre Unterlippe und ließ sie los. Ihr steter, nie ausweichender Blick übte einen eigenartigen Reiz auf ihn aus. Er merkte, wie sich eine Art Beschützerinstinkt in ihm regte und gleichzeitig seine Knie schwach wurden. »Hat er dich verletzt oder nur enttäuscht?« fragte er unvermittelt.

»Ich verstehe nicht, was meinst du.«

»Du scheust, Caro. Und das hat bestimmt einen Grund.«

Ihre Schwäche von vorhin wich fester Entschlossenheit. »Das Wort ›scheuen‹ ist wohl eher bei Pferden angebracht. Ich habe schlicht und einfach kein Interesse. Wie kommst du überhaupt darauf, daß ich dich anziehend finde?«

»Das ist aber gelogen, Caro«, protestierte Tucker sanft. »Das mit dem angeblich fehlenden Interesse, meine ich.

Wenn draußen nicht so viele Leute wären, würde ich es dir auf der Stelle beweisen. Aber ich bin Frauen nicht böse, wenn sie verführt werden wollen.«

»Das glaube ich dir aufs Wort, daß du jede Menge Frauen verführt hast!« rief sie hitzig. »Edda Lou zum Beispiel.«

Tucker wich zurück. Der Ausdruck der Belustigung in seinen Augen wich Zorn, um sofort etwas anderem – war es Trauer? – Platz zu machen. Entsetzt legte Caroline eine Hand auf seinen Arm. »Tucker, das tut mir leid. Das war abscheulich von mir.«

Mit einem Schluck Bier spülte er einen Teil der Verbitterung hinunter, aber eben nur einen Teil. »Der Wahrheit kommt es ja nahe genug.«

Caroline schüttelte energisch den Kopf. »Du bist bei mir in ein Fettnäpfchen getreten, aber das entschuldigt noch lange nicht so eine gemeine Bemerkung. Bitte verzeih mir.«

»Vergiß es.« Seine Lippen kräuselten sich nach oben, doch Caroline sah, daß seine Augen nicht mitlächelten. Draußen hörten sie Burke etwas rufen. Klingt fast so, als könnten wir endlich essen. Geh du mit dem Glas schon mal voran. Ich komme gleich nach.«

»Gut.« Caroline blieb in der Tür noch einmal stehen. Wie gerne hätte sie noch etwas Versöhnliches gesagt, aber für eine Entschuldigung war es zu spät.

Als die Tür hinter ihr zufiel, lehnte Tucker den Kopf gegen den Kühlschrank. Er vermochte seine Empfindungen in diesem Moment selbst nicht zu erklären, ihm fehlten die Worte. Seine Gefühle kamen immer so schnell, auch die unangenehmen. Aber daß so viele widersprüchliche Emotionen auf einmal in ihm durcheinanderwirbelten, das war neu und mehr als nur ein bißchen unheimlich.

Edda Lou verfolgte ihn bis in seine Träume. Mit ihrem zerfetzten und vom Wasser aufgedunsenen Körper war sie ihm im Schlaf erschienen. Ihre mit Moos verfilzten

Haare waren getrocknet und an ihrer Haut klebte verkrustetes schwarzes Blut. Mit knochigen Fingern deutete sie auf ihn. Worte waren nicht mehr nötig. Er verstand auch so, was sie ihm sagen wollte. Du bist schuld! Sie war tot, und es war allein seine Schuld. Gott im Himmel! Was sollte er nur tun?

Josie trat leise in die Küche und legte einen Arm um ihn. »Tucker, Honey, geht's dir nicht gut?«

Beschissen, hätte er fast gesagt, doch er seufzte nur: »Nur ein bißchen Kopfweh. Zuviel Bier auf nüchternen Magen.«

»In der Handtasche habe ich Aspirin. Extrastark steht drauf.«

»Ach, nein. Wenn ich was esse, geht es bestimmt gleich weg.«

»Dann hol dir mal eine ordentliche Portion.« Josie legte den Arm um seine Hüfte und ging mit ihm auf die Terrasse hinaus. »Dwayne ist schon wieder blau, und ich möchte nicht gleich zwei Männer heimschleppen müssen, zumal ich mich für später verabredet habe.«

»Wer ist denn der Glückliche?«

»Dieser Doktor vom FBI. Teddy Rubinstein heißt er. Zum Anbeißen süß, sag ich dir. Ich probier ihn für Crystal aus, hab ich mir gesagt. Sie wirft ihm die ganze Zeit schmachtende Blick rüber.«

»Du bist eben eine wahre Freundin, Josie.«

»Ich weiß. So, jetzt aber ran an die Spareribs!«

Hinter den Baumwollfeldern lag der hufeisenförmige Teich, dem Sweetwater seinen Namen verdankte. Süß, wie der Name verhieß, war das Wasser freilich schon lange nicht mehr. Seit Generationen hatte man den Boden mit Unkraut- und Insektenvertilgern bearbeitet. Die Gifte waren schließlich ins Grundwasser eingedrungen und von dort in den Teich. Aber auch wenn sein Wasser nicht mehr genießbar war und man es sich doppelt überlegte, ob man einen Fisch daraus braten sollte, so bot er immer noch einen herrlichen Anblick, vor allem bei Vollmond wie in dieser Nacht.

Das Schilf wiegte sich träge in den sanften Wellen, und mittendrin ragten Baumstümpfe heraus wie alte, dunkle Knochen. Die Nacht war so klar, daß man sogar sehen konnte, wie sich das Wasser unter dem Flügelschlag der Mücken kräuselte.

Dwayne war vom Bier, das er auf der Party getrunken hatte, auf Wild Turkey, sein Lieblingsgetränk, umgestiegen. Die Flasche war allenfalls zu einem Viertel leer, doch er fühlte sich bereits sturzbetrunken. Am liebsten hätte er sich ja zu Hause bis zum Umkippen vollaufen lassen, wenn nicht Della gewesen wäre. Und ihm standen Frauen, die an ihm herumnörgelten, bis oben.

Für den Exzeß heute hatte Sissys letzter Brief den Ausschlag gegeben. Jetzt wollte sie also ihren Schuhvertreter heiraten. An und für sich war es ihm ja egal. Sollte sie doch tun, was sie wollte. Er hatte sowieso nie etwas mit ihr am Hut gehabt. Die Ehe mit ihr war ein Betriebsunfall gewesen, nichts anderes. Aber er sah ums Verrecken nicht ein, warum er noch mehr Geld aus sich herauspressen lassen sollte. Weil sie mit den Kindern vor seinen Augen herumwedelte etwa?

Was hatte er nicht schon alles gezahlt? Teure Privatschulen, die edelsten Klamotten, und das, obwohl sie und ihr aalglatter Liebhaber seine Besuche bei den Jungen mit allen möglichen Tricks so gut wie unterbunden hatten. ›Kontakte nur unter Aufsicht‹, hieß es. Angeblich, weil er zuviel trank.

Dwayne stierte wütend ins dunkle Wasser und genehmigte sich wieder einen tiefen Schluck. Sie hatten ihn als eine Art Monster hingestellt. Dabei hatte er nie eine Hand gegen die Jungen erhoben. Gewalttätig war er nämlich nicht – ganz im Gegensatz zu seinem Vater. Nur das mit dem Trinken hatte er von ihm geerbt. Sissy Koons hatte damals genau gewußt, was sie erwartete, als sie die Beine für ihn gespreizt hatte. Und nach der Hochzeit hatte er ihr ein schönes Haus gekauft und tausend andere Dinge, die ihr Herz begehrte.

Im Grunde hatte sie mehr bekommen als sie verdiente, sagte er sich jetzt. Ihr Brief war der letzte Beweis. Aber wenn sie glaubte, dieser schleimige Schuhvertreter würde seine Kinder adoptieren dürfen, hatte sie sich gewaltig getäuscht. Der Teufel sollte ihn holen, wenn er den verhüllten Drohungen nachgab und ihr noch höhere Unterhaltszahlungen überwies.

Um das Geld ging es ihm eigentlich gar nicht. Darum kümmerte sich ohnehin Tucker. Es ging ums Prinzip. Mehr Geld, gab sie ihm auf ihre hinterhältige Art zu verstehen, oder deine Söhne tragen einen anderen Namen.

Seine Kinder, die er so liebte! Das Symbol seiner Unsterblichkeit! Waren sie nicht sein Fleisch und Blut, sein einziger Bezug zur Zukunft, einer der wenigen Lichtblikke in seinem verpfuschten Leben?

Ein einziges Mal hatte er sich vergessen und Sissys beste Gläser zertrümmert, als der kleine Dwayne gar nicht mehr zu heulen aufgehört hatte. Und gleich war Sissy ins Zimmer gestürzt und hatte sich aufgeführt, als hätte er ihren Sohn gegen die Wand geschmissen.

Ihr wollt einen richtigen Grund zum Heulen? Bei Gott, den könnt ihr haben! hätte sein Daddy gebrüllt. Und alle hätten gezittert wie Espenlaub.

Wenn er es genau bedachte, hatte er damals sogar dasselbe geschrien. Nur hatte Sissy nicht gezittert. Sie war lediglich vor lauter Erregung und Abscheu knallrot angelaufen und hatte zurückgeschrien.

Um Haaresbreite hätte er sie geohrfeigt. Die Hand hatte er sogar schon erhoben, doch dann war die Hand seines Vaters vor seinen Augen aufgetaucht, und er war zurückgewichen. Danach war er aus dem Haus getorkelt und hatte seinen Wagen zu Schrott gefahren.

Als Burke ihn am Tag drauf heimgebracht hatte, war das Haus verrammelt gewesen. Was für eine Demütigung! Sie hatte sich aus dem Fenster gelehnt und gekeift, sie würde sich einen Anwalt nehmen.

Wochenlang hatte sich ganz Innocence den Mund darüber zerrissen, wie Sissy seine Kleider aus dem ersten Stock hinuntergeworfen hatte. Nur ein mehrtätiger Vollrausch hatte ihm über diese Schmach hinweggeholfen.

Und jetzt hatte Sissy den Rachen immer noch nicht voll!

Das Allerschlimmste freilich war, daß sie aus ihrem Leben etwas machte. Sie hatte Sweetwater mit einer Leichtigkeit abgeschüttelt, mit der eine Schlange ihre Haut abstreift. Und er? Er steckte im Schlamm seiner Vergangenheit fest und kam nicht los von der Bürde der Hoffnungen, die sein Vater in ihn gesetzt hatte. Frauen waren in der Hinsicht ungleich freier. Nein, er sah keinen Grund, warum er sie dafür nicht hassen sollte.

Dwayne setzte die Flasche ab und glotzte grübelnd ins Wasser. Wieder einmal stellte er sich vor, wie es wäre, wenn er einfach hineinginge, immer tiefer versänke, einen letzten, einen tödlichen Schluck nähme und seine Lungen sich mit Wasser füllten.

Die Augen weiter auf das stille Wasser gerichtet, versank er statt dessen im Whiskey.

Josie saß im McGreedy und genoß den Flirt vor dem großen Augenblick. Neben dem Schönheitssalon war die Kneipe ihre zweite große Anlaufstation im Ort. Sie liebte die mit Whiskey bespritzten Wände, den klebrigen Boden und die wackeligen Tische.

Sie konnte in der trübsten Stimmung eintreten, doch kaum schlugen ihr die rauchverhangene Luft, das Stimmengewirr, das Poltern der Billardkugeln und die Countrymusik aus der Jukebox entgegen, war sie wie ausgewechselt.

Heute hatte sie Teddy mitgebracht. Gerade riß er einen besonders schmutzigen Witz. Unter schallendem Gelächter schlug sie ihm auf die Schulter.

»Du bist ein Urvieh, Teddy! Hast auch wirklich keine Frau irgendwo versteckt?«

»Zwei Ehemalige«, meinte Teddy grinsend.

»Na, so ein Zufall. Ich hab auch zwei Stück hinter mir. Der erste war übrigens Anwalt.« Sie dehnte in gespieltem Entsetzen beide Silben. »Ein aufstrebender junger Mann aus gutem Hause. Meine Mutter sprang vor Freude im Dreieck. Aber ein Jahr war noch nicht rum, da langweilte er mich schon zu Tode.«

»Ein Spießer?«

»Ach, Honey! Was hab ich nicht alles probiert, um ihn aufzumöbeln. Partys hab ich gegeben. Einmal hab ich mich sogar als blonder Rauschgoldengel verkleidet. Stell dir das nur vor – ich und eine blonde Perücke! Aber dem guten Franklin – so hieß er – war nie zum Feiern zumute.«

Teddy konnte sie sich trotz ihrer pechschwarzen Mähne gut mit einer blonden Perücke vorstellen. *Ihm* war immer zum Feiern zumute, vor allem mit einer solchen Frau. »Kein Sinn für Humor«, bemerkte er.

»Du hast den Nagel auf den Kopf getroffen. Als ich mich dann wieder auf Männersuche begab, hielt ich nach einem ganz anderen Typ Ausschau. Schließlich lernte ich einen Cowboy von der härtesten Sorte kennen. Hatte eine Ranch in Oklahoma.« Sie seufzte. »Eine Zeitlang ging es ja drunter und drüber. Aber dann fand ich raus, daß er mich betrog. Das wäre ja gar nicht so schlimm gewesen, aber er hat es nicht mit Cowgirls getrieben, sondern mit Cowboys.«

»Aua!« rief Teddy und verzog mitleidsvoll die Miene. »Und ich dachte immer, ich wäre schlimm dran, weil ich mir von meinen Frauen sagen lassen mußte, was für einen abscheulichen Beruf ich ausübe. Frauen halten meine Tätigkeit in der Regel nicht für salonfähig.«

»In meinen Augen ist sie faszinierend!« Mit einer Handbewegung bestellte Josie zwei weitere Gläser Bier und rutschte näher an ihn heran, bis sie mit ihrem nackten Fuß seine Wade reiben konnte. »Da muß man doch ganz schön was auf dem Kasten haben, wenn man solche Tests durchführt, die Leiche ritschratsch aufschneidet und danach den Mörder bestimmt. Mir will einfach nicht in den Kopf, wie ihr das schafft. Ihr habt doch bloß eine nackte Leiche.«

Teddy nippte bedächtig an seinem Bier. »Tja, das ist natürlich eine Frage der Technik. Du mußt es dir wie ein Puzzle vorstellen, dessen Einzelteile man eben zusammensetzt. Todesursache, Zeit und Tatort. Kleidungsfasern oder auch Blutspuren, die nicht vom Opfer stammen, können einem weiterhelfen. Hautabschürfungen. Haare.«

Josie erschauderte theatralisch. »Das klingt ja unheimlich! Und habt ihr bei Edda Lou schon solche Spuren gefunden?«

»Wir kennen den Zeitpunkt, den Tatort und die Vorgehensweise des Mörders. Sobald ich meine Untersuchungen abgeschlossen habe, werde ich die Ergebnisse mit den Erkenntnissen des Untersuchungsrichters über die anderen zwei Mordfälle in der Gegend vergleichen. Hast du wirklich alle beide gekannt?«

»Von Kindheit an. Mit Francie und Arnette bin ich in die Schule gegangen. Arnette und ich haben in unserer wilden Jugend sogar die Typen gemeinsam aufgerissen. Und Edda kannte ich, als sie noch ein kleines Mädchen war. Freundinnen waren wir ja nicht gerade. Trotzdem ist es eine komische Sache, wenn ich mir vorstelle, daß sie jetzt tot sein soll.«

Mit ihrer schwarzgelockten Mähne, den goldenen Augen und der bronzefarbenen Haut sah Josie aus wie eine Zigeunerin, ein Erscheinungsbild, das ihre großen Ohrringe und die schulterfreie Bluse noch unterstrichen. Teddy lief beim bloßen Anblick das Wasser im Mund zusammen.

»Ob sie viel gelitten hat, weißt du wohl auch nicht?« fuhr Josie mit sanfter Stimme fort.

»Ich kann dir versichern, daß die meisten Wunden ihr erst nach ihrem Tod zugefügt wurden.« Er drückte ihr mitfühlend die Hand. »Denk am besten nicht dran.«

»Das sagst du so leicht!« Sie senkte den Blick auf den Tisch, dann sah sie ihm wieder in die Augen. »Um die Wahrheit zu sagen ... ich kann zu dir doch ehrlich sein, nicht wahr, Teddy?«

»Aber natürlich.«

»Der Tod fasziniert mich.« Sie lachte verlegen auf und rutschte noch näher an ihn heran. Ihr Parfum stieg ihm verführerisch in die Nase, und er spürte ihre warme Brust an seinem Arm. »Dir kann ich's ja sagen, weil es zu deinem Beruf gehört. Wenn im Fernsehen oder in den Zeitungen was von einem Mord kommt, dann werde ich richtig sensationslüstern.«

»So geht es fast allen«, meinte Teddy schmunzelnd. »Die meisten geben es bloß nicht zu.«

»Da hast du recht. Weißt du, wenn im Fernsehen von so ungelösten Fällen berichtet wird, dann bauschen die das immer zu richtigen Shows auf, mit allem Drum und Dran. Aber wahrscheinlich kriegen wir alle ein bißchen Angst, weil irgend jemand durch die Stadt streift und vielleicht schon nach dem nächsten Opfer Ausschau hält. Aber aufregend ist das ja auch, verstehst du das?«

Teddy prostete ihr zu. »Tja, irgendwie müssen die Schmierblätter ja ihre Auflagen steigern.«

»Ich muß dir noch was gestehen, Teddy. Ich bin entsetzlich neugierig. Weißt du, ich hab noch nie eine Leiche gesehen. Eine richtige, meine ich. Bevor sie in der Leichenhalle aufgebahrt werden, werden sie ja immer hergerichtet.«

»Josie, so etwas muß man wirklich nicht unbedingt sehen.«

Sie verstärkte den Druck auf seine Wade. »Na ja, vielleicht kommt dir das etwas pervers vor, aber findest du nicht auch, daß es einen … pädagogischen Zweck hätte?«

Teddy war bereits klar, daß er einen Fehler beging. Andererseits konnte kaum jemand Josie Longstreet widerstehen, hatte sie sich einmal etwas in den Kopf gesetzt. Hinzu kam noch, daß sie beide ziemlich angeheitert waren. So fand Teddy nach drei vergeblichen Anläufen das Schlüsselloch und sperrte die Leichenhalle auf.

»Ist das der Dienstboteneingang?« kicherte Josie.

»Das Leichenschauhaus«, erklärte Teddy feierlich.

Josie schüttelte sich vor Lachen. Sich gegenseitig stützend, torkelten sie durch die Tür. »Gott, ist das dunkel! Richtig unheimlich!«

»Ich kann das Licht anmachen.«

»Bloß nicht! Das würde die Stimmung nur zerstören.« Ihr Herz pochte wie wild. Damit er ihr es auch glaubte, nahm sie seine Hand und legte sie auf ihre Brust.

Es kam zu einem langen, gierigen Kuß. Teddy drückte sie fest an sich und fuhr mit den Händen unter ihre Bluse. Sie trug einen extrem knappen BH, aus dem ihre dicken und bereits steinharten Warzen praktisch in die Hand fielen.

»Uff, du hast ja Muskeln fast wie ein Mann«, stöhnte er. Sein Atem kam stoßweise. Mit dem Mund machte er sich über ihre Brust her, die Hände wanderten nach unten zu den Shorts.

»Nicht so hastig, Schatz. Du bist ja geil wie ein junger Ziegenbock!« Lachend entwand sie sich ihm. »Jetzt werde erst mal Licht.« Mit einer Hand fuhr sie in ihrer Handtasche herum und förderte ein Lämpchen von der Größe eines Füllers zutage. Damit beleuchtete sie die Wände in einem solchen Tempo, daß die Schatten zu tanzen anfingen. »Wohin jetzt?«

Teddy ließ die Finger über ihren Arm krabbeln, bis sie

erschauerte. »Da lang«, sagte er und watschelte wie eine Ente nach links.

»Du bist vielleicht eine Nummer, Teddy!« kicherte sie und schmiegte sich an ihn. »Das riecht ja nach … toten Rosen und weiß der Himmel noch was!«

»Das ist der Atem der verstorbenen Seelen, meine Liebe.« Was hätte er schon davon gehabt, wenn er ihr erklärt hätte, daß der Geruch von Balsam, Formaldehyd und den scharfen Mitteln der Putzfrau herrührte. Er führte sie durch eine weitere Tür und fand mit Hilfe ihrer Taschenlampe gleich den richtigen Schlüssel.

»Willst du es auch wirklich?«

Josie schluckte einmal und nickte.

Teddy stieß die Tür auf. Insgeheim verfluchte er die Inhaber mit seinem Ordnungssinn. Ein Knarzen hätte sich jetzt gut gemacht, aber hier mußte alles tipptopp sein.

Josie holte tief Luft und schaltete das Licht an. »Mensch, das sieht ja aus wie beim Zahnarzt! Wozu braucht ihr denn die Schläuche dort?«

Er zog grinsend die Augenbrauen hoch. »Willst du's wirklich wissen?«

Sie benetzte sich die Lippen. »Na ja, vielleicht doch nicht. Das da unter dem Laken … ist sie das?«

»Sie und keine andere.«

Josie spürte, wie in ihr alles zu zittern anfing. »Ich will sie sehen.«

»Okay, aber anfassen darfst du nichts.«

Teddy ging hinüber und zog die Decke weg.

»Mein Gott«, flüsterte Josie. »Sie ist ja grau!«

»Ich hatte für das Makeup noch keine Zeit.«

Eine Hand gegen den Bauch gepreßt, trat Josie einen Schritt näher heran. »Ihre Kehle …«

»Die Todesursache.« Er rieb mit der Handfläche über Josies runden, festen Hintern. »Das Messer hatte eine zehn bis fünfzehn Zentimeter lange Klinge. Und jetzt schau dir mal den Arm an. Siehst du die Färbung am Handgelenk? Dort, wo die Haut sich geschält hat? Daran kann man erkennen, daß sie mit einer normalen Wäscheleine gefesselt wurde.«

»Wow!«

»Sie war übrigens Nägelkauerin.« Dazu schnalzte er in gespieltem Entsetzen mit der Zunge und drehte gleichzeitig den Kopf der Leiche um. »Bitte die Quetschung am Hinterkopf zu beachten. Das heißt, sie wurde vor ihrem Tod niedergeschlagen. Lange kann sie nicht bewußtlos gewesen sein, doch die Zeit hat unseren Mutmaßungen nach gereicht, um sie zu fesseln und zu knebeln. In ihrem Mund fanden wir Faserspuren, die von einem roten Baumwolltuch stammten.«

»Und das konntet ihr alles erkennen?«

»Das und noch mehr.«

»Wurde sie … vergewaltigt?«

»Die Untersuchungen darüber habe ich noch nicht abgeschlossen. Mit etwas Glück finden wir Spermien, die uns die Bestimmung der DNS ermöglichen würden.«

»Oh!« Die Abkürzung hatte sie schon einmal gehört. »Und der Mörder hat mit ihr auch das Baby getötet?«

»M-mm. Der Hormonspiegel war völlig normal.«

»Wie bitte?«

»Da war nichts unterwegs.«

Josie sah nachdenklich auf das leblose graue Gesicht hinunter. »Ich hab ihm ja gesagt, daß sie gelogen hat.«

»Wem?«

»Ach, nichts.« Es war nicht der richtige Moment, um Tucker mit ins Spiel zu bringen. Josie sah sich im Raum um. Die vielen Flaschen, Röhrchen und die hauchdünnen blitzenden Instrumente faszinierten sie. Neugierig nahm sie ein Skalpell in die Hand. Ehe sie sich's versah, hatte sie sich in den Daumen geschnitten. »Scheiße!«

»Baby, ich hab dir doch gesagt, du sollst nichts anfassen.«

»Ich wußte nicht, daß das so scharf ist.«

»Scharf genug, um alles mögliche wegzuschneiden.« Mit einem Taschentuch betupfte er in rührender Besorgnis die Wunde.

»Wenn du saugst, hört es schneller zu bluten auf.«

Josie führte den verletzten Daumen zwischen seine Lippen und ließ sich die Wunde ablecken. Mit einem wohligen Stöhnen schloß sie die Augen. Konnte es etwas Intimeres geben, als das Blut des anderen zu schlucken? Sie schlug die Augen wieder auf. Sie schimmerten vor Erregung.

»Ich hab was für dich, Teddy.« Während er ihren Daumen tiefer in den Mund nahm, tastete sie mit der anderen Hand nach ihrer Tasche, die sie irgendwo zwischen den vielen Instrumenten abgestellt hatte. Sie fand sie und griff mit zitternden Fingern hinein. Unterdessen glitt seine Hand an ihrem Oberschenkel hinauf bis zum Saum der Shorts, fand den Weg unter das Höschen, erreichte ihr Ziel. Ihre Muskeln fingen unkontrolliert zu zucken an.

»Da ist es.« Seufzend zog sie ein Kondom aus der Tasche. »Soll ich es dir überziehen?«

Teddys Unterhose fiel zu Boden. »Heute bist zu mein Gast.«

Gegen zwei Uhr in der Nacht fuhr eine durch und durch befriedigte und erschöpfte Josie vor ihrem Haus in Sweetwater vor. Unter Tuckers rotem Porsche lag Billy T. Bonny und fluchte in sich hinein, als die Scheinwerfer auf ihn zuschossen. In zehn Minuten wäre er fertig gewesen. Warum mußte sie ausgerechnet jetzt kommen?

Josie trat auf die Bremse, und Kieselsteine prasselten gegen seine Arbeitsschuhe. Mit verschmierten Fingern packte Billy den Schraubenschlüssel fester. Er machte sich so klein wie möglich. Ansonsten konnte er nur hoffen, daß sie ihn nicht bemerkte. Trotzdem weckten Josies Füße sein Interesse. Sie waren nackt in den roten Sandalen. Um den Knöchel hatte sie eine dünne Goldkette. Kurz bekam er Lust auf sie. Ihr süßlich schwerer Duft hing in der Luft. In ihn mischte sich der Geruch von eben erst vollzogenem Geschlechtsverkehr.

Sie summte Patsy Clines ›Crazy‹. Plötzlich ließ sie ihre Handtasche fallen. Der ganze Inhalt – Lippenstifte, Wechselgeld, zwei Spiegel, eine Schachtel Tic-Tacs, ein Feuerzeug, ein Fläschchen mit Aspirin, ein paar Kondome und eine Pistole mit perlenbesetztem Griff – ergoß sich auf den Boden. Billy T. biß sich auf die Zunge, um nicht laut zu fluchen, denn jetzt bückte sie sich auch noch und klaubte ihre Habseligkeiten auf.

Unter dem Bauch des Porsche liegend, mußte er zusehen, wie ihre Finger herumtasteten und sie die Sachen nebst nicht wenigen Kieselsteinen wahllos in die Handtasche warf.

»Ach, scheiß drauf«, brummelte sie. Mit einem herzhaften Gähnen stand sie auf und verschwand im Haus.

Billy T. wartete noch eine gute halbe Minute, ehe er seine Arbeit fortsetzte.

9

Wie jeden Sonntag morgen hatte sich fast ganz Innocence in einer der drei Kirchen versammelt und führte seine feinsten Kleider vor. Zu den wenigen Ausnahmen gehörte Tucker. Er zog es vor, ausgestreckt auf seinem Bett zu liegen und vor sich hin zu dösen.

Er liebte die Friedhofsstille, wenn seine Geschwister noch schliefen oder die Sonntagszeitung studierten und Della in der Stadt war.

Zu Lebzeiten seiner Mutter hatte es dergleichen nicht gegeben. Da war die Familie frisch gewaschen und im Sonntagsstaat gesammelt in die Kirche marschiert, wo sie in der vordersten Bank ihre Sitze hatte. Nach dem Gottesdienst hatte man sich mit Bekannten über die Predigt unterhalten, Nachrichten über die Ernte und den neuesten Klatsch ausgetauscht und Neugeborene bewundert. Wer fortgezogen war und bei seinen Eltern auf Besuch weilte, war stolz herumgezeigt worden, während die Heranwachsenden, allen voran Tucker, die Gelegenheit zu einem Flirt genützt hatten.

Rechtzeitig zum Mittagessen waren sie alle heimgefahren: glasierter Schinken, Süßkartoffeln, selbstgebackene Biskuits, in Bratenfett schwimmende grüne Bohnen und hin und wieder Pekannußkuchen. Und stets hatte seine Mutter für frische Blumen auf dem Tisch gesorgt.

Ihr zuliebe hatte sein Vater an Sonntagen auf Alkohol verzichtet – vor Sonnenuntergang zumindest. Darum nahmen sich diese langen Sonntagnachmittage in Tuckers Erinnerung auch so friedlich, so verträumt aus. Vielleicht erklärte er im Nachhinein vieles – jedenfalls war es dann eine tröstliche Illusion.

Ein Teil Tuckers sehnte sich nach diesen vergangenen

Zeiten. Andererseits sprach aber auch wirklich nichts gegen das Dösen in einem stillen Haus, wenn drinnen nur der Ventilator surrte, draußen die Vögel friedlich zwitscherten und man selbst sich in dem schönen Gefühl wiegen konnte, daß absolut nichts zu erledigen anstand.

Ein vorfahrender Wagen störte Tucker jedoch in seiner Ruhe. Ärgerlich wälzte er sich auf die andere Seite, was vergessen geglaubte Schmerzen auslöste, und hoffte, der Störenfried werde sich wieder verziehen.

Vergeblich. Als jemand wiederholt unten an der Haustür klopfte, schlug er ein Auge auf. Sonnenstrahlen blendeten ihn. Er überlegte kurz, ob er sich taub stellen sollte, aber da Josie im anderen Flügel des Hauses schlief und Dwayne nach dem Rausch von gestern wohl noch nicht ansprechbar war, mußte wohl oder übel er den Besucher empfangen.

»Ich will schlafen!« rief er und zog das Kissen über beide Ohren.

Das Klopfen hörte auf. Tucker wollte sich schon zu seinem Erfolg beglückwünschen, da vernahm er Burkes Stimme unter seinem Fenster.

»Tucker, gib deinen müden Knochen mal einen Ruck! Ich muß mit dir sprechen. Es ist wichtig, hörst du?«

»Alles ist immer wichtig«, brummte Tucker und kletterte aus dem Bett. Ein stechender Schmerz schoß ihm in die Schulter. Nackt wie er war, trat er auf die Loggia.

»Ja, um Gottes Willen!« Burke drückte eine Zigarette aus und musterte nachdenklich Tuckers Körper, der immer noch aussah wie die Handpalette eines Malers. Vorherrschend waren die Farben Schwarz, Blau, Grün und Gelb. »Mann, der hat dich ja ganz schön zugerichtet.«

»Hast du mich deswegen geweckt, um mir diese aufregende Neuigkeit mitzuteilen?«

»Komm raus, dann verrate ich dir den Grund. Aber zieh dir vorher was an, sonst buchte ich dich wegen Erregung öffentlichen Ärgernisses ein.«

»Leck mich am Arsch, Sheriff.« Tucker stolperte in sein Zimmer zurück und stieg nach einem wehmütigen Blick auf das zerwühlte Bett in eine dünne Baumwollhose. Dazu setzte er noch eine Sonnenbrille auf, mehr Kleidung erachtete er nicht für nötig.

Da er an diesem Morgen alles andere als gut auf Burke zu sprechen war, machte er noch einen Umweg auf die Toilette. »Noch nicht einmal einen Kaffee darf ich trinken!« schimpfte er beim Betreten der Veranda.

Burke hatte es sich auf dem Schaukelstuhl bequem gemacht. Den frisch polierten Schuhen nach zu urteilen, war er direkt vom Gottesdienst gekommen.

»Tut mir leid, daß ich dich so früh aus den Federn reiße. Ist ja erst Mittag.«

»Gib mir wenigstens eine Zigarette.«

Burke war so freundlich und wartete, bis Tucker sein Ritual hinter sich gebracht hatte. »Und du glaubst wirklich, du gewöhnst dir das Rauchen ab, wenn du die Spitzen abschneidest?«

»Langfristig schon.« Tucker sog den Rauch ein und stieß ihn langsam wieder aus. Nach dem zweiten Zug fühlte er sich geringfügig besser und setzte sich nun ebenfalls. »Also, was führt dich zu nachtschlafender Zeit hierher?«

»Ich habe mich heute morgen mit Doktor Rubinstein unterhalten. Er saß beim Frühstück im Chat 'N Chew und hat mich reingewunken. Er wollte mich über ein paar Sachen aufklären. Vor allem wollte er wohl Burns eins auswischen. Den Kerl kann er genausowenig ausstehen wie ich. Inzwischen hat er mein Büro total in Beschlag genommen, der Burns, meine ich. Kann nicht gerade behaupten, daß mir das paßt.«

»Du hast mein vollstes Verständnis. Kann ich jetzt wieder ins Bett zurück?«

»Tucker, es ist wegen Edda Lou.« Burke befingerte nervös seinen Sheriffstern. Ihm war klar, daß er Interna nicht an Außenstehende weitergeben durfte, zumal an Leute wie Tucker, der nach wie vor vom FBI verdächtigt wurde. Aber die lange Freundschaft galt in seinen Augen mehr als das Gesetz. »Sie hatte nichts im Bauch, Tuck.«

»Hä?«

»Sie war nicht schwanger. Das kam bei der Autopsie heraus. Ich dachte mir, du hast ein Recht, das zu erfahren.«

Ein ohrenbetäubendes Dröhnen stieg in Tuckers Kopf. Benommen starrte er auf seine Zigarette und wiederholte langsam, jede Silbe betonend: »Sie war nicht schwanger?«

»Nein.«

»Ganz sicher?«

»Rubinstein ist ein Fachmann, und er sagt nein.«

Mit geschlossenen Augen lehnte Tucker sich zurück und fing an zu schaukeln. Ihm dämmerte, daß ein Großteil seiner Schuldgefühle von dem Kind herrührten. Aber es gab gar keins, hatte nie eins gegeben, und seine Trauer verwandelte sich urplötzlich in rasende Wut.

»Sie hat mich angelogen.«

»Das stimmt wohl.«

»Sie hat sich vor all den Leuten hingestellt und mir ins Gesicht gelogen.«

Burke, der sich jetzt überflüssig vorkam, erhob sich. »Ich wollte es dir nur sagen. Es wäre unfair gewesen, wenn du die ganze Zeit geglaubt hättest … na ja … ich finde, du hast ein Recht, es zu wissen.«

Tucker nickte nur stumm. Mit geschlossenen Augen blieb er sitzen, bis er hörte, wie Burkes Wagen ansprang und das Motorbrummen sich auf der langen, gewundenen Auffahrt entfernte.

Schwarzer, gräßlicher Zorn sammelte sich in seiner Magengrube, stieg ihm in blubbernden Blasen in die Kehle und sorgte für einen nachhaltig bitteren Geschmack im

Mund. Tucker kannte diese Anzeichen. Zu einer anderen Zeit hätte er Angst davor bekommen.

Er wollte irgend etwas packen, zerschlagen, zerfetzen, in den Staub treten.

Auf einmal sprang er aus dem Stuhl und jagte ins Haus und die Treppen hinauf in sein Zimmer. Dort schleuderte er zuerst eine Lampe gegen die Wand. Dann schnappte er seine Schlüssel, riß sein Hemd von der Stuhllehne und zwängte sich beim Hinausgehen in einen Ärmel.

»Tuck?« Mit verquollenen Augen stolperte Josie ins Treppenhaus. »Tuck, warte, ich muß dir was sagen.«

Er stürmte wortlos an ihr vorbei. Sie rannte ihm nach. Beim Wagen erreichte sie ihn. Er riß gerade die Tür auf.

»Tucker, was ist denn los mit dir?«

Er stieß sie weg. »Laß mich in Ruhe!«

»Honey, ich will dir doch bloß helfen. Wir gehören zusammen!«

»Laß mich in Ruhe, hörst du?«

»Laß mich doch bitte was sagen, Tucker!« rief sie unter Tränen. »Mensch, Tucker, gestern war ich mit dem Doktor vom FBI zusammen.« Sie mußte brüllen, um das Dröhnen des Motors zu übertönen. »Edda Lou war gar nicht schwanger! Es hat nie ein Baby gegeben! Sie wollte dich bloß reinlegen, so wie ich's dir gesagt habe!«

Sein Kopf fuhr zu ihr herum, und wütende Blicke bohrten sich in ihre Augen. »Ich weiß.« Kieselsteine spritzten auf, und der Porsche schoß die Auffahrt hinunter.

Mit einem Schmerzensschrei griff sich Josie ans Schienbein. Sie hatte einen Stein abbekommen. Frustriert packte sie eine Handvoll Kiesel und warf sie dem Wagen nach.

»Herrgott im Himmel, was ist'n das für'n Krach?« In der Tür zur Terrasse stand schwankend Dwayne und rieb sich die Augen.

»Ach, nichts«, seufzte Josie und erklomm langsam die

Stufen zur Veranda. Im Moment konnte sie nichts für Tucker tun, aber Dwayne hatte ihre Hilfe bitter nötig. »Komm mit, Liebling. Jetzt machen wir uns erst mal einen anständigen Kaffee.«

Das Lenkrad vibrierte unter Tuckers Hand. Mit Vollgas raste er in Richtung Stadt und kümmerte sich nicht darum, daß das Heck ausschwenkte und die Reifen kreischten.

Damit kam sie ihm nicht davon. Unentwegt wiederholte er sich das. Damit kam sie ihm nicht davon. Er biß die Zähne aufeinander und trat das Gaspedal bis zum Boden durch. Er wußte weder, wohin er fuhr, noch, was er überhaupt tun würde. Aber etwas tun mußte er. Und zwar auf der Stelle.

Seine Hand schloß sich fester um das Lenkrad, denn gleich kam die Kurve mit der Abzweigung zur Farm der McNairs. Doch er konnte drehen, soviel er wollte, der Wagen schoß wie ein Pfeil geradeaus weiter. Fluchend trat er auf die Bremse, die sich als genauso nutzlos erwies.

Unter dem Schutz des breitkrempigen Sonnenhuts ihrer Großmutter nahm Caroline die üppig wuchernde Hecke am Wegrand in Angriff. Trotz der Hitze und ihrer bereits schmerzenden Arme fühlte sie sich blendend. Mit der messerscharfen Heckenschere mit dem schön altmodischen Holzgriff ging die Arbeit ja wie von selbst. Dazu trug sie zum Schutz gegen mögliche Blasen Handschuhe. Während Caroline also die Hecke stutzte, stellte sie sich vor, daß ihre Großmutter vor Jahren genau wie sie ausgesehen haben mußte.

Caroline wußte, daß sie warten und die Arbeit Toby hätte überlassen können. Die prompte Reparatur ihrer Fenster hatte sie so beeindruckt, daß sie ihn für alle möglichen anfallenden Handwerkstätigkeiten eingestellt hatte. Dennoch verschaffte es ihr ein Erfolgserlebnis, selbst etwas zu vollbringen. Nur sie, ihre Arbeit, die Sonne und die vom Gesang der Vögel erfüllte Mittagsluft waren da.

Was wollte sie mehr? Kurz hielt sie inne und rieb sich die schmerzende Schulter.

Das Aufheulen eines Motors störte die friedliche Stimmung. Das konnte nur Tucker sein. Den starken Motor seines Wagens kannte sie inzwischen.

Irritiert stemmte sie die Hände in die Hüften. Irgendwann würde er seinen Schlitten um einen Baum wickeln und im Krankenhaus landen. Wenn er demnächst zu ihr kam, würde sie es ihm gleich unter die Nase reiben. Der Mann war ja …

Ein jähes Reifenkreischen riß Caroline aus ihren Gedanken. Ein gräßlicher Schrei folgte. Noch ehe sie Glas bersten hörte, rannte sie los.

Die Schere fiel ihr aus der Hand. Über den heulenden Motor erhob sich Carl Perkins' Stimme mit seiner eindringlichen Warnung vor ›Blue Suede Shoes‹.

»Um Gottes Willen!« Caroline sah zunächst nur Furchen im Gras, dann den Porsche. Er hatte sich in den Pfosten verkeilt, an dem vor wenigen Augenblicken noch ihr Briefkasten gehangen hatte. Auf der Straße verstreut liegende Glassplitter funkelten im Sonnenlicht wie Diamanten. Jetzt erst erblickte sie Tucker. Die Stirn ans Lenkrad gepreßt, hockte er in seinem Sitz. Kreischend rannte sie auf ihn zu. »Tucker! O Gott, Tucker!«

Was konnte sie nur tun? Ihn aus dem Wagen zerren? Ihn liegen lassen? Sie berührte mit sanfter Hand seine Wange und stieß einen Schreckensschrei aus, denn sein Kopf fuhr ruckartig hoch.

»Scheiße!«

»Du Idiot!« schluchzte sie. »Ich dachte, du wärst tot! Das hättest du auch verdient, so wie du fährst! Im Wagen führst du dich ja schlimmer auf als ein Halbstarker. Wie kannst du …«

»Sei still, Caro!« Er fuhr sich mit zitternder Hand an die Schläfe und stellte fest, daß sie blutete.

Sie riß die Tür für ihn auf. »Wenn du nicht verletzt

wärst, würde ich dir eine runterhauen!« Statt dessen beugte sie sich über ihn und half ihm aus dem Porsche.

»Sei vorsichtig. In meiner momentanen Stimmung würde ich zurückschlagen.« Tucker wurde schwindlig. Er mußte sich auf den hinteren Kotflügel, der den Unfall unbeschädigt überstanden hatte, stützen. »Mach bitte das Radio aus, ja? Und zieh den Schlüssel ab.«

Sie folgte wutschnaubend. »Den Briefkasten hast du mir kaputtgemacht. Es ist ja nur ein Glück, daß dir kein anderer Wagen im Weg war.«

»Morgen kaufe ich dir einen neuen.«

»Sachen ersetzen, das fällt dir leicht, was?« Nach der überstandenen Angst überschlug sich ihre Stimme. Dennoch legte sie die Hand um seine Hüfte. Ohne ihre Hilfe wäre er vermutlich umgekippt. Immer noch schimpfend, führte Caroline ihn zu ihrem Haus.

Die spitzen Kieselsteine erinnerten ihn schmerzhaft daran, daß er keine Schuhe anhatte. »Warum so böse, Caroline?«

Etwas an seiner Stimme – nicht der Zorn, sondern etwas Klägliches – ließ sie aufhorchen. »Du kannst dich ruhig richtig auf mich stützen«, murmelte sie. »Ich bin nicht so schwach, wie ich aussehe.«

»Du siehst aus, als könnte die nächste Boe dich fortwehen.« Das Haus verschwamm vor seinen Augen. Kurz fühlte er sich einer Ohnmacht nahe. Er blinzelte, was ihm so weh tat, daß er wieder klar im Kopf wurde. »Komisch, früher haben mir zierliche Frauen nie gefallen ...«

»Soll ich mich jetzt geschmeichelt fühlen?«

»Aber zerbrechlich bist du ja nicht. Du hältst sogar eine Menge aus. Und jetzt bist du stinksauer auf mich. Aber bitte warte noch ein bißchen mit dem Schreien.«

»Warum sollte ich schreien?« Seine hohle Stimme verriet ihr, daß er jederzeit umkippen konnte. Sieh zu, daß er sich ärgert, redete sie sich zu. Hauptsache, das Adrenalin steigt. »Was geht es mich an, wo du deinen Wagen zu

Schrott fährst? Aber mußte es ausgerechnet auf meinem Grundstück sein?«

»Das nächste Mal werde ich's beherzigen, Honey. Ich muß mich hinsetzen.«

»Wir sind schon fast auf der Veranda. Dort kannst du dich setzen.«

»Ich mag's nicht, wenn Frauen mich rumkommandieren.«

»Dann bin ich ja fein raus.« Sie hatten die Stufen zur Veranda geschafft. Da er sich immer noch aufrecht hielt, schleppte sie ihn weiter ins Wohnzimmer.

»Du hast doch gesagt, ich ...«

»Dann habe ich eben gelogen.«

Er lachte verbittert auf. »Das tun Frauen ja immer.«

»So, jetzt darfst du dich setzen.« Sie setzte ihn auf die Couch mit dem Einschußloch, half ihm, die Füße hochzulegen und klemmte ein Kissen zwischen seinen Kopf und die Lehne. »So, jetzt rufe ich erst Doc Shays an, und danach wasche ich dir das Blut weg.«

»Bitte keinen Arzt. Es ist ja nur eine Beule, und so was bringt mich nicht um.«

»Aber es könnte eine Gehirnerschütterung sein.«

»Und tausend Sachen mehr. Er würde mir nur eine Spritze geben, und wenn ich etwas hasse, dann sind es Spritzen.«

Da Caroline Tuckers Vorbehalte gegen Spritzen teilte, verstand sie ihn nur zu gut. So schlimm sah die Beule schließlich auch nicht aus. Außerdem wirkte er klar im Kopf. »Okay, dann wasche ich dich nur, und danach sehen wir weiter.«

»Schön. Wie wär's mit einem Eimer voll Eis und einer Flasche Bier darin?«

»Eis, ja, Bier, nein. So, jetzt bitte stillhalten.«

»Bei der Frau krieg ich ums Verrecken kein Bier«, murmelte Tucker. »Da verblute ich hier so vor mich hin, und sie meckert in einem fort an mir herum.«

»Ich habe gute Ohren, Tucker!« rief sie aus der Küche.

Seufzend schloß Tucker die Augen und schlug sie erst wieder auf, als Caroline ihm einen nassen, kalten Lappen auf die Stirn legte. »Wieso trägst du eigentlich diesen häßlichen Hut?«

»Er ist überhaupt nicht häßlich.« Erleichtert stellte sie fest, daß die Wunde über dem Auge nicht sehr tief war.

»Honey, du kannst ja tragen, was du willst, aber ich sehe ihn, und ich sage dir, daß er häßlich ist.«

»Von mir aus.« Ärgerlich fegte sie ihn vom Kopf. Dann nahm sie vom Kaffeetisch, auf dem sie eine ganze Batterie Medikamente aufgereiht hatte, ein Fläschchen Jod.

Tucker beäugte es mißtrauisch. »Bitte nicht.«

»Hasenfuß.«

Lächelnd ergriff er ihr Handgelenk. »Ich finde dich wirklich toll, mein Herz.«

»Damit kannst du dich nicht bei mir einschmeicheln.« Sie öffnete das Fläschchen mit der anderen Hand und träufelte ein paar Tropfen auf die Wunde. Er stieß einen wüsten Fluch aus. »Hab dich nicht so, Tucker.«

»Du könntest wenigstens ein bißchen drüberblasen.«

Das tat sie dann auch. Er ließ ihr Handgelenk los und streichelte ihren Schenkel. Nach einem letzten kühlenden Hauch stieß sie seine Hand fort.

»Mensch, hast du denn gar kein Mitleid mit einem Schwerverletzten?«

Caroline nahm eine Mullbinde vom Tisch. »Stillhalten. Ich muß dir einen Verband anlegen. Aber wenn du wieder an mir herumfummelst, wickele ich dir den ganzen Kopf damit ein.«

»Jawohl, Ma'am.« Sie ging sanft zu Werke, und er hätte sich auch ganz wohl gefühlt, hätten in seinem Kopf nicht solche Schmerzen getobt.

»Hast du dir sonst noch irgendwo weh getan?«

»Keine Ahnung. Sieh doch nach.«

Ohne weiter auf sein Feixen zu achten, knöpfte sie ihm

das Hemd auf. »Hoffentlich lehrt dich das … Oh, o Gott, Tucker!«

Er riß die Augen auf. »Was? Was denn?«

»Du bist ja überall grün und blau …«

Er hatte sich von dem Schreck schon wieder erholt. »Ach, das ist von Austin.«

»Das sieht ja schlimm aus! Der Mann gehört eingesperrt!«

Er mußte grinsen. »Er sitzt ja schon hinter Schloß und Riegel. Carl hat ihn doch abgeholt.«

»O Mann, der hat dich ja ganz schön zugerichtet.« Sie strich vorsichtig über seine Blutergüsse.

»Lächelnd ist er aber auch nicht gerade weggegangen«, verkündete Tucker nicht ohne Stolz.

»Das geschieht ihm nur recht. Ach, ihr Männer seid alle verrückt.«

Tucker richtete sich auf. »Ich hab ja nicht angefangen. Er hat Streit gesucht.«

»Ach, sei still und schluck das.« Sie hielt ihm eine Tablette vor den Mund.

»Was ist das?«

»Etwas, dem deine Kopfschmerzen garantiert nicht gewachsen sind. Dir brummt doch der Schädel, oder?«

Dankbar ergriff er die Tablette. Bevor er sie schluckte, las er jedoch das Etikett auf dem Fläschchen. Es konnte ja sein, daß er Doc Shays um mehr bitten mußte. »Kann ich jetzt ein Bier haben?«

»Nein.«

Na, von mir aus. Dann tu mir aber bitte einen Gefallen und ruf Junior Talbot an. Er soll den Wagen abschleppen.«

»Ich kümmere mich darum. Aber schlafe mir ja nicht ein. Falls du doch eine Gehirnerschütterung hast, mußt du unbedingt wach bleiben.

»Warum?«

»Keine Ahnung«, erwiderte sie genervt. »Die Ärzte sagen es halt immer.«

»Okay. Ich verspreche dir, daß ich nicht einschlafen werde, wenn du gleich zurückkommst und mir die Hand hältst.«

»Wenn du einschläfst, rufe ich sofort Doktor Shayes an und sage ihm, er soll mit seiner längsten Spritze kommen.«

»O Gott, bist du hart!« Aber seine Lippen kräuselten sich zu einem Lächeln.

Drei Minuten später kam Caroline mit einer Packung Eiswürfel zurück. »Junior kommt so schnell wie möglich, hat er gesagt.«

Da Tucker nur schläfrig grunzte, legte sie ihm einen Würfel auf die Stirn. Zur Antwort erhielt sie ein dankbares »Aaahhhh!«

»Sag mal, soll ich deine Familie benachrichtigen!«

»Noch nicht.« Della dürfte noch in der Stadt sein. Josie wird erst gar nicht ans Telefon gehen, und Dwayne wird seinen üblichen Kater haben. Außerdem ist es bei uns in der Familie nichts Besonderes, wenn ein Auto zu Schrott gefahren wird.«

Sie runzelte böse die Stirn. »Ihr solltet lieber stricken lernen oder Krocket spielen. Wohin wolltest du überhaupt so schnell?«

»Keine Ahnung.«

»Und deswegen bist du barfuß und mit über hundert Sachen gerast?«

»Du hast einen Hang zum Übertreiben. Es waren höchstens achtzig.«

»Das hätte aber ins Auge gehen können.«

»Irgend jemanden wollte ich ohnehin umbringen.«

Er sah ihr in die Augen. Sie erkannte, daß die Schmerztablette bereits wirkte, doch eine andere Art Schmerz, der weitaus tiefer lag als körperliches Unwohlsein, fiel ihr auf.

»Ist etwas passiert?«

»Sie hatte gar kein Baby«, hörte er sich sagen.

»Wie bitte?«

»Sie war nicht schwanger. Sie hat mich angelogen. Sie hat mir ins Gesicht gesagt, daß sie ein Baby erwartet. Und das war eine Lüge.«

Es dauerte eine Weile, bis Caroline begriff, daß Tucker von der Frau redete, die sie im Teich gefunden hatte. »Oh, das tut mir leid.« Sie wußte nicht so recht, wie sie reagieren sollte. Verlegen faltete sie die Hände im Schoß.

Er wiederum fragte sich, warum er es ihr erzählte, aber nachdem er damit angefangen hatte, sprudelte es aus ihm heraus. »Das war es ja, was in der letzten Zeit so an mir genagt hat. Einmal hat sie mir etwas bedeutet. Es war nicht die große Liebe, aber immerhin ... Und wenn ich daran dachte, daß nicht nur sie gestorben ist, sondern auch ein Teil von mir, dann ... Aber es war gar kein Teil von mir in ihr. Sie hatte nur gelogen!«

»Vielleicht war es ein Irrtum. Sie kann ja geglaubt haben, sie sei schwanger.«

Er lachte bitter auf. »Ich hatte fast zwei Monate nicht mehr mit ihr geschlafen. Frauen wie Edda Lou passen schon auf sich auf. Die wußte ganz genau, was los war.« Er schloß die Augen für einen Moment. »Warum rege ich mich nur so auf? Sie hat gelogen, aber das bedeutet, daß kein Baby gestorben ist, und ich brauche mir deswegen kein schlechtes Gewissen mehr zu machen.«

Caroline hatte seine Hand ergriffen. Nun führte sie sie sogar an ihre Wange. Plötzlich wurde ihr klar, daß unter seiner glatten Oberfläche tiefe Gefühle verborgen lagen, die nur mit Mühe den Weg ans Tageslicht fanden. Und der Teil in ihr selbst, der für ihn weich geworden war, würde sich nie wieder verhärten.

»Manchmal verletzt uns das, was hätte sein können, mehr als das, was ist.«

Er drehte die Handfläche um, so daß ihre Hände sich ineinander verschlossen. »Ich glaube, du hast genau verstanden, was ich meine.«

Sie lächelte ihn an und ließ ihn widerspruchslos ihre Knöchel küssen. »Das stimmt.« Behutsam entzog sie sich ihm schließlich doch. »Ich geh mal nachsehen, ob Junior schon da ist.«

So schnell wollte Tucker sie aber nicht loslassen. Er richtete sich mühselig auf. »Wir können ja gemeinsam gehen. Du mußt mich nur ein bißchen stützen.«

Caroline sah auf seine ausgestreckte Hand hinab. Wie dumm sie doch war, wenn sie glaubte, er verlange zuviel von ihr. Sollte sie ihm wirklich in diesem einen Augenblick, in dem es ihm schlecht ging, die Hilfe verweigern? Noch einmal ergriff sie seine Hand und hielt sie fest umschlossen.

10

Junior Talbot kletterte aus seinem Abschleppwagen, nahm seine Baseballmütze ab und kratzte sich nachdenklich am Kopf. Ohne auf die unter seinen Arbeitsschuhen knirschenden Glassplitter zu achten, schlurfte er zunächst einmal um den demolierten Porsche herum und stellte fest: »Sieht ganz so aus, als hättest du da ein Problem, Tucker.«

»Kommt mir auch so vor«, stimmte Tucker zu. »Sag mal, hast du einen Glimmstengel übrig?«

»Ich denke schon.« Junior zog eine Packung Zigaretten aus der Brusttasche seines verschmierten Overalls und tippte dagegen, bis eine herausrutschte. Nachdem Tucker sie genommen hatte, zog er auch eine für sich heraus und steckte die Packung wieder ein. Mit der Zigarette im Mundwinkel musterte er den demolierten Kotflügel. Nach längerem Schweigen meinte er: »War mal'n hübsches Auto.«

Tucker wußte, daß Junior nicht zu den schadenfrohen Zeitgenossen gehörte. Es war eben seine Art, das Offensichtliche festzustellen. Tucker beugte sich über den Wagen, öffnete das Handschuhfach, fand dort eine Streichholzschachtel, zündete seine Zigarette an und bot Junior ebenfalls Feuer an. »Aber in Jackson können sie ihn vielleicht wieder herrichten, oder?«

Das ließ sich Junior eine Weile durch den Kopf gehen, ehe er erwiderte: »Wahrscheinlich schon. Kann allerdings sein, daß der Rahmen sich verzogen hat. Aber selbst dafür haben sie seit neuestem ein Gerät. Vor ein paar Jahren noch hättest du die Kiste wegwerfen müssen.«

»Tja, den Fortschritt kann keiner aufhalten«, erwiderte Tucker mit einem breiten Grinsen.

Caroline fragte sich langsam, ob sie den beiden Klappstühle bringen sollte, damit sie es etwas bequemer hatten.

»Aber eins will mir nicht in den Kopf«, fuhr Junior fort. »Du bist doch weit und breit der beste Fahrer. Wie konntest du da den Pfosten abrasieren?«

»Das war so«, erklärte Tucker nach einem tiefen Zug. »Der Wagen hat sich irgendwie selbständig gemacht. Das Lenkrad hat mir einfach nicht mehr gehorcht.«

Junior paffte mit einem bedächtigen Nicken vor sich hin. Nach einer Weile kam er zu der Feststellung. »Aber so wie's aussieht, hast du auch nicht gebremst.«

»Doch, aber da war kein Widerstand.«

In Juniors Augen blitzte etwas auf. Bei jedem anderen hätte er nur mit den Achseln gezuckt, aber wenn Tucker so etwas sagte, dann mußte es stimmen. »Na, wenn das kein Rätsel ist ... Lenkrad kaputt, Bremse kaputt ... und dabei war die Kiste doch bloß ein halbes Jahr alt, oder?«

»Richtig.«

»Dann wollen wir uns das Ganze doch mal anschauen.«

»Wäre nett von dir, Junior.«

Während Junior zu seinem Abschleppwagen zurücktrottete, sah Caroline Tucker besorgt an. »Ist dir noch schwindlig?«

Er fühlte sich wieder gut, weil er aber ihre Zuwendung nicht verlieren wollte, antwortete er mit einem tapferen Lächeln: »Ein bißchen noch, aber das geht bald vorüber.« Er verkniff sich ein Grinsen, als sie einen Arm um seine Hüfte legte, um ihn zu stützen.

»Heute strengst du dich nicht mehr an«, befahl sie. »Ich bringe dich heim.«

Heim sollte er? Ausgerechnet jetzt, da sich endlich die ersten Fortschritte einstellten! »Vielleicht lege ich mich bei dir noch ein bißchen auf die Couch, bis ich wieder ganz bei Kräften bin ...«

Sie schwankte, das sah er ganz genau, doch im nächsten Moment dröhnte eine Hupe los. Tucker unterdrückte einen Fluch, denn Dwaynes weißer Cadillac schoß auf sie zu und kam mit quietschenden Reifen mitten in der Auffahrt zum Stehen. Dwayne hatte sich noch nicht rasiert, und seine Haare standen in alle Richtungen ab.

»Menschenskinder, was machst du denn für Sachen?«

Mit einem Blick vergewisserte er sich, daß Tucker wohlauf war und widmete seine Aufmerksamkeit dem demolierten Wagen, den Junior gerade an den Abschlepphaken hängte.

»Bist du auf Spazierfahrt, Dwayne?«

»Nein. Crystal hat angerufen. Die halbe Stadt weiß schon Bescheid. Du kannst von Glück reden, daß Josie nicht an den Apparat gegangen ist. Was meinst du, was du von der zu hören gekriegt hättest ... Aber sag mal, Tuck, wie hast du es bloß geschafft, dein hübsches, kleines Spielzeug so plattzumachen?«

Caroline platzte nun endgültig die Hutschnur. »Seien Sie froh, daß es nicht schlimmer ausgegangen ist!« giftete sie Dwayne an. »Aber zum Glück hat nur sein Betonkopf ein paar Schrammen abbekommen. Ich verstehe ja, daß Sie sich um den Gesundheitszustand Ihres Bruders sorgen, aber lassen Sie mich Ihnen versichern: Er ist mit dem Schrecken davongekommen.«

Junior unterbrach seine Arbeit und vergaß vor lauter Staunen, an seiner Zigarette zu ziehen, Dwayne gaffte Caroline entgeistert an, und Tucker biß sich auf die Lippen, um nicht laut loszuplatzen. Sie war also doch verrückt nach ihm.

»Das habe ich schon bemerkt, Ma'am«, flötete Dwayne in seinem höflichsten Tonfall. »Ich bin ja nur gekommen, um ihn heimzufahren.«

»Ihr seid ja alle ein Muster an Fürsorglichkeit.«

»Tja, wir halten eben zusammen.« Trotz seiner blutunterlaufenen Augen sah Dwaynes Gesicht charmant aus, als er lächelte.

Caroline gab sich geschlagen. »Leute wie euch habe ich im ganzen Leben noch nicht kennengelernt.«

»Ich bin fertig, Tuck!« rief Junior. »Sobald ich mehr weiß, sage ich dir Bescheid.«

»Das ist nett von dir, danke.«

Als Junior losfuhr, wandte Tucker sich ab. Er konnte einfach nicht mit ansehen, wie sein schöner Wagen abgeschleppt wurde.

»War nett, Sie mal wieder zu sehen«, sagte Dwayne im Gehen. »Komm schon, Tuck. Im Fernsehen läuft ein Baseballspiel. Es reicht, wenn ich den ersten Durchgang verpasse.«

»Gleich!« rief Tucker und wandte sich noch einmal Caroline zu. »Danke fürs Verpflegen. Und fürs Zuhören. Ich wußte gar nicht, daß ich auch eine gute Zuhörerin nötig hatte.«

Sie begriff, daß er es aufrichtig meinte. Das sonst so spöttische Funkeln in seinen Augen fehlte diesmal. Und sein Tonfall war alles andere als ironisch. »Aber das war doch eine Selbstverständlichkeit.«

»Trotzdem möchte ich mich revanchieren. Ich möchte dich für heute abend zum Essen einladen.« Da sie Anstalten machte, den Kopf zu schütteln, nahm er ihr Kinn zwischen zwei Finger. »Ich möchte, daß du mich in einem anderen Licht kennenlernt als bisher. Und ich möchte dich ganz einfach sehen. Punktum.«

Carolines Herz setzte einen Schlag aus, doch sie entgegnete schließlich mit fester Stimme. »Von Männern habe ich fürs erste die Nase voll, Tucker, und zwar ohne Ausnahme.«

»Nachbarn am Sonntag zum Dinner einzuladen ist bei uns auf dem Land ein alter Brauch.«

Sie mußte unwillkürlich lächeln. »Na gut, gegen gutnachbarschaftliche Beziehungen habe ich nichts einzuwenden.«

»Mensch, Tuck, gib ihr endlich einen Kuß und steig ein!«

Lächelnd fuhr Tucker ihr mit dem Daumen über die Lippen. »Das läßt sie ja nicht zu, Dwayne. Noch nicht. Also, bis gegen fünf, Caro. Ich zeige dir dann Sweetwater.«

»Einverstanden.«

Sie sah ihm nach, wie er zu dem weißen Cadillac schlenderte und auf der Beifahrerseite einstieg. Im Vorbeifahren lächelte er sie noch einmal an, dann verschwand der Wagen um die Kurve.

»Mensch, da lasse ich in der Stadt alles stehen und liegen, weil ich glaube, du hast dir den Schädel gebrochen – und dann eröffnest du mir, du erwartest Besuch!« Wütend ließ Della das Nudelholz auf den Teig für den Auflauf krachen. »Jetzt weiß ich nicht einmal, wieviel wir eingenommen haben. Susie Truesdale hat allein weitergemacht, aber die hat von Verkaufen doch keine Ahnung!«

Da Tucker diese Tirade nun schon seit drei Stunden über sich ergehen lassen mußte, entschloß er sich endlich zum Handeln. Er zog einen Zwanzigdollarschein aus der Tasche und knallte ihn auf den Tisch. »Da. Das ist mein Beitrag für euren Wohltätigkeitsmarkt.«

»Pffhh!« schnaubte Della, nahm aber mit geschickten Fingern den Schein an sich und ließ ihn in die Schürzentasche gleiten. Doch sie war alles andere als fertig mit Tucker. »Ich dachte, mich trifft der Schlag, als Earleen mit der Nachricht gekommen ist, daß dein Wagen nur noch Schrottwert haben soll. Ich hab dir ja gleich gesagt, daß das ausländische Zeug nichts taugt. Und dann fällt dir nichts Besseres ein, als am Tag des Herrn wie ein Henker zu fahren. Und ich Närrin rase Hals über Kopf heim, weil ich mir solche Sorgen um dich mache – und was höre ich? Du hast jemanden zum Essen eingeladen! Und dann muß es auch noch Ediths Enkelin sein! Wo ich Edith doch so gemocht habe. Und sie hat mir erzählt, daß die Kleine schon in Paris war, und im Buckingham Palast, und mit unserem Präsidenten im White House gegessen hat. Und ich hatte noch nicht einmal Zeit, das Tafelsilber zu polieren. Aber es kommt heute auf den Tisch! Deine Mutter selig würde sich sonst im Grabe umdrehen!« Erschöpft wischte sich Della den Schweiß aus dem Gesicht. »Und du läßt mich schuften und glaubst wohl, das Essen kocht sich von allein. Typisch Männer.«

»Helfe ich dir etwa nicht?« knurrte Tucker, ohne von der Kartoffel aufzuschauen, die er gerade schälte.

»Und was für eine Hilfe du bist! Du schneidest die halbe Kartoffel mit weg und verdreckst mir den Boden!«

»Herrgott im Himmel!«

»Zieh mir in meiner Küche ja nicht den Namen des Herrn in den Schmutz! Noch dazu am Sonntag!«

»Ich wische ja auch den Boden, Della.«

»Das wirst du auch tun. Aber nicht mit meinem Geschirrlappen!«

»Nein, nein, Ma'am.« Es war wohl an der Zeit, schwerere Geschütze aufzufahren. Tucker stellte die Schale mit den Kartoffeln in die Spüle und legte einen Arm um Dellas Hüfte. »Ich wollte mich doch bloß erkenntlich zeigen, weil Caroline mich verarztet hat.«

»Ich habe doch gesehen, wie hübsch sie ist«, brummelte Della. »Da kann ich mir schon vorstellen, wie du dich erkenntlich zeigst.«

»Ich will nicht leugnen, daß der Gedanke mir auch durch den Kopf gegangen ist«, meinte er grinsend.

»Durch die Unterhose, willst du sagen!« versetzte Della, aber sie konnte sich ein Lächeln kaum noch verkneifen. »Ist sie nicht ein bißchen dürr für deinen Geschmack?«

»Ach, bei deinen Kochkünsten nimmt sie bestimmt bald ein paar Pfund zu. Und weil du die beste Köchin weit und breit bist, wollte ich sie ein bißchen mit deinem überbackenen Schinken beeindrucken.«

»Na ja, ich wäre die letzte, die ihr was halbwegs Anständiges mißgönnt ...«

»Was halbwegs Anständiges? Im Weißen Haus bekommt sie nichts Besseres!« rief Tucker und kniff Della liebevoll in die Wange.

Schmunzelnd schob sie seine Hand fort. »Wenn ich nicht fertig werde, bekommt sie gar nichts. Jetzt wirf die Kartoffeln ins kochende Wasser und dann schieb ab. Du stehst mir nämlich mehr im Weg, als du mir hilfst.«

»Jawohl, Ma'am!« Tucker drückte ihr noch einen dikken Kuß auf die Wange und verschwand im Wohnzimmer, wo Dwayne vor dem Fernseher hockte. Das Baseballspiel lief immer noch.

»Du könntest dich auch mal wieder rasieren.«

»Jetzt, wo es um die Wurst geht? Na gut von mir aus.«

Zufrieden ging Tucker nach oben. Er wollte gerade in sein Zimmer treten, da rief Josie: »Tucker? Bist du es, Honey?«

»Ich will mich duschen.«

»Kannst du mir vorher bei einer Kleinigkeit helfen?«

Ein Blick auf die alte Wanduhr bestätigte ihm, daß er noch eine gute halbe Stunde Zeit hatte, und er schlenderte zum Zimmer seiner Schwester.

Dort sah es aus wie in einem Warenhaus beim Ausverkauf. Blusen, Kleider, Spitzenwäsche, Schuhe lagen über den Boden, das Bett, die Stühle und sogar das Fensterbrett verstreut herum. Er bekam von ihr nur den mit einem roten Morgenrock bedeckten Rücken zu sehen. Den Kopf hatte sie in den großen Kleiderschrank gesteckt, in dem sie nach noch mehr Kleidungsstücken suchte.

Wie immer hing eine Mischung von allen möglichen Parfums, Pudern und Lotionen in der Luft.

Tucker warf einen prüfenden Blick in den Raum und stellte fest: »Du hast ein Rendezvous.«

»Teddy fährt nach Greenville mit mir. Vorher hab ich ihn zum Essen eingeladen. Weil wir sowieso Besuch kriegen, kommt es auf einen mehr oder weniger auch nicht an. Sag, wie findest du das da?«

Sie drehte sich um und hielt sich ein rosa Lederröckchen an die Hüfte.

»Für Leder ist es zu heiß heute.«

Josie zog eine beleidigte Schnute, denn in diesem Minirock kamen ihre Beine am besten zur Geltung. Schließlich warf sie ihn auf den Boden. »Du hast recht. Jetzt weiß ich, was ich brauche! Das kleine rosa Baumwollkleid. Letzten Monat hatte ich es bei einer Gartenparty in Jackson an. Es hat mir einen Heiratsantrag und drei unsittliche Annäherungsversuche eingebracht. Herrgott, wenn ich nur wüßte, wo es ist …«

Tucker sah zu, wie Josie das Chaos auf dem Boden durchwühlte. »Wolltest du Teddy nicht für Crystal ausprobieren?«

»Das habe ich auch. Das Dumme ist nur, ich habe gemerkt, daß er nicht der Richtige für Crystal wäre. Außerdem reist er in ein paar Tagen wieder ab. Das würde ihr doch nur das Herz brechen. Tut dir der Kopf eigentlich noch weh?«

»Nicht übermäßig.«

»Schau!« Sie deutete auf einen kleinen Bluterguß auf ihrer Wade. »Das warst du. Du bist heute früh so schnell davongebraust, daß ich einen Stein abbekommen habe. Jetzt muß ich eine Salbe draufschmieren, wenn ich das Kleid anziehe.«

»Tut mir leid.«

»Ist schon gut. Du warst eben aufgebracht. Aber noch vor der Beerdigung wird der ganze Ort wissen, daß sie gelogen hat.«

Er bückte sich nach einem unter einem Stapel von Kleidern fast verborgenen rosa Stoff und überreichte ihr das Kleid, das sie suchte.

»Oh, danke.« Sie betastete den Verband auf seiner Stirn. Einen Moment lang standen sie nahe beieinander.

Sie teilten weitaus mehr als das Gesicht ihrer Mutter und den Nachnamen. Die Bande zwischen ihnen waren weitaus mehr als Blut. Sie gingen von Herz zu Herz.

»Es tut mir leid, daß sie dir so weh getan hat, Tuck.«

»Mein Stolz hat ein paar Kratzer abbekommen. Sonst war nichts.« Er gab Josie einen sanften Kuß auf die Lippen.

»Du bist viel zu nett zu den Frauen. Da verlieben sie sich bloß immer in dich, und du handelst dir Ärger ein. Wenn du nur ein bißchen gröber mit ihnen umspringen würdest, bliebe dir einiges erspart.«

»Ich werde es beherzigen. Der nächsten Frau sage ich einfach, daß sie häßlich ist.«

»Aber sage auf keinen Fall wieder Gedichte auf!«

»Von wem hast du das?«

»Carolanne hat mir erzählt, daß du Gedichte rezitiert hast, als ihr euch am Lake Village die Sterne angeschaut habt.«

Tucker stemmte die Hände in die Hüften. »Daß ihr Frauen bei der Maniküre auch immer aus dem Nähkästchen plaudern müßt ...«

»Ihr Männer prahlt ja auch beim Bier mit eurem ach so langen Schwanz.«

»Ich mache Frauen nie wieder Komplimente«, knurrte Tucker und rauschte ins Bad.

Caroline war von Sweetwater so beeindruckt, daß sie mitten auf der Auffahrt stehenblieb und staunte. Das in der Nachmittagssonne perlweiß glänzende Haus war mit seiner anmutig geschwungenen Fassade, den filigranen Eisenverzierungen, den schlanken Säulen und den glitzernden Fenstern eine wahre Pracht. Überall blühten Blumen. Sie kletterten die Pergolas empor, überwucherten die mit Ziegeln eingefaßten Beete. Die Luft war durchdrungen vom Duft der Magnolien, Gardenien und Rosen.

Auf dem Rasen vor dem Haus flatterte an einem weißen Mast eine an den Rändern etwas ausgefranste Flagge der Südstaaten.

Im Hintergrund erblickte Caroline hübsche Steingebäude. Sie ahnte, daß einmal die Sklaven dort gewohnt hatten.

Der weitläufige Rasen grenzte an schier unendliche, überaus fruchtbare Baumwollfelder. Inmitten eines dieser Felder sah sie einen vereinzelten Baum stehen, eine Zypresse, die man, sei es aus Faulheit, sei es aus Sentimentalität, nicht gefällt hatte.

Caroline wußte nicht genau warum, aber dieser eine Baum ließ ihr die Tränen in die Augen schießen. Seine Beharrlichkeit, das Erhabene, das er verkörperte, berührten sie im tiefsten Winkel ihres Herzens. Gewiß war er schon im vergangenen Jahrhundert dagewesen und hatte den Aufstieg und Fall des Südens beobachtet, den Kampf um Unabhängigkeit und, letztendlich die Niederlage.

Wie viele Aussaaten mochte er im Frühling erlebt haben und wie viele Ernten im Sommer?

Ihr Blick wanderte zurück zum Haus. Es war ebenfalls ein Symbol für Fortbestand und Wandel, die erhabene Eleganz des ›Grand Old South‹, die im Norden so gern als Behäbigkeit mißverstanden wurde. Seit Generationen hatte es Menschen auf die Welt kommen, leben und sterben sehen. Und nichts brachte das ruhige Mississippidelta aus seinem Rhythmus. Der langsame Puls seiner Kultur und Tradition pochte unbeirrt fort. Der Beweis stand ja vor ihren Augen. Nicht anders verhielt es sich mit dem Haus ihrer Großeltern, ja eigentlich mit ganz Innocence. Caroline wunderte sich, daß ihr das erst jetzt bewußt wurde.

Und als Tucker auf die Veranda trat, fragte sie sich, ob sie auch ihn erst jetzt richtig verstand. Sie legte mit ihrem Auto die letzten Meter zum Haus zurück und stieg vor einem Petunienbeet aus.

»So wie du vorhin im Auto gesessen hast, dachte ich schon, du wolltest wieder zurückfahren.«

»Im Gegenteil! Ich habe mich nur nicht sattsehen können.«

Auch Tucker bekam die Augen nicht voll genug und wartete mit einer Antwort, bis sein Herzschlag sich normalisierte. Caroline trug ein hauchdünnes weißes Kleid, das sich bei einer Brise bestimmt herrlich aufbauschen würde. Zwei schmale Träger hielten es über den Schultern zusammen, ihre Arme waren nackt. Um den Hals hatte sie eine Kette mit glänzenden Steinchen gelegt. Das straff nach hinten gekämmte Haar ließ die Ohren frei. An ihnen baumelten zwei genau zur Kette passende Steinchen. Es gehörte zu den Geheimnissen einer Frau, wie sie ihr Gesicht verändert hatte. Ihre Augen wirkten tiefer und ihre Lippen dunkler.

Als sie die Stufen zu ihm hinaufstieg, bemerkte Tucker einen zarten, verführerischen Hauch von Parfum. Er ergriff mit der linken Hand ihre Rechte und drehte Caroline wie im Tanz langsam im Kreis. Sie lachte belustigt auf. Beim Anblick des tief hinunterreichenden Rückenausschnitts mußte er schwer schlucken.

»Ich muß dir was sagen, Caroline.«

»Ja? Was denn?«

»Du bist potthäßlich. So, das mußte ich unbedingt loswerden.«

»Eine interessante Eröffnung.«

»Meine Schwester hat mich drauf gebracht. Damit die Frauen sich nicht gleich in mich verlieben.«

Warum mußte sie bei seinen Bemerkungen immer lächeln? »Na ja, vielleicht klappt's. Warum bittest du mich nicht hinein?«

»Darauf warte ich vielleicht schon allzu lange.«

Tucker führt Caroline zur Tür, um gleich wieder stehenzubleiben. Er wollte sehen, wie sie sich auf der Türschwelle mit den Blumen und Magnolienbäumen im Hintergrund machte. Sie hatte ihm nie besser gefallen.

»Willkommen in Sweetwater.«

Kaum war Caroline eingetreten, schlug ihr eine kehlige Stimme entgegen. »Wenn du schon Leute einlädst und mir die ganze Arbeit aufhalst, könntest du zumindest den Tisch decken.«

Oben auf dem Absatz einer gewundenen Treppe stand, eine Hand auf der Ballustrade, die andere in die füllige Hüfte gestemmt, Della.

»Das tue ich noch!« gellte Josies Stimme durch das Haus. »Was regst du dich überhaupt so auf? Ich muß mich nur noch fertig schminken.«

»So wie die sich anpinselt, kann das ja Monate dauern«, brummelte Della. Der Ausdruck der Empörung auf ihrem Gesicht schlug beim Anblick Carolines jäh in Neugierde um. »Na so was, Sie sind bestimmt Ediths Enkelin.«

»Ich glaube, ja.«

»Edith hat mir viel von Ihnen erzählt. Sie hatte Sie sehr gern.«

»Danke.«

»Das ist Della«, stellte Tucker vor. »Sie paßt auf uns auf.«

»Ich versuche es seit dreißig Jahren, aber ich weiß nicht, ob es viel geholfen hat. Führ sie schon mal in den Salon und schenke ihr einen Sherry ein, den guten. Das Essen kommt bald.« Della sandte einen wütenden Blick die Treppe hinauf und hob die Stimme. »Wenn sich die Dame des Hauses vielleicht bequemt, den Tisch zu dekken ...«

»Das kann ich doch auch tun«, setzte Caroline an, doch Della zerrte sie schon zum Salon.

»Kommt nicht in die Tüte. Tucker hat die Kartoffeln geschält, und das Mädchen deckt den Tisch. Das ist ja wohl das mindeste, wenn sie schon diesen Leichenarzt da einlädt.« Sie tätschelte Caroline kurz den Arm und verschwand schon wieder in Richtung Küche.

»Äh ... Leichenarzt?«

Tucker schenkte grinsend zwei Gläser Sherry ein. »Gerichtsmediziner.«

»Ach, dieser Teddy. Er ist sicher ein ... interessanter Mann ...«

Caroline ließ bewundernde Blicke über das Zimmer mit seinen Seidenvorhängen und türkischen Teppichen schweifen. Die zwei Doppelsitzer waren in sanften Pastelltönen gehalten. An den tapezierten Wänden, den handbestickten Kissen und dem großen Polsterschemel dagegen herrschten kühle Farben vor. So kamen die herrlichen antiken Möbel besser zur Geltung. Auf dem Kaminsims aus reinem Marmor stand eine wunderschöne Vase mit frischen Rosen darin.

»Das Haus übertrifft alle meine Erwartungen!« Sie ließ sich den Sherry reichen. »Vielen Dank!«

»Später gibt es eine Führung mitsamt Details über die Geschichte.«

»Darauf bin ich schon ganz gespannt.« Caroline stellte sich ans Fenster, das einen prächtigen Ausblick auf den Garten und die Felder dahinter bot. »Ich wußte gar nicht, daß ihr auch Ackerbau betreibt ...«

»Wir sind Baumwollpflanzer«, erklärte Tucker und stellte sich neben Caroline. »Die Longstreets gibt es hier seit dem achtzehnten Jahrhundert, seit 1796 genauer gesagt, als Beauregard Longstreet beim Pokern Henry Van Haven um sechshundert Morgen fruchtbarstes Land in der Gegend von Natchez betrog. Das geschah in einem Freudenhaus mit dem Namen ›The Red Star‹.«

Caroline wandte sich abrupt um. »Das hast du bestimmt erfunden.«

»Aber nein. So habe ich es von meinem Daddy gehört, und er hat es von seinem Daddy und so weiter, bis eben zu diesem schicksalsträchtigen Aprilabend. Das mit dem Betrügen ist Spekulation und auf dem Mist der Larssons gewachsen. Die sind nämlich mit den Van Havens verwandt.«

»Schlechte Verlierer«, meinte Caroline lächelnd.

»Kann schon sein. Aber wie dem auch sei, an den Folgen läßt sich nicht mehr rütteln. Tja, Beau hat seinen Erwerb mit einem der begehrtesten Mädchen des Hauses, einer Millie Jones, gefeiert, und der gute Henry hat sich in Grund und Boden geärgert. In der Nacht noch hat er Beau aufgelauert, als der sich auf den Nachhauseweg begab.«

Caroline nippte kopfschüttelnd an ihrem Sherry. »Du solltest Geschichtenerzähler werden, Tuck.«

»Ich erzähle es dir nur so, wie es war. Nun, Millie war mit Beaus Leistungen außerordentlich zufrieden – habe ich dir schon gesagt, daß die Longstreets im Bett einen hervorragenden Ruf genießen?«

»Nicht, daß ich wüßte.«

»Ist aber über die Jahrhunderte verbürgt«, versicherte Tucker ihr. Ihm gefiel, wie ihre Augen beim Lachen aufleuchteten. Hätte seine Geschichte nicht gestimmt, er hätte sich schnell eine für Caroline ausgedacht. »Tja, Millie war glücklich über Beaus Leistung und die Goldmünze, die er ihr zum Abschied gab, und winkte ihm noch nach. Das war unser aller Glück, denn sie bemerkte Henry mit geladenem Gewehr im Anschlag hinter den Büschen. Sie stieß gerade noch rechtzeitig einen Warnschrei aus. Henrys Schuß ging zwar los, aber die Kugel versengte nur Beaus Frack am Ärmel. Er hatte eben blitzschnell reagiert. Und nicht nur das! Im nächsten Moment hatte er sein Messer gezogen und schleuderte es in die Richtung, aus der der Schuß gekommen war. Damit spießte er Henry auf, wie mein Großvater das auszudrücken beliebte.«

»Natürlich war er im Messerwerfen genauso versiert wie in der Liebe ...«

»Ein Multitalent, richtig. Und weil er zugleich ein kluger Kopf war, zog er es vor, Natchez zu verlassen, ehe man ihm noch unbequeme Fragen über einen mausetoten

Mann gestellt hätte. Romantisch war er übrigens auch. Die Millie aus dem Freudenhaus nahm er mit.«

»Und wurde hier im Delta Baumwollpflanzer.«

»Wurde Baumwollpflanzer, steinreich und mehrfacher Vater. Sein Sohn hat dieses Haus 1825 errichtet.«

Caroline blieb für ein paar Augenblicke stumm. Man ließ sich nur allzu leicht von dem natürlichen Fluß seiner Worte, dem Rhythmus seiner Stimme einfangen, sinnierte sie. *Dabei ist es gar nicht so wichtig, wieviel davon stimmt und wieviel erfunden ist. Die Art und Weise, wie er erzählt, macht es aus.* Caroline ging in die Mitte des Raums zurück. Sie spürte, daß er sie gleich wieder in den Arm genommen hätte und war sich nicht ganz so sicher, ob sie ihn daran hätte hindern wollen. »Über die Geschichte meiner Familie weiß ich nicht besonders viel. Vor allem nichts, was zweihundert Jahre zurückreichen würde.«

»Hier im Delta blicken wir mehr zurück als nach vorne. Die Geschichte liefert den allerbesten Stoff für den Klatsch. Und das Morgen ... wie soll ich sagen, das kommt doch ganz von selber, findest du nicht auch?«

Tucker bildete sich ein, ein leises Seufzen gehört zu haben, hätte es aber nicht beschwören können.

»Ich habe mein ganzes Leben mit Gedanken an das Morgen verbracht – habe für den nächsten Monat, die kommende Konzertsaison vorausgeplant ...« Diesmal seufzte Caroline laut und vernehmlich – und etwas wehmütig, wie ihm vorkam. »Es muß wohl an der Luft hier liegen, daß ich seit meiner Ankunft so gut wie gar nicht an die nächste Woche gedacht habe ... Wozu ich auch gar keine Lust habe«, fügte sie nach einer Pause hinzu. Ihr fielen plötzlich die endlosen Telefongespräche mit ihrem Manager ein, nachdem sie ihn von ihren Urlaubsplänen in Kenntnis gesetzt hatte.

Tucker verspürte einen unbändigen Drang, Caroline wieder zu halten. Dann wieder bekam er Angst, eine solche Geste würde diesen einzigartigen Augenblick verderben.

»Warum bist du so unglücklich, Caro?«

Sie sah überrascht zu ihm auf. »Das bin ich ja gar nicht.« Gleichzeitig wurde ihr klar, daß das nur eine Halbwahrheit war. Und zur anderen Hälfte eben eine Lüge.

»Ich kann fast genausogut zuhören wie reden. Vielleicht willst du das auch eines Tages herausfinden.« Mit sanfter Hand streichelte er ihr das Gesicht.

»Vielleicht.« Sie wich zurück. »Ich höre Leute kommen.«

Tucker begriff, daß er sich noch gedulden mußte und trat wieder ans Fenster. »Der Leichenarzt«, sagte er grinsend. »Gehen wir doch nachsehen, ob Josie den Tisch gedeckt hat.«

11

Im Gefängnis von Greenville hockte Austin Hatinger auf der steinharten Pritsche seiner mit Graffiti verschmierten Zelle und starrte den Schatten an, den die Gitter auf den Boden warfen.

Für Austin stand fest, warum er wie ein gewöhnlicher Verbrecher, wie ein Tier gefangengehalten wurde.

Schuld daran war einzig und allein Beau Longstreet mit seinem Reichtum. Und nach seinem Tod hatte der gottlose Schuft den gesamten Besitz seinen Bastarden in den Rachen geworfen!

Madeline mochte zwar den Ring dieses Verräters am Finger getragen haben, doch in den Augen Gottes hatte sie immer zu einem anderen gehört, nämlich zu ihm, Austin Hatinger!

Beau war nicht wie er nach Korea, dieses stinkende Drecksloch, gegangen und hatte Amerika vor der Gelben Gefahr gerettet. Nein, er war zurückgeblieben in seinem sündigen, bequemen Leben und hatte noch mehr Geld gescheffelt. Austin hatte von Anfang an vermutet, daß Beau Madeline mit einem Trick zur Ehe verlockt hatte. Das entschuldigte zwar nicht ihren Betrug, aber Frauen waren nun einmal schwach – schwach im Körper, schwach im Willen, schwach im Geist. Ohne die Führung einer strengen Hand neigten sie zur Dummheit und Sünde. Gott war sein Zeuge, daß er sein Bestes versucht hatte, um Mavis auf den Pfad der Tugend zu führen.

Er hatte sie geheiratet, als ihn die Verzweiflung geblendet und die Fleischeslust verzehrt hatten. ›Das Weib, das du mir zugesellet, hat mir von dem Baum gegeben, und ich aß.‹

O ja! Mavis hatte ihn verführt, und er, der schwach im Fleisch gewesen war, war der Lust erlegen. Austin wußte, daß bei Eva der Satan durch die Frau sprach, denn das weibliche Geschlecht verfiel eher der Sünde und riß in seiner Tücke den Mann mit ins Verderben.

Dennoch war er ihr treu geblieben. Ein einziges Mal in fünfunddreißig Jahren hatte er sich einer anderen zugewandt.

Bei der Erfüllung seiner ehelichen Pflichten hatte er aber immer statt Mavis Madeline unter sich gefühlt, gerochen, geschmeckt, gestoßen. So hatte der Herr ihn daran erinnert, wer seine eigentliche Frau war.

Madeline hatte Gleichgültigkeit vorgeheuchelt. Aber all die Jahre, in denen sie mit Beau gegangen war, hatte er gewußt, daß sie ihn nur hatte blenden und reizen wollen, wie es eben die Art der Frauen war. Ihr entrüstetes Nein auf seinen Heiratsantrag hin hatte auch nur zu diesem Verstellungsspiel gehört.

Hätte Beau sich nicht an sie herangemacht, hätte sie auf seine Rückkehr aus Korea gewartet. Damit aber hatte sein Ende angefangen.

Hatte er nicht im Schweiße seines Angesichts gearbeitet, bis die Finger wund und der Rücken krumm waren, nur um seiner Familie ein menschenwürdiges Leben zu ermöglichen? Und was hatte Beau in dieser Zeit getan? Er hatte sich in seinem vornehmen Haus zurückgelehnt und gelacht!

Gelacht über ihn!

Aber eins hatte Beau nicht gewußt. Trotz all seines Geldes, seiner teuren Kleider und edlen Autos hatte er nicht geahnt, daß eines staubtrockenen Hochsommernachmittags, an dem der Himmel in der Hitze weiß geflimmert hatte, Austin Hatinger sich das genommen hatte, was ihm zustand.

Er konnte sich noch erinnern, wie sie damals ausgesehen hatte. Das Bild vor seinem geistigen Auge war so scharf und deutlich, daß seine Finger zitterten und das Blut heiß in ihm aufwallte.

Madeline war mit einem Korb voller milder Gaben für seinen in der Wiege plärrenden Sohn die Stufen zu seiner Veranda heraufgestiegen. Drinnen lag seine Frau Mavis stöhnend in den Wehen.

Madeline trug ein blaues Kleid und einen weißen Hut mit einem in der Luft wehenden blauen Tuch. Unter dem Hut quollen schwarze Locken hervor und umrahmten ihr milchig weißes Gesicht. Ja, ja, mit Beaus gottlosem Geld hatte sie sich genug Cremes für ihre Haut leisten können.

Wie ein Frühlingsmorgen sah sie aus und kam mit lachenden Augen herauf, als hätte sie die Armut, die kaputten Treppen, die mehrfach ausgebesserten Kleider auf der Wäscheleine, die im Staub vergeblich nach Körnern pickenden Hühner nicht gesehen.

In ihrem kühlen Tonfall bot sie ihm den Abfall aus Beaus sündigem Haus an, die Strampelhosen der Babys, die Beau in den Unterleib der Frau gesät hatte, die er ihm arglistig geraubt hatte. Er konnte ihre Stimme kaum hören, denn Mavis wimmerte und schrie nach einem Arzt.

»Hol doch den Arzt, Austin«, sagte Madeline mit ihrer quellwasserklaren Stimme, und der freundliche Ton brannte ein Loch in seinen Leib. »Beeil dich, ich kümmere mich solange um deine Frau und den Kleinen.«

Was sich in diesem Moment seiner bemächtigte, war nicht Wahnsinn – diese Vorstellung hätte Austin nie gelten lassen –, sondern sein Gerechtigkeitssinn. In gerechtem Zorn packte er Madeline und schleifte sie hinter die Büsche.

O ja, sie tat, als wolle sie ihn nicht. Sie schrie, flehte und schlug um sich, aber das war nichts als Heuchelei. Gott hatte ihn dazu ermächtigt, in sie einzudringen und seinen Samen in sie zu verströmen. Und am Ende erkannte sie dieses Recht auch an.

Ihre Tränen waren versiegt, als er sich umdrehte und in den weißen Himmel hinaufstarrte. Schweigend stand sie auf und ging. Zurück blieben sein Triumphgeheul in seinen Ohren und ein bitterer Geschmack auf der Zunge.

Tag für Tag, Nacht für Nacht hatte er danach auf Beau gewartet. Sein zweiter Sohn war geboren worden, seine Frau hatte mit versteinerter Miene auf dem Bett gelegen, und Austin hatte, die Winchester im Anschlag, gewartet. Der Drang zu töten hatte rasende Schmerzen in ihm erzeugt, doch Beau war nie gekommen.

So hatte er begriffen, daß Madeline ihrer beider Geheimnis gewahrt hatte. Und das war sein Verderben gewesen.

Inzwischen waren Beau und Madeline tot und ruhten Seite an Seite im Familiengrab.

Doch ihr Sohn lebte weiter. Und mit ihm hatte sich der Kreis des Bösen geschlossen. Ihr Sohn hatte seine Tochter verführt und beschmutzt. Das Mädchen war nun tot.

Er hatte ein Recht auf Rache. Die Rache war sein Schwert.

Austin richtete den Blick noch immer auf die Schatten der Gitter auf dem Boden. Doppelte Gitter sozusagen. Mit dem hereinbrechenden Abend waren sie weiter nach Westen gewandert. Zwei Stunden lang war er dagesessen und ihnen mit den Augen gefolgt.

Es war Zeit, einen Plan zu schmieden. Angewidert sah er an seiner blauen Hose herunter. Gefängnistracht. Bald war er sie ja los. Er würde entkommen, denn der Herr half denen, die sich selbst halfen.

Und dann würde er nach Innocence zurückkehren und das tun, was er vor über dreißig Jahren versäumt hatte. Er würde den Teil von Beau töten, der in seinem Sohn fortlebte. Und die Rechnung endlich begleichen.

Caroline trat auf die mit Blumen geschmückte Veranda und sog in tiefen Zügen die Sommerdüfte ein. Langsam ging es auf den Abend zu. Das Licht war jetzt angenehmer, und im Gras schwirrten Insekten. Caroline wußte nicht mehr, wann sie zuletzt so satt gewesen war wie heute. Jedenfalls war es ein herrlich angenehmes Gefühl.

Das Dinner war weitaus mehr gewesen als jede Menge Häppchen auf Silbergeschirr. Sie hatte es als eine langsam auftauchende Insel im Meer der Zeit empfunden, und dort waren die erlesensten Gerüche, köstlichsten Leckereien und amüsantesten Plaudereien verborgen gewesen.

Teddy hatte mit seiner Serviette Zauberkunststücke vorgeführt, Dwayne, der diesmal erstaunlich nüchtern geblieben war, hatte sein beträchtliches Talent als Parodist unter Beweis gestellt, und Tucker und Josie hatten eine Anekdote nach der anderen über Sexskandale, von denen die meisten bereits ein halbes Jahrhundert zurücklagen, zum Besten gegeben.

In ihrer Familie waren solche Dinner ganz anders verlaufen. Ihre Mutter hatte die Konversation beherrscht und nur züchtige Themen zugelassen. Steril und leblos war es bei ihnen zugegangen.

Um so mehr hatte Caroline diesen Tag genossen. Sie war richtiggehend traurig, daß er sich nun dem Ende zuneigen sollte.

»Du siehst glücklich aus«, bemerkte Tucker.

»Warum sollte ich auch nicht?«

»Du bist einfach ein schöner Anblick so.« Er nahm Caroline bei der Hand. Als ihre Finger sich ineinander verschlossen, spürte er nicht so sehr Widerstand, sondern vielmehr Unsicherheit. »Hast du Lust auf einen Spaziergang?«

»Gern.«

Es war ja ein wunderschöner Abend an einem herrlichen Flecken Erde.

Ein Spaziergang war es eigentlich nicht in Carolines

Augen, was sie im betörenden Duft der Rosen und Gardenien erlebten, sondern ein Ineinanderfließen. Sie hatten keine Eile, kein Ziel, keine Probleme. Und floß nicht auch Tucker durchs Leben?

Ein Glitzern im Schein der untergehenden Sonne fiel ihr auf. »Ist das dort ein See?« wollte Caroline wissen.

»Sweetwater«, erwiderte Tucker und lenkte sofort die Schritte in diese Richtung. »Am Südufer hat Beau sein Haus gebaut. Ein paar Reste von den Grundsteinen sind noch zu sehen.«

»Gott, müssen die einen Ausblick gehabt haben! Fruchtbarstes Land, so weit das Auge reicht! Wie fühlt man sich da eigentlich?«

»Keine Ahnung. Es ist halt da.«

Caroline gab sich mit dieser Antwort nicht zufrieden, stammte sie doch aus einer Großstadt, in der sogar die Reichen wenig Land besaßen und die Leute sich in den wenigen Grünflächen drängten. »Aber wenn man all das hat ...«

»... dann läßt es einen nicht mehr los.« Er staunte über den eigenen Ausspruch, doch dann tat er ihn mit einem Achselzucken ab. »Man kann es nicht aufgeben, wenn man sich vor Augen hält, daß es von einer Generation zur nächsten weitergereicht worden ist. Immerhin ernährt Sweetwater die Longstreets seit fast zwei Jahrhunderten.«

»Würdest du es wirklich aufgeben wollen?«

Wieder hoben sich seine Schultern, eine Geste, die sie inzwischen zur Genüge kannte. »Vielleicht will ich mal ein paar andere Gegenden kennenlernen. Andererseits ist das Reisen wirklich zu kompliziert und am Ende die vielen Mühen vielleicht gar nicht wert.«

»Laß es bleiben.«

Er lächelte unwillkürlich über ihren ungeduldigen Ton. »Noch habe ich ja gar nichts in der Richtung unternommen. Aber ich lasse es mir durch den Kopf gehen.«

Caroline wandte sich enttäuscht ab. »Du weißt genau, was ich meine. Erst tust du so, als sei in deinem Kopf noch etwas anderes als bloß immer der Gedanke an den bequemsten Weg, und dann kehrst du doch wieder den lässigen Macho heraus!«

»Was ist denn der Sinn und Zweck von steinigen Wegen?«

»Wie wär's mit den richtigen?«

Tucker kannte kaum Frauen, die Diskussionen über philosophische Probleme nicht scheuten. Um das Gespräch auch richtig zu genießen, zündete er sich eine Zigarette an. »Na ja, was für den einen richtig ist, muß nicht unbedingt das Maß aller Dinge für den anderen sein. Dwayne hat einen Universitätsabschluß, und was hat ihm das eingebracht? Er brütet den ganzen Tag darüber herum, wie es hätte sein sollen. Josie heiratet zweimal Hals über Kopf, fliegt auf alles, was sie rasiert und landet am Ende doch immer auf der Schnauze.«

»Und was ist mit *deinem* Weg?«

»Ich nehme die Dinge, wie sie kommen. Du dagegen ...« Er sah ihr kurz in die Augen. »Du dagegen malst dir aus, wie es sein wird, ehe du losgehst. Das heißt aber noch lange nicht, daß einer von uns sich irrt.«

»Aber wenn ich es mir ausmale und es dann doch nicht paßt, kann ich es immer noch ändern.«

»Versuchen kannst du's«, meinte Tucker. »Aber ›Laßt uns einsehn, daß Unbesonnenheit uns manchmal dient, wenn tiefe Pläne scheitern.‹ Hamlet.«

Caroline verschlug es die Sprache. Tucker wäre der letzte gewesen, von dem sie ein Shakespearezitat erwartet hätte.

Er legte den Arm um sie und drehte sie halb im Kreis. »Schau dir das Baumwollfeld dort drüben an. Der Humus ist gut einen Fuß tief und voll mit Kunstdünger. Dazu versprühen wir jede Menge Unkrautvertilger, damit im Sommer geerntet, gepreßt, ausgeliefert und verkauft werden kann. Ich kann mich natürlich um all das zu Tode sorgen, aber es würde kein bißchen helfen.«

»Aber es gibt doch mehr im Leben als ...«

»Fangen wir mal ganz von vorne an, Caro«, unterbrach er sie. »Die Baumwolle wird ausgesät, geerntet, und irgendwann landet sie als Kleid bei dir. Klar, ich könnte mich nächtelang im Bett wälzen und mich sorgen, ob es zuviel oder zuwenig regnet, ob die Fernfahrer streiken, ob die Schwachköpfe in Washington uns wieder eine Rezession bescheren. Oder aber ich wache frisch und munter am nächsten Morgen auf. Das Ergebnis ist in beiden Fällen genau dasselbe.«

»Deine Logik klingt bestechend!« rief Caroline lachend. »Trotzdem hat die Sache irgendwo einen Haken.«

»Sag's mir, wenn du einen findest. Solange halte ich mein Argument aber für hieb- und stichfest. Ich gebe dir ein anderes Beispiel. Ich darf dir keinen Kuß geben, weil du Angst hast, du könntest mich zu sehr mögen.«

»Du bist ja unglaublich selbstgefällig! Ich könnte ja auch merken, daß ich dich überhaupt nicht mag.«

Tucker legte ungerührt seinen Arm um ihre Hüfte. »Wie dem auch sei, du suchst die Lösung, noch ehe das Problem überhaupt da ist. Von so was kriegt man aber nur Kopfschmerzen.«

»Ach, wirklich?« Sie ließ die Arme steif herabhängen, machte aber keinerlei Anstalten, sich ihm zu entziehen.

»Trau mir ruhig, Caroline. Ich habe da Studien angestellt. Genausogut kann man an einem Schwimmbecken stehen und sich sorgen, ob das Wasser vielleicht zu kalt ist. Du hättest mehr davon, wenn dich einer mit einem Tritt in den Allerwertesten hineinbeförderte.«

»Hast du das etwa vor?«

»Ich könnte dir gestehen, daß ich es versucht habe, damit du dir keine Gedanken mehr über das Wenn und Aber machst. Aber ehrlich gesagt ...« Er senkte den Kopf, und etwas in ihr fing an zu zucken, als sein warmer Atem über ihre Lippen strich. »... Der bloße Gedanke daran hält mich stundenlang wach – wo ich meinen Schlaf doch brauche.«

Caroline blieb stocksteif stehen, obwohl seine Lippen über die ihren glitten und ihr Herz schneller pochte. Angewandte Verführung, sagte sie sich. Sie hatte vergessen, wie geschickt manche Männer die Bedürfnisse einer Frau auszunutzen verstanden.

»Du kannst meinen Kuß erwidern, wenn du willst«, murmelte Tucker. »Wenn nicht, mache ich einfach weiter, wie es mir gefällt.«

Zunächst erforschte er träge ihr Gesicht, zeichnete mit den Lippen die Schläfen, die geschlossenen Augenlider, die Wangen nach. Weil er von Natur aus sanft war, gab er dem in ihm wachsenden Drang, Besitz zu ergreifen, nicht nach. Statt dessen konzentrierte er sich auf das erste schwache Zittern, den nachlassenden Widerstand, bis ihr Körper sich allmählich an den seinen schmiegte, auf ihren schneller fliehenden Atem. Und erst jetzt legte er den Mund wieder zärtlich auf den ihren.

Diesmal öffneten sich ihre Lippen von selbst. Schritt für bitter-süßen Schritt verstärkte er den Druck, und dann glitten ihre Hände an seinen Armen hinauf. Und es war so herrlich zu spüren, wie sie nachgab, zu hören, wie ihr Atem immer schneller ging, und zu riechen, wie ihr betörend weibliches Parfum sich über die Düfte des Abends erhob.

Caroline dachte längst nicht mehr – was Wunder bei diesem steten Sausen in ihren Ohren! Sie hatte sich an ihn geklammert, um nicht zu stürzen, was die Welt aber nicht daran hinderte, wild um sie herumzuwirbeln. Ihre Vorsicht hatte sich in Rauch aufgelöst. Mit einem hilflosen Stöhnen gab sie sich dem Kuß hin.

Sein Mund trank aus dem ihren. Doch das reichte nicht. Was er bekam, schmeckte süß und scharf zugleich. Mit jedem Zug begehrte er mehr. Zunge und Zähne gruben sich immer tiefer in sie hinein. Und dennoch ließ die Qual nicht nach.

Aber ein Kuß sollte doch keine Qualen bereiten! Es sollte ihm doch nicht vor den Augen schwimmen, nur weil sie sich fester an ihn drückte! Und warum zitterte er auf einmal? Weil sie seinen Namen stöhnte?

Tucker wußte, was es hieß, eine Frau zu begehren. Es war ein natürlicher und angenehmer Teil des Mannseins. Aber deswegen klapperten doch die Knie nicht gegeneinander, bis man Angst bekam, man würde zu Boden sinken und um Liebe betteln!

Er spürte, daß er im nächsten Moment rückwärts in den See fallen würde. Vorsichtig führte er Caroline mit sich einen Schritt vom Ufer weg. Die Wange an die ihre geschmiegt, rang er nach Luft.

Caroline hielt mit zitternden Händen seine Hüften umfaßt. Nach und nach tauchten ihre Gedanken durch den Nebel ihrer Gefühle wieder an die Oberfläche. Zu lange war es her, daß es zu einer innigen Umarmung gekommen war, daß sie wahre Sehnsucht auf den Lippen eines Mannes geschmeckt hatte. Da konnte man sich durchaus für ein paar Augenblicke verlieren.

Aber jetzt hatte die Welt sich wieder zurückgemeldet. Das Blut hämmerte nicht mehr in ihren Schläfen. Sie konnte die Insekten summen und schwirren, die Frösche quaken hören. Und der lockende Ruf eines Ziegenmelkers drang an ihr Ohr.

Die Sonne versank hinter dem Horizont. Das Licht schwebte in diesem letzten verzauberten Moment zwischen Tag und Nacht, doch der Tag verebbte und nahm die Glut der Leidenschaft mit sich.

»Kann sein, daß wir beide uns getäuscht haben«, erklärte Tucker.

»Inwiefern?«

»Du, weil du geglaubt hast, ich sei dir egal, und ich, weil ich dachte, nach einem Kuß würde ich besser schlafen können.« Mit einem tiefen Seufzer hob er den Kopf. »Ich muß dir was sagen, Caro. Seit ich es mit fünfzehn zum erstenmal in der Scheune mit Laureen O'Hara getrieben habe, habe ich immer gedacht, es sei nichts als ein Vergnügen, eine Frau zu begehren. Du bist die erste Frau in meinem Leben, bei der die Sache etwas komplizierter ist.«

Caroline wollte ihm gern glauben, daß seine Empfindungen ihr gegenüber komplizierter, intimer, gefährlicher waren als alles zuvor Erlebte. Und gerade weil sie ihm glaubte, bekam sie solche Angst, daß sie sich aus der Umarmung löste. »Wir sollten es wohl besser bleiben lassen.«

Sein Blick flackerte über ihre vollen, sinnlichen Lippen. »Das hältst du noch für möglich?«

»Es ist mein Ernst, Tucker.« Eine Spur Verzweiflung schwang in ihrer Stimme mit. »Ich habe eben erst eine gräßliche Beziehung beendet und habe keine Lust, mich gleich in die nächste zu stürzen ... Und dein Leben ist im Moment auch so kompliziert genug!«

»Normalerweise würde ich dir ja zustimmen. Aber wenn du wüßtest, wie dein Haar jetzt gerade im Abendlicht aussieht ... Wie ein Engel mit Heiligenschein. Vielleicht brauche ich jemanden, der mich erlöst. Ist das nichts – der Engel und der Sünder?«

»So einen Unsinn habe ...«

Tuckers Hand legte sich blitzschnell auf ihre Lippen. Mit immer noch sanftem, doch eindringlichem Ton erklärte er: »An dir ist etwas, das ich noch nicht richtig festmachen kann, Caroline. Aber es nagt zu allen möglichen und unmöglichen Zeiten an mir. Für solche Reaktionen gibt es normalerweise einen triftigen Grund.«

»Bei mir fließt die Zeit anders dahin als bei dir,« entgegnete Caroline mit, wie sie meinte, bewundernswert fester Stimme, und das obwohl sie das Herz bis in die Kehle schlagen spürte. »In ein paar Monaten gehe ich auf

Europatournee. Eine kurze Affäre im Sommer hat da in meinen Plänen nichts zu suchen.«

Die Ahnung eines Lächelns huschte über Tuckers Lippen. »Du verplanst wirklich alles.« Er trat einen Schritt vor und drückte einen kurzen, festen Kuß auf ihre Lippen. »Ich werde dich haben, Caroline. Früher oder später werden wir das Letzte auseinander herausholen. Aber die Wahl des Zeitpunkts möchte ich dir überlassen.«

»So einen miesen, selbstgefälligen Ausspruch habe ich im ganzen Leben noch nicht gehört!«

»Das kommt auf den jeweiligen Standpunkt an. Ich habe es als eine faire Warnung aufgefaßt. Auf keinen Fall wollte ich, daß dir die Galle überläuft.«

Tucker nahm Caroline bei der Hand und führte sie zum Haus zurück. Es war bereits so dunkel, daß man Glühwürmchen in der Luft tanzen sehen konnte. »Hast du Lust, dich ein bißchen auf die Terrasse zu setzen?«

»Ich habe nicht vor, mich neben dich zu setzen – egal wo.«

»Also, wenn du so mit mir sprichst, glaube ich wirklich noch, daß du mich für unwiderstehlich hältst.«

»Der Tag, an dem ich einem selbsternannten Don Juan aus der Provinz …«

Lachend hob er sie hoch und wirbelte sie einmal im Kreis herum. »Ich bin ja so verrückt nach deinem frechen Mund!« rief er und gab ihr einen schmatzenden Kuß. »Wetten, daß du in eins von diesen teuren Internaten in der Schweiz gegangen bist!«

»Bin ich nicht. Und jetzt setze mich bitte ab. Bitte. Ich höre jemanden kommen.«

Tucker setzte sie nicht ab, aber er warf einen Blick über den Rasen. Zwei Scheinwerfer näherten sich. »Bin ja gespannt, wer um die Zeit noch zu uns will.«

Teils aus Jux, teils weil er den warmen Druck ihres schlanken Körpers nicht missen wollte, trug er sie zur

Auffahrt. »Weißt du, recht viel mehr als ein Mehlsack wiegst du eigentlich nicht. Du fühlst dich nur angenehmer an.«

»Der Mann ist ein Dichter«, schnaubte sie.

Er konnte der Versuchung nicht länger widerstehen. »Wärst du nur einer von Milliarden Sternen, dich, und nur dich, würd ich stets begehren«, rezitierte er grinsend.

Caroline suchte noch nach einer passenden Antwort, da stellte Tucker sie auf den Boden, gab ihr einen freundlichen Klaps auf den Hintern und winkte dem aus seinem rostigen Cutlass steigenden Bobby Lee zu.

»Mensch, Junge, du solltest längst bei deiner holden Marvella sein!«

»Hab ich auch noch vor, Tucker. Aber ich muß dir unbedingt was sagen.« Erst jetzt bemerkte er, daß noch jemand neben Tucker stand. »'N Abend, Miss Waverly.«

»Schönen guten Abend, Bobby Lee. Entschuldigt mich bitte, aber ich werde mich jetzt besser bei Della bedanken und dann heimfahren.«

»Dafür ist es noch viel zu früh«, widersprach Tucker und ergriff ihre Hand. »Was führt dich hierher, Bobby Lee?«

»Junior hat doch heute deinen Wagen geholt. Mein Gott, der sieht ja ganz schön übel aus!«

»Er war schon ein Prachtstück. Und hatte keine fünftausend Meilen auf dem Tacho! Und? Hat sich der Rahmen verzogen?«

»Und wie!«

Caroline blieb gerne noch ein bißchen länger, ihr wollte nur nicht in den Kopf, wozu der Junge eigentlich gekommen war. »Und du bist den ganzen Weg hierher gefahren, nur um Tucker zu sagen, daß der Rahmen sich verzogen hat?« fragte sie unvermittelt.

Die zwei Männer sahen sie perplex an. Für Tucker stand längst fest, daß Bobby Lee auf etwas ganz anderes hinaus wollte.

»Das nicht, Ma'am«, erklärte Bobby Lee höflich. »Ich wollte Tucker vielmehr sagen, wie es dazu kam. Jeder weiß ja, daß er so gut fahren kann wie die von der Formel I ...«

»Danke für das Kompliment, Bobby.«

»Tja, und dann ist mir immer durch den Kopf gegangen, daß Junior keine Bremsspuren gesehen hat.«

»Kunststück. Die Bremse ging nicht.«

»Ja, das hat er gesagt. Aber so mir nichts, dir nichts gehen die nicht kaputt. Drum hab ich das Bremssystem genauer unter die Lupe genommen. Wenn ich nicht so neugierig gewesen wäre, hätte ich es wohl nie bemerkt.«

»Was denn?« rief Caroline, die im Gegensatz zu Tucker Bobby Lees bedächtige Art ganz ungeduldig machte.

»Daß Löcher in der Bremsleitung sind. Keine Rostlöcher, wie es theoretisch möglich wäre, sondern schön sorgfältig reingebohrte, so daß die Bremsflüssigkeit ausgelaufen ist und die Bremsen Tucker soviel genützt haben wie einem Stier ein Euter, wenn Sie den Ausdruck verzeihen, Miss Waverly. Und bei der Lenkung war die Spurstange angesägt.«

»O Gott!« Carolines Finger verkrallten sich in Tuckers Arm. »Heißt das, daß da jemand absichtlich Sabotage an Tuckers Wagen verübt hat? Er hätte ja tödlich verunglükken können!«

»Schon möglich«, räumte Bobby Lee ein. »Aber ich glaube eher, da wollte ihm bloß jemand einen Streich spielen, wo doch jeder weiß, wie gut er fährt.«

»Danke, daß du es mir gleich gesagt hast.« Nach außen hin wirkte Tucker freundlich, doch innerlich kochte er. »Sag mal, du gehst jetzt doch sicher zu Marvella.«

»Das hatte ich vor.«

»Könntest du vorher den Sheriff informieren. Aber ansonsten sag bitte keiner Menschenseele ein Wort, hörst du!«

»Wenn du es so haben willst.«

»Vorläufig auf alle Fälle. So, jetzt fahr aber zu deiner Marvella. Sonst kriegst du noch was zu hören, wenn du sie warten läßt.«

»Alles klar. Schönen Abend noch, Tucker. Wiedersehen, Miss Waverly.«

Caroline wartete, bis die Rücklichter in der Ferne verschwunden waren. »Vielleicht hat er sich auch getäuscht. Er ist ja noch so jung.«

»Er ist einer der besten Mechaniker in dieser Gegend. Und was er sagt, klingt plausibel. Wenn ich nicht so durcheinander gewesen wäre, hätte ich es selbst gemerkt. Fragt sich nur, wer mir was Böses will.«

»Was Böses? Ich will ja dein fahrerisches Können nicht in Abrede stellen, aber der Unfall hätte dich das Leben kosten können.«

»Reg dich nur wieder ab, Caro. Obwohl du mir erregt durchaus gefällst.«

»Stell mich nicht als dummes Weibchen hin! Ich wollte dir nur helfen.«

»Das ist lieb von dir. Aber ich muß das Ganze erst noch verdauen. Vorher will ich nichts unternehmen.«

»Es liegt doch auf der Hand, daß es jemand aus Edda Lou Hatingers Familie war. Es sei denn, irgendein eifersüchtiger Ehemann wollte sein Mütchen an dir kühlen.«

»Mit verheirateten Frauen habe ich nichts am Hut, bis auf die eine damals ...« Er bemerkte ihren wütenden Blick und wurde wieder ernst. »Austins Familie scheidet auch aus. Austin sitzt hinter Schloß und Riegel, und Mavis könnte einen Schraubenzieher nicht von einem Hammer unterscheiden.«

»Er hat ja auch Söhne.«

»Sicher. Aber Vernon ist eine technische Niete, und Cy ist ein grundanständiger Kerl.«

»Sie könnten jemanden angeheuert haben?«

»Womit denn?« spöttelte Tucker. Im nächsten Moment drückte er schon wieder liebevoll seine Lippen auf ihre

Schläfe. »Steigere dich da nicht hinein, Honey. Am besten, wir überschlafen die Sache erst einmal.«

»Du vielleicht!« rief sie und entzog sich ihm.

»Es reicht doch, daß mein Auto kaputt ist und ich eine Riesenbeule habe. Warum soll ich dem Täter dann auch noch den Gefallen tun und mir die Ruhe rauben lassen?«

Nicht zum erstenmal bemerkte Caroline bei ihm ein Funkeln in den Augen, das sie warnte und zugleich ihr Herz schneller schlagen ließ.

»Wenn ich in der Nacht nicht schlafen kann, dann nur wegen dir. Versuchen wir doch ganz …«

Ein sich nähernder Scheinwerfer lenkte Tucker ab. »Herrgott noch mal, was ist denn heute los?«

»Ich gehe jetzt«, sagte Caroline. »Morgen rufe ich Della an und bedanke mich bei ihr.«

»Warte noch eine Sekunde.« Mit zusammengekniffenen Augen versuchte Tucker den Wagen zu erkennen. Das einzige, was er jedoch mit Bestimmtheit zu sagen vermochte, war, daß der Auspuff weggebrochen war. Das Gefährt näherte sich mit einem Krach, der Tote hätte wecken können.

Dann blieb ein schwarzer Lincoln neben Carolines BMW stehen, und eine kleine weißhaarige Dame in einem weißen T-Shirts, einer Bluejeans und Springerstiefeln stieg aus. Tucker stieß Jubelschreie aus.

»Tante Lulu!«

»Bist du das, Tucker?« Sie hatte eine Stimme wie ein Güterzug – laut, ratternd und total verstaubt. »Was treibst du in der Dunkelheit mit dem Mädchen da?«

»Weniger, als mir lieb ist.« Mit zwei Riesenschritten erreichte Tucker seine Tante, beugte sich weit hinunter und küßte sie auf die gepuderte Wange. »Du bist noch immer die gleiche Schönheit.«

»Du Schwerenöter.« Kichernd boxte sie ihm in den Arm.

»Laß dich ansehen. Du siehst deiner Mutter ähnlicher als sie selbst. He, du da! Komm mal her, damit ich dich sehen kann!« Sie winkte Caroline mit einem knochigen Finger zu sich herüber.

»Verschreck sie mir aber nicht«, mahnte Tucker.

»Darf ich vorstellen? Tante Lulu, das ist Caroline Waverly.«

»Waverly. Waverly. Aus der Gegend stammt sie aber nicht.« Sie musterte Caroline neugierig von oben bis unten.

»Und dein Typ ist sie auch nicht. Du magst sie doch sonst mit einem Riesenbalkon.«

»Oh, danke für das Kompliment«, erwiderte Caroline nach einigem Überlegen.

»Eine Yankee!« kreischte Tante Lulu.

»Mich laust der Affe, eine Yankee!«

»Nur zur Hälfte«, erklärte Tucker hastig.

»Sie ist Miss Ediths Enkelin.«

Lulus Augen verengten sich. »Edith McNair?«

»Richtig, Ma'am. Ich verbringe den Sommer im Haus meiner Großeltern.«

»Sind die nicht erst kürzlich gestorben? Aber sie waren beide Mississippier von echtem Schrot und Korn. Das ist schon mal etwas. Sind deine Haare echt, Mädchen, oder ist das eine Perücke?«

»Meine ...« Automatisch griff sich Caroline an den Kopf. »Das sind meine Haare, warum?«

»Schön. Leuten mit falschen Haaren traue ich nämlich genausowenig wie Yankees. Tucker, du trägst meine Koffer ins Haus. Und dann bringst du mir einen Brandy. Außerdem mußt du Talbot anrufen, weil ich einen neuen Auspuff brauche. Der alte ist irgendwo auf dem Highway liegengeblieben.« Kurz vor der Veranda blieb sie stehen. »Was ist mit dir, Mädchen?«

»Ich ... ich wollte mich gerade verabschieden.«

»Tucker, erklär dem Mädchen, daß Yankees gefälligst

mit mir zu trinken haben, wenn ich ihnen schon was anbiete.« Sagte es und polterte mit ihren Springerstiefeln die Stufen hinauf.

»Die ist schon ein Original, was?« rief Tucker und drehte noch den laufenden Motor ab.

»Das stimmt«, entgegnete Caroline und beschloß, den Brandy anzunehmen. Sie hatte ihn bitter nötig.

12

Der Schweiß floß in Strömen an Cy Hatinger herunter. Selbst unter den Achseln, wo er früher nie geschwitzt hatte, troff es. Das lag natürlich an den Haaren, die dort seit neuestem sprossen. Zwischen den Beinen wuchsen ihm jetzt auch welche. Teils war er stolz darauf, teils war es ihm ungeheuer peinlich.

Daß er so schwitzte, lag nicht nur an der bereits glühenden Vormittagshitze, es hatte auch mit seiner Aufregung und Angst zu tun. Wenn sein Vater erführe, wohin er unterwegs war, würde es Hiebe hageln. Da half auch die Gewißheit nichts, daß er im Gefängnis saß. Bei allem, was Cy tat, waren Schuldgefühle sein Begleiter.

Dabei wollte er nur bei den Longstreets um Arbeit bitten. Doch selbst seiner Mutter hatte er dieses Geheimnis nicht anvertraut. Die saß nur den ganzen Tag mit verweinten Augen vor dem Fernseher. Trost schien sie allein bei den Fernsehpredigern zu finden, die mit sonorer Stimme wider Sünde und Verfehlungen wetterten und gegen großzügige Spenden die Erlösung versprachen.

Einmal war Cy fürchterlich erschrocken, denn der Fernsehprediger hatte plötzlich die Züge seines Vaters angenommen und ihm mit seinen allwissenden Augen ins Gesicht gestarrt.

»Du hast ja Haare zwischen den Beinen, Kerl!« hatte er ihn angeherrscht. »Und sündige Gedanken im Kopf. Von da ist es zur Hurerei nicht mehr weit! Ich sage dir, du hast ein Teufelswerkzeug zwischen den Beinen!«

Aber sein Vater konnte ihn ja gar nicht sehen. So schnell würde er aus dem Gefängnis nicht herauskommen. Da erging es ihm nicht besser als A. J. Sein ältester

Bruder war von Laden- zu Autodiebstahl übergewechselt und verbüßte nun eine mehrjährige Haftstrafe. Als die Zellentür hinter ihm ins Schloß gefallen war, hatte sein Vater gebrüllt, daß er von nun an keinen Sohn mit dem Namen Austin Joseph mehr habe. Nun, da er ebenfalls einsaß, fragte Cy sich, ob das nun bedeutete, daß er nun keinen Vater mehr habe. Diese Vorstellung erleichterte ihn nur kurz. Schon wieder packten ihn Schuldgefühle.

Aber Cy wollte sich nicht mehr mit seinem Vater beschäftigen. Er wollte an den Job bei den Longstreets denken. Seine Mutter hätte ihm den Gang nach Sweetwater bestimmt verboten. Und dabei wäre ihr Gesicht kreidebleich geworden. So sah sie auch immer aus, wenn sein Daddy zu ihrer Bestrafung schritt.

Was für Sünden hatte seine Mutter eigentlich begangen, daß sie zeitlebens dafür büßen mußte?

Und wenn blaue Augen und Blutergüsse sie wieder einmal vor dem Satan gerettet hatten, erzählte sie den Nachbarn, daß sie die Treppe hinuntergefallen war. Selbst dem Sheriff tischte sie diese Geschichte mit einem verängstigten Lächeln auf.

Egal, wie brutal er sie knüppelte und mit Fausthieben traktierte, seine Mutter blieb auf der Seite ihres Mannes. Schon deswegen konnte Cy sie nicht in seinen Plan einweihen.

Vor sich erblickte er die Abzweigung zum Grundstück der McNairs. Eine Meile noch, dann hatte er es geschafft. Seine Fußsohlen brannten inzwischen, und die Zunge klebte ihm am Gaumen.

Durch die morgendliche Stille drang ein fröhliches Singen zu ihm herüber – Jims Daddy, der bei der Neuen, Miss Waverly, eine Anstellung gefunden hatte. Sein Freund Jim hatte ihm das gesagt.

Und noch etwas hatte Jim ihm erzählt: Sein Daddy hatte ihn im ganzen Leben noch nie geschlagen. Und wenn er die zwei gemeinsam zum Angeln gehen sah, dann glaubte er ihm das auch aufs Wort.

Es wäre ein Leichtes gewesen, hinüberzugehen und Toby um ein Glas Wasser zu bitten. Er hätte seine blitzenden Zähne zu einem freundlichen Grinsen entblößt und ihm sofort etwas angeboten. »Schau mal, wer gekommen ist, Jim!« hätte er gerufen. »Sieht ganz so aus, als ob dein Freund uns beim Streichen helfen wollte! Klar, danach wartet auch'n prima Mittagessen auf ihn.«

Nur zu gerne hätte Cy den Weg zu Miss Ediths Haus eingeschlagen! Fast lenkten ihn seine Füße automatisch dorthin, doch er blieb wie angewurzelt stehen.

Meine Söhne treiben sich nicht mit Niggern rum! donnerte Austins Stimme in ihm. *Wenn der Herr gewollt hätte, daß wir mit ihnen verkehren, hätte er sie als Weiße erschaffen!*

Aber nicht nur deswegen ließ Cy den Umweg bleiben – oft genug hatte er sich ja heimlich mit Jim getroffen – nein, er wußte, daß er die letzte Meile nach Sweetwater nicht mehr schaffen würde, wenn er jetzt mit Jim und seinem Vater Fenster strich und Tomatensandwichs aß.

So marschierte er weiter, obwohl ihm das Hemd am Leib klebte und ihm schlecht war vor Hunger und Erschöpfung. Mechanisch setzte er einen Fuß vor den anderen.

Sweetwater hatte Cy bislang erst zweimal gesehen. Manchmal meinte er, er habe sich das alles nur eingebildet – die hohen weißen Mauern, den großzügigen Rasen, den herrlichen Garten. Aber jetzt, da es in der flimmernden Luft vor ihm auftauchte, begriff er, daß die Wirklichkeit seine Phantasien bei weitem übertraf.

Ehrfürchtig ging Cy die Kiesauffahrt hinunter, vorbei an den duftenden Blumenbeeten, in denen sein Vater, wie er geprahlt hatte, Tucker grün und blau geschlagen hatte.

Cy hoffte, Miss Della würde ihm aufmachen. Er mochte die rothaarige Hausbedienstete, die immer bunten Schmuck trug, sehr gern. Einmal hatte sie ihn für einen halben Dollar ihre Einkaufstasche tragen lassen. Dabei hatte sie so runde, kräftige Arme, daß der Weg zum Auto ein Kinderspiel für sie gewesen wäre.

Ja, wenn sie aufmachte, würde sie ihn bestimmt in die Küche bitten und ihm als erstes ein Glas Limonade und vielleicht einen Keks anbieten. Und er würde sich artig bedanken und sich nach Lucius Gunn, dem Aufseher auf Sweetwater, erkundigen.

Schwankend und etwas benommen stand er vor der massiven Tür mit dem blitzblank poliertn Messingklopfer. Hastig benetzte er sich die ausgetrockneten Lippen, dann hob er die Hand.

Die Tür sprang auf, noch ehe er den Klopfer berühren konnte. Vor ihm stand nicht Miss Della, sondern eine kleine, ältere Dame mit orange bemalten Lippen und einer Adlerfeder im Haar. Daß die Steine, die von ihren Ohren herabbaumelten, echte Diamanten waren, konnte Cy nicht wissen.

Und daß sie ihn mit gellendem Kriegsgeheul empfangen würde, hatte Cy auch nicht ahnen können.

Erschrocken wich er zurück. »Ich ... ich ... ich ...« stammelte er nur.

»Du darfst den armen Jungen doch nicht so erschrekken, Tante Lulu!« rief Tucker und näherte sich mit einem freundlichen Grinsen, das langsam erstarb, als er Cy Hatinger erkannte. »Was kann ich für dich tun, Cy?«

»Ich ... ich wollte wegen Arbeit nachfragen«, brachte der Junge hervor und kippte ohnmächtig um.

Etwas rann, als Cy erwachte, an seiner Schläfe herunter. Einen entsetzlichen Augenblick lang hielt er es für Blut. Er versuchte sich mühsam aufzurichten.

»Ganz ruhig, mein Junge.«

Er erkannte Dellas Stimme. In seiner Erleichterung wäre Cy fast wieder in seine Ohnmacht abgedriftet, doch Della hielt ihn mit ein paar leichten Klapsen auf die Wange wach, bis er endlich die Augen aufschlug.

»Bist einfach umgekippt«, erklärte sie und hielt ihm ein Glas Wasser an die Lippen. »Wenn Tucker dich nicht rechtzeitig aufgefangen hätte, wärst du voll mit dem Kopf auf die Veranda gekracht. So schnell habe ich den Kerl seit seiner Kindheit nicht mehr erlebt, als er die Fensterscheibe eingeschmissen hatte und sein Daddy ihn verprügeln wollte.«

Hinter dem Sofa stand Lulu. Langsam beugte sie sich nun über ihn. Cy fand, daß sie nach Flieder duftete.

»Ich wollte dich gar nicht so erschrecken, mein Kleiner.«

»Nein, nein, Ma'am. Ich ... hatte wohl ein bißchen zuviel Sonne abgekriegt.«

Tucker, dem der ängstliche Tonfall nicht entging, trat nun ebenfalls ans Sofa. »Laßt doch das Trara. In diesem Haus hat es schon ganz andere Sachen gegeben.«

Della wollte ihm schon giftig ins Gesicht springen, aber ein warnendes Glimmern in Tuckers Augen hielt sie zurück. Sie verstand auf der Stelle. »Kannst du dich um ihn kümmern, Tucker? Ich habe noch einiges zu erledigen. Im roten Zimmer gehören die Vorhänge dringend ausgewechselt. Du hast doch Geschmack, Lulu. Könntest du mich vielleicht beraten?«

Als die zwei Frauen verschwunden waren, setzte Tukker sich an den Kaffeetisch. »Weißt du, meine Tante Lulu ist ein bißchen exzentrisch, aber ein ganz lieber Mensch. Zur Zeit bildet sie sich eben ein, daß Indianerblut in ihren Adern fließt.«

»Jawohl, Sir.« Cy wäre vor Scham am liebsten im Boden versunken. Er stand mit etwas wackeligen Knien auf. »Ich muß jetzt aber heim.«

Tucker musterte erstaunt das kreidebleiche Gesicht.

Der Junge hatte immerhin zehn Meilen zu Fuß zurückgelegt. »Moment mal, du wolltest doch wegen Arbeit nachfragen. Weißt du was, jetzt kommst du erst mal mit in die Küche, und wir machen uns ein anständiges Frühstück. Dabei unterhalten wir uns in aller Ruhe.«

»Das wäre riesig nett von Ihnen, Sir.«

Auf dem Weg in die Küche gab Cy sich alle Mühe, nicht stehenzubleiben und mit offenem Mund zu gaffen. So etwas Prächtiges wie die Gemälde im Flur hatte er im ganzen Leben noch nicht gesehen. Die sonnendurchflutete und trotzdem kühle Küche mit ihren glänzenden weißen Kacheln und der blaßrosa Arbeitszeile überwältige Cy nicht minder. Und kaum bekam er den Inhalt des zum Bersten gefüllten Kühlschranks zu sehen, lief ihm das Wasser im Mund zusammen. Die Augen fielen ihm schier aus dem Kopf, als Tucker eine Platte voller Schinken herausnahm.

»Setz dich schon mal. Ich brate das kurz an.«

Cy hätte die Platte Tucker am liebsten aus der Hand gerissen und alles kalt verschlungen, aber er nahm gehorsam Platz.

»Wir müßten auch noch irgendwo Kekse haben. Was ist dir lieber: Kaffee oder Cola?«

»Eine Cola wäre toll. Danke, Mr. Longstreet.«

»Du kannst mich ruhig Tucker nennen, nachdem du schon bei mir umgekippt bist.« Tucker öffnete eine große Flasche und stellte sie vor Cy auf den Tisch.

Ehe der Schinken in der Bratpfanne brutzelte, hatte Cy bereits die halbe Flasche geleert. Wer so durstig war, hatte sicher auch einen Mordshunger. Tucker schlug ein paar Eier mehr in die Pfanne. Sie brannten am Rand etwas an, und in der Mitte zerlief der Dotter, aber Cys Augen leuchteten dankbar auf.

Beim Essen musterte Tucker den Jungen aufmerksam. Irgendwie erinnerte er ihn an ein Gemälde des Apostels Johannes in der Familienbibel. Beide wirkten jung und zerbrechlich, aber aus ihnen leuchtete ein inneres Feuer. Der Junge freilich war nicht nur dürr wie so viele Kameraden in seinem Alter, er wirkte regelrecht ausgemergelt. Die Ellbogen und Knie standen hervor, und die Arme und Beine waren kaum mehr als Stecken. Was stellte der alte Dreckskerl mit seinem Sohn nur an? Wollte er ihn verhungern lassen?

Geduldig wartete Tucker, bis Cy den Teller mit dem Brot ausgewischt hatte. »Du suchst also Arbeit«, setzte er dann an. »Schwebt dir etwas Bestimmtes vor?«

»Jawohl, Sir. Sie suchen doch immer Leute für die Ernte.«

»Darum kümmert sich normalerweise Lucius, aber der ist für ein paar Tage nach Jackson gefahren.«

Cy sah alle seine Felle davonschwimmen. War er den ganzen Weg hierhergelaufen, um unverrichteter Dinge wieder heimgeschickt zu werden? Er riß seinen ganzen Mut zusammen. »Aber Sie können mir doch sagen, ob Sie Leute brauchen?«

Tucker suchte in der Tat Arbeitskräfte, doch wie sollte er dem hohlwangigen Jungen nur beibringen, daß er viel zu schwach für die harte Arbeit auf den Feldern war? Und ein Hatinger, der Bruder der ermordeten Edda Lou und somit Austins Sohn, war das letzte, was er auf der Plantage brauchen konnte. Aber der Junge wich seinem Blick nicht aus. Und aus seinen Augen sprachen soviel Hoffnung, Verzweiflung und kindliche Unschuld.

»Sag mal, kannst du einen Traktor fahren?«

Cys Kehle schnürte sich zusammen. »Jawohl, Sir.«

»Kannst du auch Stiefmütterchen von Unkraut unterscheiden?«

»Ich denke ja.«

»Und kannst du einen Nagel in die Wand hauen, ohne dir auf den Finger zu klopfen.«

»Meistens«, sagte Cy mit zitternden Lippen.

»Weißt du, für die Feldarbeiten brauche ich eigentlich niemanden, aber was mir fehlt, ist ein Mann für alle Gelegenheiten, so eine Art Faktotum. Traust du dir das zu?«

»Ich ... mache alles, was Sie wollen.«

»Bist du mit vier Dollar die Stunde einverstanden?« Tucker zündete sich bedächtig eine Zigarette an und tat so, als hätte er das ehrfürchtige Seufzen nicht gehört. »Darüber hinaus kriegst du von Della täglich gegen Mittag ein warmes Essen. Du mußt es nicht runterschlingen, aber ich erwarte von dir, daß du auf die Uhr siehst und nur die Zeit berechnest, die du tatsächlich gearbeitet hast.«

»Keine Sorgen, Mr. Longstreet, ähh ... Mr. Tucker. Ich werde Sie bestimmt nicht betrügen.«

»Nein, das kann ich mir auch nicht vorstellen.« Der Junge war ganz und gar nicht wie die anderen Familienmitglieder. »Wenn du willst, kannst du morgen anfangen.«

»Morgen in der Früh bin ich da! Und ich ... Aber morgen ... das heißt ...«

»Ach ja, richtig, morgen ist ja Edda Lous Beerdigung. Weißt du was, du kannst heute schon was für mich erledigen, und am Mittwoch fängst du richtig an, einverstanden?«

»Ja, Sir, sehr gerne. Und ... danke!«

»Schön, dann komm mal mit.«

Tucker erhob sich und führte den Jungen über die Terrasse und den grünen Rasen zu einem Schuppen. Die Tür ging mit einem gräßlichen Knarzen auf. »Die kannst du bei Gelegenheit ölen«, meinte Tucker geistesabwesend. Er war schon lange nicht mehr in diesem Schuppen gewesen. Der modrige Torfgeruch weckte tausenderlei Kindheitserinnerungen in ihm. Seine Mutter hatte den Torf immer für den Garten verwendet.

Das, was Tucker suchte, stand am anderen Ende gegen

die Wand gelehnt. Grinsend zog Tucker sein altes Zehngangrad heraus. Die Reifen waren platt, die Ketten hatten Öl dringender nötig als die Türangeln, und der Sitz war mit einer dichten Staubschicht bedeckt, aber ansonsten mußte es noch fahrtüchtig sein. Tucker erinnerte sich, wie er als Junge damit nach Innocence gefahren war – schon damals war er gerast, die Sonne im Rücken und das ganze Leben vor sich.

»Das sollst du putzen und herrichten.«

»Jawohl, Sir.« Ehrfürchtig strich Cy über die Lenkstange. Er hatte auch einmal ein Rad gehabt, ein klappriges Ding, das er gegen eine handgeschnitzte Flöte eingetauscht hatte, doch in einem Tobsuchtsanfall hatte sein Vater es demoliert. *Das wird dich lehren, dein Vertrauen in weltliche Güter zu setzen!*

»Und danach sollst du es für mich in Schuß halten«, fuhr Tucker fort. »Ein gutes Fahrrad ist wie ...« Er biß sich auf die Zunge. Fast hätte er ›wie eine schöne Frau‹ gesagt. »... Wie ein Pferd. Muß regelmäßig geritten werden. Wär ganz gut, wenn du damit jeden Tag in die Arbeit und heimfahren würdest.«

Cy schnappte aufgeregt nach Luft. »Ich soll auf Ihrem Rad fahren? Meinen Sie wirklich?«

»Kannst du denn nicht radfahren?«

»Doch ... aber ich weiß nicht, ob sich das gehört.«

»Es gehört sich auch nicht, daß du jeden Tag zwanzig Meilen läufst und vor meiner Tür in Ohnmacht fällst. Hör zu: Ich habe das Rad, aber ich benutze es nicht mehr. Wenn du für mich arbeiten willst, kannst du mir nicht gleich beim ersten Auftrag widersprechen, kapiert?«

Der Junge benetzte sich die Lippen. »Nein, Sir. Es ist bloß wegen meinem Daddy. Wenn er was merkt, kriegt er einen Anfall.«

»Du bist doch ein aufgeweckter Kerl. Da wird dir sicher ein Versteck in der Nähe von eurem Haus einfallen.«

»Da wäre vielleicht der Durchlaß, der unterirdische Kanal, in der Dead Possum Lane. Jim und ich haben da immer heimlich gespielt, weil der Bach ja sowieso meistens ausgestrocknet ist.«

»Sehr schön. Wenn du Werkzeug brauchst, findest du es im Schuppen. Ansonsten brauchst du nur Della oder mich zu fragen. Schreib dir die Arbeitszeit auf. Am Freitag wird der Lohn ausbezahlt.«

Cy sah Tucker beim Davongehen nach. Dann widmete er sich dem staub- und rußverschmierten Rennrad.

Drei Stunden später bog Cy mit stolzgeschwellter Brust zum Grundstück der McNairs ab. Schon von weitem sah er Jim und seinen Vater auf einer Ausziehleiter hocken und die Fassade streichen. Ein freundliches Hellblau blitzte ihm entgegen. Cy konnte seine Freude nicht mehr verbergen. Er stieß einen Jubelschrei aus.

Toby hielt im Streichen inne. »Heiliger Strohsack! Schau mal, was dein Freund da hat! Sag mal, Cy, hast du das gestohlen oder was?«

»Wo denken Sie hin? Mr. Tucker hat's mir für den Weg zur Arbeit geliehen. Ich hab nämlich einen Job bei ihm!«

»Verarsch uns nicht …« Jim biß sich zu spät auf die Lippe. Sein kleiner Ausrutscher hatte ihm bereits eine Kopfnuß von seinem Vater eingebracht. »Tut mir leid.« Das Grinsen war ihm deswegen freilich nicht vergangen. »Du willst doch wohl nicht sagen, daß du für ihn Baumwolle zupfst!«

»Das nicht, aber Mr. Tucker hat mich zu einem Mann für alle Gelegenheiten gemacht. Und ich kriege für jede Arbeitsstunde meinen Lohn.«

»Ehrlich?«

»Seid mal 'n bißchen leiser, Jungs«, mahnte Toby die Jungs mit einem bedächtigen Kopfschütteln. »Wenn ihr den ganzen Tag so rumbrüllt, meint Miss Waverly noch, wir tun nichts, und schickt uns weg.«

»Das wird sie bestimmt nicht tun.« Belustigt steckte Caroline den Kopf zum Fenster heraus. »Im Gegenteil, ich finde, ihr habt euch eine Kaffeepause längst verdient. Und ich freue mich doch schon so auf die Limonade von deiner Frau, wenn du mir noch ein Glas anbietest, Toby.«

»Aber gerne, Miss. Geh du als erster runter, Jim. Aber nicht zu hastig.«

Als auch Toby unten war, bewunderte Jim längst das neue Fahrrad und ließ sich lang und breit erzählen, wie Cy dazu gekommen war.

Nun trat auch Caroline aus dem Haus. Toby reichte ihr einen Pappbecher, und sie murmelte ein zerstreutes Dankeschön. Soweit sie verstanden hatte, wollte Tucker diesen hohlwangigen Jungen für sich arbeiten lassen. Sie wandte sich stirnrunzelnd an Toby. »Der Junge gehört doch noch in die Schule.«

»Ach, ein bißchen Taschengeld wird ihm bestimmt nicht schaden.«

»Trotzdem. Wie heißt er überhaupt?«

»Das ist Cy. Cy Hatinger.«

Ein kalter Schauer überlief sie. »Hatinger?«

»Ja, richtig. Aber von seinem Vater hat er so gut wie gar nichts geerbt. Er ist ein guter Junge. Und ein enger Freund von meinem Jim.«

Caroline kämpfte mit ihrem Gewissen. Sie hatte kein Recht, ein Kind zu verurteilen, nur weil es den Namen Hatinger trug. Das Schrillen der Fahrradklingel riß sie aus ihren Gedanken. Die zwei Jungen betätigten sie abwechselnd.

»Cy?«

Sein Kopf schoß nach oben – wie bei einem Reh – scheu und in ständiger Alarmbereitschaft.

»Ich wollte gerade was zum Essen machen. Möchtest du auch etwas?«

»Nein, Ma'am. Danke, Ma'am. Ich habe vorhin bei Mr. Tucker gefrühstückt und bin noch ganz satt.«

Er wollte noch mehr sagen, doch auf einmal fuhr er herum und starrte ängstlich einem Wagen entgegen, der die Auffahrt heraufgekrochen kam. »Das ist der Mann vom FBI«, sagte er mit tonloser Stimme.

Sie alle sahen schweigend zu, wie Matthew Burns anhielt und sich aus dem Wagen zwängte.

Er war alles andere als erfreut, so viele Leute anzutreffen. Eigentlich hatte er mit Caroline allein plaudern wollen. Immerhin brachte er ein halbwegs freundliches Lächeln zustande.

»Guten Tag, Caroline.«

»Hallo, Matthew. Was kann ich für Sie tun?«

»Keine Angst, ich bin nicht dienstlich hier, ich wollte mich nur erkundigen, wie es Ihnen so geht.«

»Gut, danke.« Ihr war klar, daß sie ihn so nicht abspeisen konnte. »Darf ich Ihnen einen Eistee anbieten?«

»Das wäre sehr nett von Ihnen.« Burns blieb vor dem Fahrrad stehen. »Sag mal, bist du nicht Hatingers Sohn?«

»Jawohl, Sir. Ich muß jetzt heim.« Cy hatte noch in zu guter Erinnerung, wie Burns nach der Verhaftung seines Vaters zu ihnen ins Haus gekommen war und seine schluchzende Mutter mit Fragen bedrängt hatte.

»Tja, und wir müssen weiterarbeiten, Jim«, brummte Toby.

»Bei der Hitze könnt ihr ruhig länger Pause machen, Toby«, meinte Caroline.

»Toby?« Matthew fixierte den breitschultrigen Schwarzen. »Toby March?«

Toby nickte. »Jawohl, Sir.«

»Sie wollte ich schon längst verhören. Diese Narbe in Ihrem Gesicht verdanken Sie doch Austin Hatinger.«

»Ich muß jetzt los«, murmelte Cy und schwang sich aufs Rad.

Caroline musterte den FBI-Mann mit einem mißbilligenden Blick. »Vor diesem Kind hätten Sie das wirklich nicht zu sagen brauchen!« tadelte sie ihn, sobald Cy außer Hörweite war.

»Ach was. Die Stadt ist so klein, da wissen doch auch die Kinder längst alles. Also, Mr. March, haben Sie einen Moment Zeit?«

Toby wandte sich zunächst an seinen Sohn. »Jim, du streichst das Fenster an der Rückfront.«

»Ach, Mensch, Daddy!«

»Tu, was ich dir sage!«

Mit hängendem Kopf schlich Jim davon.

»Was wollen Sie von mir wissen, Mr. Burns?«

»Agent Burns, bitte. Wie kam es zu dieser Narbe?«

»Das ist zwanzig Jahre her. Austin Hatinger fing mich auf der Straße ab und beschuldigte mich, ich hätte ihm was gestohlen.«

»Aha. Was denn, wenn ich fragen darf?«

»Ich soll ihm ein Seil gestohlen haben. Aber ich habe im ganzen Leben noch kein fremdes Eigentum angerührt!«

»Und seitdem ist die Atmosphäre zwischen Ihnen vergiftet?«

Toby starrte zu Boden. »Freunde sind wir nicht unbedingt.«

Burns zückte seinen Notizblock. »Sheriff Truesdale berichtete mir von einem ein halbes Jahr zurückliegenden Vorfall. Vor Ihrem Grundstück wurde ein brennendes Kreuz aufgestellt, wofür Sie laut Protokoll Mr. Austin Hatinger und seinen ältesten Sohn verantwortlich machten.«

Tobys Augen blitzten auf. »Ich konnte es nicht beweisen. Ich konnte auch ein paar Tage später nichts beweisen, als ich aus dem Laden kam und meine Autoreifen aufgeschlitzt waren. Vernon Hatinger stand auf der anderen Straßenseite und feilte sich grinsend die Fingernägel. In der Tasche hatte er ein Messer stecken. Ich konnte ihm nichts beweisen, auch wenn er sagte, ich solle froh sein, daß es die Reifen waren und nicht mein Gesicht.«

»Sie konnten nichts beweisen, aber Sie waren erbost – was ich Ihnen nicht verüble. Dennoch muß ich festhalten, daß Sie ein Motiv hatten, es ihm heimzuzahlen.«

In Tobys Gesicht arbeitete es. »Ich bring keine Leute um!« brauste er plötzlich auf.

»Das mag schon sein«, entgegnete Matthew kühl. »Aber in meinem Block stehen noch andere Sachen. So sollen Sie zu Austin Hatinger gesagt haben ... ich zitiere: ›Was geht es Sie an, ob mein Jim mit Ihrem Cy spielt. Kümmern Sie sich lieber darum, für wen Ihr Töchterchen die Beine spreizt!‹«

»Das ist schon möglich.«

»Und Sie geben zu, daß mit dieser Tochter die vor kurzem ermordete Edda Lou Hatinger gemeint war?«

»Er hatte mich und meine Familie beleidigt. Da kann es schon mal passieren, daß man Sachen sagt, die man später bereut.«

»Trotzdem haben Sie auf Miss Hatingers sexuelle Gewohnheiten angespielt.«

»Ich war wütend. Seine Tochter kann nichts für seine Fehler.«

»Aber es wäre interessant zu wissen, wie Sie zu diesem Wissen gekommen sind?«

»Das weiß doch jeder, daß sie leicht zu haben war.«

»Nun gut. Es gibt jedoch Zeugen, die beschwören können, daß Sie allein das Zimmer der Edda Lou Hatinger aufsuchten ...«

»Das ist eine unverschämte Lüge! Ich war nie in ihrem Zimmer, wenn sie da war.«

»Aber Sie waren dort.«

Toby starrte seinem Gegenüber fünf lange Sekunden in die Augen. »Ja«, sagte er schließlich. »Aber nur, um die Fenster zu streichen. Ich war längst fertig, als sie heimkam. Ich habe meiner Frau vor fünfzehn Jahren Treue geschworen und habe sie auch nie betrogen. So, und jetzt entschuldigen Sie mich bitte, ich muß mit meiner Arbeit fertig werden.«

Erst jetzt bemerkte Caroline, daß sie zitterte. Als Toby um die Ecke gegangen war, rief sie: »Das war ja grausam!«

Matthew verstaute seinen Notizblock in der Tasche. »Das tut mir leid, Caroline. Vernehmungen sind nie sehr angenehm.«

»Sie glauben doch nicht im Ernst, daß Toby das Mädchen umgebracht hat!« Sie wollte es ihm ins Gesicht schreien, zwang sich aber zu einem ruhigen Ton. »Das sieht man doch auf den ersten Blick, daß er ein herzensguter Mensch ist.«

»Glauben Sie's mir ruhig, Caroline, die wenigsten Mörder sehen wie Verbrecher aus, am allerwenigsten Serienmörder. Ich könnte Ihnen Verhaltensmuster zeigen, bei denen Ihnen Hören und Sehen vergehen würde.«

»Ersparen Sie sie mir«, entgegnete Caroline kühl.

»Es tut mir leid, daß Sie immer wieder in diese Sache hineingezogen werden. Darf ich hoffen, daß wir dieses Gespräch bald in einer angenehmeren Atmosphäre fortführen? Und vielleicht könnten Sie mir bei dieser Gelegenheit etwas vorspielen?«

Caroline atmete dreimal durch. Vielleicht, so dachte sie, konnte er nichts für seine Überheblichkeit und merkte es nicht einmal. »Seien Sie mir nicht böse, Matthew, aber ich bin noch immer auf Urlaub.«

»Ach so? Na gut, angeblich gibt es hier ein halbwegs gutes Restaurant. Dürfte ich Sie am Wochenende dorthin einladen?«

»Danke, Matthew, aber ich halte mich zur Zeit am liebsten zu Hause auf.«

Endlich begriff er. »Schade. Na ja, die Arbeit ruft. Enttäuscht, aber immer noch nicht geschlagen, schlenderte er zum Wagen. »Den Eistee probiere ich ein andermal, wenn ich darf.«

»Gut. Auf Wiedersehen.«

Kaum hatte sich der Staub wieder gesetzt, ging sie in ihr Haus zurück. Zum erstenmal seit Tagen nahm Caroline die Geige in die Hand und spielte.

13

Über Nacht hatte ein Tief dem durstigen Delta Regen beschert. Am Morgen freilich waren die Wolken träge nach Arkansas weitergezogen. Zurück blieben nur ein paar Pfützen, die jedoch schnell wieder austrocknen würden.

Vor einem offenen Grab hatte sich eine kleine Gruppe Leute bis zu den Knöcheln in vom Boden aufsteigenden Dunstschwaden versammelt. Das Wasser verdampfte bereits in der herabstechenden Sonne.

In seinem Sonntagsanzug stand regungslos, an Händen und Füßen gefesselt und von zwei grimmig dreinblickenden Polizisten flankiert, Austin Hatinger.

Er lauschte dem Prediger. Er sah zu, wie der Sarg seiner Tochter in die dunkle, feuchte letzte Ruhestätte gesenkt wurde. Und er schmiedete Pläne.

Hatinger hörte das langgezogene Heulen seiner Frau. Sein Blick fiel auf ihr von Trauer und nicht versiegen wollenden Tränen entstelltes Gesicht, und er traf eine Entscheidung.

Während die letzten Regentropfen verdampften, senkte er den Kopf und starrte mit weit aufgerissenen Augen konzentriert in das schwarze Loch. Prompt stellten die Tränen sich ein. Sollten die anderen das ruhig für Trauer halten. Sollten sie einen gebrochenen Mann in ihm sehen.

Er wartete, wartete bis zum Ende des Gottesdienstes, wartete, bis die Frauen an seine Gattin herantraten und Worte des Mitgefühls murmelten.

Als dann die ersten zu ihren Wagen gingen, stieß ihn einer der Polizisten an. »Hatinger.«

»Bitte … Ich muß noch … beten. Mit meiner Frau beten.«

Die Beamten traten verlegen von einem Fuß auf den

anderen. Seine Masche wirkte also. »Bitte«, flehte er noch einmal mit zitternder Stimme. »Sie war doch meine Tochter, meine einzige Tochter. Ein Vater muß seine Tochter beerdigen dürfen.« Er hielt den Blick gesenkt. Sie durften sein von Haß verzerrtes Gesicht nicht sehen. »Ich muß doch meine Frau in den Arm nehmen und sie trösten. Sehen Sie nicht, wie unglücklich sie ist?«

»Lassen wir ihn doch, Lou«, meinte der Beamte zu seiner Rechten. »Nehmen wir ihm ruhig die Handschellen ab. Weglaufen kann er ja nicht. Aber hören Sie, mehr als fünf Minuten geben wir Ihnen nicht.«

»Gott segne Sie!« Während die Polizisten ihm die Handschellen abnahmen, beobachtete Austin aus den Augenwinkeln, wie Burke davonfuhr. Er trat mit ausgebreiteten Armen auf Mavis zu. Schluchzend sank sie an seine Brust.

Einen Moment blieb er so stehen und musterte heimlich die zwei Beamten, die mit zu Boden gesenktem Blick dem Tod ihre Ehrfurcht bekundeten.

Auf diese Gelegenheit hatte er gewartet. Blitzschnell stieß er seine Frau gegen den Polizisten mit dem Namen Lou. Der kam ins Stolpern und fiel mit ihr ins offene Grab. Bevor der andere zu seiner Waffe greifen konnte, hatte Austin ihm den Kopf in die Brust gerammt. In einem kurzen Kampf entriß er ihm die Pistole. Im Grab versuchte Lou sich unterdessen von der hysterisch schluchzenden Mavis zu befreien.

Mit einem Kolbenhieb über die Schläfe, schlug Austin den Polizisten bewußtlos, und noch ehe die Leute begriffen, was da geschah, packte er Birdie Shays an der Gurgel.

»Ich bring sie um!« brüllte er. »Gebt mir die Schlüssel, oder ich jage ihr eine Kugel in den Kopf!«

Birdie wimmerte vor sich hin. Vergeblich versuchte sie, sich aus dem eisernen Griff zu winden.

»Wohin wollen Sie denn, Hatinger?« rief Lou. »Überlegen Sie doch mal! Sie haben keine Chance!«

»Der Herr wird mir den Weg weisen.« Jawohl! Gott verlieh Austin neue Kräfte. Er spürte, wie sie durch seine Adern strömten. »Du, mein Herr, ich werde dir folgen!« schrie er mit glänzenden Augen und drückte fester zu. »Zehn Sekunden oder ich mache sie kalt. Und danach pumpe ich euch mit Blei voll!«

Fluchend warf Lou ihm die Schlüssel vor die Füße.

»Deine Knarre auch.«

»Du Dreckskerl …«

»*Fünf* Sekunden.« Mit einer Kopfbewegung bedeutete Austin seinem Sohn Vernon, die Ketten um seine Füße zu lösen.

»Bring die Drecksäcke doch alle um, Daddy«, murmelte Vernon zwischen den Zähnen. »Ich helf dir. Und dann hauen wir ab nach Mexiko.«

»Ich gehe hier erst weg, wenn ich fertig bin!«

Kaum war er frei, stieß Austin die von Weinkrämpfen geschüttelte Birdie zum Grab. Kurz kämpfte sie ums Gleichgewicht, dann landete sie schon rittlings auf Lou.

Die drei waren noch nicht aus dem Loch gekrabbelt, da sprang Austin Hatinger in Birdies Buick und brauste davon. Bei sich hatte er zwei Police Specials, und in sich trug er tödlichen Haß.

Caroline spielte gerade wieder Geige, da klopfte Deputy Carl Johnson bei ihr an und meldete Austins Flucht.

Mit ihrer inneren Ruhe war es für diesen Nachmittag vorbei. Caroline nahm sich zwei Dinge vor. Als erstes wollte sie wieder die Schießübungen aufnehmen und diesmal am Ball bleiben. Und zweitens mußte ein Hund her. Den allerersten Impuls, ihre Sachen zu packen und Hals über Kopf abzureisen, nahm sie schon gar nicht mehr ernst. An seine Stelle war ein ungleich tieferes Gefühl getreten: Das hier war nun ihr Zuhause, das es zu beschützen galt.

So fuhr sie in die Hog Maw Road, wo, wie ihr der kleine Jim erzählt hatte, Happy Fullers Hündin vor zwei Monaten geworfen hatte.

Happy hatte die Trauerkleidung schon wieder mit ihrer Arbeitskluft vertauscht. Sie war mehr als erfreut über den unerwarteten Besuch, denn sie wurde nicht nur den letzten Welpen los, sondern konnte bei der Gelegenheit auch gleich die aufregende Neuigkeit hinausposaunen.

»Ich kann Ihnen gar nicht sagen, wie entsetzt ich war«, sprudelte sie los. »Wissen Sie, ich war eigentlich zum Grab meiner Mutter, Gott habe sie selig, gegangen, da höre ich auf einmal Schreie. Ich dreh mich um und seh gerade noch, wie dieser Deputy aus Greenville und Mavis zusammen ins Grab fallen. Als nächstes schlägt Austin mit einem gewaltigen Hieb den anderen Polizisten k. o. und packt die arme Birdie an der Gurgel. Ich dachte, mir bleibt das Herz stehen. Wo Birdie doch meine beste Freundin ist! Leichenblaß war sie, die Arme. Und dieser Schuft hält ihr die Pistole an die Schläfe und stößt wüste Drohungen aus! Aber dann ist es ja doch glimpflich abgelaufen. Der Deputy hat Austin die Schlüssel vor die Füße geworfen, und sein Sohn Vernon hat ihm die Fußfesseln abgenommen. Niemandem ist etwas passiert. Das Schlimme ist nur, daß dieser Irre jetzt auf freiem Fuß ist. Er hat die Aufregung genutzt und ist mit Birdies Wagen geflohen. Na ja, wir können froh sein, daß alles vorbei ist. Das muß man sich mal vorstellen. Das Ganze wäre fast zum Lachen gewesen, wie Mavis und der Sheriff im Grab hockten. Mavis schluchzte und betete, und der Sheriff fluchte wie ein Droschkenkutscher. Und dann fiel auch noch die arme Birdie ins Grab!«

Happys Lippen zitterten schon. Erst verbiß sie sich noch mühsam ein Grinsen, dann sah sie jedoch, wie Caroline um eine ernste Miene kämpfte. Da konnte Happy nicht mehr an sich halten. Schließlich bogen sich beide vor Lachen, bis ihnen die Tränen kamen und Happy ein Taschentuch brauchte.

»Ich sage Ihnen, den Anblick werde ich mein Leben lang nicht vergessen. Kaum war Austin davongefahren, rannte ich zu den dreien hinüber. Es war ein einziges Knäuel aus Armen und Beinen auf dem Sarg. Ausgesehen hat es wie in einem von diesen perversen Filmen, mit Gruppensex und so. Nicht daß ich so was je gesehen hätte, aber Sie verstehen schon.«

»Natürlich«, kicherte Caroline.

»Der Rock war Birdie bis zur Hüfte gerutscht, und so saß sie dem armen Deputy auf der Brust. Die leichteste war sie ja nie, und er wird danach ganz schön nach Luft geschnappt haben, könnte ich mir vorstellen. Sein Gesicht war puterrot angelaufen. Und Mavis klammerte sich an seine Beine und kreischte irgendwas von der Hand Gottes.«

»Schrecklich!« preßte Caroline hervor und wurde schon wieder von einem Lachanfall geschüttelt. Erschöpft ließ sie sich schließlich auf die Erde plumpsen. Bald beruhigte sich auch Happy und setzte sich daneben.

»Uff«, keuchte Happy und schneuzte sich ausgiebig. »Bin ich froh, daß Birdie das nicht mitgekriegt hat. Sie hätte mir den Lachanfall bestimmt nie verziehen. Aber jetzt hole ich Ihnen den Hund. »Princess! Princess! Komm zum Frauli und bring deinen Kleinen mit!« Sie können ihn geschenkt haben, Caroline. Ich bin froh, wenn ich ihn los bin. Aber fragen Sie mich nicht nach dem Vater. Princess ist in der Hinsicht nicht sehr wählerisch. Ich hätte sie längst sterilisieren lassen sollen.«

Caroline sah eine große, dicke Hündin mit gelbem Zottelfell herbeitrotten. Um sie hüpfte ein kräftiger Welpe mit ebenso gelbem Fell. Alle paar Sekunden schnappte er nach einer der Zitzen seiner Mutter, von denen sie ihn allerdings mit einem Knurren vertrieb. Offensichtlich hatte sie das Gefühl, ihren Mutterpflichten Genüge getan zu haben.

»Hierher!« Happy klatschte kurz in die Hände, worauf

der Welpe den Gedanken an die Muttermilch aufgab und herbeigesprungen kam. »Bist du nicht ein absolut nutzloser kleiner Spinner?«

Der Kleine winselte zustimmend und wedelte so heftig mit dem Schwanz, daß er mit dem Hinterteil fast gegen die Schnauze stieß.

Happy erhob sich. »Sie können sich schon mal mit ihm anfreunden. Ich hole uns etwas Kaltes zum Trinken.«

Caroline musterte den Welpen etwas mißtrauisch. Süß war er ja mit seinen abstehenden Ohren und dem treuen Blick. Und es war geradezu herzzerreißend, wie er einem die Pfote in den Schoß legte – aber was sie suchte, war ein ausgewachsener Wachhund. Was hatte sie davon, wenn sie den Welpen ins Herz schloß und am Ende doch wieder auf Tournee ging?

Es war wohl ein Fehler gewesen, hierher zu kommen. Sie hätte sich lieber nach dem nächsten Zwinger erkundigen und dort einen zähnefletschenden Dobermann verlangen sollen.

Aber dieser Welpe war so schön kuschelig und warm! Und noch während Caroline sich stirnrunzelnd über ihn beugte, leckte er ihr die Hände ab. Dann verlor er das Gleichgewicht und purzelte zu Boden, um sogleich im Kreise seinem eigenen Schwanz nachzujagen. Kaum hatte er schließlich hinein gebissen, rannte er winselnd zurück und sah mit seinen großen, traurigen braunen Augen zu Caroline auf.

»Du Dummerjan«, schalt sie ihn und nahm ihn in die Arme. Doch wie vergalt das Vieh ihr die Liebkosungen? Es sabberte ihr über die Wange.

Als Happy mit dem Eistee kam, hatte Caroline den Welpen bereits ›Useless‹ getauft. Sie fand, daß er mit einem roten Halsband entzückend aussehen würde.

In Larssons Laden fand Caroline sofort, was sie sich vorgestellt hatte. Dazu kamen zehn Pfund Hundefutter, eine

Leine, zwei Plastikschalen und ein Kissen, auf dem der Kleine schlafen sollte.

Useless mußte solange im Wagen bleiben und heulte die ganze Zeit. Einmal sah sie kurz hinaus. Er hatte die Füße auf das Armaturenbrett gestemmt und sah sie mit einem anklagenden Blick an. Kaum stieg sie wieder ein, kletterte er auf ihren Schoß. Nach einem kurzen Scharmützel erwies er sich als der Willensstärkere und gab seinen Posten während der gesamten Heimfahrt nicht mehr preis.

»Mit dir habe ich mir was eingehandelt, du nutzloses Vieh«, stöhnte Caroline, woraufhin Useless einen zufriedenen Seufzer von sich gab. »Das Problem ist nun mal, daß ich schon als Kind einen kleinen Hund haben wollte. Aber das haben mir meine Eltern nicht erlaubt. Hundehaare auf dem Teppich fand meine Mutter ganz pfui.«

Sie streichelte ihn unter dem Fahren immer wieder und genoß das warme Gefühl auf dem Schoß. »Das Dumme ist nur«, fuhr sie fort, »daß ich in zwei Monaten weg muß und nicht weiß, wann ich zurückkomme. Nicht, daß wir keine Freunde werden können. Solange ich da bin, werden wir bestimmt prima miteinander auskommen. Aber wir dürfen beide nicht vergessen, daß das nichts für alle Ewigkeit sein kann.«

Useless schmiegte sich an ihre Brust und leckte ihr das Kinn ab.

Als Caroline in ihre Auffahrt abbog, hatte sie sich längst in Useless verliebt und machte sich selbst heftigste Vorhaltungen.

Da half es auch nichts, daß Tucker mit einer Flasche Wein und einem Strauß gelber Rosen auf der Verandatreppe saß.

14

»Arbeitest du eigentlich nie?« rief Caroline und zwängte sich schwer beladen mit dem zappelnden Welpen, ihrer Handtasche und einer Einkaufstüte aus dem Wagen.

»Nur, wen ich erwischt werde.« Tucker legte die Rosen beiseite und schlenderte ihr entgegen. »Was hast du denn da, Caro?«

»Ich nenne das einen Hund.«

Grinsend tätschelte er Useless. »Süßer kleiner Bursche.« Er warf einen Blick in den Kofferraum. »Sag, brauchst du Hilfe?«

»Wo denkst du hin?«

»Ich kann dir sagen, was ich denke: Du bist froh, daß ich gekommen bin. Du hättest nur gerne, daß du es nicht wärst. Trag die Ladung, die du in den Händen hast, schon mal rauf. Den Rest besorge ich.«

Caroline protestierte nicht, schon allein deswegen, weil es sie brennend interessierte, ob Tucker mit seinen Armen noch etwas anderes anfangen konnte, als den Pulsschlag einer Frau zu beschleunigen.

Als er mit den anderen Tüten kam, versuchte Caroline gerade, dem sich windenden Useless das neue Halsband anzulegen. Tucker stellte alles ab und setzte sich neben sie. Sogleich beschnüffelte der Welpe seine Hand. Tucker liebkoste ihn an einer bestimmten Stelle zwischen den Hinterbeinen, worauf er rhythmisch mit dem Hinterfuß auf den Boden pochte. »Du bist mir der Richtige. Solche Hunde mag ich. Wie heißt er überhaupt?«

»Useless«, brummelte Caroline. Sie beäugte mißtrauisch, wie der Hund, *ihr* Hund, es sich auf Tuckers Schoß bequem machte. »Er soll mir einen Wachhund abgeben.«

»Einen Wachhund? Dann zeig mir mal deine Zähne,

Kleiner.« Gehorsam nuckelte der Welpe an seinem Daumen. »Die werden ihm bestimmt bald wachsen. Und in zwei Monaten reicht er dir bis an die Knie.«

»In zwei Monaten bin ich in Europa. Vielleicht reise ich sogar früher ab. Kann sein, daß ich nach Washington zum Proben muß.«

»Du *mußt* proben?«

»Dort habe ich eben einen Auftritt. Aber für Useless werde ich schon eine gute Unterkunft finden.«

Tucker sah zu ihr auf. Seine goldenen Augen nahmen einen leicht strengen Ausdruck an. Hin und wieder setzte er diesen Blick auf. Caroline meinte dann immer, er durchschaue ihre Maske und lege sie bloß bis zu ihrem wahren Kern. Mit leiser Stimme sagte er: »Wenn man will, kann man einen Hund wahrscheinlich auf Tourneen mitnehmen. In deinem Geschäft bist du ziemlich bekannt, was?«

Zu ihrem Ärger hielt sie seinem Blick nicht stand. Sie mußte sich abwenden, denn noch verbarg sie einiges vor sich selbst. »Tourneen sind eine heikle Angelegenheit«, erwiderte sie und wollte es dabei bewenden lassen.

Das ließ er jedoch nicht zu.

»Macht es dir Spaß?«

»Es gehört zu meinem Beruf.« Caroline griff nach dem Hund, der von Tuckers Schoß kletterte und sich auf Erkundungstour begeben wollte. »Sonst läuft er noch weg.«

»Ach, er will nur die Umgebung beschnüffeln. Aber du hast meine Frage nicht beantwortet, Caroline. Macht es Spaß?«

»Darum geht es ja überhaupt nicht. Wer Konzerte gibt, muß eben reisen.« Von Flughafen zu Flughafen, dachte sie für sich. Von Stadt zu Stadt. Von Hotel zu Hotel. Von Probe zu Probe. Sie spürte einen Druck in der Magengegend – ein Warnzeichen. Es hieß loslassen, wenn sie nicht wieder ein Geschwür bekommen wollte. Daß Kopfschmerzen im Anzug waren, spürte sie bereits seit einiger Zeit.

Tucker, der selbst so gut wie nie unter Anspannung stand, erkannte Carolines Symptome sofort. Ganz beiläufig massierte er ihr den Nacken. »Ich habe noch nie verstehen können, wieso andere immer das tun, was sie eigentlich gar nicht wollen.«

»Ich habe nicht gesagt …«

»Eben. Du hast nicht gesagt: ›Mensch, Tuck! Es gibt nichts Schöneres! Nach London jetten, in Paris Zwischenstop machen, kurz mal in Venedig oder Wien vorbeischauen …‹ Die Gegenden wollte ich mir ja schon immer ansehen. Du warst dort, aber übermäßig begeistert hörst du dich nicht gerade an.«

Was habe ich denn schon gesehen? fragte sie sich. Was habe ich denn erlebt zwischen Interviews, Proben, Auftritten und dem nächsten Flug?

»Es gibt auf dieser Welt auch Menschen, die Spaß nicht zu ihrem einzigen Lebenszweck erheben.« Sie erkannte die eigene Stimme, zuckte aber entsetzt zusammen, denn sie klang so überheblich.

Tucker zündete sich eine Zigarette an. »Wenn das kein Jammer ist … Schau dir nur diesen Hund da an. Er schnüffelt herum und ist glücklich wie ein Frosch, der den Bauch voller Fliegen hat. Er hebt an allen Ecken das Beinchen und sprengt den Rasen, spielt mit allem, was ihm in die Quere kommt, und wenn er Lust hat, macht er ein Nickerchen. Hunde wissen eben, wie man das Leben genießt.«

Caroline verkniff sich ein Lächeln. »Sag mir bitte Bescheid, wenn du das Bedürfnis verspürst, meinen Rasen zu sprengen.«

Tucker ging nicht darauf ein. Mit einem ernsten Blick betrachtete er die glühende Zigarettenspitze. »Ich habe mich bei Doc Shays wegen der Tabletten erkundigt, die du mir neulich gegeben hast. Er hat gesagt, sie sind so ziemlich das stärkste Mittel auf dem Markt. Da habe ich mich gefragt, warum du so etwas brauchst.«

Sie erstarrte. »Und was geht das dich an?«

Er legte eine Hand auf ihre Wange. »Caroline, mir liegt sehr viel an dir.«

Sie war sich dessen bewußt – nicht minder als er –, daß er das Dutzende von Male zuvor auch schon gesagt hatte. Und beide spürten, daß es diesmal etwas ganz anderes war. Verlegenes Schweigen machte sich breit.

»Ich neige nun mal zu Kopfschmerzen«, sagte sie schließlich und verabscheute sich sofort für den spröden Ton.

»Regelmäßig?«

»Was soll das sein? Ein Verhör? Tausende leiden unter Kopfschmerzen, vor allem wenn sie nicht den ganzen Tag im Schaukelstuhl verbringen.«

»Noch lieber lege ich mich ja in eine Hängematte«, entgegnete er fröhlich. »Aber die Rede war von dir.«

Carolines Augen nahmen einen abweisenden Ausdruck an. »Laß mich in Frieden, Tucker.«

Normalerweise hätte er auch sofort locker gelassen. Es war nicht seine Art, Leute zu bedrängen. »Ich will nicht, daß es dir schlecht geht.«

»Mir geht es ja nicht schlecht.«

»Oder daß ich mich um dich sorgen muß.«

»Dich sorgen.« Sie wiederholte es zweimal und ließ den Kopf mit einem fast schon hysterischen Auflachen sinken. Der Welpe zu ihren Füßen fing an zu winseln. »Weshalb solltest du dich schon sorgen? Weil ein Wahnsinniger Frauen aufschlitzt und in meinen Teich wirft? Oder weil Austin Hatinger geflohen ist und vielleicht noch mal auf meine Fenster ballert? Natürlich werde ich in der Nacht ruhig schlafen und keinen Gedanken daran verschwenden, daß er alles daran setzen wird, dich zu durchlöchern.«

»Ach, wir Longstreets landen immer auf den Füßen.«

»Das habe ich gesehen. Mit einem blauen Auge und einem bandagiertem Kopf.«

»Nächste Woche habe ich das längst vergessen. Und bis dahin sitzt auch Austin wieder hinter Schloß und Riegel. Trotzdem würde ich es für das beste halten, wenn du deinen Hund und was du sonst noch brauchst, nimmst und für ein paar Tage zu uns nach Sweetwater kommst. Keine Angst, wir haben mehr als ein Dutzend freie Zimmer. Du mußt also nicht bei mir schlafen, es sei denn, du gestehst dir endlich ein, daß du früher oder später sowieso dort landen wirst.«

»Danke für das großzügige Angebot, aber ich muß ablehnen.«

Ein Anflug von Verärgerung blitzte in Tuckers Augen auf. »Caroline, falls du glauben solltest, ich will zu dir unter die Bettdecke schlüpfen, wir haben drei Sittenwauwaus und jede Menge solide Türen mit einbruchssicheren Schlössern im Haus.«

»Versuchen würdest du's trotzdem!« rief sie lachend.

»Bilde dir nicht ein, ich könnte dich nicht in Schach halten, aber ich muß nun mal hierbleiben.«

»Du mußt ja nicht gleich für alle Ewigkeit einziehen.« Zu seiner Überraschung stellte Tucker fest, daß es ihm bei der Vorstellung gar nicht kalt den Rücken hinunterlief. »Du bist unser Gast, bis Austin wieder da sitzt, wo er hingehört.«

»Es geht nicht, Tucker«, beharrte Caroline. »Bis auf die letzten zwei Monate habe ich nie selbst über mich bestimmt. Mein ganzes Leben lang habe ich immer nur das getan, was andere von mir wollten, bin dahin gegangen, wohin sie mich schickten und habe mich richtig dressieren lassen.«

»Willst du's mir erzählen?«

Caroline stieß einen gequälten Seufzer aus. »Jetzt bitte nicht. Ein andermal vielleicht. Jetzt habe ich hier ein Zuhause gefunden, und das will ich nicht so schnell preisgeben. Meine Großmutter hat ihr gesamtes Leben hier verbracht. Meine Mutter wurde hier geboren, auch wenn sie es später nicht mehr wahrhaben wollte. Gott sei Dank konnte sie mir nicht ausreden, daß auch Blut der McNairs in meinen Adern fließt … Sag mal, schenkst du mir diese Blumen da, oder sollen sie verwelken?«

Tucker hatte sein Pulver zwar noch längst nicht verschossen, hielt es jedoch für das Klügste, Caroline in Frieden zu lassen. Wer nie nach seinen eigenen Vorstellungen hatte leben dürfen, zerbrach eher, als daß er sich biegen ließ. Mit einer Unschuldsmiene hob er die Rosen hoch. »Die da? Willst du sie denn?«

»Ich will nicht, daß sie kaputtgehen«, erwiderte sie achselzuckend.

»Ich auch nicht. Schließlich bin ich extra deswegen nach Rosedale gefahren. Den Wein habe ich übrigens auch dort gekauft. Dazu mußte ich mir Dellas Wagen borgen. Das Dumme mit Della ist, daß man von ihr nichts kostenlos bekommt. Du hättest die Liste mit Aufträgen sehen sollen, die sie mir in die Hand gedrückt hat! Sachen in die Reinigung bringen, zum Markt fahren und den halben Woolworth ausräumen, weil sie so tolle Angebote haben. Nur beim Negligé habe ich gestreikt, auch wenn es ein Hochzeitsgeschenk für Dellas Nichte werden sollte. Unterwäsche für Frauen kaufe ich grundsätzlich nicht, wenn ich nicht mit ihnen intim bin.«

»Ein Mann, ein Wort.«

»Tja, das ist eine Frage des Prinzips bei mir.« Tucker legte die Rosen mit den im Sonnenlicht schillernden Blüten auf Carolines Schoß. »Ich dachte mir, Gelb steht dir am besten.«

Sie sog den Duft tief in sich ein. »Sie sind herrlich. Jetzt erwartest du sicher, daß ich mich überschwenglich bei dir bedanke, zumal du dir solche Mühe gemacht hast.«

»Mit einem Kuß wäre ich schon zufrieden.« Er lächelte sie an. »Denk nicht darüber nach, Caroline. Tu's einfach. Das hilft besser gegen Kopfschmerzen als jede Tablette.«

So beugte sie sich vor und drückte ihre Lippen sanft auf seinen Mund. Der Geschmack war so herrlich wie der Duft der Rosen zwischen ihnen – und, wie sie merkte, mindestens genauso erfrischend. Mit verträumten Augen wollte sie sich von ihm lösen, aber er zog sie näher an sich heran. »Ihr Yankees laßt euch auch für nichts Zeit«, murmelte er und küßte sie fester.

Er drängte sie nicht, sondern genoß einfach. Ihr dämmerte durch den Wirbel der Gefühle, wie langsam, wie tief ein Kuß sein konnte, wenn man sich einfach fallen ließ.

Selbst als seine Finger über ihren nackten Hals glitten, geriet sie nicht in Panik. Sie drückte ja selbst die Hände gegen seine Brust und spürte Tuckers schnellen, kräftigen Herzschlag.

Schließlich war er es, der sich löste. Dabei hatte er sie kaum berührt. Er hatte es nicht gewagt. Hätte er mehr getan, als ihren Hals zu streicheln, er hätte nicht mehr aufhören können.

Irgendwie wurde hier eine andere Melodie gespielt, als er gewöhnt war. Welche, mußte er noch herausfinden.

»Gehe ich recht in der Annahme, daß du mich nicht ins Haus bittet?«

»Richtig«, sagte sie und stieß einen langen Seufzer aus. »Noch nicht.«

»Tja, dann begebe ich mich wieder auf den Heimweg.« Tucker erhob sich, wenn auch widerstrebend. »Schließlich habe ich Tante Lulu eine Revanche beim Backgammon versprochen. Sie schummelt zwar, aber nicht so geschickt wie ich.«

»Danke für die Blumen und den Wein.«

Vorsichtig stieg Tucker über den Welpen, der auf der obersten Treppe schlummerte, zwängte sich in Dellas

Oldsmobile und kurbelte noch einmal das Fenster herunter.

»Den Wein bitte kaltstellen. Ich komme wieder.«

Der Wagen verschwand in einer Staubwolke. Caroline fragte sich, warum diese lockere Bemerkung in ihren Ohren wie eine Drohung geklungen hatte. Aber komischerweise hatten sich ihre Kopfschmerzen genauso wie der Druck im Magen in Nichts aufgelöst.

Josie und Crystal saßen an ihrem Lieblingstisch im Chat 'N Chew. Der offizielle Anlaß war ein Dinner, aber da sie sich beide praktisch permanent auf einer Abmagerungskur befanden, ging es ihnen vor allem um den neuesten Klatsch.

Josie stocherte in ihrem Hühnchensalat herum. Ein dickes, saftiges Steak mit fetttriefenden Pommes Frites wäre ihr lieber gewesen. Sie tröstete sich damit, daß eine Frau ab dreißig auf jedes Pölsterchen achtgeben mußte.

Ihre Mutter war bis zu dem Tag, an dem sie im Rosenbeet tot umgefallen war, gertenschlank geblieben. Josie wollte es nicht anders halten.

Seit dem Tag, an dem ihr der Unterschied zwischen ihrer Mama und ihrem Daddy aufgegangen war, hatte Josie sich in einem ständigen, wenn auch unterschwelligen, Wettstreit mit ihrer Mutter befunden. Trotz gelegentlicher Schuldgefühle hatte sie dem Bedürfnis nicht widerstehen können, erst genauso schön und dann noch schöner, erst genauso begehrenswert, dann begehrenswerter zu sein.

Beim Versuch, die stille Würde ihrer Mutter zu erreichen, war Josie allerdings kläglich gescheitert. So hatte sie sich nach ihrer ersten Ehe auf die derbe, großspurige Art ihres Daddys verlegt. Das Aussehen einer aufregenden *femme fatale* in Verbindung mit einem bodenständigen Charakter entsprach ihrem tatsächlichen Wesen weitaus eher, wie sie befand. Als Kind hatte sie ihre Charakterzüge zusammengestückelt. Jetzt schien das Puzzle vollendet.

Im Gegensatz zu ihrer Freundin verzehrte Crystal ihre mit Thunfisch gefüllte Tomate mit wahrem Heißhunger, ohne deswegen ihr Plappern zu unterbrechen. Wie immer hörte Josie nur mit halbem Ohr hin.

Sie hatte Crystal gern – und das, seit sie sich in der ersten Klasse ewige Freundschaft geschworen hatten. Als Kinder reicher Eltern hatten sie damals noch nicht ahnen können, wie weit sie sich auseinanderentwickeln würden. Josie war über Debütantinnenbälle in ihre erste Ehe getaumelt. Crystal hatte schwer arbeiten müssen, nachdem ihr Vater, ein reicher Anwalt, mit einer Sekretärin auf und davon gegangen und ihre eigene Ehe nach zwei Abgängen geschieden worden war.

Trotzdem suchte Josie ihre Freundin immer wieder auf, wenn es sie zurück nach Innocence verschlug. Als sentimentaler Mensch wollte sie diese Sandkastenfreundschaft auch als Erwachsene fortsetzen. Auch fand sie, daß sie sich gerade wegen ihrer Gegensätze gut ergänzten. Crystal war klein und leicht rundlich, Josie dagegen groß und schlank. Mit ihren Sommersprossen sah Crystal aus wie ein blühendes blondes Milchmädchen, während Josie mit ihren schwarzen Haaren und ihrem dunklen Teint viel von einer Zigeunerin hatte.

Crystal war gerade beim allerneuesten Gerücht angelangt, daß nämlich der FBI-Mann einen Schwarzen verdächtige, was sie sich ja schon die ganze Zeit gedacht habe, als die Tür aufging.

Crystal beugte sich vor und flüsterte: »Da kommt Darleen Talbot mit ihrem Baby. Soll ich dir was sagen? Es gibt Leute, und es gibt Abschaum.«

Josies Blick huschte zu Darleen hinüber. »Billy T. Bonny, was?«

»Ich hab's ja schon immer geahnt. Aber neulich habe ich ihn bei Darleen zur Hintertür reinschlüpfen sehen, und das keine zehn Minuten, nachdem Junior in die Arbeit gegangen war. Und sie hatte nichts als ein winziges rosa Nachthemdchen an. Ich war bei Susie Truesdale und habe ihr gerade die Haare gewaschen. Normalerweise mache ich ja keine Hausbesuche, aber weil ihr Kleinster krank war, konnte sie nicht in den Salon kommen. Tja, und so habe ich alles durch das Fenster genau gesehen.«

»Hat Susie was gesagt?«

»Na ja, sie hatte den Kopf im Waschbecken. Aber danach habe ich so ganz beiläufig eine Bemerkung fallenlassen. Gesagt hat sie nur, daß sie nie den Schmutz vor fremden Haustüren kehrt, aber ich habe ihr angesehen, daß sie genau Bescheid weiß.«

»So, so, dann betrügt Darleen also ihren Mann mit Billy T.« Josie sog nachdenklich an ihrer Cola. Ihre Augen nahmen einen abwesenden Ausdruck an. Crystal spürte, daß sie etwas ausheckte.

»Woran denkst du, Josie?«

»Weißt du, ich finde, daß Junior wahnsinnig lieb dreinschauen kann, auch wenn er nicht unbedingt der Hellste ist.«

»Na so was. Soviel ich weiß, ist er der einzige Mann zwischen zwanzig und fünfzig, den du keine zweimal angeschaut hast.«

»Man kann doch einen Mann mögen, ohne was mit ihm haben zu wollen.« Josie betrachtete verträumt ihren mit Lippenstift rot verschmierten Strohhalm. »Ich finde, jemand sollte ihm mal einen kleinen Tip geben, was sich da in seinem Haus abspielt, wenn er in der Arbeit ist.«

»Ach, ich weiß nicht, Josie.«

»Aber ich, und das reicht.« Sie kramte aus ihrer Tasche einen Block und einen Stift. »Wollen wir doch mal sehen ... Ich schreibe ihm eine kurze Nachricht, und du gibst sie ihm.«

»Ich? Wie stellst du dir das vor?«

»Ganz einfach. Du kaufst dir doch jeden Tag auf dem Weg in die Arbeit einen Schokoriegel.«

»Ja schon, aber …«

»Nichts leichter als das«, fuhr Josie fort und kritzelte hastig ein paar Zeilen. »Wenn du reingehst, lenkst du Junior ein bißchen ab, solange die Kasse offen ist. Dann wirfst du diesen Zettel rein und gehst.«

»Du weißt doch, daß ich nicht lügen kann.«

»Das Ganze dauert keine zwei Sekunden.«

Da Crystal immer noch zögerte, mußte Josie zu anderen Mitteln greifen. »Weißt du noch, was Darleen über die Frisur gesagt hat, die du ihr neulich verpaßt hast? Du hättest die Haare falsch getönt, und sie seien ganz strähnig. So was könne sie gerade noch selber machen.«

»Die Schlampe hat kein Recht, so über mich herzuziehen. Tausendmal habe ich ihr gesagt, daß ihre Haare so dünn sind, daß nur ein Profi noch was retten kann. Na ja, hoffentlich fallen sie ihr bald aus.«

Josie wedelte grinsend mit dem Zettel vor ihrer Nase herum. Crystal riß ihn an sich.

»Schau sie dir nur an«, tuschelte Crystal. »Sitzt da und schminkt sich, während ihr Baby sich mit Eis vollklekkert.«

Josie drehte sich unauffällig um. Sie hatte schon eine Bemerkung auf den Lippen, daß Darleen ein bißchen Kirscheis im Gesicht durchaus nicht schaden würde, da fiel ihr plötzlich ein Lippenstift mit goldenem Halter auf.

»Wenn das nicht komisch ist …« murmelte sie.

»Was denn?«

»Ach, nichts. Ich bin gleich wieder da.« Sie erhob sich und schlenderte zu Darleen hinüber. »Hallo Darleen. Dein Kleiner entwickelt sich ja prächtig.«

»Er ist ja auch schon acht Monate alt.« Darleen fühlte sich geschmeichelt, daß Josie extra ihretwegen aufgestanden war. Sie legte den Lippenstift beiseite und wischte Scooten das Gesicht ab. Der fing aus Wut über die Störung gleich an zu brüllen, was Josie die Gelegenheit gab, den Lippenstift eingehender zu betrachten.

Sie hatte sich nicht getäuscht. Es war derselbe, den sie sich in Jackson gekauft hatte. Und nicht ganz zufällig vermißte sie den ihren seit ein paar Tagen … genauer gesagt, seit sie mit Teddy in der Leichenhalle gelandet war und ihr vor dem Haus die Handtasche auf den Boden gefallen war. Und am nächsten Tag hatte Tucker seinen Wagen schrottreif gefahren, weil ihm jemand Löcher in die Bremsleitung gebohrt hatte.

»Du hast aber einen tollen Lippenstift, Darleen. Und er steht dir wirklich gut.«

In Josies Augen trat ein lauernder Blick, doch Darleen hatte nur Ohren für das Kompliment. »Rot ist sexy, finde ich. Die Männer wollen doch sehen, was auf sie zukommt.«

»Ich mag Rot selber gern. Aber diese Schattierung habe ich noch nie gesehen. Wo hast du ihn denn her?«

»Ach.« Darleen errötete leicht, aber sie hielt den Stift voller Stolz ins Licht. »Es war ein Geschenk.«

Ein grimmiges Lächeln spielte auf Josies Lippen. »Geschenke sind doch was Tolles, findest du nicht auch?« Ohne auf eine Antwort zu warten, drehte sie sich um und stürmte vorbei an der verblüfften Crystal zum Ausgang.

Eine Viertelstunde später wurde Tucker unsanft aus seinem nach drei hart umkämpften Partien Backgammon wohlverdienten Nickerchen gerissen. Er blinzelte noch schlaftrunken in die tiefstehende Abendsonne, da tischte ihm Josie schon sämtliche Details auf.

»Mach mal langsamer, Josie. Herrgott, ich bin noch nicht mal richtig wach.«

Sie versetzte ihm einen Stoß, daß er fast aus der Hängematte gepurzelt wäre. »Dann wach endlich auf, verflucht! Wenn ich dir doch sage, daß Billy T. Bonny dir die

Bremsen kaputt gemacht hat! Und ich will jetzt von dir wissen, was du zu tun gedenkst.«

»Er hat also mit deinem Lippenstift die Bremsleitungen durchlöchert oder was?«

»Aber nein, du Holzkopf!« Josie holte tief Luft und erklärte ihm noch einmal die ganze Geschichte von A bis Z.

»Honey, nur weil Darleens Lippenstift so aussieht wie deiner ...«

»Tucker!« Sie boxte ihn kräftig in den Arm. Geduld gehörte nicht zu Josies Tugenden. »Eine Frau erkennt ihren Lippenstift unter tausend anderen.«

»Aber du hättest ihn überall verlieren können.«

»Ich habe ihn aber nicht überall verloren. Er ist mir in der Auffahrt aus der Tasche gefallen. Ich hatte ihn vor dem Treffen mit Teddy benutzt, und am nächsten Morgen war er weg. Mein kleiner Perlmuttspiegel fehlt übrigens auch. Wahrscheinlich hat sich das Luder den genauso unter den Nagel gerissen!

Tucker kletterte mit einem resignierten Seufzer aus der Hängematte. An Schlaf war nicht mehr zu denken. Wütend war er nicht, auch wenn ihm das Ganze etwas weit hergeholt schien.

»Wohin gehst du, Tucker?«

»Zu Burke.«

Josie stemmte die Hände in die Hüften. »Kannst du das nicht selbst in die Hand nehmen? Daddy war da aus einem anderen Holz geschnitzt. Der hätte Billy T. schon längst das Gewehr in den Arsch gesteckt.«

»Ich bin aber nicht Daddy, Josie.« Rein äußerlich blieb Tucker gelassen, nur seine Augen sprachen eine andere Sprache.

Josie tat ihre Bemerkung schon wieder leid. Sie schlang die Arme um ihren Bruder. »Liebling, das war gemein von mir! Ich hab's ja auch nicht so gemeint. Ich bin bloß furchtbar wütend.«

Er gab ihr einen liebevollen Klaps. »Ich weiß. Laß mich

die Sache nur auf meine Weise bereinigen. Und wenn ich wieder nach Jackson komme, kaufe ich dir einen neuen Lippenstift.«

»Ruthless Red heißt er.«

»So, und jetzt beruhige dich nur wieder. Kann ich deinen Wagen haben?«

»Okay, Tuck.« Sie lächelte schon wieder. »Aber ganz ungestraft läßt du Junior doch nicht davonkommen, oder?«

15

Tucker suchte Burke vergeblich in dessen Büro. Barb, die Teilzeitsekretärin, erklärte ihm aber, er könne ihn auf der Dog Street Road antreffen, wo sie eine Straßensperre errichtet hatten.

Auf der Fahrt sah Tucker mehrere Polizeihelikopter tief über den Feldern schweben. Er erinnerte sich voller Unbehagen an die Suche nach Francie. So gerne er es verdrängt hätte, das kalkweiße Gesicht der Toten tauchte wieder vor seinem geistigen Auge auf. Fluchend schob er eine Kassette in den Recorder. Zu seiner Erleichterung hatte nicht einer von Josies Lieblingsstar oben gelegen, sondern Roy Orbinson, dessen wehmütiges ›Crying‹ ihn auf der Stelle beruhigte. Niemand war ermordet worden, sie suchten nur einen entsprungenen Irren. Einen Irren mit zwei, '38er Police Specials.

Auf der langen, geraden Strecke konnte Tucker die Straßensperre schon von weitem erkennen. Der Sinn einer solchen Maßnahme wollte ihm nicht in den Kopf. Austin würde doch sofort umkehren, wenn er mit Birdies Buick zufällig daherkäme.

Die Sperre bestand aus grell orange gestrichenen Holzlatten und zwei Einsatzwagen der Polizei. Kühlerhaube an Kühlerhaube standen sie da, daß man hätte meinen können, zwei große schwarz-weiße Hunde beschnüffelten einander. Tucker bremste ab. Sofort bauten sich zwei Polizisten mit entsicherten Gewehren vor ihm auf. Er nahm zwar nicht an, daß sie erst schießen und dann fragen würden, war aber doch erleichtert, als Burke sie zurückwinkte.

»Du hast ja eine richtige Operation laufen«, meinte Tucker beim Aussteigen.

»Der County-Sheriff spuckt Gift und Galle«, brummte Burke. »Er kann nicht verwinden, daß diese Panne ausgerechnet jetzt passieren mußte, wo das FBI uns über die Schulter schaut. Seiner Meinung nach ist Austin längst auf dem Weg nach Mexiko, aber laut traut er sich das nicht zu sagen.«

Tucker zog seine Zigaretten aus der Tasche, bot Burke eine an und zündete beide an. »Und was meinst du?«

Burke ließ zunächst den Rauch langsam entweichen. Er hatte einen harten Tag hinter sich und war froh, ein paar Worte mit seinem Freund wechseln zu können.

»Du weißt ja, daß der Bursche die Gegend wie seine Westentasche kennt. Da kann er sich tagelang irgendwo verstecken. Ach übrigens, wir wollen zwei Leute für die Bewachung von Sweetwater abstellen.«

»Das bringt doch nichts.«

»Es geht nicht anders, Tuck. Bei dir leben schließlich auch zwei Frauen.«

Tucker ließ den Blick in die Ferne schweifen, wo die Felder in eine Sumpflandschaft übergingen.

»Eine einzige Scheiße ist das!«

»Da hast du recht.«

Etwas an Burkes Tonfall ließ Tucker aufhorchen. »Sag mal, irgendwo drückt dich doch auch der Schuh.«

»Reicht der Mist hier denn nicht?«

»Mach mir nichts vor. Ich kenne dich doch.«

Burke warf einen vorsichtigen Blick über die Schulter und zog Tucker hinter Josies Wagen, wo die zwei anderen Beamten sie nicht hören konnten. »Bobby Lee ist gestern abend zu uns gekommen.«

»Was für eine sensationelle Nachricht!«

»Er will Marvella heiraten«, rief Burke mit kläglicher Stimme. »Gestern hat er sich ein Herz gefaßt und mich um ein Gespräch unter vier Augen gebeten. Wir sind dann auf die Terrasse hinten gegangen. Ich habe Blut und Wasser geschwitzt, Tuck. Erst dachte ich, er würde mir eröffnen, daß er Marvella geschwängert hat, und habe mir schon überlegt, ob ich ihn dann umbringen muß oder was. Jetzt schau mich nicht so an! Ich weiß ja selbst, daß Susie und ich damals ... Aber es ist doch was anderes, wenn unser Mädchen ... Wie dem auch sei, es war ohnehin blinder Alarm. Sie ist nicht schwanger. Die Kinder heute sind ja viel schlauer als wir damals.« Ein verlegenes Grinsen huschte über sein Gesicht. »Ich weiß noch gut, wie ich mir in Greenville Pariser besorgt habe. Und als es dann zwischen Susie und mir passiert ist, habe ich die Dinger glatt in der Hosentasche vergessen ... Na ja, hätte ich daran gedacht, dann gäbe es heute Marvella nicht ...«

»Und was hast du ihm gesagt, Burke?«

»Was hätte ich schon sagen sollen? Sie ist volljährig. Sie will ihn, er will sie, und damit hat sich die Sache. Dazu hat er einen guten Job und ist ein anständiger Kerl. Er ist nun mal wahnsinnig in sie verliebt, und ich denke, daß er ihr einen guten Mann abgeben wird. Trotzdem bricht es mir das Herz.«

»Wie hat Susie es aufgenommen?«

»Sie hat Rotz und Wasser geheult.« Seufzend warf er die Zigarette auf den Boden und zertrat sie. »Als Marvella damit anfing, daß sie zusammen nach Jackson ziehen wollen, dachte ich schon, es gibt eine Überschwemmung. Irgendwann hatten sie sich die Augen leer geheult, und dann ging die große Diskussion über das Hochzeitskleid und die Ausstattung der Brautjungfern los. Das konnte ich mir nicht mehr anhören und bin gegangen.«

»Du kamst dir vor wie ein alter Knacker, was?«

»Irgendwie, ja.« Burke lächelte schon wieder. Es hatte ihm gut getan, mit einem Freund darüber zu sprechen. »Aber behalte es noch eine Weile für dich. Heute abend wollen sie es den Fullers beibringen.«

»Sag mal, bist du noch für etwas anderes aufnahmebereit?«

»Ich bin froh über jede Ablenkung!«

»Schön.« Tucker lehnte sich gegen den Wagen und erzählte Burke die Geschichte vom Lippenstift und vom Ehebruch.«

»Darleen und Billy T.?« rief Burke verblüfft. »Das ist mir ja ganz neu.«

»Frag Susie.«

Burke nickte seufzend. »Die Frau kann weiß Gott schweigen wie ein Grab. Sie war mit Tommy im dritten Monat schwanger, da hat sie es mir erst gesagt. Sie hatte Angst, ich würde mich aufregen, weil wir sowieso schon von der Hand in den Mund lebten. Na ja, kein Wunder, daß sie es lieber für sich behalten hat – wo doch Marvella ausgerechnet Darleens Bruder liebt.« Burke klimperte gedankenverloren mit seinen Schlüsseln. »Die Sache ist die ... Ich kann unmöglich Billy T. verhaften, nur weil Darleen denselben Lippenstift benützt wie deine Schwester.«

»Ich weiß ja, daß du viel wichtigere Dinge im Kopf hast, Burke. Ich wollte dir nur Bescheid sagen.«

»Das geht schon in Ordnung, Tuck. Ich werde mich mit Susie darüber unterhalten. Und wenn es stimmt, daß Billy T. was mit Darleen laufen hat, dann werde ich ihm bei Gelegenheit auf den Zahn fühlen. So, für heute machen wir Schluß. Die Sonne geht schon unter. Weiß der Teufel, wo Austin sich versteckt hält.«

»Vielen Dank, Burke.«

Jetzt, da er sein Versprechen Josie gegenüber eingelöst hatte, wollte Tucker sich überlegen, wo *er* Billy T. auf den Zahn fühlen konnte.

Als Burke am nächsten Morgen nach allenfalls fünf Stunden Schlaf seine Cornflakes umrührte, hatte er einen Anlaß mehr zur Sorge. Der Buick war in der Cottonseed Road aufgefunden worden. Somit stand endgültig fest, daß Austin nicht nach Mexiko geflohen war. Und als ob das noch nicht reichte, mußte er sich für den Tag, an dem seine Tochter aus dem Haus ging, Gedanken über die Anschaffung eines Smoking machen.

Susie telefonierte bereits mit Happy Fuller. Wie zwei Generäle bei der Ausarbeitung der Strategie für den nächsten Feldzug, so besprachen sie die Details für die Hochzeitsfeier.

Burke dachte voller Neid an den County-Sheriff, der bestimmt nicht so früh aus den Federn hatte müssen, da riß ihn ein grelles Kreischen von nebenan auf die Beine.

Wie hatte er nur die Talbots vergessen können? Noch ehe Susie aufgeschreckt in die Küche stürzte, war er zum Nachbargrundstück gejagt.

»Du hast ihn umgebracht!« schrie Darleen. Sie stand ganz hinten in ihrer unordentlichen Küche und raufte sich die Haare. Das Oberteil ihres Nachthemdchens hing unter einer im Rhythmus ihrer Schreie wackelnden weißen Brust herunter.

Burke sah höflich weg. Sein Blick fiel auf den umgestürzten Tisch und die zwischen den Resten des Frühstücks mit dem Kopf nach unten liegende Gestalt von Billy T. Bonny.

Über ihn gebeugt stand, eine gußeiserne Bratpfanne in der Hand, Junior Talbot.

»Du hast ihn doch hoffentlich nicht erschlagen, Junior?« meinte Burke kopfschüttelnd.

Junior stellte die Pfanne durchaus friedfertig ab. »Das kann ich mir nicht vorstellen. Ich hab ihm nur einen Hieb verpaßt.«

»Schauen wir ihn uns doch mal an.« Burke beugte sich über den Verletzten, während Darleen unablässig weiterschrie. Der kleine Scooter fing nun auch in seinem Laufgitter an zu brüllen.

»Ist bloß bewußtlos«, erklärte Burke. »An die Beule, die du ihm verpaßt hast, wird er aber noch eine Weile denken. Karren wir ihn am besten zum Doc. Aber vorher erzählst du mir, wie es dazu gekommen ist, Junior.«

»Das war so ... Ich hatte was daheim vergessen und bin noch mal zurückgegangen. Und was seh ich da? Billy T. macht sich an meiner Frau zu schaffen. Wollte sie anscheinend vergewaltigen.« Er warf einen giftigen Blick auf seine Frau. »Das stimmt doch so, oder?«

Ihre Augen hetzten zwischen Billy T. und Junior hin und her. »Ich ...« schniefte sie. »Ja, das stimmt. Er hat sich so schnell auf mich gestürzt, daß ich gar nicht mehr reagieren konnte. Und dann kam Junior zurück und ...«

»Schon gut, kümmere dich jetzt lieber um das Baby«, sagte Junior kühl und zog ihr anscheinend ungerührt das Hemdchen über die Brust. »Keine Angst, Billy T. wird dich nie wieder belästigen.«

Sie schluckte. »Jawohl, Junior.« Dann stürzte sie aus dem Zimmer.

»Ein Mann muß seine Familie doch beschützen dürfen, Sheriff.«

»Da hast du wohl recht, Junior. Komm, faß mit an. Wir bringen ihn zum Doc.«

Cy war glücklich. Fast schämte er sich deswegen. Immerhin war seine Schwester erst beerdigt worden, und über seinen Vater wurde in der ganzen Stadt getuschelt.

Andererseits war er froh, wenn die Haustür hinter ihm zufiel und er seine Mutter nicht sehen mußte, die, seit sie diese komischen Pillen schluckte, den ganzen Tag mit glasigen Augen auf dem Sofa lag.

Und er rannte auch nicht einfach weg von daheim und den Polizisten, die in ihrem Einsatzwagen vor dem Haus auf die mögliche Rückkehr seines Vaters warteten, sondern er ging zur Arbeit. Was hieß ›ging‹? Er *fuhr!*

Fröhlich pfeifend trat er gegen eine Blechdose. Was störte ihn die Fahrt von zehn Meilen? Begann doch heute die Befreiung des Cy Hatinger. Bis zu seinem achtzehnten Geburtstag wollte er das nötige Geld zusammengespart haben, und dann hatte Innocence ihn die längste Zeit gesehen.

Bis dahin lagen allerdings noch vier schier endlose Jahre vor ihm. Die Hoffnung konnten sie ihm freilich nicht rauben, denn jetzt war er ein Mann für alle Gelegenheiten.

Der Titel gefiel ihm. Vielleicht sollte er sich eine Visitenkarte drucken lassen. Auf ihr würde dann stehen:

Cyrus Hatinger
Mann für alle Gelegenheiten
Keine Arbeit ist mir zu schwer,
keine zu leicht.

Jawohl, er ging seinen Weg. Und mit achtzehn konnte er sich die Fahrkarte nach Jackson, vielleicht sogar nach New Orleans, leisten. Ach was! Ein richtiger Mann ging nach Kalifornien.

Das Lied ›California, Here I Come‹, auf den Lippen, folgte er dem Bett des zu dieser Jahreszeit ausgetrockneten Bachs bis zum Bachdurchlaß. Der war seine und Jims geheime Höhle. Gemeinsam hatten sie ihre Namen in die Gewölbemauer geritzt. Und unlängst hatten sie sich dort die Fotos aus den Playboynummern seines Bruders A. J. angesehen. War das aufregend gewesen! Bis dahin hatte er noch nie eine nackte Frau gesehen. Sein Pimmel war steinhart geworden. In der Nacht danach hatte ihm das Werkzeug des Teufels seinen ersten feuchten Traum beschert. Seine Mutter hatte nicht schlecht gestaunt, als er am nächsten Morgen unbedingt selbst hatte waschen wollen.

Grinsend kletterte er die Böschung hinunter und verschwand im Durchlaß.

Eine Hand schoß aus der Dunkelheit auf ihn zu und

drückte ihm den Mund zu. Er versuchte erst gar nicht, sich zu wehren, denn diese Hand, diese Form, ja selbst ihr Geruch, waren ihm wohlvertraut. Seine Angst war zu tief in ihm verwurzelt, als daß er zu schreien gewagt hätte.

»Ich habe dein kleines Schlupfloch gefunden«, flüsterte Austin. »Die Lasterhöhle, wo ihr euch vergeht, du und dein Nigger. Habt ihr euch da vielleicht einen runtergeholt?«

Cy schüttelte stumm den Kopf. Und er gab nur ein unterdrücktes Stöhnen von sich, als Austin ihn gegen das Gemäuer stieß. Daheim schnallte sein Vater in solchen Momenten immer den Gürtel auf, aber noch im Fallen sah Cy, daß er diesmal keinen trug. Sie mußten ihn ihm im Gefängnis abgenommen haben.

Er schluckte. Sein Vater mußte sich zwar bücken, weil er viel zu groß für das Gewölbe war, aber das machte ihn keineswegs kleiner. Im Gegenteil – er wirkte noch viel größer, bedrohlicher. Mit gespreizten Beinen und vor Schmutz starrenden Händen und Gesicht baute er sich vor ihm auf.

Cy schluckte laut. »Sie suchen dich, Daddy.«

»Ich weiß, daß sie mich suchen. Aber gefunden haben sie mich nicht, oder?«

»N … nein.«

»Soll ich dir auch den Grund verraten? Gott ist auf meiner Seite. Die gottlosen Dreckschweine finden mich im ganzen Leben nicht! Ich führe nämlich einen heiligen Krieg.« Auf seinen Lippen flackerte ein gespenstisches Lächeln. »Ins Gefängnis haben sie mich gesteckt, aber den Hurenmörder haben sie laufen lassen. Eine Hure war sie. Die Hure von Babylon. Mein Fleisch und Blut hat sich an so einen verkauft.«

Cy begriff nicht, wovon er redete, aber er nickte. »Jawohl, Vater.«

»Sie werden ihrer gerechten Strafe zugeführt. Und

zwar alle. Bis in die letzte Generation.« Mit einem bohrenden Blick musterte er seinen Sohn. »Woher hast du das Fahrrad da, Kerl?«

Cy wollte schon behaupten, es gehöre Jim, aber da sein Vater ihn weiter anstierte, fürchtete er, die Zunge würde ihm abfallen, wenn er log. Er zitterte an allen Gliedern.

»Es ist mir geliehen worden. Ich habe jetzt einen Job … auf Sweetwater.«

Austins Augen verhüllten sich. Seine groben, dicht behaarten Pranken ballten sich, öffneten sich, ballten sich. »Was? In dieses Schlangennest bist du gegangen?«

Mehr noch als den Gürtel fürchtete Cy diese Hände. Tränen schossen ihm in die Augen. »Ich gehe bestimmt nicht mehr dorthin, Daddy! Ich schwöre es dir! Ich dachte nur …« Eine Hand schloß sich um seine Kehle und drückte ihm mit eisernem Griff die Worte und die Luft ab.

»Sogar mein Sohn verrät mich. Das Fleisch aus meinem Fleisch. Die Knochen aus meinen Knochen.« Er stieß Cy zu Boden. Trotz der Schmerzen wagte der Junge nicht zu schreien. Lange war nur beider Keuchen zu hören.

»Du wirst zurückgehen«, befahl Austin schließlich. »Du wirst alles dort beobachten und mir Bericht erstatten. Du wirst mir sagen, in welchem Zimmer er schläft. Du sollst mir alles erzählen, was du siehst und hörst.«

Cy wischte sich die Tränen aus den Augen. »Jawohl, Vater.«

»Und du wirst mir Essen bringen. Essen und Wasser. Jeden Morgen und Abend bringst du mir etwas Frisches, verstanden?« Austin beugte sich näher über seinen Sohn. Sein Gesicht war eine gräßliche grinsende Grimasse, aus seinem Mund kam faulig stinkender Atem, und seine Iris wurde fast weiß im von draußen hereinfallenden Licht.

»Und du verrätst kein Sterbenswörtchen. Niemandem. Auch deiner Mutter und Vernon nicht!«

Was blieb Cy anderes übrig als ein verzweifeltes Nikken? »Jawohl, Vater. Aber warum willst du dir nicht von Vernon helfen lassen. Er kann den Laster ...«

Eine Ohrfeige ließ ihn verstummen.

»Niemandem, habe ich gesagt! Sie werden Vernon überwachen, weil sie wissen, daß er auf meiner Seite steht. Aber auf einen wie dich wird keiner achten. Vergiß nicht, daß ich dich beobachten werde. Wo du auch bist, ich werde dich sehen und hören! Der Herr wird mir Augen und Ohren verleihen. Wenn du einen Fehler machst, wird sein Zorn dich treffen. Mit einem Hieb wird er dich spalten!«

»Ich tue alles, was du von mir willst, ich versprech's dir!«

Austin schüttelte seinen Sohn an den zitternden Schultern. »Wenn du auch nur einem Menschen sagst, daß du mich gesehen hast, kann dich auch der Große Gott nicht mehr retten.«

Für die Fahrt nach Sweetwater benötigte Cy fast eine ganze Stunde. Auf halber Strecke mußte er vom Rad steigen und sich übergeben. Danach ging es nur noch langsam weiter. Die Beine drohten ihm den Dienst zu versagen. Alle Minuten warf er einen ängstlichen Blick über die Schulter. Jedesmal rechnete er damit, seinen Vater den Gürtel schwingend hinter sich auftauchen zu sehen.

Bei Cys Ankunft sichtete Tucker auf der Terrasse gerade die Morgenpost. Er sah kurz auf, als Cy das Rad abstellte.

»Morgen, Cy.«

»Morgen, Mr. Tucker.« Cys Stimme klang belegt. Er räusperte sich. »Tut mir leid, daß ich zu spät komme. Ich ...«

»Du kannst dir die Arbeitszeit doch selbst einteilen, Cy. So etwas wie eine Stechuhr führen wir hier nicht.«

»Jawohl, Sir. Wenn Sie mir sagen, was ich machen soll, fange ich gleich an.«

»Nur nichts überstürzen«, mahnte Tucker freundlich und steckte dem permanent auf einen Leckerbissen lauernden Buster ein Stück Schinken ins Maul. »Schon gefrühstückt?«

»Jawohl, Sir.«

»Dann komm rauf, setz dich, bis ich mit der Post fertig bin. Ich erkläre dir gleich, was ich heute mit dir vorhabe.«

Zögernd erklomm Cy die drei Stufen zur Terrasse. Buster empfing ihn schwanzwedelnd.

»Der freut sich über Gesellschaft.« Tucker sah grinsend auf. »Ja, sag mal, was ist denn mit dir passiert?«

»Ich habe nichts getan, Sir!«

»Mensch, Junge, dein Ellbogen ist ja total aufgeschürft! Zeig mal her. Du blutest sogar! Sag, hat Vernon dich wieder verprügelt?«

»Nein, nein! Vernon war's nicht. Er wird oft böse, aber ich kann ihm schon aus dem Weg gehen. Mein Daddy ...« Er biß sich auf die Zunge. Fast hätte er sein Geheimnis preisgegeben. »Vernon hat nichts damit zu tun. Ich bin nur gestürzt, ehrlich, Mr. Tucker.«

Tucker hörte sich das Gestammel stirnrunzelnd an. Für ihn stand fest, daß jemand den Jungen geschlagen hatte. Andererseits wollte er ihn nicht zu dem Eingeständnis zwingen, daß sein Vater und sein Bruder ihre Wut gern an ihm ausließen. »Beruhige dich, mein Junge. Jetzt gehst du erst mal ins Haus und läßt dich von Della verarzten. Und wenn du rauskommst, sage ich dir, womit du heute dein Geld verdienst.«

Mit hängendem Kopf schlich Cy ins Haus. Tucker sah ihm kopfschüttelnd nach. Der Junge tat ihm aufrichtig leid.

Als die Sonne ihren höchsten Stand erreichte, war zweierlei auf Sweetwater geschehen: Cy hatte den halben Rasen gemäht, und die Nachricht von der Talbot-Affäre hatte, dank Dellas heißem Draht zu Earleen, die Longstreets aufgescheucht.

Wie jede Klatschgeschichte wurde sie mit tausend Variationen garniert, doch Tucker interessierte nur ein Aspekt. Es stimmte also, was Josie über Darleen und Billy T. gesagt hatte.

Den halben Nachmittag dachte er die Angelegenheit durch. Dann genehmigte er sich eine von Dellas berühmten Sahnetorten und dachte weiter. Es ging hier immerhin ums Prinzip. Ein Mann konnte ja viel aufgeben, aber ohne seine Prinzipien kam er bestimmt nicht weit.

Mit dem Versprechen, ihr zwei neue Ohrringe zu kaufen und für einen vollen Tank zu sorgen, luchste Tucker Della den Wagen ab und fuhr Richtung Stadt. Eine halbe Meile nach der Abzweigung zu Carolines Grundstück hielt er vor der Old Cypress Road an. Hier kam Billy unweigerlich vorbei, wenn er in die Stadt oder nach Hause wollte. Und daß er jeden Tag in die Stadt fuhr, stand für Tucker fest; denn seit er einen Billardstock halten konnte, hatte Billy T. Tuckers Wissen nach noch keinen Abend in der Bar ausgelassen.

Tucker setzte sich gemütlich auf die Kühlerhaube und zündete sich eine Zigarette an. Er konnte warten.

Statt Billy erblickte er nach ein paar Minuten Caroline. Sie wurde von ihrem Hund an einer roten Leine gezogen.

»Honey!« rief er grinsend. »Wer geht denn da mit wem spazieren?«

Etwas außer Atem kam sie bei ihm an. Useless sprang schwanzwedelnd hoch und versuchte, Tucker den Fuß abzulecken. Tucker beugte sich so weit vor, daß er ihm den Kopf kraulen konnte. »Hier auf dem Land kann man Hunde doch frei laufen lassen, Caroline.«

»Er muß lernen, an der Leine zu gehen«, verteidigte sie sich.

Als wolle er ihr die Zwecklosigkeit eines solchen Unterfangens demonstrieren, verbiß sich Useless in der Leine.

»Ihm scheint das ja nicht zu passen«, kommentierte Tucker lächelnd. »Du siehst übernächtigt aus, Caro. Schlecht geschlafen?«

»Na ja, der Hund hat die ganze Zeit geheult.« Daß sie auch aus Angst, Austin Hatinger könne an ihrer Tür pochen, kein Auge zugetan hatte, verschwieg sie ihm.

»Da helfen nur ein Pappkarton und ein Wecker.«

»Wie bitte?«

»Er trauert um seine Mama. Leg ihn in einen Karton und stell einen Wecker rein. Das Ticken ist wie ein Herzschlag. Das beruhigt ihn, und er schläft ein.«

»Oh, das werde ich ausprobieren.« Caroline hielt es für das Klügste, Tucker nicht zu erzählen, daß der Hund wunderbar eingeschlafen war, nachdem er sich an sie hatte kuscheln dürfen. »Sag mal, wozu stehst du denn hier am Straßenrand?«

»Ach, nur so zum Zeitvertreib. Außerdem stehe ich nicht, ich sitze.«

»Gibt es dafür nicht interessantere Orte? Etwas anderes: Austin Hatinger haben sie noch nicht gefaßt, oder?«

»Soviel ich weiß, nicht.«

»Tucker, Susie war heute bei mir und hat mir von Vernon Hatinger erzählt. Er soll genauso schlimm sein wie sein Vater.«

»Er versucht sein Bestes, würde ich sagen.«

»Sie sagt, er sei für jede Schlägerei zu haben.«

»Das stimmt. Mit mir hat er sich auch schon ein paarmal angelegt. Als Kind konnte ich mit meinen dünnen Ärmchen kaum etwas gegen ihn ausrichten. Er wolle die Sünde aus mir rausprügeln, sagte er immer. Mir ging es gar nicht gut, bis Dwayne kam und ihm eine ordentliche Abreibung verpaßte. Dwayne war damals ein Mordskerl, Kapitän der Rugbymannschaft und Schwarm aller Mädchen. An dem Tag gewann die Sünde haushoch.«

»Eine herzergreifende Geschichte über Bruderliebe, aber verstehst du nicht? Du mußt dich nicht nur wegen Austin, sondern auch wegen Vernon sorgen!«

»Die bringen mich beide nicht um den Schlaf.«

»Glaubst du wirklich, dein großer Bruder kann dich jedesmal beschützen?«

»Dieser Tage braucht er Schutz vor sich selber.« Ein Motor näherte sich donnernd. Tucker erkannte Billys auffrisierten Thunderbird. »Caroline, du solltest jetzt deinen Spaziergang besser fortsetzen. Ich komme vielleicht später vorbei und sehe mir den neuen Anstrich an.«

»Was ist denn?« In seine Augen war ein eigenartiger Ausdruck getreten. Sie hatte ihn schon einmal bemerkt. Damals, als er sie zu Boden gerissen hatte und das Fensterglas geborsten war. Als er sie um ein Gewehr gebeten hatte. Dieser Mann hatte keinen großen Bruder nötig. Er wußte sich selbst zu schützen. »Sag mir bitte, was los ist, Tucker.«

»Nichts, was dich aus der Ruhe bringen sollte. Geh jetzt lieber heim, Caroline.« Er ließ sich von der Kühlerhaube gleiten.

Sie nahm den Welpen auf den Arm, blieb aber stehen und sah, wie Billy T. eine Vollbremsung einlegte.

»Hey, Arschloch!« Billy grinste Tucker frech an. Zwischen den Lippen hatte er lässig einen Zahnstocher hängen. Innerlich kochte er freilich. Nicht nur sein Kopf, auch sein Stolz hatte einen gewaltigen Schlag abbekommen.

Die Hände in den Taschen, schlenderte Tucker auf den anderen zu. »Tag, Billy T. Du hattest heute morgen einen kleinen Unfall, wie ich gehört habe.«

»Was geht dich das an?«

»Ach, ich frage nur interessehalber. Weißt du, zufälligerweise habe ich gerade auf dich gewartet.«

»Was du nicht sagst!«

»Doch, doch.« Zu seinem Verdruß registrierte Tucker aus den Augenwinkeln, daß Caroline ihm folgte. »Da wäre so eine Kleinigkeit, die ich gerne geklärt hätte. Falls du Zeit hast ...« Ehe Billy T. richtig begriff, war Tucker nach vorne gesprungen und hatte den Zündschlüssel an sich gerissen. »Und die Zeit wirst du dir nehmen.«

»Mir auch recht«, knurrte Billy T. und stieg aus. »Ein blaues Auge reicht dir wohl nicht.«

»Darüber unterhalten wir uns gleich. Caroline, wenn du nicht Abstand hältst, bin ich dir ernstlich böse.«

Billy musterte Caroline mit einem lüsternen Blick von oben bis unten. »Laß sie doch, Tuck. Wenn wir miteinander fertig sind, wird sie vielleicht mal mit einem richtigen Mann ein Bier trinken wollen.«

Caroline reckte wütend das Kinn. »Ein Mann? Ich sehe nur zwei dumme Schuljungen. Ich weiß nicht, was in dich gefahren ist, Tucker, aber ich möchte, daß du mich nach Hause bringst.«

Billy T. schnippte grinsend den Zahnstocher davon. »Na, was haben wir denn da? Läßt dich von ihr blasen, weil es anders nicht mehr geht, was?«

Caroline trat aufgebracht nach vorne, wurde aber von Tucker zurückgehalten.

»So spricht man doch nicht von einer Dame, Billy T. Aber dazu kommen wir gleich. Zunächst sollten wir uns über mein Auto unterhalten.«

»Das ist zum Geradebügeln in Jackson, habe ich gehört.«

»Da hast du dich nicht verhört. Wir zwei waren ja noch nie Freunde und werden es wohl auch nicht mehr. Das würde mich auch nicht weiter stören, aber ich kann dir nicht durchgehen lassen, was du mit meinem Wagen angestellt hast.«

»Warum? Soviel ich weiß, hast du ihn zu Schrott gefahren.«

»Richtig, aber erst nachdem du heimlich, still und leise daran herumgefummelt hast. Darleen hat mir erzählt, daß du ein paar Löcher in die Bremsleitung gebohrt hast. Nett war das ja nicht von ihr, zumal du ihr Josies Lippenstift geschenkt hast.« Das war natürlich ein Bluff, doch weil Billy T. nicht der Hellste war, rechnete Tucker sich gute Chancen aus.

»Die Schlampe ist eine miese, kleine Lügnerin!«

»Das mag schon stimmen, aber diesmal dürfte sie ausnahmsweise die Wahrheit gesagt haben.«

»Und wenn schon«, feixte Billy T.

»Beweisen kannst du mir nichts. Selbst wenn ich dir sage, daß ich es war. Jawohl, Darleen war dir böse, weil du Edda Lou so mies behandelt hast. Da bin ich eben eure protzige Auffahrt runtergegangen und hab ein paar Löcher in deinen Luxusschlitten gebohrt. Dich hab ich ja noch nie ausstehen können. Aber geh doch vor Gericht und beweis es mir!«

Als müsse er nachdenken, zog Tucker eine Zigarette aus der Tasche. »Da magst du durchaus recht haben, aber ungeschoren kommst du mir trotzdem nicht davon.« Er brach bedächtig die Spitze ab und zündete die Kippe an. »Es hätte ja durchaus jemand aus meiner Familie den Wagen nehmen können. Jemand, der nicht ganz so gut mit dem Lenkrad umgehen kann wie ich. Und so was bringt mich gewaltig auf die Palme, Billy.«

»Und du meinst, du hast was gegen mich in der Hand?«

»In der Hand nicht, aber im Fuß.« Und er versetzte dem immer noch grinsenden Billy einen Tritt in den Unterleib.

Billy sackte mit einem Grunzen zu Boden. Tucker kniete sich über den sich vor Schmerzen krümmenden Mann und packte ihn an den Genitalien.

»Fall mir nicht in Ohnmacht, mein Junge. Erst muß ich dir was sagen, und darüber solltest du in aller Ruhe nachdenken, wenn deine Eier wieder da sind, wo sie hingehören. Hörst du mir auch zu?«

Billy brachte nur ein ›Jaa‹ zustande.

»Sehr schön. Weißt du, wem das Land gehört, das du gepachtet hast? Du bist seit drei Monaten in Zahlungsrückstand. Es wäre zu traurig, wenn ich dir kündigen müßte. Zufällig gehört mir übrigens auch die Fabrik, in der du dein Einkommen aufbesserst. Du kannst mich gerne vor Gericht zerren, aber dann bist du den Job und das Land los. Und bei der Gelegenheit mache ich einen Sopran aus dir.« Wie um seinen Worten Nachdruck zu verschaffen, drückte er fester zu. Billy wand sich hilflos unter seinem Griff.

»Den Wagen habe ich nun mal sehr gemocht«, fuhr Tucker fort. »Fast so gerne wie die Dame, die du vorhin beleidigt hast. Leg dich nicht noch mal mit mir an. Ich bin nicht mehr der dürre Zehnjährige von früher.«

»Laß mich doch in Ruhe«, ächzte Billy. »Du hast mir die Eier zerquetscht.«

»Mach dir deswegen keine Sorgen. Die heilen schon wieder.« Im Aufstehen bemerkte Tucker, daß Caroline den Hund abgesetzt hatte. Und Useless benutzte die Freiheit gleich dazu, an Billys Fuß sein Geschäft zu verrichten.

Grinsend nahm Tucker den Welpen auf den Arm. »Wer den Schaden hat, braucht für den Spott nicht zu sorgen. Komm mit, Honey. Jetzt fahre ich dich gerne heim.«

»Willst du ihn etwa so am Straßenrand liegen lassen?«

»Das habe ich vor. Sag mal, hättest du Lust, ins Kino zu gehen?«

»Ins Kino?« wiederholte Caroline verblüfft. »Tucker, ich habe eben noch zugesehen, wie du den Mann in die …«

»In guter Gesellschaft nennt man es die Leistengegend. Rutsch rüber, oder willst du fahren?«

»Aber das war doch unfair, was du ...«

»Schlägereien sind grundsätzlich unfair, Caroline. Darum gehe ich ihnen für mein Leben gern aus dem Weg.« Tucker drückte ihr einen Kuß auf den Mund, dann ließ er den Motor an. Im Anfahren warf er ganz nebenbei Billys Autoschlüssel auf die Straße. »Also, was ist mit dem Kino, Honey?«

Caroline stieß einen tiefen Seufzer aus. »Was läuft denn?«

16

Während Toby und Jim fröhlich pfeifend die Terrasse strichen, zielte Caroline zum sie wußte nicht wievielten Mal auf eine Dose Hühnchensuppe mit Reis – und verfehlte wieder.

»Du mußt etwas mehr nach rechts halten«, riet Susie. »Beim Abdrücken verziehst du nämlich automatisch nach links.«

»Warum eigentlich?«

»Weil du Angst hast. Halte das nächste Mal den Atem an.«

Caroline folgte dem Rat und schoß wieder daneben. »Heute treffe ich noch eine!« stieß sie hervor. »Vorher gehe ich hier nicht weg!«

»Vielleicht solltest du wieder an diesen Luis denken.«

»Nein. Das Kapitel ist abgeschlossen.«

»Schade. Ich hatte schon gehofft, du würdest mir in einem schwachen Augenblick ein paar gruselige Details erzählen.«

»Da ist höchstens das Klischee zum Gruseln. Ich habe ihn mit einer vollbusigen Flötistin beim Ölwechsel erwischt.«

»Oje! Hast du ihm wenigstens den Maßstab abgebrochen?«

»Nein«, lachte Caroline. »Damals war ich noch nicht so abgehärtet wie jetzt.« Sie schoß und verfehlte wieder. »Einmal werde ich das verdammte Ding doch noch zum Singen bringen!« Wütend setzte Caroline gleich wieder an, und immerhin war nun ein Scheppern zu hören. »Na also!«

Susie klopfte ihr anerkennend auf die Schulter.« Prima! Diesmal hast du richtig gezielt. Jetzt hast du dir eine Pause redlich verdient.«

»Ich glaube auch.« Mit ungeübten Griffen nahm Caroline die Patronen aus der Trommel. Anders als Susie waren ihr geladene Waffen unheimlich. »Gestern habe ich die erste Dose nach zwei Stunden getroffen. Heute war es ...« – sie warf einen Blick auf die Uhr – » ... nach ein drei Viertel Stunden so weit. Möchtest zu einem Drink reinkommen?« Weil Caroline nicht wußte, wohin damit, steckte sie die Patronen in ihre Hosentasche.

»Aber gerne. Ich will doch auch sehen, was Toby und Jim alles geschafft haben. Du hältst sie ja ganz schön auf Trab. Aber das Blau ist wirklich entzückend. Das macht das Haus gleich viel fröhlicher.«

»Das finde ich auch. Heute weißeln sie die Terrasse. Toby, können wir da durch?«

»Aber klar. Sie dürfen nur nicht neben die Planke treten. Schönen Tag, Mrs. Truesdale.«

»Hallo, Toby. Wenn du hier fertig bist, kannst du gleich bei uns weitermachen. Mein Mann spuckt nur immer große Töne.«

»Ich hab ihm schon vor einem halben Jahr erklärt, wie's geht«, meinte Toby grinsend. »Was machst du denn da, Jim? Du mußt die Planke richtig halten!«

Während die zwei Schwarzen ihre Arbeit fortsetzten, traten Caroline und Susie in die Küche.

»Ach, da ist ja dein neuer Hund!« rief Susie und kniete sich vor Useless, der beim ersten Schuß unter einen Stuhl gekrochen war und sich seitdem nicht mehr hervorgewagt hatte.

»Ja, ja, mein scharfer Wachhund.« Caroline sah lächelnd zu, wie der immer noch am ganzen Leib zitternde Welpe Susie die Hand ableckte. »Ich muß einen Vogel gehabt haben.«

»Das nicht, aber ein weiches Herz.« Susie erhob sich und nahm dankend ein Glas Eistee an. »Ich wollte schon viel früher kommen. Aber du hast keine Ahnung, wie hektisch es bei uns seit Marvellas Verlobung zugeht.« Sie schniefte. »Seitdem die beiden es uns gesagt haben, tropft es aus mir wie aus einem undichten Wasserhahn. Ich muß nur dran denken, und schon heule ich wieder los. Andererseits hatte ich es natürlich kommen sehen. Seit zwei Jahren turteln sie nun schon miteinander rum. Und wenn sie nicht turteln, zanken sie sich – ein untrügliches Anzeichen.«

»Aber sie ist dein Mädchen.«

Susie wischte sich eine Träne aus dem Auge. »Mein erstes noch dazu. Solange ich mit den Hochzeitsvorbereitungen beschäftigt bin, geht es ja noch, aber kaum finde ich Zeit zum Nachdenken, heule ich schon wieder los.«

»Steht der Termin schon fest?« wollte Caroline wissen.

»Marvella will im September heiraten, wegen der Chrysanthemen. Sie will die ganze Kirche damit schmükken. Und ihre fünf Brautjungfern sollen ein Kleid in den Herbstfarben tragen: Rostbraun und Gold. Rostbraun paßt doch nicht in eine Kirche, habe ich ihr gesagt, aber sie läßt sich nicht dreinreden. Jetzt schau mich doch nicht so an. Ich weiß ja selber, daß die Farben total nebensächlich sind. Aber ich bin ganz froh um die Hektik. Sie lenkt wenigstens ab.«

»Ich bin überzeugt, daß Marvella euch trotzdem nicht verlorengeht«, tröstete sie Caroline.

»Hoffentlich kann ich ihr noch klarmachen, daß Rosa besser paßt als Rostrot. Am Wochenende gehen wir in Jackson einkaufen. Du kannst gerne mitkommen, wenn du Lust hast.«

»Danke, aber im Moment brauche ich nichts.«

»Wenn eine Frau nicht ans Einkaufen denkt, dann liegt ihr bestimmt etwas auf dem Herzen.«

»Nicht nur mir, fürchte ich.«

»Seit der Sache mit Austin sehe ich Burke kaum noch. Er kommt nur noch zum Schlafen nach Hause. Du wirst dir doch wegen diesem Austin keine Sorgen machen?«

»Ich weiß auch nicht ... Die Sache geht mir nicht mehr aus dem Kopf, auch wenn ich mir zehnmal sage, daß er von mir überhaupt nichts wollen kann. Er hat ja keinen vernünftigen Grund dazu.« Caroline trat mit hastigen Schritten ans Fenster. Das Wäldchen bannte ihren Blick, und es war unweigerlich mit dieser schlimmen Erinnerung verbunden. »Es steckt mehr dahinter, Susie. Weißt du, die Fahndung nach Austin Hatinger drängt das alles nur in den Hintergrund. Ich kann einfach nicht vergessen, daß ich vor zwei Wochen seine Tochter dort hinten am Teich gefunden habe.«

»Keiner hat das vergessen. Und Francie und Arnette gehen uns auch im Kopf um. Nur sollte man nicht zuviel daran denken – man macht sich sonst noch verrückt. Dieser Agent Burns« – sie senkte ihre Stimme – »hat heute morgen Darleen verhört. Happy hat's mir erzählt. Das Schlimme ist, daß er Burke nicht miteinbezieht. Er hält wohl einzig das FBI für kompetent. Aber das ist ein Riesenfehler. Burke kennt doch hier jeden. Und zu ihm haben die Leute auch Vertrauen, aber nicht zu diesem Lackaffen aus dem Norden.«

»Ich bin doch auch aus dem Norden«, meinte Caroline lächelnd.

»Mit dir ist das was anderes. Deine Verwandten stammen ja aus unserer Gegend. Du hast höchstens einen besseren Draht zu Burns als unsereins.«

»Überhaupt nicht!« protestierte Caroline.

»Zumindest scheint er sehr viel von dir zu halten.«

»Von der Musikerin Caroline Waverly vielleicht. Die ist aber nicht zu verwechseln mit mir.« Seufzend ließ sich Caroline auf den nächsten Stuhl plumpsen. »Willst du mir nicht verraten, worauf du hinaus willst, Susie?«

»Ich dachte mir nur, weil du und Burns euch doch in denselben Kreisen bewegt, ob du ihm vielleicht eine Anregung geben könntest.«

»Inwiefern?«

»Er kann Burke doch nicht so ohne weiteres schneiden. Das sage ich jetzt nicht, weil ich ihn liebe und es mir weh tut, wie die Sache an ihm nagt. Ich sage es als Mitglied der Gemeinschaft. Der Mörder muß endlich gefaßt werden. Und wenn Burke mit den Leuten spricht, bringen sie bestimmt eher den Mund auf.«

»Da gebe ich dir voll und ganz recht, Susie. Aber mir ist nicht klar, wie ich da helfen kann.«

»Ich dachte mir, du könntest das Thema so ganz nebenbei ansprechen.«

»Na gut, wenn die Möglichkeit sich bietet, will ich es gern versuchen.«

»Ansonsten tut sich nichts zwischen euch?« wollte Susie wissen.

Caroline schüttelte lachend den Kopf. »Absolut nichts. Und es wird auch nie etwas geben zwischen mir und einem Mann, der erst die Musik sieht und danach mich.«

Susie beugte sich neugierig vor. »Oh, da steckt sicher eine Geschichte dahinter.«

»Sagen wir es so, ich habe mich mal mit einem Mann eingelassen, der mich als Instrument und nicht als Frau betrachtet hat. Agent Burns scheint auch einer von der Sorte zu sein.«

»Und hat dir die Sache das Herz gebrochen?«

»Einen kleinen Sprung hat es abbekommen.«

»Da wüßte ich ein Heilmittel – ein kleines Abenteuer mit einem lockeren Burschen.« Sie benetzte sich die Lippen. »Du bist gestern mit Tucker ins Kino gegangen, habe ich gehört.«

»Von wem?«

»Josie hat es Earleen erzählt. Tucker hat sich ja schon mehrerer gebrochener Herzen angenommen.«

»Es hat nur einen Sprung«, verbesserte Caroline. »Aber ein Kinobesuch macht noch lange kein Abenteuer.«

»Wenn ein Mann einer Frau Rosen schenkt, legt er den Grundstein dafür«, widersprach sie grinsend. »Tucker hat sie in Rosedale ausgesucht und ist dabei Marvella über den Weg gelaufen.«

»Das war doch nur eine freundliche Geste ... unter Nachbarn.«

»Mm-hmm. Burke hat mir auch mal einen Strauß Veilchen geschenkt – unter Nachbarn. Neun Monate später kam Marvella auf die Welt ... Na, na, du brauchst doch nicht gleich rot anzulaufen. Ich bin nur ein bißchen neugierig. Und weil du ... gutnachbarschaftliche Beziehungen zu Tucker unterhältst, interessiert es dich vielleicht, daß Burns tausend Fragen über ihn stellt.«

»Was für Fragen?«

»Wegen Edda Lou.«

»Aber ...« Das Herz sprang Caroline plötzlich bis in den Hals. »Ich dachte, er kommt nicht mehr in Frage, weil er für die Mordnacht ein Alibi hat.«

»Vielleicht reicht das dem FBI noch nicht. Andererseits stellt Burns Erkundungen über alle möglichen Leute an.« Sie warf einen bedeutungsschweren Blick auf die Terrasse, auf der Toby arbeitete.

Caroline senkte die Stimme. »Toby? Aber das ist doch absurd!«

»Natürlich ist das absurd. Aber er hat Darleen ausführlich wegen Toby und Tucker verhört. Herausgekommen ist nichts dabei. Trotzdem gibt er keine Ruhe. In Bälde wird er sich wohl wieder bei dir melden.«

»Aber ich habe ihm doch alles gesagt, was ich weiß.«

»Honey, es scheint ihn mächtig zu interessieren, daß Tucker sich ab und zu hier blicken läßt.«

Caroline massierte sich die schon wieder schmerzende Stirn. »Mein Privatleben geht ihn einen feuchten Kehricht an. Das werde ich ihm auch sagen.«

Das Gespräch mit Susie beschäftigte Caroline den ganzen Nachmittag. Ihre Sorgen nahmen noch zu, als Toby und Jim Feierabend machten und sie allein zurückblieb. Unruhig streifte sie durch das Haus und versuchte, sich ihre Rolle in diesem Drama zu erklären.

Sie war eine Fremde hier. Und doch stammte ihre Familie aus Innocence. Sie hatte Edda Lou nicht gekannt, und doch hatte ausgerechnet sie sie gefunden. Sie hatte kein einziges Wort mit Austin Hatinger gewechselt. Und doch hatte er auf sie geschossen.

Mit Matthew Burns hatte sie nichts zu tun – die Sorte kannte sie sehr wohl, aber ihn persönlich eben nicht. Dennoch bewegten sie sich in denselben Kreisen, suchten dieselben Orte auf, sprachen den gleichen Dialekt. Wie sie nur aufgrund dieser Tatsache jedoch neue Verbrechen verhindern helfen sollte, war ihr ein Rätsel. Doch jetzt stand sie bei Susie im Wort.

Sie hatte sich mit dem Hauptverdächtigen – ein besserer Ausdruck fiel ihr nicht ein – eingelassen. Ein weiterer arbeitete für sie. Mit anderen Worten: Sie hatte sich zusätzliche Verpflichtungen aufgeladen.

Oh ja, mit Verpflichtungen kannte sie sich aus. Sie schlichen sich heran und blieben an einem kleben wie tausend winzige, gierige Blutegel, die erst abfielen, nachdem sie einen leergesaugt hatten.

Caroline kannte die Verpflichtungen ihrer Eltern, ihrer Musik, ihren Lehrern, den Dirigenten, den Kollegen, ihren Fans gegenüber. Und weil er sie mit Haut und Haaren in Beschlag genommen hatte, war sie auch Luis verpflichtet gewesen.

Komischerweise war sie, um all diesen Verpflichtungen zu entkommen, nach Innocence geflohen. Und was geschah? Sie steckte bis zum Hals im gleichen Schlamassel.

Aber sie war nie ganz unschuldig daran gewesen. Wie Schuppen fiel es Caroline auf einmal von den Augen, daß sie ja immer die Wahl gehabt hatte. Doch sie hatte sich jedesmal fürs Nachgeben entschieden und sich nie gewehrt.

Aber war es diesmal nicht etwas anderes? Gäbe sie denn nicht genauso nach, wenn sie sich aus allem heraushielte? Auch wenn sie nicht glaubte, daß sie etwas bewirken konnte, so gehörte sie doch dazu. Nicht nur zu Tucker, sondern zur Gemeinschaft in Innocence. Für eine Weile zumindest war Innocence ihre Heimat.

»Also gut!« Caroline preßte die Hände gegen die Schläfen. »Ich werde mit ihm reden. Von Yankee zu Yankee.«

Sie schnappte sich die Handtasche und stürmte zur Tür. Just in diesem Moment fuhr Matthew Burns vor dem Haus vor.

»Das muß mein Schicksal sein«, seufzte sie.

»Sie sind am Gehen?« rief Burns beim Aussteigen.

»Nein, das heißt, ja.« Caroline disponierte blitzschnell um. »Aber ein paar Minuten habe ich schon noch Zeit. Möchten Sie reinkommen?«

»Mit dem größten Vergnügen!« Kaum trat er auf die Veranda, fing Useless hinter der Tür an zu knurren.

»Ach, der ist noch ganz klein«, beruhigte ihn Caroline. »Fremden gegenüber ist er sehr mißtrauisch.« Sie öffnete die Tür und ließ Useless hinaus.

»Süß!« rief Burns. Caroline hörte freilich das Wort ›Köter‹ nur zu deutlich heraus.

»Was darf ich Ihnen anbieten? Eistee? Kaffee?«

»Eistee wäre ideal. An die Hitze hier werde ich mich wohl nie gewöhnen.«

»Hitze?« rief Caroline in demselben belustigten Tonfall, der ihr bei so vielen Einheimischen aufgefallen war. »So richtig heiß wird es erst im August. Setzen Sie sich bitte. Ich bin gleich wieder da.« Um ihre Schadenfreude zu verbergen schäkerte Caroline auf dem Weg in die Küche mit dem Hund. Als sie mit den Getränken zurückkam, stand Burns immer noch mitten im Zimmer. Mit nachdenklicher Miene betrachtete er das beschädigte Sofa.

»Ein wunderschönes Gesprächsthema, nicht wahr? Ich bin inzwischen soweit, daß ich es nicht restaurieren lasse.«

»Es ist eine Schande!« rief Burns. »Dieser Hatinger hätte ja auch Sie treffen können. Dabei kannte er Sie nicht einmal.«

»Zum Glück hat Tucker blitzschnell reagiert.«

»Wenn er klug gewesen wäre, hätte er Sie nie in eine so gefährliche Lage gebracht.«

Caroline setzte sich. Ihr war klar, daß ein so steifer Mensch wie Burns nie als erster Platz nehmen würde. »Meiner Meinung nach wußte Tucker nicht, daß Austin hinter ihm her war. Er war zumindest genauso überrascht wie ich. Möchten Sie Zitrone oder Zucker?«

»Einen kleinen Spritzer Zitrone, danke.« Burns setzte sich nun auch auf die Couch. »Caroline, da ich Ihre Musik seit Jahren bewundere, kommen Sie mir vor wie eine gute alte Bekannte.«

Caroline setzte ein freundliches Lächeln auf. »Komisch, daß so viele Menschen immer denselben Fehler machen. Die Musik, die ich spiele, stammt doch von allen möglichen Komponisten und ist in keinster Weise ein Teil von mir.«

Burns räusperte sich. »Ich meine, als Bewunderer Ihrer Talente fühle ich mich tief mit Ihnen verbunden. Ich darf doch offen mit Ihnen sprechen?«

»Ich doch hoffentlich auch.« Sie nippte an ihrem Glas.

»Ich bin besorgt, Caroline. Zutiefst besorgt. In der Stadt gehen Gerüchte über Sie und Tucker Longstreet um …«

»Ist das nicht das Tolle an diesen Kleinstädten? Kaum sitzt man irgendwo fünf Minuten, weiß man schon über alles und jeden Bescheid.«

Burns richtete sich auf, als habe er einen Stock verschluckt. »Ich persönlich gebe ja nichts auf Gerüchte, Klatsch, Andeu …« Das letzte Wort blieb ihm im Halse stecken, weil Caroline ihm ins Gesicht lachte.

»Seien Sie mir nicht böse, aber Sie haben sich gerade wie ein Politiker bei einer Rede angehört.« Caroline wurde wieder ernst. Wenn Sie etwas für Susie und Burke erreichen wollen, durfte sie es sich nicht mit ihm verscherzen. »Orte wie dieser hier sind ohne Klatsch nicht denkbar, Matthew. Ich meine sogar, er könnte auch Ihnen nützen.«

»In der Tat. So sehr ich solche Gepflogenheiten auch verabscheue, in meinem Beruf sind sie leider von unschätzbarem Wert. Das sollten auch Sie bedenken. Tucker Longstreet wird immerhin dreier auf bestialische Weise verübter Morde verdächtigt.

Caroline spielte nervös mit dem Glas, schaffte es aber, Burns gelassen in die Augen zu sehen. »Soviel ich verstehe, wird nicht nur er verdächtigt. Die Polizei interessiert sich ja auch für mich.«

»Sie sind doch nur eine Unbeteiligte, die lediglich durch Zufall eine der Leichen gefunden hat.«

»Was heißt ›lediglich‹ Matthew? Ich habe die Leiche nun mal gefunden, und ich bin Mitglied der Gemeinschaft. Ich habe ...« – ein Lächeln spielte auf ihren Lippen, denn sie erkannte in diesem Moment die Wahrheit ihrer Worte – ...« hier Freunde und eine Reihe weitläufiger Verwandter.«

»Und Sie betrachten Tucker Longstreet als Freund?«

Caroline sah ihn mit einer Unschuldsmiene an. »Mir ist nicht ganz klar, als was ich Tucker betrachte. Sagen Sie, ist diese Frage Bestandteil der Vernehmung?«

»Ich untersuche eine Serie von Mordfällen«, erwiderte Burns steif. »Mr. Longstreet steht auf meiner Verdächtigenliste ganz oben. Ich darf ihn nicht aus den Augen lassen. Ihnen ist vielleicht entgangen, daß er Beziehungen zu allen drei Opfern unterhielt.«

»Matthew, ich lebe hier seit über zwei Wochen. In dieser Zeit ist mir nicht entgangen, daß Woodrow und Sugar Pruetts Ehe in einer Krise steckt und daß Bea Stokeys Sohn Leroy einen Strafzettel wegen Geschwindigkeitsüberschreitung bekommen hat. Und genausowenig ist mir entgangen, daß Tucker nie dazu fähig gewesen wäre, diesen Frauen solch abscheuliche Dinge anzutun.«

Wie um seine unendliche Geduld zu zeigen, atmete Burns einmal tief durch. Es faszinierte ihn jedesmal aufs neue, wie leicht Frauen sich an der Nase herumführen ließen. »Die Leute sind seinerzeit auch Ted Bondys Charme auf den Leim gegangen. Ein Serienmörder gibt sich nicht zu erkennen. Das sind gerissene, heimtückische und manchmal hochintelligente Menschen. Oft, ja sehr oft, führen sie über einen längeren Zeitraum hinweg ein ganz normales Leben und sind sich ihrer Verbrechen gar nicht bewußt. Und selbst wenn, dann verbergen sie sie hinter einer Maske. Nach außen hin sind sie stets freundlich und liebenswert. Aber sie lügen, Caroline. Sie lügen, denn das Töten, die Vorfreude darauf, der Stolz auf ihr Geschick, das ist ihr Lebensinhalt. Sie planen schon wieder den nächsten Mord, sie lauern, pirschen sich heran und schlagen zu.«

Caroline erbleichte. Burns registrierte, wie sie sich nervös an die Stirn griff. »Ich mache Ihnen Angst, Caroline. Das ist auch meine Absicht. Jemand, höchstwahrscheinlich ein Mitglied dieser dörflichen Gemeinde, verbirgt sich hinter einer Maske und heckt gerade den nächsten Mord aus. Aber ich werde mein ganzes Wissen, meine ganzen Fähigkeiten einsetzen, um ihn daran zu hindern. Doch möglicherweise reicht das noch nicht aus. Und dann schlägt er doch wieder zu.«

Caroline mußte ihr Glas absetzen. Was half ihr jetzt noch ein kühlendes Getränk, da das Blut ihr in den Adern gefror? »Wenn das stimmt …«

»Es stimmt.«

»Wenn das stimmt«, wiederholte sie, »sollten Sie dann nicht jede sich bietende Hilfe in Anspruch nehmen?«

»Ich verstehe nicht ganz.«

»Sie sind hier ein Fremdling, Matthew. Daran ändert auch Ihre Kennmarke nichts. Ja, die Leute fühlen sich dadurch noch viel mehr beobachtet und machen zu. Wenn Sie ihnen helfen wollen, müssen Sie mit Burke Truesdale zusammenarbeiten.«

Burns brachte ein verkniffenes Lächeln zuwege. »Ihre Anteilnahme freut mich, Caroline, aber das ändert nichts an der Tatsache, daß Sie die Tragweite der Ereignisse nicht ganz begreifen.«

»Das mag schon sein, aber ich kann beurteilen, ob Menschen respektiert werden. Keiner kann Dutzende von verschiedenen Orchestern dirigieren, ohne die jeweilige Kleiderordnung zu kennen. Worauf ich hinaus will, ist folgendes, Matthew: Sie sind der Außenseiter hier. Aber Burke ist mit den Leuten vertraut – im Gegensatz zu Ihnen.«

»Das ist ja das Problem. Er ist voreingenommen, weil er dazugehört. Da gibt es zu viele Freundschaften zu berücksichtigen.«

»Spielen Sie wieder auf Tucker an?«

»Richtig. Sie wissen doch, was ›alte Kumpel‹ sind? Man hat gemeinsam zig Biere gekippt, war zusammen auf der Jagd und hat seine Erfahrungen über Frauen ausgetauscht. Sie haben recht, ich kenne diese Leute nicht. Aber ich habe eine Ahnung von ihrer Mentalität. Da wären Leute vom Schlag dieses Burke Truesdale das letzte, was ich brauchen könnte. Ich halte ihn für einen grundanständigen Mann. Aber solche Leute fühlen sich eben sehr vielen Freunden verpflichtet. Und genau das bereitet mir Sorgen.«

»Darf ich offen zu Ihnen sein, Matthew?«

Burns spreizte die Finger. »Ich bitte Sie sogar darum.«

»So geschwollen, wie sie daherreden, sind Sie das letzte Arschloch«, sagte Caroline und weidete sich daran, wie ihm der Kinnladen nach unten fiel. »In Washington oder Baltimore mag so etwas vielleicht ankommen, aber hier im Delta machen Sie sich nur unbeliebt. Wenn tatsächlich ein weiterer Mord droht, können Sie sich doch nicht von allen Leuten abschotten und sich dann wundern, wenn das Unglück eintritt. Sie können es nur verhindern, wenn Sie sich auf die Menschen hier einlassen und ihr Vertrauen gewinnen. Aber Sie meinen, Sie würden über allem stehen.«

Burns erhob sich steif. »Ich bedaure, daß wir in dieser Angelegenheit kein Einverständnis erzielen. Dennoch muß ich Ihnen unabhängig von Ihren Gefühlen einen Rat geben: Lassen Sie sich vor dem Abschluß der Untersuchung nicht zu sehr mit Tucker Longstreet ein.«

»Ich habe ein schreckliches Laster an mir entdeckt, Mr. Burns. Ich gebe auf Ratschläge einen Dreck.«

»Wie Sie wollen.« Er verneigte sich. »Ich muß Sie ersuchen, sich morgen vormittag in meiner provisorischen Einsatzzentrale einzufinden. Wären Sie mit zehn Uhr einverstanden?«

»Warum?«

»Ich muß Ihnen einige Fragen stellen. Offizielle Fragen.«

»Dann bekommen Sie von mir auch Antworten. Offizielle Antworten.«

Caroline gab sich nicht die Mühe, Burns zur Tür zu begleiten.

17

Caroline mußte nicht lange überlegen, wem ihre Sympathie galt. Kaum war Burns um die Kurve verschwunden, nahm sie Useless an die Leine und lief mit ihm zum Wagen. Die Schlüssel baumelten noch da, wo sie sie gelassen hatte – im Zündschloß.

Sie drehte sich noch einmal um. Die Haustür stand sperrangelweit offen. Kurz erwog sie, zurückzugehen und sämtliche Türen und Fenster zu verriegeln, verwarf den Gedanken aber sofort. Ohne Zugluft würde sich ja nur die Hitze stauen. In weniger als einem Monat hatte Caroline bereits die Gewohnheiten der Einheimischen angenommen.

»Ich werde doch in meinem eigenen Haus keine Angst haben«, erklärte sie dem Hund und setzte ihn auf den Beifahrersitz. Sofort stellte er die Vorderfüße auf das Armaturenbrett und ließ freudig die Zunge heraushängen.

»Mein Haus«, wiederholte Caroline und betrachtete stolz die frisch gestrichene Fassade, die blitzblank geputzten Fenster und den zerkratzten Schaukelstuhl auf der Veranda. »So, jetzt werden wir hier mal Bewegung in die Bude bringen, Useless.« Sie kletterte in den Wagen und fuhr los.

Die Gestalt, die im Schutz der Bäume stand und sie beobachtete, fiel Caroline nicht auf.

Auf der Veranda der Longstreets jaulten aus einem gigantischen Lautsprecher die Statler Brothers. Lulu trug noch immer die Adlerfeder und ihre Springerstiefel. Hinzu kamen Blue jeans, ein vollgekleckerter Malerkittel und Ohrringe mit taubeneigroßen Rubinen darin. Breitbeinig stand sie vor einer Staffelei und erinnerte Caroline eher an einen Boxer vor der dritten Runde als an eine Malerin.

Dwayne fläzte sich im Schaukelstuhl. In der Hand hatte er ein Glas Wild Turkey und im Gesicht ein besäuseltes Lächeln.

»Sieh da, die Caroline.« Er hob sein Glas zum Gruße. »Was führt dich hierher?«

Caroline setzte Useless auf den Boden, der sofort eifrig Busters Duftmarken beschnüffelte. »Mein Hund. Guten Abend, Miss Lulu.«

Lulu brummelte etwas Unverständliches und klatschte mehr Farbe auf die Leinwand. »Meine Oma hat 1863 zwei Yankees von ihrer Plantage vertrieben.«

Caroline sah ihr forsch in die Augen. »Und der Großvater meiner Großmutter hat bei Antietam ein Bein verloren. Aber sie haben General Burnsides Angriff abgewehrt.«

Lulu schürzte nachdenklich die Lippen. »Wann soll das gewesen sein?«

»17. September 1862«, erwiderte Caroline lächelnd. Sie beglückwünschte sich dazu, daß sie in der Familienchronik geschmökert hatte. »Sein Name war Silas Sweeney.«

»Sweeney, Sweeney ... Ach ja, das könnte ein Onkel meines zweiten Mannes gewesen sein.« Lulu sah Caroline wohlwollend aus zusammengekniffenen Augen an. Ihr imponierte, daß das Mädchen sich nichts gefallen ließ. Das bißchen Yankeeblut fiel da nicht so sehr ins Gewicht. Außerdem konnte Tucker nicht ewig ein Junggesellendasein führen.

»Du willst um Tucker herumschwänzeln, was?«

Caroline konnte dieser Frau trotz ihrer exzentrischen Art nicht böse sein. »Ganz bestimmt nicht«, erwiderte sie. »Aber ich muß ihn sprechen. Ist er da?«

»Ja, ja, irgendwo wird er schon sein.« Lulu betrachtete ihr Gemälde, um dann den Pinsel in einen Klecks kräftiges Grün zu tauchen. »Jetzt tritt schon näher, Mädchen.

Ich kann es nicht haben, wenn die Leute aus der Ferne gaffen. Dwayne, wo treibt sich dein Bruder rum? Siehst du nicht, daß das Mädchen ihn verführen will?«

»Ich will ihn doch nicht …« Caroline verstummte, denn Lulu schnüffelte auf einmal an ihr herum.

»Ganz schön gerissen, daß du kein Parfum benutzt.« Sie drohte ihr schelmisch mit dem Pinsel. »Die Männer stehen auf so was, weil sie sonst nur Frauen gewöhnt sind, die wie ein ganzer Drogeriemarkt stinken.«

Caroline zog die Augenbrauen hoch. »Ach, wirklich?«

»Das weißt du doch selber am besten. Da muß man keine … wie alt bin ich, Dwayne?«

»Sechsundachtzig, Tante Lulu.«

»Sechsundachtzig? Keine Dame aus dem Süden würde es wagen, ein so unziemliches Alter zu erreichen.«

Dwayne stierte nachdenklich in seinen Drink. »Habe ich sechsundachtzig gesagt? Es muß natürlich achtundsechzig heißen.«

»Schon besser. Ein würdiges Alter. Du kannst schon mal reingehen und den arglosen Jungen becircen. Vergiß aber nicht, daß du mir nichts vormachen kannst.«

»Ich werde es beherzigen.« Caroline konnte der Versuchung nicht länger widerstehen und warf einen Blick auf das Gemälde. Es zeigte Dwayne auf seinem Schaukelstuhl sitzend mit einem überproportional großen Whiskeyglas in der Hand. Der Stil lag irgendwo zwischen Picasso und einem Comicheft. Dwaynes Gesicht war grün, aus seinen Augen standen rote Linien hervor und an den Seiten wuchsen ihm gewaltige lila Eselsohren.

»Interessant«, meinte Caroline.

»Mein Daddy hat immer gesagt, wer lebt, um zu trinken, ist ein Esel.«

Carolines Blick wanderte vom Porträt zur Künstlerin. Mit einem Schlag begriff sie, daß diese Tante Lulu gar nicht so verrückt war, wie sie tat. »Mir ist es ein Rätsel, wie manche Leute das Trinken zu ihrem Lebensinhalt machen können.«

»Tja, manchmal ist das Leben Grund genug. Dwayne, wo steckt denn dein Bruder? Ich kann es nicht haben, wenn andere mir beim Malen über die Schulter schauen.«

»In der Bibliothek. Dritte Tür rechts.«

Caroline trat ein. Im Haus war es so still, daß sie es nicht mehr wagte, durch lautes Rufen auf sich aufmerksam zu machen. Ihr kamen langsam Zweifel, ob sich überhaupt jemand im Haus aufhielt.

Die Tür zur Bibliothek war zu. Bestimmt lag Tucker ausgestreckt auf dem bequemen Sofa und hielt ein Nikkerchen. Sie klopfte leise an. Keine Antwort. Dann weckte sie ihn eben. Es konnte nicht angehen, daß er vor sich hin schlummerte, während … Sachte drückte sie die Klinke herunter und öffnete die Tür.

Aber weder lag er auf dem Sofa unter dem Fenster, noch war er in dem großen Sessel vor dem Kamin eingenickt. Verblüfft schritt Caroline vorbei an den Bücherregalen, einem Gemälde von Georgia O'Keefe und einem antiken Kaffeetisch – und erblickte Tucker an einem massiven Eichenholzschreibtisch. Über einen Stapel Dokumente und Bücher gebeugt saß er da und glitt mit den Fingern beiläufig – nein, geschickt, wie sie auf den zweiten Blick feststellte – über die Tastatur eines Personal Computers.

»Tucker?« In diesem einen Wort steckte ein Abgrund von Erstaunen.

Er antwortete mit einem Brummen, gab noch ein paar Daten ein und sah auf. Sein Gesicht hellte sich sofort auf.

»Ja, Caroline! Da freue ich mich aber!«

»Was machst du denn da?«

»Ach, ich jage da nur ein paar Zahlen durch.« Er schob den Stuhl beiseite und erhob sich. »Nichts, das nicht warten könnte. Wollen wir uns nicht auf die Terrasse setzen und uns den Sonnenuntergang ansehen?«

»Der ist doch erst in zwei Stunden.«

»Ich habe Zeit«, meinte er lächelnd.

Kopfschüttelnd beugte sie sich über den Bildschirm und entzifferte auf der Maske die Wörter: Waschsalon, Chat 'N-Chew, Hardware, Pension, Campingplatz. Auf dem Tisch lagen Statistiken, Rechnungen, Quittungen, Preistabellen und ganze Stapel von Prospekten und Akten über Pestizide, Kunstdünger, Saatgut, Fuhrunternehmen.

Caroline trat einen Schritt zurück. »Du arbeitest ja!«

»Gewissermaßen ja. Darf ich dich jetzt küssen?«

Sie schüttelte den Kopf. Noch mußte sie das Ganze verdauen. »Du … machst die Buchhaltung?«

Er grinste. »Das ist kein Verstoß gegen das Gesetz, solange man keine getürkten Zahlen schreibt, was mein Großvater allerdings mit großem Erfolg fünfundzwanzig Jahre lang praktizierte. Seine Kunst bestand darin, sich nicht erwischen zu lassen. Er war bis zu seinem Todestag eine der tragenden Säulen unserer Gesellschaft. Sag mal, wenn du dich weder küssen lassen noch mit mir auf die Terrasse setzen willst, was kann ich dann für dich tun?«

»Du arbeitest mit einem Computer?«

»Ja gut, ich gebe zu, daß ich am Anfang ein paar Vorurteile hatte, aber wenn man den Bogen raus hat, spart man sich mit den Dingern zentnerweise Zeit. Und für so was bin ich immer zu haben.«

»Und das machst alles du?«

»Was?«

»Das da.« Benommen klopfte sie auf einen von den Stapeln. »Erledigst du ganz allein die Buchführung?«

»Normalerweise erledigt sie sich von selbst. Ich gebe nur die Zahlen ein.« Er drückte ein paar Tasten, und der Computer schaltete sich aus.

»Du bist ja ein Betrüger! Kehrst den lässigen Playboy heraus, der den lieben langen Tag nichts als schlafen will

– und dann so was. Das ist Vorspiegelung falscher Tatsachen!«

»Du hast bisher immer nur das gesehen, was du sehen wolltest«, berichtigte Tucker sie. »Ich habe das Gefühl, ihr im Norden versteht unter Faulheit etwas anderes als wir. Wir nehmen die Dinge viel lockerer. Willst du das nicht von uns lernen? Es macht mich ganz fertig, wie ihr immer heiße Luft um euch verbreitet.«

»Und ich hatte geglaubt, ich hätte dich endlich verstanden, und dann verwandelst du dich schon wieder. Du bist ein Geschäftsmann!«

»Das trifft die Sache aber auch nicht, Caro. Mit Geschäftsmann verbinde ich so Leute wie Donald Trump oder Lee Iacocca, Burschen mit tollen Maßanzügen, schmutzigen Ehescheidungen und jeder Menge Magengeschwüren. Der einzige, der bei uns als Geschäftsmann in Frage kommt, ist vielleicht Jed Larsson. Und selbst der trägt bestenfalls am Sonntag einen Anzug.«

»Du wechselst schon wieder das Thema.«

»Nein, nein, ich wollte es dir nur erläutern. Du kannst natürlich sagen, daß ich Transaktionen durchführe. Aber das ist so verdammt hochgegriffen. Ich bin im Rechnen nun mal gut, und darum strengt es mich nicht besonders an.«

Caroline ließ sich erschöpft auf die Couch sinken. »Du verschwendest dein Leben also gar nicht!«

Er setzte sich neben sie. »Ich habe immer gedacht, ich würde es genießen. Aber wenn es dich glücklich macht, will ich es gerne mit Verschwenden versuchen.«

»Ach, sei doch mal eine Minute still! Ich muß nachdenken.« Sie verschränkte die Arme über der Brust. Arglos? fragte sie sich. Seine Tante Lulu hatte das gesagt. Was für ein Witz! Der Mann wußte genau, was er tat, und offensichtlich setzte er seit Jahren seine Vorstellungen auch durch. Hatte sie es nicht mit eigenen Augen gesehen? Dieser Mann konnte einen Menschen verträumt angrinsen und ihm im nächsten Moment mit einem Blick die Seele bloßlegen.

»Du hast mir mal erzählt, daß Dwayne studiert hat, aber nichts daraus macht. Von dir hast du mir nichts gesagt.«

Tucker grinste. »Ich habe ja auch keinen Abschluß. Mit dem Lernen hatte ich es nicht so. Ich habe nur ein paar Kurse in Management und Rechnungswesen belegt. Aber mir war schnell klar, daß es hinter dem Schreibtisch tausendmal bequemer ist als auf dem Baumwollfeld. Soll ich dir mein Studienbuch zeigen?«

»Und ich bin rausgefahren, weil ich dachte, ich müßte dich schützen!« stöhnte Caroline.

»Mich schützen?« Tucker legte den Arm um sie. »Das ist ja wahnsinnig lieb von dir! Hmmm, riechst du gut!«

»Es ist nichts als stinknormale Seife.«

»Dein Geruch macht mich ganz verrückt.« Er küßte ihren Hals. »Vor allem die Stelle da zwischen Hals und Schulter.«

Caroline erschauerte. »Ich wollte eigentlich ... Tucker, nein ...« Ihre Stimme erstarb, während Tucker sie hinter dem Ohr liebkoste.

»Sprich nur weiter«, murmelte er. »Ich habe nicht das geringste dagegen.«

»Bitte laß das.«

»Na gut.« Er wandte sich wieder dem Hals zu. »Na denn, schieß los.«

Wider besseres Wissen legte sie den Kopf zurück und bot ihm so den ganzen Hals. »Matthew Burns war vorhin bei mir.« Sie spürte, wie er erstarrte und sich nur langsam wieder beruhigte.

»Das ist alles andere als überraschend. Ein Blinder mit Krückstock kann sehen, daß er ein Auge auf dich geworfen hat.«

»Nein, nein, diesmal war es nichts Persönliches ...« Caroline ließ alle Vorsicht fahren und wandte sich Tucker ganz zu. Mit trägen, genüßlichen Küssen sog er sofort an ihren Lippen. Sie stieß einen gedehnten Seufzer aus. »Er sagte, ich solle die Hände von dir lassen.«

»Hmmmm, zu meiner großen Enttäuschung hast du mich bisher viel zu wenig angefaßt.«

»Er sprach noch über den Fall. Den Mord ... Was machst du denn da?« Sie setzte sich abrupt auf und starrte an ihrer geöffneten Bluse herunter.

»Ich war dabei, dir die Kleider auszuziehen. Das Ziel verfolge ich schon seit geraumer Zeit. Aber so, wie es aussieht, muß ich es wieder verschieben.«

Caroline knöpfte ihre Bluse hastig zu. »Ich lasse es dich wissen, wenn ich ausgezogen werden will.«

»Caroline, du hast es mich vorhin durchaus wissen lassen, bis du dann doch wieder zu denken angefangen hast.« Tucker erhob sich und mixte sich einen Drink. Den hatte er zur Abkühlung dringend nötig. »Möchtest du auch einen?«

»Nein. Du kannst von mir aus gerne sauer sein, aber ...«

»Sauer?« Er prostete ihr zu. »Soll ich dir sagen, was du in mir anrichtest, Baby? Ich habe noch nie eine Frau gehabt, die mich mit einem Minimum an Aufwand so auf Hochtouren bringt.«

»Ich wollte dich eigentlich nur warnen.«

»Genau das habe ich gemeint.« Er trank das Glas in einem Zug leer, überlegte kurz, ob er sich noch einen Drink mixen sollte und entschied sich schließlich für eine halbe Zigarette. »Wer ist Luis?«

Ihr Mund klappte zweimal auf und zu. »Wie bitte?«

»Du hast mich schon verstanden. Du willst mir nur nicht antworten. Susie hat neulich erwähnt, daß du ziemlich schlecht auf einen Luis zu sprechen bist. Blöder Name.«

»Weil Tucker so unendlich würdiger klingt!«

»Das hängt wohl vom jeweiligen Standpunkt ab, Caro«, meinte er grinsend. »Wer ist er?«

»Jemand, auf den ich schlecht zu sprechen bin«, sagte sie leichthin. »Willst du dir jetzt anhören, weswegen ich ...«

»Hat er dich verletzt?«

Ihre Blicke begegneten sich. Caroline erkannte in seinen Augen Geduld, Mitgefühl und, zu ihrem Erstaunen, eine stille, tiefe Kraft.

»Ich würde dir gerne versprechen, daß ich dich nie verletzen werde, aber das ist wohl nicht möglich.«

Etwas rührte sich in ihr. Eine Tür, die sie für immer verschlossen gehalten hatte, ging ganz langsam auf. »Ich will keine Versprechungen«, stieß sie fast verzweifelt hervor.

Er betrachtete nachdenklich seine Kippe und drückte sie aus. »Ich habe noch nie welche gegeben. Sie sind mir zu gefährlich. Aber mir liegt an dir, Caroline. Bis über beide Ohren liegt mir an dir.«

»Ich ... bin noch nicht so weit.« Sie erhob sich. »Mir liegt auch sehr viel an dir, Tucker. Aber weiter darf es nicht gehen. Ich bin gekommen, weil mir an dir liegt und weil ich dir sagen will, daß Matthew Burns dir den Mord an Edda Lou Hatinger anhängen will.«

»Da wird er sich schwertun. Ich habe Edda Lou nicht umgebracht, Caroline.«

»Das weiß ich. Ich verstehe dich vielleicht nicht immer, aber das weiß ich. Matthew glaubt, daß der Schlüssel zu den Morden an Francie, Arnette und Edda Lou bei dir zu finden ist. Er hat auch ein paar Andeutungen über Toby fallenlassen. Wir schreiben zwar bald das Jahr zweitausend, aber hier im tiefsten Süden sind die Rassenkonflikte vielleicht ...«

»Toby und Winnie sind hier hoch angesehen. Die wenigsten sind so primitiv wie die Hatingers und Billy T. Bonny.«

»Aber trotzdem. Ich will nicht, daß Toby und seiner Familie etwas zustößt.« Sie trat einen Schritt auf ihn zu. »Und ich will nicht, daß dir etwas geschieht.«

»Dann will ich dich gerne beruhigen.« Tucker hob ihr Kinn an und sah Caroline mit einem ruhigen, steten Blick in die Augen. Sachte massierte er ihr die Stelle über der Nasenwurzel, wo ihre Streßfalten sich manifestierten. »Du hast Kopfschmerzen. Es wäre schlimm für mich, wenn ich daran schuld wäre.«

»Das bist du nicht. Die Situation ist schuld.«

»Dann denken wir eben nicht mehr an die Situation. Wir setzen uns auf die Terrasse und schauen uns den Sonnenuntergang an.« Er drückte ihr einen flüchtigen Kuß auf die Stirn. »Und du mußt auch nicht mit mir schmusen, es sei denn, du willst es.«

Sie lächelte unwillkürlich. »Und was ist mit deiner Arbeit?«

»Honey«, sagte er und legte einen Arm um ihre Hüfte. »An einem läßt sich nicht rütteln: Arbeit führt zu nichts.«

Arm in Arm gingen die beiden ins Freie. Das im Sonnenlicht aufblitzende Fernglas bemerkten sie nicht.

Austin hielt es fest umklammert und ließ die zwei nicht aus den Augen. Seine Lippen bewegten sich lautlos in einem inbrünstigen, tödlichen Gebet. Immer tiefer versank er im Wahnsinn. Und in seiner Sonntagshose steckten zwei Police Specials.

Als Cy den Durchlaß am nächsten Morgen erreichte, wartete sein Vater bereits. Er packte den Jungen gleich am Hemd und stierte ihm in die Augen.

»Du hast doch niemandem was gesagt, oder ich würde dich sofort beim Lügen ertappen.«

»Nein, Daddy. Schau, ich habe dir Hühnerfleisch und ein Sandwich mitgebracht.«

Austin riß ihm den Beutel aus der Hand. »Und das andere?«

»Jawohl, Vater.« Cy reichte ihm einen Kanister Wasser.

Austin schraubte ihn auf und trank in langen, gierigen

Zügen. Dann wischte er sich den Mund ab. »Und der Rest?«

Mit zitternden Händen zog Cy aus seinem Lederbeutel ein Jagdmesser hervor.

»Daddy, vor unserem Haus sind lauter Polizisten, aber die Straßenblockaden haben sie abgebaut. Der Weg nach Arkansas ist frei.«

»Du willst mich wohl loswerden, was?«

»Aber nein, ich …«

Austin bleckte die Zähne zu einem diabolischen Grinsen. Mit einer blitzschnellen Bewegung hielt er dem entsetzten Jungen das Messer unter die Nase. »Aber klar bin ich dir ungelegen! Du willst auf dem Weg der Sünde und Ausschweifung weitergehen, dich mit Niggern rumtreiben und diesem Tucker den rosa Arsch küssen …«

»Nein, Vater! Ich … ich …« Cy starrte in panischer Angst das Messer an. Eine unbedachte Bewegung, und er war tot. »Sie fahnden noch nach dir, und da dachte ich …«

»Der Herr ist mein Hirte, Kerl. Der sorgt für mich.« Immer noch grinsend strich Austin mit dem Daumen über die Klinge, bis er zu bluten anfing. »Und er hat mir ein scharfes Schwert gegeben. So, jetzt erkläre ich dir, was du zu tun hast.« Er drückte seinem Sohn das Messer an die Kehle. »Hörst du mir auch zu?«

Cy wagte nicht zu schlucken. Er antwortete mit einem unmerklichen Nicken.

»Hörst du mir zu, Kerl?«

»Jawohl, Vater.«

Cy arbeitete wie ein Berserker, um seine Angst in Schweiß zu ertränken. Er leerte zig Schubkarren Humus in den Garten, er hob Löcher für die neuen Pflanzen aus, und er riß Unkraut aus der Erde, bis seine Hände mit Blasen übersät waren – doch die Angst saß tief in seinem Magen wie ein unverdaulicher Klumpen.

Vom Mittagessen bekam er keinen Bissen hinunter. Gab er normalerweise die Hälfte davon bei seinem Vater ab, so verstaute er heute alle dick mit Schweinebraten belegten Sandwiches und den Zitronenkuchen im Beutel.

Cy wischte sich den Schweiß aus der Stirn und versuchte, alle Gedanken an Gut und Böse zu verscheuchen. Jetzt ging es nur noch ums Überleben. Tag für freudlosen Tag mußte er hinter sich bringen, vier Jahre lang insgesamt, bis er achtzehn war. Der Abend rückte immer näher. Er mußte Tucker zu seinem Vater bringen, oder er schnitt ihm die Kehle durch. Erschöpft schleppte er sich zum Gartenschlauch und spritzte sich Gesicht und Hände ab.

»Na, Feierabend, Junge?«

Cy richtete vor Schreck den Strahl auf die eigenen Schuhe. Tucker grinste ihn freundlich an.

»Della hat mir schon gesagt, daß du heute ein bißchen schusselig bist. Dreh das Wasser lieber ab, ehe du mir noch ertrinkst.«

»Jawohl, Sir.« Cy starrte benommen seine Finger an, die sich zögernd um den Hahn schlossen.

»Mein Gott, ich werde ganz schläfrig, wenn ich dir zuschaue. Möchtest du eine Cola oder noch ein Stück Kuchen?«

»Nein danke, Sir.« Cy wagte nicht, Tucker in die Augen zu sehen. Er kämpfte ein Schluchzen nieder. Vielleicht klappte es gar nicht, dachte er verzweifelt. Vielleicht setzte Tucker ihn nur irgendwo ab. Er biß die Zähne zusammen und humpelte zu seinem Fahrrad.

»Was hast du denn mit deinem Bein gemacht?«

Er muß Mitleid mit dir kriegen, Kerl. Sieh zu, daß er dich in seinem Luxusschlitten heimfährt. Und führ ihn ja zu mir.

»Ach, das ist nichts, Mr. Tucker. Ich bin wohl irgendwo reingetreten.« Cy schickte ein Stoßgebet zum Himmel, Tucker möge dem nicht viel Bedeutung beimessen und ihn heimschicken.

»Komm mal mit ins Haus. Della wird sich das ansehen.«

»Nein, nein, Sir. Es ist nicht so schlimm. Ich fahre jetzt besser.«

Tucker entging nicht, daß Tränen in Cys Augen schimmerten. Er bekam auf einmal ein schlechtes Gewissen. Der Junge war so schmächtig, und er hatte ihn den ganzen Tag schuften lassen. Andererseits lag seine eigene Jugend nicht allzu weit zurück. Er kannte das Ethos der Heranwachsenden noch gut: Sie waren zu stolz, sich etwas schenken zu lassen. Es sei denn, man überlistete sie mit einer kleinen Notlüge. »Weißt du was?« sagte Tucker unvermittelt. »Ich muß noch ein paar Sachen in der Stadt erledigen. Wir packen dein Rad in den Wagen, und du fährst mit mir mit.«

»Soll ich denn wirklich?« murmelte Cy ohne aufzusehen.

»Ich komme ja sowieso an eurem Haus vorbei. Los, hopp, laden wir dein Rad ein, ehe Della was merkt und mir noch eine ellenlange Einkaufsliste in die Hand drückt.«

»Jawohl, Sir.« Mit gesenktem Kopf schob Cy das Rad zum Oldsmobile. In seinem Kopf hämmerte es wie auf einem Amboß.

»Weiß der Kuckuck, wozu sie so eine Riesenkiste braucht«, brummte Tucker und sperrte den Kofferraum auf. »Da gehen locker drei Leichen rein. Und schau dir nur an, was sie so mit sich rumkarrt.« Er schob drei paar Schuhe, einen für den nächsten Wohltätigkeitsmarkt bestimmten Karton alte Kleider und eine Winchester beiseite.

Cys Blick fiel auf das Gewehr.

»Das Ding fährt sie seit Monaten spazieren«, kommentierte Tucker und wuchtete das Rad in den Kofferraum. »Sie sagt, sie braucht es, falls einer sie vergewaltigen will, wenn sie mal eine Panne hat. Kannst du sie dir vorstellen, wie sie sich mit dem Gewehr auf dem Schoß auf den

Kühler hockt und auf wildgewordene Vergewaltiger wartet? Ich ehrlich gesagt nicht.«

Cy kletterte wortlos auf den Beifahrersitz. Tucker setzte sich neben ihn und griff als erstes ins Handschuhfach. »Darin verstaue ich meine Kassetten. Bist du mit ein paar Takten Elvis einverstanden?«

»Elvis Presley ist nicht schlecht.« Cy verkrallte seine schweißnassen Finger ineinander.

»Nicht schlecht, sagst du? Elvis ist der König, Mann!« Tucker schob eine Kassette in den Schlitz und ließ den Motor zu den ersten Takten von ›Heartbreak Hotel‹ aufheulen. »Sag mal, wie geht es eigentlich bei euch daheim?«

»Daheim?«

»Geht's deiner Mama einigermaßen?«

»Sie ... kommt zurecht.«

»Wenn ihr etwas braucht, ein bißchen Geld oder so, dann kannst du mich ruhig fragen. Sie muß ja nicht wissen, woher es kommt.«

»Nein, nein, das ist nicht nötig.« Cy starrte krampfhaft zum Fenster hinaus. Er konnte Tucker einfach nicht ins Gesicht sehen. Der Mann war so freundlich, so besorgt. Cy erblickte Tobys Wagen am Ende von Miss Carolines Auffahrt. Wie konnte er mit seinem Freund Jim nach dem heutigen Abend je wieder herumalbern? Bald war er ja ein Mörder.

»Willst du mir nicht sagen, was dich bedrückt, Cy?«

Cy wandte sich nun doch zu Tucker um. Das Herz schlug ihm bis zum Hals. »Nichts, Sir. Was soll schon sein?«

»Ich bin zwar keine vierzehn mehr, aber so lange liegt das auch wieder noch nicht zurück. Ich weiß noch gut, was es heißt, einen Vater zu haben, dem die Hand gern ausrutscht.« Tucker musterte ihn mit einem so warmen und verständnisvollen Blick, daß Cy wieder wegsehen mußte. »Sag mal, Cy. Vorhin auf dem Weg zum Wagen hast du nicht mehr gehumpelt ...«

Der Klumpen schien den ganzen Magen auszufüllen. »Ich ... ich glaube, mir geht es schon wieder besser.«

»Wenn du nicht darüber sprechen willst ...« meinte Tucker nach einer Weile achselzuckend.

Sie fuhren nun an der Böschung des Little Hope entlang. Eine Meile noch, dann hatten sie den Durchlaß erreicht. »Ich ... hab' das Rad in dem Durchlaß dort hinten versteckt.«

»Gut, dann setze ich dich dort ab.«

»Könnten Sie mir vielleicht ...« *beim Abladen helfen und das Rad für mich in den Durchlaß schieben, wo mein Daddy auf Sie wartet. Ich weiß doch, daß Sie mir helfen werden, weil Sie so nett sind.*

»Könnte ich was?«

Sie waren fast da. Cy wischte sich mit dem Handrükken über den Mund. Was er im Magen spürte, war keine Angst mehr, es war lähmendes Entsetzen. *Ich brauche ihn bloß zu bitten, und er tut es.* Cy bemerkte ein Glitzern. War es das Fernglas, oder war es die scharfe Klinge?

»Stop! Halten Sie an!« In panischer Angst packte er das Lenkrad. Der Wagen kam ins Schlingern.

»Was zum Teufel ist in dich gefahren?« Tucker riß den Wagen gerade noch herum und trat auf die Bremse. Der Wagen stellte sich quer über die ganze Fahrbahn, aber er stand. »Wir wären fast im Bachbett gelandet!«

»Fahren Sie zurück! Ich flehe Sie an, fahren Sie zurück! Er kommt sonst raus und bringt uns beide um!«

»Ganz ruhig, Junge, ja?«

Während der tote König des Rock'n Roll immer noch von der Liebe schmachtete, starrte Cy, von Weinkrämpfen geschüttelt, zum Fenster hinaus.

»Er kommt mir nach und reißt mir die Augen aus. Das hat er immer wieder gesagt: Auge um Auge!« Plötzlich zuckte der Junge am ganzen Leib, sackte vornüber und übergab sich.

Tucker zerrte ihn blitzschnell aus dem Wagen und

tätschelte ihm den Kopf, bis kein Erbrochenes mehr kam. Dann wischte er ihm den Mund mit einem Taschentuch ab. »Versuch, langsam zu atmen. Geht es jetzt wieder?«

Cy nickte und brach erneut in Tränen aus, kein hysterisches Schluchzen diesmal, sondern ein herzzerreißendes Weinen.

»Wein dich nur aus, das tut dir gut, das muß wohl raus.« Und nachdem Cy sich etwas beruhigt hatte: »Wer will dir die Augen rausreißen, mein Junge?«

Cy wandte ihm sein tränenverschmiertes Gesicht zu. »Mein Vater! Er hat mir gesagt, ich muß Sie zu ihm bringen. Er hat gesagt, er hat eine Rechnung mit Ihnen offen, und wenn das Auge einen stört, dann muß man es herausreißen. Ich bringe ihm seit Tagen mein Mittagessen. Gestern früh mußte ich ihm einen Gürtel und ein Fernrohr besorgen. Und heute wollte er ein Messer haben.«

»Dein Vater hat sich dort im Bachdurchlaß versteckt?«

»Er wollte Ihnen auflauern!« schluchzte der Junge. »Ich sollte Sie zu ihm bringen, aber das kann ich nicht!« Er fuhr in panischer Angst herum. »Er ist bestimmt schon hinter uns her. Er hat doch die zwei Pistolen!«

»Los, steig ein.«

»Was haben Sie vor, Mr. Tucker? Wollen Sie mich ins Gefängnis bringen?«

»Ich fahre dich nach Sweetwater zurück.«

»Aber … aber …«

»Du gehst sofort zu Della ins Haus und rufst Sheriff Truesdale an, hast du verstanden?«

»Jawohl, Sir. Ich werde ihm sagen, wo Daddy ist und was er mir angedroht hat.«

»Und sag ihm vor allem, daß er sich beeilen soll.«

Schon tauchte vor ihnen Tuckers Haus auf. Kieselsteine spritzten auf, und der Wagen hielt an.

»Ich werde ihm alles sagen, Mr. Tucker. Es tut mir leid, daß ich Sie zu ihm locken wollte.«

»Darüber unterhalten wir uns später. Los, geh rein. Della hat die Nummer. Wenn du Burke nicht erreichst, dann verlange seinen Deputy.«

»Jawohl, Sir.« Mit vor Entsetzen geweiteten Augen sah der Junge, wie Tucker das Fahrrad aus dem Kofferraum zerrte und das Gewehr herauszog. »Was haben Sie vor, Mr. Tucker? Wollen Sie etwa dorthin zurück und ihn erschießen?«

Tucker klappte wortlos das Gewehr auf und vergewisserte sich, daß es geladen war. Sein Blick richtete sich auf Cy. »Genau das habe ich vor. Geh jetzt rein und sag Burke, daß ich mich gerade zum Deputy ernannt habe.«

Cy wandte sich um und rannte ins Haus.

18

An eine Schießerei wollte Tucker lieber nicht denken. Die Gewalt war seine Sache nicht. Und nun mußte er wegen Austin Hatinger schon zum zweiten Mal binnen kurzer Zeit zum Gewehr greifen.

Konnte er andererseits die Hände in den Schoß legen und die Verantwortung Burke und Carl zuschieben? Natürlich nicht. Zumal er auch noch Cys verstörtes Gesicht vor Augen hatte.

Er reißt mir die Augen aus!

Wie war der Junge nur darauf gekommen?

Mit fest entschlossener Miene und einem wütenden Funkeln in den Augen trat Tucker auf die Bremse. Dellas Gewehr und einen Feldstecher hatte er griffbereit neben sich liegen. Er führte das Fernglas an die Augen. Gestochen scharf tauchte der Durchlaß vor ihm auf. Doch so sehr er auch die Augen zusammenkniff, nichts rührte sich vor der Öffnung. Keine Menschenseele war an der Böschung auszumachen. Nichts tat sich auf den Hügeln dahinter.

Auf Stokeys Farm, ja, da drängelten sich die Schweine um den Futtertrog, das konnte er deutlich erkennen. Und weiter hinten sah er eine Staubwolke aufsteigen. Das konnte Burke auf dem Weg hierher sein. In der unmittelbaren Umgebung schien sich jedoch niemand aufzuhalten. Drückende Stille lastete über ihm. Für Erleichterung sorgte lediglich vereinzeltes Vogelgezwitscher.

Wenn Austin wartete, dann nur im Halbdunkel des Schachts. Um das herauszufinden, gab es freilich nur eine Möglichkeit.

Tucker hängte sich das Gewehr über die Schulter und steckte ein paar zusätzliche Patronen in die Tasche – für alle Fälle, auch wenn er inbrünstig hoffte, die Sache würde sich erübrigen. In gebückter Haltung huschte er auf den Durchlaß zu. Als er sich bis auf fünf Meter genähert hatte, ließ er sich fallen und robbte weiter.

Vor der Öffnung holte er tief Luft. Erst später sollte er merken, daß er in Schweiß gebadet war.

»Austin! Du wirst dir schon denken, daß ich da draußen bin! Für die Einladung hast du dir ja gewaltige Mühe gegeben. Willst du nicht rauskommen und mit mir in aller Ruhe über das Ganze plaudern? Wir können gern zusammen auf Burke warten.«

Aus dem Schacht drang kein Laut. Über seinem Kopf erhob sich das Krächzen einer Krähe.

»Du machst es mir wirklich schwer, Austin. So, wie du deinen Sohn gequält hast, bleibt mir nichts anderes übrig, als reinzukommen. Ich kann gar nicht anders, als dich zur Rechenschaft ziehen, auch wenn einer von uns beiden das nicht überlebt.«

Er warf einen Stein durch den Eingang und wartete auf den ersten Schuß.

Stille.

»Scheiße«, murmelte Tucker und ließ sich in das Bachbett hinabgleiten. In seinen Schläfen hörte er das eigene Blut tosen. Mit entsichertem Gewehr sprang er in die Öffnung. Zu seiner Überraschung pfiffen ihm keine Kugeln um die Ohren.

Der Durchlaß war leer. Tucker kam sich plötzlich überaus lächerlich vor mit dem Gewehr im Anschlag und seinem wild hämmernden Herz. Er hörte den Widerhall des eigenen Atems.

»Okay«, sagte er leise. »Du hast dich lächerlich gemacht. Aber wenigstens hat dich keiner gesehen.« Er wollte schon wieder hinaus, da blieb er wie angewurzelt stehen.

Versteckte sich Austin womöglich hier irgendwo? Hatte er sich in eine Nische geduckt? Wartete er einfach, bis Tucker nach draußen ging, um ihn dann zu erledigen?

Wie dumm er doch war, schalt Tucker sich und ging einen Schritt weiter. Fluchend hielt er erneut an. Besser dumm als tot, sagte er sich. Aber was sollte er jetzt tun?

Noch bevor Tucker sich zu einem Entschluß durchgerungen hatte, hörte er Bremsen quietschen. Gleich darauf wurden zwei Wagentüren zugeknallt.

»Tucker? Alles in Ordnung, Tuck?«

»Hier unten bin ich, Burke. Er ist nicht da.« Erleichtert stellte Tucker das Gewehr ab.

Burke erteilte Carl Anweisungen, sich nach Spuren umzusehen, dann wurde es noch dunkler im Durchlaß. Burkes breite Schultern sperrten die letzten Sonnenstrahlen aus.

»Was zum Teufel wird hier gespielt?«

»Ich erkläre dir alles.«

Nach Tuckers Ausführungen steckten sich die beiden Männer eine Zigarette an, Burke eine ganze, Tucker eine halbe.

»Der Junge war so durcheinander, daß ich nicht die Hälfte davon verstanden habe«, meinte Burke. »Er schrie bloß immer, daß du und Austin euch hier drin abknallen würdet.«

»Ich weiß nicht genau, ob ich froh oder enttäuscht sein soll, daß es nicht dazu gekommen ist«, erwiderte Tucker. »Cy ist ein anständiger Junge, Burke. Sein Vater hat ihn total eingeschüchtert, aber er hat das Richtige getan. Bist du einverstanden, wenn er die nächsten Tage bei uns in Sweetwater bleibt? Nach Hause kann er unmöglich zurück. Wenn nicht Austin, dann schlägt Vernon ihn grün und blau. Daß die Zwei Brüder sein sollen, wird mir ewig ein Rätsel bleiben.«

»Laß ihn ruhig bei dir wohnen. Wenn wir Glück haben, bekommt Vernon nicht gleich davon Wind. Aber jetzt konzentrieren wir uns auf die Fahndung nach dem

Alten. Du hast dich ja schon selbst zum Hilfssheriff ernannt, wie ich sehe.«

»Mir blieb nichts anderes übrig.« Tucker griff nach dem Gewehr. In diesem Augenblick fiel ihm ein Gekritzel an der Wand auf. »Herrgott, was ist denn das? Ich kann nichts lesen, geh mir doch aus dem Licht, Burke.«

Fluchend entzifferte er die Nachricht:

Auge um Auge

»Allmächtiger im Himmel«, stöhnte Burke. »Sieht aus, als hätte er es mit Blut geschrieben. Ich trommle ein paar Männer zusammen. Wir durchsuchen jedes Haus. Wir kriegen den Burschen heute noch, selbst wenn wir das ganze Land durchkämmen müssen.«

Er reißt mir die Augen aus!

Tucker ballte die Fäuste. »Ich gehe mit, Burke. Sag, kriege ich auch einen von diesen billigen Blechsternen?«

Binnen einer Stunde hatte Burke fünfzehn kräftige und auf ihren Einsatz brennende Männer um sich versammelt. Daß Billy T. Bonny und Junior Talbot, jeder mit einem Gewehr bewaffnet, ebenfalls zum Haufen gehörten, bereitete ihm einige Kopfschmerzen. Er konnte nur hoffen, daß sie im Jagdeifer die persönliche Feindschaft wenigstens für die Dauer des Einsatzes hintanstellten. Der Sicherheit halber teilte er sie verschiedenen Gruppen zu. Junior schickte er zusammen mit Carl los, und Billy T. wollte er selber im Auge behalten. An die Spitze der dritten Gruppe stellte er den etwas langsamen, doch besonnenen Jed Larsson.

Anhand einer Landkarte bestimmte er die Suchgebiete. Dann gab er die letzten Anweisungen.

»Heißsporne kann ich keine gebrauchen. Austin hat zwei Pistolen, und wenn er nicht blind auf Hasen geschossen hat, sind sie noch geladen. Ich habe keine Lust, heute abend zu einer von euren Frauen oder Allerliebsten zu gehen und ihr beizubringen, daß ihr Schatz so blöd war und sich hat abknallen lassen.«

»Wir sind doch nicht so dämlich wie die Bullen vom County«, rief einer unter beifälligen Rufen der anderen. Bei soviel Anspannung bedeutete jeder noch so kleine Scherz eine Art Entspannung. Burke wartete, bis wieder Stille herrschte.

»Austin wurde zuletzt im Bachdurchlaß gesehen. Er hat also eine gute Stunde Vorsprung. Er ist zu Fuß unterwegs, aber er kennt die Gegend wie seine Westentasche. Weiß der Teufel, wo er sich jetzt versteckt. Ich will ihn lebend, verstanden? Wenn ihr ihn seht, benachrichtigt mich per Funk. Die Waffen habt ihr nur zu eurer Verteidigung.«

Einige Männer tauschten feixend Blicke aus. Austin war nicht sehr beliebt im Ort.

»Wenn er abgeknallt wird, müßt ihr jede Menge unangenehme Fragen über euch ergehen lassen, die ihr lieber nicht beantworten würdet.« Um seinen Worten Nachdruck zu verleihen, ließ Burke einen warnenden Blick über die Runde schweifen. Er kannte die Kandidaten, die schnell mit dem Schießeisen bei der Hand waren. »Ihr seid hier nicht auf einer Hirschjagd, ihr seid jetzt auf die Verfassung eingeschworene Diener der Allgemeinheit. So, nun setzt euch in Bewegung und paßt gut auf euch auf. Möge Gott uns helfen.«

Burke zwängte sich mit seinen vier Leuten, darunter auch Tucker, in den Einsatzwagen. An der Old Cypress Road, die Billy T. noch in schlechtester Erinnerung hatte, hielten sie an. Drei Männer sollten in Richtung Osten losgehen, Tucker und Burke nach Westen. Am Teich der McNairs wollten sie sich wieder vereinigen.

»Willst du mir nicht sagen, was es zwischen Billy T. und dir gegeben hat?« fragte Burke, sobald sie allein waren.

»Ach, das ist längst bereinigt«, meinte Tucker. Er warf

einen besorgten Blick auf Carolines Haus. »Glaubst du, er könnte es bis hierher geschafft haben?«

»Keine Ahnung. Möglich ist alles. Und vielleicht war es ein Fehler von mir, daß ich die Kollegen vom County nicht eingeschaltet habe.«

»Beim letzten Mal haben sie ja gewaltig Mist gebaut.«

»Kann schon sein«, brummelte Burke. Mehr wollte er zu dem Thema nicht sagen. »Das einzige, wo er nicht sein dürfte, ist sein Haus. Das wird ja von den Kollegen vom County rund um die Uhr bewacht. Aber was weiß man schon bei einem Mann, der nicht ganz richtig tickt.«

»Na, hoffentlich ist er trotzdem dorthin gelaufen. Dann schnappen sie ihn, und wir haben unsere Ruhe.« Tucker ließ Carolines Haus nicht aus den Augen. Im ersten Stock war ihm ein Glitzern aufgefallen. »Das Dumme ist nur, er tickt nicht nur nicht richtig, er ist total übergeschnappt. An dem Tag, an dem wir uns im Blumenbeet geprügelt haben, da hat er sich eingebildet, ich sei mein alter Herr. Er wollte nicht mich totschlagen, sondern den guten Beau. Und jetzt sage ich dir noch etwas. Wahrscheinlich sollte Cy auch gar nicht mich zu diesem Durchlaß locken.«

Burke runzelte die Stirn. Die Tiefenpsychologie war seine Sache nicht, es sei denn, sie deckte sich mit normaler Menschenkenntnis. Davon hatte er durchaus eine Ahnung.

»Kann man einem das mit einer Frau so lange nachtragen?«

»Na ja, in Innocence gehen die Uhren eben anders. Meine Mutter zum Beispiel verließ immer schlagartig das Zimmer, sobald der Name Austin Hatinger fiel, und zwar bis zu ihrem Tod.« Er verstummte, weil Burke die Gegend mit dem Feldstecher absuchte. Sinnierend fuhr Tucker fort. »Das hat mich nachdenklich gemacht. Einmal habe ich Edda Lou gefragt, ob sie wüßte, ob mal irgendwas zwischen ihrem Vater und meiner Mutter war.

Sie hat gelacht und mir erzählt, daß ihr Vater immer Madeline schreit, wenn er ihre Mutter verprügelt.« Er wußte nicht warum, aber er hatte ein flaues Gefühl in der Magengrube. »Sag, siehst du was?«

»Nicht das geringste.« Burke schaltete das Walkie-talkie ein, um sich bei den anderen Gruppen zu erkundigen. Auch bei ihnen gab es nichts Neues.

Trotzdem konnte Tucker sich nicht beruhigen, und wenn er sich zehnmal zuredete, Aufgeregtheit sei bei der Jagd nach einem Geistesgestörten unvermeidlich. Er zündete sich nervös eine Zigarette an und starrte unwillkürlich wieder das Fenster im ersten Stock an, das unvermindert in der Sonne glitzerte. Da stimmte doch etwas nicht.

»Burke, ich will mir Carolines Haus genauer ansehen.«

»Ich hab' dir doch gesagt, daß Susie sie angerufen und zu sich eingeladen hat. Wahrscheinlich hocken sie längst bei uns in der Küche und unterhalten sich über den Hochzeitskuchen und die Dekoration der Kirche.«

»Kann schon sein«, brummte Tucker. »Trotzdem kommt mir dort was nicht ganz astrein vor.«

Er hatte sich bereits in Bewegung gesetzt, als sie die Schüsse hörten.

Caroline hatte Maisbrot im Ofen – ein Familienrezept der Fullers, das Happy ihr gegeben hatte. Sie war gerade mit dem Teig fertig geworden, als Susie anrief. Angeblich brauchte sie ihre Hilfe, weil Marvella einfach nicht auf sie hörte. Aber Caroline hatte gleich durchschaut, daß es ihr nicht um die Wahl der Blumen für die Hochzeitsfeier ging. Austin Hatinger war gesehen worden, und Susie wollte nicht, daß sie sich allein in dem abgelegenen Haus aufhielt.

Andererseits war sie ihr natürlich dankbar. Seit einiger Zeit schon zuckte sie bei jedem Knarren zusammen. Da leistete sie der Einladung natürlich nur zu gerne Folge, auch wenn sie davon ausging, daß Austin sich nicht mehr bei ihr blicken lassen würde. Was hätte er auch davon? Trotzdem freute sie sich auf einen Abend in Susies Küche, wo es immer so schön lebhaft zuging und sie garantiert in Sicherheit war.

Aus dem Ofen kam schon ein herrlicher Geruch. Caroline warf einen Blick auf die Schaltuhr und lächelte. Fünf Minuten noch, dann war das Brot fertig. Sie wollte es mitnehmen und Susie probieren lassen. Caroline ging auf die Terrasse hinaus.

»Useless! Wo steckst du? Komm mit, wir fahren spazieren!« Kein Hund ließ sich blicken. Sie versuchte es mit Pfeifen und Händeklatschen. Schließlich hörte sie ein Winseln zu ihren Füßen. Sie begab sich auf Hände und Knie und erspähte den Hund durch eine Ritze zwischen den Holzplanken. Er war tatsächlich unter die Terrasse gekrochen und zitterte vor Angst.

»Du Dummerjan. Komm sofort da raus. Was hast du denn nur?«

Er jaulte zweimal und drängte sich noch weiter in die Ecke. »Hast wohl Angst vor einer Maus, was?« schimpfte Caroline. Sie beschloß, ihn mit einem Hundekuchen hervorzulocken. Gegen Hundekuchen war Useless' ansonsten eiserner Wille nicht gewachsen. Gerade wollte sie sich aufrichten, da erblickte sie Austin Hatinger.

Kurz dachte sie, ihre Fantasie spiele ihr einen Streich. Es war doch unmöglich, daß ein Mann mit zwei Pistolen unter dem Gürtel und einem Messer in der Hand sich über den Hinterhof bei ihr hereinschlich. Es war doch unmöglich, daß ein Fremder ihre frisch gepflanzten Stiefmütterchen zertrat und sie mit zur Grimasse erstarrter Miene anlächelte. Selbst die rot umrandeten Augen lächelten mit. Aus ihnen leuchtete noch etwas anderes: der Wahnsinn.

Caroline war noch immer in der Hocke, als er sie, weiter über das ganze Gesicht lächelnd, ansprach.

»Gott hat mich zu dir geführt, und ich habe Seinen

Willen verstanden. Du warst mit ihm zusammen. Ich habe euch gesehen. Du mußt geopfert werden.« Er drehte das Messer in der Hand. Schritt für Schritt näherte er sich. »Wie Edda Lou. Es muß so sein wie bei Edda Lou.«

Caroline schoß hoch und rannte in die Küche. Die Tür knallte sie hinter sich zu und schob den Riegel vor. Plötzlich fing die Schaltuhr zu piepen an. Sie schrie auf. Im nächsten Augenblick warf Austin sich mit seinem ganzen Gewicht gegen die Tür.

Caroline dachte nicht mehr. Allein der Instinkt trieb sie an. Sie riß den auf dem Küchentisch liegenden Colt ihres Großvaters an sich und rannte weiter. Sie mußte es zum Wagen schaffen, doch schon im Rennen hörte sie Holz zersplittern. Die Tür hatte nachgegeben.

Ihr fiel ein, daß der Revolver gar nicht geladen war.

Schluchzend griff sie im Laufen mit schweißnassen Fingern in die Tasche. Die Hälfte der Kugeln fiel ihr aus der Hand. Inzwischen hatte sie die Veranda erreicht. Fast wäre sie die Treppe hinuntergefallen. Sie fing sich gerade noch auf und erreichte ihr Auto – die Reifen waren aufgeschlitzt.

Austin stieß die Haustür auf. »Keiner entgeht dem Willen Gottes. Und ich bin sein Werkzeug. Auge um Auge, spricht der Herr!«

Doch Caroline war schon wieder losgerannt. Die nächste Kugel fiel ihr aus der Hand. »Ruhe!« befahl sie ihren zitternden Händen und schaffte es doch noch, eine Kugel und dann noch eine in die Trommel zu drücken. »O Gott, bitte!« Sie hatte die Bäume fast erreicht. Was mochten sie ihr bieten? Schutz? Oder neues Grauen? Sie warf einen verzweifelten Blick über die Schulter. Austin war nur noch zwei Armlängen hinter ihr. Sie drehte sich um und drückte ab. Nur ein Klicken kam. Und er lächelte.

»Du bist das Lamm Gottes.« Er hob das Messer über den Kopf. Das Glitzern der Klinge verhieß den Tod. Caroline sah ihm in die Augen. Darin leuchtete noch etwas anderes als Wahnsinn. Caroline erkannte einen unheimlichen Stolz.

Plötzlich kam Useless wie ein Pfeil herangeschossen und versenkte seine Zähnchen in Austins Wade. Wohl mehr aus Wut und Schreck heulte Austin auf. Ein Tritt, und der Hund lag reglos auf dem Boden.

»Lieber Gott, hilf mir!« flehte Caroline. Sie hielt einfach auf Austin zu und drückte erneut ab. Der Rückstoß warf sie zu Boden. Benommen blieb sie liegen und starrte den sich ausbreitenden roten Fleck auf Austins weißem Hemd an.

Auf seinen Lippen spielte schon wieder dieses Lächeln oder vielmehr ein verzerrtes Grinsen. Er trat einen Schritt auf sie zu, das Messer hoch über dem Kopf.

»Bitte, bitte, bitte«, wimmerte Caroline, und noch einmal zuckte der Revolver in ihrer Hand. Plötzlich verschwand Austins Gesicht. Der gewaltige Körper vor ihr wurde wie von Krämpfen geschüttelt. Doch zu ihrem namenlosen Entsetzen schien er noch immer unaufhaltsam auf sie zuzukommen. Caroline kreischte los. In panischer Angst krabbelte sie rückwärts.

Dann fiel das Messer vor ihren Füßen zu Boden, und Austin folgte nach.

Tucker schlitterte über die Kieselauffahrt. Das Herz klopfte ihm zum Zerspringen, doch anscheinend war Caroline nichts geschehen. Sie trug den Welpen über den Rasen. Hinter ihr lag Austin mit dem Gesicht nach unten. Um ihn herum hatte sich eine Lache aus Blut gebildet.

»Er hat meinen Hund getreten!« Als ob diese Erklärung reichen würde, ging sie an Tucker vorbei zum Haus.

»Burke ...«

Der Sheriff steckte seine Pistole ein und schaltete das Funkgerät an. »Ich schaffe das hier draußen auch ohne dich. Geh zu ihr und sorge vor allem dafür, daß sie erst wieder rauskommt, wenn wir fertig sind.«

Tucker traf Caroline im Salon an. Sie saß, den Welpen auf dem Schoß, im Schaukelstuhl. Er kniete vor ihr nieder und streichelte ihr das Gesicht. »Liebling, hat er dich verletzt?«

»Er wollte mich umbringen! Mit dem Messer. Er hätte mich erschießen können, aber er mußte es mit dem Messer tun. Wie bei Edda Lou, hat er gesagt.« Der Hund regte sich winselnd auf ihrem Schoß. Caroline drückte ihn wie ein kleines Baby an ihre Brust. »Es ist ja alles gut, mein kleiner Liebling.«

»Caroline, Caroline, schau mir in die Augen.« Tucker wartete, bis sie zu ihm aufsah. Ihre Pupillen waren verschwommen, und die Iris darum herum war kaum erkennbar. »Ich bringe dich nach oben. Am besten, ich trage dich, und dann hole ich den Arzt.«

»Nein!« Caroline atmete hörbar durch. Useless leckte ihr das Gesicht ab. »Ich kriege keinen hysterischen Anfall. Ich drehe nicht mehr durch. In Toronto bin ich durchgedreht, aber da war ich noch eine andere. Das passiert mir nie wieder.« Sie schluckte schwer und drückte den Hund an ihre Wange. »Ich habe Maisbrot gebacken. Ich wollte ein Rezept von Happy ausprobieren. Und dann wollte ich das Brot zu Susie mitbringen. Es tut ja so gut, Teil der Gemeinde hier zu sein. Weißt du, als ich hier ankam, wollte ich vor allem allein sein, aber ich hatte keine Ahnung, wie nötig ich es hatte, zu einer Gemeinschaft zu gehören.«

»Es wird alles wieder gut«, murmelte Tucker hilflos. »Es wird alles wieder gut, du wirst schon sehen.«

»Weißt du, ich wollte Maisbrot im Ofen meiner Großmutter backen. Das ist doch nichts Unnormales, oder?«

»Caroline.« Er hob ihr Kinn mit den Fingerspitzen an. Die Spuren der Anspannung, die Wut, waren in seinen Augen noch deutlich sichtbar, aber er sprach mit wohltuend sanfter Stimme. »Ich halte dich ein bißchen, einverstanden?«

»Einverstanden.«

Sie ließ den Kopf auf seine Schulter sinken. Vorsichtig legte er ihren Arm um seinen Hals und trug sie mitsamt dem Hund zur Couch hinüber.

Beide achteten nicht auf das Schrillen des Telefons.

»Ich bleibe heute nacht bei dir«, versprach er. »Ich kann ja hier auf der Couch schlafen.«

»Ich drehe nicht durch, Tucker.«

»Ich weiß, Liebling.«

Caroline stieß einen Seufzer aus. »O Gott, hörst du die Schaltuhr? Das Brot ist wahrscheinlich längst angebrannt!«

Sie verbarg das Gesicht an seinem Arm und weinte.

19

Noch ganz benommen vom Schock und der Schlaftablette, tastete Caroline sich die Treppe hinunter. Im Haus war es totenstill. Sie wußte nicht, wie spät es sein mochte, nur daß die Sonne bereits hoch am Himmel stand.

Und schwül war es. Der dünne Morgenrock klebte ihr schon wieder an der Haut. Sie beschloß, sich einen Eiskaffee zu genehmigen – im Wagen und bei laufender Klimaanlage.

Sie hatte einen Menschen getötet.

Caroline blieb jäh auf der untersten Stufe stehen. Wie eine Athletin, die nach einem langen Sprint um Luft ringt, preßte sie die Faust ans Herz. Die Beine wurden ihr weich, und sie mußte sich setzen.

Sie hatte zwei Kugeln in die Brust eines Mannes gejagt. Ein hoher Preis für ihr Leben! Oh ja, ihr war klar, daß sie aus Notwehr gehandelt hatte. Dazu hätte es Burkes sanfter Fragen und fürsorglicher Unterstützung nicht bedurft. Irgendwo in Austin Hatingers Gehirn war eine Sicherung durchgebrannt, und er war auf sie losgegangen.

Aber die Umstände änderten nichts am Ergebnis. Sie hatte das Leben eines Menschen ausgelöscht. Sie, die außer in einem Wutanfall im Hilton Hotel in Baltimore, bei dem sie ein Champagnerglas an die Wand geworfen hatte, noch nie rabiat geworden war, hatte einen Mann mit zwei 45er Kugeln erschossen.

Ein gewaltiger Sprung, befand sie und massierte sich die Stirn. Zwar mochte sie nach der Landung etwas wakkelige Knie haben, doch sie bemerkte noch etwas anderes an sich: Sie konnte damit leben.

Caroline dachte gar nicht daran, sich Vorwürfe zu machen. Sie würde sich nicht mit dem Gedanken quälen, ob oder wie sie die Tat vielleicht hätte verhindern können. Das war die Schwäche der alten Caroline gewesen, die in maßloser Selbstüberschätzung gemeint hatte, sie habe das Recht, die moralische Pflicht und auch die Kraft, sämtliche Bürden auf sich zu nehmen, seien es Konzerte, seien es die Hoffnungen ihrer Mutter, seien es die Affären ihres Liebhabers. Und jetzt auf einmal der gewaltsame Tod eines Wahnsinnigen?

Nein, Caroline Waverly hatte Besseres zu tun, als auf die Stimme zu hören, die sich irgendwie in ihr Gehirn geschlichen und von Schuld, Fehlern und Verantwortung gefaselt hatte.

Sie sprang auf. Das Herz blieb ihr fast stehen, denn es raschelte an der Tür. Schon wollte sie loskreischen, da erkannte sie die Ursache. Useless kratzte winselnd am Glas. Er wollte rein. Caroline lief hin und machte auf.

Der Hund sprang überglücklich an ihr hoch. Mit dem Schwanz durchschnitt er schier die Luft, so heftig wedelte er.

»Wie bist du denn da rausgekommen?« Sie kauerte sich hin und streichelte ihn hinter den Ohren, was er ihr mit einem Hundekuß dankte. Im nächsten Moment schoß er davon und verschwand im Salon.

Caroline folgte. »Du bist doch hoffentlich keine Lassie und führst mich zu irgendeinem Verletzten …« Sie verstummte. Auf der Couch lag Tucker mit entblößter Brust und schlief.

Ihr fiel auf, daß er im Schlaf überhaupt nicht unschuldig wirkte. Das wäre bei seiner intelligenten, verschmitzten Miene gar nicht möglich gewesen. Aber seine Lage sah alles andere als gemütlich aus. Seine Beine hingen von den Knien an herunter, und den Kopf hatte er irgendwie zwischen das Kissen und die Lehne geklemmt. Die Arme hatte er über der Brust verschränkt, allerdings nicht ganz freiwillig. Er hatte schlichtweg nicht gewußt, wohin damit. Aber weder diese Haltung, noch die ihm mitten ins Gesicht scheinende Sonne, konnten seinem Schlaf etwas anhaben. Seine Brust hob und senkte sich mit seinen regelmäßigen Atemzügen.

Caroline hatte ganz vergessen, daß er bei ihr hatte bleiben wollen. Langsam kehrte die Erinnerung zurück. Wie lieb er gewesen war! Wie zärtlich er sie gestreichelt hatte, als sie den Schock aus sich herausgeweint hatte! Und was für eine Kraft und Gelassenheit von ihm ausgegangen waren, als er sie während der Vernehmung durch Burke gehalten hatte!

Tucker hatte sie auch ins Bett gebracht. Wie ein Vater, der sein übermüdetes Kind einfach bei der Hand nimmt, so hatte er ihren Protest geduldig übergangen und sie nach oben getragen. Danach hatte er sich neben sie gesetzt und gewartet, bis die Schlaftablette wirkte. Um ihre Angst zu verscheuchen, hatte er ihr die Hand gehalten und eine verrückte Geschichte über seinen Cousin Ham erzählt, der in Oxford eine Gebrauchtwagenhandlung betrieb. Das letzte, woran sie sich erinnern konnte, war ein unzufriedener Kunde, der mit einer Schrotflinte bei ihm aufgetaucht war.

Caroline spürte, wie ein Schloß vor ihrem Herz aufschnappte. »Du steckst doch voller Überraschungen, Tucker«, seufzte sie.

Useless spitzte bei der Nennung des Namens die Ohren, sprang auf die Couch und leckte Tucker das Gesicht ab. Tucker drehte sich ächzend um. »Schon gut, Honey. Ich bin gleich soweit.«

Caroline trat lächelnd näher. »Hoffentlich lohnt sich das Warten auch.«

»Aber immer.« Tucker griff blind nach oben. Seine Hand glitt vom Kopf des Welpen hinunter bis zum Schwanz. Langsam klappten seine Augen auf, und er starrte in das Hundegesicht. »An dich hatte ich aber nicht gedacht ...«

Davon unbeeindruckt, kletterte Useless auf Tuckers

Brust. Tucker schloß wieder die Augen und kraulte ihn zerstreut. »Habe ich dich nicht vor die Tür gesetzt?«

»Er wollte rein.«

Tucker schlug die Augen wieder auf. Er schob Useless fort von sich und konzentrierte sich auf Caroline. Der verschlafene Ausdruck war wie weggewischt. Caroline spürte, daß sie gemustert wurde.

»Guten Morgen.« Tucker machte ein bißchen Platz, und sie setzte sich neben ihn. »Tut mir leid, daß wir dich geweckt haben.«

»Das war schon gut so.« Er strich mit einem Finger über ihre Wange. »Na, wie geht's dir heute?«

»Gut. Ehrlich. Ich wollte mich bei dir bedanken, weil du heute nacht hiergeblieben bist.«

Er streckte sich, was nicht ganz ohne eine Grimasse abging. »Ach, ich kann überall gut schlafen.«

»Das sehe ich.« Sie strich ihm gerührt die Haare aus der Stirn. »Das war wahnsinnig lieb von dir, Tucker. Ich bin dir wirklich sehr dankbar.«

Caroline wollte ihre Hand zurückziehen, da nahm er sie zwischen beide Hände. »Soll ich jetzt sagen, daß das nur eine nette Geste war, wie unter guten Nachbarn eben üblich? Aber ich habe mich nun mal schrecklich um dich gesorgt. Du warst leichenblaß. Auch im Schlaf noch.«

»Jetzt aber nicht mehr.« Sie hoffte, daß das auch stimmte. »Aber oben ist noch ein freies Bett. Du hättest auch dort schlafen können.«

»Daran hatte ich auch schon gedacht.« Er verschwieg ihr, daß er, als er zum vierten oder fünften Mal bei ihr nach dem Rechten gesehen hatte, mit dem Gedanken gespielt hatte, zu ihr ins Bett zu schlüpfen. Einfach, weil er sie halten und die Gewißheit haben wollte, daß ihr nichts fehlte. Aber er hatte gefürchtet, daß es nicht dabei bleiben würde. Jetzt freilich brauchte er ihre Nähe.

»Rutsch doch näher.«

Nach kurzem Zögern gab Caroline dem Bedürfnis

nach, sich an ihn zu kuscheln. Sie legte den Kopf an seine Schulter, während der Hund es sich zwischen ihnen bequem machte. Sie seufzte.

»Ich bin ja so froh, daß du da bist.«

»Mir tut es nur leid, daß ich nicht früher gekommen bin.«

»Nein, Tucker.«

Er strich liebkosend mit den Lippen über ihre Haare. »Doch, das muß ich loswerden. Ich habe heute nacht deswegen kaum ein Auge zugebracht. Er ist nur meinetwegen auf dich losgegangen. Mich wollte er haben, und du mußtest es ausbaden.«

Sie legte eine Hand auf sein Herz. »Weißt du, früher habe ich auch so gedacht. Daß ich im Mittelpunkt stand und es immer an mir lag, wenn etwas schiefging. Aber dahinter steckt eine gewaltige Überheblichkeit. Und was kommt dabei heraus? Man sorgt sich zu Tode, stopft sich mit Tabletten voll und rennt von Therapeut zu Therapeut. Bitte fang nicht auch mit so etwas an, Tucker, noch dazu, wo ich langsam meinen Weg da raus finde.«

»Ich hatte nun mal Angst um dich. Ich hatte im ganzen Leben noch nie soviel Angst wie bei den zwei Schüssen, als ich meine ganze Machtlosigkeit spürte.«

»Ich hatte vorher oft genug Angst. Aber so schrecklich es ist, gestern habe ich zum ersten Mal etwas dagegen unternommen.« Caroline ballte die Faust, um sie langsam wieder zu öffnen. »Ich bin nicht froh darüber, Tucker. Ich werde mich wohl zeitlebens daran erinnern, wie es ist, wenn man den Abzug drückt. Aber ich kann damit umgehen.«

Tucker beobachtete schweigend die im Sonnenlicht tanzenden Staubkörner. Auch er würde bestimmte Dinge zeit seines Lebens nicht mehr vergessen. Wie er benommen vor Entsetzen über das Feld gejagt war zum Beispiel und die Schüsse in seinem Kopf widergehallt hatten. Oder den Anblick ihrer vom Schock glasigen Augen, als sie den regungslosen Hund auf den Armen getragen hatte.

»Ich bin, weiß Gott, kein Held, Caroline. Ich will auch keiner sein, aber ich werde nicht zulassen, daß dir so etwas noch einmal geschieht.«

»Das ist ja ein hehrer Vorsatz«, meinte sie lächelnd und hob den Kopf, um ihm in die Augen sehen zu können, die ihr Lächeln aber nicht erwiderten, sondern ernst auf ihr ruhten.

»Mir liegt sehr viel an dir.« Das sagte er so langsam, als müsse er es zunächst sich selbst klarmachen. »Noch nie war mir jemand so wichtig wie du, und ich komme nur schwer damit zurecht.«

Die Luft staute sich in Carolines Lunge, wie sonst nur beim Lampenfieber unmittelbar vor dem Konzert, wenn sämtliche Scheinwerfer sich auf sie richteten. »Das Gefühl kenne ich. Ich glaube, wir beide kommen sehr schwer damit zurecht.«

Tucker bemerkte einen Schatten von Furcht in ihren Augen. Und weil ihm eben an ihr lag, weil alles an ihr plötzlich wichtig, ja lebenswichtig für ihn geworden war, bemühte er sich um einen leichten Tonfall.

»Für mich ist es jedenfalls eine ganz neue Erfahrung. Da habe ich mich bis über beide Ohren in eine Frau verliebt und habe sie nicht einmal ausgezogen. Wenn das die Runde macht, ist mein Ruf ruiniert.«

»Dann versuch's doch jetzt.«

Er erstarrte. »Wie bitte?«

»Ich habe gesagt, dann versuch's doch jetzt.« Obwohl noch immer tausend Ängste und Zweifel ihren Blick verhüllten, streckte sie ihm den Kopf entgegen und öffnete die Lippen.

Tucker hatte das Gefühl, in Caroline zu versinken, und auch das war eine neue Erfahrung. Es war ein herrlich langsames Abgleiten in die Wollust und nicht zu verwechseln mit der gierigen Lust, der er früher immer so schnell nachgegeben hatte. Was er empfand, das vermochte er sich selbst noch nicht zu erklären. Es war so hintergründig, so erhaben wie der am Horizont noch helle Abendhimmel.

Und als ihr Körper sich fester an den seinen schmiegte und er ihren Atem im eigenen Mund spürte, da begriff er, daß sie ihm weit mehr anbot als bloße Leidenschaft. Sie schenkte ihm ihr Vertrauen. Auch so etwas erlebte er zum ersten Mal. Sie gehörte nicht zu den Frauen, die sich einem Mann so ohne weiteres hingeben. Er dagegen hatte die Frauen immer so genommen, wie sie kamen.

Tucker streichelte ihr die Wangen. »Caroline. Ich will dich.«

Sie spürte sein Herz heftig gegen das ihre klopfen. Seine Erklärung war so schlicht und doch so ernst, daß sie lächeln mußte. »Ich weiß.«

»Nein, du kannst gar nicht ahnen, wie sehr ich dich will. Ich glaube, ich warte auf dein Einverständnis, seit wir uns zum ersten Mal gesehen haben.«

Ihr Morgenrock glitt wie von selbst von ihren Schultern. Mit den Lippen zeichnete er die anmutige, warme Rundung am Halsansatz nach. Sie fing an zu zittern. Ihr Körper bog sich durch. Wozu unterhielten sie sich? Wozu brauchten sie jetzt noch Worte? Sie wollte empfinden und nicht mehr denken. »Auch das weiß ich.«

»Es ist nur, daß ich …« Ihr Hals war so weiß, so sanft, so verlockend. »Weißt du, ich war Frauen gegenüber nie sonderlich zurückhaltend.«

Sie strich mit den Händen über seinen nackten Rücken, betastete die kräftigen Muskeln. »Sag mir doch etwas, was ich nicht weiß.«

»Ist es dir auch wirklich recht so?« Er rieb seine Wange langsam an der ihren. Dann sah er ihr tief in die Augen. »Es wäre schrecklich für mich, wenn du das bereuen würdest.«

»Daß du es so kompliziert machst, hätte ich dir nie und nimmer zugetraut.«

Tucker spielte nun mit ihren Haaren. »Ich bin selber total überrascht. Aber es ist ja auch nicht leicht bei dir, Caroline. Wie kann ich dir das nur erklären?«

Erklärungen waren jedoch nicht vonnöten. Sie konnte nur zu gut in seinen Augen erkennen, was er empfand. Und in ihnen flackerte eben auch ein bißchen Angst. »Du brauchst nichts zu sagen. Ich muß nur das Gefühl haben, daß ich lebe.« Verzweifelt zog sie seinen Kopf zu sich heran, bis ihre Lippen sich trafen.

Ihre Bedürfnisse saugten ihn auf, verschluckten ihn. Sie wollte von ihm, was er immer bei anderen Frauen gesucht hatte – simples beiderseitiges Vergnügen, nicht mehr und nicht weniger. Wenn er das mit einer Spur Bedauern registrierte, so ignorierte er es. Er gab ihrem Drängen nach und zog ihr den Morgenrock gänzlich vom Leib. Ihr Körper war so schön schlank und samtweich in seinen Händen. Nein, sie war nicht irgendeine Frau, eine von vielen. Aber er wollte keine Gedanken, keine Zweifel mehr zulassen, sondern einfach genießen.

Caroline gab sich ihrer Erregung vorbehaltlos hin. In diesem Moment verhielt sie sich nicht anders als eine Verhungernde, die ein Stück Brot verschlingt. Ihr Körper wollte Vergnügen von einem anderen Körper. Keine Gedanken. Keine Gefühle. Was sie brauchte, waren Empfindungen, Lust und deren Entladung in schlichtem Sex. Und ein Schrei der Erleichterung, wenn er sie zu einem wilden, nie dagewesenen Orgasmus trieb.

Sie hörte sein rauhes, erregtes Atmen. Und dabei streichelte er sie nur. Er murmelte ihr etwas ins Ohr. Die Worte verstand sie zwar nicht, doch der Ton war so liebevoll, daß sie die Tränen zurückhalten mußte.

Die Heftigkeit ihrer eigenen Gefühle machte ihr angst. Sie wehrte sich dagegen, und gerade deshalb zog sie ihm fast mit Gewalt die Hose über die Hüften. Er erstarrte, als sie mit gieriger Hand zugriff. Das Zimmer drehte sich auf einmal um ihn. Er hatte die Orientierung noch nicht gefunden, da zog sie ihn zu sich heran.

»Caroline, warte noch.«

Aber sie hatte die Schenkel schon um ihn geschlungen, empfing ihn in ihrer herrlich weichen Scheide und forderte von ihm dasselbe rhythmische Stoßen ein, das sie ihm vorgab.

Er war ein Gefangener sowohl ihres Leibs als auch der Bedürfnisse seines eigenen Körpers. So rasten sie gemeinsam zu einer Entladung, die, wie er bereits jetzt wußte, nicht genügen würde.

Caroline lag regungslos auf dem zusammengeknüllten Morgenrock. Sie fühlte sich lebendig. Alle Gliedmaßen taten ihr weh, sie zitterte am ganzen Leib, sie lebte. Wenn sie sich nur nicht so hohl gefühlt hätte!

Und wenn er nur etwas sagte! Wenn er nur den Kopf höbe, sie angrinste und mit einem Witzchen das verlegene Schweigen beendete!

Aber nichts geschah. Sie spürte, wie sein Herzschlag sich beruhigte, sich normalisierte, doch das Schweigen hielt an.

Tucker wußte, daß er schwer auf ihr lag, wollte sich dennoch nicht rühren, zögerte den Moment, in dem sie sich in die Augen sehen mußten, hinaus. Und wollte sich nicht mit sich selbst konfrontieren.

Schlicht und schön war es gewesen, dachte er. Jawohl, schön war es gewesen. Ohne all die heimtückischen, verwirrenden Gefühle. Eine lockere Nummer, sagte er sich leicht enttäuscht. Es gab doch überhaupt keinen Grund zu diesem Gefühl der … Er scheute sich vor dem Begriff ›innere Leere‹, aber genau das war es – er fühlte sich innerlich leer. Er wünschte, er könnte diese Empfindung mit einem Witz aus der Welt schaffen.

War Edda Lou vielleicht deswegen so verbittert gewesen? Seufzend schlug er die Augen auf und starrte zur kahlen Decke hinauf. Nein, er hatte Edda Lou nichts bedeutet. Sie hatte sein Geld, sein Haus, seinen Namen gewollt, aber nicht ihn. Sex war da nur ein Mittel zum Zweck gewesen.

Aber irgendwann mußte es doch zwischen seinem ersten Abenteuer und diesem gierigen Austausch mit Caroline eine Frau gegeben haben, die ihn geliebt hatte. Die mehr gewollt und sich mit wenig abgefunden hatte. Eine, die nach dem Sturm enttäuscht liegengeblieben war.

Eigentlich geschah es ihm recht so. Zum erstenmal in seinem Leben hatte er mehr gewollt, war er auf eine Frau gestoßen, die ihm genau das verweigert hatte und auch selbst nicht bereit gewesen war, es anzunehmen. Na gut, er hatte immer noch seinen Stolz – ein schwacher Trost.

Nun löste er sich doch von ihr. »Du hast mich kalt erwischt, Liebling.« Er lächelte, doch seine Augen blieben ernst. »Ich hatte keine Zeit, mich richtig für die Party anzuziehen.«

Es dauerte eine Weile, bis sie begriff, daß er ein Kondom meinte. »Ich nehme die Pille«, meinte sie mit einem gezwungenen Achselzucken.

»Tja, dann ...« Er wollte ihr die Haare streicheln, entschied sich dann aber fürs Aufstehen. »Schau mal, sieht so aus, als hätten wir deinen Hund gelangweilt. Er ist eingeschlafen.« Er stieg in seine Hose.

Sie stemmte sich hoch. »Ich mache mal das Frühstück. Das bin ich dir noch schuldig.«

Er maß sie mit einem nachdenklichen Blick, beobachtete, wie sie sich auf die Unterlippe biß, wie ihre von Anspannung gezeichneten Augen krampfhaft an ihm vorbeischauten. »Wenn du willst ... Darf ich mich duschen?«

»Na klar.« Sie wußte nicht genau, ob sie enttäuscht oder erleichtert sein sollte, jedenfalls ertränkte sie ihre Gefühle in einem Wortschwall. »Erster Stock, zweite Tür rechts. Auf dem Regal liegen frische Handtücher. Es dauert eine Weile, bis das Wasser heiß wird.«

»Ich hab's nicht eilig«, bemerkte Tucker und ging hinaus.

Als er sich mit ihrer Seife wusch, kam er in eine ungleich bessere Verfassung. Danach benutzte er ihre Zahnbürste, weil es keine zweite gab. Er ahnte wieder ihren Geschmack im Mund.

Körperliche Erfahrungen ... Es war weit angenehmer, sich auf das Körperliche zu konzentrieren. Was brachte es ihm, wenn er über die Bedeutung einer lockeren Morgennummer vor sich hingrübelte?

Auf der Treppe zwängte er sich ins Hemd. Das ganze Haus duftete schon nach frischem Kaffee und gebratenem Schinken – Alltagsgerüche, die einen nicht an seine Sehnsüchte erinnern sollten, aber genau das taten!

Ein Motorengeräusch schreckte Tucker auf. Er ging vor die Tür und erkannte Special Agent Matthew Burns. Die zwei Männer musterten einander mit unverhohlener Feindseligkeit, halbnackt und unrasiert der eine, in schwarzem Anzug und Seidenkrawatte der andere.

Tucker lehnte sich gegen die Verandabrüstung. »Bißchen früh für einen Besuch, würde ich meinen.«

Burns wartete mit der Antwort, bis er den Wagen abgesperrt hatte. »Ich komme von Berufs wegen. Die Störung ist nicht beabsichtigt, aber unvermeidlich.« Der Frühstücksgeruch stieg ihm in die Nase. Er kniff die Lippen zusammen.

»Um richtig zu stören, hätten Sie früher kommen müssen. Was können wir für Sie tun?«

»Sie bilden sich ja unheimlich viel darauf ein, Longstreet!«

Tucker zog eine Augenbraue hoch. »Worauf?«

»Auf Ihre Eroberungen.«

»Sind Sie etwa deswegen gekommen, weil Sie Nachhilfe brauchen? Aber in diesem Fall könnte ich Ihnen nicht helfen. Da müßten Sie zuallererst an sich arbeiten.«

Burns biß die Zähne zusammen. »Ihr sogenannter ... Stil ist absolut lächerlich.«

»Wenn Sie Streit suchen, können Sie sich die Mühe sparen. Sie interessieren mich nicht.«

»Hilflose Frauen liegen wohl eher in Ihrer Richtung.«

»Wissen Sie ...« setzte Tucker an und rieb sich über die Bartstoppeln. »... Ich habe noch nie etwas mit einer Frau angefangen, die ich als hilflos bezeichnen würde. Bei Caroline ist es nicht anders, darauf können Sie Gift nehmen. Im Augenblick mag sie vielleicht ein bißchen durcheinander sein. Vielleicht braucht sie für eine Weile eine Schulter zum Anlehnen. Ich stehe ihr zur Verfügung, solange sie mich will. Würden Sie das bitte zur Kenntnis nehmen.«

»Ich habe zur Kenntnis genommen, daß Sie keinerlei Skrupel kennen, die Verletzlichkeit einer Frau für Ihre Zwecke auszunützen. Sie sind ein Schmarotzer, Longstreet. Sie haben die Frauen ausgesaugt und fallenlassen. Edda Lou Hatinger war bislang die letzte in einer langen Reihe. Und was Caroline be...«

»Die kann durchaus für sich selbst sprechen.« Caroline war neben Tucker getreten und hängte sich bei ihm ein. »Sie wollten mich sprechen, Matthew?«

Schwarze, sinnlose Wut schwappte in dem FBI-Mann hoch. Caroline war mit nichts als einem leichten Morgenrock bekleidet. Die Art und Weise, wie sie sich an Tucker schmiegte, verriet nur zu eindeutig Intimität. Er hatte verloren, und das gegen einen erbärmlichen Banausen. Wie konnte eine so hochbegabte, so aufregend schöne Frau sich derart verschwenden? Matthew schluckte.

»Ich wollte Ihnen den beschwerlichen Weg in die Stadt ersparen und Sie bei sich zu Hause vernehmen.«

»Eine gute Idee. Ich bin Ihnen zu Dank verpflichtet. Wenn Sie bitte mit in die Küche kommen. Wir frühstükken gerade.«

»Ich hatte nicht vor, Mr. Longstreets Aussage schon heute morgen zu Protokoll zu nehmen«, erklärte Burns steif.

»Sehen Sie, so können Sie sich Zeit sparen.« Auf dem Weg in die Küche ließ Caroline die zwei Streithähne nicht aus dem Auge. »Darf ich Ihnen etwas anbieten, Matthew?«

»Danke, ich habe bereits gefrühstückt. Aber eine Tasse Kaffee nehme ich gerne an, wenn es Ihnen nichts ausmacht.«

Komisch, dachte Caroline beim Servieren, sie hatte seit gestern nicht mehr daran gedacht, wie sie schreiend den Revolver an sich gerissen hatte, während der Wahnsinnige sich gegen die Tür geworfen hatte. Vom zerborstenen Holz war bis auf ein paar Splitter auf dem Boden nichts mehr zu sehen. Anscheinend hatte Tucker es stillschweigend weggeschafft.

»Sie möchten eine Aussage über die Ereignisse gestern, nehme ich an. Die habe ich Sheriff Burke allerdings bereits in aller Ausführlichkeit geschildert.«

»Ja, das habe ich gelesen.«

Tucker fiel auf, daß Carolines Hände gar nicht zitterten. Aber ihre Blicke flackerten hin und her. Er rieb ihr sanft die Schulter. »Ich kenne mich mit den Gesetzen ja nicht besonders aus. Aber ist das nicht ein Fall für die örtlichen Behörden?«

»In der Regel, ja. Aber wenn Sie es mir nachsehen, ich wäre Ihnen sehr dankbar für Ihre persönliche Stellungnahme.« Burns schaltete seinen Kassettenrecorder ein.

Die Antworten fielen Caroline sonderbarerweise gar nicht schwer. Sie konnte die Ereignisse nach Belieben wachrufen, als spule sie ein Band im Kopf zurück.

Burns hörte ihr aufmerksam zu, ohne sie zu unterbrechen.

»Ist das nicht seltsam, daß Hatinger die Pistolen nicht benutzte?« fragte er am Ende und schenkte sich eine zweite Tasse Kaffee ein. »Sie waren ja beide geladen, und er galt als ein vorzüglicher Schütze. Haben Sie eine Ahnung, warum er nicht schoß?«

»Er hatte ja das Messer«, sagte Caroline. Ihre Stimme wurde nun doch schrill, was Tucker nicht entging.

»Was soll denn das, Burns? Er war doch übergeschnappt. Was weiß ich, vielleicht hatte er die zwei Pistolen ganz vergessen.«

»Vielleicht. Aber versuchen wir doch mal, die letzten Augenblicke zu rekonstruieren, als Sie sich umdrehten und schossen. Merkte er Ihrer Meinung nach, daß Sie bewaffnet waren? Und machte er Anstalten, auf Sie zu schießen?«

»Das alles passierte ja so schnell.«

Gestern war es ihr freilich wie in Zeitlupe vorgekommen. Sie hatte das Gefühl gehabt, durch Sirup zu laufen. Wieder spürte sie die Hitze, in der sie um jeden Atemzug hatte ringen müssen; sie kämpfte sich durch das dichte, hohe Gras voran, hatte das Glitzern der Klinge in der gnadenlosen Sonne, sein Grinsen, sein breites, gieriges Feixen vor Augen.

»Ich …« Caroline biß sich auf die Unterlippe und verscheuchte die letzten lähmenden Reste ihrer Angst. »Ich drückte ab, aber nichts geschah! Er kam immer näher und grinste unentwegt. Ich habe wohl geweint oder gebetet oder geschrien, ich weiß nicht mehr. Und er kam auf mich zu mit diesem Grinsen im Gesicht. Er sagte, ich sei das Lamm Gottes, und er müsse mich opfern. Es müsse genauso sein wie bei Edda Lou.«

»Sind Sie sich da ganz sicher?« fragte Burns und führte die Kaffeetasse an seinen Mund.

»Ja!« Sie stieß mit zitternden Händen das Frühstück, das sie nicht angerührt hatte, beiseite und sprang auf.

»Moment bitte, ja?« Tucker ergriff Carolines Hand. Er hatte mehr getan, als nur zugehört. Er hatte Burns beobachtet. In seinen Augen hatte der FBI-Beamte sich hinterhältig an Caroline herangeschlichen. »Ihnen geht es gar nicht um einen entflohenen Wahnsinnigen. Für einen wie Sie sind das Provinzpossen. Sie sind eine miese Ratte!«

»Tucker, bitte!«

»Verstehst du nicht? Ihm geht es nur um Edda Lou und die anderen. Du interessierst ihn nicht die Bohne!«

Das Blut wich aus Carolines Gesicht. »Das Messer! O Gott! Er wollte mich nicht erschießen, weil es so sein sollte wie bei Edda Lou! Es mußte mit dem Messer geschehen!«

»Genau.« Tucker wandte sich mit eisiger Stimme an den Beamten. »Sie benutzen Caroline, um an mehr Informationen über Hatinger heranzukommen. Sie soll Ihnen weiterhelfen, aber das haben Sie ihr wohlweislich verschwiegen, Sie widerwärtiger Schmarotzer!«

Burns setzte seine Tasse fein säuberlich auf die Untertasse. »Ich bin mit der Aufklärung von Serienmorden beauftragt. Ich bin der Allgemeinheit keine Auskünfte schuldig.«

»Ach was! Sie wissen doch, was sie durchgemacht hat. Da wäre es das mindeste gewesen, sie aufzuklären.«

»Ich kann durchaus für mich selbst sprechen«, sagte Caroline. Sie atmete zweimal tief durch. »Ich kannte Edda Lou überhaupt nicht, aber bis ans Ende meines Lebens wird sie jetzt vor meinen Augen im Wasser treiben. Ich war noch nie mit Gewalt konfrontiert, und jetzt habe ich auf einmal einen Menschen getötet. Das mag für Sie nichts Außergewöhnliches sein, Matthew, zumal es sich ja um Notwehr handelt, aber ich habe einen Menschen getötet und muß das verarbeiten. Und jetzt kommen Sie daher und wollen von mir, daß ich Ihnen weiterhelfe, aber wie ich mit der Wahrheit fertig werde, das interessiert Sie nicht.«

»Es ist ja nur eine Hypothese, Caroline. Und in Ihrem eigenen Interesse ...«

Sie fiel ihm mit einem Aufschrei ins Wort. Betont langsam sprach sie dann weiter. »Ich habe einmal einem Mann gedroht, ich würde ihn umbringen, wenn er noch einmal eben diese Floskel wiederholte. Wörtlich habe ich das natürlich nicht gemeint, aber ich rate Ihnen, kommen Sie mir nicht noch einmal mit diesem Blödsinn.«

Tucker grinste bis zu den Ohren. »Sie kann ganz schön kratzbürstig werden, was? Ach, tut das gut, wenn es mal einen anderen trifft!«

»Ich bedaure außerordentlich, wenn ich Sie aus der Fassung gebracht habe«, erklärte Burns steif. »Aber ich versuche nach bestem Wissen und Gewissen meine Pflicht zu erfüllen. Wir wissen nicht, ob Austin Hatinger die Morde begangen hat, aber nach den gestrigen Ereignissen steht er natürlich im Mittelpunkt unserer Untersuchungen.«

»Können Sie mir sagen, ob die Frauen mit diesem Messer umgebracht wurden?«

»Die nötigen Tests dazu sind noch nicht abgeschlossen. Ich kann Ihnen jedoch vertraulich mitteilen, daß Hatinger aufgrund seiner psychologischen Struktur einige Kriterien eines Serienmörders erfüllt. Zu nennen wäre der tief verwurzelte Haß Frauen gegenüber. Leider können wir ihn zu seinen Motiven nicht mehr befragen. So bleibt mir nichts anderes übrig, als seine jeweiligen Aufenthaltsorte zum Zeitpunkt der Morde zu rekonstruieren. Solange meine Arbeit sich auf ihn konzentriert, werde ich eine Reihe von Spuren verfolgen müssen.«

»Dann haben Sie sich ja einiges vorgenommen«, meinte Tucker lächelnd. »Wir möchten Sie dabei nicht aufhalten.«

»Ich werde mich auch mit seinem Sohn Cy unterhalten müssen.«

Tuckers Lächeln erstarb. »Er ist bei mir in Sweetwater.«

»Nun gut.« Burns erhob sich. »Eine Frage nur noch, Longstreet. Finden Sie es nicht auch sonderbar, daß Hatinger Caroline ins Visier nahm, nachdem er Ihrer nicht habhaft werden konnte?« Er hatte Tucker an seinem wunden Punkt, den Schuldgefühlen, getroffen und weidete sich daran, wie dessen Gesicht sich verfinsterte. »Wenn Ihnen noch hilfreiche Details einfallen sollten, Sie wissen ja, wo Sie mich erreichen, Caroline. Danke für den Kaffee. Ich finde schon allein zur Tür.«

»Tucker«, setzte Caroline an, sobald sie allein waren, doch er schüttelte den Kopf.

»Ich brauche jetzt erst mal etwas Zeit zum Nachdenken.« Er strich sich durch das fast trockene Haar. Der Duft ihres Shampoos stieg ihm in die Nase. Selbst solche Kleinigkeiten sorgten schon für ein flaues Gefühl in seinem Magen. »Schaffst du es, Caroline? Soll ich vielleicht Josie oder Susie zu dir rüberschicken?«

»Nein, nein, ich schaffe es allein. Aber wie ist es mit dir? Laß dich von Matthew nicht verunsichern. Er bemerkt nicht mehr, daß er Menschen aus Fleisch und Blut vor sich hat, sondern denkt nur noch in den Kategorien Schuld und Unschuld.«

»Ganz schuldlos bin ich leider nicht. Hör zu, ich muß sofort nach Hause und mich um Cy kümmern. Er ist doch noch ein Kind.«

»Ja, tu das unbedingt. Um mich brauchst du dich wirklich nicht zu sorgen.«

Das Alleinsein würde ihr guttun, dachte Caroline für sich. Was heute morgen zwischen ihnen geschehen war, darüber konnten sie auch noch später sprechen. Ihr Blick fiel auf den Teller, den sie nicht angerührt hatte. Useless würde ein königliches Frühstück bekommen.

Tucker legte noch einmal die Hand auf ihre Schulter. »Ich komme wieder.«

»Ich weiß.« Sie wartete, bis er die Tür erreicht hatte. »Tucker. Danke, daß du Matthew darauf aufmerksam gemacht hast, daß ich nicht hilflos bin. Wenn man immer mit Leuten zusammen war, die genau das Gegenteil meinten, dann tut so etwas wahnsinnig gut.«

Sie wandte ihm den Rücken zu. An der Art, wie ihre Schultern verkrampften, erkannte Tucker, daß sie zu der Stelle hinausschaute, an der das verkrustete Blut im Gras klebte.

»Wir werden uns über vieles unterhalten müssen, wir zwei allein.«

Da Caroline keine Antwort gab, hielt er es für klüger, sie fürs erste allein zu lassen.

20

Sein Daddy war tot. Miss Della hatte es ihm gesagt. Kein Gürtel würde mehr auf ihn niedersausen, keine Faust auf ihn eindreschen. Niemand würde ihn mehr im Namen eines blutrünstigen Gottes für seine Faulheit, seine Sünden, seine schmutzigen Gedanken bestrafen.

Miss Della hatte sich in ihrer hellen Küche mit ihm hingesetzt, den Arm liebevoll um ihn gelegt und es ihm schonend beigebracht. Trotzdem wurde er die entsetzliche Angst vor der Hölle nicht los. Hatte sein Vater ihm nicht ausführlich geschildert, wie sich die Sünder dort brüllend vor Schmerzen in einem Meer aus Feuer wanden? Und wie konnte er die Vergebung des Herrn je erreichen, wenn er so böse Gedanken in seinem Herzen nährte? Wieder und wieder flüsterte der Teufel sie ihm zu, und er konnte nicht widerstehen.

Sein Daddy war tot. Und er war froh darüber.

Als die Tränen gekommen waren, hatte Della sie ihm geduldig aus dem Gesicht gewischt. Aber es waren keine Tränen der Trauer oder Verzweiflung gewesen. Es waren Freudentränen gewesen. Eine wahre Flut der Freude, Dankbarkeit und Hoffnung.

Und dafür, so schoß es Cy beim Bewässern des Gartens in den Kopf, würde er bestimmt für alle Ewigkeit mit Höllenqualen bestraft. Er hatte den Tod seines Vaters zu verantworten. Und es tat ihm nicht leid.

Miss Della und auch Tucker hatten ihm versichert, daß er bei ihnen bleiben konnte. Er mußte also nicht nach Hause zurück, in dieses von Angst und Hoffnungslosigkeit beherrschte Haus. Und er war in Sicherheit vor Vernon, in dessen Augen derselbe Haß wie bei seinem Vater funkelte. Seiner Feigheit verdankte er eine so schnell nicht erwartete Freiheit.

Cy richtete den Schlauch weiter auf das Rosenbeet, obwohl sich dort schon eine Pfütze bildete. Er rieb sich die Tränen aus den Augen, Tränen der Freude und zugleich des Entsetzens über seine schwarze Seele.

»Cy.«

Er zuckte zusammen. Nur durch einen schnellen Sprung zur Seite brachte Burns seinen Anzug vor dem Wasserstrahl in Sicherheit. Einen Moment starrten sie einander an, der Junge mit dem verängstigten Blick und dem verquollenen Gesicht und der Beamte, der beweisen wollte, daß sein Vater drei Frauen aufgeschlitzt hatte. Zwischen ihnen spritzte das Wasser sinnlos auf den Boden.

Burns setzte ein freundliches Lächeln auf, was Cy nur noch mehr verunsicherte.

»Ich würde mich gern ein bißchen mit dir unterhalten.«

»Ich muß die Blumen da gießen.«

»Die ertrinken eh bald, wenn du so weitermachst.«

»Ich muß noch tausend andere Sachen erledigen.«

Burns bückte sich und drehte das Wasser ab. »Es dauert nicht lange. Wollen wir nicht reingehen? Diese Hitze ist ja unerträglich.«

»Das geht nicht, Sir. Sehen Sie sich nur meine Schuhe an. Wir können doch den Küchenboden nicht schmutzig machen.«

»Tja, da hast du wohl recht. Aber da ist ja noch die Terrasse.« Ehe Cy widersprechen konnte, packte Burns ihn am Arm und führte ihn mit sich. »Gefällt dir die Arbeit auf Sweetwater?«

»Sehr! Darum möchte ich auch nicht, daß Mr. Tucker mich für einen Faulpelz und Schwätzer hält und mich rausschmeißt.«

Sie traten auf die Terrasse, und Burns wies dem Jungen einen Gartenstuhl unter einem Sonnenschirm. »Ist Mr. Longstreet denn so streng?«

»Im Gegenteil, Sir!« Cy setzte sich widerstrebend. »Er gibt mir eher zuwenig zu tun. Und er sagt mir immer, ich soll mir ruhig Zeit lassen. Er ist richtig besorgt um mich. Manchmal bringt er mir am Nachmittag eine Cola raus.«

Burns zog seinen Kassettenrecorder aus der Tasche. »Ein großzügiger Chef also. Da wird er sicher nichts dagegen haben, wenn ich dich für ein paar Minuten von der Arbeit abhalte.«

»Sie könnten den Chef ruhig persönlich fragen.« Mit diesen Worten trat Tucker auf die Terrasse. Er stellte eine eisgekühlte Coca Cola vor Cy auf den Tisch. »Da, befeuchte dir anständig die Kehle, Junge.«

»Ich wollte gar nicht mit der Arbeit aufhören!« rief Cy entschuldigend. »Aber Mr. Burns hat mich hierhergeschleift!«

Tucker zog einen Stuhl heran und setzte sich zu ihnen. »Das geht schon in Ordnung, Cy. Von dir hat heute ohnehin keiner erwartet, daß du arbeitest.«

Cy senkte den Kopf. »Ich hätte sonst nicht gewußt, was ich tun soll«, murmelte er.

»In den nächsten Tagen tust du einfach, worauf du gerade Lust hast, einverstanden?« Tucker zog eine Zigarette aus der Tasche und brach die Hälfte ab. Beim Anzünden warf er dem FBI-Beamten einen scharfen Blick zu. »Tja, unser Agent Burns hat sich für heute einiges vorgenommen. Sag ihm einfach alles, was du weißt. Und danach gehen wir ein bißchen angeln, einverstanden?«

Burns kräuselte angewidert die Lippen. »Wenn wir fertig sind, sage ich Ihnen Bescheid. Bis dahin können Sie ja schon mal Würmer suchen, wenn Sie Lust haben.«

»Nichts da! Da der Junge bei mir arbeitet, bin ich so eine Art Vormund. Ich bleibe hier, es sei denn, Cy will mich nicht dabeihaben.«

»Bitte gehen Sie nicht, Mr. Tucker!« rief Cy bestürzt. »Ich habe Angst, daß ich vielleicht was Falsches sage.«

»Du brauchst nichts als die Wahrheit zu sagen. Habe ich nicht recht, Agent Burns?«

»Sehr richtig. Können wir anfangen?«

»Na, dann schalten Sie mal Ihren Recorder ein«, brummte Tucker und drückte die Kippe aus.

Burns bedachte ihn mit einem giftigen Blick. »Die Fragen stelle ich, verstanden? Gegen Ihre Anwesenheit habe ich nichts einzuwenden, aber Sie unterlassen gefälligst jeden Versuch, ihm Stichworte zu geben.«

Statt einer Antwort zeigte Tucker ihm als Zeichen seiner Friedfertigkeit beide Handflächen und lehnte sich zurück.

Schließlich drückte Burns auf den Aufnahmeknopf. Zunächst sprach er den Anlaß, die Namen, das Datum und die Uhrzeit auf Band. Dann wandte er sich mit einem würdevollen Lächeln an Cy. »Ich weiß, daß dieser Schlag dich schwer getroffen haben muß, Cy, und möchte dir mein aufrichtiges Beileid aussprechen.«

Cy wollte sich schon bedanken, da begriff er, daß gar nicht von Edda Lou die Rede war, sondern von seinem Vater. Er starrte hilfesuchend die Tischplatte an.

»Sheriff Truesdale hat sich ja gestern schon mit dir unterhalten, und deine Hinweise waren sehr wertvoll. Wir müssen später noch einmal darauf zurückkommen, aber vorher möchte ich dich etwas anderes fragen. Hat dein Vater jemals etwas über Caroline Waverly gesagt?«

»Er kannte sie so gut wie gar nicht.«

»Also ließ er in deiner Gegenwart nie eine Bemerkung über sie fallen?«

Cy sah verlegen zu Tucker auf. »Kann schon sein, daß er mal was gesagt hat, als ich ihm das Frühstück gebracht habe. Wenn er in Fahrt kam, sagte er ja alles Mögliche.«

»In Fahrt kam?«

»Na ja, das war an den Tagen, an denen Gott mit ihm sprach.«

»Und kam er regelmäßig in Fahrt?«

»Ziemlich oft. A. J. hat gesagt, es würde ihm bloß Spaß machen, andere Leute zu verprügeln, und das mit Gott sei nur ein Vorwand.«

»Hat er dich und die anderen Familienmitglieder denn oft geschlagen?«

»Er ...« Cy stockte. Dann fiel ihm Tuckers Ausdruck von neulich ein. »Ihm ist die Hand schnell ausgerutscht. Freche Antworten ließ er uns nie durchgehen, weil in der Bibel doch steht, daß man seinen Vater ehren muß.«

Tucker schwieg, wiewohl ihm nicht entgangen war, daß Cy nichts von Vater *und* Mutter gesagt hatte. Anscheinend hatte Austin die Heilige Schrift stets nur zu seinen Gunsten ausgelegt.

»Und wenn er in Fahrt kam, rutschte ihm die Hand da besonders gerne aus?«

»Sie rutschte ihm fast immer aus. Wenn er in Fahrt kam, schlug er bloß noch fester zu.«

»Ich verstehe.« Sogar Burns war betroffen von der Beiläufigkeit, mit der der Junge die Brutalität seines Vaters schilderte. »Und in der Zeit, in der du ihm das Essen heimlich gebracht hast, kam er da oft in Fahrt?«

Cy umklammerte die Colaflasche, bis seine Knöchel weiß anliefen. »Ich mußte es ihm bringen. Er hätte mich umgebracht, wenn ich ihm nicht gehorcht hätte. Ich mußte!«

Tucker legte begütigend eine Hand auf seine Schulter. »Agent Burns glaubt ja auch nicht, daß du was dafür kannst, Cy«, beruhigte er ihn. »Niemand hätte das Recht, dir etwas vorzuwerfen.«

»Richtig«, sagte Burns mit rauher Stimme. Er räusperte sich. Die nackte Angst in Cys Gesicht hatte ihn doch sehr betroffen gemacht. »Ich hätte an deiner Stelle ganz genauso gehandelt, mein Junge. Aber ich muß von dir wissen, ob dein Vater je etwas über Miss Waverly gesagt hat.«

»Er hat schon ein paar Dinge gesagt.« Cy zwinkerte

hastig, weil ihm Tränen in die Augen schossen. »Er hat gesagt, sie sei eine Sünderin. In allen Frauen würde die Sünde stecken. Deshalb ist auch Lots Frau zur Salzsäule erstarrt, hat er gesagt.«

Burns faltete die Hände. »Ich weiß. Hat er dir auch verraten, warum Miss Waverly eine Sünderin sein soll?«

»Er hat gesagt, sie ...« Sein Blick flackerte zu Tucker hinüber. »Muß ich das wirklich sagen?«

»Es wäre das Beste. Aber laß dir ruhig Zeit.«

Cy rutschte nervös auf seinem Stuhl herum. Er nahm hastig einen Schluck Cola, dann setzte er zögernd zur Antwort an: »Er hat gesagt, so wie sie die Beine für Mr. Tucker breitmacht ...« – er lief dunkelrot an – »... sei sie nichts anderes als eine Hure. Und bei so einer müsse man den ersten Stein werfen ... Bitte seien Sie mir nicht böse, Mr. Tucker.«

»Du kannst ja nichts dafür, Cy.«

»Ich konnte doch nicht ahnen, daß er ihr was antun wollte. Er hat die ganze Zeit so wüste Drohungen ausgestoßen, daß wir gar nicht mehr darauf geachtet haben. Hauptsache, wir haben nichts abgekriegt. Mr. Burns, ich schwöre Ihnen, daß ich nicht wußte, daß er sie umbringen wollte!«

»Keine Angst, mein Junge, das glaube ich dir aufs Wort. Dein Vater hat auch deine Mutter geschlagen, nicht wahr?«

Der gehetzte Ausdruck wich aus Cys Augen. »Wir konnten nichts dagegen tun. Und sie wollte sich nicht helfen lassen. Sogar den Sheriff hat sie angelogen. Eine Frau muß zu ihrem Mann halten, sagt sie immer. Aber Ruthanne meint, daß es ihr gefällt, wenn sie verprügelt wird. Aber das ist doch nicht möglich, oder?«

Burns hielt es für klüger, Cy nicht über solche Dinge aufzuklären. »Da hast du recht. Hat er Ruthanne auch verprügelt?«

»Die nicht. Sie hat sich immer rechtzeitig verkrümelt.«

»Und Vernon?«

»Die haben sich manchmal gestritten, daß die Fetzen geflogen sind. Aber meistens haben sie zusammen was ausgeklügelt. Vernon war ihm immer der liebste. Er ist ihm von uns auch am ähnlichsten. Innerlich genauso wie äußerlich.«

»Und was ist mit Edda Lou? Hat dein Vater sie geschlagen?«

»Sie hat ihn immer provoziert. Und sie hat sich nie was gefallen lassen. Einmal hat sie ihm eine Flasche auf den Kopf geschlagen, als er mit dem Gürtel auf sie losgegangen ist. Danach ist sie ausgezogen und hat sich nie wieder bei uns blicken lassen.«

»Hat er auch etwas über Edda Lou gesagt?«

»Ihr Name durfte bei uns im Haus nicht mehr genannt werden. Aber wenn er in Fahrt kam, hat er was von der Hure von Babylon gebrabbelt. Vernon hat dann immer versucht, ihn anzustacheln. Er wollte sie heimholen und bestrafen. Als Christen hätten sie die Pflicht dazu, hat er gesagt. Aber ich glaube, ihm ging es bloß immer ums Prügeln und nicht so sehr um den Glauben.« Das stellte Cy so schlicht fest, als erzählte er über Vernons Lieblingsessen. »Und als Daddy erfuhr, daß sie mit Mr. Tucker ging, hat er gesagt, sie hätte den Tod verdient. Und hat Mama verprügelt.«

»Cy, kannst du dich erinnern, wann genau dein Vater und Tucker sich gestritten haben?«

Tucker mußte sich ein Grinsen verkneifen. Der Ausdruck ›Streit‹ für die Schlägerei war doch zu schön.

»Ich denke ja. Daddy kam heimgehinkt. Und sein Gesicht war grün und blau geschlagen.«

»Und weißt du auch noch, was zwei Tage davor los war, als Edda Lou ermordet wurde? Kam er an dem Tag auch in Fahrt?«

Es war die erste Frage, bei der Cy länger nachdenken mußte. Seine Augen waren nun nicht mehr glasig vor

Angst. Geistesabwesend nahm er einen Schluck Cola. »Ich kann mich nicht mehr genau erinnern. Als er von Edda Lous Schwangerschaft Wind bekam, wurde er fuchsteufelswild. Aber wann das war, das kann ich Ihnen nicht mehr sagen.«

Burns versuchte, ihm noch mit ein paar Fragen auf die Sprünge zu helfen, doch es kam nichts Neues mehr dabei heraus. So beschloß er, den Jungen in Ruhe zu lassen. Er hatte ja noch Ruthanne und Mavis Hatinger. Die konnten sich vielleicht besser erinnern.

»Schön, Cy. Nur noch ein paar Fragen, dann kannst du gehen. Hat dein Vater das Messer, das du ihm bringen mußtest, oft bei sich getragen?«

»Nur wenn er auf Jagd ging. Ein Rehbock am Stück ist viel zu schwer.«

»Hat er dich oder andere Familienmitglieder je mit dem Messer bedroht? Hat er vielleicht einmal etwas von einer gerechten Strafe gesagt?«

Cy vergrub das Gesicht in den Händen. »Er wollte Mr. Tucker die Kehle aufschlitzen! Er hat mir erklärt, wie ich ihn zum Bachdurchlaß locken soll. Und dann wollte er ihn erstechen. Er hat gesagt, er müsse so sterben wie Edda Lou. Das sei göttliche Gerechtigkeit. Und ich müsse Mr. Tucker zu ihm bringen, oder er würde mir die Augen ausstechen. Bitte, Mr. Tucker!« Cy schluchzte nicht mehr, aber er nahm die Hände nicht von den Augen. Es war wie bei einem Kind, das bei einer besonders gräßlichen Szene in einem Horrorfilm nicht zusehen kann. »Bitte, ich will nicht mehr daran denken müssen.«

»Es ist schon gut, Cy.« Tucker erhob sich und stellte sich hinter den Jungen. »Lassen Sie ihn jetzt in Frieden, Burns.«

Burns schaltete den Recorder aus und steckte ihn in die Tasche. »Ich bin kein Unmensch, Longstreet.« Er stand auf. »Mir ist klar geworden, daß es in dieser Stadt weitaus mehr Opfer gibt als die jüngst im Friedhof Begrabenen.« Er wünschte sich, Mitleidsbekundungen würden ihm ähnlich leicht fallen wie Tucker. Da dem aber nicht so war, nickte er dem Jungen aufmunternd zu. Mit steifen, doch durchaus ehrlich gemeinten Worten erklärte er: »Du hast richtig gehandelt, Cy. Mehr kann man von keinem Menschen erwarten. Vergiß das bitte nie.«

Tucker legte Cy beide Hände auf die Schultern und blickte dem FBI-Beamten nach. Zum ersten Mal empfand er Achtung vor diesem Mann.

»So, ich hole uns jetzt zwei Angelruten, Cy. Heute wird nicht mehr gearbeitet.«

Tucker wußte, daß es mehrerer Gespräche und einiger Zeit bedurfte, bis Cy seine Schuldkomplexe überwinden und wieder etwas Selbstvertrauen gewinnen würde.

Burns' kleines Pensionszimmer in Innocence genügte allenfalls bescheidensten Ansprüchen. Andererseits sorgte Mrs. Koons für peinliche Sauberkeit. Darüber hinaus war sie diskret genug, nie in seinen Sachen herumzustöbern. Seine geheimen Unterlagen hielt er ohnehin immer unter Verschluß.

Das Zimmer war mit einem Doppelbett, einer Kommode und einem Schrank ausgestattet. Dank seiner Überredungskünste hatte er Mrs. Koons nach drei Tagen einen Schreibtisch und einen Stuhl abschwatzen können. Ein Ventilator an der Decke sorgte mehr schlecht als recht für kühlere Luft, aber immerhin hatte er eins der wenigen Zimmer mit Bad bekommen. Burns hatte also durchaus Anlaß zur Zufriedenheit.

Und noch etwas hatte er bekommen.

Ausgestreckt neben ihm lag Josie Longstreet. Burns war noch ganz benommen von ihrem Nahkampf von vorhin. Er hatte keine Ahnung, wie sie nach einer Limonade im Chat 'N Chew bei ihm auf der Matratze gelandet waren. Aber beklagen wollte er sich nicht.

Eine derart wilde Nummer hatte er seit … Eigentlich

hatte er so etwas mit noch keiner Frau erlebt. Die anderen waren alle kühl und reserviert gewesen, sowohl innerhalb wie außerhalb des Betts. Josie dagegen hatte ihm keine fünf Sekunden, nachdem sie ins Zimmer gestürmt waren, die Kleider vom Leib gerissen.

Josie versenkte ihre knallrot angemalten Fingernägel in seinen Rücken und kratzte ihm langsam eine rote Strieme in die Haut. »Honey«, stöhnte sie, »du hast mich bis zum Äußersten getrieben, weißt du das? Aber das dachte ich mir schon, daß ein Tiger in dir steckt.«

Burns wußte, was für Komplimente Frauen in solchen Momenten erwarteten. »Du warst fantastisch! Unglaublich.«

»Ich hatte ja schon lange ein Auge auf dich geworfen, Special Agent. Ich weiß auch nicht, aber Männer mit Abzeichen auf der Brust haben es mir angetan.« Sie mußte an Burke denken und warf einen schmachtenden Blick zur Decke hinauf. »Sag, hältst du mich für sexy?«

»Sexy ist gar kein Ausdruck! Eine aufregendere Frau ist mir noch nie über den Weg gelaufen.«

Sie schenkte ihm einen Kuß. »Und auch hübsch?«

»Nein, hübsch nicht.« Er war zu sehr mit ihren Haaren beschäftigt, um das Aufblitzen in ihren Augen zu bemerken. »Du bist vielmehr schön wie eine geheimnisvolle Zigeunerin.«

»Ach, das sagst du nur, weil ich nackt neben dir liege und dein Ding schon wieder zuckt«, schnurrte Josie besänftigt.

Normalerweise wäre er verletzt gewesen, aber was sie über sein Satanswerkzeug sagte, stimmte ja. »Ich habe nichts als die Wahrheit gesagt, Josie. Du bist eine Traumfrau.«

Sie fing an zu seufzen, denn er saugte wieder an ihren Brüsten. Obwohl der Ventilator sich direkt über ihnen drehte, waren sie beide schweißgebadet. Und sie waren noch längst nicht am Ende ihres Abenteuers angelangt.

»Weißt du, die wenigsten Männer wissen, was eine Frau gerne hört. Mein erster Mann, der Franklin zum Beispiel, bei dem war nach zwei Monaten der Lack vollständig ab. Er hat sich danach einfach umgedreht und zu schnarchen angefangen. Die nehmen sich, was sie haben wollen, und alles andere ist ihnen egal.«

Burns murmelte eine unverständliche Antwort in Josies Brüste.

»Eine Frau hat doch ein Recht auf nette Worte. Na gut, vielleicht legen nicht alle Wert darauf. Manche sind auch bloß auf eine schnelle Nummer aus und verstehen den Sinn von schönen Worten nicht. Aber das ist eben der Unterschied zwischen Schlampen und richtigen Damen, findest du nicht auch?«

»Ich finde, daß du eine hinreißende Dame bist.«

»Und du bist ein echter Gentleman«, strahlte sie. »Und so intelligent! Ich höre dich wahnsinnig gern über deine Fälle sprechen.« Sie streichelte ihm träge die Lenden. »Es ist ein einziger Jammer, daß wir erst jetzt zueinander gefunden haben, wo du doch bald wieder abreist.«

»Tja, es sieht in der Tat so aus, als stünde der Fall vor der Klärung.«

»Wußte ich's doch! Mir war ja von Anfang an klar, daß du auch die härteste Nuß knacken würdest. Du bist ein Held, Matthew.«

»Ich erledige nur meine Pflicht«, murmelte er. Er war schon wieder erregt, denn sie legte sich auf ihn.

»Und du fängst wirklich bald den Mörder?« hauchte sie und fuhr mit den Lippen über seine Brust. Er war für ihren Geschmack ein bißchen zu blaß, aber durchaus gut gebaut. »Ohne dich würden wir bis in alle Ewigkeit im dunkeln tappen.«

»Ach, das ist eine reine Frage der Erfahrung und der technischen Ausstattung.«

»Deine Ausstattung finde ich kolossal«, gurrte sie und

schloß die Hand um sein Glied. »Erzähl mir doch, wie du es angestellt hast. Das ist ja so aufregend.«

Sein Atem ging schneller angesichts der Sachen, die ihre Finger mit ihm anstellten. »Na ja, als erstes muß man die Psyche eines Serienmörders begreifen. Typische Verhaltensmuster. Das ist reine Statistik. Die meisten Morde werden aus einem Impuls heraus verübt. Und die Motive sind in der Regel dieselben.«

»Weiter!« Sie drückte die Lippen auf seinen Bauch. »Ich werde so heiß davon!«

»Leidenschaft, Geldgier, Rache. Aber bei einem Serienmörder ist das anders. Ihm geht es um Kontrolle, Macht, die Jagd als solche. Er will sich heranpirschen. Die Vorfreude zählt mindestens genausoviel wie die Tat.«

»Ja!« Sie leckte ihm die Innenseite seines Schenkels ab. Auf ihre Weise pirschte sie sich auch heran, und die Vorfreude, die Erregung, stieg wie ein Fluß bei Hochwasser. »Weiter!«

»Er plant und weidet sich an seinem Plan. Er wählt das Opfer aus, jagt es. Und während der ganzen Zeit führt er in der Regel ein vollkommen normales Leben. Hat vielleicht Frau und Kinder, einen sicheren Beruf, Freunde. Hat er das Opfer erlegt, wächst bald von neuem die Gier nach frischem Blut. Und natürlich das Kontrollbedürfnis. Die Lust an der Macht.« Seine Hand verkrallte sich in ihren Haaren – sie hatte sein Glied in den Mund genommen. Er geriet ins Keuchen. »Es macht ihm Spaß, die Behörden zu foppen. Er will vielleicht sogar erwischt werden, weil er unter der Schuld leidet, aber sein Trieb ist stärker als alles andere.«

Sie schlängelte sich an ihm hoch, setzte sich rittlings auf ihn. »Er tötet also weiter, bis du ihm das Handwerk legst?«

»Richtig.«

»Und wirst du ihn diesmal daran hindern?«

»Er kann niemanden mehr umbringen.«

»Wie das?« Sie hob kurz den Kopf, dann rieb sie sich mit den Brüsten an ihm.

»Alles spricht für Austin Hatinger – und der ist tot. Wenn sich nicht eine neue Beweislage ergibt, können wir die Akten schließen.«

Josie führte erschaudernd sein Glied in sich ein und richtete den Oberkörper auf. Der Ritt ins Paradies ging von neuem los.

21

Ein Gewitter zog auf. Die Luft hatte sich bereits merklich abgekühlt. Zum ersten Mal seit Tagen wirbelten Windstöße die Blätter durcheinander. Es roch nach Regen. Im Dämmerlicht des vorzeitig hereinbrechenden Abends türmten sich dicke, schwarze Wolken auf.

Auch wenn möglicherweise ein verheerender Sturm Häuser abdecken, Strommasten umknicken und für Überschwemmungen sorgen würde, so atmete das Delta trotzdem erleichtert auf.

Darleen Fuller Talbot stapfte erbost aus dem Haus ihrer Mutter. Wie kam die nur dazu, sie wegen Billy T. derart zur Schnecke zu machen? Wütend riß sie die Wagentür auf und stieg ein. Und ihr Vater war um keinen Deut besser! Er hatte die ganze Zeit nur kopfschüttelnd danebengesessen und ihr kein bißchen geholfen. Zwanzig Minuten hatte Darleen Happys Tiraden über sich ergehen lassen müssen. Was für ein toller Mann Junior doch sei, und daß er es nicht verdient habe, im eigenen Haus betrogen zu werden.

Aber es war doch genausogut ihr Haus! Hatte sie etwa nicht die Hypothek mit unterschrieben? Schniefend wischte sie sich ein paar Zornestränen aus den Augen und ließ den Wagen an. Wie es ihr ging, das interessierte keinen. Immer nur hieß es Junior hinten, Junior vorn. Was wußten die denn davon, wie schlecht sie es bei ihm hatte? War es denn ein Wunder, daß Billy T. ihr fehlte? Ihr Mann schlief ja nicht mehr im selben Bett mit ihr. Nicht daß er vor dem Krach recht viel mehr getan hatte, als nur darin zu schlafen, aber jetzt tat sich gar nichts mehr zwischen ihnen. Sie fühlte sich wie eine ausgetrocknete Jungfer.

Aber da war noch lange nicht das letzte Wort gesprochen. Sie reckte das Kinn den ersten auf die Windschutzscheibe klatschenden Regentropfen entgegen und gab Gas. Scooter blieb ja heute nacht bei seiner Oma, und da würde sie schon dafür sorgen, daß Junior seine ehelichen Pflichten erfüllte. Sonst konnte sie ja gleich ins Kloster gehen. Noch dazu hatte Junior sie und Billy T. gerade vor dem schönsten Moment gestört. Das war doch kein Zustand – eine Woche ganz ohne Mann! Und gesund konnte es auch nicht sein.

Das war sicher auch der Hauptgrund für ihre nun schon seit Tagen andauernde Gereiztheit. Zudem fühlte sie sich beobachtet. Nicht etwa wegen der verstohlenen Blicke, die die ganzen Klatschbasen austauschten, sobald sie sie sahen, nein, es steckte weitaus mehr hinter der Sache. Sie kam sich so vor, als würde jemand auf sie lauern. Schließlich waren da noch die Anrufe. Kaum nahm sie aber den Hörer ab, war die Leitung schon wieder tot.

Das konnte freilich an Junior liegen. Möglicherweise überprüfte er einfach, ob sie daheim war. Wahrscheinlich hatte er auch Kumpel damit beauftragt, das Haus zu beobachten, falls Billy T. doch wieder aufkreuzen sollte. Es war eine himmelschreiende Ungerechtigkeit, daß sie ihren Freund verloren hatte, ihr Mann nicht mehr mit ihr schlief und sie sich zu allem Überfluß auch noch die Predigten ihrer Mutter anhören mußte.

Der Wagen kam auf der nassen Fahrbahn ins Schleudern, und Darleen ging vom Gas. Nein, von jetzt an war Schluß mit dem Theater! Tränen hatten nichts genützt – und sie hatte sie eimerweise vergossen. Das Haus auf Vordermann bringen und Kochen hatten genausowenig geholfen. Junior aß wortlos, was auch immer sie ihm vorsetzte, dann verzog er sich und spielte mit Scooter.

Heute nacht hatte er sich mit seiner Frau zu verziehen.

Sie wußte bereits, wie sie das anstellen mußte. Zum einen war endlich das vor langem beim Versand bestellte Nachthemd geliefert worden, und zum anderen hatte sie den halben Nachmittag im Schönheitssalon verbracht. Sie mußte nur geschickt zu Werke gehen.

Von Weihnachten hatte sie ja noch die Myrtenwachskerze übrig. Wenn sie dazu die Platte von Randy Travis auflegte und eine Flasche Cold Duck auf den Tisch stellte, war die Sache garantiert gelaufen. Junior wurde nach ein paar Gläsern immer romantisch. Im Bett würde er die Sache mit Billy T. und seinem verletzten Mannesstolz schnell vergessen, und sie wäre wieder ganz seine treue, liebende Gattin. Und wenn sie mal wieder einen Hausfreund fand, dann ließe sie sich bestimmt nicht mehr erwischen.

Darleen trat abrupt auf die Bremse. Die Regentropfen prasselten so dicht hernieder, daß sie den vor ihr quer über die Fahrbahn stehenden Wagen fast nicht gesehen hätte. Sie schlitterte über den Belag und kam Millimeter vor dem anderen Auto zum Stehen.

»Verdammte Scheiße!« Sie blinzelte durch die Scheibe, konnte aber niemanden sehen. Der Wagen stand wie verlassen da. Mit zitternden Fingern öffnete sie die Tür und stieg aus. Der Regen klatschte ihr das für teures Geld durchgestylte Haar sofort ins Gesicht. »Ach Mensch! Wie soll ich denn da meinen Mann zurückbekommen, wenn ich aussehe wie ein begossener Pudel?« schrie sie in die Sturzfluten hinaus. Na ja, sagte sie sich, vielleicht bekam er sogar Mitleid mit ihr, wenn er sie so durchnäßt sah. Aber dafür mußte sie erst heimkommen. Sie stemmte die Hände in die Hüften und trat wütend gegen die Reifen des verlassenen Wagens. »An dem Ding kommt doch kein Schwein vorbei!« Sie konnte ja immer umkehren und zu ihrer Mutter zurückfahren, doch diese Aussicht erschien ihr wenig verheißungsvoll. So ging sie trotz des Regens um den anderen Wagen herum. Vielleicht steckte ja der Schlüssel.

Sie schaute gerade durch das Seitenfenster, als ein Geräusch in ihrem Rücken sie aufschreckte. Das Herz sprang ihr bis in die Kehle, doch dann erkannte sie eine wohlvertraute Gestalt.

»Ich dachte mir schon, daß das dein Auto ist!« rief sie erleichtert. »Bei dem Mistwetter wäre ich fast reingerast. Junior hätte mir den Hals umgedreht, wenn sein Wagen auch nur einen Kratzer abgekriegt hätte.«

»Die Arbeit nehme ich ihm gern ab.«

Darleen sah das Radkreuz nicht, das ihr gegen die Stirn gedroschen wurde.

Das Licht flackerte bei jedem Blitzstrahl und ging schließlich nach einem besonders lauten Donnerschlag ganz aus. Caroline hatte sich bereits auf den Stromausfall vorbereitet und in jedem Zimmer brennende Kerzen und Öllampen aufgestellt.

Die plötzliche Dunkelheit störte sie nicht im geringsten. Im Gegenteil! Sie hoffte, die Telefonleitung würde auch noch durchschmoren, dann brauchte sie keine mitfühlenden oder neugierigen Anrufer mehr abzuwimmeln, die sie den ganzen Tag schon verfolgten.

Von der Veranda aus beobachtete sie das Gewitter, während Useless sich winselnd im Haus verkrochen hatte. Es war schon ein beeindruckendes Naturschauspiel. Ungehindert fegte der Wind über das Gras hinweg, rüttelte an den Fenstern und pfiff um die Ecken herum.

Caroline wußte nicht, ob diese Sturzfluten gut oder schlecht für die Ernte waren. Spätestens morgen beim Einkaufen erfuhr sie es ohnehin. Im Moment staunte sie nur ehrfürchtig und begnügte sich mit der Gewißheit, daß ihr das mit Kerzen erleuchtete Haus jederzeit Zuflucht gewährte.

Nein, Schutz, verbesserte sie sich sofort. Zuflucht hatte sie nicht mehr nötig, denn sie floh vor nichts mehr. Mit dem Versteckspiel von früher war es vorbei. Zum ersten

Mal in ihrem Leben genoß sie das Hier und Jetzt. Oder versuchte es zumindest.

Heute morgen hatte sie sich ja noch vor Tucker versteckt. Sie hatte den Geschlechtsverkehr zugelassen, aber der Intimität hatte sie sich entzogen. Sie hatte sich beweisen müssen, daß sie lebte, und hatte zugleich Angst davor gehabt, es auch zu empfinden.

Aber sie beide waren doch voll auf ihre Kosten gekommen. Er hatte sie gewollt, sie hatte ihn gewollt – was machte sie sich da noch Gedanken?

Caroline schloß die Augen und holte tief Luft. Wieder zuckte ein Blitz auf. Der Hund heulte mit dem Donnerschlag los.

»Ist schon gut, Useless, ich rette dich ja!« lachte sie.

Sie fand ihn im Salon, wo seine Schnauze unter der Couchdecke herausragte. Mit beschwichtigenden Worten nahm sie das zitternde Tier in die Arme und ging mit ihm wie mit einem Baby auf und ab.

»Es dauert nicht lange, mein Kleiner. Stürme verziehen sich immer sehr schnell. Sie sollen uns nur aus unserer Trägheit reißen und uns daran erinnern, wie schön Ruhe doch ist. Na, willst du ein bißchen Musik hören?« Sie setzte ihn auf den Stuhl und holte die Geige aus dem Koffer. »Ich spiele dir etwas Leidenschaftliches vor, denn das paßt am besten zu meiner momentanen Stimmung.«

Mit Tschaikovsky fing sie an, dann kam ein Stück von Beethoven an die Reihe und zum Schluß ihre Interpretation von ›Lady Madonna‹.

Als Caroline die Geige absetzte, war es längst finstere Nacht. Ein Klopfen an der Tür schreckte sie auf. Useless verkroch sich unter der Couch.

Sie huschte zur Tür. Draußen stand ein völlig durchnäßter Tucker. Ihre vorhin noch so ruhigen Hände verschränkten sich auf einmal unablässig ineinander. »Ist es nicht ein bißchen zu stürmisch, um rauszugehen?«

»Ich weiß.«

»Willst du nicht reinkommen?«

»Noch nicht.«

Sie trat näher. Das Wasser tropfte von seinen Haaren herunter. Irgendwie mußte sie an heute morgen denken, als er frisch geduscht aus dem Bad getreten war. »Wie lange bist du denn schon da draußen?«

»Ich bin nur das letzte Stück vom Auto bis hierher gelaufen. Du hast Geige gespielt. Eine Nummer von den Beatles, nicht wahr?«

»Ja, ›Lady Madonna‹. Äh, der Strom ist ausgefallen.«

»Ich weiß. Komm bitte einen Moment raus, Caroline.«

Sie zögerte. Er hatte so etwas Ernstes, so etwas Bestimmtes an sich. »Warum? Ist etwas geschehen?«

»Nicht daß ich wüßte. Komm bitte raus.«

»Von mir aus.« Sie trat über die Schwelle. Ihre Nerven waren zum Zerreißen gespannt. »Sag mal, ist der Regen gut oder schlecht … für die Ernte, meine ich.«

»Ich bin nicht gekommen, um mit dir über die Ernte oder Musik zu sprechen. Ich muß etwas wegen heute morgen wissen.«

Sie klammerte sich am Türrahmen fest. »Willst du Bier? Ich habe welches gekauft.«

»Caroline«, sagte er in einem eindringlichen Tonfall, wie sie ihn noch nie bei ihm gehört hatte. »Warum hast du mich heute früh nicht an dich herangelassen?«

»Was meinst du nur? Haben wir uns denn nicht heute früh auf der Couch dort geliebt?«

»Du hast es geduldet, aber du hast mich nicht an dich selber herangelassen. Dazwischen liegt ein gewaltiger Unterschied.«

Sie erstarrte. »Wenn du nur gekommen bist, um an meiner Leistung im Bett herumzunörgeln …«

»Ich nörgle nicht, ich frage.« Er trat näher an sie heran, ohne sie jedoch zu berühren. »Aber du hast es gut beschrieben. Du hast eine Leistung im Bett erbracht. Vielleicht mußtest du dir etwas vorspielen, um dir zu beweisen, daß du innerlich nicht tot bist. Das Recht dazu kann dir niemand nehmen. Aber ich muß von dir wissen, ob das alles ist, was du willst. Ich habe mehr zu geben, und gebe es dir auch, wenn du es annehmen willst.«

»Ich weiß nicht. Ich weiß nicht, ob ich es will, wenn ich es überhaupt kann.«

»Ich lasse dich jetzt allein, wenn du darüber nachdenken mußt. Wenn nicht, brauchst du mich nur hereinzulassen.« Tucker streichelte ihr die Wange. »Willst du mich bei dir hereinlassen, Caroline?«

Nicht nur ins Haus, wie sie sofort begriffen hatte. In sie selbst. Mit dem Körper und mit der Seele. Sie schloß die Augen. Als sie sie öffnete, hatte er sich immer noch nicht von der Stelle gerührt.

Sie atmete tief durch, dann trat sie beiseite. »Ich würde mich freuen, wenn du reinkämst.«

Er atmete erleichtert auf. Kaum hatte er die Schwelle überschritten, hob er sie hoch.

»Tucker ...«

Er versiegelte ihr mit einem Kuß die Lippen, dann trug er sie die Treppe hinauf. Heute nacht sollte sie nicht an diesen Luis oder sonst jemanden denken, das schwor er sich.

»Du bist ja naß!« rief Caroline und lehnte den Kopf an seine Schulter.

»Du darfst mir gern aus den Kleidern helfen.«

Sie lachte. Wie leicht es doch war, dachte sie. Wenn man es zuließ. »Du bist ja so lieb!«

»Ich kann noch viel lieber sein.« Auf der Schwelle zum Schlafzimmer blieb er stehen. Sie gaben sich einen langen, innigen Kuß.

»Noch lieber?« rief sie danach. »Das mußt du mir beweisen!«

»Das werde ich auch. Aber diesmal mußt du dich ein bißchen gedulden.«

Das Kerzenlicht warf tanzende Schatten an die Wände.

Die Hitze hatte sich im Zimmer gestaut und ließ sich auch vom Wind nicht vertreiben. Nur die alten Seidenvorhänge flatterten hin und her. Es roch nach Wachs, Lavendel und Regen, der mit aller Macht auf das Dach über ihnen trommelte.

Tucker legte Caroline aufs Bett. Erst mit den Fingerspitzen, dann mit den Lippen liebkoste er ihr das Gesicht. Allmählich ließ ihre Anspannung nach. Nun gab es nur noch den Regen, ihr Seufzen und das sich entfernende Donnergrollen, sie und ihn.

Er ließ sich Zeit, Mund drückte sich auf Mund, Zähne stießen gegen Zähne, ihre Zungen tasteten einander ab, vereinigten sich. Sie versank ganz in dem Frieden, dem puren Vergnügen, ließ sich beschenken.

Sie hatte keine andere Wahl mehr, als nur noch zu empfinden. Langsam und ungemein feinfühlig lockte er ihre tiefsten Empfindungen an die Oberfläche. Ihr Puls raste dahin, das Herz fing an zu flattern, und die Muskeln erlahmten. Noch einmal bäumte sie sich in panischer Angst auf, drehte den Kopf zur Seite. Er ließ sie gewähren und küßte statt dessen ihren Hals. Seine Hände glitten über ihren Körper wie die eines Musikers über die Saiten seines Instruments.

Er beruhigte und verführte in einem. Er spürte, wie sie zwischen dem Bedürfnis und dem Zweifel kämpfte, sah ihrem Gesicht die innere Zerrissenheit an. So zügelte er sich und seine Lust und lockte sie weiter voller Geduld, Nachsicht, ja Mitgefühl mit langen, erregenden Küssen, mit trägen, ihre Sehnsucht weckenden Liebkosungen. Und als ihr Körper sich an den seinen schmiegte, als ihre Lippen seinen Namen murmelten, begriff er, daß sie sich seinem Verlangen nicht mehr widersetzte. War es nicht genau das, was er erhofft hatte?

Tucker zog sie behutsam aus. Ihre Blicke verschränkten sich ineinander. Nackt und verletzlich lag Caroline vor ihm. Sie beide wußten, daß sie mit dieser Vereinigung den hektischen, fahrigen Akt vom Morgen, den sie halb in den Kleidern, praktisch zwischen Tür und Angel vollzogen hatten, auslöschten und durch das Eigentliche, das Wahre ersetzten.

Mit zitternden Händen zog sie ihm das feuchte T-Shirt vom Leib, glitt mit den Fingerspitzen über seine Brust, seinen Bauch. Sie empfand ein triumphierendes Glühen, als seine Muskeln unter ihrer zaghaften Liebkosung zuckten. Sie holte kurz Luft und schnallte seinen Gürtel auf. Um ihm die Blue jeans ganz auszuziehen, mußte sie sich aufsetzen.

Dann knieten sie beide. Die Matratze unter ihnen bog sich ächzend durch. Der Wind draußen legte sich. Die Schwüle, die kurz nachgelassen hatte, kehrte zurück. Der Regen plätscherte nun nur noch auf das Dach. Ihre Hände schlossen sich um seine Taille, die seinen strichen durch ihr Haar. Plötzlich drückte er ihren Kopf nach hinten. Überraschung und wieder Angst flackerten in ihren Augen auf, um sogleich der Leidenschaft zu weichen, denn er küßte sie so heftig wie nie zuvor.

Das Tier unter seiner Fassade kam zum Vorschein. Keine Spur mehr von Trägheit oder Lässigkeit! Sie konnte es brüllen, an seinen Ketten reißen und schnappen hören. Und es drohte sie beide mit einem Biß zu verschlingen.

Carolines Finger verkrallten sich in seinen Hüften und erlahmten, als er sie fester an sich drückte. Er sagte etwas, doch das rauhe Flüstern ging im Tosen ihres Blutes unter.

Jawohl, so und nicht anders hatte er es gewollt. Sie sollte sich ganz ihrem Vergnügen hingeben, damit er nichts als das nackte Bedürfnis in ihrem Mund schmeckte, das leise, hilflose Murmeln tief in ihrer Kehle hörte, das sich automatisch einstellte, weil sie sich an ihn verlor. Er mußte die Gewißheit haben, daß sie sich in diesem Moment mit nichts und niemand außer ihm beschäftigte.

»Caroline.« Er murmelte es gegen ihre Schulter, deren

zarte Rundung es ihm so angetan hatte. »Da wäre etwas, das mir sehr wichtig ist.«

»Ja.« Sie streckte die Hände nach seinem Glied aus, doch er ergriff sie am Gelenk.

»Nein, das nicht. Noch nicht.« Vorsichtig, den Blick unablässig auf ihre Augen gerichtet, drückte er sie auf die Matratze und legte sich ganz auf sie. Wieder küßte er ihr die Lippen, was sie beide als Qual empfanden, denn es steigerte nur das Verlangen ins schier Unerträgliche. Er drückte den Mund sanft auf ihr Kinn, dann schloß er langsam, aber bestimmt die Hände um die ihren. »Caroline, ich muß dich zur Raserei treiben.«

»Tucker ...«

»Wenn ich dich jetzt mit den Händen weitermachen lasse, dann ist es viel zu schnell vorbei.« Er rutschte etwas nach unten und bedeckte ihre Brüste mit trägen Küssen, ließ die Zunge über ihre Warzen zucken. Dann sah er wieder auf, bemerkte, daß ihre Augen sich umwölkten. »Weißt du, bei uns im Süden sagen wir immer: Wenn eine Sache einen Wert haben soll, dann soll man sich Zeit dabei lassen.«

Wieder liebkoste er mit den Lippen ihre Brüste. Sie versuchte verzweifelt, doch vergeblich, die Hände von seinem Griff zu befreien. »Das kann ich nicht.«

»Aber klar kannst du's, Liebling.« Er saugte an ihr, bis sie aufschrie. »Ich zeige es dir. Und wenn es dir nicht gefällt, probieren wir es noch einmal.«

Sie wand sich unter ihm, warf den Kopf auf dem Kissen rastlos hin und her, doch ihr Begehren schwoll unter seinen Küssen an. Mit der Zunge, den Lippen, den Zähnen steigerte er unablässig ihre Erregung. Die Luft im Zimmer war zum Schneiden dick. Mit rasselnden Zügen sog sie die Lungen voll und stieß den Atem durch bebende Lippen wieder aus. Ihr Verstand wehrte sich noch gegen die totale Hingabe, doch der Körper leistete längst keinen Widerstand mehr. Er genoß in vollen Zügen das

Gefühl des Erobertwerdens. Er zuckte und strebte mit aller Macht der Erlösung, der wilden, leidenschaftlichen Entladung entgegen, die ihm vorerst jedoch versagt blieb.

Feuchtes Fleisch glitt über feuchtes Fleisch. Er war ja genauso Gefangener wie sie. Ein Stöhnen entrang sich ihr, stieg lockend in die schwüle Luft. Er rieb die Wange gegen ihren Bauch. Der Vorgeschmack auf die letzte, die höchste Vereinigung schwamm in seinem Kopf wie köstlicher Wein. Früher hatte er geglaubt, er wisse alles über das Vergnügen, was es zu wissen gab. Früher hatte er im Brustton der Überzeugung verkündet, die Frauen mochten wechseln, das Vergnügen bleibe dasselbe.

Doch bei Caroline war alles ganz anders – ihr Geruch, der seine Sinne kitzelte, ihr Keuchen, das seinen Herzschlag beschleunigte, und ihre sanfte, bleiche Haut, die unter seinen Lippen zuckte.

Sie bäumte sich ihm entgegen, als seine Zunge die besonders empfindliche Falte am Oberschenkel erreichte und wenige Zentimeter vor ihrer längst glühenden Scham verweilte. Es war eine Qual für sie beide. Er spürte, wie ihr Körper erstarrte und dann nach unten sackte. Nach der stürmischen Entladung in der ersten Klimax blieb sie ermattet liegen. Oder vielmehr, sie zerfloß in seinen Armen, war schwerelos, nahm weder das Zimmer noch die Hitze wahr, sondern nur noch dieses Gefühl der unendlichen Erleichterung. Sie lächelte. Mit den Händen fuhr sie den eigenen noch ganz verzauberten Körper entlang, betastete die schweißnasse Haut, strich sich schließlich durch das Haar.

»Ich glaube, es hat mir trotz allem sehr gut gefallen«, brachte sie hervor.

»Wir sind noch nicht fertig.« Er schob die Hände unter ihre Hüften, hob sie etwas an und drang in sie ein. Damit riß er sie aus ihrer Mattheit. Aus Befriedigung wurde ein so wilder Ritt, daß es ihr die Luft verschlug. Ihre Hände fielen von seiner Schulter herab und verkrallten sich im

Laken. Welle um Welle brach die Lust über sie herein, bis nur noch die nackte Gier übrig blieb. Ihre und seine. Es war vorbei mit dem sanften Locken. Seine Hände glitten nicht mehr über ihre Haut, sie forderten mit unverhohlener Rücksichtslosigkeit, die genauso unerwartet kam, wie sie sie erregte.

Dunkle Freuden nahm sie nun in Empfang, dunkle, geheime Freuden, wie sie nur eine schwüle Sommernacht bereithalten kann. Gemeinsam wälzten sie sich im Bett, suhlten sich im Vergnügen wie Tiere bei der Paarung in freier Wildbahn.

Er stemmte sich noch einmal gegen die letzte Flutwelle. Mit zitternden Händen zwang er sie, dasselbe zu tun.

»Sieh mich an!« Seine Brust hob und senkte sich bei jedem mühsamen Atemzug. »Caroline, sieh mich an.«

Ihre Augen klappten auf.

»Das hier ist etwas anderes!« Er senkte den Mund auf den ihren, und seine Worte erstickten zwischen ihren Lippen. Erneut und diesmal endgültig versank er in ihr. »Das ist tausendmal mehr.«

Ermattet blieb Caroline unter ihm liegen. Hier und da machten sich Schmerzen bemerkbar, doch auch darüber lächelte sie. Sie hatte sich immer für begabt im Bett gehalten – auch wenn Luis zum Schluß seine Zweifel angemeldet hatte –, so wunschlos glücklich war sie freilich noch nie gewesen.

Sie streckte sich mit einem zufriedenen Seufzer, woraufhin Tucker von ihr glitt und sie die Stellung vertauschten. »Besser?« fragte er, als sie den Kopf an seine Brust schmiegte.

Sie lächelte. »Vorhin war es auch gut.« Sie seufzte wieder und schlug die schwer gewordenen Augenlider auf. »Wir liegen ja am Fußende!« stellte sie verblüfft fest.

»Eine Frage des Geschicks. Gib mir ein paar Minuten Zeit, und ich manövriere uns zum Kopfende zurück.«

Sie preßte die Lippen gegen seine Brust. »Hmmm. Es hat zu regnen aufgehört, ist aber eher noch heißer geworden.«

»Vielleicht hat das ja mit uns zu tun.«

Caroline hob unvermittelt den Kopf. »Weißt du, was ich jetzt will?«

»Honey, warte noch, bis ich wieder bei Kräften bin, dann tue ich alles, was ich kann.«

»Ich werde dich daran erinnern. Aber ...« Sie drückte einen Kuß auf seine Lippen. »Im Moment steht mir der Sinn unbedingt nach Eis. Willst du auch welches, Tucker?«

»Jetzt, da du's sagst ... Ein bißchen würde ich wohl auch runterkriegen. Gehst du es holen?«

»Das hatte ich vor.« Sie gab ihm noch einen Kuß, dann glitt sie aus dem Bett und warf sich einen Morgenrock über die Schultern. »Eine oder zwei Kugeln?«

»Zwei natürlich. Soll ich dir helfen?« Er grinste, weil sie ihre Brüste verschämt bedeckte.

»Das schaffe ich schon allein.«

»Auch gut.« Tucker verschränkte die Hände hinter dem Kopf und schloß die Augen. Caroline war sich fast sicher, daß er die Gelegenheit zu einem Nickerchen nutzen würde.

Beim Füllen der Schälchen schoß ihr durch den Kopf, daß dieser Moment ihr wohl für immer im Gedächtnis bleiben würde. Die drückende Hitze in der Küche, der Geruch von Regen und Petroleum und das erfrischende Glühen nach der vollzogenen Liebe. Und das Eis, das sie im Bett essen wollten.

Summend trug sie die zwei Schalen zum Schlafzimmer, als das Telefon schrillte. Komischerweise verdarb es ihr diesmal nicht die fröhliche Stimmung. Sie stellte eine Schale ab, klemmte den Hörer zwischen Ohr und Schulter und schaufelte sich schon einmal einen Löffel voll in den Mund.

»Hallo.«

»Caroline? Na Gott sei dank!«

Der Löffel erstarrte mitten auf dem Weg zum Mund. Caroline legte ihn in die Schale zurück und stellte ihr Eis neben das andere. Eines konnte ihr also doch noch die gute Laune verderben – die Stimme ihrer Mutter.

»Hallo, Mutter.«

»Ich versuche schon seit über einer Stunde zu dir durchzukommen. Die Leitung war nicht in Ordnung. Kein Wunder – bei dem erbärmlichen Service in der Provinz.«

»Wir hatten ein heftiges Gewitter. Wie geht's dir und Daddy?«

»Gut, gut. Dein Vater ist auf einer Dienstreise nach New York. Ich hätte ihn gerne begleitet, muß hier aber einigen Verpflichtungen nachkommen.« Georgia Waverly sprach ungemein schnell und hatte den breiten Südstaatenakzent restlos ausgemerzt. »Aber um dich sorge ich mich«, fuhr sie fort.

Caroline konnte sie sich gut vorstellen, wie sie in ihrem geschmackvoll eingerichteten, blitzblank geputzten Salon am Rosenholzsekretär saß und die Eintragungen im Terminkalender abhakte: Blumen bestellen. An Wohltätigkeitsball teilnehmen. Mich um Caroline sorgen.

Schon wieder schwappten Schuldgefühle in ihr hoch.

»Es gibt keinen Grund zur Sorge, Mutter.«

»Bei einer Dinnerparty bei den Fullbrights mußte ich erfahren, daß ein Messerstecher auf meine Tochter losgegangen ist!«

»Mir ist ja nichts geschehen!« rief Caroline hastig.

»Das weiß ich«, versetzte ihre Mutter, irritiert über die Unterbrechung. »Carter hat mir alles erzählt, was ich eigentlich von dir hätte erfahren müssen. Ich habe dir ja von Anfang an gesagt, daß du dort unten nichts zu suchen hast. Aber du wolltest wieder mal nicht auf deine Mutter hören. Glaubst du, ich bin entzückt, wenn mir bei der Vorspeise erzählt wird, daß du in einen Mordfall verwickelt bist?«

»Es tut mir leid.« Caroline schloß die Augen. Mit Entschuldigen kaufte sie sich immer von den Vorhaltungen ihrer Mutter frei. »Es ist ja alles so schnell passiert. Aber jetzt ist alles vorbei.«

Caroline erblickte Tucker auf der Treppe oben und wandte sich hastig ab.

»Das stimmt doch überhaupt nicht. Niemand hätte sich für so eine Provinzposse interessiert, aber sobald dein Name ins Spiel kam, war es eine heiße Nachricht.«

»Herrgott noch ...«

»Wie bitte?«

»Nichts.« Ganz ruhig, redete sie sich zu. Nur die Nerven nicht verlieren ... »Es tut mir leid, daß du es nicht von mir persönlich erfahren hast. Und mir ist auch klar, daß der Presserummel dir nicht behagt. Aber dagegen kann ich auch nichts machen, Mutter. Ich bin doch selber ganz ohne meine Schuld in die Sache hineingezogen worden. Es tut mir leid, wenn dich das alles beunruhigt.«

»Und wie es mich beunruhigt! Als ob es nicht gereicht hätte, daß wir den Skandal mit deinem Krankenhausaufenthalt und der Absage deiner Termine im Sommer herunterspielen mußten. Und dann auch noch dein Bruch mit Luis in aller Öffentlichkeit.«

»Richtig«, bemerkte Caroline trocken. »Das muß sehr schwer für euch gewesen sein. Es war wohl sehr rücksichtslos von mir, einfach so zusammenzubrechen.«

»Sprich nicht in diesem Ton mit deiner Mutter. Du hättest dich nur nicht in deine Problemchen mit Luis hineinzusteigern brauchen. Und dann vergräbst du dich einfach in der Provinz!«

»Ich vergrabe mich doch nicht.«

»Und vergeudest dein Talent.« Georgia überging den Widerspruch schlichtweg. »Demütigst dich und deine Familie. Glaubst du denn, ich hätte eine einzige Nacht seit deiner überstürzten Abreise durchschlafen können, wenn ich genau weiß, daß du allein und ohne Schutz bist?«

Caroline rieb sich ihre bereits wieder schmerzende Schläfe. »Ich bin seit Jahren allein.«

Auch das oder den wehmütigen Ton überhörte Georgia. »Na ja, du hättest vergewaltigt oder ermordet werden können.«

»Oh ja, das hätte natürlich ein schlimmes Echo in den Medien gegeben.«

Georgia schnappte nach Luft. »Das habe ich nicht verdient, Caroline.«

Wieder massierte Caroline sich die Schläfe. »Es tut mir leid, Mutter. Vielleicht habe ich die ganzen Ereignisse noch nicht verarbeitet.«

Willst du nicht wissen, was geschehen ist, Mutter? Willst du mich nicht fragen, wie ich mich fühle oder ob ich etwas brauche?

»Das verstehe ich. Aber ich erwarte auch von dir Verständnis für meine Gefühle. Ich verlange, daß du auf der Stelle deine Koffer packst und nach Hause fährst.«

»Ich bin zu Hause.«

»Rede keinen Unsinn. Du gehörst dort ebensowenig hin wie ich. Ich habe dich zu etwas Besserem erzogen, Caroline. Dein Vater und ich haben dir den Weg geebnet. Ich werde nicht dulden, daß du das alles nur wegen einer Lappalie wegwirfst.«

»Lappalie? So kann man es natürlich auch ausdrücken. Ich kann mich nur wiederholen, Mutter. Aber es tut mir leid, daß ich weder tun noch sein kann, was du willst.«

»Mir ist schleierhaft, woher dieser plötzliche Starrsinn kommt. Aber er ist sehr häßlich. Luis sieht es ganz genauso, aber er ist etwas toleranter als ich. Er macht sich schreckliche Sorgen ...«

»Moment! Hast du ihn etwa angerufen, obwohl ich dich ausdrücklich gebeten habe, ihn aus dem Spiel zu lassen?«

»Die Wünsche eines Kindes stimmen nicht immer mit dem überein, was gut für es wäre. Wie dem auch sei, ich wollte mit ihm über das Konzert im Weißen Haus sprechen.«

Caroline rieb sich den Bauch. Sie spürte, wie sich wieder ein Knoten zusammenzog. »Seit dem Tag, an dem ihr mich auf die Bühne gedrängt habt, bin ich kein Kind mehr! Und ich brauche seine Meinung nicht.«

»Mit deinem Undank hatte ich gerechnet«, erwiderte Georgia in schneidendem Ton. »Ich kann nur hoffen, daß du Luis gegenüber bessere Manieren an den Tag legst, wenn er dich anruft. Wir beide sind uns dessen bewußt, daß er ein Glücksfall für dich war. Er hat dein künstlerisches Potential als erster erkannt.«

»Er hat wohl eher meine Blauäugigkeit erkannt. Du hast wohl keine Probleme damit, daß er mit der ersten Flötistin gevögelt hat?«

»Deine neue Umgebung hat in erschreckender Weise auf deine Sprache abgefärbt.«

»Ich kenne noch ganz andere Wörter.«

»Diesen Unsinn lasse ich mir nicht länger bieten. Du kommst sofort nach Hause. Für das Konzert im Weißen Haus haben wir nur noch wenige Wochen Vorbereitungszeit. An dein Kleid hast du sicher auch nicht gedacht. Wenn ich nicht einen Termin mit dem Modeschöpfer vereinbart hätte ... Hoffentlich schaden dir diese Schlagzeilen nicht allzusehr.«

So fühlt sich also ein Messer in der Brust an, dachte Caroline. »Du brauchst dir meinetwegen keine Arbeit aufzuhalsen, Mutter. Ich habe mit Frances gesprochen. Am Tag des Konzerts reise ich an, und am Morgen danach fliege ich zurück. Was das Kleid betrifft, so sind die, die ich im Schrank hängen habe, mehr als ausreichend.«

»Bist du noch zu retten? Das ist ein wichtiger Einschnitt in deine Karriere. Ich habe bereits die Termine mit den Journalisten und Fotografen vereinbart.«

»Dann mußt du sie eben absagen. Und laß dir eins versichert sein, Mutter. Ich bin am Leben und guter Dinge. Der Mann, der mich überfallen hat, ist tot. Ich muß es am besten wissen, denn ich habe ihn persönlich erschossen.«

»Caroline ...«

»Richte Daddy bitte meine Grüße aus. Gute Nacht.« Sie legte den Hörer behutsam auf die Gabel und wartete eine volle Minute, bis sie sich sicher war, daß sie den Mund aufmachen konnte, ohne loszuschreien. »Das Eis ist leider geschmolzen, Tucker.«

Sie trug die Schalen in die Küche und stellte sie in die Spüle.

22

Heute schienen die Probleme Tucker nur so nachzulaufen. Sein ganzes Leben hatte er es fertiggebracht, sich an der Oberfläche friedlich treiben zu lassen, doch mit einem Schlag steckte er bis zum Hals in einem wilden Strudel. Im Moment war es Caroline, in der es brodelte, und Tucker wußte noch nicht so recht, wie er sie beruhigen, ihr beim Abbauen ihrer Schuldgefühle helfen sollte. Wie gerne hätte er jetzt eine geraucht, aber seine Zigaretten waren oben und wahrscheinlich ohnehin vom Regen total durchnäßt.

Er nahm seinen Mut zusammen und ging zu Caroline in die Küche, wo im flackernden Licht der Kerzen die Spannung überzukochen drohte. Caroline stand vor dem Fenster und sah in die Dunkelheit hinaus.

Tucker legte ihr eine Hand auf die Schulter. Zu seiner Enttäuschung erstarrte sie. Er wagte dennoch einen Anlauf. »Weißt du, früher habe ich immer versucht, die Situation mit einem Witz zu entkrampfen, wenn eine meiner Freundinnen vor sich hinbrütete. Und wenn das nicht geklappt hat, habe ich schleunigst Reißaus genommen. Aber bei dir ist das ganz anders.«

»Im Moment hätte ich gegen einen Witz nichts einzuwenden.«

Er küßte ihr leicht die Haare. Ausgerechnet jetzt wollte ihm nichts Witziges einfallen. »Sprich mit mir, Caroline«, bat er sie.

»Es gibt nichts zu sagen.«

Tucker sah auf. Im Fensterglas spiegelten sich die Silhouetten ihrer Gesichter. Wie zerbrechlich sie doch waren! Er fragte sich, ob auch sie sich ihrer beider Vergänglichkeit bewußt war.

»Als du vorhin die Treppe runtergegangen bist, habe ich dich trotzdem noch neben mir gespürt. Du warst so weich, so warm. Aber auf einmal bist du so zugeknöpft. Damit komme ich nicht zurecht, Caroline.«

»Es hat nichts mit dir zu tun.«

Tucker zerrte sie unvermittelt vom Fenster fort. »Willst du mich denn nur zum Sex gebrauchen und alles andere ausklammern?« rief er in kaum verhüllter Enttäuschung. »Wenn das, was sich vorhin zwischen uns abgespielt hat, nur eine Freiübung auf durchschwitzten Laken für dich war, dann sag's mir bitte, und ich stelle mich darauf ein. Aber für mich war es mehr! Verflucht, so etwas wie mit dir habe ich noch nie erlebt!«

»Setz mich nicht unter Druck!« rief Caroline mit tränenerstickter Stimme. »Mein ganzes Leben lang habe ich mich von anderen unter Druck setzen lassen. Aber damit ist es vorbei!«

»Aber zwischen dir und mir ist es nicht vorbei. Wenn du glaubst, du kannst zumachen und mich einfach wegschicken, dann hast du dich gewaltig getäuscht. Ich lasse nicht locker. Und daran werden wir beide uns gewöhnen müssen.« Als müsse er es ihr beweisen, schlang er beide Arme um sie.

»Ich muß mich an überhaupt nichts gewöhnen. Ich kann tun und lassen, was ich ...« Caroline verstummte plötzlich und drückte beide Augen fest zu. Dann holte sie tief Luft und löste sich aus der Umklammerung. »Ach, was streite ich mit dir. Du kannst ja nichts dafür, Tucker. Ich allein bin schuld. Und wenn ich dich anschreie, wird es um keinen Deut besser.«

»Von mir aus kannst du mich gern anschreien. Das stört mich nicht. Na ja, nicht allzusehr. Hauptsache, es hilft dir.«

Sie massierte sich schon wieder die Schläfen. »Im Moment helfen mir wohl nur Dr. Palamos Wunderpillen«, meinte sie mit einem resignierten Lächeln.

»Versuchen wir lieber etwas anderes.« Er nahm sie bei der Hand und setzte sie auf einen Stuhl. »Bleib da sitzen. Ich hole den Wein, den ich dir neulich mitgebracht habe, und dann erzählst du mir, was dich so auf die Palme gebracht hat.«

Caroline schloß die Augen. »Auf die Palme gebracht hat ... Meine Mutter hätte einen solchen Ausdruck nie geduldet. Bei ihr heißt es ›irritiert‹, aber ›auf die Palme bringen‹ gefällt mir viel besser. In den letzten Monaten haben mich tausend Dinge auf die Palme gebracht. Das war übrigens meine Mutter vorhin am Telefon.«

»Das habe ich mir schon gedacht.« Er entkorkte die Flasche und schenkte zwei Gläser voll. »Aber weswegen war sie ... irritiert? Wegen der Sache von gestern?«

»Stimmt, ja. Vor allem, weil sie gestern bei einer Party das Hauptgesprächsthema war. Die Yankees klatschen ja auch gerne, auch wenn meine Mutter es lieber ›Kontaktpflege‹ nennt. Aber was sie am meisten bestürzt hat, war, daß die Presse davon Wind bekommen hat, wo ich doch bald einen wichtigen Auftritt habe. Sie hat Angst, der Präsident und seine Staatsgäste wollen Mozarts fünftes Violinkonzert lieber nicht von einer Frau gespielt hören, die kurz zuvor einen Verrückten erschossen hat.« Sie ließ sich das Glas reichen und prostete Tucker zu. »Georgia Waverlys Tochter steht doch nicht für unappetitliche Schlagzeilen! Was sollen die Damen in ihrem Club da nur denken?«

»Kann es nicht sein, daß sie sich um dich sorgt?«

»Kann sein. Sie will bestimmt nicht, daß mir etwas zustößt. Und ich glaube auch, daß sie mich liebt – auf ihre Weise. Nur zeigt sie es eben nie. Sie wollte immer das Beste für mich oder vielmehr das, was sie für das Beste hielt. Und ich habe mich mein ganzes Leben damit herumgequält, sie nicht zu enttäuschen. Und heute mußte ich hart sein und ihr sagen, daß ich das nicht mehr schaffe.«

»Die Leute passen sich neuen Umständen normalerweise schnell an«, meinte Tucker und setzte sich neben sie. »Bei deiner Mutter dauert es vielleicht ein bißchen länger, bis sie die neuen Regeln akzeptiert.«

»Vielleicht akzeptiert sie sie nie. Aber auch mit so etwas muß ich leben können.« Caroline ließ den Wein zwischen beiden Händen im Glas hin und her schwappen, während ihr Blick über das Zimmer schweifte. Mit einem Klicken schaltete der alte Kühlschrank sich ein und fing laut zu brummen an. Das Haus mit seinem durchgetretenen Holzboden, den ausgewaschenen Vorhängen und dem freundlichen Licht der alten Lampen kam ihr auf einmal so anheimelnd, so tröstlich vor.

»Ich liebe dieses Haus«, murmelte sie. »Trotz allem, was ich hier erlebt habe, fühle ich mich hier daheim. Und ich brauche …«

»Was?«

»Ich brauche das Gefühl, irgendwo dazuzugehören. Ich brauche schlicht und einfach Beständigkeit.«

»Aber für so etwas muß man sich doch nicht rechtfertigen.«

Also hatte er ihr Telefongespräch mitbekommen. Caroline verzog ihre Lippen zu einem angespannten Lächeln. Sie hatte gedacht, sie hätte ihn sich abgewöhnt, aber er war nach wie vor da, dieser Tonfall der Selbstrechtfertigung, wenn sie einmal etwas für sich in Anspruch nahm.

»Da hast du recht«, erwiderte sie nach einigem Zögern. »Ich arbeite noch daran. Verstehst du, meine Mutter wird nie nachvollziehen können, was ich bei dir empfinde. Und von meinen Bedürfnissen hat sie auch keine Ahnung.«

»Dann gibt es also nur zwei Möglichkeiten: Entweder du tust ihr oder du tust dir einen Gefallen.«

»Das habe ich inzwischen auch begriffen. Das Schlimme ist nur, wenn ich wirklich an mich denke, verschwinden selbst die letzten Gemeinsamkeiten. Sie ist hier aufgewachsen, aber sie schämt sich ihrer Herkunft und der zwei Menschen, denen sie ihr Leben und alles andere verdankt.«

»Aber das ist ihr Problem und nicht deins.«

»So einfach ist das nicht. Gerade weil sie sich schämt und den Süden in sich ausmerzen will, bin ich hier gelandet. Es verbindet uns, auch wenn wir es nicht wahrhaben wollen.«

»Von mir aus. Trotzdem kannst du deine Zukunft selbst bestimmen.«

»Die Zukunft wurzelt aber immer noch in dem, was davor kam. Mutter hat mir meine Großeltern vorenthalten. Dabei haben sie so viele Entbehrungen auf sich genommen, nur damit sie in Philadelphia aufs College gehen konnte. Das habe ich aber nicht von ihr gehört, sondern von Happy Fuller. Meine Großmutter hat sogenannte niedere Arbeiten verrichtet, sie hat für andere genäht und gewaschen, um das nötige Geld aufzutreiben. Zum Glück hat sich das bald erübrigt. Gleich im ersten Semester hat Mutter meinen Vater kennengelernt. Es war Liebe auf den ersten Blick, hat Daddy mir einmal erzählt. Hast du so etwas schon einmal erlebt?«

»Mein Vater hat sich in meine Mutter verliebt, da war sie erst zwölf Jahre alt. Er mußte sechs Jahre warten.«

»Meiner war schneller. Meine Eltern haben noch im ersten Jahr am College geheiratet. Die Waverlys sind eine vornehme, alteingesessene Familie in Philadelphia. Die Laufbahn meines Vaters als Anwalt war längst beschlossene Sache. Es muß schwierig für meine Mutter gewesen sein, sich in dieser Gesellschaft einen Platz zu erkämpfen, aber soweit ich zurückdenken kann, war sie noch viel versnobter als die Waverlys. Ein Haus im besten Viertel, Kleider von den teuersten Modeschöpfern und Ferien an den exklusivsten Badestränden.«

»Die meisten treiben es auf die Spitze, wenn sie meinen, einen Mangel wettmachen zu müssen.«

»Oh ja, sie hatte viel wettzumachen. Und binnen kürzester Zeit bekam sie ein Kind, das ihr dabei helfen sollte. Ich hatte natürlich ein Kindermädchen für die schmutzigeren Aspekte der Erziehung, aber um die Etikette, das Dekorum und die richtige Einstellung, darum kümmerte sich Mutter. Sie ließ mich immer in ihren nach Chanel und Treibhausrosen duftenden Salon bringen und erklärte mir dann mit Engelsgeduld, was von einer Waverly erwartet wurde.«

»Und was wurde von einer Waverly erwartet?«

»Absolute Perfektion.«

»Das stelle ich mir hart vor. Weil ich ein Longstreet war, wollte mein Daddy einen ›richtigen Mann‹ aus mir machen. Natürlich sind unsere Vorstellungen irgendwann auseinandergedriftet. Und in den Salon hat er mich auch nicht rufen lassen. Er hat mich lieber in der Scheune verprügelt.«

»Oh, meine Mutter hat nie die Hand gegen mich erhoben. Das war auch gar nicht nötig. Sie kam sehr früh auf die Idee, mir Geigenstunden geben zu lassen. Das hielt sie für schick. Im Grunde sollte ich ihr ja dankbar sein …« Caroline seufzte. »Aber dann genügte es plötzlich nicht mehr, wenn ich einfach gut spielte. Ich hatte die Beste zu sein. Ich sei ein Wunderkind, hieß es. Spätestens mit zehn Jahren zuckte ich bei dem Wort regelrecht zusammen. Meine Mutter hat für mich die Stücke, die Lehrer, die Kleider für die Vorträge und selbst meine Freunde ausgesucht. Später gab ich Konzerte. Noch nicht viele, weil ich ja noch ein Kind war, aber mit jedem Jahr wurden es mehr. Als ich sechzehn war, stand meine Laufbahn fest. Und zwölf Jahre lang bin ich nicht davon abgewichen.«

»Hattest du denn Lust auf etwas anderes?«

Caroline lächelte. Tucker war der erste Mensch in ihrem Leben, der sie danach fragte. »Sobald ich anfing, mir über etwas anderes Gedanken zu machen, war sie schon wieder da. Sei es persönlich, sei es am Telefon, sei es in einem Brief. Als hätte sie gespürt, daß die Saat einer Rebellion im Begriff war, Wurzeln zu schlagen. Und sie hat sie im Keim erstickt.«

»Und das hast du zugelassen?«

»Ich wollte, daß sie mich liebt.« Ihre Augen füllten sich mit Tränen, doch sie zwinkerte sie rasch fort. »Ich hatte Angst, ich würde mir ihre Liebe verscherzen, wenn ich mal nicht perfekt war. Sag, klingt das nicht lächerlich?«

»Überhaupt nicht.« Er wischte ihr die Tränen aus dem Gesicht, die ihr trotz aller Gegenwehr über die Wangen flossen. »Es klingt nur sehr traurig – und zwar für deine Mutter.«

Carolines Nasenflügel bebten. Sie holte tief Luft. »Vor etwa drei Jahren habe ich Luis in London kennengelernt. Einen brillanteren Dirigenten hatte ich noch nie erlebt. Er war noch sehr jung, zweiunddreißig, aber er hatte in Europa gewaltig Furore gemacht. Er beherrschte sein Orchester wie ein Matador die Stierkampfarena. Autoritär, überheblich und mit einer wahnsinnigen erotischen Ausstrahlung. Dazu sah er blendend aus.«

»Ich kann ihn mir lebhaft vorstellen.«

Mit einem etwas verlegenen Lachen fuhr sie fort: »Ich war damals fünfundzwanzig und hatte noch nie mit einem Mann geschlafen.«

Tucker setzte sein Weinglas verblüfft ab. »Du hattest …«

»Ganz richtig. Meine Mutter hielt mich immer an der kurzen Leine, und ich hatte als Jugendliche weder den Mut noch die Kraft, dagegen aufzumucken. Wenn ich dann einmal einen Begleiter zu irgendeinem gesellschaftlichen Anlaß brauchte, suchte sie einen für mich aus, den sie für passend hielt. Sie und ich hatten nicht unbedingt denselben Geschmack. Ich habe mich nie für einen von diesen Schönlingen interessiert.«

Tucker gab ihr einen flüchtigen Kuß. »Deshalb magst

du ausgerechnet mich. Bei mir würde deine Mutter graue Haare kriegen.«

»Daran habe ich noch gar nicht gedacht. Ich zähle schon gar nicht mehr, was ich alles bei dir zum ersten Mal erlebe.« Sie prostete ihm lächelnd zu. »Als ich dann später auf Tourneen ging, hatte ich für so etwas wie Abenteuer keine Zeit. Man kann wohl auch sagen, daß ich verklemmt war.«

Tucker dachte an die Frau, mit der er vorhin das Bett zerwühlt hatte. »M-hmmm.«

Sie hätte sich nie träumen lassen, wie tröstlich Sarkasmus sein konnte. »Meine Sexualität habe ich in meiner Musik ausgelebt. Und ich sah mich auch nicht als eine von den Frauen, die sich in den ersten besten attraktiven Mann verlieben, sobald er mit dem kleinen Finger winkt.« Sie schenkte sich das Glas wieder voll. »Nach eineinhalb Tagen Proben mit Luis wurde ich eines Besseren belehrt.« Sie nahm einen Schluck. Mit einem Achselzucken fuhr sie fort: »Er hat mich richtiggehend überrannt. Blumen, schmachtende Blicke, Schwüre von ewiger Liebe. Er könne ohne mich nicht mehr leben. Vor mir habe sein Leben nie einen Sinn gehabt. Muß ich noch extra sagen, daß meine Mutter ihn anbetete? Er stammt aus altem spanischem Adel.«

»Wie passend«, bemerkte Tucker trocken.

»Oh ja, unbedingt. Als ich dann weiter nach Paris mußte, rief er mich jeden Tag an und schickte mir lauter hübsche, kleine Geschenke und die tollsten Blumensträuße. Einmal flog er übers Wochenende zu mir nach Berlin. So ging es ein gutes Jahr zwischen uns. Ich hatte zwar Gerüchte gehört, daß er was mit einer Schauspielerin oder einer Adeligen hatte, aber die tat ich als böswilligen Klatsch ab. Na ja, vielleicht hatte ich sogar einen Verdacht, aber was meinst du, was ich zu hören bekam, als ich mal eine Bemerkung in der Richtung fallenließ? Aufgeregt hat er sich! Das sei vollkommen unbegründete Eifersucht, ich solle nicht solche Besitzansprüche stellen und hätte zuwenig Selbstwertgefühl. Ich hatte zu dem Zeitpunkt gerade einen Vertrag für eine anstrengende Tournee unterschrieben.«

Caroline verfiel in ein nachdenkliches Schweigen. Alles tauchte wieder vor ihr auf: die Flughäfen, die Hotels, die Proben und Auftritte. Die Grippe, die sie in Sydney bekommen und die sie in Tokio noch immer nicht auskuriert hatte. Die quälenden Diskussionen mit Luis. Seine Versprechen, die Enttäuschungen. Und das Zeitungsfoto, auf dem er eine umwerfend aussehende Schauspielerin umarmte.

»Ich will dir die Details ersparen, aber die Tournee war gnadenlos. Und von Luis war ich sehr ernüchtert. Kurz, ich war am Boden zerstört. Es kam zu einer Aussprache mit Luis – eine häßliche Szene voller Tränen und Vorwürfe. Rate mal, wer weinte und wer schrie. Zu der Zeit konnte ich noch nicht kämpfen.«

Tucker streichelte ihr die Hand. »Dann hast du's schnell gelernt.«

»Ich bin sehr gelehrig – wenn ich mich zu etwas durchgerungen habe. Leider hat das achtundzwanzig Jahre gedauert. Nach dem Bruch mit Luis wollte ich eigentlich etwas kürzertreten, aber ich ließ mich gleich wieder zu Gastauftritten und einem Fernsehkonzert breitschlagen. Mit meiner Gesundheit ging es bergab, und ich …«

»Moment mal, was meinst du damit?«

Caroline rutschte verlegen auf dem Stuhl hin und her. »Kopfschmerzen. Die war ich zwar gewöhnt, aber sie wurden nun chronisch und immer heftiger. Ich hatte keinen Appetit mehr und nahm ab. Schlafen konnte ich auch kaum noch und fühlte mich jeden Tag wie gerädert.«

»Warum hast du nichts dagegen getan?«

»Ich dachte, ich würde mich nur gehenlassen. Und schließlich fühlte ich mich auch verantwortlich. Die Leute hatten doch ein Recht auf exzellente Musik ...« Sie lachte bitter auf. »›Das ist nur eine Ausrede‹, hätte der kluge Dr. Palamo jetzt gesagt. In Wahrheit lief ich vor mir selbst davon. Und dazu benutzte ich meine Arbeit. Ich war nicht nur sexuell verklemmt. Ich war dazu erzogen worden, mich ›schicklich‹ zu benehmen. Dazu gehörte eben auch ein entsprechendes Image. Meine Mutter hatte mir gepredigt, wenn eine Lady sich unwohl fühlt, hat sie noch lange nicht das Recht, sich gehenzulassen. Darum fiel es mir leichter, die Symptome zu ignorieren, statt sie zu behandeln.«

Caroline hielt es im Sitzen nicht länger aus und fing an, in der Küche auf und ab zu schreiten.

»Ja, und dann – ich probte gerade für einen Fernsehauftritt – kam Mutter zusammen mit Luis bei mir in die Umkleidekabine spaziert. Sie hielt mir vor, ich sei zu egoistisch gewesen, ich hätte mich benommen wie ein kleines Kind, wie eine Primadonna, und hätte einen wie Luis gar nicht verdient. Trotzdem wollte Luis mir noch einmal vergeben. Natürlich habe ich mich entschuldigt.«

»Wofür denn?«

»Was auch immer sie hören wollte. Schließlich wollte sie nur mein Bestes und hatte alles getan, damit ich es auch bekam. Hatte sie sich nicht für meine Karriere geopfert?« Caroline stieß einen tiefen Atemzug aus, als könne sie damit all ihre Verbitterung loswerden. »Sie kann ja nichts dafür, Tucker. Es hat lange gedauert, bis ich das begriffen habe. Und irgendwann werde ich ihr auch verzeihen können. Luis kam an diesem Abend zu mir in die Hotelsuite. Er war furchtbar lieb und voller Reue. Die anderen Frauen seien doch nur ein Ersatz für mich gewesen. Im Grunde seines Herzens habe er sich immer nach mir gesehnt.«

Sie kam zum Tisch zurück und packte ihr Glas. »Kannst du dir vorstellen, daß eine Frau mit auch nur einer halbwegs funktionierenden Hirnzelle auf so ein Gesäusel hereinfällt, Tucker?«

»Doch, ja«, meinte Tucker lächelnd.

Sie starrte ihn verblüfft an. Dann brach sie in Lachen aus. »Dumme Frage. Natürlich bin ich darauf reingefallen. Er war ja immer noch der einzige Mann in meinem Leben gewesen. Mit etwas mehr Erfahrung und Selbstvertrauen hätte ich ihn wahrscheinlich rausgeworfen. Aber so war ich bereit, noch einmal von vorne anzufangen. Wir haben sogar die Hochzeit ins Auge gefaßt. Natürlich nur sehr vage. Wenn die Zeit dafür reif sei, hat er gesagt. Vorher hat er mir natürlich wieder eine Tournee aufgeschwatzt.«

Sie sah etwas überrascht auf ihr Glas hinunter. »Ich werde langsam betrunken.«

»Macht nichts, ich fahre ja. Wie ging es weiter?«

»Luis war der Dirigent und ich die Starsolistin. Mir war klar, daß es eine Tortur sein würde, aber wir waren zusammen. Dr. Palamo warnte mich zwar vor noch schlimmeren Kopfschmerzen, Magengeschwüren und und und, aber ich wollte nicht auf ihn hören.«

»Er hätte dich an ein Krankenhausbett fesseln sollen.«

»Du hättest ihm gefallen.« Caroline nippte an ihrem Glas. »Wie dem auch sei, vor dem Abflug gab meine Mutter noch eine große Party und machte vor den Gästen Andeutungen, wir würden bald heiraten. Luis ging mit schepperndem Gelächter und ständigem Augenzwinkern voll darauf ein. In der Woche darauf landeten wir in Europa einen triumphalen Erfolg. Allerdings wurde meine Schlaflosigkeit immer schlimmer, und Luis brauchte eine eigene Suite. Neben mir könne er unmöglich schlafen, erklärte er mir.«

»So ein Schleimscheißer!«

»Das vielleicht nicht, aber er war glatt, aalglatt. Den Rest will ich dir ersparen. Als Musikerin hat er mich gefordert. Ohne ihn wäre ich nie so weit gekommen. Nur hat er mich im Bett genauso behandelt wie bei den Proben. Ich kam mir vor wie ein Instrument, das man poliert und neu besaitet. Die ganze Zeit fühlte ich mich schlapp, krank und schrecklich unsicher. Er wurde stocksauer, wenn ich abgespannt zur Probe kam. Und ich wurde auch sauer, weil mir die mitleidigen Blicke der anderen Musiker nicht entgingen. Schließlich fing ich mir irgendwo eine Infektion ein. Wochenlang lebte ich ausschließlich von Antibiotika, Fruchtsäften und der Musik. Wir hatten längst aufgehört, miteinander zu schlafen, und er hielt mir vor, ich würde nicht mein Bestes geben, was ja auch stimmte. Dann wiederum versprach er mir, nach der Tournee würden wir als erstes auf Urlaub gehen und so richtig ausspannen. Und ich nahm ihn beim Wort. Aber ich hielt nicht mehr bis zum Ende durch. In Toronto kippte ich in meinem Umkleideraum einfach um.«

»Um Gottes Willen, Caroline!«

»Es klingt schlimmer, als es tatsächlich war. Ich war nur erschöpft. Ich rappelte mich gleich wieder auf und nahm mir vor, mit ihm darüber zu sprechen. Ich glaubte, er würde mich schon verstehen, wenn ich es ihm erklärte. Also ging ich zu ihm rüber ... Er lag auch auf dem Boden. Unter ihm allerdings die Flötistin. Sie waren so mit sich beschäftigt, daß sie mich nicht einmal bemerkten. Ich fühlte mich der Auseinandersetzung nicht gewachsen und ging sofort weg. Das Konzert danach war eine Sternstunde. Drei Zugaben, und ich mußte sechsmal vor den Vorhang. Die Leute tobten noch immer, aber ich klappte nun endgültig zusammen. Was danach kam, weiß ich nicht mehr, nur noch, daß ich in einem Krankenhausbett aufgewacht bin.«

»Er hätte ins Krankenhaus gehört!«

»Ach, er war nicht schuld. Er war nur eins von den Symptomen. Die eigentliche Ursache war ich. Ich und mein elendes Bedürfnis, es allen recht zu machen. Die Diagnose lautete auf physische und psychische Erschöpfung.« Sie ging hastig zum Tisch zurück und kippte den Rest der Flasche in ihr Glas. »Ich empfand das als demütigend. Irgendwie wäre es mir leichter gefallen, wenn sie einen Tumor oder etwas ganz Exotisches gefunden hätten. Dr. Palamo ist dann persönlich zu meiner Behandlung nach Toronto gekommen. Ach, war das angenehm! Kein besserwisserisches ›Habe ich es Ihnen nicht gesagt?‹ oder so. Er hörte mir geduldig zu, und einmal hat er Luis sogar aus dem Zimmer geworfen.«

Tucker hob das Glas. »Auf Dr. Palamo!«

»Er hat mir ungemein geholfen. Wenn ich weinen mußte, ließ er mich einfach weinen. Und wenn mir nach Reden war, hörte er mir zu. Er ist kein Psychiater, aber er war ein Glücksfall für mich. Und als ich einigermaßen wiederhergestellt war, ließ er mich in ein Krankenhaus in Philadelphia überführen. Meine Mutter erzählte überall herum, ich würde mich in einer Villa an der Riviera vom Streß erholen.«

»Caroline, ich muß dir gestehen, deine Mutter wird mir immer unsympathischer.«

»Das macht nichts. Dich würde sie genausowenig mögen. Trotzdem besuchte sie mich jeden zweiten Tag. Mein Vater kam jeden Abend, egal wie dringend seine anderen Termine waren. Die Tournee ging ohne mich weiter. Luis schickte mir aus jeder Stadt Blumen und romantische Briefe. Er hatte keine Ahnung, daß ich ihn mit der Flötistin gesehen hatte. Nach drei Monaten war ich soweit hergestellt, daß ich nach Hause gehen konnte. Ich war noch etwas wackelig auf den Beinen, aber ich fühlte mich stärker als je zuvor. Und ich hatte begriffen, daß ich mich immer wie ein Opfer hatte behandeln lassen. Dabei gehörten meine Talente und Gefühle mir ganz allein. Ich kann dir gar nicht sagen, was für eine gewaltige Erkenntnis das für mich bedeutete. Als dann die Anwälte wegen des Erbes meiner Großeltern an mich herantraten, stand alles weitere für mich fest. Vorher kam es noch zu einer gräßlichen Szene bei meiner Mutter. Ich schrie sie an, ich tobte und natürlich entschuldigte ich mich gleich wieder.

Alte Gewohnheiten wird man eben nicht so schnell los. Aber ich bin hierhergefahren! Das heißt, nicht sofort. In Baltimore habe ich noch einen Zwischenstop eingelegt, weil Luis dort gerade gastierte. Vorher rief ich an, und er war der Charme in Person. Als ich in seiner Suite ankam, hatte er schon ein intimes Dinner herrichten lassen. Dieser Heuchler! Ich machte ihm eine gräßliche Szene. Ich warf sogar mein Champagnerglas an die Wand und stürmte davon. Er wollte mich wieder ins Zimmer zerren. Ein Mann von der Suite gegenüber hörte uns schreien. Er kam mir zu Hilfe und schickte Luis mit einem gewaltigen Kinnhaken zu Boden. Ich kannte den Mann gar nicht, aber ich gab ihm einen Kuß. Mitten auf den Mund. Und dann spazierte ich davon. Es war einfach herrlich! Ich fühlte mich so richtig frei!«

Caroline ließ sich mit einem erleichterten Seufzer auf ihren Stuhl fallen. Ihre Kopfschmerzen waren auf einmal wie verflogen. Und den Knoten im Magen spürte sie auch nicht mehr. »Trotzdem erleide ich manchmal immer noch einen Rückfall. Wie vorhin beim Anruf meiner Mutter zum Beispiel. Man wirft seinen ganzen Ballast eben nicht auf einmal ab. Aber so wie früher werde ich nie wieder sein.«

»Schön.« Tucker ergriff ihre Hand und küßte die Knöchel. »Ich mag dich so, wie du jetzt bist.«

»Ich mich auch – größtenteils wenigstens. Der Bruch mit meiner Mutter kann vielleicht nie gekittet werden, aber dafür habe ich hier etwas anderes gefunden.«

»Ruhe und Frieden?« fragte er lächelnd.

»Richtig. Die Menschen haben keine Ahnung, wie sehr ein paar Morde einen beruhigen können. Aber noch etwas anderes habe ich hier gefunden: Wurzeln. Das mag blöd klingen, weil ich als Kind kaum hier sein durfte. Aber flache Wurzeln sind immer noch besser als gar keine.«

»Im Delta gibt es keine flachen Wurzeln, Caroline.

Selbst, wenn die Leute weggehen, ihre Wurzeln können sie nicht ausreißen.«

»Meine Mutter schon.«

»Auch sie nicht. In dir wachsen sie weiter ... Nein, schau mich an.« Er hob ihr sanft das Kinn an, denn sie wollte seinem Blick ausweichen. »Caroline, du hast Entsetzliches durchgemacht. Ein Teil deiner selbst will sich dessen immer noch schämen, und du sperrst dich dagegen, daß ich oder sonst jemand Mitleid mit dir hat. Aber ich habe meine Gefühle noch nie unterdrückt und darum mußt du sie nehmen, wie sie kommen. Mich bedrückt, was du mir erzählt hast, aber egal, wie sehr deine Leute dich verletzt haben, wenn all diese Umstände dich hierher gebracht haben, dann kann ich es nicht übermäßig bedauern.«

Sie lächelte. »Ich auch nicht.«

Sie sah so zerbrechlich aus. Die zierliche Gestalt, die weiße Haut. Zerbrechlich aber nur, solange man ihr nicht in die Augen sah. Darin lagen eine Tiefe, eine Kraft, aus der zu schöpfen Caroline noch gar nicht richtig gelernt hatte. Und er wollte dabei sein, wenn sie ihr Potential, wenn sie sich selbst entfaltete.

»Ich möchte dir einige bestimmte Dinge sagen, mir ist nur noch nicht klar, wie.«

»Bitte erst, wenn ich einigermaßen zur Ruhe gekommen bin. Bis dahin möchte ich alles lieber so lassen, wie es im Moment ist, einverstanden?«

Tucker war zeitlebens geduldig gewesen, doch jetzt, da er zum ersten Mal keinen sicheren Boden mehr unter den Füßen spürte, kam es ihm hart an. Er beugte sich vor, bis seine Lippen die ihren berührten. »Einverstanden. Aber ich würde gerne heute nacht bei dir bleiben.«

Sie lächelte. »Ich dachte schon, du würdest mich das gar nicht mehr fragen.« Sie stand auf und nahm ihn bei der Hand. »Hast du mir heute nicht angeboten, wir könnten es noch einmal versuchen, wenn es mir nicht gefällt?«

»Hat es dir denn nicht gefallen?«

»Na ja ... ich bin mir nicht ganz sicher. Wenn du es mir noch mal zeigst, kann ich es dir vielleicht genauer sagen.«

»Klingt plausibel«, meinte er grinsend und schlug ihren Morgenmantel auf. »Wollen wir es gleich hier am Küchentisch versuchen? Und uns bis zum ... Mist!«

Das Telefon schrillte. Caroline ließ resigniert den Kopf an seine Schulter sinken. »Normalerweise würde ich nicht rangehen, aber sie gibt ja doch nicht auf.«

»Laß mich hingehen. Vielleicht kann ich sie betören, und sie läßt uns heute nacht in Ruhe. Du kannst mittlerweile den Tisch abräumen.« Er drückte ihr ein Küßchen auf den Mund und verschwand.

»Oma«, murmelte Caroline und räumte den Toaster vom Tisch, »schau nicht hin, wenn es dich schockiert.« Aber dann fragte sie sich, ob Liebe in der Küche ihren Großeltern nicht auch ganz gut gefallen hätte.

Tucker kam schon wieder zurück. »Das ging aber schnell! Daß sie so schnell aufgibt, hätte ich ja nie für möglich ...« Sie verstummte jäh beim Anblick seiner bedrückten Miene. »Was hast du? Ist etwas geschehen?«

»Es war nicht deine Mutter. Es war Burke. Darleen Talbot wird vermißt. Wir müssen sie morgen suchen.«

23

»Du solltest dich wirklich lieber ausschlafen«, meinte Tucker besorgt, während Caroline vor dem Spiegel mit den Utensilien einer Frau die Spuren einer langen, wilden Nacht verwischte. Er stand unmittelbar hinter ihr in ihrem engen Badezimmer und fühlte sich so unendlich vertraut mit ihr, weil er an diesem intimen weiblichen Ritual teilnehmen durfte.

»Ich kann einfach nicht den ganzen Tag zu Hause sitzen und auf einen Anruf warten, Tucker«, erklärte Caroline beim Auftragen der Wimperntusche.

»Dann fahr doch nach Sweetwater. Du kannst in meiner Hängematte schlafen.«

»Tucker, mach dir um mich keine Sorgen. Die sind viel eher bei Darleen angebracht. Denk an ihren Mann und den Kleinen! Sag, wie konnte das nur geschehen?«

»Bis jetzt wissen wir ja noch nicht, ob etwas geschehen ist. Man hat nur ihren Wagen am Straßenrand gefunden.«

»Aber warum ist sie überhaupt ausgestiegen?«

»Vielleicht hatte sie sich verabredet. Dort ist es ja ziemlich einsam. Schon möglich, daß sie für ein paar Tage mit irgendeinem Typ verschwinden wollte, um Junior mal wieder in Aufregung zu versetzen.«

»Hoffentlich hast du recht. Oder meinst du, es ist wie bei den anderen?«

»Du rechnest schon wieder mit dem Schlimmsten, Caroline. Denk lieber an das Heute.« Er streichelte ihr zärtlich den Arm.

Sie schmiegte sich an ihn. »Ich werde es versuchen. Wenn meine Mutter recht hat, kommt heute eine ganze Meute von Journalisten. Mit denen werde ich schon fertig. Vorher muß ich unbedingt zu Happy Fuller. Sie hat Hilfe dringend nötig.«

»Du mußt dort nicht hin. Dort sind schon genug Leute.«

»Doch, ich muß. Ich gehöre hier zur Gemeinschaft und will keine Außenseiterin sein. Soll man nicht andere so behandeln, wie man selbst behandelt werden will?«

Draußen dröhnte eine Hupe.

»Das wird Burke sein. Die Sonne geht auch bald auf.«

»Tja, dann ziehe ich mal los.«

»Tucker.« Caroline hielt ihn am Ärmel fest und küßte ihn. »Das war's schon, was ich dir sagen wollte.«

Er schmiegte seine Wange an die ihre. »Es war sehr schön.«

Tucker war zusammen mit einigen anderen für das Ufer des Gooseneck Creek eingeteilt worden. Erschöpft wischte er sich den Schweiß von der Stirn. Die Luft war heiß und feucht. Er setzte sich für ein paar Augenblicke auf einen Stein.

Jetzt hätte er gerne ein erfrischendes Bad genommen, aber er mußte sich momentan damit begnügen, ein Tuch ins kühle Naß zu tauchen und sich damit das Gesicht und den Hals abzutupfen.

Genau an dieser Stelle hatte Darleens Bruder Arnette gefunden. Er schickte ein Stoßgebet in den Himmel, daß ihm die nächste gräßliche Entdeckung erspart bleiben möge. Auch wenn er Caroline gegenüber seine Sorgen heruntergespielt hatte, so ging er inzwischen doch von Darleens Tod aus. Wann hätte sie auch in der kurzen Zeit mit einem anderen Mann anbandeln sollen? Und daß sie sich heimlich mit Billy T. getroffen hatte, konnte er sich beim besten Willen nicht vorstellen. Billy T. gehörte nicht zu denen, die wegen einer Frau Komplikationen in Kauf nahmen. Für ihn waren Frauen beliebig austauschbar.

Der unvermeidliche Vergleich mit seinem früheren Selbst hinterließ in Tucker einen schalen Nachgeschmack.

Darleen war nicht wegen eines neuen Liebhabers aus dem Wagen gehüpft. Zumal Junior auch erklärt hatte, daß weder Geld noch Kleider von ihr fehlten.

Es konnte somit nur eine Frage der Zeit sein, bis sie gefunden wurde. Tucker stand resigniert auf und durchkämmte weiter das Schilf.

Die Männer verrichteten wortlos ihre Aufgabe. Sie kamen sich wohl alle vor wie Soldaten, die einen Hinterhalt legen. Oder schnurstracks in einen hineinlaufen. Hin und wieder flog ein Hubschrauber über ihre Köpfe hinweg, und ihr Gruppenführer meldete in sein knatterndes Funkgerät den neuesten Stand der Suche, nämlich daß sie nichts gefunden hatten. Das FBI beteiligte sich nicht an der Aktion. Das mochte daran liegen, daß Burns Land und Leute kaum kannte, oder daß er nichts davon hielt. Seiner Meinung nach war Darleen aus Langeweile mit dem ersten besten Verehrer durchgebrannt.

Tucker freilich konnte sich gut vorstellen, daß der Beamte die Möglichkeit eines weiteren Mordes trotz seiner Anwesenheit in Innocence einfach nicht wahrhaben wollte.

Mißmutig schlug Tucker nach den lästigen Mücken. In der Ferne pfiff ein Zug. Warum konnte er nicht einfach aufspringen und mitfahren? Egal wohin.

Als er endlich mit seinem Abschnitt fertig war, kehrte Tucker zum Ausgangspunkt zurück, wo Burke und einige andere bereits warteten. Die Männer achteten nicht auf ihn, denn ein roter Wagen näherte sich mit enormer Geschwindigkeit. Tucker kannte außer sich selbst nur einen Menschen, der so raste.

»Josie. Sie ist anscheinend auf einen Strafzettel von dir aus, Burke.«

Josie trat so abrupt auf die Bremse, daß der Wagen sich querstellte. »Hallo Jungs. Barb hat mir gesagt, wo ihr euch rumtreibt. Earleen und ich haben euch Sandwiches geschmiert.« Sie glitt aus dem Auto. In ihren Shorts und dem knappen Hemdchen zog sie einmal mehr bewundernde Blicke auf sich. »Wir lassen doch unsere Männer nicht verkommen! Mensch, Burke, du siehst ja ganz schön mitgenommen aus! Magst du einen Eistee? Ich habe zwei Kannen mitgebracht.« Sie wuchtete einen Korb aus dem Kofferraum. »Tja, Essen auf Rädern nennt man so was. Junior, komm her und laß dich verwöhnen, sonst bin ich dir ernstlich böse.«

Junior stierte jedoch nur wortlos zu Boden. Josie näherte sich ihm vorsichtig und drückte ihm eine Tasse in die Hand.

»Trink das, Junior. Das beruhigt dich. Ein Hitzschlag würde dir auch nichts nützen.« Mit sanfter Hand rieb sie ihm den Rücken.

»Wir haben sie nicht gefunden.«

»Ich weiß. Einen Schluck. Bitte.« Sie führte die Tasse behutsam an seine Lippen. »Ich war vorhin bei deiner Schwiegermutter. Dein Sohn schlummert wie ein Engel. Er ist ja so was von lieb. Und dir wie aus dem Gesicht geschnitten. Vor allem um die Augen.«

Junior nahm zwei große Schlucke und setzte die Tasse ab. Sogleich drückte Josie ihm ein Sandwich in die Hand. Er biß geistesabwesend hinein. Josie legte ihm einen Arm um die Schulter, denn sie wußte, daß nichts einen Menschen so trösten kann wie Wärme und Hautkontakt.

»Es wird alles wieder gut, Junior. Wart's nur ab.«

Tränen quollen ihm aus den Augen und liefen in zwei Strömen über das staub- und schweißverschmierte Gesicht. Dennoch aß er mechanisch weiter. »Als ich sie mit Billy T. in der Küche sah«, murmelte er, »dachte ich, in mir sei was kaputtgegangen und ich würde sie nie wieder sehen wollen. Aber jetzt weiß ich, daß das nicht gestimmt hat.«

Ergriffen von soviel Trauer, drückte Josie ihm einen Kuß auf die Wange. »Es wird alles wieder gut, Honey.«

»Ich will nicht, daß mein Sohn ohne seine Mutter aufwächst.«

»Das wird er auch nicht müssen.« Josies Augen verhüllten sich. Mit einem Taschentuch wischte sie ihm die Tränen aus den Augen. »Hör nur auf deine Josie. Bald kannst du wieder lachen.«

Er war nur leicht betrunken – der Zustand, den Dwayne am liebsten hatte. Die Qualen des Tages verschwammen zu einem angenehmen Summen. Wie erholsam das doch war nach der anstrengenden Suche am Teich der McNairs!

Er war ja freiwillig mitgegangen und war auch bereit, morgen gleich bei Sonnenaufgang wieder loszuziehen. Die Mühen scheute er ja überhaupt nicht. Aber deswegen sollte es ihm auch keiner verübeln, wenn er den täglichen Ärger hinunterspülte.

Bobby Lee hatte ihm leid getan. Der Junge mußte entsetzliche Ängste um seine Schwester ausstehen. Zum Schluß hatte er ihm gar nicht mehr ins Gesicht sehen können, so sehr war es von den Sorgen gezeichnet gewesen.

Dwaynes Kehle fing schon wieder an zu brennen. Er brauchte mehr Whiskey. Konnte er nicht an etwas Schöneres denken? An den Gesang der Grillen zum Beispiel, der für einen angenehmen Kontrast zum Summen in seinen Ohren sorgte. Oder an das Gras, das sich so herrlich weich unter seinen Füßen anfühlte. Er überlegte, ob er die Nacht hier draußen verbringen und den Mond und die Sterne betrachten sollte.

Von hinten trat Tucker an ihn heran. Dwayne reichte ihm seine Flasche, aber Tucker wollte nichts trinken.

»Das Zeug bringt dich noch um.«

»Kannst du dir einen schöneren Tod vorstellen?« erwiderte Dwayne lächelnd.

»Du weißt doch, wie Della sich deinetwegen sorgt.«

»Ich trinke doch nicht, um ihr weh zu tun.«

»Warum trinkst du nur?« seufzte Tucker. Er erwartete keine Antwort, denn er hatte Dwaynes Zustand gleich richtig eingeschätzt: Er war nüchtern genug, um ihn zu verstehen, aber zu angetrunken, um noch ein vernünftiges Gespräch zu führen. »›Die Trunkenheit ist eine Spielart des freiwilligen Wahnsinns‹«, fuhr Tucker fort. »Ich weiß nicht mehr, wo ich das mal gelesen habe, aber es klingt plausibel.«

»Ich bin weder betrunken noch wahnsinnig. Aber ich hätte gegen beides nichts einzuwenden.«

»Es wird immer schlimmer mit dir. Erst dachte ich, du trinkst nur, weil so vieles auf einmal über dich hereingebrochen ist. Erst Daddys, dann Mamas Tod. Und als ob das noch nicht gereicht hätte, kam auch noch die Sache mit Sissy dazu. Eine Zeitlang dachte ich, du würdest nur trinken, weil du es von Daddy geerbt hast. Aber da bin ich mir auch nicht mehr sicher.«

Sichtlich gereizt riß Dwayne ihm die Flasche aus der Hand. »Du säufst ja auch nicht schlecht!«

»Sicher, aber ich mache es nicht zu meinem Lebensinhalt.«

»Jedem das Seine.« Dwayne nahm einen tiefen Schluck. »Von allem, was ich probiert habe, sind die Räusche noch das angenehmste. Da vergesse ich so schön, was für einen Mist ich gebaut habe.«

»So ein Blödsinn!« rief Tucker wütend. Er hatte nie geahnt, wie sehr er unter der Trunksucht seines Bruders litt. Mit einem Schlag wurde ihm nun bewußt, daß er an Dwayne hing, daß ihn die Sorgen um ihn regelrecht zerfraßen. Sollte er denn zusehen, wie der Mensch, den er so bewundert, ja beneidet hatte, vor die Hunde ging? Er packte die Flasche und schleuderte sie ins Wasser. »Ich habe die Schnauze voll von dem Scheiß! Meinst du, ich habe Lust, dich Tag für Tag heimzutragen und dir bei deinem Selbstmord zuzusehen? Reicht es denn nicht, daß Daddy sich umgebracht hat? Steigt im Vollrausch in sein dämliches Flugzeug und macht eine Bruchlandung. Genausogut hätte er sich eine Pistole in den Mund stecken und abdrücken können!«

Dwayne richtete sich mühsam auf. Er schwankte ein bißchen, aber er sah Tucker fest in die Augen. »Du hast kein Recht, so mit mir zu sprechen! Und über ihn ziehst du auch nicht her, verstanden?«

Tucker packte seinen Bruder aufgebracht am Hemd. »Wer, wenn nicht ich, hat das Recht dazu? Ich habe euch beide geliebt, und ihr habt mir beide weh getan!«

Unter Dwaynes linkem Auge zuckte es. »Ich bin nicht Daddy.«

»Stimmt, das bist du nicht. Er war aber genauso ein Säufer wie du. Der einzige Unterschied ist, daß er gewalttätig geworden ist, und du nicht. Du bist bloß noch eine Jammerfigur!«

»Und was bitteschön bist du?« brüllte Dwayne. »Ich bin der Älteste, und ich habe seine Wut immer als erster abgekriegt. Ich sollte das Scheißerbe der Longstreets übernehmen, ich mußte auf diese dämliche Schule gehen, und mir hat er die Verantwortung für die Felder aufgebürdet! Du hattest deine Ruhe, Tucker. Ich wollte nicht, aber mir hat er seinen Willen aufgezwungen. Jetzt ist er tot, und ich tue das, wozu ich Lust habe.«

»Du tust doch überhaupt nichts! Du versinkst nur immer tiefer im Fusel! Du hast zwei Söhne wie er, aber er hat uns wenigstens aufgezogen.«

Dwayne stürzte sich mit einem gräßlichen Schrei auf seinen Bruder. Im nächsten Augenblick wälzten sie sich auf dem Boden wie zwei wütende Hunde. Als Tucker einen Hieb auf die immer noch nicht ganz verheilte Rippe abbekam, sah er rot. Sie landeten beide im Wasser, doch er drosch blind auf Dwaynes bereits blutendes Gesicht ein. Sie gingen kurz unter und tauchten spuckend und fluchend wieder auf. Beide schenkten sich nichts. Zum Glück minderte das Wasser die Wucht ihrer Hiebe. Die Faust zum Schlag erhoben, standen sie schließlich einander keuchend gegenüber.

Tucker ließ sie als erster sinken. »Du hast schon mal härter zugeschlagen.«

Dwayne betastete seine geschwollenen Lippen. »Und du warst schon mal langsamer.«

Tucker tauchte kurz unter. »Ich wollte mich eigentlich duschen«, meinte er beim Hochkommen, »aber das ist auch nicht so schlecht. Fragt sich nur, was alles im Wasser ist.«

»Ein halber Liter Wild Duck auf jeden Fall«, erwiderte Dwayne grinsend. »Weißt du noch, wie wir als Kinder hier immer geschwommen sind?«

»Ja klar. Glaubst du, du würdest ein Wettschwimmen zum anderen Ufer immer noch gewinnen?«

Zur Antwort kraulte Dwayne los. Nach wenigen Zügen gab er auf. Jahre exzessiven Alkoholkonsums hatten seine Muskeln geschwächt. Tucker schwamm an ihn heran. Als hätten sie sich verabredet, ließen sie sich friedlich nebeneinander unter dem aufgehenden Mond treiben.

»Ich war schon mal schneller«, gab Dwayne zu, nachdem er wieder zu Luft gekommen war. »Es hat sich wohl einiges verändert.«

»Sehr viel sogar.«

»Und ich habe einigen Mist gebaut.«

»Einigen, ja.«

»Weißt du, manchmal kriege ich richtig Angst, Tuck. Beim Trinken weiß ich eigentlich immer, wann ich aufhören müßte, aber meistens sehe ich irgendwie keinen Sinn mehr darin und trinke weiter. Am nächsten Tag wache ich dann mit Kopfschmerzen auf und weiß kaum noch, was los war. Und wenn, dann wie nach einem Traum: Ich kann nichts festmachen.«

»Warum tust du nichts dagegen, Dwayne. Man kann sich heilen lassen.«

»Im Moment fühle ich mich ja ganz wohl so.« Durch halb geschlossene Lider blinzelte Dwayne in die Sterne. »Ich brauche doch nur einen kleinen Schwips, und schon kommt mir alles so herrlich unwichtig vor. Ich muß nur noch lernen, im rechten Moment aufzuhören.«

»Du weißt doch, daß das nicht klappt.«

»Manchmal wünsche ich mir, ich könnte noch einmal von vorne anfangen und ein paar Schwachstellen reparieren. Dann stände ich jetzt ganz woanders.«

»Du warst ja unser Handwerker, Dwayne. Erinnerst du dich noch an das Modellflugzeug, das ich einmal zum Geburtstag gekriegt habe? Ich habe es gleich beim zweiten Flug kaputtgemacht. Daddy hätte mir den Kopf abgerissen, wenn er was gemerkt hätte. Aber du hast es repariert. Mama sagte immer, du hättest Ingenieur werden sollen.«

»Das war auch mein Traum.«

»Davon hast du mir ja nie was gesagt!« rief Tucker überrascht.

»Es hätte ohnehin keinen Sinn gehabt. Die Longstreets sind Baumwollpflanzer und Geschäftsleute. Und da hatte ich als Ältester keine Wahl.«

»Aber das ist noch lange kein Grund, nicht nachzuholen, was du früher nicht durftest.«

»Herrgott, Tuck, ich bin fünfunddreißig Jahre alt! In dem Alter kann man keine Schulbank mehr drücken.«

»Wer es wirklich will, schafft das auch.«

»Vor zehn, fünfzehn Jahren, da wollte ich es. Aber dafür ist der Zug abgefahren. Wie für vieles andere auch.« Er versuchte, die einzelnen Sterne zu erkennen, doch sie verschwammen vor seinen Augen. »Sissy will jetzt ihren Schuhvertreter heiraten.«

»Das war ja klar, daß sie irgendwann wieder heiraten würde – den oder einen anderen.«

»Angeblich will er meine Kinder adoptieren und ihnen seinen Namen geben. Darauf würde sie natürlich verzichten, wenn ich die Alimente kräftig erhöhe.«

»Das brauchst du dir nicht bieten lassen, Dwayne. Es sind und bleiben auch deine Kinder.«

»Das lasse ich mir auch nicht bieten. Sissy muß einsehen, daß man einem Mann nicht ständig auf der Nase herumtanzen kann, selbst mir nicht. Ich war nur immer zu träge, Tucker.« Er seufzte und ließ den Blick über den See schweifen. Aus dem Augenwinkel sah er etwas auf- und untertauchen. Eine leere Flasche, dachte er. Ein schönes Symbol für ein leeres Leben. »Tja, das verdanke ich dem Trinken.«

»Du wirst dem Trinken noch den Tod verdanken, wenn du so weitermachst.«

»Fang nicht schon wieder damit an.«

»Verflucht noch mal! Dwayne!« Tucker wollte näher heranschwimmen, da stieß er gegen etwas Weiches. Er zuckte zusammen. »Scheiß Katzenfische!« fluchte er. »Was müssen die einem immer so einen Mordsschrecken einjagen?« Er riskierte einen Blick über die Schulter. Und auch er sah etwas in den Wellen auf und ab tanzen. Seine Kehle war plötzlich wie ausgedörrt, und sein Herz setzte einen Schlag aus. Was er sah, war nichts anderes als eine weiße Hand. »Oh Gott, oh, mein Gott!«

»Katzenfische tun doch nichts«, brummte Dwayne. »Was regst du dich nur so auf?«

»Ich glaube, wir haben Darleen gefunden«, krächzte Tucker und schloß die Augen.

24

Dwayne war mit einem Schlag ernüchtert. Auf Händen und Füßen kroch er ans Ufer und blieb auf dem Gras liegen. Er kämpfte einen Brechreiz nieder. »Mein Gott, Tukker, was sollen wir nur tun?«

Tucker gab keine Antwort. Er lag auf dem Rücken und starrte in den mit Sternen übersäten Himmel. Es überforderte ihn schon fast, sich aufs Atmen zu konzentrieren. Ihm war kalt, schrecklich kalt.

»In unserem Teich ...« krächzte Dwayne. »Jemand hat sie in unseren Teich geworfen. Menschenskinder, wir sind mit ihr früher darin geschwommen!«

»Das ist ihr jetzt wohl egal!« Tucker drückte beide Augen fest zu, versuchte das gräßliche Bild auszusperren, doch die Hand mit den gekrümmten Fingern streckte sich ihm weiter aus dem schwarzen Wasser entgegen, als wolle sie ihn locken und mit sich in die Tiefe ziehen. Es wäre alles nicht so schlimm für ihn gewesen, hätte er sich nicht verpflichtet gefühlt, sich zu vergewissern, daß das auch wirklich Darleen war, und ihr den Puls zu fühlen, ob sie vielleicht doch noch lebte. Dabei war ihr Kopf aufgetaucht. So hatte er das vom Messer begonnene und von den Fischen fortgeführte Zerstörungswerk gesehen.

Wie schwach, wie vergänglich die Menschen doch waren! Er empfand es als grausam, daß Schönheit binnen kürzester Zeit zu etwas so Abscheulichem zerfallen konnte.

»Wir dürfen sie so nicht zurücklassen, Tuck«, murmelte Dwayne, obwohl ihm davor graute, ins Wasser zurückzugehen und das, was von Darleen Talbot übriggeblieben war, zu berühren.

»Doch, das müssen wir sogar. Wir müssen Burke alarmieren. Kannst du das tun, Dwayne? Und sag ihm, er soll Agent Burns mitbringen. Ich warte solange hier. Einer muß ja bei der Leiche bleiben. Und ...« Er unterdrückte einen Fluch.

Caroline trat lächelnd auf die beiden Männer zu. Tucker richtete sich auf und erreichte sie mit drei großen Schritten.

»Na, freust du dich auch?« rief sie lachend und umarmte ihn. »Seid ihr schwimmen gegangen? Della hat mir gesagt, wo ich euch wahrscheinlich ...«

»Geh mit Dwayne zum Haus zurück und warte dort auf mich.«

Sie prallte zurück. Erst jetzt begriff sie, daß etwas geschehen sein mußte. Ihr Blick hetzte zwischen Tucker und Dwayne hin und her. Dwaynes Lippen waren aufgeplatzt, Blut klebte an seinem aschfahlen Gesicht. »Habt ihr euch geschlagen? Dwayne, du blutest ja!«

»Ich rufe Burke an«, sagte Dwayne bloß.

Caroline klammerte sich an Tuckers Arm. »Burke? Wozu braucht ihr denn Burke? Was ist los, Tucker?«

Früher oder später mußte sie es ohnehin erfahren. Also beschloß Tucker, ihr reinen Wein einzuschenken. »Wir haben sie gefunden, Caroline. Im Teich.«

»O Gott!« Instinktiv sah sie ins Wasser, doch Tucker verstellte ihr den Blick.

»Dwayne will Burke alarmieren. Geh bitte mit ihm mit.«

Sie schüttelte energisch den Kopf. »Ich bleibe bei dir.«

Da Tucker nur mit den Achseln zuckte, lief Dwayne allein los.

»Bist du dir auch wirklich sicher?« Caroline begriff noch im selben Moment, wie töricht ihre Frage war.

»Leider, ja«, seufzte Tucker.

»Arme Happy.« Sie zögerte. »War es wie bei den anderen? Bitte sag's mir. Ich will es wissen.«

»Es war wie bei den anderen.« Tucker zog Caroline

vom Ufer fort. Aneinandergeschmiegt lauschten sie den lockenden Rufen eines Ziegenmelkers und schauten in die Nacht hinaus, vor deren Hintergrund sich die Lichter von Sweetwater sanft abhoben.

Der Erkennungsdienst arbeitete mit kühler, herzloser Präzision. Männer mit im Licht der Scheinwerfer weißen Gesichtern drängten sich am Ufer, fotografierten den Schauplatz, suchten nach Spuren.

»Also gut«, meinte Burke schließlich und nickte in Richtung Wasser. »Ziehen wir sie raus.«

Keiner meldete sich freiwillig. Die Lippen grimmig aufeinandergepreßt, schnallte Burke seinen Gürtel auf.

Zu seiner eigenen Überraschung trat Tucker nach vorne. »Ich gehe rein. Ich bin ohnehin schon naß.«

»Das mußt du dir aber nicht antun, Tuck.«

»Es ist mein Grundstück.« Er legte beide Hände auf Carolines Schultern. »Geh bitte ins Haus zurück.«

»Wir gehen beide zusammen zurück, wenn alles vorbei ist. Du bist sehr tapfer, Tucker.«

Da war er sich nicht so sicher. Vielmehr hielt er sich für dumm. Er wußte doch, was ihn erwartete. Burke hatte schon recht. Was ging es ihn an, zumal genügend Polizisten herumstanden? Trotzdem schwamm er zügig auf die ausgestreckte weiße Hand zu.

Warum fühlte gerade er sich für Darleen verantwortlich? Im Leben hatte sie ihm nie etwas bedeutet, warum dann jetzt? Weil er sie in seinem Teich gefunden hatte, fiel es ihm wie Schuppen von den Augen.

Zum zweiten Mal schlossen sich seine Finger um das leblose Handgelenk. Sein Magen hob sich. Wieder tauchte der Kopf auf, und er sah das lose Haar im Wasser treiben. Bittere Magenflüssigkeit stieg ihm in die Speiseröhre. Er schluckte sie hinunter und zwang sich, einen Arm um Darleens Rumpf zu legen.

Die Männer sahen schweigend vom Ufer aus zu, wie

Tucker sich mit der Leiche abmühte. Ein Gewicht zog sie und ihn ständig nach unten. Wieder und wieder rutschten seine Hände ab, während der Kopf der Toten von einer Seite zur anderen rollte. Die Kehle schnürte sich Tukker zu – nicht aus Abscheu, sondern aus Mitleid.

Tucker warf einen verzweifelten Blick zum Ufer. Weiße Gesichter starrten ihn an. Er erkannte Dwayne, der einen Arm um Josie gelegt hatte. Ihre Augen wirkten übergroß im Scheinwerferlicht. Burke und Carl hatten sich bereits hingekniet und streckten die Arme aus, um die Leiche entgegenzunehmen. Carolines Gesicht war tränenüberströmt. Sie stand neben Cy. Ihre Hand ruhte auf seiner Schulter. Burns stand etwas weiter hinten und sah beiläufig zu, als handle es sich hier um ein nicht allzu interessantes Schauspiel.

»Ihre Beine sind an irgendwas gefesselt!« rief Tucker. »Ich brauche ein Messer!«

Burns trat nach vorne. »Das ist ein Beweisstück, Longstreet. Ich brauche alles.«

»Dann kommen Sie doch rein und holen sich Ihr Beweisstück selber, Sie Arschloch!«

»Ich helfe Ihnen, Mr. Tucker!« Bevor ihn jemand daran hindern konnte, sprang Cy ins Wasser.

»Mensch, Junge, geh sofort da raus!«

»Ich bin stark genug.« Cy schwamm unbeirrt weiter. Beim Anblick des Gesichts wurde freilich auch er kreidebleich. Dennoch packte er mit an. »Gemeinsam schaffen wir es schon!«

»Schau nicht hin«, bat ihn Tucker. »Und versuche, nichts zu denken.«

»Ich denke daran, was für ein Riesenarschloch der FBI-Mann ist.«

»Sehr gut.«

Es dauerte nun nicht mehr lange. Bald konnten Burke und Carl die Tote an Land ziehen.

»Schau nicht hin«, bat Tucker Cy zum zweiten Mal.

»Du brauchst dich deswegen auch überhaupt nicht zu schämen.« Er selbst hätte nur zu gerne ebenfalls weggeschaut, aber sein Winkel war zu ungünstig. So bekam er das Ausmaß der Verstümmelungen bis ins Detail mit. Er hielt dem Jungen, der nun doch einen Blick riskierte, die Augen zu. »Das hast du gut gemacht, Cy. Geh jetzt an Land und laß dich von Caroline ins Haus bringen.«

»Jawohl, Sir.«

Tucker krabbelte ans Ufer und ließ sich zu Boden sinken. »Gib mir bitte eine Zigarette, Dwayne.«

Josie zündete ihm eine von den ihren an. »Heute hast du dir eine ganze verdient, Tucker. Es tut mir leid, daß ausgerechnet du sie finden mußtest.«

»Mir auch.« Er tat einen gierigen Zug. »Burke, kannst du sie nicht zudecken? So kann man sie doch nicht liegen lassen.«

»Wenn die Zivilisten jetzt bitte nach Hause gehen würden«, schaltete Burns sich ein. »Das ganze Gebiet darf bis zum Abschluß der Ermittlungen nicht betreten werden.«

»Verflucht noch mal, wir kannten sie doch! Was Sie nicht von sich behaupten können.«

»Geh jetzt lieber, Tucker.« Burke legte beschwichtigend eine Hand auf seine Schulter und half ihm beim Aufstehen. Den Rest mußt du der Polizei überlassen. Wir werden versuchen, die Spurensicherung so schnell wie möglich abzuschließen.«

»Ich habe doch gesehen, was er mit ihr angestellt hat«, widersprach Tucker mit rauher Stimme. »Wie kann man so etwas jemals abschließen?«

»Bitte halten Sie sich zu meiner Verfügung«, forderte Burns ihn auf. »Ich werde Sie und Ihren Bruder in Bälde vernehmen müssen.«

Wortlos wandte Tucker sich ab und ging mit Caroline und Cy zum Haus zurück.

Caroline war keine Meisterköchin, aber sie zauberte auf

die Schnelle eine passable Suppe zum Roastbeef, das Della bereits kaltgestellt hatte. Suppen waren ihrer Meinung nach das beste Mittel gegen strapazierte Nerven. Und so, wie Cy seinen Teller leerlöffelte, schien das Wunder seine Wirkung nicht zu verfehlen.

Auch Dwayne aß alles auf. »Das war wirklich nett von dir, Caroline, daß du uns was Warmes gemacht hast.«

»Das meiste ist ja von Della. Ich habe es nur aufgewärmt.«

»Trotzdem ist es nett von dir«, meinte Josie. »Ich verstehe nur nicht, wie Dwayne mit einer so dicken Lippe essen kann. Bist du gegen eine Tür gelaufen, Honey?«

»Tucker und ich hatten eine kleine Auseinandersetzung.« Dwayne schenkte sich eine Tasse mit Eistee ein. Für heute war ihm die Gier nach Alkohol vergangen.

»Tucker hat dich verprügelt? In den letzten Wochen hat er sich ja zu einem richtigen Raufbold entwickelt. So kenne ich ihn ja gar nicht. Sag, weswegen habt ihr euch denn geprügelt? Hast du Caroline vielleicht schöne Augen gemacht?« Sie zwinkerte Caroline zu.

»Unsinn. Wir hatten eben eine Meinungsverschiedenheit. Beim Raufen sind wir ins Wasser gefallen. Wir haben uns schnell wieder versöhnt und wollten ein kleines Wettschwimmen veranstalten. Und dann ist Tucker … praktisch gegen die Leiche geprallt.«

Josie schlang die Arme um ihn. »Denk einfach nicht mehr dran. Es war Pech. Pech auf der ganzen Linie.«

»Das ist ja ganz schön kalt, wie du dich ausdrückst«, brummelte Tucker, der in diesem Moment in die Küche kam.

»Aber es ist die Wahrheit«, verteidigte Josie sich. »Die Wahrheit ist eben mitunter kalt. Wenn ihr euch nicht zufällig im Teich geprügelt hättet, wärt ihr nie auf die Leiche gestoßen. Das hätte sie zwar auch nicht lebendig gemacht, aber sie wäre unten geblieben. Und dann würdet ihr nicht wie zwei begossene Pudel aussehen.«

Tucker ließ sich in den nächsten Stuhl sinken. Er wußte, daß seine Nerven zum Zerreißen gespannt waren, aber Josies flapsige Bemerkungen konnte er so nicht durchgehen lassen.

»Wir werden bald nicht mehr ›wie begossene Pudel‹ aussehen, aber Darleen ist für immer und ewig tot.«

»Eben. Ihr hilft nichts mehr, und euch hat es nur geschadet, daß ihr sie gefunden habt.«

»Menschenskinder, Josie! Du bist so einfühlsam wie ein Stockfisch!«

Sie richtete sich steif auf. Ihre Augen glühten. »Wenn es um meine Familie geht, bin ich sehr wohl einfühlsam! Nur diese Schlampe da ist mir scheißegal.«

»Josie!« Dwayne ergriff ihre Hand, doch sie riß sich los.

»War sie denn keine? Daran kann auch ihr Tod nichts ändern. Mir tun nur Happy und die anderen leid. Und daß ihr da mit reingezogen wurdet. Aber wenn du meinst, daß ich kalt bin, Tucker, kann ich auch nichts dran ändern. Dann hebe ich meine Wärme eben für die auf, die sie verdienen.« Mit diesen Worten stürmte Josie hinaus und knallte die Tür hinter sich zu.

In der Küche herrschte betretenes Schweigen. Schließlich erhob Dwayne sich umständlich. »Ich glaube, ich gehe ihr nach und rede mit ihr.«

»Sag ihr, daß es mir leid tut. Es hat ja doch keinen Sinn, aus ihr einen anderen Menschen machen zu wollen.«

»Wollen Sie ein Bier, Mr. Tucker?«

Tucker dankte Cy mit einem schwachen Lächeln. »Das brauche ich fast so wie die Luft zum Atmen. Aber im Moment wäre mir ein Kaffee noch lieber.«

»Bleib sitzen, das mache ich schon.« Caroline nahm eine Tasse aus dem Geschirrschrank und schenkte ihm ein. »Wir sind jetzt alle ein bißchen nervös, Tucker. Sie sorgt sich nun mal um dich.«

»Ich weiß. Aber was anderes: Ist Della bei den Fullers?«

»Ja. Sie und Birdie wollen die Nacht bei Happy verbringen und sich um das Baby kümmern. Tante Lulu ist in ihrem Zimmer oben und sieht fern.«

Caroline fügte lieber nicht hinzu, daß die alte Dame sich mit einer Tüte Popcorn, einer Flasche Bier und der Bemerkung, Fernsehkrimis seien interessanter als solche aus dem richtigen Leben, in ihr Zimmer verzogen hatte.

»Geh du doch zu ihr rauf, Cy«, schlug Tucker vor. »Sie freut sich immer über Gesellschaft.«

»Darf ich den Hund mitnehmen?«

»Aber klar«, lächelte Caroline. »Aber achte darauf, daß Tante Lulu ihm nicht zuviel Bier gibt.«

»Aber bestimmt, Ma'am. Gute Nacht, Mr. Tucker.«

»Gute Nacht, Cy. Danke noch mal für deine Hilfe.«

»Für Sie würde ich doch alles tun, Mr. Tucker.« Der Junge lief knallrot an und rannte mit dem Hund aus dem Zimmer.

»Soviel Dankbarkeit ist schon ein wertvolles Geschenk«, meinte Caroline und stellte einen Teller Suppe vor Tucker. »Aber du wirst ihn doch hoffentlich nicht überfordern?«

»Auf keinen Fall. Mir wäre es allerdings lieber, er würde mich nicht wie einen Herkules, Plato und Clark Kent in einem ansehen.«

Caroline strich ihm liebevoll über die Haare. »Es ist nicht leicht, ein Held zu sein, was?«

»Vor allem, wenn man gar nicht das Zeug dazu hat.«

»Ich denke eher, man lernt nie aus und überrascht sich immer wieder selbst.« Sie setzte sich lächelnd neben ihn. »Willst du die Suppe nicht essen?«

»Doch, doch.« Tucker ergriff ihre Hand. »Du hast dich hier ja schnell nützlich gemacht, Caroline.«

»Tja, ich habe in der letzten Zeit auch einiges über mich gelernt. Gott sei Dank hast du mich vorher nicht gekannt, Tucker.«

»Ach, vorbei ist vorbei.«

»Und das bekomme ich von einem wandelnden Lexikon über zweihundert Jahre Ortsgeschichte zu hören?«

Tucker machte sich über die Suppe her. Ursprünglich wollte er nur ihr zuliebe essen, doch bald merkte er, daß er einen wahren Heißhunger hatte. »Natürlich ist die Vergangenheit überaus wichtig. Ohne sie wäre die Gegenwart nicht denkbar. Aber das, was du vor einem Jahr warst, bedeutet nur einen Bruchteil von dem, was du heute bist.«

»Mir gefällt deine Art zu denken, Tucker.«

»Hmmm.«

»Soll ich heute nacht bei dir bleiben?«

Er sah sie voller Wärme, voller Verlangen an. »Ja, bitte bleib heute nacht bei mir.«

»Gut. Dann schmiere ich dir noch ein Sandwich.«

Caroline bereute bereits, daß sie nach dem Frühstück bei Tucker heimgefahren war. Eine ganze Horde Reporter belagerte ihr Haus. Sie mußte sich regelrecht verbarrikadieren. Ans Telefon ging sie schon längst nicht mehr. Es wäre ohnehin nur wieder einer von diesen Zeitungs- oder Fernsehmenschen gewesen. Zur Ablenkung kramte sie im Schlafzimmer das alte Fotoalbum ihrer Großeltern aus einer Holztruhe hervor.

Fast ihr ganzes Leben fand sie dort dokumentiert. Dazu kamen Zeitungsausschnitte von der Verlobungsfeier ihrer Eltern, die von Profis gemachten Aufnahmen vom Brautpaar – ihre Mutter trug ein prächtiges Brautkleid, ein Erbstück der Waverlys – und die Karte mit der Bekanntgabe der Geburt der kleinen Caroline Louisa Waverly. Sie war nach ihrem Großvater väterlicherseits genannt worden.

Mehrere, wieder von Berufsfotografen geschossene Aufnahmen zeigten die stolzen Eltern mit einem Bündel in den Armen – sie selbst. Später tauchte sie nur noch allein auf. Für jedes Lebensjahr gab es genau ein Studioporträt.

Verwackelte oder falsch belichtete Bilder kamen nicht vor. Die wenigen Schnappschüsse stammten ausschließlich von ihren Großeltern. Sie hatten sie bei einem ihrer kurzen Besuche vor so vielen Jahren gemacht.

Weitere Zeitungsausschnitte dokumentierten ihre Karriere als Musikerin. Seit dem sechsten Lebensjahr hatte sie Konzerte gegeben, und ihre Großeltern hatten eifrig alles gesammelt, dessen sie hatten habhaft werden können.

Mehr war ihnen von ihr nicht vergönnt gewesen, sinnierte Caroline traurig. Und jetzt gehörten diese Fotos und Zeitungsausschnitte zu den wenigen Dingen, die ihr von ihren Großeltern geblieben waren. »Es tut mir alles schrecklich leid«, murmelte sie und sog in tiefen Zügen den ihr aus der Truhe entgegenströmenden Geruch von Lavendel und Zedernholz ein. »Ach, hätte ich es damals nur besser gewußt!«

Mit einem Griff in die Truhe förderte sie einen Pappkarton zutage. Darin fand sie ein in ein Tuch gewickeltes winziges Taufkleid aus Seide mit weißen Bändern dran. Bestimmt hatte ihre Großmutter es als Baby angehabt.

Gerührt strich Caroline mit der Wange darüber. »Du hast es für mich aufgehoben. Ich durfte es nicht tragen, weil ich im Norden aufwuchs, aber du wolltest es mir schenken.«

Sorgfältig legte sie es wieder zurück. Sie nahm sich fest vor, es einmal ihrer eigenen Tochter anzuziehen, sobald es soweit war.

Useless stürmte aus dem Zimmer und kam gleich wieder mit eingezogenem Schwanz zurück, weil jemand wütend an die Eingangstür pochte. Caroline verstaute lächelnd alles in der Truhe. »Reg dich nicht auf, Useless. Das ist nur wieder einer von den blöden Reportern.«

»Caroline! Mach auf, oder ich bring noch einen von diesen Lackaffen da um!«

»Tucker!« Sie sprang auf und rannte die Treppe hinunter. Kaum hatte sie sie einen Spaltbreit aufgemacht, gab es ein Blitzlichtgewitter. Mikrofone wurden ihr vor den Mund gehalten. Sie zerrte Tucker herein, dann baute sie sich breitbeinig auf der Veranda auf.

»Verschwinden Sie sofort von meinem Grundstück!«

»Miss Waverly, ist es wahr, daß Sie in einen Mordfall verwickelt sind?«

»Miss Waverly, sind Sie wirklich nach Mississippi gereist, um sich von einer gescheiterten Liebesbeziehung zu erholen?«

»Haben Sie wirklich einen Geistesgestörten ge...«

»Trifft es zu, daß Sie...«

»Runter von meiner Veranda!« brüllte sie. »Das ist Hausfriedensbruch. Wenn Sie nicht sofort von meinem Grundstück verschwinden, hole ich die Polizei. Und wer ohne Einladung auch nur einen Zehen auf meinen Boden setzt, dem schieße ich ihn ab!« Sie knallte die Tür zu und schob wütend den Riegel vor.

Ehe sie sich's versah, hatte Tucker sie in die Arme genommen und eimal im Kreis herumgewirbelt.

»Honey, denen hast du's aber gegeben! Aus dir wird noch eine richtige Südstaatlerin. Dein Yankeeakzent verliert sich bestimmt auch bald.«

Lachend schüttelte sie den Kopf. »Das glaube ich nun auch wieder nicht.« Sie strich Tucker mit der Hand über die Wange. »Du hast dich zwar nicht rasiert, aber du siehst viel besser aus als heute morgen.«

»Das besagt noch nicht viel. Heute früh muß ich wie eine wandelnde Leiche ausgesehen haben.«

»Du hast ja auch die ganze Nacht kein Auge zugetan.«

»Am Nachmittag habe ich ein Stündchen in der Hängematte geschlafen.« Er zog Caroline näher zu sich und küßte sie lange und innig. »Ach, tut das gut! Hoffentlich schraubst du deine Moralbegriffe noch ein bißchen zurück. Du hättest ruhig das Bett mit mir teilen können. Dann hätte ich zwar genausowenig geschlafen, aber das Wachsein hätte mir weitaus mehr Spaß gemacht.«

»Ich fand es einfach nicht richtig, wo doch deine Verwandten im Haus sind und …«

»Und die Polizisten die halbe Nacht den Teich abgesucht haben«, vollendete er ihren Satz. Er ließ sie los und trat ans Fenster. »Willst du jetzt was für mich tun, Caro?«

»Ich will es versuchen.«

»Dann pack das Nötigste ein und komm mit mir nach Sweetwater.«

»Tucker, ich habe dir doch ge…«

»Ich brauche dich. Es ist jetzt nicht die richtige Zeit, romantisch zu werden. Und ich lade dich auch nicht ein, weil ich mit dir ins Bett will. Dafür könnte ich genausogut hierbleiben.«

»Du kannst gerne bleiben.«

»Das geht nicht, Caroline. Bitte verlang nicht von mir, daß ich mich zwischen dir und meiner Familie entscheide. Das könnte ich einfach nicht.«

»Ich verstehe nicht, worauf du hinaus willst.«

»Wenn ich ohne dich heimfahre, werde ich von Sorgen um dich zerfressen. Wenn ich bei dir bleibe, gehen mir Josie und Della nicht mehr aus dem Kopf. Der Mörder treibt sich immer noch irgendwo da draußen rum, Caroline. Und er war in Sweetwater.«

»Ich weiß, Tucker. Er hat ja auch die Leiche dort abgeladen.«

»Er hat sie dort getötet! Er hat sie unter dem Baum getötet, den meine Mutter vor Jahren am Ufer gepflanzt hat. Burke hat es mir erzählt. Vielleicht hat er mir zuviel verraten, aber trotzdem sage ich es dir weiter. Du mußt einsehen, warum ich zurück muß, und zwar mit dir. Diese Bestie hat Pfähle in den Boden gerammt und hat sie an Händen und Füßen festgebunden. Sie haben die Löcher entdeckt. Am Boden klebte noch getrocknetes Blut. Ich habe gesehen, was er mit ihr angestellt hat. Den Anblick werde ich bis an mein Lebensende nicht mehr vergessen. Er hat sie genau da zerstückelt, wo ich als Kind immer mit meinen Geschwistern gespielt habe. Genau gegenüber haben wir uns zum ersten Mal geküßt. Du weißt nicht, wie wichtig das alles für mich war und ist. Und ich werde nicht zulassen, daß dieser Unmensch mir das kaputtmacht. Ich bitte dich noch einmal, packe alles, was du brauchst, und komm mit.«

Caroline ergriff Tuckers Hände. »Ich brauche nicht viel.«

25

Schlaflose Nächte waren Caroline sattsam bekannt. In den letzten Jahren hatte sie zunehmend Neidgefühle denjenigen Zeitgenossen gegenüber entwickelt, die einfach ins Bett stiegen, die Augen schlossen und sofort zu schnarchen anfingen. Seit ihrer Ankunft in Innocence war sie den Glücklichen Nacht für Nacht ein Stückchen näher gerückt. Jetzt freilich schien es ihr, als sei sie wieder an ihrem Ausgangspunkt angelangt. Mit offenen Augen lag sie auf dem Bett. Vor ihr zogen sich endlos lange, dunkle Stunden hin und zig vergebliche Versuche, Schlaf zu finden.

Die Tricks der Schlaflosen kannte Caroline alle: heiße Bäder, warmer Brandy, langweilige Bücher. Sie klappte irgendein Buch auf, doch ihre Gedanken schweiften bald von dem bedruckten Papier ab.

An der Hitze konnte es nicht liegen. Ihr Zimmer hier in Sweetwater war wirklich angenehm kühl. Und daß sie fremde Zimmer oder Betten nicht gewöhnt sei, konnte sie auch nicht behaupten, zumal dieses hier den Vergleich mit den besten Hotels in Europa wahrlich nicht zu scheuen brauchte. Das Bett mit seinem zarten Bezug und den Spitzenkissen wirkte sogar ausgesprochen feminin auf sie. Wenn das sie nicht zum Schlafen verführte, dann konnte sie es immer noch auf der massiven Bettcouch mit dem hellblauen Samtbezug versuchen.

Die mit dezenten Wasserfarben besprenkelten blaßrosa Wände strahlten eine freundliche Atmosphäre aus. Frisch aus dem Garten gepflückte Blumen sorgten für einen angenehm süßen Duft. Auf einer zierlichen Frisierkommode standen elegante, im Lampenschein fröhlich glitzernde, antike Fläschchen. Ein mit blauen Steinen eingefaßter

Kamin versprach behagliche Wärme an kalten Winterabenden. Caroline konnte sich gut vorstellen, wie sie sich unter das Federbett kuschelte und den prasselnden Flammen zusah. Mit Tucker zusammen!

Es kam ihr ungerecht vor, daß sie sich hier in dieser friedlichen Idylle an ihn schmiegen konnte, wo doch um sie herum soviel Angst und Trauer herrschten. Wieder war eine Frau ermordet worden und lag in der kalten Leichenhalle, während ihre Familie um sie weinte. Es konnte nicht richtig sein, daß sie angesichts des Todes den Himmel voller Geigen sah. Aber sie war nun einmal verliebt.

Seufzend setzte sich Caroline auf das Fensterbrett, von wo sie in den Garten hinuntersehen konnte, der vom Mondlicht durchflutet war. Es war windstill. Die silbern schimmernden Blumen rührten sich nicht – es herrschte ein Hauch von Magie. Weiter hinten glitzerte etwas – der Teich. Caroline war froh, daß sie die Trauerweiden von hier nicht sehen konnte. Wenn sie auf diese Weise die Schmerzen vor sich verbergen konnte, so wollte sie es heute nacht gerne tun. Im Moment war sie dankbar für dieses herrliche Stück Natur unter dem Vollmond.

Und sie war verliebt.

Man konnte sich weder den Ort noch die Zeit aussuchen, zu der man sein Herz verlor. Inzwischen war Caroline zu der Auffassung gelangt, daß das gleiche auch für den Menschen galt, der es einem raubte. Hätte sie die Wahl gehabt, dann hätte sie sich nicht für das Hier und Heute entschieden. Und der Glückliche hätte auch nicht Tucker geheißen.

Eigentlich war es ein Fehler, sich gerade jetzt zu verlieben, wo sie erst allmählich ihre eigenen Bedürfnisse und die in ihr schlummernden Möglichkeiten erkannte. Sie lernte doch noch, auf den eigenen Füßen zu stehen und ihr Schicksal selbst in die Hand zu nehmen. Ausgerechnet jetzt kam inmitten einer Atmosphäre der Angst und

Gewalt eine Liebesbeziehung dazwischen, der nie und nimmer Dauer beschieden sein konnte. Sie mußte schließlich in wenigen Wochen wieder abreisen.

Wie lächerlich es von ihr war, sich in einen Frauenhelden zu verlieben, einen so erfrischend faulen Frauenhelden! Einen Mordverdächtigen! Einen Taugenichts, der Gedichte rezitierte!

Hatte sie sich nicht eingeredet, er sei nichts anderes als eine Westentaschenausgabe von Luis, nur mit einem Südstaatenakzent? Und daß sie anscheinend immer auf dieselbe Sorte von Männern hereinfiel, um sich danach mit Selbstvorwürfen zu zerfleischen?

Doch so sehr sie es auch wollte, sie konnte an all das nicht mehr glauben. In Tucker steckte tausendmal mehr, mehr sogar als er sich selbst eingestand. Sie hatte es an seiner Fürsorglichkeit erkannt, mit der er sich Cys annahm, an seiner Liebe zu seinen Geschwistern, an der Gelassenheit, mit der er Sweetwater und ein gutes Dutzend Betriebe führte, und an seiner Bescheidenheit, denn er verlangte weder Dank, noch ließ er andere seine Macht spüren.

Tucker ging seinen Weg. Er tat, was richtig war, und tat es, ohne lange darüber nachzudenken. Und vor allem schürte er dabei keine unnötigen Ängste vor dem Morgen. Von Tucker ging dieselbe Ruhe aus wie von seinen Nickerchen auf der schattigen Veranda, den Anekdötchen, die er in seinem trägen Südstaatentonfall erzählte, und den kalten Bierchen, die er sich an schwülen Abenden genehmigte.

Caroline lehnte den Kopf gegen die Fensterscheibe. All das, was Tucker verkörperte, hatte sie dringend nötig. Das Leben war nun mal lebenswert, und jeder Mensch sollte mit einem Lächeln hindurchschreiten. Sie brauchte gerade jetzt ein Lächeln. Sie brauchte diese heitere Gelassenheit, die er so mühelos verbreitete. Sie brauchte ihn.

Wozu saß sie noch hier herum und suchte vergeblich Schlaf, wenn das, was sie brauchte, so nahe war?

Caroline sprang jäh vom Fensterbrett herunter. Auf dem Weg zur Loggia nahm sie eine Freesie aus der Vase. Vor dem golden eingerahmten Spiegel blieb sie kurz stehen und strich sich die Haare gerade. Gerade wollte sie in die schwüle Nacht hinaus treten, da ging die Tür wie von selbst auf. Ihr gegenüber stand Tucker. In der Hand hatte er eine Nelke.

Ihr Herz machte einen Satz, und sie wich zurück. »Oh, hast du mich erschreckt!«

»Ich habe Licht bei dir gesehen. Da habe ich mir gedacht, du kannst sicher genausowenig schlafen wie ich.«

»Stimmt.« Sie sah auf die Freesie in ihrer Hand hinunter. »Ich war gerade auf dem Weg zu dir.«

Tuckers Augen leuchteten in einem tiefen Gold. Er nahm Carolines Blume entgegen und gab ihr die seine. »Als wäre es Gedankenübertragung! Gerade habe ich mir überlegt, daß du wegen deiner Schicklichkeit wohl nie zu mir kommen würdest, und habe mich auf den Weg zu dir gemacht ...« Er ließ die Finger durch ihre Haare gleiten. Dann hob er sacht ihr Kinn an. Auf ihrer kühlen Haut fühlte seine Hand sich heiß und fest an. »›Die Sehnsucht kennt die Ruhe nicht‹.«

Sie schmiegte sich an ihn. »Ich will keine Ruhe.«

»Dann gebe ich dir auch keine.« Er zog sie sanft ins Zimmer und schloß die Tür hinter sich.

Ihr erster Kuß war ein gieriger Austausch, als hätten sie seit Jahren und nicht erst wenige Stunden aufeinander verzichten müssen. Doch das Bedürfnis nacheinander war so mächtig wie eine Droge. Von gemurmelten Worten und Stöhnen begleitet, sogen sie aneinander, bis die Lust sich kaum mehr ertragen ließ.

Keuchend drückte Caroline schließlich ihre Lippen an Tuckers Kehle und taumelte mit ihm zum Bett. Er ergriff ihre Hand, als sie das Licht ausknipsen wollte.

»Wir brauchen keine Dunkelheit.« Lächelnd deckte er ihren Körper mit dem seinen zu.

Während Caroline und Tucker sich im Schein der Lampe liebten, der aus dem Norden zurückgekehrte Teddy in der Leichenhalle die Autopsie an Darleen durchführte und der Rest der Bevölkerung von Innocence unruhig schlief, ging es in McGreedys Bar heiß her. Ein langes Wochenende stand bevor, an dessen Ende der Unabhängigkeitstag mit einem Volksfest und einem Feuerwerk gefeiert werden sollte. Bedenken waren erhoben worden. Feierlichkeiten seien angesichts der Mordfälle nicht angebracht, hatte es geheißen, doch der Stadtrat hatte sich letztendlich doch für das Volksfest entschieden. Man wollte sich von einem Geistesgestörten die über zweihundert Jahre alte Tradition nicht kaputtmachen lassen. So zierten also Girlanden die ganze Stadt, und vor allem die Kinder freuten sich auf das Volksfest.

In McGreedys Bar nahmen einige Gäste das Fest schon vorweg. Mochten der Alkohol in Strömen fließen und neben Lachsalven auch ein paar hitzige Worte fallen, McGreedy kannte seine Pappenheimer. Sollte es zu Handgreiflichkeiten kommen, so hatte er hinter dem Tresen ein Gewehr lehnen, mit dessen Hilfe er erfahrungsgemäß jeden Streit schnell schlichtete.

Dwayne, der seit Stunden still vor sich hin trank, bereitete ihm diesmal kaum Kummer. Er wurde ja nur bei Whiskey aggressiv. Heute blieb er beim Bier und wirkte eher unglücklich als betrunken.

An einem anderen Tisch ging es schon wilder zu. Billy T. nahm einen kräftigen Schluck vom Whiskey des Hauses. Ihn ärgerte, daß McGreedy ihn mit Wasser verdünnte, aber diesmal plagten ihn andere Sorgen. Ganz Innocence wußte von seinem Techtelmechtel mit Darleen. Und ausgerechnet sie war ermordet worden. Seine Ehre stand auf dem Spiel.

Mit sechs Kumpanen, darunter sein Bruder John Thomas, ereiferte er sich mit jedem Glas mehr. »Da ist doch was oberfaul!« schimpfte er zum wiederholten Male. »Einen Bullen aus dem Norden holen sie und verhören uns einen nach dem anderen, und in der Zeit schlitzt ein Verrückter nach Belieben unsere Frauen auf!«

Die Runde murmelte beifällig. Zigaretten wurden angezündet, Gläser geleert und Flüche ausgestoßen.

»Ja, sollen wir denn zuschauen und die Bullen weiterpfuschen lassen?« fuhr Billy T. fort. »Danach, wenn es darum geht, die Leichen zu finden, da können sie uns gut gebrauchen. Aber daß wir uns und unsere Frauen schützen wollen, das ist ihnen piepegal.«

»Wahrscheinlich hat er sie erst vergewaltigt und dann aufgeschlitzt«, murmelte Will Shivers in sein Glas hinein. Während die anderen scharfe Sachen tranken, begnügte er sich mit Bier. Seine Verlobte machte ihm ständig Szenen, wenn er sich betrunken bei ihr blicken ließ.

»Das machen die Psychos ja immer!« rief ein anderer. »Weil sie ihre Mutter hassen und sie trotzdem vögeln wollen.«

»So ein Blödsinn!« Billy T. trank seinen Whiskey leer und bestellte mit einer Geste ein weiteres Glas. »Es liegt doch auf der Hand, daß der hier Frauen haßt. Und zwar weiße.«

»Stimmt!« grölte einer. »Negerinnen ist ja nie was passiert.«

Die anderen murmelten ihre Zustimmung. Im Dunst von Whiskey, Tequila und Zigaretten erschien ihnen auf einmal einiges plausibel.

»Eben.« Billy T. beugte sich vertraulich vor. »Die Bullen wollen uns das mit dem Verrückten bloß weismachen. Erst haben sie uns ja auch die Geschichte von Austin Hatinger aufgetischt. Als ob der seine Tochter umgebracht hätte! Aber jetzt weiß ja jeder, daß er es nicht war. Kunststück – es war ein Neger. Trotzdem rücken sie mit der Wahrheit nicht heraus.«

»Jetzt mach aber halblang«, meinte Will. »So was traue ich Sheriff Truesdale nicht zu. Der Kerl ist schwer in Ordnung.«

»Wie kommt es denn dann, daß vier weiße Frauen zerstückelt werden und ihr Mörder immer noch frei herumläuft?«

Alle Augen richteten sich auf Will. Er schätzte richtig ein, daß die anderen bereits zu betrunken waren, um sich zur Besonnenheit mahnen zu lassen, und schwieg.

»Ich kann euch den Grund verraten«, flüsterte Billy T. »Sie wissen nämlich längst, wer es war. Nur haben sie eine Heidenangst vor Rassenunruhen.«

»Mensch, du hast recht!« rief einer. »Die haben ja so gut wie keine Nigger verhört.«

»Die werden schon wissen, warum«, höhnte Billy T. »Einen habt ihr allerdings vergessen – Toby March.«

»Ja, ja, quatschen, das können sie. Und in der Zeit wird die nächste von unseren Frauen abgestochen.«

»Sehr richtig, quatschen können sie«, bestätigte Billy T. Er spürte, daß die Wut, die Angst und der Haß bald überkochen würden. »Und sie werden weiter nur immer ihre Fragen stellen, selbst wenn der Mörder wieder zuschlägt und vielleicht eine von euren Frauen dran glauben muß.«

»Da können wir nicht länger zuschauen!«

»Wir müssen dem einen Riegel vorschieben – egal wie.«

»Ganz richtig.« Billy T. benetzte sich die Lippen. »Und ich kann euch genau sagen, was wir zu tun haben. Sie hatten diesen Dreckskerl von March schon im Sack und haben einen Rückzieher gemacht. Dabei weiß doch jeder, daß er auf weiße Frauen aus ist.«

»Er hat sich ja auch an Edda Lou rangemacht!« rief einer. »Ich hab' genau gesehen, wie er aus ihrem Zimmer gekommen ist.«

»Und ich hab' ihn bei Darleen gesehen. Angeblich wollte er nur die Fenster streichen.«

»Und ich hab' ihn in dem Block rumschleichen sehen, wo Arnette und Francie gelebt haben!«

Billy T. lehnte sich feixend zurück. »Da habt ihr's. So hängen die Morde alle zusammen. Er hat sie ausspioniert und sich die ganze Zeit überlegt, wie er sich an ihnen rächen kann, weil er Frauen haßt. Weiße Frauen. Die Cops mögen ja beide Augen zudrücken, aber ich werde nicht zulassen, daß der Schweinehund wieder eine von unseren Frauen absticht.« Billy T. spürte, daß der richtige Zeitpunkt gekommen war und beugte sich verschwörerisch über den Tisch. »In meinem Wagen habe ich ein schönes, dickes Seil. Und ihr wißt doch alle, wie man mit einem Gewehr umgeht. Feiern wir den Unabhängigkeitstag auf unsere Weise! Brechen wir einem Serienmörder das Genick!« Er stemmte sich hoch. »Wer von euch Mumm hat, holt sich sein Gewehr. Wir treffen uns bei mir. Wir müssen einen Mörder hängen!«

Stühle wurden über den zerkratzten Holzboden geschoben. Sechs Männer polterten zum Ausgang. In ihren Mienen spiegelte sich feste Entschlossenheit gemischt mit Rachlust. In ihren Adern pulsierten eine verquere Art von Gerechtigkeitsgefühl und Freude an Gewalt.

McGreedy, der den Inhalt ihres Gesprächs nicht mitbekommen hatte, ahnte, daß es Ärger geben würde, aber weil sie ihn nicht bei ihm suchten, ging es ihn nichts an, und er polierte erleichtert seine Gläser.

Als einziger von der Runde blieb Will am Tisch zurück. John Thomas wandte sich zu ihm um. »He, was ist mit dir? Kommst du nicht mit?«

»Aber klar doch.« Will hob sein Glas und nahm einen großen Schluck. »Ich trinke nur noch aus.«

»Das will ich auch schwer hoffen.« Mit einem teils zustimmenden, teils drohenden Nicken stürmte Thomas in die Dunkelheit, um seine Remington zu holen.

»O Gott!« Will stürzte verzweifelt den Rest seines Biers hinunter. Er wollte vor den anderen nicht als Feigling dastehen, aber schließlich ging es hier um Mord. Er war nicht betrunken genug, um Lynchjustiz mit Gerechtigkeit zu verwechseln. Was er sah, war ein am Seil baumelnder und mit den Füßen in der Luft strampelnder Toby March, dessen Augen immer weiter hervorquollen und dessen Gesicht blau anlief.

Die traurige Wahrheit war: Ihm graute vor einem solchen Anblick. Da konnte er einfach nicht mitmachen. Das hieße aber, daß seine Saufkumpane ihn in Zukunft schneiden würden. Will sah nur einen Weg, das zu verhindern: Sie mußten irgendwie von ihrem Vorhaben abgebracht werden.

Er schlurfte zu Dwayne hinüber. »Dwayne, hör mir mal zu.«

»Ich hab' dir doch gesagt, du brauchst die Miete erst nächste Woche zu zahlen.«

»Darum geht es gar nicht. Hast du die Burschen gesehen, die gerade rausgegangen sind?«

»Nein, und ich will auch nichts und niemanden sehen, kapiert?« knurrte Dwayne in sein Glas hinein.

»Sie sind auf dem Weg zu March. Sie haben ein Seil dabei.«

Verständnislos schüttelte Dwayne den Kopf. »Was wollen sie denn mit einem Seil?«

»Toby March aufknüpfen. Sie glauben, daß er die Frauen alle auf dem Gewissen hat.«

»So ein Blödsinn! Toby March ist die Gutmütigkeit in Person.«

»Kann schon sein. Aber die Männer holen jetzt ihre Gewehre. Billy T. ist felsenfest davon überzeugt, daß Toby March es war. Und besoffen, wie er ist, schreckt er vor nichts zurück.«

Dwayne rieb sich die Bartstoppeln. »Scheiße, dann müssen wir ihn wohl daran hindern.«

»Das mußt du allein versuchen. Ich kann dir nicht helfen, weil ich sonst für alle hier gestorben bin. Was ich tun konnte, habe ich getan.«

Jedermann war Dwaynes plötzliche Wutausbrüche gewöhnt. Darum erregte er wenig Aufsehen, als er plötzlich aufsprang und Will an der Gurgel packte. »Einen Dreck hast du! Wenn Toby heute ein Härchen gekrümmt wird, mache ich euch fertig, dich genauso wie die anderen!«

»Mensch, Dwayne! Ich kann meinen Freunden doch nicht in den Rücken fallen.«

»Du willst doch das Dach über deinem Kopf nicht verlieren, oder? Du gehst jetzt sofort zum Sheriff. Wenn du ihn nicht in seinem Büro findest, dann gehst du zu ihm nach Hause und sagst ihm alles, was du mir gesagt hast.«

»Dwayne, Billy T. bringt mich um, wenn er das erfährt!«

»Bonny wird niemanden umbringen.« Dwayne stieß Will zur Tür. »Los, Beeilung!«

Eine voll und ganz zufriedene Caroline legte schläfrig den Kopf auf Tuckers Brust. »Ich habe ja immer gedacht, daß gute Manieren nicht alles sein können«, murmelte sie.

»Dann bleib bei mir. Bald wirst du die letzten Reste auch noch vergessen.«

»Ich glaube, das habe ich schon.« Sie preßte die Wange an die seine. »Meinst du, wir können so schlafen?«

»Wie Babys«, versprach er und rieb ihr träge den Rükken. Er achtete nicht weiter auf den Wagen, der die Auffahrt heruntergedonnert kam und mit quietschenden Reifen stehenblieb. Auch dem Türenknallen und kurz darauf dem Getrampel auf den Treppen maß Tucker keine Bedeutung zu. Ob Dwayne betrunken war oder Josie irgendeinem Liebhaber zürnte, konnte er auch noch morgen erfahren.

Aber dann trommelte Dwayne wütend gegen sämtliche Türen und brüllte seinen Namen. Caroline schreckte hoch.

»Herrgott noch mal, was der sich wieder für Zeiten aussucht«, brummte Tucker und zog sich hastig an. »Bleib liegen, ich bring' ihn schon zur Räson.«

Er hörte sich den Lärm draußen noch ein paar Sekunden an, dann riß er die Tür auf. »Menschenskinder, Dwayne, mußt du das ganze Haus aufwecken?«

»Ist schon passiert!« rief Tante Lulu. Sie stand in einem roten Footballdreß in ihrer Tür. »Und ich hatte so schön von Frank Sinatra geträumt ...«

»Leg dich wieder hin, Tante Lulu. Mit dem werde ich schon allein fertig.«

Doch Dwayne rüttelte Tucker an der Schulter. »Hol dein Gewehr! Es gibt Ärger!«

»Du kriegst Ärger!« schrie Della, die ebenfalls auf den Gang getreten war. »Und zwar mit mir. Du hast bloß wieder getrunken. Einen Eimer Wasser sollte ich dir ins Gesicht schütten!« Sie packte ihn am Arm und versuchte, ihn in sein Zimmer zu drängen.

Dwayne riß sich los. »Ich weiß nicht, wieviel Zeit wir haben, Tucker. Sie wollen Toby March lynchen.«

»Was sagst du da?«

»Die Bonnys und ihre Spießgesellen sind zu Toby March unterwegs und wollen ihn aufhängen!«

»O Gott! Ich ziehe mich an.«

»Ich komme mit.« Della wollte zurück in ihr Zimmer rennen, doch Tucker hielt sie fest. »Das ist zu gefährlich für dich. Du bleibst da und rufst Burke an. Sag ihm, daß das Feuerwerk etwas früher losgeht als geplant!«

Die Männer polterten die Treppe hinunter.

»Sie sind doch nur zu zweit!« rief Caroline. »Wenn Burke ihnen nicht schnell zu Hilfe kommt, haben sie keine Chance.«

Tante Lulu musterte ihre Fingernägel. »Ich treffe auf

fünf Meter noch immer jede Cent-Münze genau in der Mitte.«

Della nickte. »Los, zieht euch was an.«

Der alte Custer kläffte wütend los. »Blödes Vieh«, brummelte Toby und wälzte sich im Bett herum.

»Du bist dran«, murmelte Winnie verschlafen.

»Warum ich?«

»Weil ich immer raus muß, wenn die Babys schreien.« Sie schlug die Augen auf und lächelte Toby im Mondlicht an. »Hast du vergessen? In sechs Monaten kommt schon das nächste.«

»Tja, so gesehen, ist es natürlich fair, wenn ich mit dem Hund rausgehe.«

Sie tätschelte ihm den nackten Hintern. »Bringst du mir bei der Gelegenheit ein Glas Orangensaft mit? Du weißt doch, was für Gelüste schwangere Frauen haben.«

»Das habe ich vor zwei Stunden durchaus gemerkt.« Das brachte ihm ein zufriedenes Kichern und einen weiteren Klaps ein. Gähnend schlüpfte Toby in seine Hose und ging hinaus.

Durch das Schlafzimmerfenster sah er einen Lichtschein. Er unterdrückte einen Fluch. Es war ein brennendes Kreuz. Toby war ein tief religiöser und friedfertiger Mensch, doch wenn ihn etwas zum Kochen brachte, dann war es der Haß bestimmter weißer Rassisten gegen ihn und seinesgleichen.

Er riß die Tür auf und stürmte auf die Veranda. Und spürte etwas Kaltes an seiner Brust: einen Gewehrlauf.

»Der Tag der Vergeltung ist gekommen, Nigger«, feixte Billy T. »Zeit, daß du in der Hölle landest.« Er stieß ihm den Lauf fester gegen die Rippen. »Toby March, du bist des Mordes an Darleen Talbot, Edda Lou Hatinger, Francie Logan und Arnette Gantrey für schuldig befunden und zum Tod durch den Strang verurteilt.«

»Ihr habt sie doch nicht alle!« Toby brachte die Worte

kaum über die Lippen. Sein Hund lag zusammengekrümmt auf dem Gras. Sie hatten ihn bewußtlos oder tot geschlagen. Ihn packte lähmende Angst. Er sah John Thomas Bonny und Wood Palmer einen Strick an der alten Eiche befestigen. »Ich hab' niemanden umgebracht!«

»Hört euch das an, Jungs!« höhnte Billy T. »Er will's nicht gewesen sein.«

Trotz seines Schocks bemerkte Toby, daß sie alle sturzbetrunken waren. Das freilich machte sie nur noch unberechenbarer und gefährlicher.

Billy T.s Augen verengten sich zu Schlitzen. »Ihr Nigger könnt doch so gut tanzen. Heute wirst du uns was Schönes vortanzen – ohne den Boden mit den Füßen zu berühren! Und wenn du fertig bist, legen wir dein hübsches kleines Haus in Schutt und Asche.«

Das war kein Spaß. Toby sah ihren Augen an, daß es den Männern blutiger Ernst war. Er würde kämpfen, und er würde natürlich verlieren. Aber seiner Familie durfte nichts geschehen.

Toby stieß das Gewehr beiseite. Mit einem gewaltigen Knall löste sich ein Schuß und versengte ihm den Brustkorb. »Winnie!« brüllte er. »Pack die Kinder und lauf, was du kannst!«

Billy T. rammte ihm den Gewehrkolben ins Auge. »Ich hätte dich ja jetzt schon abknallen können. Ein wunderschönes Loch hätte ich dir in den Bauch pusten können. Aber das Spiel geht anders. Wir hängen ihn!« schrie er den anderen zu. »Tragt ihn schon mal rüber und fesselt ihn!«

Winnie kam herausgerannt und schoß in panischer Angst blind um sich. Billy T. schlug ihr das Gewehr aus der Hand. »Ja, wen haben wir denn da?« Er packte die sich verzweifelt wehrende Frau an der Hüfte. Als sie ihn kratzte, versetzte er ihr einen Fausthieb ins Gesicht. Sie sank benommen zu Boden. »Komm, Woody, halt sie fest.

Wenn das Dreckschwein aufwacht, soll er sehen, wie das ist, wenn die eigene Frau vergewaltigt wird.«

»Ich vergewaltige doch keine Frauen«, brummte der Angesprochene, dem allmählich doch Zweifel an dieser nächtlichen Aktion kamen.

»Dann schau gefälligst zu!« versetzte Billy T. und riß Winnie an den Haaren hoch. »Aber festhalten kannst du sie wenigstens. Und du gehst ins Haus, John Thomas, und schnappst dir die Kinder. Höchste Zeit, daß die mal was Vernünftiges lernen.«

Winnie stieß spitze Schreie der Verzweiflung aus. Sie biß, kratzte und schlug um sich, doch sie konnte nicht verhindern, daß Woody ihr die Hände hinter dem Rükken fesselte.

Aus dem Haus drangen ein Schrei und dann ein wüster Fluch. John Thomas wankte ihnen entgegen. Aus seiner Schulter spritzte Blut. »Das kleine Aas ist mit dem Messer auf mich losgegangen!«

»Herrgott, der wird nicht mal mit 'nem Kind fertig!« Billy T. ging hinüber und untersuchte die Wunde. »Mann, du blutest ja wie eine abgestochene Sau. Komm mal einer her und verarzte ihn. Und ihr anderen behaltet das Haus im Auge. Wenn der Junge sich blicken läßt, wißt ihr, was ihr zu tun habt!«

Toby kam mit einem Stöhnen zu Bewußtsein. Sein linkes Auge war zugeschwollen, das rechte in Panik weit aufgerissen.

Billy T. beugte sich über ihn. Er genoß seine Macht in vollen Zügen. Sie schmeckte, aber sie stieg zu Kopfe. Sein ganzes Leben war er immer nur eine winzige Nummer gewesen. Und jetzt auf einmal war er Herr über Leben und Tod.

Er riß Toby hoch und zog ihm die Schlinge über den Kopf. »So, die ziehe ich jetzt schön langsam zu, mein Kleiner. Aber ein bißchen lasse ich dich noch leben. Vorher mache ich mit deiner Frau das, was du deinen Opfern angetan hast. Keuch du nur!« Er sah grinsend zu, wie Toby nach Luft schnappte und hilflos an seinen Fesseln zerrte.

»Bei Vergewaltigung mach' ich nicht mit«, verkündete Woody erneut, entschlossener diesmal.

Billy T. wirbelte herum. »Du hältst deine dämliche Fresse, kapiert? Das ist keine Vergewaltigung, sondern höhere Gerechtigkeit.«

»Das blutet immer weiter!«

Einer von den Männern hatte sein Hemd ausgezogen und um John Thomas' Wunde gewickelt. Es war längst in Blut getränkt. Billy T. spürte, daß er auf der Verliererstraße war. Die Männer traten verlegen von einem Fuß auf den anderen. Keiner wagte, die auf dem Boden liegende Frau anzusehen. Ihnen wollte Billy T. schon zeigen, was ein richtiger Mann war! Er schnallte den Gürtel auf.

»Da kommt ein Auto, Billy!«

»Wahrscheinlich Will. Der war ja schon immer ein Spätzünder.«

Er setzte sich rittlings auf Winnie. Mit einer Hand riß er ihr den Morgenrock auf, da pfiff ein Schuß an seinem Ohr vorbei.

»Das Ding ist genau auf deine Eier gerichtet, Billy T.!« schrie Tucker. »Wetten, daß es potenter ist als du!«

»Das hier geht dich einen Dreck an, Tucker!« Billy T. verfluchte insgeheim, daß er sein Gewehr auf den Boden gelegt hatte. »Wir tun nur das, was die Bullen längst hätten erledigen müssen.«

»Richtig, brennende Kreuze sind ganz dein Stil. Und den Mut, auf wehrlose Menschen loszugehen, hat auch nicht jeder.« Erst jetzt sah Tucker Winnies blutverschmiertes Gesicht. Ihm wurde fast übel. »Und Frauen schlagen. Dazu braucht man natürlich fünf bis an die Zähne bewaffnete Männer!«

»Der Nigger hat unsere Frauen umgelegt!«

Tucker zog eine Augenbraue hoch. »War das bislang nicht deine Spezialität?«

»Den Killer hängen wir heute noch. Und daran könnt ihr uns nicht hindern. Du und dieser Suffkopf von deinem Bruder.« Er riß Winnie blitzschnell hoch und verschanzte sich hinter ihrem Körper. Ehe Tucker reagieren konnte, hatte er sie zwei Schritte mit sich gezerrt und bückte sich nach seinem Gewehr. »Was wollt ihr zwei gegen uns sechs denn ausrichten, hä?«

Ein weiteres Scheinwerferpaar tauchte die Nacht in grelles Licht. Dellas Oldsmobile bremste scharf. Heraus sprangen drei mit Gewehren bewaffnete Frauen.

»Sieht ganz so aus, als wären wir nicht mehr ganz so schlecht dran!« rief Tucker.

»Glaubst du wirklich, wir machen uns wegen ein paar Weibern in die Hosen?«

Della drückte ungerührt ab. Eine Kugel schlug genau zwischen Woodys Füßen ein. »Ihr wißt doch, daß ich schießen kann. An eurer Stelle würde ich nicht zuviel riskieren!«

Woody warf sein Gewehr als erster zu Boden. »Scheiße noch eins! Ich schieß' doch auf keine Frauen!«

»Dann tritt lieber aus der Schußlinie«, riet ihm Tucker. »Jetzt sind wir fünf gegen fünf.« Ein Sirenenheulen kam näher. »Und dabei bleibt es wohl auch nicht lange. Tja, mein lieber Billy T. An deiner Stelle würde ich Winnie jetzt lieber ganz sachte absetzen. Sonst rutscht mir noch der Finger aus, und ich puste deinem Brüderchen ein Loch in die Stirn.«

»Mensch, Billy, laß sie los!« schluchzte John Thomas.

Billy T. benetzte sich die Lippen. »Vielleicht sollte ich dich abknallen, du Memme.«

»Keine schlechte Idee«, meinte Tucker. »Aber du kannst nicht gleichzeitig schießen und eine Frau festhalten.«

»Laß sie los, Billy«, mahnte Woody. »Werft alle eure

Waffen weg. Das ist heller Wahnsinn, was ihr da macht!«

Wie auf ein Kommando ließen die Männer ihre Gewehre fallen.

»So, jetzt stehst du ganz allein da, Billy T.!« rief Tucker. »Von mir aus kannst du auch gern allein sterben.«

Billy T. warf sein Gewehr weg und stieß Winnie zu Boden. Schluchzend krabbelte sie auf ihren Mann zu.

Als Billy T. Anstalten machte, zu seinem Wagen zu gehen, sagte Tucker ganz ruhig: »Bleib, wo du bist.«

»Willst du mir etwa in den Rücken schießen?«

Statt einer Antwort zerschoß Tucker die Windschutzscheibe.

»Los, knall ihn doch ab!« feuerte ihn Tante Lulu an. »So spart man Steuergelder.«

»Jetzt laßt es doch gut sein!« Caroline wischte sich die schweißnassen Hände ab und eilte zu Winnie hinüber. »Es ist alles vorbei, Winnie, du brauchst keine Angst mehr zu haben.«

»Meine Kinder!«

»Ich gehe gleich zu ihnen.« Caroline versuchte, Winnie von den Fesseln zu befreien, ehe die Kinder aus dem Haus kamen. Aber da rannten sie schon herbei. Jim schwang noch immer das mit John Thomas' Blut verschmierte Metzgermesser.

Caroline wandte sich Toby zu und löste die Schlinge um seinen Hals. Ihr wurde schwindlig, als sie seine Wunden sah. »Du bist ja verletzt! Schnell, jemand muß einen Arzt holen!«

»Wir bringen ihn ins Krankenhaus. Glaubst du, du schaffst es, Toby?« Tucker kniete sich neben Caroline und half ihr, Tobys Fesseln aufzuschneiden. Die inzwischen eingetroffene Polizei, Burke und Carl, führte bereits Billy T. und seine Spießgesellen ab.

Toby schloß seine Kinder in die Arme. Aus seinem unversehrten Auge strömten Tränen. »Ich glaub', ich bin gar nicht so schlimm verletzt.« Er lächelte Winnie aufmunternd an. »Fährst du mich?«

»Aber klar.«

»Na also. Alles halb so schlimm. Dwayne, kannst du mir helfen? Della, fährst du die Kinder nach Sweetwater? Caroline? Wo gehst du hin?«

Sie sah sich nicht um. »Einen Gartenschlauch holen. Soll das Kreuz denn ewig brennen?«

26

Schreie stiegen in die heiße Sommerluft und mischten sich mit aufgeregtem Juchzen und unbändigem Gelächter. An allen Ecken und Enden blitzten, tanzten und wirbelten bunte Lichter und verwandelten das Eustis Field vor den Toren des Städtchens in eine Sinfonie aus bewegten Farben. Der Jahrmarkt hatte in Innocence Einzug gehalten.

Jedermann kramte bereitwillig nach Kleingeld für eine Tour mit dem Riesenrad, eine atemberaubende Berg- und Talfahrt auf der Achterbahn und das schaurig-schöne Schwindelgefühl auf dem Kettenkarussell.

Kinder rannten in einem fort vorbei. Ihre Finger waren von Zuckerwatte verklebt, ihre Wangen aufgebläht, weil sie gierig Hot dogs oder gebrannte Mandeln in sich hineinstopften. Die älteren unter ihnen versuchten, einander bei den Wurf- und Schießbuden zu überbieten, oder ließen sich vom Kettenkarussell durch die Luft wirbeln.

Wieder ältere Semester forderten in der Bingohalle ihr Glück heraus – meist nur für einen Dollar. Ein paar dagegen fielen dem Spielfieber zum Opfer und verloren bis zu ein ganzes Monatsgehalt an den Einarmigen Banditen.

Jeder Besucher hätte das Treiben für einen vollkommen normalen Jahrmarkt in einer Durchschnittskleinstadt im amerikanischen Süden gehalten. Nur auf Caroline verfehlte der Zauber seine Wirkung.

»Warum habe ich mir bloß diesen Besuch aufschwatzen lassen?«

Tucker legte ihr einen Arm um die Schulter. »Weil du meinem Südstaatencharme eben nicht widerstehen konntest.«

Sie blieb vor einem Stand mit Glaswaren stehen, die

man anderswo für den halben Preis bekommen hätte. »Trotzdem ist es nicht passend – nach allem, was geschehen ist.«

»Aber daran ändert ein Volksfest doch auch nichts. Man verlernt höchstens das Lachen nicht ganz.«

»Darleen wird am Dienstag beerdigt.«

»Wenn du zu Hause bleibst und Trübsal bläst, wird sie genauso beerdigt.«

»Nach der Sache von heute nacht …«

»… ist doch alles in bester Butter«, vollendete Tucker den Satz. »Billy T. und seine Kumpane hocken im Gefängnis. Vorhin habe ich mit dem Doc telefoniert. Toby und Winnie haben sich schon wieder prächtig erholt. Da, schau dir nur die zwei Jungen an!« – Tucker deutete auf Cy und Jim, die gerade lachend aus ihrem Achterbahnwagen kletterten – »Die feiern die Feste, wie sie fallen, und lassen sich durch nichts den Spaß verderben.«

Er gab Caroline einen Kuß auf die Haarspitzen und führte sie weiter. »Weißt du übrigens, warum das Gelände ›Eustis Field‹ heißt?«

Ein Lächeln huschte über ihre Lippen. »Nein, aber du wirst es mir sicher gleich sagen.«

»Tja, dieser Eustis ist ein Ur-ur-ur-ur-urgroßonkel von mir. Hoffentlich habe ich mich nicht verzählt. Er führte Sweetwater zwischen 1842 und 1866, und alles gedieh unter seinen Händen. Nicht nur die Baumwolle. Er hatte sechs Kinder. Sechs eheliche genauer gesagt und ein gutes Dutzend andere. Er soll die Sklavinnen gerne beglückt haben, sobald sie ins richtige Alter kamen. Das heißt, wenn sie dreizehn oder vierzehn waren.«

»Wie abscheulich! Und nach so einem habt ihr das Gelände benannt?«

»Ich bin noch nicht fertig.« Tucker hielt inne, um sich eine halbe Zigarette anzuzünden. »Bewundernswert war Eustis wahrlich nicht unbedingt. Ohne mit der Wimper zu zucken hat er seine Kinder – die dunkelhäutigen versteht sich – auf dem Sklavenmarkt verkauft. Seine Frau, eine strenggläubige Katholikin, wollte ihn vor dem Höllenfeuer retten und lag ihm ständig in den Ohren, er solle doch seine Sünden bereuen. Aber sie mochte predigen, soviel sie wollte, dem Ruf der Natur war kein Kraut gewachsen.«

»Natürlich soll das gewesen sein?«

»Für Eustis jedenfalls. Eines Tages türmte eine von den jungen Sklavinnen. Das Baby, das sie von Eustis hatte, nahm sie mit. So etwas paßte Eustis natürlich überhaupt nicht. Er hetzte Männer mit scharfen Hunden hinter ihr her und schwang sich höchstpersönlich aufs Pferd. Auf diesem Feld hat er sie erblickt. Er ließ die Peitsche knallen und gab seinem Pferd die Sporen. Das Mädchen hätte nicht den Hauch einer Chance gehabt – wenn nicht sein Pferd gescheut hätte. Keiner weiß, warum es sich auf die Hinterbeine stellte. War es eine Schlange oder gar der Abgrund der Hölle, der sich vor ihm auftat – jedenfalls brach er sich das Genick.« Tucker zog noch einmal an seiner Zigarette, dann trat er sie aus. »Das war genau an der Stelle, wo jetzt das Riesenrad steht. Findest du nicht auch, daß das irgendwie zu seinem Leben paßt? Und jetzt trampeln all die Leute, ob Schwarze oder Weiße, von denen bestimmt nicht wenige ein, zwei Tropfen von Eustis' Blut in den Adern haben, über das Feld, auf dem sein Schöpfer ihn zu sich geholt hat.«

Caroline lehnte den Kopf an seine Schulter. »Und was ist aus dem Mädchen und dem Baby geworden?«

»Das ist das Komische an der Geschichte. Außer ihm hat keiner sie je gesehen. Und sie tauchten auch nie wieder auf.«

Caroline sog den Duft von gebrannten Mandeln ein. »Jetzt hätte ich Lust aufs Riesenrad.«

»Gute Idee. Und danach gewinne ich ein paar Elvisposter für dich, wenn du willst.«

Lachend hakte sie sich bei ihm ein. »Du hast wieder mal gewonnen.«

»Diese Miss Lulu«, sagte Jim und lutschte genüßlich an seinem Eis. »Die ist schon eine Nummer.«

Cy wischte sich den roten Fruchtsaft aus dem Mundwinkel. Voller Bewunderung sah er zu, wie sie ihren Wagen elegant durch den Autoscooter steuerte. »Einmal bin ich in ihr Zimmer geplatzt, da machte sie gerade einen Kopfstand.«

»Warum denn das?«

»Damit ihre grauen Zellen mit Blut versorgt werden und sie nicht senil wird, hat sie gesagt.«

Jim biß grinsend in die Waffel. »Meine Oma sitzt meistens im Sessel und strickt.«

Sie schlenderten über den Rummelplatz. Hier und da blieben sie stehen und beobachteten, wie Bälle geworfen, Pfeile geschleudert oder Glücksräder gedreht wurden. An der Schießbude versuchten sie beide für einen Vierteldollar ihr Glück. Jim gewann eine Gummispinne und Cy eine Plastikpfeife.

Für einen kurzen Moment bannte Madame Voltura ihr Interesse, von der angeblich eine Spannung von tausend Volt ausging. Zum Beweis leuchteten und zischten an ihrem kurvenreichen Körper Birnen in allen möglichen Farben.

»Ach, da steckt bestimmt ein Trick dahinter«, meinte Cy und blies kräftig in seine Pfeife.

»Wahrscheinlich Batterien.«

Cy bohrte mit der Schuhspitze im Lehm herum. »Jimmy, darf ich dich was fragen?«

»Klar.«

»Ich hab' mir überlegt ... Na ja, wie war das für dich, als du diesem John Thomas Bonny das Messer in die Schulter gerammt hast?«

»Da hab' ich nicht viel nachgedacht. Ich war noch ganz

benommen, und in meinen Ohren hat es richtig gedröhnt. Ich hab' Lucy im Kleiderschrank versteckt, wie Mama es mir aufgetragen hat. Ich hatte keine Ahnung von dem, was sie meinen Eltern antun wollten.«

»Wollten sie … wollten sie deinen Daddy wirklich aufknüpfen?«

»Sie hatten ein Seil und Gewehre dabei.« Das brennende Kreuz erwähnte Jim mit keinem Wort. Im nachhinein war es für ihn das Allerschlimmste. »Sie haben die ganze Zeit geschrien, er hätte die Frauen auf dem Gewissen, aber das stimmt nicht.«

»Dasselbe haben sie von meinem Daddy behauptet. Aber er war es genausowenig.«

»Einer muß es aber gewesen sein. Vielleicht sogar einer, den wir gut kennen.«

»Bestimmt sogar.«

»Cy?«

»Ja?«

»Als ich diesen John Thomas Bonny bluten sah, da hat sich mir fast der Magen umgedreht. Mir will nicht in den Kopf, daß es Menschen gibt, die immer wieder zustechen können und denen das auch noch Spaß macht. Die müssen irgendwie verrückt sein.«

»Da hast du wohl recht.« Cy mußte an die Augen seines Vaters denken. Hatte er sich nicht im nachhinein gesagt, er wisse nun alles über den Wahnsinn? Doch er wollte sich nicht schon wieder mit diesen gräßlichen Szenen quälen. Er kramte in seinen Taschen nach Kleingeld. »Hast du Lust aufs Kettenkarussell?«

»Au ja! Wer als letzter hinkommt, kauft die Karten.«

Unter Kriegsgeheul rannten die beiden los, um jäh stehenzubleiben. Wie aus dem Boden gestampft, stellte sich Vernon Cy in den Weg.

»Du läßt es dir ja gut gehen, Kleiner!«

Cy starrte seinem Bruder ins Gesicht, in dem sein Vater weiterzuleben schien. Wie bei Austin war es eine Fratze der Wut. Seine Augen waren glasig und drückten zugleich eine Kälte und Härte aus, daß Cy unwillkürlich zusammenzuckte. Er hatte Vernon seit Austins Beerdigung nicht mehr gesehen. Dort hatte sein Bruder ihn kein einziges Mal angesprochen, sondern ihn nur immer über das offene Grab hinweg mit finsteren Blicken geradezu durchbohrt.

Die Lichter schienen Cy plötzlich das Gesicht zu versengen und den Rest von Innocence in Dunkelheit zu tauchen.

»Was tu' ich denn?«

»Du tust immer was! Hast dir ja klammheimlich einen Job auf Sweetwater verschafft, verplemperst deine Zeit mit Niggern und scherst dich nicht drum, daß sie weiße Frauen umbringen. Selbst deine Schwester ist dir scheißegal! Du bist ja jetzt was Besseres.«

»Jim ist mein bester Freund!« Cy hielt Vernons Blick stand, obwohl ihm klar war, daß es gleich wieder Hiebe hageln würde. Und weil sie Brüder waren, würde sich niemand einmischen. »Wir haben nichts getan!«

»Es reicht, daß du dich mit Niggern rumtreibst. Am Ende hast du noch Edda Lou zu ihnen gelockt. Du hast ja auch Daddys Tod auf dem Gewissen!« Vernon packte Cy erregt am Hemd.

»Ich hab' überhaupt niemanden umgebracht!« schrie Cy. »Daddy wollte Miss Caroline was antun, da hat sie in Notwehr geschossen!«

»Du schmutziger kleiner Lügner!« Vernon gab ihm mit der linken Hand eine schallende Ohrfeige, daß dem Jungen schwarz vor Augen wurde und Blut aus seiner Nase tropfte. »Du hast ihn verraten, und sie haben ihn wie einen Hund abgeknallt. Mit ihrem schmutzigen Geld haben sie das bloß vertuscht. Hältst du mich für blöd oder was? In dir steckt der Satan, Kleiner. Jetzt, wo Daddy tot ist, habe ich die Pflicht, ihn dir auszutreiben.«

Vernon holte zum nächsten Schlag aus. In diesem Moment sprang Jim los und klammerte sich mit beiden Händen an seinen Arm. Zu zweit waren sie dem Bären von Mann noch immer nicht gewachsen, doch mußte Vernon Cy loslassen, wollte er den anderen abschütteln. Kaum hatte er Cy wieder gepackt, heftete Jim sich erneut an ihn und bearbeitete seinen Rücken mit Faustschlägen.

»Renn, was du kannst, Cy! Ich hab' ihn!«

Aber Cy rannte nicht weg. Er schüttelte sich nur kurz und wischte sich das Blut unter der Nase weg. Er glaubte in diesem Moment, Jims Bemerkung von dem Dröhnen in den Ohren zu verstehen. Er wußte nur nicht, ob das Rauschen vom Schlag kam oder vom Blut, das in seinen Schläfen toste. »Ich laufe nicht weg!« schrie er und ballte die blutverschmierten Fäuste.

Grinsend schüttelte Vernon Jim ab. »Du kleiner Hosenscheißer willst es wohl mit mir aufnehmen, was?«

»Ich laufe nicht weg«, wiederholte Cy mit leiser Stimme. Er wischte sich mehr Blut aus dem Gesicht. Sein ganzes Leben war er vor seinem Vater weggelaufen. Aber jetzt wollte er sich stellen. Der letzte Rest seiner Unschuld war verschwunden. Er war nun ein Mann. »Ich laufe nicht weg. Und du hast mich zum letzten Mal verprügelt.«

Immer noch grinsend breitete Vernon beide Arme aus. »Du willst dich mit mir anlegen? Nur zu, Kleiner. Danach erlebst du aber dein blaues Wunder.«

Cys Faust schoß nach vorne. Später sollte er sich fragen, ob das wirklich er gewesen war. Denn der Arm, die Faust, die nie geahnte Kraft und die Wut, die ihn plötzlich beseelte, schienen wie von außen zu kommen. Cy traf genau in der Mitte.

Blut spritzte aus Vernons Nase. Hinter ihnen hatte sich eine Menschenmenge gebildet. Von ihr kamen Anfeuerungsrufe. Cy begriff, daß sie ihm galten, auch wenn er nur noch schemenhafte Schatten sah und ein stechender Schmerz in seinen Arm schoß.

Der Nebel um ihn lichtete sich. Tucker stand plötzlich zwischen ihm und seinem Bruder. »Na so was. Veranstaltet ihr hier eine kleine Extrashow? Die möchte ich mir nicht entgehen lassen. Was kostet der Eintritt?«

Vernon fletschte die Zähne. »Geh mir aus dem Weg, Longstreet, oder ich schlag' dich zu Brei!«

»Das mußt du auch, wenn du an deinen Bruder ran willst. Aber noch einmal erhebst du mir nicht die Hand gegen ihn.«

»Und wer soll mich dran hindern?«

»Ich.«

»Und ich!« Verschwitzt und leicht schwankend trat Dwayne an die Seite seines Bruders.

Einer nach dem anderen scharten sich die Männer aus der Menge hinter den zwei Longstreets. Schwarze und Weiße bildeten eine Mauer des Schweigens, die doch mit beredter Zunge von der Gerechtigkeit kündete.

Vernon ballte in ohnmächtiger Wut die Fäuste. »Ewig kann er sich ja nicht verstecken, und dann gnade ihm Gott.«

»Er versteckt sich jetzt ja auch nicht«, widersprach Tucker. »Er mag nicht so groß sein wie du, aber er ist im Gegensatz zu dir ein ganzer Mann. Und er steht unter meinem Schutz. Deine Mutter hat es mir unterschrieben. Daran kannst du nichts mehr ändern.«

»Mir doch egal, für wieviel Geld sie ihn an dich verkauft hat. Er ist vom selben Blut wie ich. Du hast zuviel von unserem Blut an deinen Händen kleben.«

Tucker trat einen Schritt vor. Mit bedrohlich gedämpfter Stimme, die nur Vernon verstehen konnte, zischte er: »Du weißt genauso wie ich, daß er dir einen Dreck bedeutet. Das mit der Verwandtschaft ist bloß ein Vorwand. Du willst ihn quälen und nennst das eine Familienangelegenheit. Aber jetzt stehst du ganz allein,

Vernon. Wenn du deinem Bruder noch einmal etwas antust, wirst du es hier sehr schwer haben. Deine Familie hat auch ohne dich genug gelitten.«

»Und du bist schuld daran. Die Sache ist noch lange nicht vorbei, Tucker.«

»Wahrscheinlich nicht. Aber heute gibst du Ruhe.« Tucker wandte sich abrupt um und ging zu den anderen zurück. Caroline kümmerte sich inzwischen um Cys blutende Nase. Die Wunde war nicht so schlimm, wie sie aussah.

27

Burke sah mit einem herzhaften Gähnen von seinen Frühstückscornflakes auf. »So früh habe ich dich ja seit der Schulzeit nicht mehr auf den Beinen gesehen, Tuck. Auf dem Herd steht noch Kaffee, wenn du willst.«

»Ich wollte dich unter vier Augen sprechen, was in deinem Büro ja nicht möglich wäre.«

»Mein Büro? Du meinst wohl Burns' Büro. Meinen Stuhl habe ich seit drei Tagen nicht mehr unter dem Hintern gespürt, wenn du es genau wissen willst.«

»Kommt er weiter, oder wirbelt er bloß Staub auf?«

»Zumindest führt er einen enormen Papierkrieg. Faxe, Eilsendungen, Konferenzschaltungen mit Washington. An der Wand haben wir seit neuestem eine Karte mit den Tatorten, den Fotos der Opfer und allen möglichen Koordinatensystemen, daß einem ganz schwindlig davon wird.«

Tucker schenkte sich eine Tasse Kaffee ein und setzte sich. »Verraten darfst du mir wohl nichts, oder?«

Ihre Blicke begegneten sich. »Stimmt. Wir haben ein paar Verdächtige, das ist alles.«

»Gehöre ich immer noch dazu?«

»Du hast ein Alibi für Edda Lou.« Burke stocherte in seiner Schale herum. Nach einigem Zögern legte er den Löffel beiseite. »Laß dir eins gesagt sein: Burns hat dich auf dem Kieker. Er kann sich nicht vorstellen, daß du mit Josie die ganze Nacht Karten gespielt hast.«

»Ach, deswegen mache ich mir keine Sorgen.«

»Solltest du aber. Burns würde die ganze Angelegenheit liebend gern dir anhängen. O ja, er ist korrekt und würde nie ein Gesetz brechen, aber wenn er einen Weg sähe, dich fertigzumachen, dann täte er das mit dem größten Vergnügen.«

»Tja, die Abneigung ist ganz meinerseits«, meinte Tukker mit einem dünnen Lächeln. »Haben sie denn schon die Tatzeit bei Darleen ermittelt?«

»Teddy setzt sie zwischen neun Uhr abends und Mitternacht an.«

»Da ich ab neun mit Caroline zusammen war, dürfte ich dann ja wohl endgültig aus dem Kreis der Verdächtigen ausscheiden.«

»Bei einer Serie von Morden wie hier spielen nicht nur Motive und Gelegenheiten eine Rolle. Burns hat sich von einem Psychiater ein Verhaltensprofil erstellen lassen. Wir suchen einen psychisch Gestörten, der Frauen haßt – vor allem solche mit einem leichten Lebenswandel – und der die Opfer alle gut genug kannte, um sich auch allein mit ihnen zu treffen.«

Burkes Cornflakes waren inzwischen vollkommen durchweicht. Er schaufelte ein paar Löffel in sich hinein, weniger aus Appetit als eher einer Art Pflichtgefühl folgend. »Bei Darleen stehen wir vor einem Rätsel«, fuhr er fort. »Vielleicht ist er ihr auf der Straße nur rein zufällig begegnet. Dann wäre der Mord aus einem Impuls heraus geschehen. Zufall und Impuls passen aber überhaupt nicht zum Verhaltensprofil.«

Eine gute Minute fiel kein Wort mehr. Tucker mußte sich das alles durch den Kopf gehen lassen. Sie hatten also ein Koordinatensystem mit Verhaltensmustern, aber die Anschlüsse paßten noch nicht ganz. »Können wir noch mal auf das zurückkommen, was der Psychiater gesagt hat?« bat er schließlich. »Ihr sucht also jemanden mit einem gestörten Verhältnis zu Frauen – weil er seine Mutter haßt, oder weil irgendeine Frau ihn hat sitzenlassen, richtig?«

»Genau.«

»Vor Darleen hattet ihr auf Austin getippt.«

»Er hätte ins Schema gepaßt. Und nachdem er mit dem Messer auf Caroline losgegangen war, waren wir sogar felsenfest davon überzeugt.«

»Aber Austin hätte schon von den Toten wiederauferstehen müssen, um Darleen zu ermorden. Sag mal, was hältst du eigentlich von erblich bedingten Anlagen? Könnten solche Verhaltensmuster auf irgendwelche Gene zurückzuführen sein?«

»Jeder, der Kinder hat, macht sich über so was Gedanken. Und jeder, der Eltern hat, wohl auch, würde ich sagen.« Burke schob sein Frühstück endgültig beiseite. »Ich habe jahrelang darüber gegrübelt, ob ich die falschen Entscheidungen meines Vaters auf meine Weise wiederholt habe und mich auch in alle möglichen Ecken habe drängen lassen, in die ich nie wollte.«

»Das tut mir leid, Burke. Ich hätte erst denken und dann fragen sollen.«

»Mach dir keine Vorwürfe. Das Ganze liegt ja schon eine kleine Ewigkeit zurück. Ich kümmere mich jetzt lieber um die Gegenwart und um meine Kinder. Mein Jüngster zum Beispiel ist mir wie aus dem Gesicht geschnitten. Mir wird richtig unheimlich, wenn ich alte Fotografien von mir in dem Alter sehe.«

»Vernon schlägt ja auch ganz nach seinem Daddy«, sinnierte Tucker. »Das kann tiefer gehen als nur die Augenfarbe oder die Form der Nase. Es kann auch die ganze Persönlichkeit, die Gesten und Gewohnheiten betreffen. Ich setze mich damit seit einiger Zeit auseinander, weil es in meiner Familie ja auch so ist.« Tucker zögerte, denn er schnitt ein Thema an, das er normalerweise mit niemandem diskutierte, selbst mit Burke nicht. »Weißt du, Dwayne hat ja dieselben schlimmen Gewohnheiten, die unserem Daddy das Leben gekostet haben. Vielleicht neigt er nicht ganz so zur Gewalttätigkeit, aber die Anlagen stecken in ihm. Und wenn ich in den Spiegel schaue oder Josies oder Dwaynes Gesichter sehe, erkenne ich unsere Mutter wieder. Sie lebt in uns weiter, Burke. Sie liebte doch Bücher und Gedichte – genau wie ich. Ich hatte keine große Wahl. Es ist einfach in mir drin.«

»Das will ich gar nicht bestreiten. Marvella wirft zum Beispiel den Kopf auf dieselbe Weise zurück wie ihre Mutter. Von Susie hat sie auch den Dickschädel, dieses ›Das wäre ja gelacht, wenn ihr nicht nach meiner Pfeife tanzt!‹ Wir reichen unsere Anlagen eben weiter, die guten wie die schlechten.«

»Worauf ich hinaus will: Vernon springt auch nicht sanfter mit seiner Frau um als Austin mit Mavis.«

»Wie kommst du darauf, Tucker?«

»Hast du von der Szene auf dem Jahrmarkt gestern gehört?«

»Daß Cy seinem großen Bruder die Nase blutig geschlagen hat? Marvella und Bobby Lee haben es gesehen. Sie waren alles andere als empört.«

»Vernon ist nicht sehr beliebt im Ort. Sein Vater war es genausowenig. Sie haben dieselbe Visage, Burke. Und vor allem denselben Blick. Ich muß bei den zweien immer an ein Bild denken. Es ist aus einer Kinderbibel, die mir meine Mutter einmal geschenkt hat. Ich weiß nicht mehr, welcher Prophet dargestellt wurde, Jesaja oder Hesekiel oder so. Er ist jedenfalls für vierzig Tage zum Fasten in die Wüste gegangen und dort dem Herrn begegnet. Danach hat er irgendwas von verschiedenen Zungen gepredigt. Das Bild zeigte ihn bei seiner Rückkehr. Er hat denselben wilden Blick wie ein Wiesel, wenn es ein Huhn riecht. Danach habe ich mich immer gefragt, warum Gott sich Verrückte ausgesucht hat, um durch sie zu sprechen. Als Kind dachte ich mir, daß es an der Hitze in der Wüste gelegen haben mußte, die ihnen nicht gut bekommen ist. Heute sage ich mir, daß noch was ganz anderes in ihrem Kopf umging, und daß das nichts mit Erleuchtung oder Nächstenliebe zu tun hatte.«

Schweigend schenkte Burke sich noch eine Tasse Kaffee ein. Burns hatte ihm gegenüber ja auch etwas von inneren Stimmen erwähnt, die bestimmten Serienmördern angeblich zugeflüstert hatten, sie sollten an diesen oder jenen Ort gehen und die Tat verüben. Was ihn selbst betraf, so hatte Burke keinerlei Hang zum Mystischen. Seiner Meinung nach versuchten die meisten Angeklagten durch solche Behauptungen lediglich, wegen Unzurechnungsfähigkeit eine weniger drastische Strafe herauszuschinden. Andererseits konnte er Tuckers Theorie nicht so ohne weiteres beiseitewischen.

»Soll das heißen, daß Vernon Stimmen gehört hat?«

»Ich weiß nicht, was in seinem Kopf vorgeht, aber seinen Augenausdruck gestern werde ich nie vergessen. Es war genau derselbe wie bei Austin, als er sich auf mich gestürzt und den Namen meines Vaters geschrien hat. Und genauso hat dieser Prophet da dreingeschaut. Wenn Vernon Cy hätte erschlagen können, hätte er es garantiert auch getan. Und ich würde auf der Stelle Sweetwater hergeben, wenn er es nicht für einen göttlichen Auftrag gehalten hätte.«

»Mir ist aber nichts von einer wie auch immer gearteten Beziehung mit den Opfern bekannt. Außer der zu seiner Schwester natürlich.«

»Wir leben doch in Innocence. Da läuft man sich ja tagtäglich über den Weg. Kennst du nicht auch den Spruch vom Apfel, der nicht weit vom Stamm fällt? Wenn Austin zum Mord fähig war, müssen wir Vernon ganz bestimmt dasselbe zutrauen.«

»Ich werde mich mal mit ihm unterhalten.«

Tucker lehnte sich zufrieden zurück. Das Telefon schrillte, doch Burke ging nicht hin. Oben war auch noch ein Anschluß, und Susie nahm nach dem dritten Klingeln den Hörer ab.

»Kommst du heute nacht zu uns? Wir veranstalten ein Feuerwerk in Sweetwater.«

»Wenn meine Frau und Kinder nichts dagegen haben.«

»Und Carl auch?«

»Wozu sollte er in der Stadt bleiben, wenn alles zu euch rausfährt? Warum fragst du?«

Tucker rutschte nervös auf seinem Stuhl hin und her. »Na ja, es wird ziemlich heiß hergehen. Jemand könnte das ausnutzen. Ich mache mir schreckliche Sorgen, vor allem um Josie und Caroline. Darum möchte ich euch unbedingt in der Nähe wissen.«

»Burke.« Susie kam im Morgenrock in die Küche.

»Ein Anruf aus dem Büro?« wollte Burke wissen.

»Nein, von Della. Matthew Burns hat Dwayne zum Verhör abführen lassen.«

Wenn er nicht so aufgebracht gewesen wäre, die Vorstellung wäre zum Lachen gewesen. Einfach absurd, daß sein Bruder Dwayne mit dem weichen Herz und den sanften Augen einen Mord begangen haben sollte! Aber daß dieser Lackaffe von FBI-Agent sich erdreistete, seinen Bruder aus dem Bett zu zerren und zum Verhör ins Sheriffsbüro zu verfrachten, war eine bodenlose Unverschämtheit.

Mühsam um Selbstbeherrschung ringend, stürmte Tucker zusammen mit Burke aus dem Haus. Er nahm sich fest vor, diesmal ganz ruhig zu bleiben. Burns wartete ja nur auf einen Anlaß, ihn hinauszuwerfen, aber den Gefallen wollte er ihm nicht tun.

Beim Betreten des Sheriffsbüros warf Tucker Dwayne eine Zigarette zu und zündete sich selbst auch gleich eine an – eine ganze. »Sie stehen ja früh auf, Burns«, grüßte er den Beamten. »Dabei ist heute doch ein Feiertag.«

»Dessen bin ich mir sehr wohl bewußt.« Burns lehnte sich auf Burkes Stuhl zurück. »Mir ist aber auch bekannt, daß für zwölf Uhr ein Umzug geplant ist. Mir liegt es fern, die örtlichen Feierlichkeiten zu stören. Sheriff, mir wurde gesagt, Sie wollen die Innenstadt ab zehn Uhr sperren?«

»Richtig.«

»Mein Wagen steht im Zentrum. Jemand muß ihn für

mich zu einer jederzeit erreichbaren Stelle fahren.« Burns legte die Autoschlüssel auf den Tisch.

Carl bemerkte das zornige Funkeln in Burkes Augen und nahm die Schlüssel an sich. »Ich fahre Ihren Wagen in die Magnolia Street.« Auf dem Weg zur Tür wandte er sich noch einmal zu Tucker um. »Tut mir leid, Tuck. Wenn's nach mir gegangen wäre, hätte ich deinen Bruder nicht abgeholt, aber ich hatte einen Befehl.«

»Ist schon gut, Carl. Lange kann er ihn sowieso nicht festhalten. Dein Töchterchen tanzt heute beim Umzug mit, habe ich gehört.«

»Seit Wochen hat sie nichts anderes mehr im Kopf. Ihr Opa hat extra deswegen eine Videokamera gekauft. Er will alles filmen.«

»Wirklich faszinierend, Deputy«, schaltete Burns sich ein. »Aber Sie und ich, wir sind beide dienstlich hier.« Sein Blick richtete sich auf Tucker. »Außenstehende haben hier nichts zu suchen.«

»Ich werde mir ihren Auftritt nicht entgehen lassen, Carl«, versprach Tucker dem hinauseilenden Deputy. Nach einem tiefen Lungenzug wandte er sich an seinen Bruder. »Hat er dir eigentlich deine Rechte vorgelesen, Dwayne?«

»Mr. Longstreet ist nicht verhaftet worden«, mischte Burns sich ein. »Er wird lediglich verhört.«

»Er hat ein Recht auf die Hinzuziehung eines Anwalts, oder?«

Burns spreizte die Hände. »Aber gewiß. Wenn Sie den Eindruck haben, Ihre Rechte würden nicht hinreichend gewahrt, Mr. Longstreet, oder Sie könnten sich durch Ihre Aussagen selbst belasten, so können Sie jederzeit Ihren Anwalt anrufen. Wir warten gerne.«

»Ich bring's lieber gleich hinter mich«, knurrte Dwayne mit einem kläglichen Blick auf Tucker. »Könnte ich aber vielleicht einen Kaffee und ein paar Aspirin haben?«

Burke klopfte Dwayne aufmunternd auf die Schulter. »Wir kriegen dich schon wieder hin.«

»Ich mache Sie noch einmal darauf aufmerksam, Longstreet«, sagte Burns und deutete mit dem Kinn zur Tür. »Das ist ein offizielles Verhör. Unbefugte haben dabei nichts zu suchen.«

»Burke hat mich zum Hilfssheriff ernannt«, erwiderte Tucker mit einem dünnen Lächeln. »Am Unabhängigkeitstag ist erfahrungsgemäß die Hölle los. Da kann er Verstärkung gut gebrauchen.«

Burke ging auf das Spiel ein. »Das stimmt, Agent Burns. Tucker hat sich in den letzten Jahren als zusätzliche Hilfe immer bestens bewährt.«

»Nun gut.« Burns schaltete seinen Recorder ein. »Mr. Longstreet, Sie sind ansässig auf dem Anwesen Sweetwater im County Bolivar, Mississippi?«

»Richtig, ja.« Mit einem dankbaren Nicken nahm Dwayne eine Tasse Kaffee und die Tabletten entgegen. »Die Longstreets bewirtschaften die Plantage seit fast zweihundert Jahren.«

»Gut. Und Sie leben dort zusammen mit Ihrem Bruder und Ihrer Schwester.«

»Und Della. Sie ist seit über dreißig Jahren unsere Haushälterin. Im Moment wohnt auch unsere Tante Lulu bei uns. Sie ist eine Großtante mütterlicherseits. Keine Ahnung, wie lange sie bleibt. Sie kommt und geht, wann sie will. Einmal ...«

»Sparen Sie sich die Masche vom lieben Jungen«, unterbrach ihn Burns. »Ich möchte nach Möglichkeit noch vor der Parade fertig werden.«

»Ich beantworte ja nur Ihre Fragen«, erwiderte Dwayne mit einem Zwinkern in Richtung Tucker. »Ach ja, im Moment wohnen noch der junge Cy und Caroline Waverly bei uns. Wollten Sie denn das nicht wissen?«

»Ihr Familienstand?«

»Geschieden. Im Oktober werden es zwei Jahre. Da wurde es offiziell bestätigt. Stimmt doch, oder, Tucker?«

»Doch, ja.«

»Und wo lebt Ihre Ex-Gattin?«

»In Nashville. Rosebank Avenue. Sie bewohnt dort ein hübsches kleines Haus, von dem es die Jungen nicht weit zur Schule haben.«

»Und sie hieß mit Mädchennamen Adelaide Koons?«

»Sissy«, verbesserte Dwayne. »Weil ihr kleiner Bruder nie Adelaide sagen konnte, wurde sie einfach Sissy genannt.«

»Und Mrs. Longstreet war von Ihnen schwanger, als Sie heirateten?«

Dwayne sah stirnrunzelnd in seinen Kaffee. »Mir ist zwar nicht klar, was Sie das angeht, aber ich mache kein Geheimnis daraus.«

»Sie haben sie geheiratet, um dem Kind einen Namen zu geben?«

»Wir haben geheiratet, weil wir es für das Beste hielten.«

Burns faltete die Hände über der Tischplatte und nickte. »Und kurz nach der Geburt Ihres zweiten Sohnes hat Ihre Frau Sie verlassen.«

Dwayne trank seinen Kaffee leer. Über den Tassenrand hinweg fixierte er unablässig den Beamten. Seine blutunterlaufenen Augen nahmen plötzlich einen harten Ausdruck an. »Auch das ist kein Geheimnis.«

»Würden Sie zugeben, daß dem eine häßliche Szene voranging? Ich beziehe mich auf das Protokoll meiner bisherigen Ermittlungen: Ihre Frau sperrte Sie nach einem heftigen Streit aus und warf Ihre Habseligkeiten aus dem Fenster. Dem Vernehmen nach hatten Sie exzessiv getrunken. Am Tag darauf zog sie zu einem Schuhvertreter und Hobbymusiker nach Nashville.«

Dwayne betrachtete die Zigarette, die er noch nicht angezündet hatte. »Das dürfte so ungefähr stimmen.«

»Was empfanden Sie dabei, Mr. Longstreet, als Ihre Frau Sie mit Ihren Kindern wegen eines zweitklassigen Gitarristen verließ?«

Jetzt erst zündete sich Dwayne umständlich seine Zigarette an. »Sie mußte wohl das tun, was sie für richtig hielt.«

»Sie sahen das Ganze also eher gelassen?«

»Ich habe nicht versucht, sie aufzuhalten, wenn Sie das meinen.«

»Im Scheidungsurteil wurden Ihnen emotionale Grausamkeit, Gewalttätigkeit und ein unstetes Wesen assistiert. Es hieß, Ihre Kinder müßten vor Ihrer Person geschützt werden. Empfanden Sie das als ungerecht?«

»Sissy war damals nicht gut auf mich zu sprechen. Ich kann auch nicht von mir behaupten, daß ich jederzeit einen guten Familienvater abgab.«

Jetzt platzte Tucker doch der Kragen. »Das mußt du dir nicht bieten lassen, Dwayne! Dieser Idiot hat kein Recht, dich über eine längst vergangene Sache zu verhören!«

Burns neigte nur den Kopf. »Sehen Sie einen Grund, warum Ihr Bruder bekannte Tatsachen nicht bestätigen sollte?«

»Das nicht. Aber ich sehe auch keinen Grund, warum ich Sie nicht mit einem Tritt in Ihren dürren Arsch nach Washington befördern sollte!«

»Das Gespräch können wir bei Gelegenheit fortführen, Longstreet. Im Moment behindern Sie das FBI bei der Arbeit. Bei der nächsten Störung können Sie dem Verhör von der Zelle aus beiwohnen.«

Tucker packte den Beamten an der Seidenkrawatte. »Ich werde Ihnen gleich zeigen, wie wir solche Sachen im Delta regeln!«

»Laß ihn doch!« rief Dwayne.

»Einen Dreck werde ich!«

»Ich habe gesagt, du läßt ihn in Ruhe! Ich habe nichts zu verbergen! Von mir aus kann mir der Scheißyankee Löcher in den Bauch fragen. Ich will das Ganze endlich hinter mich bringen.«

Tucker ließ den Beamten widerstrebend los. »Wir werden das Gespräch bei Gelegenheit fortführen.«

Mit versteinerter Miene rückte Burns seine Krawatte gerade. »Ich freue mich schon darauf.« Er blieb stehen und wandte sich der gigantischen Wandkarte mit den Fotos der Opfer, den Tatorten und Koordinatensystemen zu. Mit dem Finger tippte er auf das Foto einer lächelnden Blondine. »Mr. Longstreet, waren Sie mit Arnette Gantrey bekannt?«

»Natürlich. Wir sind zusammen in die Schule gegangen.«

»Und Francie Logan?« Burns' Finger berührte das nächste Foto – eine Schwarzweißaufnahme der verstümmelten Wasserleiche.

Dwayne wandte den Blick ab. »Jeder kannte doch die Francie. Sie ist ja hier aufgewachsen. Sie lebte eine Zeitlang mit ihrem Mann in Jackson. Nach der Scheidung kam sie wieder zurück.«

»Mit Edda Lou Hatinger waren Sie auch bekannt?«

»Ja. Und weil Sie's mich sowieso gleich fragen werden: Darleen kannte ich auch.«

»Kannten Sie auch eine gewisse Barbara Kinsdale?«

Dwayne verzog seine Stirn in nachdenkliche Falten. »Nein, nie gehört.«

»Sind Sie sich dessen auch ganz sicher?« Burns nahm ein Foto von der Wand und legte es auf den Tisch. »Sehen Sie sich das Bild bitte genau an.«

Dwayne nahm die Aufnahme in Augenschein. Sie zeigte eine hübsche Brünette von etwa dreißig Jahren. »Nein, die habe ich noch nie gesehen.«

»Wirklich nicht?« Burns schlug seine Unterlagen auf. »Barbara Kinsdale. Alter: einunddreißig Jahre. Größe: ein Meter zweiundsechzig. Gewicht: neunundvierzig Kilogramm. Haarfarbe: braun. Erinnert Sie diese Beschreibung nicht an jemanden?«

»Nein, warum?«

»Sollte sie aber. Die Merkmale Ihrer Ex-Frau sind fast identisch. Mrs. Kinsdale war Kellnerin im Stars und Bars in Nashville. Die Bar befindet sich in der unmittelbaren Nachbarschaft der Wohnung Ihrer Ex-Frau. Emmett Cotrain, der Verlobte Ihrer Ex-Frau, tritt in derselben Bar als Gitarrist auf. Eine interessante Häufung von Zufällen, finden Sie nicht auch?«

»Da haben Sie wohl recht.« Auf Dwaynes Stirn bildeten sich dicke Schweißperlen.

»Die Sache wird noch interessanter. Mrs. Kinsdale wurde im Mai in einem See außerhalb von Nashville gefunden. Sie war unbekleidet. Jemand hatte ihr die Kehle aufgeschlitzt und den Rest des Körpers verstümmelt.«

Burns schob ein anderes Foto über den Tisch. Es zeigte die tote Barbara Kinsdale. »Wo waren Sie am 22. Mai dieses Jahres, Mr. Longstreet?«

»Oh, mein Gott!« Dwayne kniff die Augen fest zu. Die Aufnahme zeigte die Tote so, wie die Polizisten sie ans Ufer gelegt hatten – gräßlich verstümmelt und am ganzen Körper grau.

»Muß ich Sie daran erinnern, daß Sie sich zwischen dem 21. und 23. Mai in Nashville aufhielten?«

»Ich bin mit meinen Söhnen in den Zoo gegangen.« Dwayne wagte nun doch einen Blick. Die Tote sah Sissy in der Tat verblüffend ähnlich. »Ich habe das ganze Wochenende mit meinen Söhnen verbracht. Sie schliefen bei mir im Hotel.«

»In der Nacht zum dreiundzwanzigsten wurden Sie aber allein in der Hotelbar gesehen.«

»Da schliefen sie schon. Ich hatte sie ins Bett gebracht und habe mir dann einen Drink genehmigt. Na ja, zwei, aber nicht mehr – wegen der Jungs. Sissy hatte von mir mehr Geld und ein größeres Haus gefordert.«

»Haben Sie nicht kurz vor Mitternacht Ihre Frau angerufen und mit ihr gestritten? Sie sollen ihr gedroht haben.«

»Jawohl, ich war sauer. Ich wollte ihr kein neues Haus finanzieren, nur damit ihr neuer Typ sich als Vater meiner Söhne aufspielen kann. Ums Geld ging es mir dabei überhaupt nicht. Diese Forderung war eine einzige Unverschämtheit!«

»Es war wohl eher die Demütigung, nicht wahr? Die Demütigung durch eine Frau. Sissy hatte Sie ja schon einmal zum Gespött der Leute gemacht. Und jetzt verlangte sie mehr Geld, weil sie mit einem anderen ein schönes Leben führen wollte.«

»Mit wem sic zusammenlebt, ist mir egal. Ich finde nur, daß es nicht richtig ...«

»Nein, richtig ist das in der Tat nicht. Sie haben ihr also gesagt, daß sie kein Geld von Ihnen bekommt und ihr mit gerichtlichen Schritten gedroht.«

»Ich weiß nicht mehr genau, was ich gesagt habe.«

»Ihre Ex-Gattin schon. Trotz Ihrer Entfremdung ist sie allerdings nicht so nachtragend, daß sie Ihnen einen Mord zutrauen würde. Sie hat Ihre Drohungen zu keinem Zeitpunkt ernst genommen. Sie ist vielmehr in die besagte Bar gegangen und hat sich die Darbietungen der Band bis zum Ende angehört. Sie ist sogar bis nach der Sperrstunde geblieben, denn sie mußte ja nicht zu den Kindern nach Hause. Barbara Kinsdale dagegen verließ die Bar um Punkt zwei. Auf dem unbewachten Parkplatz wurde sie bewußtlos geschlagen und dann zum See gefahren und brutal ermordet.«

Burns wartete einen kurzen Augenblick. »Besitzen Sie ein Jagdmesser, Mr. Longstreet? Eins mit einer langen Klinge?«

»Das ist verrückt! Ich habe doch niemanden umgebracht!«

»Und wo waren Sie in der Nacht zum ersten Juli zwischen neun Uhr und Mitternacht?«

»Herrgott noch mal! Burke, was soll denn das?«

»Ohne einen Anwalt sollte er jetzt nichts mehr sagen«,

schaltete Burke sich mit vor Empörung bebender Stimme ein. »Sehen Sie denn nicht, daß der Mann unter Schock steht?«

Burns hob in gespielter Großzügigkeit die Hände. »Das Recht dazu hat er natürlich.«

»In der Nacht habe ich mich in mein Auto gesetzt und bin herumgefahren!« rief Dwayne. »Es regnete, und ich wußte nicht, was ich tun sollte. Und gesoffen habe ich.«

»Und in der Nacht zum dreizehnten Juni?« bohrte Burns weiter.

»Das weiß ich doch jetzt nicht mehr!«

Tucker ergriff seinen Bruder am Arm. »Dwayne, du sagst ab sofort nichts mehr, hörst du?«

»Tucker, du weißt doch, daß ich niemanden ...«

»Natürlich weiß ich das. Sei bitte still.« Tucker wandte sich an Burns. »Wollen Sie ihn unter Anklage stellen?«

»Binnen vierundzwanzig Stunden werde ich Ihnen den Haftbefehl präsentieren.«

»Schön. Bis dahin können Sie sich ins Knie ficken. Komm, wir gehen, Dwayne.«

Burns nickte den Brüdern huldvoll zu. »Ich rate Ihnen beiden, die Gegend nicht zu verlassen. Der Arm des Gesetzes ist lang.«

28

»Was meinst du, wie viele von den Spinnern bis zwei Uhr einen Hitzschlag kriegen?« Tante Lulu hatte gut reden. Sie saß bequem im Schatten eines gewaltigen rot-weiß-blauen Sonnenschirms auf einem Regiestuhl. Vor sich hatte sie eine Thermoskanne mit eisgekühltem Julep stehen.

Della räkelte sich auf ihrem Klappstuhl. Sie hatte erst gar nicht versucht, Tante Lulu und ihre Hose mit der Flagge der Konföderierten aus dem Bürgerkrieg auf dem linken Bein und der der Vereinigten Staaten auf dem rechten auszustechen. So hatte sie sich nur einen amerikanischen Wimpel in die Haare gesteckt. »Ach, weißt du, Lulu, mehr als fünf oder sechs kippen bei unseren Umzügen nie um. Die meisten sind ja noch jung und gesund.«

Eine Blaskapelle defilierte vorbei. Lulu begleitete den Marsch auf einer Miniaturzither aus Plastik. Sie genoß das Schmettern der Trompeten und das Funkeln der Instrumente in der Sonne. Allerdings hätten ihrer Ansicht nach ein, zwei Piccoloflöten dem Ganzen noch etwas mehr Prunk verliehen.

Tante Lulu schenkte sich ein Glas ein. »Wie ich Paraden liebe! Abgesehen von Hochzeiten, Beerdigungen und Pokerpartien kann mich nichts besser unterhalten!«

»Morgen wird dir eine Beerdigung geboten, wenn du willst«, seufzte Della und bediente sich aus Lulus Thermoskanne. »In der letzten Zeit sind es entschieden zu viele geworden. Tja, zum ersten Mal seit fünfzehn Jahren marschieren die Damen vom Gartenverein heute ohne Happy.«

»Warum das?«

»Ihre Tochter wird morgen zu Grabe getragen.«

»Eine schöne Beerdigung wird sie wohl ein bißchen

entschädigen«, mutmaßte Lulu. »Was steuerst du zum Leichenschmaus bei?«

»Meine Kokosambrosia. Schau mal, dort drüben. Siehst du die Kleine, die den Stab wirbelt wie ein Derwisch? Das ist Carl Johnsons Tochter.«

»Ein richtiges Energiebündel.« Lulu nippte an ihrem Julep. »Weißt du, Della, das Leben ist ja auch so was wie ein Stab. Man kann ihn zwischen den Fingern herumwirbeln, wenn man einigermaßen Talent hat. Wenn man schnell genug ist, kann man ihn in die Luft werfen und wieder fangen. Man kann ihn aber auch fallen lassen oder jemandem auf den Kopf hauen.« Sie entlockte lächelnd ihrer Zither ein paar Töne. »Paraden sind wirklich herrlich!«

Caroline hatte schweigend zugehört. Lulus Vergleich stimmte sie nachdenklich. Wie recht die alte Frau doch hatte! Caroline glaubte eigentlich nicht, daß sie schon einmal jemandem mit ihrem Stab eins übergezogen hatte, aber ganz gewiß hatte sie ihn bereits mehrere Male fallen lassen. Und erst seit kurzem versuchte sie, ihn zwischen den Fingern herumzuwirbeln.

Cy riß sie mit einer Erklärung aus den Gedanken. »Das da hinten ist die Baumwollprinzessin mit ihrem Hofstaat. Sie wird jedes Jahr von der High School neu gewählt. Mr. Tucker hätte sie mit seinem tollen Auto fahren sollen, aber weil es noch nicht fertig ist, haben sie ein Cabriolet gemietet.«

»Sie ist entzückend.« Caroline lächelte das Mädchen in dem weißen Kleid mit den bauschigen Ärmeln an.

»Sie heißt Kerry Sue Hardesty.« Cy dachte aber nicht an sie, sondern an ihre Schwester, Lee Anne, deren Brüste es ihm seit neuestem gewaltig angetan hatten. Er reckte den Kopf, um sie vielleicht irgendwo zu entdecken. Da sah er plötzlich Jim. Er gestikulierte heftig.

»Geh doch zu ihm rüber, Cy«, schlug Caroline vor. »Wir können uns nach der Parade beim Auto treffen.«

Cy, der nur zu gerne losgerannt wäre, widerstand der Versuchung. Mr. Tucker hatte ihn in einem Gespräch von Mann zu Mann gebeten, gut auf Miss Caroline aufzupassen. »Nein, nein, Ma'am. Ich fühle mich pudelwohl hier. Sehen Sie, da drüben sind Miss Josie und dieser Arzt vom FBI. Sie haben ihn ja wegen Darleen wieder anfordern müssen. Kommen Sie ihm nicht zu nahe. Er hat im Knopfloch eine Rose stecken. Mit dem Ding spritzt er die Leute voll. Da, jetzt hat er schon wieder einen erschreckt!«

»Er ist wirklich ein Original.« Caroline ließ den Blick über die Menge schweifen. »Wo Tucker nur stecken mag ...«

»Direkt hinter dir.« Tucker schlang einen Arm um sie und küßte ihr die Haarspitzen. »Du glaubst doch nicht im Ernst, daß ich mir die Parade ohne eine so schöne Frau wie dich ansehen würde.«

Sie schmiegte sich an ihn. »Eigentlich nicht.«

»Soll ich Ihnen und Miss Caroline frische Drinks holen, Mr. Tucker?«

»Nicht nötig. Ich glaube, Tante Lulu hat genug Medizin in der großen Thermoskanne dabei.«

Cy sprang nach vorne, ließ sich von Tante Lulu ein Glas einschenken und reichte es Tucker. »Der FBI-Mensch schaut übrigens auch zu. Er hockt vor dem Sheriffsbüro.«

»Ich habe ihn schon gesehen.« Tucker nippte an dem süßen Drink aus Minze und reichte dann Caroline das Glas.

Caroline trank zum ersten Mal in ihrem Leben das berühmte Nationalgetränk des Südens. »Einen fröhlichen Eindruck macht er ja nicht gerade.«

»Sieht eher so aus, als hätte er eine bittere Pille im Mund«, bemerkte Cy.

»Er versteht Land und Leute eben nicht«, brummte Tucker. »Schaut, da kommt Jed Larsson mit seiner Band!«

Als die Kapelle die Südstaatenhymne, den Dixie, anstimmte, brach die Menge in Jubel aus. Wer noch beim Essen war, sprang spätestens jetzt auf die Beine.

Caroline lehnte lächelnd den Kopf an Tuckers Schulter. Sie verstand die Leute hier sehr wohl.

Vierter Juli, das hieß amerikanischer Unabhängigkeitstag, das hieß eifriges Fähnchenschwingen, das hieß Torte oder ein kühles Bier im Schatten. Es gab zwar auch Leute in schwarzer Trauerkleidung und die Polizei setzte ihre nervenaufreibende Jagd fort, aber heute deckte Innocence ein Flaggenmeer in den Nationalfarben Blau, Weiß und Rot über die Mordserie.

Nach dem Umzug standen mehrere Wettkämpfe auf dem Programm: Tortenessen, Scheibenschießen, Eierklopfen und – jedes Jahr einer der Höhepunkte – Weitspucken mit Melonenkernen.

Stumm vor Verblüffung sah Caroline zu, wie die Sieben- bis Vierzehnjährigen unter den Anfeuerungsrufen der Menge den Kopf in Blaubeertörtchen steckten und um die Wette kauten, schmatzten, schluckten. Törtchen um Törtchen verschwand in den Schlunden. Sobald ein Kuchenblech leer war, wurde schon das nächste unter das lila verschmierte Gesicht geschoben. Einzige Regel war: Die Hände durften nicht benutzt werden. Nach und nach streckten die jungen Wettstreiter ihre Waffen und ließen sich ins Gras plumpsen. Ratschläge wurden ihnen sogleich erteilt, doch sie stöhnten nur.

»Schaut euch Cy an!« Caroline rieb sich unwillkürlich den Bauch. »Der ist ja inzwischen beim zwölften angelangt!«

»Neuneinhalb hat er erst geschafft«, verbesserte sie Tucker. »Aber er führt. Hopp, hopp, Cy! Einfach runter damit! Nicht kauen!«

»Wie soll er denn da Luft holen?« murmelte Caroline, während Cy das Gesicht im zehnten Törtchen vergrub. »Ihm wird ja noch schlecht!«

»Klar wird ihm schlecht. Aber das gehört dazu. Schau nur, was für eine tolle Technik er hat! Er steckt nicht einfach den Kopf rein, sondern er ißt sich systematisch von außen nach innen durch.«

Caroline begriff nicht, wie Tucker das erkannt haben wollte. Sie sah nur einen Jungen, dessen Kopf bis zum Hals in Blaubeertörtchen vergraben war und hörte die Menge stampfen und schreien. Ein absolut lächerliches und würdeloses Spektakel, sagte sie sich, aber sie ließ sich von der Begeisterung der Leute anstecken. Ehe sie es merkte, feuerte sie ihn schon mit an.

»Weiter so, Cy! Schluck's im Ganzen runter! Sieh nur, jetzt ist er beim zwölften! O Gott, er hat es ausgespuckt! ... Was ist, Tucker?«

Tucker küßte Caroline auf den Mund, während Cy, der trotz der lila Kleckser etwas grün im Gesicht war, zum Sieger erklärt wurde. »Ich bin verrückt nach dir, Caro.«

»Sehr schön. Aber laß mich jetzt bitte dem Sieger das Gesicht abwischen.«

»Das laß mal lieber seine neue Freundin machen. Hast du nicht die verliebten Blicke bemerkt, die er und Lee Anne austauschen? Komm, schauen wir uns das Wettschießen an!«

Der Parkplatz vor der Lutheranischen Kirche war für die Scheibenschützen geräumt worden. Die Vorrunden waren inzwischen abgeschlossen, und frustrierte Verlierer standen im Abseits.

»Josie und Dwayne machen ja auch mit!« rief Caroline.

»Uns wurde das Schießen sehr früh beigebracht. Das war dem guten Beau ein Hauptanliegen.«

»Und du?«

Tucker zuckte mit den Schultern. »Ich habe mich nie nach dem Schießen gedrängt. Schau, da geht Susie an den Stand. Mann, hat die eine ruhige Hand. Ein Glück nur, daß sie einen Polizisten geheiratet hat. Jede Gangsterbande würde sich um sie reißen.«

Tante Lulu kam auf den Platz gestiefelt. An ihren knochigen Hüften baumelte je ein Lederholster mit einem Colt darin. Caroline fuhr sich entsetzt mit der Hand an den Mund. »O Gott, Tante Lulu! Sollte man sie nicht lieber daran ...« Wie zur Antwort zog die alte Frau und feuerte. Drei Flaschen explodierten praktisch gleichzeitig. Tante Lulu wirbelte die Colts dreimal um die Finger und steckte sie wieder ein.

»Sie kann so ziemlich jede Waffe zwischen einer 22er und einer AK-47 bedienen«, kommentierte Tucker. »Aber einen Apfel würde ich mir nicht mehr auf den Kopf legen. Sie ist nicht mehr die Jüngste.«

Das Schießen endete mit Susie als Siegerin und einem fürchterlich verärgerten Will Shiver auf dem zweiten Platz. Die Menge strömte zum nächsten Ereignis, dem Wettrennen.

»Sag mal, Tucker. Du bist doch so schnell, warum läufst du da nicht mit?«

»Rennen soll ich? Darling, wenn ich ohne großen Aufwand auch so von einem Punkt zum anderen komme, dann brauche ich doch keinen Schweiß zu vergießen.«

Sie lächelte. »Natürlich. Wie konnte ich nur fragen. Nimmst du denn an überhaupt keinem Wettkampf teil?«

»Doch, einen gibt es schon.«

»Was für einen denn?«

»Wart's nur ab.«

»Mit Fett eingeriebene Schweine?« Caroline hatte schon gedacht, nichts könne sie mehr überraschen, doch als sie die für den Tag in einen Schweinepferch verwandelte Wiese hinter dem Markt sah, mußte sie sich eines Besseren belehren lassen.

Tucker hatte beim Törtchenessen dankend abgelehnt, zum Schießen hatte er keine Lust gehabt, und beim Wettrennen hatte er nur gegähnt. Aber jetzt stand er mit entblößtem Oberkörper im Pferch und wartete auf den Schuß, der das Borstenvieh zur Hatz freigeben sollte.

Cy stellte sich neben Caroline und zeigte ihr stolz sein blaues Band.

»Ach, Cy. Wie geht es dir denn jetzt?«

»Prima. Einen Teil habe ich ausgespuckt, und der Rest hat sich gesetzt. Mr. Tucker wird gewinnen.«

»Bist du sicher?«

»Er hat noch nie verloren. Wenn er will, kann er schnell sein wie ein geölter Blitz. Es geht los!«

Unbändiges Gelächter mischte sich mit dem Quietschen der jungen, flinken Schweine und den Flüchen der Männer, wenn ihnen die sicher geglaubte Beute wieder aus den Händen schlüpfte. Als zusätzliche Erschwernis hatte man den Rasen so lange gespritzt und aufgeweicht, bis er vollkommen lehmig geworden war. Die Männer rutschten in einem fort aus und waren bald über und über mit Schlamm bedeckt.

»O Gott, warum habe ich keine Kamera dabei?« stöhnte Caroline zwischen zwei Lachkrämpfen, als Tucker auf dem Hintern an ihr vorbeischlitterte. Er versuchte, ein Schwein im Sitzen zu packen, aber es entwand sich grunzend seinen Händen.

»Der FBI-Doktor ist verdammt gut!« johlte Cy. »Das Schwein wäre ihm nicht mehr entkommen, wenn Bobby Lee ihm nicht in den Weg gerannt wäre. Sehen Sie nur! Mr. Tucker ist auf das große aus! Hopp, hopp, Mr. Tucker! Zeigen Sie's ihnen!«

Burns trat von hinten an Caroline heran. »Eine interessante Volksbelustigung. Schade nur, daß die Leute ihre Würde solch primitiven Jagdinstinkten opfern.«

Caroline streifte ihn mit einem Blick, um sich sofort wieder dem Spektakel zuzuwenden. »Sie würden Ihre Würde auf alle Fälle wahren, nehme ich an.«

»Ich vermag keinen Sinn darin zu entdecken, mich im Schlamm zu suhlen.«

»Das kann ich mir bei Ihnen gut vorstellen. Das Gesuhle macht aber vielleicht Spaß.«

»Das glaube ich gern. Selten habe ich mich so amüsiert. Longstreet sieht sogar überaus natürlich aus, finden Sie nicht auch?«

»Ich werde Ihnen sagen, was ich finde«, setzte Caroline an. Zu mehr kam sie nicht. Cy zupfte sie aufgeregt am Ärmel.

»Mr. Tucker hat ihn!«

Und tatsächlich! Tucker war zwar vom Schlamm kaum noch zu unterscheiden, aber er hielt einen heftig zappelnden jungen Eber über den Kopf und grinste Caroline an. Sie wünschte, sie hätte einen Strauß Rosen, um sie ihm einzeln zuzuwerfen. Kein noch so geschniegelter Matador wäre ihr liebenswerter vorgekommen.

»Der gerechte Siegerlohn – ein Schwein«, bemerkte Burns süffisant.

Caroline hielt es neben ihm nicht länger aus. »Wenn Sie mich bitte entschuldigen. Ich will ihm gratulieren.«

»Einen Moment, bitte.« Er stellte sich ihr in den Weg. »Wohnen Sie immer noch in Sweetwater?«

»Vorläufig, ja.«

»Das würde ich mir an Ihrer Stelle noch einmal genau überlegen. Es ist nicht sehr klug, mit einem Mörder unter einem Dach zu leben.«

»Wovon reden Sie überhaupt?«

Burns warf einen Blick auf die Koppel, wo Tucker sich mit einem Gartenschlauch abspritzte. »Fragen Sie doch Ihren Gastgeber. Ich verrate Ihnen nur soviel: Morgen werde ich eine Verhaftung vornehmen, auch wenn die Longstreets nicht entzückt sein werden. Viel Vergnügen noch beim Rest der Festivitäten.« Burns stolzierte davon.

»Was meint er damit, Miss Caroline?« bedrängte sie Cy.

»Ich verstehe auch nicht, wovon er spricht, aber ich werde es gleich herausfinden.« Als Caroline sich jedoch den Weg durch die Menge gebahnt hatte, war Tucker verschwunden. »Wohin ist er gegangen?«

»Wahrscheinlich in McGreedys Bar, den Sieg begießen.«

Caroline gab auf. Es hatte keinen Sinn, ihn etwas so Wichtiges zu fragen, wenn ihm andauernd Gratulanten auf die Schulter klopften. Sie mußte ihn alleine treffen. Sie erspähte Della. »Dort unten ist Della, Cy. Lauf doch schon mal zu ihr und fahr mit ihr nach Sweetwater. Ich komme mit Tucker nach.«

»Nein, Ma'am. Mr. Tucker hat gesagt, ich soll auf Sie aufpassen, und das werde ich auch tun.«

Ein Blick auf seine entschlossen aufeinandergebissenen Kiefer verriet ihr, daß es ihm ernst damit war. »Na schön«, seufzte Caroline ergeben. »Dann warten wir eben gemeinsam, bis er kommt.«

Sie setzten sich auf die Stufen von Larssons Laden und sahen zu, wie die Menschenmasse sich hier in der Stadt langsam auflöste. Lachend und schwatzend begaben sich die Leute nach Sweetwater, wo später das Feuerwerk stattfinden sollte.

»Sie sollten sich von dem FBI-Menschen nicht so beunruhigen lassen, Miss Caroline.«

»Das tu' ich schon nicht, Cy. Ich sorge mich nur.«

»Wissen Sie, der ist nämlich wie Vernon.«

»Agent Burns soll deinem Bruder ähneln?«

»Ich meine ja nicht, daß er überall Schlägereien anzettelt und Frauen verprügelt. Aber er hält sich auch für so überaus gescheit und meint, daß er allein recht hat. Und er hat Freude am Quälen.«

Caroline kratzte sich nachdenklich am Kinn. Burns hätte den Vergleich mit einer verächtlichen Bemerkung abgetan, dennoch traf er irgendwie zu. Vernon berief sich immer auf die Heilige Schrift – wie er sie interpretierte. Bei Burns war es das Gesetz – wie er es interpretierte. Und beide mißbrauchten etwas an sich Richtiges und Gutes für ihre persönlichen Machtgelüste.

Caroline mußte an ihre Mutter denken, die ja auch gern Macht in den Händen hielt. »Letztendlich werden solche Leute trotzdem verlieren. Denn wer nicht muß, hält es bestimmt nicht lange bei ihnen aus.«

Tucker kam die Straße heruntergeschlendert. Das Hemd hatte er lässig über die Schulter gehängt, seine Haare und seine Blue jeans waren tropfnaß.

Caroline sprang auf und warf sich ihm in die Arme. Lachend streichelte er ihr den Rücken. »Honey, ich bin nicht sehr sauber!«

»Das ist egal.« Sie senkte die Stimme. »Ich muß dich sprechen, Tucker. Und zwar allein.«

Er hätte gern eine romantische Bitte dahinter gesehen, aber ihr angespannter Tonfall schreckte ihn auf.

»Gut. Sobald wir dazu kommen. Fahren wir erst mal heim. Dort kannst du übrigens gleich weiteressen, Cy. Della hat ein Festmahl gekocht. Zum Nachtisch soll es Törtchen geben.«

»Dieses Jahr rühre ich bestimmt keine Törtchen mehr an«, grinste der Junge.

»Na, na, du darfst doch nicht aus der Übung kommen. Soll ich dir verraten, warum ich bei den eingefetteten Schweinen immer gewinne? Weil ich regelmäßig an Frauen trainiere.« Wie zum Beweis stemmte er Caroline in die Luft.

»Willst du mich etwa mit einem Schwein vergleichen?« rief Caroline lachend.

»Aber nie im Leben! Ich sage nur, wenn ein Mann wirklich will, dann schlüpft ihm nichts durch die Finger.«

In Sweetwater lagen schon überall Decken auf dem Gras. Dort, am Ufer des Teichs, wo vor so kurzer Zeit noch das Grauen geherrscht hatte, musizierten nun eine Fiedel, ein Banjo und eine Gitarre. Eine Gruppe junger Leute hatte sich spontan zu einem Baseballspiel zusammengefunden und entlockte bisweilen mit besonders gelungenen Aktionen den Zuschauern ein Bravo. Auf Klappstühlen hockten alte Männer und unterhielten sich bedächtig über die gute alte Zeit, in der sie eifrig mitgemischt hatten.

»Ist das jedes Jahr so?« wollte Caroline wissen.

»So ungefähr, ja.« Tucker lag auf dem Rücken im Gras und überlegte, ob er sich noch ein Eis antun sollte. »Wie feierst du sonst den vierten Juli?«

»Das kommt darauf an ... Wenn ich auf Tournee bin, ist er ein Tag wie jeder andere. Und daheim gibt es meistens ein Konzert mit anschließendem Feuerwerk. Tucker, ich muß dich etwas fragen. Matthew hat da vorhin so eine komische Bemerkung gemacht ...«

»Das hätte ich mir ja denken können, daß der sich was einfallen läßt, um uns den Spaß zu verderben.«

»Er hat für morgen eine Verhaftung angekündigt. Tukker, steckst du in Schwierigkeiten?«

Er schloß kurz die Augen, dann setzte er sich auf. »Es geht um Dwayne, Caro.«

»Dwayne?« Sie schüttelte benommen den Kopf. »Burns will Dwayne verhaften?«

»Ob er das Recht dazu hat, weiß ich nicht. Unser Anwalt meint, er will sich wahrscheinlich nur aufplustern und Dwayne zu einem unbedachten Schritt reizen. Er kann sich ja nur auf Spekulationen stützen. Beweise hat er nicht in der Hand.«

»Was für Spekulationen?«

»Bei zwei von den Morden hat Dwayne kein Alibi. Und einmal war er in der Nähe. Er versucht, ihm die Sache mit Sissy als Tatmotiv unterzujubeln.«

»Weil sie sich hat scheiden lassen, soll er ein Frauenmörder geworden sein? Dann stünde ja halb Amerika unter Verdacht!«

»Dir kommt die Indizienkette auch recht dürftig vor, wie?«

»Warum machst du dir dann solche Sorgen?«

»Burns mag zwar ein Oberarschloch sein, aber dumm

ist er nicht. Es ist nicht nur das Motiv. Dwayne war zufällig in Nashville, als dort ein identischer Mord verübt wurde.«

»Wie bitte? Das mußt du mir erklären!«

Tucker hatte gehofft, es ihr ersparen zu können, doch jetzt mußte die Wahrheit ans Licht. Je mehr er ihr erzählte, desto begreiflicher wurden ihr seine Wut und seine nur zu berechtigten Befürchtungen.

»Was hat euch der Anwalt geraten?«

»Wir sollen so tun, als wäre nichts. Und alles weitere einfach abwarten. Das Beste wäre natürlich, wenn Dwayne mit einem stichfesten Alibi aufwarten könnte. Das Schlimme ist nur, er zweifelt allmählich vor lauter Angst an sich selbst. Er hält einen Filmriß für möglich. Und in der Zeit hätte er ...«

»Um Gottes Willen, Tucker, du glaubst doch nicht ...«

»Ich glaube es nicht!« rief er in kaum noch verhülltem Zorn. »Dwayne ist doch harmlos wie ein kleines Baby! Er fängt zwar im Rausch gern an zu stänkern, aber wenn er jemandem weh tut, dann höchstens sich selbst. Überleg dir doch nur, wie die vier Morde verübt wurden! Okay, dahinter steckte eine Art primitive Wut, aber sie waren bis ins Letzte ausgetüftelt. Einer, der voll ist wie eine Haubitze, wäre dazu nicht in der Lage.«

»Mich brauchst du davon nicht zu überzeugen, Tucker«, sagte Caroline leise. Sie fragte sich freilich insgeheim, ob er selbst seiner Sache so sicher war.

»Er ist mein Bruder.« Für Tucker waren damit alle Fragen beantwortet. Er sah Dwayne weiter drüben mit dem alten O'Hara zusammensitzen. Zwischen ihnen stand eine Flasche von O'Haras Selbstgebranntem. »Er wird vor Sonnenuntergang noch stockbesoffen sein. Aber ich bringe es nicht übers Herz, ihn daran zu hindern.«

»Früher oder später wirst du es müssen, Tucker.« Sie streichelte ihm die Wange. »Kannst du dich noch daran erinnern, wie du mir erklärt hast, man solle nicht soviel grübeln, sondern handeln und das, was schlecht läuft, nach Möglichkeit verbessern?«

»Du willst mir wohl sagen, wenn mein Rat gut genug für dich ist, dann sollte ich ihn selber auch beherzigen?«

Sie lächelte. »Etwas in der Richtung, ja.«

Tucker nickte nachdenklich. »In Memphis oben gibt es ein Sanatorium für Alkoholiker. Es hat einen sehr guten Ruf. Dwayne wäre nicht der erste, den sie dort von der Flasche kuriert hätten. Wenn ich es geschickt genug anstelle, kann ich ihn vielleicht davon überzeugen.«

»Darling, bei deinen Überredungskünsten würdest du sogar einem Verhungernden den letzten Brotkrumen abschwatzen.«

»Was du nicht sagst ...«

»Was ich nicht sage ...«

Er drückte ihr einen Kuß auf die Lippen. »Wenn dem so ist, dann könnte ich dir vielleicht auch was aufschwatzen, etwas, wonach es mich schon seit einiger Zeit gelüstet.«

Caroline dachte an das herrlich kühle und vor allem leere Haus und an das Bett in seinem Zimmer. »Ich glaube, du hast mich schon überzeugt. Was genau schwebt dir denn vor?«

»Tja, da ist so eine schwer zu definierende Lust.« Er knabberte an ihrem Ohrläppchen.

»Klingt ja aufregend!«

»Aber ich wollte dir nichts zumuten.«

»Aber bitte, schieß los!«

»Nun ja, weil du doch so zurückhaltend bist, dachte ich, du hast vielleicht Bedenken hier draußen ... in aller Öffentlichkeit.«

Caroline konnte vor Lachen nicht mehr an sich halten. »Was soll ich in aller Öffentlichkeit nicht tun wollen?«

»Dumme Frage. Ein paar Stücke vorspielen. An was hast du denn gedacht?« Er zog schalkhaft eine Augenbraue hoch. »Ich muß schon sagen, Caroline. Du hast eine sehr schmutzige Fantasie.«

»Und die deine geht bisweilen ganz schön verschlungene Pfade. Was soll ich dir denn vorspielen?«

»Was du willst. Daß du Lust hast zum Spielen, das sehe ich dir doch an.«

Caroline setzte zu einer Entgegnung an, hielt jedoch inne. »Du hast recht«, meinte sie achselzuckend. »Ich habe wirklich Lust.«

Tucker gab ihr einen Kuß und sprang auf. »Ich hole dir deine Geige.«

29

Die drei Musikanten am Teichufer nahmen Caroline zunächst zögernd, dann aber durchaus herzlich in ihren Kreis auf. Ähnlich mißtrauisch beäugte Caroline ihrerseits am Anfang auch das Publikum. Caroline fühlte sich an eine Schulklasse erinnert, die einen langweiligen Vortrag einer berühmten Kapazität über sich ergehen lassen muß.

Ihr dämmerte, daß sie im Lauf der Jahre Ovationen immer mehr als etwas Selbstverständliches hingenommen hatte. Aber dieser Rasen hier hatte mit einer Bühne nicht das Geringste gemeinsam, er war eben nicht Carnegie Hall.

Caroline kam sich fehl am Platze, ja lächerlich vor. Der virtuose Umgang mit einer Stradivari war hier nicht gefragt. Die Leute wollten etwas Ursprüngliches hören, die Volksmusik der Südstaaten. Am liebsten wäre sie mit einer Entschuldigung auf den Lippen davongestürzt, doch dann lächelte sie der kleine Jim, der ganz vorne hockte, aufmunternd an.

Also bat Caroline die anderen, zunächst ohne sie anzufangen, sie würde mit einfallen, sobald ihr die Melodie ins Ohr gegangen sei. Und wirklich – nach wenigen Takten nur hatte sie das erste Stück erfaßt. Sie klemmte ihre Geige zwischen Schulter und Kinn und stimmte mit ein in ›Whiskey for Breakfast‹.

Der Funke sprang über – nicht nur auf sie. Die Zuhörer klatschten im Takt, wer das Lied kannte, sang aus voller Kehle mit.

»Deine Geige raucht ja richtig!« lobte der Banjospieler, der alte Mr. Koons, als es vorbei war. »So, jetzt heizen wir den Leuten mal ordentlich ein!«

»Aber ich kenne diese Lieder doch kaum ...«

»Das macht doch nichts. Du wirst sie schnell ins Gehör kriegen. Versuchen wir's mal mit ›Rolling in my Sweet Baby's Arms‹.«

Wieder konnte Caroline nach wenigen Takten mitspielen. Mit einem Blues und danach einer schmissigen Nummer ging es weiter. Ihre ursprünglichen Vorbehalte waren wie weggewischt. Caroline war alles andere als ein Fremdkörper in dieser Gruppe.

Dennoch registrierte sie mit einem Auge, daß Burns Dwayne und auch sie beobachtete, daß Bobby Lee beim langsamen ›Tennessee Waltz‹ Marvella zum Tanz auf den Rasen führte, und daß Tucker in einer abgelegenen Ecke mit Burke ein Gespräch führte, ein sehr ernstes, wie sie vermutete. Und sie sah auch, daß Dwayne mit einer Flasche vor den Füßen dahockte und niedergeschlagen zu Boden stierte.

Caroline ließ das alles einfach geschehen. Die Sonne wanderte nach Westen, vom Jahrmarkt drang der Lärm herüber, die Schatten wurden immer länger – und sie genoß die Musik, das Gelächter und das Klatschen der Menge. Zum Teil erstaunte sie das, denn unter dieser Oberfläche drohte ja weiter Gefahr. Hier war sie eine von vielen. Eine Mitspielerin in einem sonderbaren, unheimlichen Spiel. Das Schicksal hatte sie in dieses Knäuel von Hitze, Mord und Wahnsinn verschlagen. Doch sie ließ sich nicht unterkriegen. Nein, mehr noch: Sie handelte. Sie glaubte sogar, hier Heilung von all ihren Übeln gefunden zu haben.

Ihr Blick wanderte zu Tucker hinüber. Ja, sie hatte hier schon viel gewonnen, aber was hinderte sie daran, noch mehr für sich zu erhoffen?

Der alte Koons riß sie aus ihren Träumen. »Mir ist schon schwindlig im Kopf, so gut spielst du!«

»Oh, danke, Mr. Koons.«

»Mensch, Mädchen, du bringst die Fiedel richtig zum

Tanzen. Jetzt haben wir uns alle ein Bier redlich verdient.« Er erhob sich mühsam. »Und du hältst dich immer noch für eine Yankee?«

Sie lächelte. Ein größeres Kompliment konnte es im Süden kaum geben. »Nein, Mr. Koons, inzwischen bin ich mir da nicht mehr so sicher.«

»Sie waren wunderbar, Miss Caroline!« strahlte Jim sie an.

»Ach, weißt du, wenn du vorhin nicht so nett gelächelt hättest, hätte ich mich wohl nicht getraut zu spielen.«

Nun kam Toby Arm in Arm mit seiner Frau auf sie zu. Er humpelte noch ein wenig, und seine linke Seite zierte ein dicker Verband. »Wir wollen Ihnen danken, Miss. Ich weiß nicht, was ohne Ihre Hilfe aus uns geworden wäre.«

»Ich schäme mich richtig, daß ich mich noch nicht bei Ihnen gemeldet habe!« rief Winnie. »Ich konnte meinen Mann ja nur ins Krankenhaus fahren, weil unsere Kinder bei Ihnen und Miss Della in so guten Händen waren. Dafür kann ich Ihnen gar nicht genug danken.«

»Ach, das ist wirklich nicht der Rede wert. Unter Nachbarn hilft man sich doch gegenseitig.«

Die kleine Lucy zupfte Caroline am Ärmel. »Miss Caroline, mein Daddy will noch vor dem Feuerwerk die Nationalhymne singen. Mr. Tucker hat ihn extra darum gebeten.«

»Wirklich? Dann freue ich mich schon darauf.«

»So, komm jetzt mit.« Toby nahm seine kleine Tochter bei der Hand. »So wie ich Tuck kenne, sucht er diese Dame schon längst. Da wollen wir die zwei doch nicht stören! Außerdem müssen wir noch ein schönes Plätzchen fürs Feuerwerk finden. Es wird gleich dunkel.«

»Wie lange dauert es denn noch?« drängte Lucy.

»Eine halbe Stunde noch.«

»So lange? Ich warte jetzt schon den ganzen Tag!«

Caroline sah schmunzelnd zu, wie Toby und Winnie mit ihrer immer noch quengelnden Tochter davonzogen.

Jim schnitt eine Grimasse. »Die ist ja noch ein Baby.«

Der überhebliche Ton amüsierte Caroline. Letzte Nacht noch hatte Jim seine kleine Schwester unter Einsatz seines Lebens verteidigt. »Weißt du, was mir soeben gekommen ist, Jim?«

»Nein, Ma'am, was denn?«

»Daß ich nie Geschwister hatte.« Seine verdatterte Miene war zu köstlich. Lachend bückte sich Caroline nach dem Geigenkasten. »Geh doch auch zu deinen Leuten. Ich muß noch schnell ein Telefongespräch führen. Wenn du Tucker siehst, sag ihm bitte, daß ich gleich wieder da bin.«

Caroline verstaute die Geige im Koffer und ging über den grünen Rasen zum Haus mit seinen herrlichen weißen Säulen. Ihre Mutter würde Augen machen, wenn sie ihr so unvermutet alles Gute zum Unabhängigkeitstag wünschte.

Ich habe mich von dir befreit, Mutter. Versuch doch auch, dich von mir zu lösen. Vielleicht finden wir ja zueinander, wenn diese dünnen, straffen Saiten nicht mehr zwischen uns stehen.

Caroline drehte sich noch einmal um. In der Dämmerung war Sweetwater immer besonders schön. Aus der Ferne grüßten die Lichter des Jahrmarkts. Sie verhießen ihr Hoffnung. Das fröhliche Kreischen der letzten Karussellfahrer drang an ihr Ohr.

Bald würden Raketen und Leuchtkugeln durch die Dunkelheit zischen und Böllerschläge losdröhnen. Sie ging weiter. Auf keinen Fall wollte sie dieses Spektakel verpassen.

Caroline war in Gedanken so mit dem Telefonat beschäftigt, daß sie den Stimmen vor dem Haus keine Aufmerksamkeit schenkte. Erst als ihr der erregte Tonfall auffiel, blieb sie jäh stehen. Sie erkannte Josie und Dwayne. Die Geschwister standen auf der Auffahrt unmittelbar vor der Veranda und schrien aufeinander ein. Wenn zwei sich streiten, zog man sich am besten diskret zurück. Caroline überlegte, daß sie auch hinten über die Terrasse ins Haus gelangen konnte. Sie wollte gerade umkehren, da sah sie etwas in Dwaynes Hand aufblitzen. Caroline erstarrte. Es war ein Messer.

Sie wagte sich nicht mehr zu rühren. Während am Rande der Baumwollfelder die Leute gespannt auf den Beginn des Feuerwerks warteten und hier die Grillen ihr lautes Konzert anstimmten, ahnten Bruder und Schwester nicht, daß jemand sie beobachtete.

»Das kannst du nicht machen!« rief Josie wütend. »Dazu hast du einfach kein Recht!«

»Mensch, Josie! An dem Messer klebt Blut!« Benommen, als hätte das matte Glänzen ihn hypnotisiert, starrte Dwayne die Klinge an.

»Gib's mir. Ich kümmere mich schon um alles Weitere.«

»Sieh doch ein, daß ich das nicht kann, Josie. Wie weit soll es denn noch gehen? Mein Gott, ich hab' sie doch gekannt … Arnette … Francie … Warum kann ich nicht aufwachen und merken, daß es ein Alptraum war?«

»Laß los!« zischte Josie ihm ins Gesicht. Sie versuchte, ihm das Messer zu entreißen. »Und laß endlich das Geschwätz! Du spinnst doch total! Das höre ich mir nicht noch einmal an.«

»Ich muß …«

»Du mußt mir zuhören. Sieh mir in die Augen, Dwayne.« Da er Folge leistete, senkte sie die Stimme. »Als Geschwister müssen wir doch zusammenhalten, Dwayne!«

Der Griff seiner schweißnassen Finger um den Griff des Messers lockerte sich etwas. »Ich würde alles für dich tun, Josie. Das weißt du genau, aber …«

»Sehr schön.« Lächelnd entwand sie ihm das Messer. Caroline atmete erleichtert auf. »Und jetzt tu mir einen Gefallen. Laß mich das Ganze in die Hand nehmen, dann kann überhaupt nichts geschehen.«

Dwayne verbarg schluchzend das Gesicht in den Händen. »Wie kannst du das sagen?«

»Trau nur deiner Josie, Dwayne. Geh zu den anderen zurück und schau dir das Feuerwerk an. Und den Rest vergißt du einfach, das ist das Wichtigste. Denk einfach nicht mehr dran. Um das Messer kümmere ich mich.«

Dwayne ließ die Hände resigniert sinken. »Du weißt doch, daß ich dir nie weh tun würde, Josie. Aber ich habe Angst. Wenn so was wieder passiert ...«

»Es wird nichts mehr passieren.« Sie verstaute die Waffe in ihrer Handtasche. »Es wird nie wieder passieren, Dwayne, und wir werden die Sache gemeinsam hinter uns bringen.«

»Ich würde dir ja so gerne glauben. Aber sollten wir nicht lieber Tucker Bescheid ...«

»Nein! Er darf nichts wissen. Und selbst wenn du es ihm erzählst, es würde dein Gewissen ja doch nicht beruhigen. Geh bitte zu den anderen und hab Vertrauen zu deiner guten Josie.«

»Ich kann einfach nicht mehr denken!« stöhnte er. »Alles geht wie wild durcheinander!«

»Dann denk einfach nicht. Tu, was ich dir sage. Ich komme gleich nach.«

Dwayne setzte sich in Bewegung, blieb jedoch nach zwei Schritten stehen. »Josie«, sagte er, den Blick zu Boden gerichtet. »Wie konnte das geschehen?«

»Darüber werden wir uns später unterhalten, Dwayne. Mach dir jetzt keine Sorgen mehr.«

Er schlurfte an Caroline vorbei, ohne sie zu bemerken. Sie freilich sah sein von Entsetzen gezeichnetes Gesicht nur allzu deutlich. Dann verschluckten ihn die Schatten der Nacht.

Caroline blieb wie angewurzelt stehen. Lähmende Angst bemächtigte sich ihrer. Das Herz pochte ihr bis zum Hals. Dwayne war also schuld an der Verstümmelung von fünf Frauen. Der Bruder des Mannes, den sie liebte, war ein Mörder! Und sie wußte, wie sehr Tucker an seinem älteren Bruder hing.

Der Mörder wie die Opfer taten ihr auf einmal unendlich leid. Soviel Leid war angerichtet worden, soviel stand noch bevor. Von ganzem Herzen wünschte sie sich, sie könne sich umdrehen und weglaufen. Und so tun, als hätte sie nichts gesehen, nichts gehört. Als wüßte sie nichts.

Doch Josie täuschte sich. Tucker mußte unbedingt davon erfahren. So sehr sie auch zusammenhielten, eine liebende Schwester war mit diesem schrecklichen Geheimnis überfordert. Tucker mußte es wissen und mit ihr die nächsten Schritte erörtern. Nur gemeinsam konnten sie es schaffen.

Lautlos huschte Caroline über die Veranda ins Haus und hinauf in den ersten Stock. Beklemmende Stille lastete über den Zimmern. Caroline überlegte fieberhaft. Die richtigen Worte wollten und wollten ihr nicht einfallen. Vor Josies Zimmer blieb sie stehen. Die Tür stand offen.

Das Chaos im Raum bildete einen unerwarteten Gegensatz zur Ruhe, die von der vor dem Fenster stehenden Frau auszugehen schien.

»Josie.« Obwohl Caroline mit sanfter Stimme sprach, fuhr die andere erschrocken herum. Ihr Gesicht war im Dämmerlicht blaß wie der Tod.

»Das Feuerwerk geht gleich los, Caroline. Das willst du doch nicht verpassen.«

»Das tut mir ja so leid, Josie. Ich weiß nicht, wie ich euch helfen kann, aber ich möchte tun, was in meiner Macht steht.« Sie merkte, daß sie immer noch den Violinkoffer in der Hand hielt. In ihrer Verlegenheit lehnte sie ihn gegen den Türstock.

»Was tut dir leid, Caroline?«

»Ich habe euch gehört. Dich und Dwayne.« Sie holte tief Luft und trat ein. »Ich habe ihn mit dem Messer gesehen, Josie.«

»O Gott, nein!« Josie sank auf den nächsten Stuhl. Stöhnend verbarg sie das Gesicht in den Händen.

Caroline durchquerte das Zimmer und kauerte sich vor ihr nieder. »Ich kann bestenfalls ahnen, wie es jetzt in dir aussieht, aber ich möchte euch unbedingt helfen.«

»Halte dich da raus!« Josies Stimme wurde eisig. Sie ließ die Hände in den Schoß sinken. Noch schimmerten Tränen in ihren Augen, doch sie würden bald trocknen.

»Du weißt, daß das nicht geht. Nicht nur wegen Tucker. Auch euretwegen. Dafür mag ich euch alle viel zu sehr.«

»Gerade deswegen sollst du dich ja raushalten!« Josie packte Caroline am Handgelenk. »Ich weiß, was du für ihn empfindest, und daß du ihm nicht weh tun möchtest. Laß mich das allein regeln!«

»Und wenn ich auf dich höre, was passiert dann?«

»Dann wird alles schnell vergessen sein.«

»Josie. Diese Frauen da sind alle tot. Egal, wie krank Dwayne auch sein mag, nichts und niemand macht sie mehr lebendig. Das kann keiner vergessen.«

»Daran ändert sich auch nichts, wenn man alte Wunden aufreißt und unsere Familie ins Unglück stürzt!«

»Es geht um Gerechtigkeit, Josie. Und Dwayne braucht Hilfe.«

Josie sprang auf. »Hilfe?« schrie sie mit sich überschlagender Stimme. »Findet er die etwa im Gefängnis?«

»Er ist krank, Josie«, erklärte Caroline traurig und richtete sich ihrerseits auf. Da inzwischen vollkommene Dunkelheit herrschte, knipste sie Josies Nachttischlampe an. Das Zimmer wurde in einen mattrosa Schein getaucht. »Liebe und Verständnis können nur der erste Schritt sein«, fuhr Caroline fort. »Aber ohne ärztliche Hilfe kommt er nicht weiter. Es geht ja nicht nur um ihn. Nur so können noch mehr Morde verhindert werden!«

»Vielleicht haben sie den Tod verdient.« Josie fing an, auf- und abzulaufen. Unablässig massierte sie sich dabei die Schläfen. »Ich finde es auch überhaupt nicht kalt, wenn man so etwas sagt. Du kannst das übrigens gar nicht beurteilen, du kanntest sie ja überhaupt nicht – im Gegensatz zu mir.«

»Ich urteile ja nicht, ich finde nur, daß kein Mensch einen so grausamen Tod verdient hat. Wenn jetzt nichts geschieht, sterben vielleicht noch mehr Menschen, Josie.«

»Da hast du wohl recht.« Josie blieb vor dem Spiegel stehen. Versonnen starrte sie in ihr eigenes Gesicht. »Ich hatte gedacht, weil Dwayne so fertig ist ... Aber ich hätte es gleich wissen müssen ... Es ist das Blut ... Wie bei einem verwilderten Hund ... Hat er einmal daran geleckt, gibt es kein Zurück mehr, Caro.«

Caroline stellte sich hinter sie. Ihre Blicke begegneten einander im Spiegel. »Es gibt gute Ärzte. Ich kann euch einen empfehlen, der ihm garantiert helfen wird.«

»Ärzte!« höhnte Josie. »Was für ein Blödsinn. Hast du deine Mutter gehaßt und deinen Daddy geliebt?«

»So einfach ist das nie.«

»Manchmal schon. Hör mal. Da draußen singt Toby March. Wahnsinn, was der Mann für eine Stimme hat!«

»Josie, wir müssen es Tucker sagen. Und wir müssen Dwayne so weit bringen, daß er sich freiwillig stellt. Es tut mir leid, aber anders geht es nicht.«

»Ich weiß, daß es dir leid tut.« Seufzend griff Josie in ihre Handtasche. »In der Seele tut es mir weh, Caroline.« Sie fuhr herum. In ihrer Hand blitzte eine Pistole auf. »Du oder meine Familie, Caroline. Du oder die Longstreets. Du weißt, was das heißt.«

»Josie ...«

»Das ist eine Derringer. Schau sie dir genau an. Mein Daddy hat sie mir zum sechzehnten Geburtstag geschenkt. ›Sweet Sixteen‹ hat er mich genannt. Er war ein eingeschworener Verfechter der Selbsthilfe. Ich habe ihn geliebt. Meinen Vater habe ich gehaßt, aber meinen Daddy habe ich geliebt.«

Caroline benetzte sich die trockenen Lippen. Noch hatte sie keine Angst. Der Schock ließ noch keine Gefühle zu. »Steck die Waffe ein, Josie. Du kannst Dwayne so nicht helfen.«

»Es geht nicht nur um Dwayne, sondern um die ganze Familie.«

»Miss Caroline?« Es war Cys Stimme, die durch das Treppenhaus hallte. Die beiden Frauen zuckten zusammen. »Miss Caroline. Sind Sie im Haus?«

Panik flackerte in Josies Augen auf. »Sag ihm, daß er gehen soll, Caro. Ich will nicht auch noch dem Jungen was antun.«

»Ich bin in meinem Zimmer, Cy!« rief Caroline, ohne den Blick vom schwarzen Lauf der Pistole zu wenden. »Geh ruhig voraus. Ich komme gleich nach.«

»Mr. Tucker hat mir aber aufgetragen, daß ich bei Ihnen bleiben soll.«

»Ja, ja, schon gut. Aber ich habe dir doch gesagt, daß ich gleich komme.« Ihre Stimme zitterte leicht. Die ersten Anzeichen der Angst machten sich bemerkbar. »Los, geh schon.«

»Jawohl, Ma'am. Das Feuerwerk fängt gleich an.«

»Schön. Laß es dir nicht entgehen.«

Caroline wagte nicht zu atmen, bis die Tür unten endlich ins Schloß fiel.

»Es hätte mir wirklich leid um den Jungen getan«, wiederholte Josie. »Ich mag ihn nämlich unheimlich gern. Er gehört ja fast schon zur Familie.« Auf ihren Lippen flakkerte ein gespenstisches Lächeln.

»Josie ...« Caroline rang um einen halbwegs ruhigen Tonfall. »So lassen sich keine Probleme lösen. Und du weißt doch, daß ich Dwayne nie weh tun würde.«

»Nein, aber du würdest deine Pflicht tun. So wie ich die meine tun muß.« Sie griff wieder in die Handtasche. Diesmal zog sie das Messer heraus. »Es gehörte meinem Daddy. Die Jagd war sein ein und alles. Mit diesem Messer hat er die Tiere immer an Ort und Stelle ausgenommen. Daß er sich die Hände mit Blut besudelte, hat Daddy nicht gestört. Ich habe ihn für mein Leben gern begleitet. Mir hat die Jagd immer unheimlich Spaß gemacht.«

»Josie, bitte steck das Messer weg.«

Josie drehte die Klinge im Lichtschein hin und her. »Tja, aber der gute Tucker hatte es noch nie besonders mit dem Töten. Er hat immer daneben geschossen. Absichtlich. Was hat Daddy ihm nicht für Standpauken gehalten! Na ja, und Dwayne hat zwar fleißig auf die Hasen oder Böcke geschossen, aber wenn es ums Ausnehmen ging, wurde ihm jedesmal schlecht. Ach, waren die zwei empfindlich! Daddy hat sie Memmen genannt. Und dann hat er zu mir gesagt: ›Josie, komm her und zeig es den zwei Memmen.‹« Sie lachte auf. »Tja, und das habe ich auch getan. Beim Anblick von Blut hat sich mir der Magen nie umgedreht. Es hat so einen besonderen Geruch. Irgendwie wild und trotzdem herrlich süß.«

Caroline wich Zentimeter für Zentimeter zurück. Sie wollte etwas sagen, brachte aber nur ein Krächzen hervor. Wieder trafen sich ihre Blicke.

»Nach Daddys Tod habe ich das Messer geerbt.« Sie hielt die Klinge ins Licht. »Es ist auf mich übergegangen.«

Caroline starrte gebannt in das funkelnde Silber. Hinter ihr explodierten die ersten Raketen.

30

Wie lächerlich die hübsche kleine Pistole auf einmal neben dem Messer mit der langen, scharfen Klinge wirkte. Caroline achtete nicht weiter auf die Derringer. All ihre Konzentration und Angst richtete sich auf das glitzernde Silber.

»Josie, so kannst du Dwayne doch nicht beschützen.«

»Glaubst du mir etwa nicht?« Fast hätte Josie laut herausgelacht. Ein Teil ihrer selbst vollführte wahre Freudensprünge. »Tröste dich: Damit bist du in bester Gesellschaft, Caro. Keiner – am allerwenigsten unser hochgeschätzter Special Agent – hätte es einer Frau zugetraut. Such doch jemanden, der Frauen haßt, habe ich ihm gesagt. Aber er hat es nicht kapiert. Du dagegen weißt, daß niemand so abgrundtief hassen kann wie eine Frau.«

Der Schock fuhr Caroline durch sämtliche Glieder, während draußen das Zischen, Prasseln und Knallen richtig losging.

»Warum solltest du hassen?«

»Ich habe meine Gründe, jede Menge sogar.« Josie trat näher heran. Ihre goldenen Augen funkelten vor dem Hintergrund des taghell erleuchteten Himmels. »Ich muß meine Familie schützen. Ich muß mich selbst schützen. Und jetzt bin ich wieder dazu gezwungen. Diesmal wird es mir allerdings keinen Spaß machen, weil ich dich mag, weil ich Hochachtung vor dir habe. Mir ist auch klar, wie sehr es Tucker treffen wird.« Sie bemerkte, daß Caroline zurückwich. »Bitte laß das. Zwinge mich nicht, dich zu erschießen. Du hättest keine Chance. Keiner würde etwas hören.«

Nein, niemand würde sie hören. Sie könnte schreien –

so wie Edda Lou damals –, und keiner würde etwas mitbekommen. Die Derringer war genau auf ihre Kehle gerichtet. Eine winzige Kugel würde genügen. Ein unscheinbarer Tod.

»Ich will dich auch nicht leiden sehen«, fuhr Josie fort. »Bei dir soll es anders sein als bei deinen Vorgängerinnen.«

Versuch zu denken! befahl Caroline sich. Etwas mußte ihr doch helfen. Die Familie konnte der Schlüssel sein. Wenn ihr doch nur ein Weg einfiele, ihn auch zu benutzen! »Tucker und Dwayne werden leiden, Josie.«

»Ich weiß. Ich werde sie trösten.« Ihr Blick schweifte für einen Moment ab, weil draußen goldene Funken durch die Luft stoben. »Ein hübscher Anblick, nicht wahr? Die Longstreets veranstalten hier in Sweetwater seit über hundert Jahren Feuerwerke. Das ist mehr als nur Tradition. Ich weiß noch gut, wie Daddy mich auf den Schultern getragen hat, damit ich dem Himmel näher sein konnte. Er hat mich gern seine kleine Rakete genannt. Mama hat immer nur zugesehen und nie ein Wort gesagt. Sie wollte mich nicht haben, weißt du.«

»Das glaube ich nicht.« Wie lange dauerte das Feuerwerk denn noch? Sie mußte Zeit gewinnen. Sie hoffte, daß Tucker oder sonst jemand im Haus nach ihr suchen würde.

»Du glaubst mir nicht? Ich will's dir gern erklären. Wir haben ja noch Zeit. Danach wirst du eher verstehen, warum ich so handeln muß. Das wird es uns beiden erleichtern. Austin Hatinger war mein Vater.« Josie mußte über Carolines bestürzte Miene grinsen. »Du hast dich nicht verhört, dieser bigotte Heuchler und feige Drecksack ist mein leiblicher Vater. Er hat meine Mutter vergewaltigt – und ich bin das Ergebnis. Sie wollte mich nicht haben, aber ihr blieb nichts anderes übrig, als mich auf die Welt zu bringen.«

»Wie kannst du dir da so sicher sein?«

»Sie war sich sicher. Ich habe sie zufällig gehört, wie sie es Della in der Küche erzählte. Della wußte als einzige Bescheid.« Weil das Messer ihr genügte, ließ Josie die Derringer in die Tasche gleiten. »Daddy hat sie kein Sterbenswörtchen gesagt, wohl aus Angst vor ihm. Und um die Familie und um Sweetwater. Also trug sie mich aus und fand sich mit mir ab. Aber sie beobachtete mich ständig, ob ich nicht auch so würde wie mein leiblicher Vater.«

»Josie!«

»Ich war längst erwachsen, als ich es herausfand. Sie hatte mich mein ganzes Leben lang belogen. Meine schöne Mutter, die feine Dame, die Frau, der ich immer nachgeeifert hatte, war eine hundsgemeine Lügnerin.«

»Sie wollte dir doch nur Kummer ersparen.«

»Sie haßte mich. Ich erinnerte sie jeden Tag aufs neue an die Zeugung im Dreck vor Austins Haus, wo sie vergeblich um Hilfe schrie. Bestimmt hat sie sich danach ständig gefragt, ob sie nicht auch mitbeteiligt war. Warum sie überhaupt dorthin gegangen war. Ob sie wirklich nur Mitleid für Austin und seine arme Frau hatte.«

»Das kannst du doch deiner Mutter nicht vorwerfen, Josie!«

»Aber ich kann ihr vorwerfen, daß sie mich mit einer Lüge aufgezogen hat. Daß sie mich aus den Augenwinkeln beobachtet hat und gedacht hat, ich sei weniger als sie, weniger als jede andere Frau. Das hat sie Della wortwörtlich gesagt. Und dann hat sie noch gemeint, mir sei vielleicht kein Glück vorherbestimmt und ich könne wegen meines Bluts nie eine eigene Familie haben. Wegen meines besudelten Bluts!«

Die letzten Worte spuckte Josie heraus. Im selben Moment tauchte eine Flut von Raketen und Feuerrädern das Zimmer in ein Farbenmeer.

»Es war nach meiner zweiten Scheidung, als ich wieder nach Sweetwater zog. Und meine Mutter hatte diesen komischen Blick, als wäre ich an allem schuld. An dem Tag erzählte sie Della von ihren Befürchtungen. Sie meinte, daß es vielleicht auch Gottes Strafe für sie selber war, weil sie mich und alle anderen belogen hatte. Sie war ziemlich deprimiert. Es mußte ihr schon eine ganze Weile schlecht gegangen sein. Sie ging dann zu den Rosen hinaus. Ich folgte ihr und stellte sie zur Rede. Ich wollte es von ihr persönlich hören. Es kam zu einem entsetzlichen Streit. Schließlich ließ ich sie einfach stehen. Sie weinte fürchterlich. Wenig später fand Tucker sie tot in den Rosen. Wahrscheinlich habe ich sie umgebracht.«

»Nein, das hast du nicht. Du bist genausowenig schuld wie sie, Josie.«

»Das ändert heute doch auch nichts mehr. In mir wuchs etwas heran. Kein Kind – die Ärzte hatten mir gesagt, daß ich nie eins haben würde. Es war etwas ganz anderes. Es brannte in mir und gab keine Ruhe mehr. Mit Arnette hat es dann angefangen. Sie wollte sich Dwayne angeln, und zwar mit derselben miesen Tour wie Sissy. Ich sollte ihr als Köder dienen. Nach außen hin habe ich mitgespielt. Aber ich habe viel darüber nachgegrübelt. Ganze Nächte habe ich wach im Bett gelegen und hin und her überlegt. Mama hatte ein Leben erschaffen und ihr Geheimnis darüber gewahrt. Ich wollte ein Leben zerstören und mich ebenfalls in Schweigen hüllen.«

Ein gewaltiges Getöse draußen kündigte das baldige Ende des Feuerwerks an.

»Trotzdem brauchte ich dazu auch einen triftigen Grund. Ich bin doch kein Tier. Es mußte jemand sein, der es wirklich verdient hatte! Schließlich verfiel ich auf all diese Frauen, die sich aufdonnern und so affig herumschäkern und sich dann aber auf einmal zieren, nur damit ihnen die Männer aus der Hand fressen. Ich habe ja auch jede Menge Männer gehabt, aber ich habe nie einen angelogen, um ihn zu kriegen.«

»Arnette? Ich dachte, sie war deine Freundin.«

»Eine Schlange war sie! Dabei war sie bei mir nur zweite Wahl. Ursprünglich hatte ich es auf Susie abgesehen. Ich hatte immer gehofft, Burke und ich würden doch noch zusammenfinden ... Das Dumme war nur, Susie paßte nicht in mein Schema. Außer Burke hat sie in ihrem ganzen Leben keinen anderen Mann angeschaut, und darum hatte ich kein Recht, sie umzubringen. Sie hätte den Tod nicht verdient.«

Josies Stimme wurde immer leiser. Es war, als führe sie ein Selbstgespräch. Caroline begriff erst jetzt, was für eine ungeheuerliche Geschichte sie da zu hören bekam. Ein eisiges Gefühl breitete sich in ihrem Magen aus – Todesangst.

»Aber Arnette war ja da. Es war überhaupt kein Problem, sie betrunken zu machen und sie dann zum Gooseneck zu fahren. Dort habe ich sie mit einem Stein bewußtlos geschlagen, ausgezogen und gefesselt. O Gott, war das eine kalte Nacht! Trotzdem habe ich gewartet, bis sie wieder zu sich kam. Dann habe ich so getan, als sei ich mein Vater und sie meine Mutter. Und ich habe Sachen mit ihr angestellt, bei denen mir warm wurde.«

»Danach wurde es eine Zeitlang besser«, sagte Josie träumerisch. »Doch bald fing das Ding in mir wieder zu wachsen an. So kam ich auf Francie. Sie bot sich mir geradezu an, so wie sie mit Tucker spielte. Die nächste hätte Sissy sein sollen, aber da unterlief mir ein Fehler. Trotzdem war es unheimlich toll. Mit jedem Mal wurde es besser. Als sie das FBI holten, konnte ich nur noch lachen. Auf mich wäre nie einer gekommen. Teddy hat mich sogar mit in die Leichenhalle genommen und mir Edda Lou gezeigt. Zuerst war es ja grauenhaft, aber dann kam mir, daß ich das getan hatte und daß niemand das herausfinden würde. Ich hatte mein Geheimnis, so wie Mama das ihre hatte. Und ich wollte es wieder und wieder tun und die anderen blind herumtappen sehen. Mit Darleen war es am vollkommensten. Genau so hatte ich es mir immer vorgestellt.«

»Du warst doch bei ihrer Mutter, als sie sie suchten.«

»Happy tat mir leid. Ich wollte sie trösten. Darleen war es nicht wert, daß man ihretwegen weinte. Keine war auch nur eine einzige Träne wert. Aber du bist es, Caro. Warum hast du die Sache nicht auf sich beruhen lassen? Ich hatte Dwayne versprochen, nie wieder so etwas zu tun, weil es ihm gar so wichtig war. Aber jetzt zwingst du mich, mein Versprechen zu brechen.«

»Diesmal werden sie es aber herausfinden.«

»Kann sein. Aber selbst wenn, ich habe meine Vorsorgemaßnahmen getroffen. Eines Tages hätte ich alles sowieso auf meine Weise beenden müssen.«

Draußen donnerte das Feuerwerk noch einmal los wie eine Maschinengewehrsalve. Danach herrschte Stille.

»Ins Gefängnis oder in eine von den Anstalten, wo sie die Leute einsperren, die sie nicht verstehen, gehe ich auf keinen Fall. Dreh dich jetzt bitte um, damit ich dich fesseln kann. Ich verspreche dir, daß es ganz schnell gehen wird.«

Tucker wühlte sich im bunten Feuerregen durch die Menge. Seit über einer halben Stunde suchte er nun schon Caroline. Frauen. Als ob er nicht auch ohne sie schon genug am Hals gehabt hätte – Dwayne, das FBI. Und da mußte sie ausgerechnet jetzt verschwinden!

»Ein schönes Spektakel!« rief ihm Tante Lulu von ihrem Regiestuhl aus zu.

»Mmmmm-hmmmm.«

»Tu doch nicht so. Du hast ja gar nicht hingeschaut.«

Um ihr einen Gefallen zu tun, schaute er nach oben, wo eine Rakete wie ein Regenschirm aus rot-weiß-blauen Lichtern aufstieg und zerplatzte. »Hast du Caroline gesehen?«

»Sag bloß, du hast deine Yankee schon wieder verloren?« kicherte sie und zündete eine Wunderkerze an.

»Sieht ganz so aus! Vor einer halben Stunde hat sie

noch Geige gespielt, und seitdem ist sie wie vom Erdboden verschluckt!«

»Spielen kann sie ja wirklich. Wird wohl über kurz oder lang wieder vor den gekrönten Häuptern Europas auftreten.«

»Kann schon sein. Wie soll ich sie nur unter so vielen Menschen erkennen?«

»Hier wirst du sie aber auch nicht finden, weil ...« Tante Lulu verstummte und zog eine Schnute. Ihre Wunderkerze war ausgegangen. »Weil sie hier nicht ist. Ich habe sie zum Haus gehen sehen.«

»Wozu ... Ach, sie wollte sicher ihre Geige zurückbringen. Aber warum ist sie dann noch nicht wieder da? Ich gehe mal nachsehen.«

»Dann verpaßt du aber das große Finale.«

»Ich bin ja gleich wieder zurück.«

Ganz gegen seine Gewohnheit fing Tucker an zu laufen. Warum vergrub sie sich nur im Haus? Er bekam Gewissensbisse, weil sie vielleicht nur ihm zuliebe gespielt hatte, ohne es selbst zu wollen. Ärgerte sie sich am Ende und hatte wieder einen von diesen Migräneanfällen bekommen? Er beschleunigte seine Schritte und wäre fast über Dwayne gestolpert.

»Mensch, was verkrümelst du dich denn in der Dunkelheit?«

Sein Bruder hockte, den Kopf zwischen den Knien, auf dem Boden. »Ich weiß einfach nicht, was ich tun soll. Aber etwas muß geschehen, und dafür brauche ich einen klaren Kopf.«

»Ich habe dir doch gesagt, daß ich das in die Hand nehme. Burns wirbelt bloß Staub auf.«

»Ich könnte natürlich behaupten, daß ich es war«, murmelte Dwayne. »Es wäre vielleicht das Beste.«

Tucker rüttelte ihn an der Schulter. »Erzähl mir keinen Scheiß, ja! Aber darüber unterhalten wir uns später. Im Moment muß ich Caroline suchen. Hoffentlich ist sie im

Haus. Komm mit, sonst verplapperst du dich heute noch.« Er zog seinen Bruder hoch.

»Ich habe ihr doch versprochen, daß ich nichts sage«, murmelte Dwayne. »Aber etwas muß geschehen, Tuck. Sonst passiert wieder ein Unglück.«

»Es wird auch was geschehen.« Mit einem resignierten Seufzer legte Tucker Dwaynes Arm um seine Schulter. Allein hätte er in seinem Zustand kaum noch laufen können. »Verlaß dich da ganz auf mich. Ich weiß doch Bescheid.«

»Du weißt Bescheid?« Dwayne blieb abrupt stehen. Tuckers von Flüchen begleitete Versuche, ihn weiterzuzerren, nahm er nicht wahr. »Sie hat behauptet, du hättest keine Ahnung. Und als ich meinte, du müßtest es auch erfahren, hat sie gesagt, nur das nicht.«

»Was denn?«

»Das mit dem Messer! Daddys altes Jagdmesser! Ich habe es unter dem Sitz in ihrem Auto gefunden. Wie konnte sie das nur tun? Daß sie zu solchen Sachen fähig sein soll … Und was geschieht jetzt mit ihr?«

Tucker erstarrte. Er meinte, sein Blut gefriere ihm in den Adern. »Wovon sprichst du?«

»Josie war's! Unsere Josie!« Dwayne fing an zu schluchzen. »Sie hat sie umgebracht, Tuck, sie hat sie alle umgebracht! Ich muß sie der Polizei ausliefern, aber wie soll ich danach weiterleben?«

Tucker wich zurück. »Du hast sie doch nicht mehr alle.«

»Wir müssen es tun, Tuck. Sie hatte es auf Sissy abgesehen.«

»Halt dein Maul!« Blind vor Angst und Wut, drosch Tucker seinem Bruder die Faust ins Gesicht. »Du bist besoffen. Wenn ich noch einmal so was von dir höre, dann …«

»Mr. Tucker!« Mit weit aufgerissenen Augen tauchte Cy vor ihnen auf. Der Junge war vollkommen verstört. Er hatte alles mitbekommen.

»Was zum Teufel hast du hier zu suchen?« herrschte ihn Tucker an. »Warum schaust du dir nicht das Feuerwerk an?«

»Ich … Sie haben mir doch aufgetragen, bei Miss Caroline zu bleiben.« Cy zitterte wieder vor Angst. »Sie ist ins Haus gegangen, aber sie hat mir gesagt, ich solle nicht raufkommen.«

»Caroline?« sagte Tucker mit ausdrucksloser Stimme.

Der Kinnhaken hatte Dwayne ernüchtert. Er begriff Cys Worte als erster. Entsetzt packte er Tucker am Hemd. »Josie! Sie hat das Messer eingesteckt und ist ins Haus gegangen!«

Tuckers Atem kam auf einmal stoßweise. Er wollte die Furcht, die sich seiner bemächtigte, niederkämpfen, wollte das Grauen nicht wahrhaben, aber noch während er die Fäuste ballte, sah er bereits die Wahrheit, erkannte er sie in Dwaynes Augen. »Laß mich los!« Mit einer Kraft, wie sie nur die Panik freisetzt, stieß er seinen Bruder zu Boden. »Ich muß Caroline da rausholen.«

Er rannte los. In seinem Rücken jubelte die Menge, in seinem Nacken saß die Angst mit ihrem entsetzlichen, kalten Atem.

»Ich werde es dir nicht leicht machen, Josie.« Vor der Pistole fürchtete Caroline sich nicht, wohl aber vor der Stahlklinge. Doch gerade jetzt mußte sie gefaßt bleiben. »Du weißt genau, daß es so nicht weitergehen kann. Egal, was du empfindest, egal, was deine Mutter dir angetan hat, durch Morde kannst du es nicht ungeschehen machen.«

»Ich wollte so sein wie sie, aber die anderen haben immer gesagt, ich gehe nach meinem Vater. Sie hatten recht.« Das sagte Josie in einem sonderbar ruhigen, fast melodiösen Tonfall. »Sie wußten gar nicht, wie recht sie hatten, und sie werden es nie erfahren. Es ist und bleibt mein Geheimnis, Caroline. Und um es zu wahren, muß ich dich töten.«

»Ich weiß. Aber was kommt danach? Dwayne und Tucker werden schrecklich leiden. Dwayne, weil er dein Geheimnis kennt und daran endgültig zerbrechen wird, und Tucker, weil er Gefühle für mich hat. Und weil du sie liebst, wirst du genauso leiden.«

»Ich habe keine andere Wahl. Jetzt dreh dich endlich um. Du machst es uns beiden doch nur schwer.«

Das letzte Echo vom Spektakel draußen dröhnte noch in ihren Ohren, da drehte Caroline sich ganz langsam um. Sie wagte nicht, die Augen zu schließen, doch sie schickte ein Stoßgebet zum Himmel. Als sie Josie zu etwa drei Vierteln den Rücken gekehrt hatte, fiel ihr Blick auf die Tischlampe. Sie packte sie und schmetterte sie gegen die Wand. Im Schutz der Dunkelheit hechtete sie auf das Bett und ließ sich auf der anderen Seite zu Boden rollen.

»Das nützt dir überhaupt nichts.« Josies Stimme zitterte vor Aufregung. Ihr Jagdtrieb war geweckt. »Du machst es mir nur leichter, Caro. Ich brauche dich nicht mehr anzusehen und stelle mir einfach eine von den anderen vor.«

Auf leisen Sohlen huschte Josie über den Teppich. Caroline lugte über den Bettrand und versuchte, den Schatten der anderen zu erkennen. Wenn sie es doch nur zur Tür schaffte! Wenn sie doch nur auf den Gang schleichen könnte!

»Ich liebe die Dunkelheit.«

Mit angehaltenem Atem kroch Caroline Zentimeter für Zentimeter fort vom Bett.

»Bei Dunkelheit macht mir die Jagd den größten Spaß! Daddy hat immer gesagt, ich habe Augen wie ein Luchs. Und ich höre dein Herz schlagen.« Blitzschnell stach sie auf die Stelle ein, wo Caroline soeben noch gekauert hatte.

Caroline biß sich auf die Lippen, um einen Schrei zu unterdrücken. Sie konnte ihr eigenes Blut schmecken, doch gerade jetzt durfte sie sich nicht bewegen. Allmählich stellten sich ihre Augen auf die Dunkelheit ein. Im blassen Mondlicht erkannte sie nun Josies Silhouette mit dem Todeswerkzeug in der Hand. Sie brauchte nur den Kopf zu drehen, und sie würden einander ins Gesicht sehen.

Ganz langsam wandte Josie sich nun um. In ihren Augen spiegelte sich das Mondlicht. Ihre Lippen waren zu einem verzerrten Grinsen verzogen. Caroline mußte an Austins Miene denken, als er sich ihr genähert hatte – den nackten Wahnsinn in den Augen.

»Es wird wirklich schnell gehen«, versprach Josie und hob das Messer.

In einem letzten verzweifelten Versuch rollte Caroline sich zur Seite. Die Klinge durchbohrte ihr Kleid, nagelte es an den Boden. Mit einem Entsetzensschrei riß sie sich los und stürzte zur Tür. Jetzt mußte doch gleich das Messer durch die Luft pfeifen. Steckte die Klinge nicht schon zwischen ihren Schulterblättern? Aber noch rann ihr kein heißes Blut über die Haut.

Schlagartig gingen im Flur die Lampen an. Das plötzliche grelle Licht schien ihr mitten in die Augen, raubte ihr die Sicht.

»Caroline!« Tucker stürzte auf sie zu, riß sie hoch. »Ist dir auch nichts geschehen? Sag doch, daß nichts war!« Er drückte sie an sich. Hinter ihr erblickte er seine Schwester.

Josie hielt das Messer in der Hand. In ihren Augen glühte etwas Wildes. »Josie! Was in Gottes Namen hast du getan?«

Das wilde Leuchten verglomm. Tränen schossen in ihre Augen. »Ich konnte nicht anders. Es war stärker als ich.« Josie drehte sich um und stürzte auf die Loggia hinaus.

»Lauf ihr nach, Tucker! Laß sie nicht allein!«

Tucker sah seinen Bruder unschlüssig auf dem Treppenabsatz stehen. »Kümmere du dich um Caro!« schrie er und setzte Josie, ihren Namen unaufhörlich brüllend, nach. Einige von den Feiernden, die bereits auf dem Heimweg waren, blieben vor dem Haus stehen und blickten neugierig nach oben. Tucker fegte über die Loggia, stieß die Türen zu den anderen Schlafzimmern auf und machte überall die Lichter an. Keine Josie war zu sehen. Er rüttelte an der Tür zum Schlafzimmer ihrer Eltern. Sie war verschlossen.

»Josie!« Tucker trommelte gegen das Glas. »Josie, mach sofort auf und laß mich rein! Ich brech' die Tür sonst auf!«

Er drückte die Augen gegen das Glas und versuchte zu erkennen, was sich da drinnen abspielte. Seine Schwester war dort allein. Und sie war geisteskrank!

Tucker hämmerte wieder drauf los. Glas zersplitterte. Seine Finger bluteten bereits. »Mach die verdammte Tür auf!« Ein Geräusch hinter ihm ließ ihn herumfahren. Es war Burke. »Geh da weg, Burke! Das geht dich nichts an. Sie ist meine Schwester.«

»Tuck, Cy hat mir nichts sagen wollen, aber …«

»Hau ab, hörst du?« Tucker warf sich mit seinem ganzen Gewicht gegen die Tür. Das Bersten von Glas ging unter in einem Knall. Einem Schuß.

»Nein!« Tucker sank auf die Knie. Seine Schwester lag auf dem Ehebett ihrer Eltern. Blut spritzte über den weißen Samtbezug. »Oh, Josie, nein!« Er hatte bereits begriffen, daß es für jegliche Hoffnung zu spät war. Schluchzend setzte er sich aufs Bett. Er schloß sie in seine Arme und wiegte sie an seiner Brust.

»Ich bin froh, daß du gekommen bist.« Caroline schenkte zwei Tassen Kaffee ein und setzte sich Della gegenüber an den Küchentisch. »Ich wollte längst mit dir sprechen, hielt es aber für besser, bis nach der Beerdigung damit zu warten.«

»Der Pfarrer sagt, daß sie jetzt Ruhe gefunden hat.«

Della biß die Lippen aufeinander. Dann hob sie die Tasse. »Gebe Gott, daß er recht hat. Es sind die Lebenden, die leiden, Caroline. Es wird noch einige Zeit dauern, bis Dwayne und Tucker den Schock und den Schmerz überwunden haben. Und auch die anderen. Happy, Junior und die Verwandten von Arnette und Francie.«

»Und du auch.« Caroline ergriff Dellas Hand. »Du hast sie doch auch geliebt.«

»Oh ja.« Della zwinkerte. Tränen traten ihr in die Augen. »Ich werde nie aufhören, sie zu lieben, egal, was sie verbrochen hat. In ihr steckte eine schlimme Krankheit. Letztendlich hat sie das getan, worin sie ihre einzig mögliche Heilung sah. Wenn sie dir auch etwas getan hätte ... Gott sei Dank ist es nicht mehr so weit gekommen. Tucker hätte sich nie mehr von dem Schlag erholt. Hoffentlich wendest du dich jetzt nicht wegen seiner Schwester von ihm ab.«

»Laß das bitte Tuckers und meine Angelegenheit sein, Della. Aber eins möchte ich dir unbedingt sagen, weil ich finde, daß du ein Recht hast, es zu erfahren. Josie hat mir von ihrer Mutter erzählt, über die Umstände ihrer Zeugung.«

Dellas Hand fing an zu zucken. »Sie wußte es?«

»Ja, sie wußte es.«

»Aber wie hat sie es erfahren?«

»Durch einen Zufall. Ich weiß, daß es für dich und Mrs. Longstreet sehr hart gewesen sein muß, die ganze Zeit mit diesem schrecklichen Geheimnis zu leben.«

»Wir hielten es für das Beste so. Als sie an dem Tag, an dem Austin ihr das angetan hatte, heimkam, war ihr Kleid zerfetzt. Ihr Gesicht war leichenblaß. Und die Augen erst! Sie sahen aus wie bei einer Schlafwandlerin, so vollkommen umnebelt und ausdruckslos. Sie ist sofort nach oben gegangen und in die Badewanne gestiegen. Und hat sich geschrubbt, geschrubbt, geschrubbt, bis die Haut überall wund war. Ich sah die Blutergüsse, und mir war alles klar. Ich wußte es einfach. Und weil ich wußte, wohin sie gegangen war, stand für mich auch sofort fest, wer es war.«

»Du mußt nicht darüber sprechen, Della«, sagte Caroline, doch Della schüttelte den Kopf.

»Ich wollte rüberrennen und ihn umbringen, aber ich konnte sie doch nicht alleine lassen. So hielt ich sie die ganze Zeit in den Armen, während sie in der Badewanne saß und weinte und weinte. Als keine Tränen mehr kamen, sagte sie, daß Mr. Beau nie etwas erfahren dürfe. Er nicht, und auch sonst niemand. Sie hatte Angst, die zwei würden sich gegenseitig umbringen, und da hatte sie sich wohl auch nicht getäuscht. Ich konnte sagen, was ich wollte, die Vorstellung, daß sie schuld sei, ließ sie sich durch nichts ausreden. Dabei hatte es in ihrem Leben außer Mr. Beau nie einen anderen Mann gegeben. Als Mädchen war sie sehr schön gewesen. Hin und wieder hatte sie sich wohl auch mit Austin getroffen, aber sie hatte ihm nie und nimmer Hoffnungen gemacht. Daß sie ihn heiraten wollte, das war Austins fixe Idee.«

»Er hatte kein Recht, ihr so etwas anzutun, Della. Es war ein Verbrechen. Zweifel an ihrer Unschuld sind vollkommen ausgeschlossen.«

»Trotzdem quälte sie sich mit Selbstvorwürfen.« Della wischte sich schniefend die Tränen aus den Augen. »Daß er kein Recht dazu hatte, das sah sie auch. Aber sie glaubte, sie habe ihn irgendwie dazu getrieben. Und dann war sie schwanger. Mr. Beau kam als Vater nicht in Frage. In der Zeit, in der sie fruchtbar war, hatte er sich in Richmond aufgehalten. Das Kind konnte also nur von Austin stammen. Jetzt durfte ihr Mann erst recht nichts erfahren. Sie wollte ja auch dem Kind nicht schaden. So versuchte sie nach Möglichkeit, alles zu vergessen, aber sie sorgte sich, noch dazu, weil Josie ein so wildes Kind war. Äußerlich ging Josie ja ganz nach ihrer Mama, wie ihre Brüder auch. Aber weil wir eben wußten, wer ihr Vater war, erkannten wir wohl auch einige von seinen Charakterzügen in ihr.«

Die sah sie auch, dachte Caroline, doch das behielt sie für sich.

»Sie sollte es nie erfahren. Und dann hat sie es doch herausgefunden. Wäre sie an dem Tag doch nur zu mir gekommen! Ich hätte ihr sagen können, was ihre Mutter alles für sie getan hat, um sie zu beschützen.« Seufzend betupfte Della sich die Augen. Mit brüchiger Stimme fuhr sie fort. »Aber sie wußte es, sie wußte es. Hat sie vielleicht deswegen … Oh, mein Kleines, mein armes, armes Kleines.«

»Du darfst dich nicht grämen.« Caroline tätschelte Della die Hand. In jener Nacht in Josies dunklem Zimmer war vieles gesagt worden, was für immer dort eingeschlossen bleiben sollte. »Sie war krank, Della. Mehr wissen wir nicht. Jetzt sind sie alle tot – Josie, ihre Eltern, Austin. Wir können niemanden verurteilen. Wir schulden es den Lebenden, denen, die wir lieben, daß ihr Geheimnis mit ihnen begraben wird.«

Della nickte tapfer. »Vielleicht findet Josie so auch eher Ruhe.«

»Vielleicht auch wir.«

Caroline hatte gehofft, Tucker würde kommen. Sie hatte ihm Zeit geben wollen, doch obwohl Josie nun schon seit einer Woche unter der Erde lag, hatte sie ihn kaum gesehen, und wenn, dann nie allein.

Innocence tat sein Bestes, um sich von den schrecklichen Ereignissen zu erholen. Von Susie hatte Caroline erfahren, daß Tucker die Familien der Opfer aufgesucht hatte. Was jeweils hinter geschlossenen Türen gesprochen worden war, ging Außenstehende nichts an, aber sie hoffte, es würde die Wunden heilen helfen.

Der Sommer neigte sich dem Ende zu. Die Temperaturen fielen auf ein erträgliches Maß, und das ganze Delta atmete auf.

Das Wetter lockte zum Spaziergang. Caroline legte Useless die Leine an und zog los. Die Blumen, die ihre Großmutter vor Jahren gepflanzt hatte, standen in voller Pracht. Sie brauchten nur ein bißchen Pflege und Geduld.

Useless zerrte an der Leine, und Caroline beschleunigte ihre Schritte. Vielleicht spazierten sie heute nach Sweetwater. Einen Versuch war es auf alle Fälle wert.

Am Ende ihrer Auffahrt erblickte Caroline plötzlich Tuckers Wagen. Der rote Porsche wirkte genauso protzig auf sie wie bei ihrer ersten Begegnung, als er in einem Höllentempo auf sie zugerast war. Heute mußte sie darüber lächeln. Ein Herz heilte nicht so schnell wie zerbeultes Blech, aber auch Menschen erholten sich irgendwann. Mit viel Pflege und Geduld.

Caroline zog Useless mit sich über den Rasen. Sie wußte, wo sie Tucker antreffen würde.

Tucker liebte diesen Teich, liebte die Stille und den Frieden dort. Lange war er sich nicht sicher gewesen, ob er jemals wieder an seinem Ufer würde sitzen können. Seine Rückkehr an diesen Ort war ein Versuch für ihn gewesen. Das tiefgrüne Schilf und der ruhig daliegende Teich übten jedoch nach wie vor ihren Zauber auf ihn aus. Das Glück war noch immer in weiter Ferne, aber er lehnte sich nicht mehr gegen das Schicksal auf.

Auf einmal raschelte es im Dickicht. Im nächsten Augenblick kam Useless auf ihn zugeschossen und sprang schwanzwedelnd an ihm hoch.

»Nicht so stürmisch, Kleiner. Mann, du bist aber gewachsen.«

»Ist das nicht Landfriedensbruch?« Caroline trat aus dem Wäldchen.

Tucker begrüßte sie mit einem unsicheren Lächeln. »Deine Großmutter hat mich hier gerne geduldet.«

Sie setzte sich neben ihn. »Wenn das so ist, will auch ich nicht mit der Tradition brechen.« Lächelnd sah sie zu, wie der Hund Tucker die Hände abschleckte. »Er hat dich vermißt. Ich übrigens auch.«

»Ich … ich hatte in der letzten Zeit viel zu erledigen.« Tucker warf einen Knüppel für den Hund ins Dickicht. Useless jagte ihm sofort nach. »Die Hitze hat nachgelassen«, fügte er bedächtig hinzu.

»Das habe ich auch gemerkt.«

»Na ja, es wird bald wieder heißer.«

Caroline verschränkte die Hände ineinander. »Da hast du wohl recht.«

Den Blick auf das Wasser gerichtet, sagte er unvermittelt: »Caroline, wir haben uns über diese schlimme Nacht noch gar nicht unterhalten.«

»Das müssen wir auch nicht.« Sie griff nach seiner Hand.

Tucker schüttelte traurig den Kopf. Er stand auf, als wolle er gehen. »Sie war meine Schwester«, sagte er mit belegter Stimme. Erst jetzt fiel Caroline auf, wie abgespannt er aussah. Sie fragte sich, ob er je wieder zu seinem sorglosen Lächeln imstande sein würde. Sie wünschte es ihm und sich.

»Sie war sehr krank, Tucker.«

»Das versuche ich auch so zu sehen. So etwa, als ob sie Krebs gehabt hätte. Ich habe sie geliebt, Caroline. Ich liebe sie auch jetzt noch. Es tut weh, wenn ich an sie denke. Sie war ja so voller Leben. Und es tut weh, wenn ich an all die Toten denke, die sie auf dem Gewissen hat. Aber am schlimmsten ist es, wenn ich die Augen schließe und dich aus dem Zimmer rennen sehe und dicht hinter dir Josie mit dem Messer in der Hand.«

»Ich kann dir nicht versprechen, daß wir beide das je vergessen werden, Tucker. Aber eines habe ich gelernt: Ich blicke nicht mehr zurück.«

Er warf einen Kieselstein ins Wasser. »Ich war mir nicht sicher, ob du mich wiedersehen wolltest.«

»Hättest du aber sollen.« Caroline erhob sich, als der

Hund aufgeregt mit dem Knüppel im Maul zurückgerannt kam. »Du hast die Geschichte zwischen uns beiden angefangen, Tucker. Du warst es, der sie nicht auf sich beruhen lassen wollte, auch dann nicht, als ich dir erklärt habe, daß ich mich auf nichts einlassen wollte.«

Er warf wieder einen Stein ins Wasser. »Das stimmt wohl. Ich habe die ganze letzte Woche hin und her überlegt, ob es nicht das Beste wäre, wenn ich dich deinen Weg gehen lassen würde, so wie du ihn ja auch gegangen bist, bevor ich in dein Leben getreten bin.«

Caroline beobachtete die Kreise, die der versinkende Stein auf der Wasseroberfläche verursachte. Manchmal, so sagte sie sich, erreichte man mehr, wenn man etwas bis auf den Grund aufwühlte und nicht einfach auf sich beruhen ließ. Sie packte ihn am Arm, zwang ihn, ihr ins Gesicht zu sehen. »Oh ja, das ist ja sehr edel von dir. Und so typisch! Kaum wird es kompliziert, rennst du zur Tür. Ich bin aber nicht so wie die anderen!«

»Ich meine doch nicht, daß ...«

»Ich sage dir, was du meinst: ›War nett mit dir, Caro. Bis irgendwann mal wieder.‹ Die Tour kannst du bei mir vergessen. Du schlenderst nicht einfach so in mein Leben hinein, stellst alles auf den Kopf und verziehst dich wieder mit einem unbeteiligten Achselzucken. Ich liebe dich und will von dir wissen, was du nun zu unternehmen gedenkst.«

»Es ist ja nicht so, daß ich ...« Tucker verstummte. Als plagten ihn jähe Schmerzen, drückte er die Augen fest zu, dann legte er beide Hände auf ihre Schultern. »O Gott, Caro.«

»Sag mir endlich, was ...«

»Scht. Sei bitte eine Minute ganz still. Ich muß dich halten.« Er drückte sie fest an sich, bis sie das Zittern seiner Muskeln spürte. »In den letzten Tagen hatte ich oft dieses Bedürfnis. Aber ich hatte Angst, du würdest dich zurückziehen.«

»Das war ein Irrtum.«

»Ich wollte verzichten und dich loslassen. Leider tauge ich nicht zum edlen Helden.«

»Gott sei Dank.« Lächelnd warf sie den Kopf zurück. »Ich warte immer noch auf deine Antwort.«

»Ich will dich küssen. Reicht das nicht?«

»Nichts da.« Caroline stemmte ihn mit beiden Händen weg. »Ich will eine Antwort. Ich habe gesagt, ich liebe dich, und ich will wissen, was du zu unternehmen gedenkst.«

Tucker wußte plötzlich nicht mehr, wohin mit seinen Händen. Der Einfachheit halber steckte er sie in seine Hosentaschen. »Ich hatte schon ziemlich genaue Vorstellungen … vor den Ereignissen der letzten Woche.«

Sie schüttelte den Kopf. »Es gibt kein Davor. Versuch's mit dem Heute.«

»Ich hatte wohl auch deine Tournee im Hinterkopf. Willst du sie denn immer noch absolvieren?«

»Diese eine, ja. Allein schon meinetwegen.«

»Das dachte ich mir schon. Und dann sagte ich mir, daß du vielleicht was gegen einen Begleiter hättest.«

Ein Lächeln huschte über ihre Lippen. »Das stimmt nicht unbedingt.«

»Ich würde dich gerne begleiten, wenn ich dürfte. Ich kann nicht gleich für mehrere Wochen wegfahren, wo ich doch für Cy verantwortlich bin und Sweetwater nicht seinem Schicksal überlassen darf, zumal Dwayne in diesem Sanatorium auf Entzug ist. Aber für ein paar Tage hin und wieder …«

»Hier und dort?«

»Genau. Und dann habe ich mir gedacht, wenn du gerade keine Termine hast, könntest du jederzeit hierherkommen und mit mir zusammen sein.«

Caroline schürzte die Lippen. »Erklär mir das ›mit mir zusammen sein‹ mal genauer.«

Er stieß die Luft mit zittrigem Atem aus. Sein ganzes

Leben hatte er seine tieferen Gefühle für sich behalten. Um so schwerer fiel es ihm nun, sie ihr mitzuteilen: »Ich will, daß du mich heiratest und mit mir Kinder bekommst. Und zwar hier. Wahrscheinlich habe ich in meinem ganzen Leben noch keinen sehnlicheren Wunsch gehabt.«

»Du siehst ein bißchen blaß aus, Tucker.«

»Das kommt von meiner Angst. Aber es ist schon ziemlich hart von dir, so etwas nach einem Heiratsantrag zu sagen.«

»Stimmt. Du hast ein Recht auf ein schlichtes Ja oder Nein.«

»Moment mal. Daran ist überhaupt nichts schlicht.« Er packte sie wieder und drückte sie fest an sich. »Wehr dich jetzt bitte nicht dagegen, sondern höre mir zu, ja? Ich will ja gar nicht leugnen, daß wir beide an uns arbeiten müssen.«

»Aber da ist noch etwas, wovon du nichts gesagt hast. Und gerade das wäre mir sehr wichtig.«

Tucker öffnete den Mund und klappte ihn wieder zu. Ihr steter, geduldiger Blick zwang ihn zu einem erneuten Anlauf. »Ich liebe dich, Caroline. Mein Gott, wie ich dich liebe! Das habe ich noch nie zu einer Frau gesagt. Und ich verlange von dir auch nicht, daß du es glaubst.«

Sie schmiegte sich an ihn. »Ich glaube dir aber«, flüsterte sie. »Es bedeutet nur viel mehr, weil es dich eine solche Anstrengung gekostet hat, es auch zu sagen.«

»Von jetzt an wird es mir wohl leichterfallen.«

»Bestimmt sogar. Gehen wir doch ins Haus zurück. Da kannst du schon mal üben.«

»Klingt ganz vernünftig.« Er pfiff nach dem Hund, der sogleich herbeigelaufen kam. Arm in Arm gingen sie los. »Diesmal hast *du* mir nicht geantwortet.«

»Wirklich?« lachte sie. »Was würdest du von einem schlichten Ja halten?«

»Ich würde es annehmen.« Sie traten ins Sonnenlicht.

Tucker wirbelte Caroline einmal im Kreis herum. »Habe ich dir eigentlich schon von meiner Ur-urgroßtante erzählt? Oder war es meine Ur-ur-urgroßtante? Ist ja auch egal. Sie hieß jedenfalls Amelia. Sie ist 1857 mit einem von den McNairs durchgebrannt.«

»Nein, davon hast du mir noch nichts erzählt.« Caroline schlang ihre Arme um seinen Hals. »Aber du wirst es bestimmt gleich tun.«